『北回帰線』物語

『北回帰線』物語

──パリのヘンリー・ミラーとその仲間たち

本田康典

水声社

目次

I　1930年『北回帰線』へ1 ……………… 11
パリ到着／オシップ・ザッキン訪問／告白の衝動／アルフレッド・ペルレスとの再会／パリ探訪／『北回帰線』の登場人物たちとの出会い／真珠商人ナナヴァティのアパートに転がり込む／ジューンのパリ訪問／一九三〇年冬の危機／サミュエル・パトナムの『ニュー・レヴュー』／ルイス・ブニュエルの映画

II　1931年『北回帰線』へ2 ……………… 75
ジョン・ニコルズとフランシス・ウッドのこと／ジューンの仕送りと奇策／ミラード・フィルモア・オズマンと「あのホモ野郎」／サミュエル・パトナム／フランシス・ステロフのゴータム書店／小冊子『作者不

詳』／マイケル・フランケルとウォルター・ローウェンフェルズ／作者不詳の『北回帰線』（初稿）／『シカゴ・トリビューン』紙の校正係になりウォンブリー・ボールド、ルイ・アトラスを知る／ジョルジュ・デュアメルとルイス・ブニュエル／「サラヴァンの再来」としてのミラー／タニア、バーサ・シュランクまたの名クリスティーヌ／ミラーのラヴレター／アルフレッド・ペルレスとグレース・ホジソン・フランダラウ／カールと金持ち女イレーヌ／パリの風景、片足の娼婦／公衆トイレ／ブラッサイとの最初の出会いはいつか／宿なしミラー

III **1932年 『北回帰線』へ 3** …… 225

ディジョンのカルノー高等中学校／オズボーンの逃亡／オットー・ランクの『芸術と芸術家』を読む

IV **1933年 『北回帰線』へ 4** …… 241

『北回帰線』の「飽和、吸収」とは何を意味するのか／セリーヌの『夜の果てへの旅』と『北回帰線』

V **1934年 『北回帰線』へ 5** …… 275

『北回帰線』の「序文」の書き手はだれか／記念すべき日／『北回帰線』を発送するミラーと肩入れするエズラ・パウンド

VI 1935年以降 反響と拡散 …… 301
フランシス・ステロフ／ロシア系詩人マリア・ザトゥレンスカ／『北回帰線』の密輸入を推進するフランシス・ステロフ／『北回帰線』（メドゥーサ版）の地下出版／ジェイコブ・ブラッセル／サミュエル・ロス／ガーション・レグマン／『北回帰線』のタニアを追う／短編「マリニャンのマーラ」／シモーヌ・ド・ボーヴォワールと『北回帰線』／ジョヴァンニ・パピーニ作『失敗者』／『北回帰線』を読んで芸術家になろうとパリを目指したステットナー兄弟／『北回帰線』草稿の行方にまつわる伝説／『北回帰線』の題名を読み解いたジョン・クーパー・ポウイス／もう一組の聖ヨハネとキリスト／バーニー・ロセット『北回帰線』の版権取得に挑む／『北回帰線』を出版するグローブ・プレス／吹き荒れる『北回帰線』旋風

VII 1940年以降 日本上陸 …… 439
日本における『北回帰線』の紹介と翻訳、細入藤太郎、篠田一士、大久保康雄、生田耕作／啓明社版『北回帰線』と「銀座の書店」、久保貞次郎のこと

参考文献・資料 …… 469

あとがき …… 483

I　1930年『北回帰線』へ 1

パリ到着

ヘンリー・ミラー（一八九一―一九八〇）は一九三〇年三月四日にパリに到着した。トランクと二つの手提げかばんに、未完成の長編小説『クレイジー・コック』と『モロック』、ホイットマンの詩集『草の葉』、父親が仕立てた三着の高級紳士服などが詰まっていた。護身用のメキシコ製ステッキを携えていた。父親の経営する洋服店は、マンハッタンの目抜き通りである五番街から少し引っ込んだ西三一番通りに位置し、向かい側にホテル・ウォルコットがあった。このホテルは現在も営業していて、日本人の観光客も利用している。

ミラーの所持金はろくに残っていなかった。吹雪の舞うニューヨークを発つときに友人エミール・シュネロック（生年不詳―一九五九）から十ドルを借りたが、ロンドンに一週間滞在したのでほとんど使い切っていた。妻ジューン（一九〇一―七九）が約束通りにロンドンのアメリカン・エクスプレスに送金してくれたが、わずかな金額でしかなかった。

『北回帰線』の最初のページに、「いまはパリでの二年目の秋。ぼくはいまだに推測できないでいる理由のために、ここに送り込まれたのだ」とあるが、オリジナル草稿の断片（アメリカ議会図書館蔵）では「ぼくはいまだに推測できないでいる理由のために、ぼくの妻によって送りこまれたのだ」とあり、さらに次のように文章が続く。「ジューンは一度ぼくを訪ねてきて、数週間たつと逃げていった。ジューンはぼく宛てに、たまに電報をうつ――スグニ到着ノ予定、愛ヲコメテ、と。ジューンは来ないだろう、ぼくにはわかっている。彼女は死んだも同然だ。彼女を死なせたのはぼくなのだ」。ミラーは作家になるためにパリに移り住んだが、それについてはジューンの意志も強く働いていた。つまり、ジューンの送金を当て込んでのパリ移住であった。

ミラーはボナパルト通り二四番地のオテル・ド・パリ（現在はアパルトマン）に直行し、一泊した。二年前にジューンとともにこのホテルに滞在したことがあったから、ボナパルト通りは思い出の残っている街路であり、ミラーにとってパリの地誌の基点であった。

翌日（三月五日）、ミラーは同じボナパルト通りの三六番地に所在するオテル・サンジェルマン・デ・プレの屋根裏部屋に移った。部屋代は月額五〇〇フラン。現在のオテル・サンジェルマン・デ・プレは、宿泊代もかなりの額（二〇〇一年、一泊＝シングル七二〇フラン）の、三つ星の小ぎれいなホテルであるが、当時は安ホテルであったようだ。浴室は室外にあり、使用するたびに五フラン。ミラーの部屋の床にはカーペットがなく、壁紙はあちこち剥げ落ちていた。明かり採りの屋根窓。ひさしは傾いていた。夜ともなれば寒気がひしひしと迫ってきた。

オシップ・ザッキン訪問

月額五〇〇フランの部屋代。当時の為替レートで換算すれば、およそ二十ドルに相当する。食費や交通費も必要だったはずだから、ミラーはパリ到着二日目にして、かなりの滞在費を確保したことになる。彼は三月五日に、リュクサンブール公園に近いアサス通り一〇〇番地――現在のザッキン美術館――に居住する彫刻家オシップ・ザッキン（一八九〇―一九六七、『北回帰線』の「ボロフスキ」のモデル）を訪問した。エコール・ド・パリの巨匠ザッキンだけがミラーの知人であったからだ。『北回帰線』（初稿）に、「あのころはまる一日がそのまま自分のものだった。このパリのどこにも友人はひとりもいなかった。ムッシュ・ザッキンは別だったが。ぼくはザッキンと顔を合わせないように用心していた」とあるように、二人のあいだには微妙な関係が成立していた。

　パリ時代のヘンリー・ミラーとオシップ・ザッキンの関係には二面がみられる。ひとつは、ミラーがザッキンから生活費を借りていたことであり、もうひとつは、ミラー、妻ジューン、ザッキンのあいだに成立しているとミラーが思い込んでいた男女の三角関係である。

妻，ジューン

　パリに到着して二年十カ月が経過した一九三二年十二月六日に、借金まみれのミラーはひそかに借金一覧表（遺言書）を作成し、アナイス・ニンに送った。すでに『北回帰線』の出版契約をオベリスク・プレスの社主ジャック・カハーン（一八八八―一九三九）と結んでいたので、借金まみれのミラーは、将来の印税で返済しようと一覧表を作成し、万一の場合はアナイス・ニンに遺言を執行するよう依頼した。一覧表によれば、ザッキンからの借金が群を抜いていて、三年足らずで五〇〇ドル（当時の換算レートで一二五〇〇円から一五〇〇〇円に相当）にもおよんでいた。当時の日本では三十坪の家が一五〇〇円ほどで建てられたはずであり、大学卒の初任給が月額五〇円、中年の教員ならば月給一〇〇円といった時代であった。パリ到着二日目にしてミラーは、ザッキンから当面の生活費を用立ててもらったわけだが、返済の目途が立つはずもなく、借金の額はふくらんでいった。ミラーは、「ザッキンと顔を合わせないように用心」するしかなかった。

三角関係について。自伝的小説『ネクサス』（一九五九）に描かれているように、一九二七年夏に、ジューンは女友だちジーン・クロンスキ（『ネクサス』の「スターシャ」）と連れだって、夫であるミラーにおいてけぼりを食わせてパリにおもむいた。美貌のジューンがすでに国際的名声を確立していたザッキンと知り合いになったのは、このときのパリ観光旅行においてであった。ジューンは雑多な記念品とともに、ザッキンの作品を一点だけ持ち帰った。アナイス・ニンの『日記』（一九三一年十二月）に「ヘンリーの未来の小説のノートから」と題するメモがあり、以下の一節がみえる。

ジューンは骨董品、絵画、彫刻を次々とステューディオに持ち込むが、どうやって入手したかという話になると、ぼかしてしまう。つい最近になって気づいたのだが、ジューンは売るつもりだといってザッキンから彫像をひとつ入手したことがあるというのに、もちろんそんなことはしなかった。彼女はパンのやわらかい部分をナプキン代わりに使う。靴をはいたまま、整っていないベッドで眠ることもある。

さらに『日記』（一九三二年十一月）のなかに、ニンは以下のように書き込んだ。「ジューンはわたしに、オシップ・ザッキンや彼の奇妙な塑像について、ザッキンが自分をどんなふうに欲しがったとか、アメリカで売るようにと彫像を一点くれたことなどを語る」。また、『北回帰線』（初稿）に次のような一節がみえる。

ザッキンがある晩、ブーローニュの森でぼくの妻とあれをやった、とぼくは思っている。あの気違いじみたジーン・クロンスキ――淡紅色の膀胱つきの、あの藤黄色のふしだら女――とパリに出かけた数年前のことだ。だが、あの晩のことについては、二人が毛布持参でブーローニュの森に出かけた晩については、ぼくはかなり確かなことだと思っている。いいかい、ザッキンは上下のコーデュロイの服を着用して、アコーディオンを弾く。この組み合わせにはだれもかなわない。とりわけやつをいっぱしの芸術家だとみなす場合には。ロシア人みたいに装っているが、もちろん違う。彼はユダヤ人なのだ、ザッキンというやつは。彼の父親は古代ギリシア語など、死語を教えていた。エプスタインもユダヤ人で、長年にわたってザッキンは彼を尊敬していた。実際、モンパルナスに住みついているのは、ほとんどすべてがユダヤ系か、もっといけないことに半ユダヤ系だ。

改稿の際に、ミラー、ジューン、ザッキンの三角関係についての言及とアメリカ生まれの彫刻家ジェイコブ・エプスタイン（一八八〇―一九五九）の名前は消去された。

ボナパルト通りでは群れなす画家たちがカンバスを乾かしていた。一四番地には国立美術学校（通称、ボザール）があったし、一三番地にはピエールという画廊が所在していた。この画廊は、一九二五年六月にホアン・ミロの個展を開催し、同年十一月にシュルレアリストたちのグループ展を開催したが、このときにはパウル・クレー、マックス・エルンスト、アンドレ・マッソン、マン・レイなどの作品を展示した。このグループ展に出品した画家たちのうちですでに名声を確立していたのはピカソだけであり、アンドレ・ブルトンがカタログを作成した。オテル・サンジェルマン・デ・プレの階下には画材を売る店が入っていて、ミラーは作家よりも画家の生活に羨望を感じることもあった。パリには五万人の画家がひしめいていた。

屋根裏部屋を確保したミラーは、三月六日から精力的にパリの踏査に乗り出した。数日後にパリの地図を入手したが、中古の自転車を買うだけのゆとりはなかった。と同時に、画家である友人シュネロックに宛ててひんぱんに手紙を書き、パリの印象、経験、生活と意見を綴っていった。三月六日の手紙から——

ぼくはこの地で書く。静かに、ひっそりと暮らすつもりだ。毎日パリを少しずつ見ていき、パリを研究し、書物から学ぼうとしたように、パリを学んでいくつもりだ。パリを知れば、多くを知るようになる。ニューヨークとなんとかけ離れた違いがあることか！　街路を曲がるたびに心に強く迫ってくる驚きの連続。この地で迷うのは、途方もない冒険の連続なのだ。街路は歌い、墓石は語る。家々は歴史、栄光、ロマンスのしずくをしたたらせる。

パリ探訪を開始してから二、三週間後、ミラーのパリの描写についてひとつの契機が訪れた。外交官にして著名な作家であったポール・モラン（一八八八—一九七六）の、出版されたばかりのアメリカ紀行『ニューヨーク』を読み、強烈な衝撃を受けたのだ。ポール・モランの描くニューヨークが、たとえグロテスクで不気味に思われようと、「魅惑的なおとぎ話」のようであろうと、ミラーは、彼のニューヨークを大目に見ざるをえない、と思った。ミラーの目に映るパリも、ギリシア神話に出てくる火を吐く怪獣キマイラのように思われたからだ。ミラーは外国人の目を通して見た大都市に思いをはせ、独自のパリを描こうと決意した。ある意味において、ポール・モランはミラーの手本になった。やがてミラーは、『ニューヨーク』を分析し、モランに手紙を出すようになった。すでに四十冊ほどの著作を出している著名人モランからなんらかの支援を引き出したい、という思惑もあった。

告白の衝動

『北回帰線』がいつから書き始められたかは微妙な問題である。とりわけ三月から五月にかけての手紙に描かれたパリの情景は、『北回帰線』のパリにしばしば酷似する。『北回帰線』のここかしこは手紙を下敷きにして書き進められていて、下敷きとしての手紙を重視すれば、『北回帰線』の執筆開始はパリ到着後およそ二、三週間が経過したころ、と言えるかもしれない。シュネロックは、ミラーの手紙や原稿を忠実に保管してくれる友人であった。手紙の書き手が書簡のなかに将来の作品の材料を織り込んでいるつもりでいるのを受取人は知っていた。ミラーはシュネロックに宛てて手紙を書き続けていくうちに、それを「パリの本」として結実させたいと思うようになった。アナイス・ニンとの交流が始まると、「パリの本」という仮題は、「最後の書物」という題名を経て、「北回帰線」に変更された。ポール・モランの『ニューヨーク』について言及した一九三〇年三月の長文の手紙が『北回帰線』に脈絡する最初の書簡である。その一部を引用してみよう。

パリの上空に終日垂れ込めている、羊毛のようにふわふわした雲が吹き払われた藍色の空。いまではさらに多くの雲が浮かんでいる。低い建物のあいだを歩いていくと、広い四つ辻に出る。まだ冬なので、木々が空の輝きを曇らせる。葉をつけていない大枝のあいだに目を向けると、空が赤錆色と紫色から灰色へと、それから藍色へと変わる。マルゼルブ大通りに沿って歩くと、薄暮の夕焼けはとっくに終わって、黒い大枝が身振りをしている、ひょろ長い、陰鬱な幽霊のような木々は、はてしなく伸びている。葉巻の灰のように色あせた幹。セーヌ川はどちらの方角ですか？　ぼくはここかしこで尋ねる。ズットマッスグニ、ムッシュ、ズットマッスグニデスヨ。どんどん進むと、アーチ状にねじれた大枝の下に、まったくヨーロッパ的な至高の沈黙。おろされた鎧戸《よろいど》、閉ざされた店舗。あちこちに、女が恋人を魅惑する窓辺の赤い輝き。無愛想な、ひとを撥ねつけんばかりの、無原罪懐胎のように汚れのない家々の表《おもて》づら。夜の闇が建物を回復させているようだ。〔……〕ぼくはチュイルリー庭園にたどり着いた。傾斜路の高い所に、ギリシアふうの二つの殿堂が位置している。ひとつはオランジュリ美術館であり、あと数日で、カミーユ・ピサロ百年祭が開催される予定。カミーユ・ピサロ！　もうひとつのパリがぼくの記憶のなかに忍び込む――この生きているパリと同じくらいにまざまざと見たことのあるパリを思い起こす。文学のパリ、『人間の絆』のなかにくっきりと刻み込まれたパリ。二、三十年ほど遡ったころの、ジョージ・ムアがおのれの『告白』に没頭し、フォービスムの画家たちが徹底して非妥協的であり、サマセット・モームがまだ画学生だったころのパリ。モームは、カミーユ・ピサロと、様式から様式へと軽業師のように跳びまわって世界を驚倒させたもうひとりのスペイン人について、意見を述べていた――シュペングラーがかくもみごとに言い表したこれらの「様式」は、もはや様式ですらないのだ。なぜなら、それぞれが毎日、独自に様式のなんたるかを決めているのだから。〔……〕

ノートルダムが墓石のように水面から現れる。樋嘴《ひはし》の怪物どもが白色の正面の上方にぐいと身を乗り出して、猛烈に顔をゆがめながら、偏執狂の心のなかの固定観念さながらに、そこに突き出ている。出入り口側ではパリの老婆たちが、マットレス代わりに襤褸《ぼろ》の下に新聞紙を敷いて、奥行きのない上がり段の上で手足を伸ばして眠っている。〔……〕

窓にラウール・デュフィの線画を飾った書店。両脚のあいだに薔薇の茂みがある雑役婦の線画。コクトーによる『デッサン』のアルバム。カンディンスキーの最近作に限定した展示。ホアン・ミロの哲学に関する論文。それから少々珍しいものが目に留まる。挿絵をみずから描いたフランス人の本だ。書名は『薄切りに刻まれた男』。それぞれの章が、「家族の目から見た同一人」、「恋人の目から見た同一人」等々で始まる。数行読んだだけで、ぼくの心はこおどりして喜ぶ。これは一篇のシュルレアリスム作品だ。

祈りのことば。さらに生き抜いて、ニューヨークあるいはパリについての、このような作品が書けますように。四二番街とブロードウェイの交差点に立っているひとの内面で進行するドラマを、理解できないように描くことができますように。帰宅したら自分の赤ん坊を七つに切り刻んでしまおうという思いが、なぜ不意に彼の頭に浮かんできたかをぼくが説明しないですみますように。

パリ探訪の一日。ノートルダム方面からボナパルト通りのホテルに向かう途中に生じた告白の衝動——。セーヌ川の対岸のルーブル美術館を背景にしたポン・デ・ザールが近くに見えるマラケ河岸通りから目と鼻の先の、ボナパルト通りの角に所在する書店。店名は、リブレリー・シャンピオン（現存しない）。ショーウィンドーに展示されている『薄切りに刻まれた男』に目を留めたヘンリー・ミラー。「挿絵をみずから描いたフランス人」の名前はジャン・ブリュレ（一九〇二―九一）、評論を書いたりする挿絵画家である。『薄切りに刻まれた男』は、数名の登場人物の目から別々に見た男の物語であり、一九二九年十二月に印刷され、一九三〇年早々に出版された。

第二次世界大戦中にジャン・ブリュレは、レジスタンスの闘士になり、ヴェルコールというペンネームで『海の沈黙』（一九四三）を発表し、著名作家にのしあがった。ミラーの読書目録には英訳版の『海の沈黙』はあるが、『薄切りに刻まれた男』という書名はない。『海の沈黙』を英訳したのは、『北回帰線』に好意的な反応を示したイギリスの批評家シリル・コノリー（一九〇三―七四）である。ミラーはコノリーと文通し、『北回帰線』の序文のタイプ稿を送って感想を求めたこともある。

『薄切りに刻まれた男』という書名にいたく感銘し、切り刻まれてしまった赤ん坊を連想するくだりは、『北回帰線』に出てくる。『北回帰線』では、「四二番街とブロードウェイの角に立つとき、おれはこの題名を思い出し、あたまに浮かんでくることを片っぱしから書き留めてやる――キャビア、雨滴、心棒用グリース、バーミセリ、サラミソーセージ――それの薄切りの山。あらゆることを書きつけた後、おれはなぜ不意に家へ帰り、あの赤ん坊を切り刻んでしまったのか、だれにも打ち明けないだろう」となっていて、赤ん坊を切り刻んだのは、一人称の語り手、すなわちヘンリー・ミラー自身である。このむごたらしい行為をやってのけた主人公は、シュネロック宛ての手紙では三人称で扱われている。ミラーがアメリカから持参した未完成の小説も自伝的なものだったが、主人公は三人称で登場する。三人称から一人称への転換、これが『北回帰線』の特徴であった。

赤ん坊を切り刻んでしまったという犯罪行為は事実なのか。赤ん坊の母親はだれなのか。いったいミラーはこの残虐な行為について、どこまで明らかにしているのだろうか。この語りにくい行為について、語ったことがあるとすれば、いつ明らかにしているのだろうか……

一九一〇年、十八歳のミラーは、ポーリン・シューターという年上の女性と愛人関係の深みにはまった。ポーリンにはミラーより一歳か二歳年下の息子がいたから、ミラー自身は母親ほどの年齢差のある女性を愛人にしたと思った。『南回帰線』の「終楽章」には、「この新しい人生も大失敗だった。最後はチューラ・ヴィスタの農場に流れついたが、そのときのぼくは、この世でこれほどみじめな男もあるまいといったていたらくだった。ぼくには初恋のあの女性のほかに、もうひとり、ただ深い憐れみを感じていただけの女がいた。この女とは二年間いっしょに暮らしたが、ぼくにはそれが一生のように感じられた。ぼくは二十一歳、むこうは自分でも三十六歳だと認めていた」とあるが、二十一歳のミラーは、ポーリンとの関係に終止符を打つつもりで、表向きはカウボーイになるという名目で、カリフォルニア州サンディエゴ近郊のチューラ・ヴィスタの農場にたどりついた。都会育ちのミラーは、きつい労働に音《ね》を上げてしまい、数カ月間でニューヨークにもどる破目になった。農場に滞在していたとき、サンディエゴで、有名なアナーキスト、エマ・ゴールドマン（一八六九―一九四〇）の講演を聴き、自分が知識人であってカウボーイではないことを痛感し、内心では講演を農場から逃げ出すための絶好の口実にした。

ミラーの西部への地理的移動の背後には、ポーリンの妊娠中絶という抜き差しならない状況があった。一九一〇年代のアメリカでは避妊は反社会的行為であり、産児制限運動の指導者マーガレット・サンガーがニューヨークで逮捕されたのも一九一七年であった。エマ・ゴールドマンも産児制限を主張し、一九一六年に投獄された。ましてや、妊娠中絶は許されざる大罪であった。胎児の処理が二人にとって深刻な問題であったことは想像に難くない。ミラーの小説が自伝的であるということは、すなわち、明らかにしたくないことをどこまで書けるかという問題が必然的に生起することでもある。包み隠すことが罪であると本居宣長は述べたが、ミラーは一九三〇年三月のパリにあって、包みをほどきたいという衝動に駆られていた。

ミラーはポーリンとの同棲生活について断片的に書きついでいたが、妊娠中絶の状況については、逝く一年前に出版された回顧的な作品『ジョーイ』において明らかにした。「一皮むけば、ぼくはピューリタンであった」というミラーは、二人の置かれた状況について、「罪を自覚していた」。ポーリンには頼ることのできる医師もいなかったし、処置するための資金もなかった。ある日、勤務していたセメント会社から帰宅したミラーは、血の気のないポーリンが弱々しくベッドに横たわり、ベッドや床に血のしみが点々とついているのを見て、愕然とする。ポーリンはか細い声で、「整理だんすのひきだしの中を見て」と言いながら、そちらを指さす。「ぼくはさっと整理だんすに近づき、二段目のひきだしをあけた。赤ん坊の死体がタオルに包まれていた。タオルを広げると、インディアンのように赤い、完璧に人間のかたちをした男の子が見えた。

ぼくの息子だった」。死体のおぞましい処理についても、ミラーは次のように書いた。「医者は——ぼくはその医者に会ったことはなかったが——、そいつが誰であろうと、死体をバラバラに切り刻んで、トイレに流し込むことに決めた。当然のことだが、トイレは詰まってしまい、女家主にばれてしまった」。死体を処理したのはポーリンが借金を重ねていた医者だ、とミラーは推測した。

しかしながら、ミラーは一九七九年になってようやくポーリンの妊娠中絶について赤裸々に書いたのだ、と断定するわけにもいかない。『北回帰線』（初稿）において、すでに以下のように書かれているからだ。「ある夜、職場から戻ってくると、流産させた胎児がポーリンの化粧だんすのなかで横たわっていた。インディアンのように見えた——まともに両肩があり、ふっくらした胸のみごとな男児。あとで例の医者が来て、赤ん坊を切り刻んだ。排水管が詰まってしまい、女家主はぼくたちに出て行けと言った。しかし、ポーリンは産後の有痛白股腫が出ていたので、女家主はふびんに思った」。一九三〇年三月、ボナパルト通りの角に所在していた書店で『薄切りに刻まれた男』に目を留めて、「帰宅したら自分の赤ん坊を七つに切り刻んでしまおうという思い」を脳裏によみがえらせたミラーは、妊娠中絶の責任をすべて負うべきだと思いつつ、『北回帰線』の最終稿では、「おれはなぜ不意に家へ帰り、あの赤ん坊を切り刻んでしまったのか、だれにも打ち明けないだろう」と、あたかも自分の手で切り刻んだかのように綴った。ミラーが妊娠中絶についての描写の細部を削除したのは、『北回帰線』の運命という視点からみれば、結果的には賢明な選択であった。『北回帰線』がアメリカで出版されたのは、パリで出版されてから二十七年が経過した一九六一年であった。予測されていたように、出版の可否をめぐりすさまじい法廷闘争が展開され、米連邦最高裁でようやく決着をみた。もし『北回帰線』のなかにポーリンの妊娠中絶についての具体的な描写が書き込まれていたならば、法廷闘争を勝ち抜くことは不可能であったはずである。性の描写よりも、赤裸々な妊娠中絶の描写のほうが大きな壁になっていただろう。米連邦最高裁は一九七三年、いわゆるロー対ウェードの判決で、女性の中絶権を、医学的理由から、条件つきで初めて認めた。反中絶派の勢力が強いアメリカでは、その後も、妊娠中絶の可否についての裁判が断続的に繰り返されてきた。ミラーがポーリンの妊娠中絶の件を実質的に明らかにしたのは、アメリカが妊娠中絶を許容してからのことである。

アルフレッド・ペルレスとの再会

三月三十一日、ヘンリー・ミラーはモンマルトルの小劇場グラン・ギニョールで笑いこけたが、金銭的には次第に苦しい状況に追い込まれていた。ボナパルト通りのホテルに四月四日までは宿泊できるものの、さらに一カ月の延泊は無理だった。パリに到着してから三週間あまりが経過したが、妻ジューンからのわずかな送金が途切れがちで、まだ友人もいなかった。今日では銀行や航空会社が目立つスクリーブ通りのアメリカン・エクスプレスに、送金の有無を確認するために足しげく通っていた。残りの所持金で十日間くらいはなんとか食いつないでいけそうだった。中古の自転車にはいぜん手が届かなかった。

『北回帰線』に、セルジュというロシア人との出会いを描いたくだりがある。革命以前のセルジュは親衛隊の大尉であり、父親は戦艦ポチョムキンの提督だったという。フォリー・ベルジェールの近くでトラックから殺虫剤入りの樽の荷降ろしを手伝ったのがきっかけで、セルジュの自宅で英語を教えてもらえないかと頼まれる。セルジュは亡命者や画家が住んでいるパリ西郊の町シュレーヌに住んでいて、ミラーは電車賃を受け取る。しかし、彼の家のマットレスはシラミ、ナンキンムシ、ゴキブリの死体保管所だったので一晩で逃げ出す、というエピソード。

四月一日、ミラーはシュレーヌに向かった。今日ならば、モンパルナスでタクシーに乗り、蛇行するセーヌ川にかかっている橋を二回渡り、その途中でブーローニュの森を通り抜ければ、三十分で到着する。ミラーは電車でパリ西郊のサンクルーに行き、そこからシュレーヌまで歩いた。サンクルーまでの所要時間が四十五分だった。セルジュの家を訪問するには早すぎる時刻だったので、レストランに立ち寄り、そこで手紙を書いた。ポール・モランやジャン・コクトーなどに宛てて。友人エミール・シュネロックにも手紙を書き、「きょうはのんびりぶらつくための一日」であると述べ、まるで物見遊山のための遠出であるかのような印象をあたえている。

実際は、一晩で逃げ出したりはせず、少なくとも数日間は、殺虫剤入りの樽の配達に同行し、荷降ろしを手伝った。ミラーは、セルジュを、「ぼくの友人」と呼ぶようになった。

ミラーが嬉しく思ったのは、セルジュが弟のムッシュ・エリスを紹介してくれたことだ。当時のムッシュ・エリスは、エドワード・タイタス（一八八八—一九四五）の出版社が入っているドランブル通り四番地の建物の管理人をしていて、なにくれとなくミラーに親切にしてくれた。ミラーは、アメリカから持参したメキシコ製の重いステッキをムッシュ・エリスに贈った。のちにエリスはドームの雑役夫になった。アナイス・ニンに託した遺言書によれば、ミラーは、ムッシュ・エリスに借金はしていないが、なにかお返しをしたい、と述べている。

四月のある日、『北回帰線』のカールこと『シカゴ・トリビューン』紙のパリ支局に校正係として勤務していた作家アルフレッド・ペルレス（一八九七—一九九〇）は、モンパルナスのカフェ——ドーム——のテラスで、見覚えのある男がせっせと食事をしているのを目撃した。テーブルには皿が積み重ねられていた。よほど空腹だったのだな、とペルレスは男の旺盛な食欲に感嘆しながら、同じテーブルについた。見覚えのある男は、ヘンリー・ミラー。ふたりはしゃべりはじめたが、やがてペルレスが聞き役にまわった。ミラーが大ぼらを吹いているように思われたものの、作家になるためにミラーが背水の陣をしいてパリに移り住んだことに、ペルレスは共感をおぼえた。彼はミラーの声の響きに魅せられていた。

「ドルを持っているのかい？」と、『北回帰線』のカールが尋ねた。アメリカン・エクスプレスに十ドル札を同封した手紙が届いているんじゃないかな、朝になればまっさきに出かけるのさ、とミラーは返答した。当時のミラーは、頻繁にスクリーブ通り一一番地に所在するアメリカン・エクスプレスに通っていたが、ジューンからの送金はとどこおっていた。このときのミラーはほとんど無一文、からっけつであって、懐中時計を飲食代の代わりにドームの経営者に押しつけるつもりでいた。勇気を奮い起こそうとするかのように、ミラーは注文を追加した。

ミラーは、エッセイ集『追憶への追憶』（一九四七）に含まれる同名のエッセイにおいて、ペルレスとの最初の出会いについて次のように書いている。

> 雨のそぼ降る夜に、ぼくはドランブル通りでアルフレッド・ペルレスにばったり出くわし、そのときに芽生えた友情は、ぼくのパリ滞在の始めから終わりまでを彩ることになった。わが人生の浮き沈みにかかわりなく、ぼくは彼のなかにぼくを励ましてくれる真の友人を見出した。

モンパルナスのドランブル通りでの運命的な出会いは、一九三〇年の出来事ではなく、ミラーがジューンとともに六カ月間にわたってヨーロッパ旅行をした一九二八年の、最近の伝記作家によれば八月、ペルレスの回想によれば五月のことであった。雨夜の出会いの翌日に、三人はパン、チーズ、ハム、バナナ一房などを持参してリュクサンブール公園まで散歩し、公園でランチを食べ、ワインを飲んだ。ベンチに腰かけて、おしゃべりを楽しんだ。ミラーはドストエフスキーについて語り、訪れる予定のヨーロッパの都市を話題にした。ミラーが座談の中心であり、彼は上機嫌であった。

夕方近くになって、ジューンが手荷物の整理をする必要があるのを思い出した。その翌日にミラー夫妻はパリを離れて、ヨーロッパの都市をめぐる自転車旅行を開始する予定になっていた。この旅行の立案にはオシップ・ザッキンが参加しており、彼のほうがミラー夫妻に会いたがっていた。

三人は出会いの地点——ドランブル通りの街角——まで引き返し、そこで別れた。握手しながら、ミラーはペルレスに、金銭に困っているなら用立てようと申し出た。その折りの申し出を記憶していたので、およそ一年半後に、ペルレスはドームのテラスで「ドルを持っているのかい？」とミラーに尋ねたのであろう。ふたりは当初から金銭を融通しあおうとしたのであって、要するに、うまが合う間柄であった。

ドランブル通りでのふたりの運命的な出会いは、実際はと言えば、ペルレスとジューンの一年ぶりの再会でもあった。リンドバーグが大西洋横断飛行に成功した一九二七年五月、ジューンは夫ミラーの了解をとらずに、女友だちジーン・クロンスキと連れだってパリにおもむいた。この事件はミラーにとって屈辱的であり、そのときのミラーの心情は、『北回帰線』（初稿）においてえんえんと綴られている。この観光旅行は、ジーン・クロンスキがペルレスとともに北アフリカに駆け落ちし、ジューンがひとりでニューヨークにもどる、という結末で終わっている。一九二七年にジューンはザッキンやペルレスと知り合いになっていた。彼女はおよそ一年後にドランブル通りでペルレスとばったり再会し、彼をミラーに紹介した。ミラーはペルレスと親しくなるにつれて、ふたりが運命的な縁《えにし》で結ばれていると思うようになった。

『ネクサス』（一九五九）には、以下の記述がみえる。ジューンは「モーナ」、ジーン・クロンスキは「スターシャ」という名前で登場し、ペルレスは「オーストリア人の作家」となっていて、名前は伏せられている。

ひと月が経過したが、モーナからは二通の短い手紙しか受け取らなかった。ふたりはプランセス通りに所在する、とても清潔な小さな安ホテルに滞在していた。オテル・プランセス。あなたもひと目みたら、とても気に入るわよ！　ふたりはおおぜいのアメリカ人とすでに知り合いになっていた。ほとんどが貧乏な画家たちだ。じきにパリを抜け出して、地方を見たいと望んでいた。スターシャは南仏を訪れたいと熱望していた。そこではブドウ畑やオリーブの林や闘牛などを見物できる。そうそう、気違いじみたオーストリア人の作家がいて、スターシャにすっかり夢中になっているの。彼女が天才だと思い込んでいるのよ。

やがて、ミラー、モーナ、スターシャの奇妙な三角関係は、「気違いじみたオーストリア人の作家」のおかげで解消する。サンジェルマン・デ・プレに近いプランセス通り六番地に所在したオテル・プランセスは、『北回帰線』の舞台の一部であるが、ホテルの名前は出てこない。一九六九年夏、『北回帰線』の映画撮影を見るためにパリに出かけたミラーは、在りし日の思い出が詰まっているオテル・プランセスの戸口に立ち、カメラマンにスナップ写真を撮ってもらった。

ドームでのミラーの飲食代を受け持つつもりのペルレスは、料理や飲み物の注文をさらに追加し、ミラーのアメリカ時代のさまざまな体験談に耳を傾けた。ペルレスもミラーと同じように、さまざまな臨時の仕事についたことがあった。皿洗い、行商人、サンドイッチマン、バーテン、トランプ詐欺師、ゴーストライター等々の仕事につき、ひもじい思いも経験していたから、ペルレスはミラーの体験談を聞き、親近感をおぼえた。ゴールドの懐中時計はまさかの時のためにとっておくように助言し、ペルレスは飲食代を払い、ミラーに歯ブラシを買い与えた。ふたりはドームからドランブル通りを歩き、エドガー・キネ大通りを横断し、ゲテ通りから右に折れて、メーヌ通り一丁目のオテル・サントラルへ直行した。ペルレスは、ドームから徒歩で十分たらずの安ホテル（現在も営業、二つ星）で暮らしていた。彼はミラーのために、一週間分の部屋代を払った。それから二年弱のあいだ、ミラーは経営者の目を盗んで、時おりペルレスの部屋に転がり込み、オテル・サントラルは『北回帰線』の舞台のひとつになった。

パリ探訪

ペルレスのおかげでオテル・サントラルに滞在していたときも、ミラーはアメリカン・エクスプレスに足を向けた。ホテルからリュクサンブール公園まで徒歩で十分あまり、公園を通り抜け、セーヌ通りを歩き、オテル・ルイジアーヌの前を通過し、橋を渡り、オペラ大通りをどんどん歩き、カフェ・ド・ラ・ペの前に到着する。カフェの裏側のスクリーブ通り一一番地が当時も今も、アメリカン・エクスプレスの所在地。公園から徒歩で三十分あまりである。

オテル・サントラルでミラーは、シュネロックに宛てて一通の長い手紙を書いた。この手紙に描かれたパリの情景や経験は、のちに、『北回帰線』に織り込まれた。『北回帰線』に脈絡する部分をいくつか抜き書きしてみよう。

ビュシ通りはにぎやかで、人間がうようよしている。酒場は開けっ放しになっていて、縁石《ふちいし》には自転車が列をなしている。食品市場はどこもてんてこまいだ。新聞紙でくるんだ市場向け野菜を抱えた無数の腕。おお、カトリックの日曜日！　なんと味わい深いことか。ぼくたちのくそいまいましいプロテスタントの日曜日は、なんとわびしく、活気がなく、うわべだけ神聖なものに見せかけていることか。このへんでは、ひとは教会から食料雑貨店へさっと移動し、それからカフェへちょっと移動し、あるいは公園で静かにうたた寝をする。

ホテルの部屋にもどって仕事をしたいのに、ぼくはごちゃごちゃした街路が集合する地点に立っている。片側にオテル・コンフォルタープル、その反対側にオテル・ルイジアーヌ、かつてビュシ通りのあの悪がきども――フランシス・カルコ、マックス・ジャコブ、ピカソ等々――に知れわたっていたうす気味悪いホテルだ。食肉販売店では、陶磁器が肉のおまけとして無料。しかり、ただで渡している！それをノートに書き留める。無料で価値あるものを！フランスでは！本当なんだよ。日曜の午前なのに街路は熱気でむんむんしている。こんなのはどこにもない、おそらく、イーストサイドを除いたら。サンジェルマンの静かなレショーデ通りは、夜十時をまわると歩行者が出てきて、追い払われるまでつきまとってくるというのに、いまは騒然としている。街路はくねくねと曲がり、どこを曲がってもめまぐるしく動いている人だかり。詩人ハイネがここにいたら、あらためて感嘆の声を発することもできただろうに、おお、堂々と群れなすイスラエルびとよ。ぼくはフェルスタンベール広場に近づく。以前この場所について語ったことがあるだろうか。ここここそぼくが宿泊したい場所だ。夜になると、ひとけがなく、もの悲しい、亡霊が出そうな空間。広場の中央にまだ開花しはじめていない四本の黒い木々が立っている。葉をつけていない四本の木々はT・S・エリオットの詩のようだ。石畳にはぐくまれている、思索的なリズムに合わせて揺れる知的な木々。点やダッシュ、星印や感嘆符で切断されている詩句のような木々。もしマリー・ローランサンが彼女のレズビアンたちを戸外に連れ出すとすれば、ここが彼女たちのこころを通わせる空間だろう。ここはまったくレズビアン的だ。生殖不能な、雑種の、禁じられた、あこがれに満ち溢れている性。

右の手紙からの抜き書きは、書き直され、切断されて、『北回帰線』に織り込まれている。一九三一年秋に『北回帰線』を起稿したミラーは、エミール・シュネロック宛ての手紙（とりわけ一九三〇年三月から五月にかけてのもの）を書き直し、タイプライターで清書し、気に入った個所をはさみで切り抜き、台紙に糊で貼り付けた。『北回帰線』の初稿（第一巻から第四巻まで）は、タイプ稿でおよそ九七〇ページ、現在の『北回帰線』の三倍の分量に達する。第二巻のなかの四十五ページは、切り抜かれたタイプ稿を貼り付けた台紙である。ミラーは切り抜きのタイプ稿を取捨選択し、『北回帰線』に取り込んだ。

今日でもサンジェルマン・デ・プレ界隈の昼のレショーデ通りは人波でごったがえし、広場と呼ぶには狭いフェルスタンベール広場の中央に、「T・S・エリオットの詩」を連想させるという「四本の黒い木々」が、往時のままに立っている。

同じ日付の、オテル・サントラル発の手紙からさらに引いてみよう。

ぼくはジョレス駅でメトロに乗るために、階段を降りずに、上がっていく。たそがれどき、インディアン・ブルー、ガラスのような水、きらきら輝き、溶解していく木々。ジョレス駅そのものがぼくを興奮させる。鉄道線路は運河のなかに没し、両側を緋色に塗った細長いキャタピラがジェットコースターのように突っ込む。これはパリではない。コニー・アイランドでもない。ヨーロッパと中央アメリカのあらゆる都市が混ざり合ったものだ。駅構内がぼくの眼下に広がり、黒ずんで見える。クモの巣状の線路は技師によって配置されたものではなく、カメラが黒の濃淡でとらえた極地の氷の不気味な裂け目に似ている。ぼくはうっかりして一等車の客席に入り込んでしまった。

右の引用個所の最初の文章と最後の文章を取り除くと、『北回帰線』の序章の一節とそっくりになる。つまり、四十五ページの台紙のなかから採られた一節とほとんど同じになる。

一九三〇年四月のある日、ミラーはジョレス駅にいた。駅は地下ではなく、地上にある。手紙の中のミラーは、駅の階段を降りないで、上がっていく。これはどうしたことか。駅から徒歩二分で、リンマルタン運河の河畔に出る。乗船場があるから、ミラーはセーヌ川から遊覧船でサンマルタン運河に出て、河畔で下船してジョレス駅に向かい、階段を上がってプラットフォームに立ったようである。現在のジョレス駅の小さなプラットフォームは上下線共通であり、ひとつしかない。プラットフォームから平凡な家並みが遠望できる。「クモの巣状の線路」の痕跡はどこにもないし、ましてや「駅構内がぼくの眼下に広がり、黒ずんで見える」はずもない。「駅構内」といえるほどの空間はジョレス駅には存在しない。これはどうしたことなのか。

もし「駅構内がぼくの眼下に」見えていたとしたら、ミラーは何を見据えているのか。パリを探訪するときに、ミラーはパリの地図を携行した。彼はプラットフォームで地図を見つめる。ジョレス駅の近くに位置するのが、東駅と北駅。地図上のこれらの駅には「駅構内」を示す空間があり、それぞれ四本ほどの線路が延びている。「クモの巣状の線路」を連想したとしても、変ではない。ミラーは登場人物も風景も、ゆがめて描く。ジョレス駅の風景は、地図を見つめているミラーの心象風景である。

ペルレスのタイプライターで書かれた同じ手紙から、『北回帰線』に脈絡する箇所をさらに引いてみよう。

> どうしたら、秘書や勢ぞろいした速記者を獲得できるだろうか？　この地で、月に一冊の書物を仕上げることができるような気がする。ベッドまでお供してくれる速記者を入手できるなら、二十四時間、仕事を続行できるだろう。しかし、デュフレーヌの裸体画を見ると、文学を選択して重大な間違いをしでかしたと思う。主として彼のパステル画しか知らなかったので、油彩画を見てなんという衝撃を受けたことか！　とりわけみごとな油絵、ワイン抜き《サン・ヴァン》の（アルコール依存症反対同盟がぼくたちに信じ込ませているように）十三世紀の親しき朝餉《デジュネ・アンティーム》といったものからの衝撃。デュフレーヌは前景のヌードをベン

チにもたれさせる、色調が安定し、力強く、指の爪のように桃色のヌードを。肉はきらめきながら、うねり、すべての第二次性徴と二、三の第一次性徴を示している。肉体は歌う、ヴラマンクの風景のように露をおびている。肉体が四分され、みごとな静物のようにここちよい。ただここでは静止し、死んでいるものはなにひとつない。テーブルは食料の重みできしみ、上に傾けられ、額縁からすべり出そうになる。ぼくたちはひどく粗末な部屋にいるが、このカンヴァスには、ぼくたちが近代美術館で見た、あの魅惑的なジャングルの特色が出ている——とくにゼブラやガゼルたちがシュロの葉をかみ切っているカンヴァスには。

ミラーは右の手紙の一節を書き直し、『北回帰線』(初稿・第二巻)の台紙に貼り付け、最終稿のなかに取り込んだ。

同年四月の、書かれた場所が不明の別の手紙に出てくる次の一節は、わずかに手直しされて『北回帰線』(初稿)の一枚目の台紙に貼り付けられ、現在の『北回帰線』に組み込まれた。

凍てついた野ウサギのように、復活祭が始まった——だが、ベッドのぬくもりはほんとうに心地よい。きょうの天気もすばらしく、たそがれどきのシャンゼリゼ界隈は、黒い瞳の楽園の美女たちがひしめく外光派のトルコの後宮に似ている。木々は葉をつけてうっそうと茂り、新緑があまりにも鮮やかなので、まるでまだ露に濡れてきらきら輝いているかのようだ。ルーヴル宮からエトワールにいたるまでの新緑は、ピアノのためのドビュッシーの小曲のようだ。五日間、ぼくはタイプライターにさわりもしなかったし、書物に見向きもしなかった。アメリカン・エクスプレス社へ出かけることは別として、頭のなかは空っぽだった。今朝九時、開店早々に足を運び、午後一時にもう一度。なんの連絡もなし。(連絡なしは負け犬をがっくりさせる。）四時半、土壇場で急襲してみようと決意をかためて、ホテルを飛び出す。町角を曲がるとき、ウォルター・バックとすれちがう。ウォルターはぼくに気づかず、こちらも話すことなどないので、彼の記憶を新たにしようと思いもしない。後刻、ぼくは札入れの五〇〇フランを区分けし、パリの庭園のベンチで足を伸ばしていると、アルフレッド・パックの姿が思い出される。あの男はやや猫背で、物思わしげな様子で落ちついてはいるが、内気そうな微笑を顔に浮かべていた。ぼくはまわりを見渡し、柔らかくエナメルをかけたような、薄緑と藤紫に彩色されている空を見上げた。きょうの空は重たげな雨雲をはらまず、一片の古い陶磁器か真鍮箔製品のようにほほえむ。四巻の分厚い『美術史』を翻訳したあの男が、目を伏せながらこの宇宙の意味をはかるとき、彼の心をなにがよぎるのかと思う。

エミール・シュネロックに宛てて書かれた四月の手紙のここかしこが、『北回帰線』のなかに点綴されている。『北回帰線』の次の一節も、四月の手紙を書き直したものである。

ぼくの心はつい先ごろ読んでいた書物に戻っていく。「この町は修羅の巷であった。屍体は屠殺人にずたずたに切られ、街路に累々《るいるい》と横たわっていた。オオカミどもが屍体を食らうために近郊から忍びこんで来た。黒死病や他の疫病が忍び寄り、オオカミどもの仲間になった。そしてイギリス軍が進軍してきた。そうしているあいだに、ありとあらゆる墓地では、死の舞踏《ダンス・マカブル》が墓石のまわりでぐるぐる続いた……」愚王シャルル時代のパリ。とても楽しい本だ。

ミラーはすでに一週間あまり、パリ三区と四区にまたがるマレー地区を踏査していた。古色蒼然とした貴族の邸宅建築を残す地区であって、地図を片手の探訪だけでは不十分であり、歴史的背景の知識が不可欠であった。ミラーは愚王シャルルにまつわる道路や建築物に魅せられた。『北回帰線』では、「タンプル広場に腰をおろして、ジャン・ガボッシュに統率された廃馬買収業者たちの行為について黙想に耽りながら、ぼくは愚王の哀れをそそる運命についても長いこと思いをめぐらしていた。オテル・サンポールの廊下をさまよった精神薄弱者、不潔この上ないぼろをまとい、潰瘍や害虫にさいなまれ、疥癬《かいせん》にかかった犬のように、人びとから投げつけられた骨をしゃぶっていた愚王。リオン通りで、ぼくはかつて愚王が自分の愛玩動物にえさを与えていた動物園の石ころを捜した」と、エミール・シュネロック宛ての手紙を下敷きにした文章が続いている。

四月下旬、懐具合がますます苦しくなり、ミラーは電報でジューンに送金を督促するようになった。

『北回帰線』の登場人物たちとの出会い

五月に入ると、ミラーはエミール・シュネロックに、パリに来訪するようにとせっつき始めた。パリの生活がいかに安上がりであるかを説明し、パリで暮らしてはどうかと提案した。ミラーは万一の場合にはどこかのアトリエの床の上で寝泊りすることも覚悟していたから、画家のシュネロックは手紙の行間から、パリに移り住めばミラーがアトリエで寝泊りするようになるのを察知できたはずである。

妻のジューンからたまに電報が届くものの、送金が滞っているだけではなく、ジューンの動静が不明になってきた。五月十日付けの手紙のなかで、ミラーは「犬のように惨めな生活」を送っていると伝えている。履きつぶした靴はかろうじて修理に出すことができたが、中古の靴には手が届かなかった。服装もむさくるしくなってきた。

この手紙によれば、ミラーは『北回帰線』に登場する二人の人物との出会いをはたし、さらにもうひとりの登場人物と会う予定になっている。ひとりがジェルメーヌ・ドーガードという娼婦であり、もうひとりがフレデリック・カーン（一八八六―一九六五）というアメリカ人の彫刻家兼画家である。さらに、前衛的な映画製作で知られていた女流映画監督ジェルメーヌ・デュラック（一八八二―一九四二）に五月十六日にインタビューする予定になっていた。

五月早々にジューンから四ドルの仕送りがあった。五月三日ごろ、ミラーはボーマルシェ大通りを気分よく歩いていると、ジェルメーヌに呼び止められ、アムロ通りの安ホテルに入った。ミラーは五月十日付けの手紙のなかで経緯をシュネロックに報告した。ミラーはこの手紙をメモ代わりに活用して、「骨の髄まで、心の奥底まで娼婦」であったジェルメーヌを『北回帰線』に登場させている。ミラーを一時的に困窮している作家であるとみなした彼女は、他の娼婦とは異なる対応を示した。『北回帰線』では、「ぼくに酒をおごり、つけがきくようにしてくれ、ぼくの所持品を質に入れ、ぼくを彼女の友人たちに紹介してくれるなど、いろいろと尽くしてくれた」とあるが、これはほぼ事実であるようだ。ミラーとの最初の出会いのあとで、ジェルメーヌはたどたどしい手紙を書き送り、所持品を売却するのであれば手伝いたい、と申し出ている。ジェルメーヌが関与したかどうかは不明であるが、五月下旬ころにミラーは、アメリカから持参した三着の高級紳士服のうちの二着を七十五フランというばかばかしい値段（父親の洋服仕立て店では百ドル、つまり二五〇〇フランの販売価格）で手放した。買い手はサン・タンドレ・デ・ザルー通りの洋服屋であった。足元を見透かした取り引きをして、洋服屋は気がとがめたらしく、ミラーにたっぷりとした昼食を提供した。残りの一着の処分も時間の問題であった。

同じ日付（土曜）の手紙において、ミラーは、「昨晩、ドームでフレッド・カーン氏と当地のアメリカ人学生のために美術学校を開く見込みについて議論。彼はこのアイディアを打ち明けて、ぼくに手伝ってほしい、あまり精を出さなくてもつつましい収入が見込めると言っている。どうなることか、見守りたい」と述べて、月曜にはカーンとともにボザールなどのパリの大手の美術学校を一巡することになった、と伝えている。ドームでふたりが話し込んでいると、ベティというスイス人女性が割り込んでくる。彼女はカーンのアトリエで毎日のようにバスを使用している。カーンは彼女に性的魅力を感じないので、ミラーが気に入るのであれば愛人にしたらどうか、とけしかけた。

カーンのステュディオはモンパルナス墓地の裏側の通りに所在し、翌年になるとミラーは緊急避難的にカーンのステュディオの床の上で寝ることがあった。ミラーは『北回帰線』に、カーンをモデルにしたクルーガーという名前の、「霊的なものに関心をもつ」彫刻家でもあれば画家でもある人物を登場させている。カーンは東洋の神秘思想に熱中していたが、ミラーはいやがらずにカーンの語りに耳を傾けた。『北回帰線』では、「少しずつクルーガーから信用されるにつれて、ぼくはうまく彼に取り入った。クルーガーは路上でぼくを追いかけてきて、ぼくに数フランを用立てたいと申し出るほどだった」とあるように、ミラーはカーンから借金をするようになった。一九三二年十二月に作成された借金一覧表によると、カーンからの借金の総額は百ドルである。

インターネットで検索すると、フレデリック・カーンの抽象絵画の売買が成立することもあるようだ。つまり、カーンはいっぱしの画家であった。しかし、『北回帰線』では、「画家としてのクルーガーはゼロであり、彫刻家としてはゼロ以下であった。家事の切り盛りが上手だったことは彼の名誉のために言っておこう」と、ミラーはクルーガーことカーンをこきおろしている。他の登場人物についても言えることだが、ミラーはモデルを歪曲しながら登場人物を創造する。歪曲されたモデルは怒りを感じ、ミラーから離れる場合もある。傷ついたモデルが立ち直るのに時間を要する場合もあった。パリ時代のミラーは、画家としてのカーンにそれなりに一目を置いていた。

一九二〇年代の一時期にモンパルナスのジョッキー・クラブの経営者になったこともある画家ヒレア・ハイラー（一八九八―一九六六）から、ミラーは一九三三年秋に二回ほどレッスンを受けた。ミラーの水彩画を見たハイラーは、レッスン料を返したいと言った。ミラーには描きたいものを描くだけのテクニックがすでに具わっていると思ったからである。ミラーの水彩画にはずうずうしいほどの根性がフレデリック・カーンの全作品よりもふんだんにある、とハイラーは感じた。ハイラーは、自然から逃れることはできないのだから、空間、距離、次元等々を条件として受け入れるべきであって、その条件に縛られてはいけない、というのであった。

ミラーはカーンのステュディオに足を向ける。カーンの見解によれば、ミラーの作品が興味深いのは当然だ。子どもっぽい作品というのは常に興味深いものだ。それで満足しているのであれば、自分のところに来る必要はない。見えないものを見るためには、自然のなかの対象を見ることができるようになるべきだ。優れた作品はフォルムや構成、光や色彩の知識があってはじめて成立する。ミラーは、ハイラーとカーンの意見は正反対であるが、どちらも一理ある、と感じていた。

一九四〇年に帰国したミラーは、アメリカ紀行を執筆するために一年がかりの国内旅行を開始することになる。一九四一年三月、ミラーはカンザス市に居住するフレデリック・カーンを訪れ、一泊した。アナイス・ニンに宛てた同年三月二十一日付けの手紙には、「チベットのことなどを話題にした。カーンはすばらしい本と写真を所有している。（ブラヴァツキーに影響をおよぼした）ふたりの大師の写真を見せてもらった――信じられないような美しい顔だ！」とあるが、チベットはパリ時代のふたりの共通の関心事でもあった。『北回帰線』（初稿）によれば、カーンはチベットの日本人ラマ僧（おそらく多田等観であろう）についてミラーに熱狂的に語っている。帰国後のカーンはカンザス・シティ・アート・アカデミー・インスティテュートという美術学校（ウォルト・ディズニーが学んだ学校）で美術を教えていた。彼はやがて南カリフォルニアに移り住み、カーン・アート・アカデミー・インスティテュートを設立した。パリで構想していた美術学校がようやく実現したことになる。一九六五年、カーンはロサンジェルスで没した。

一九三〇年四月、ミラーはモンマルトルのステュディオ28でジェルメーヌ・デュラック監督の作品『ほほえむブーデ夫人』（一九二三）を観ると、デュラックに手紙を書き送った。三月、ステュディオ28でルイス・ブニュエル（一九〇〇—八三）の『アンダルシアの犬』（一九二八）を観たときもブニュエルに手紙を書いたが、返信はなかった。パリを離れていたデュラックは、五月になって、インタビューに応じるという返信を送ってきた。

ミラーは、デュラックの映画は時代に先行している、『ほほえむブーデ夫人』が製作されてから七年が経過しているにもかかわらず「超モダン」である、と思っていた。デュラックの映画に関しての評価とともに、アメリカ映画の動向についても情報を提供できる、と手紙のなかでミラーは述べている。デュラックはそれに反応を示したようだ。

五月十日付けのシュネロック宛ての手紙では、「アメリカ映画について、知らないことでもでっち上げるつもりだ。週給十五ドル払ってくれれば、彼女のところで働きたい」と書いており、ミラーは映画製作の補佐の仕事にありつこうともくろんでいたようだ。ミラーは仕事につくべきだと思い始めていたが、身分証明書がないので、就労ビザを申請することもできず、職につくこともままならなかった。

『北回帰線』では、ジェルメーヌ・デュラックはマダム・ドロルムという名前で出てくる。ミスタ・レンと彼の細君がアパートを借りようかとボリスを訪ねてくる場面。ワインの「びんを両脚にはさんで、窓から跳ねかかってくる陽光を浴びながら、ぼくは初めてパリに到着したころの、あのみじめな日々のすばらしさをいま一度経験する」。主人公は、空きっ腹をかかえたまま、「ときたま見ず知らずの人間を訪問」した時のことを思い浮べる。

たとえば、マダム・ドロルムのことだ。どうやってマダム・ドロルムのところへたどり着いたのか、もはや想像もつかない。だがぼくはたどり着き、なんとか邸宅のなかに入り、執事の前を通り抜け、小さなエプロンをかけたお手伝いの前を通り、邸宅のただなかに入り込んだ。コーデュロイのズボンとハンティングジャケットのいでたちで——おまけにズボンのボタンがひとつもないままに。いまでもぼくはマダム・ドロルムが男のような身なりで玉座に腰かけていたあの部屋の金色燦然たる雰囲気を、鉢のなかの金魚を、古代世界の地図を、美しく装丁された書籍をもう一度味わうことができる。彼女の手が重々しくぼくの肩に置かれ、ものうげなレズビアンふうの物腰に幾分ぎょっとさせられたものの、あの感触をもう一度味わうことができる。

ミラーは一年半前のことをはるか遠い昔の出来事であるかのように、パリに到着してまだ日の浅い日々について綴る。引用文にはマダム・ドロルムのモデルがフランス映画界の有名人であることを想起させる手がかりはないが、初稿では以下のようになっている。

ぼくは連中にジェルメーヌ・デュラックについて語っている、汚れたズボンをはいたまま、どうやって豪壮な邸宅のなかの彼女を訪れたかを。ぼくはマダム・デュラックが男のような身なりで腰かけて、洗練されたフランス語でぼくに話しかけたあの部屋の金色燦然たる雰囲気をもう一度感じる。鉢のなかの金魚を、古代世界の地図を、美しく装丁された書物をもう一度味わい、チャップリンと無声映画の未来についての議論を思い起こす。彼女の手が重々しくぼくの肩に置かれ、ぼくが気に入ったと言ってくれたのをふたたび感じとる。ものうげなレズビアンふうの物腰に幾分ぎょっとさせられたものの、ぼくはふたたび思い起こす、ぼくが彼女の知性と映画『ほほえむブーデ夫人』の絶妙な表現について賞賛したことを。

ジェルメーヌ・デュラックとのインタビューが終わり、高級紳士服二着を処分すると、ミラーは安ホテルを転々とするようになった。ジューンに電報をうっても反応がなかった。安ホテルのおかみがミラーの支払い能力を疑うようになると、見つからないように夜遅くホテルにもどってくるようになった。それはミラーが敬愛するノルウェーの作家クヌート・ハムスン(一八五九―一九五二)の小説『飢え』(一八九〇)に描かれている状況に似ていた。トランクのなかの原稿がいかにも貴重品であるかのように仰々しくふるまったり、あと数日でアメリカン・エクスプレスに送金があるはずだとホテルの経営者にほのめかした。トランクをカフェにあずけることもあった。

六月上旬のある日の午後、ミラーは第十四区のヴァンヴ通りに所在するシネマ・ヴァンヴという映画館の前にいた。ミラーの回想によれば、三十六時間の絶食が続いていた。

映画館の入り口近くに梯子がかかっていて、従業員らしい男がポスターを貼っていた。この男が、『北回帰線』にウジェーヌという名前で登場するウジェーヌ・パチョティンスキー。当時のミラーは、「フレンドリーな顔」を捜して街路をうろつきまわっていた。つまり、クロワッサンとコーヒーをおごってくれそうな人間を捜していた。梯子をおりてくるその男と握手した。彼の口のまわりの道化役者のような表情が印象的だった。かかっている映画は『ムーラン・ルージュ』。主演女優はロシアの作家アントン・チェーホフ（一八六〇―一九〇四）の姪オルガ・チェーホファだった。

外国人かい？　とその男。そう、アメリカ人だよ、とミラー。その男の脳裏に刻まれているアメリカ人のイメージはモンパルナスで見かける裕福なアメリカ人であったから、彼にとっては意外なアメリカ人の出現だった。ミラーの服装は汚れが目立っていた。映画を観たいが、すかんぴんだ、とミラーは言った。ミラーにとっては、フランス人のフランス語よりも、ロシア人のたどたどしいフランス語のほうが理解しやすかった。

男はミラーを、向かい側の街角のデュヴァルというビストロへ案内した。ミラーはミルク入りコーヒーとクロワッサンを注文した。軽食が済むと、男はタバコを差し出した。チェスが置いてあるので、やってみないか、とミラーが誘った。男があっさりと三連勝した。ここでミラーが相手の名前を尋ねた。「わたしはアリョーヒンだよ」と、男は真顔で言った。ミラーは感動した様子で立ち上がり、握手を求めながら、「ムッシュ、お知り合いになれて光栄です。ぼくが全敗したのは当然です」。アレクサンドル・アリョーヒン（一八九二―一九四六）はフランスに帰化したロシア出身のチェス・プレーヤーで、当時は無敵の世界チャンピオンである。男はそれ以上ふざけるつもりはなかったので、「冗談だ、わたしの名はウジェーヌだよ」と言った。ミラーも名乗った。

ミラーが映画を観たがっているのは明らかだった。ウジェーヌはミラーを無料で招待した。映画がひけると、ウジェーヌはミラーを映画館の経営者ムッシュ・ロベールに紹介した。ロベールはふたりをデュヴァルの店に連れて行き、アンジューを飲んだ。ロベールは話好きで、完璧な英語を駆使することができたので、話がはずんだ。閉店まで三人はビストロで会話を楽しんだ。

ウジェーヌとムッシュ・ロベールの歓待が嬉しかったので、ミラーはシネマ・ヴァンヴに足を運ぶようになった。いつもミラーの座席が用意されていた。ミラーは開演の時刻よりもかなり早く到着し、入口の近くでノートをとることもあった。ウジェーヌが何をしているのかきくと、ミラーは本を書いていると答えた。当時のミラーはアメリカから持参した小説の草稿に手を入れていたが、同時にパリでの経験をもとにした本の執筆をすでにもくろんでいた。『北回帰線』の初稿では、「彼女はアントン・チェーホフの娘であると世間は言う。それでよろしい！　ぼくは言う、彼女はベルゼブルの娘、悪徳の母、ユデトとリリスを結合させた女、悪徳よりも魅惑的で、猛毒よりも致命的な女である、と。彼女は女の化身であり、愛の大いなる、動悸をうつ子宮だ。ぼくは昨夜、シネマ・ヴァンヴで『ムーラン・ルージュ』のなかのオルガをふたたび観た」とあるが、えんえんと続くオルガ・チェーホファについてのくだりは改稿のプロセスで全面的に削除された。

ミラーの窮状を知ったウジェーヌは、デュヴァルの店の前に、「英語のレッスン、引き受けます」という小さな看板を出してくれた。一時間十フランのレッスン料。生徒募集はうまくいかなかったが、ウジェーヌの思いやりがミラーのこころに深く沁みた。ミラーは六月中旬から七月十四日まで、ヴァンヴ通り（現在のレイモン―ロセラン通り）六〇番地のオテル・アルバ（現在は七階建てのアパルトマン）に泊っていた。食事はしばしばウジェーヌのアパートで済ました。黴臭いスープ付きの質素な食事を済ませると、「午後、ぼくたちは涼しくてうす暗い映画館へ出かける。ウジェーヌは舞台のすぐ前にあるピアノに向かって腰をおろし、ぼくは最前列のベンチに腰かける。館内に観客はいないが、ウジェーヌはヨーロッパじゅうの国王と女王を聴衆にしているかのように歌う」と、ミラーは『北回帰線』に書き込んだ。オテル・アルバからシネマ・ヴァンヴまでは徒歩で二分、目と鼻の先に映画館は所在していた。レントレポという名前に変わったが、映画館は今日なお営業を続けている。レストランや小さなバーを兼業する場末の映画館はひっそりとして目立たないが、しなやかに生き延びている。

七月十五日にオテル・アルバを引き払ったミラーは、寝泊りできる場所を確保しなければならなかった。

ウジェーヌがムッシュ・ロベールに話をつけてくれたおかげで、当面はシネマ・ヴァンヴの床の上で寝ることができた。その折りの経験を、「あのみじめな日々のすばらしさをいま一度経験する。宴会場に迷い出た幽霊のように街をうろつきまわり、途方にくれ、貧乏にうちひしがれた日々のことを。なにもかもが一度にどっとよみがえってくる――水の流れない便所、ぼくの靴を磨いた公爵、そこの後援者の外套《がいとう》の上で寝たスプランディド映画館、窓の格子、息苦しい感じ」と、ミラーは『北回帰線』に織り込んだ。

　ウジェーヌは赤軍から脱走した元ロシア軍兵士であり、一九二三年からパリで暮らしていた。ロシア人難民委員会に住所を知らせておいたので、彼のふたりの弟たちも兄を頼ってパリに移り住んでいた。ミラーは、タクシーの運転手をしていたレオンと顔を合わせる機会はあまりなかったが、もうひとりの弟アナトールは兄に劣らず好人物で、親身になってミラーの面倒をみた。ミラーはアナトールが宿泊しているホテルのわびしい一室で食事をともにすることもあった。窓がなく、換気装置もない、ひじを自由に動かせる余地もないような部屋であった。ところで、ミラーの手持ちの高級紳士服一着を処分してくれたのがアナトールだった。一五〇フラン。五月下旬ころに紳士服二着を七十五フランで手放していたので、ミラーは喜んだ。アナトールが薦める「パン屋の二階の一室」を試しに一週間だけ借りようかなと思案した。ミラーは虎の子の一五〇フランを確保した。

　父親が戦艦ポチョムキンの提督だったという殺虫剤販売業のセルジュと彼の弟エリスも親切だった。ロシア人は親切だ、ミラーはそう感じた。ニューヨーク時代のことを思い起こしても、ロシア人にいやな思いを抱いたことはなかった。ロシア音楽、ロシア料理も大好きだった。ロシア文学も。ミラーはパリで自分がロシアびいきになったことを実感した。『北回帰線』に、「ぼくは自分の書くものを一行だに変更しないという無言の契約を自分自身と結んだところだ。ぼくは自分の思想と行動を完成させることに興味をもっていない。ぼくはツルゲーネフの完璧さのかたわらにドストエフスキーの完璧さを置く。(『永遠の良夫《おっと》』よりも完璧な作品がひとつとしてあるだろうか?)」とあるが、初稿では「ぼくは『けむり』のかたわらにヴァン・ゴッホの書簡を置く」となっている。『けむり』(一八六七)はツルゲーネフの長編小説である。ミラーにとって、ゴッホの『テオへの手紙』も重要な意味をもっているが、ミラーは自分のロシアびいきを強く押し出そうとするあまり、ツルゲーネフとドストエフスキーを並列させてしまった。ミラーは『北回帰線』を執筆中に『テオへの手紙』を読んだのだが、自身にとってテオの役割を果たしてくれるのがエミール・シュネロックだと思った。

アナトールという人名が『北回帰線』には二回出てくるが、抑制の意識が働いているせいだろうか、情報の量という点では、限定されている。いっぽう、初稿の方は、なんでもかんでも注ぎ込もうという発想で書かれた未完成稿だから、情報量が豊富だ。初稿の、「ウジェーヌの所帯」という書き込みのある部分から引用してみよう。

ここ数週間、ぼくは共同生活を送っている。ぼくは自分自身をほかの連中と共有しなければならなかった。もっぱら気違いじみたロシア人たち、酔っ払いのオランダ人、オルガという名前の大柄なブルガリア人の女と。ロシア人たちのうちでぼくが話題にしなければならないのが、とりわけウジェーヌとアナトールだ。

最近、アナトールはオルガにひっかかった。ふたりは四回デートをして、いずれ結婚することがすでに決まっている。つまり、オルガの父親が彼女にブルガリアへの帰国費用を送ってこなければ、の話だが。送金があれば、結婚の話はなかったことになる。オルガは退院したばかりだ。病院で妊娠中絶を済ませ、輪卵管を焼き切ってもらい、余分な体重をちょっと減らした。オルガはひどい苦痛を経験してきたようには見えない。彼女の体重は一トンもありそうだ。汗を発散させ、木毛《かんなくず》のように見えるチェルケス人のかつらをまだかぶっている。あごに二つ、いぼがあり、そこには毛が少し生えている。上唇にひげを薄くたくわえている。

退院した翌日から、オルガはまた靴をつくり始めた。午前六時に作業台に向かい、十二時まで仕事をする。二時に仕事にもどり、夜九時まで働く。この十三時間で二足の靴を仕上げて、三十フランを稼ぐ。ウジェーヌはオルガが重荷だと不満そうに言うが、実際は、一日あたり三十フランの稼ぎでオルガがウジェーヌと彼の妻を養っているのだ。もしオルガが仕事をしなければ、ぼくたちのだれも食べていけない。そこでオルガを時間通りに寝かしつけ、仕事を続けられるだけの食べ物などを与えようと努力しているのだ。

憤懣やるかたなさそうに、ウジェーヌが少々の手持ち金を手にしようとぼくに食らいついた。彼の妻が帰国しなければならないというのだ。なぜ行かなければならないのか、ぼくには判らないが、ウジェーヌによると、彼女はそうしなければならないし、それだけのことだという。国にもどるために、ウジェーヌの妻メグノはキツネの毛皮、新しいドレス、わらの靴が必要だ。そこでウジェーヌは一五〇フランをぼくに無心した。返済されるまでぼくに食事をあてがうという条件で、ぼくは有り金を手渡した。

ミラーがウジェーヌに用立てた金額は、あの虎の子の一五〇フランと一致する。ミラーがアメリカから持参した紳士服の最後の一着のおかげで、ウジェーヌは急場をしのぐことができたようである。ふたりは親交を深めていた。やがてウジェーヌとメグノは離婚し、第二次世界大戦後、ウジェーヌはフランス人女性と再婚した。

ミラーがアサス通り六二番地のオルフィラ館を訪れたのは、オテル・アルバに宿泊していた時期である。アメリカン・エクスプレスに日参していたミラーは、エドガー・キネ大通りを横断すると、リュクサンブール公園を通り抜けたか、あるいはアサス通りを歩いたはずである。『北回帰線』のミラーは、「ある日の追憶」について語り始める。「昼夜をわかたず、その前を往来していた記念銘板にそそのかされて、ぼくが衝動的にオルフィラ館に入っていき、かつてストリンドベリが居住していた部屋を見せてくれと頼んだ日のことだ。その時まで、ひどく恐ろしいことなどなにひとつぼくの身に降りかかっていなかった。もっとも、ぼくは所持品をすっかり失ってしまい、空きっ腹のまま警官にびくつきながら街路を歩き回るのがどういうことか、すでに知ってはいたが」。当時のミラーがパリで発見したのは、「友人がいなくても、あるいは必要不可欠《スイニ・クワア・ナン》と思われる金がなくても生きていける。パリではひとは悲しみや苦悩を食ってでも生きていける」ということだった。

あの下宿屋を立ち去るとき、ぼくは口元に皮肉っぽい微笑を浮べているのを意識していた。あたかも自分に「まだなんだよ、オルフィラ館は！」と言い聞かせているかのようだった。

いったい「まだなんだよ、オルフィラ館は！」とはどういう意味なのであろうか。アウグスト・ストリンドベリ（一八四九—一九一二）は一八九六年二月からおよそ半年間、当時はホテルであったパンション・オルフィラに滞在した。オルフィラ館時代のストリンドベリは克明に日記をしるし、さらに日記を自伝的小説『地獄』（一八九七）へと発展させた。『地獄』は、自殺まで思い詰めたほどの不幸な結婚生活を回顧する作品である。ミラーはおのれの境遇とストリンドベリのそれを比較考量した。ミラーも、妻ジューンとの結婚生活を題材とする自伝的小説の構想を温めていた。ジューンからの送金が滞っているのは、大恐慌という社会的背景からみれば、当然のことであり、ジューンは彼女なりに作家志望のミラーを必死に支えようとしていた。オルフィラ館のストリンドベリと比較すれば、ミラーはまだ地獄には到達していないのであって、

「まだなんだよ、オルフィラ館は！」と、おのれ自身を励ましていたのである。

真珠商人ナナヴァティのアパートに転がり込む

一九三〇年八月九日、ミラーはおよそ二カ月ぶりにエミール・シュネロックに宛てて手紙を書き、ラファイエット通り五四番地四階の真珠商人ナナヴァティのアパートに転がり込んだことを知らせた。「ぼくはいま、ムッシュ・ナナヴァティという知性のかけらもない、肌の浅黒いヒンドゥー教徒の家に居住している。ぼくにはとても辛い生活だ。ナンキンムシやゴキブリと暮らしているのだから。ぼくは汚れたカーペットを掃き、皿を洗い、バターが塗られていない黴臭いパンを食べる。ひどい生活だ。うそじゃない！　フロリダよりひどい。むきだしのからだを覆うのにフランネルのズボンとツイードの上着しかない」。ナナヴァティは『北回帰線』ではナナンタティという名前で登場するインド人で、すでにアメリカで面識があった。マンハッタンの西一四番街のパーク・プレイス（地下鉄の駅名。『南回帰線』ではサンセット・プレイスという名称で出てくる）に所在した電信会社ウェスタン・ユニオンの雇用主任であったころ、ミラーがインド人の面倒をよくみていたのを知っていたナナヴァティは、謝意を示すという名目でミラーを寄宿させたが、実際はミラーを思う存分に使用人として扱った。この待遇はミラーにとってパリに移り住んで以来の、最大の屈辱的な経験であった。必然的にミラーは、思い起こすだけで心がずきずきと痛んでくるアメリカ時代の屈辱的な体験を脳裏に蘇らせ、ナナヴァティの待遇を「フロリダよりひどい」とシュネロックに短く伝えた。

一九二五年のフロリダの土地ブームの折りに、ミラーはふたりの友人とフロリダに出かけた。ひとりはジョー・オリガンという名前の、ウェスタン・ユニオンの雇用主任であったミラーの助手を勤めた男である。もうひとりがエミール・シュネロックの弟ネッドであった。「フロリダよりひどい」とするだけで、ミラーはフロリダへのヒッチハイキングの顚末《てんまつ》よりもひどい状況を相手に伝えることができると思っていた。ミラーは、『北回帰線』において、フロリダのジャクソンヴィルでの出来事を縷々《るる》、綴っている。

あの名高い土地ブームの頃のことであって、数千名のほかの連中と同様に、ぼくは不意打ちをくらって身動きがとれなくなった。脱出しようとしたけれども、ぼくはある友人ともども、いちばん苦しい時に身動きがとれなかった。ジャクソンヴィルは実質的に包囲されていて、ぼくたちはそこで六週間も孤立していた。この世のあらゆる放浪者と以前に放浪者になったことのない多数の連中がどっとジャクソンヴィルに流れ込んできたようであった。ＹＭＣＡ、救世軍、消防署、警察署、ホテル、下宿屋、どこもかしこもぎっしり詰まっていた。

ミラーたちはユダヤ教会堂《シナゴーグ》のラビ、救世軍、カトリックの司祭などに泊めてくれと交渉するが、鼻であしらわれる。「ディジョンへ向かう途中ずっと、ぼくは過去の追憶にふけっていた。堅くなったパンの一片をねだるだけでも自分が虫けら以下の存在に感じられたあの屈辱的な瞬間に、実際の自分の言動とは違っていることについて、つまり、ああ言ったかもしれないとか、こうしていたかもしれないなどと、あれこれと考えめぐらしていた。まじめすぎるくらいの人間だったので、当時の侮辱や無礼なふるまいのことでまだ心の傷がずきずき痛むのだった」。ミラーが英語教師としてディジョンに向かったのは一九三二年一月であった。『北回帰線』ではディジョンにおもむく途中でジャクソンヴィルの一件を反芻したことになっているが、実際はナナヴァティのアパートで思い出していたのである。フロリダの記憶とナナヴァティによる屈辱的な仕打ちは、『北回帰線』において通底している。ディアボーンの著した伝記『この世で一番幸せな男』によると、ミラーは父親からの百ドルの送金のおかげでジャクソンヴィルから脱出した。ともあれ、ナナヴァティの住居からアメリカン・エクスプレスまで徒歩で十分くらいの距離であったから、ミラーは送金の有無を確認しようと頻繁に外出していたはずである。

八月九日付けの、同じ手紙のなかで、ミラーはフランク・メイショウ（一九〇四—四六）というアメリカ人画家と親しくなった、とエミール・シュネロックに報告している。「いまは月曜の真昼、ぼくはフランク・メイショウ宅にいる。大いに見込みのある、思いやりのあるアメリカ人の画家で、妻のポーラとともに身体的なことでぼくの世話をしてくれる。つまり、食い物や飲み物などのことだ。ぼくは食事をし、バーガンディの上等な赤ワインを飲んだばかりだ」。ミラーは、時おり昼食をあてがってくれる新しい友人を確保していた。

フランク・メイショウとポーラ（一九〇七—二〇〇五）は「マンハッタンのある書店」（古本屋のゴータム書店であろうか？）で出会い、結婚した。一九二九年、蔵書を処分して片道切符を入手し、パリに移り住んだ。以来、フランク・メイショウはキュビストたちの影響を受けながら絵画の制作に明け暮れていた。彼は『北回帰線』の初稿では顔を見せているが、推敲の段階で消去された。初稿のなかのミラーとフランク・メイショウ。

そうだね、なにか愉快なことを語ることにしよう。先日、ジョインヴに出かけた。そこにはパラマウント映画会社のスタジオがあるから、エキストラの仕事に応募した。ぼくをリストに載せてくれ。いいとも。だが、いつお呼びがかかるのかは約束してもらえなかった。昼間は八十フラン、夜間だと一五〇フランだ。海の向こうはけっこうな国だ。おかしなタイプの人間がぶらぶらしている。フランク・メイショウはぼくに青い紳士服を貸してくれたし、別の男が割り込んできて、十二フランの帽子を買ってくれた。もし夜間の仕事で呼び出されたら、ぼくはタキシードを着なければならないが、フランクが喜んで自分のものを貸してくれる。こう言わなければならない、ぼくは仕事を求めてありったけのドアをノックしなければならなかった、と。ぼくは実際にほとんどどこでもあたってみたのだ。

アメリカの大恐慌がもたらした連鎖反応のせいでパリでも職を見つけるのは至難であった。ミラーは、「フレンドリーな顔」、「スマイリング・フェイス」を探し続けていた。

一九三二年十二月に作成された借金一覧表によれば、ミラーがフランク・メイショウに返済すべき金額は一五〇ドルに達していた。およそ二年のあいだに、約三七五〇フランの借金。かなりの金額である。一覧表の住所の欄には、「住所不明。アメリカの領事館に照会されたし——数カ月前にコロラドの故郷へ向けて出発」とある。

フランク・メイショウが同年の秋に帰国したのは、ポーラが長女を出産したからであった。画家シュネロック宛ての、同年十月の手紙によると、すでにマンハッタンに留まっているメイショウについて、「すぐにコロラドに戻ってしまうのではないかと気にしている。ヴィレッジであの男を捜し出してみたまえ」と促している。ひげを生やし、画家ホルバインのような顔つきの、すばらしい気質のひとであり、芸術についての知識が深いと褒めている。

一九三三年、メイショウはコロラドのレッドストーンに落ちつき、コロラド・スプリングス一帯ではもっとも著名な画家として多くの作品を残した。彼は西部の芸術的背景というテーマでグッゲンハイム奨学金を取得し、コロンビア大学の教員として絵画を指導したこともある。とりわけ壁画の製作で高い評価を得た。

ジューンのパリ訪問

一九三〇年九月末にジューンがパリにやって来た。三週間の滞在。十月十八日、ミラーはサン・ラザール駅でジューンを見送った。この時の情景は『北回帰線』に織り込まれている。今日のサン・ラザール駅はのんびりとしていて、パリの郊外に出かけるときに利用されている感じであるが、当時は国際的な駅としての活気がみなぎっていた。当然のことながら、ミラーはジューンを出迎えるために駅に出かけたが、彼女に会えなかった。『北回帰線』では以下のように描かれている。

数カ月のち。同じホテルの例の部屋。ぼくたちは自転車が何台も置いてある中庭を眺める。階上の屋根裏に小部屋があり、そこでは小生意気そうなアレックというあんちゃんが一日じゅうレコードをかけ、声を張り上げて、気のきいたちょっとした歌を繰り返し歌っていた。いま「ぼくたち」と言ったが、これは先走った言い方だ。モーナはもう長いことどこかに出かけていて、きょうこの日サン・ラザール駅で待ち合わせをすることになっているからだ。夕方近くにぼくは駅に立ち、顔を格子のあいだに押しつけている。だがモーナはいない。もう一度電報を読み返すが、なんの足しにもならない。ぼくはカルチエ・ラタンへ引き返し、それでも食事はたらふくたいらげる。しばらくしてドームの前をぶらぶら歩いていると、不意に目の前に青白く生気のない顔と燃えたつひとみ——それにぼくがつねづね熱愛しているあの小さなビロードのスーツがあった。その柔らかなビロードの下には温かい乳房と冷たく引き締まってたくましい、あの大理石のような脚が隠されているのだ。モーナは無数の顔のなかから立ち上がり、ぼくを抱擁する。

「数カ月のち。同じホテルの例の部屋」とはどういうことか？　要するに、ミラーが単身でパリに三月四日に到着してから「数カ月のち」という意味であって、その時のミラーはボナパルト通り二四番地のオテル・ド・パリに一泊した。一九二八年にミラーとジューンはこのホテルに泊っているから、ふたりにとってオテル・ド・パリは思い出の残る場所であった。ふたりが同じホテルに足を向けたのは当然の成りゆきであった。
　この引用個所は、『北回帰線』の初稿ではどうなっているだろうか。少しだらけているかもしれないが、情報量が増大する。

オテル・ド・パリ、一九三〇年。まったく同じ部屋。ぼくたちがかつて自転車を修理した中庭を窓から眺める。階上の屋根裏には小部屋があり、そこではカーマーがレコードプレーヤーをかけていた。カーマーがそこにいるのを知ったのは、つい数週間前のことだ。ぼくはほぼ一年間ジューンから離れていた。ぼくはサン・ラザール駅に出かけたが、彼女を見逃してしまった。ラタンへ引き返し、それでも食事はたらふくたいらげた。ドームの前をぶらついていると、不意に、青白く、憂いの表情を浮べた、燃えたつひとみの女が目にとまる。ぼくがいつも熱愛してやまないあの小さなビロードのスーツを着ている女、柔らかなビロードの下にはいつも温かい乳房と冷たく引き締まってたくましい大理石のような脚が隠されている。そしてジューンが無数の顔のなかから立ち上がる。

　一九二八年ではなく、一九三〇年のオテル・ド・パリ。ミラーの意識は中庭の自転車に向けられている。つまり、二年前のことが脳裏をよぎっている。一九二八年夏、ミラーとジューンは自転車旅行に出発し、パリを離れた。旅程表の作成に口出ししたのがオシップ・ザッキン。彼はアサス通りの自宅から駆けつけて、ふたりを見送った。しかし、パリにもどった時のミラーは、ザッキンへの疑念を募らせていた。『北回帰線』のなかには鬱々《うつうつ》として愉しまないミラーがいる。自転車旅行のあとの、帰国を目前にしたミラーのことだ。「わずか一年前、モーナとぼくがボロフスキの居宅を辞したあと、夜毎に散歩したのがボナパルト通りだった。サン・シュルピスは、いやパリのどんなものでも、そのころのぼくにはあまり意味がなかった。おしゃべりには飽きていた。ひとの顔を見るとへどが出そうだった。寺院、広場、動物園、その他のいろんなものにもうんざりだった。真っ赤な寝室で書物を手にとってみたが、籐椅子の居心地はあまりよくなかった。一日じゅうじっとしたままでいるのにうんざりし、赤い壁紙にも食傷し、くだらないことをぺらぺらしゃべる連中に会うのもうんざりだった」。ミラー夫妻は、プランセス通りの「真っ赤な寝室」のあるオテル・プランセスに宿泊していたが、ミラーは鬱々としていた。「パリ！　それはボロフスキのステッキ、ボロフスキの帽子、ボロフスキのグアッシュ画、ボロフスキの先史時代の魚」と続いているように、一九二八年のパリに滞在していたミラーの意識にはボロフスキ（ザッキン）の名前が深く刻み込まれた。

ミラーとジューンの半年間におよぶヨーロッパ滞在は、『ネクサス』第二巻において描かれるはずであった。ミラーは一一五ページまで書き進んだにもかかわらず、『ネクサス』第二巻の完成を断念した。一九二八年のパリについてのミラーの寡黙に注目したのは、ミラーの作品をていねいに読んでいたブラッサイであった。一九六七年十月六日、ブラッサイはパリのモンスリ公園近くのビストロでミラーと会食しながら、ミラーが「恨みを抱いているかのように」、一九二八年について言及している、と述べた後で、「きみがあまりにも不幸であったということなのか？」と質問した。ミラーは、それが「痛みをおぼえる問題点」であることを認めつつ、「パリのその年のぼくは、実際に、ぼくの生涯のほかのどの時期よりも不幸だった。ぼくの苦しみはピークに達した。いままで、それについては沈黙を守り通した。辛すぎて、なにも言えなかった！実際は、それこそが『ネクサス』第二巻の主題なんだ」とブラッサイに説明した。要するに、『北回帰線』

の初稿でいったん明らかにされながらも削除された、ミラー、ジューン、ザッキンの三角関係を指しているのであって、ミラーは『ネクサス』第二巻の執筆放棄によって、この件を封印した。ミラーがこの封印をさりげなく解いたのは、回顧的作品『友だちの本』(一九七六)においてであった。ジューンがアリゾナに住む弟に引き取られ、ミラーだけは彼女の居所を知っていたものの、一般には消息不明とされてからのことである。

オテル・ド・パリでレコードプレーヤーをかけている『北回帰線』のアレックこと実名カーマーとは何者か? ジャーナリスト兼作家のネッド・カーマー(一九〇七―八六)である。一九三一年夏にミラーがシカゴ・トリビューン(パリ支局)に臨時の校正係として採用されたとき、同社に勤務していたのがネッド・カーマー。一九三一年秋、ミラーは週に一度、カーマーの家で食事をするようになった。カーマーは一九二七年から三四年にかけてパリに滞在し、ユージン・ジョラス(一八九四―一九五二)の発行する雑誌『トランジション』に詩や散文を寄稿していた。一九三四年八月下旬、シュネロックに宛てた手紙のなかで、カーマーの最初の小説『街路の向こうで』(一九三四)について、ミラーは、自分がアーヴィング・ブレースという名前で登場しているが、結末で車にはねられて逝ってしまう、と述べている。ミラーによれば、カーマーは『北回帰線』からいくつかのパラグラフを剽窃しているが、それはジョークなのだという。『北回帰線』が出版される数週間前のことであるから、ミラーはタイプ稿かゲラ刷りをカーマーに見せたことになる。カーマーは一九三三年十一月からヘミングウェイと親しくなり、その翌年に帰国した。その折のエピソードは、カーロス・ベーカー(一九〇九―八七)のヘミングウェイ伝に出てくる。帰国後のカーマーはCBSのニューズキャスターになって知名度を高めつつ、数冊の小説を発表した。

ミラーがドームでようやくジューンを見かけたとき、彼女のテーブルにはワインのグラスが置かれていたが、彼女の財布には一セントすらなかった。初稿では次のように続く。「ジューンは一ペニーも持たずに到着した。ル・アーヴルかル・ブールジェかどこかでロシア人の紳士に出会い、その男がジューンをパリまでエスコートし、ディナーをごちそうしてから、彼女をタクシーに押し込んでくれた。ぼくが見つからなければ、あとでその男と会うことになっていた」。ホームレスで定職のないミラーに、ふたり分のホテル代が手元にあるはずもない。ミラーの打てる手はひとつしかない。友人や知人を拝み倒して借金を重ねるしかなかったはずである。

ふたりは三週間のうちに五つのホテルを転々とした。順不同で言うと、オテル・ド・パリ、ドランブル通り一五番地のグラン・オテル・ド・エコール（現在のオテル・レノックス）、モンパルナス大通りのオテル合衆国《デ・ゼタ・ズユニ》（現存しない。ラスパイユ大通りにも同名のホテルがあった）、オテル・プランセスまではたどれるが、もうひとつは不明である。ミラー夫妻は十月八日から十二日までグラン・オテル・ド・エコールに投宿し、二二四・五フランを支払った。十ドル弱の宿泊代である。三週間の滞在であったから、ミラーは四十ドルほどのホテル代を工面したことになる。

一九二四年ころ、ジューンはミラーの書いた散文詩（ただし、作者はジューン・マンスフィールドになっていた）やキャンディーをマンハッタンの酒場で売り歩いたことがある。妖しい美貌のジューンにせがまれると客たちはキャンディーなどを買い上げた。ホテル代を工面するときにジューンが同道すれば、かなりの効果があるのをミラーはだれよりも知っていたはずである。オシップ・ザッキン、ペルレス、フレデリック・カーン、フランク・メイショウなどは拝み倒されたくちではなかろうか。ウジェーヌは五十フランをそっとミラーに手渡した。

十月十日、ミラーは映画館が開くのを待ちながら、シュネロックに手紙を書いた。「ジューンとぼくは、わがなつかしきシネマ・ヴァンヴ界隈を訪れ、ウジェーヌ、ムッシュ・ロベールに会って楽しい時を過ごした。ぼくがよく朝食をとったカフェの経営者ムッシュ・デュヴァルにも会った。ジューンはいま台足の長いグラスからベネディクティーヌを飲んでいる」。この日の様子は『北回帰線』（初稿）のなかに描かれている。

ジューンは映画館に入る。ウジェーヌのジューンに目をやる様子から、万事ＯＫであるのが判る。ジューンは別世界の信じられないような人間なのだ。経営者のロベールは平伏している。通りの向かい側のビストロを仕切っているデュヴァルが細君をひじでそっと突いている。細君は別の女をひじでそっと突く。連中はジューンに夢中なのだ。ウジェーヌは自分の細君を追い払い、ぼくたちは「三銃士」で腰をおろし、腹いっぱいになるまで食事をとる。それからウジェーヌは、ぼくの手に五十フランをそっとすべり込ませる。ぼくはすぐさま彼を抱きしめたくなる。ぼくたちはシャトー通りを歩き、鉄橋の上方に出る。ぼくはここで汽車が出ていくのを眺めたものだ。すべてのことが心地よく、うっとりとした気分になる。ジューンのからだがすり寄ってくるのを感じると、ぼくは時おり立ち止まってビロードを両手でさする。

右の引用個所の余白に、「ここを仕上げよ。枕のシラミで終わらせる。オテル・ド・パリ」とペンによる書き込みがある。『北回帰線』では、ふたりがホテルにもどった後の枕のくだりが出てくる。「ぼくは深い眠りから目覚めてモーナを見る。淡い光がそっと差し込んでくる。モーナの美しい乱れ髪を見やる。首すじがむずむずするのを感じる。モーナの髪の毛をもう一度じっと見つめる。モーナの髪の毛が生きている。シーツを引きめくる――あとからあとからそいつらが。そいつらが枕の上をうようよと動いている」。朝まだき、ミラー夫妻はホテルを抜け出し、「メーヌ大通りの玉突き場」で熱いコーヒーをすすりながら、「お互いに髪の毛から」シラミではなく、「ナンキンムシをつまみ取る」。ふたりは別のホテルに移動するが、なすべきことは金策であり、ジューンには効果的な対応策がひとつだけ残されていた。

「あなた、お金、いくら残ってる?」

お金だって? すっかり忘れていた。

オテル合衆国《デ・ゼタ・ズユニ》。エレベーター。ぼくたちは真っ昼間からベッドに入る。起きるともう暗くなっている。まず最初にアメリカに電報をうつだけの金を手に入れなければならない。長い湿り気のある葉巻を口にくわえた例の未熟児に宛てて電報をうつのだ。


『北回帰線』では、「未熟児」ということばが二箇所、出てくる。最初は、ミラーが単身ニューヨークを離れる場面だ。「ぼくが吹きすさぶ吹雪の港を出ていったのは二月だった。ぼくが最後にちらっと見たモーナは、窓辺でぼくにさよならの手を振っていた。通りの向かい側の曲がり角で、帽子をまぶかにかぶり、下あごを折り襟《えり》に埋めて立っている男。ぼくを見張っている未熟児。葉巻を口にくわえている未熟児。窓辺のモーナはさよならの手を振っている。青白く憂いに沈んだ顔、ざんばらになびいている髪」。ジューンには愛人が多数いて、なかにはジューンの夫であるミラーがアメリカから出て行くのを望んでいる男もいた。ジューンはローランド・フリードマンという愛人から旅費をせしめて、ミラーをパリに行かせた。「未熟児」というのはローランドのことであり、彼はミラーの出国をみずから確認した。パリのジューンは、帰国費用として百ドル送金してほしい、とローランドに指示できたはずである。ジューンは切り札を切った。

「南回帰線ノート」と題するミラーの創作メモに、ジューンの「愛人たち」の名前の一覧があり、二十三名が列挙されている。そのなかで『北回帰線』に顔を見せているのは、「ザッキン、彫刻家」と「ローランド、自殺」の二名である。ローランド・フリードマン(通称、ポップ)は一九三〇年代のどこかで自殺しており、その原因はジューンと無関係ではないだろう。『北回帰線』(初稿)では、ローランドは実名で登場するが、ジューンをモーナという名前にした個所ではオリヴァーという名前で出てくる。

つい昨日、モーナは言った――「きょう、オリヴァーに手紙を書いていただけないかしら……すてきな長い手紙を」。オリヴァーからの送金をぼくたちはずっとあてにしている。ぼくたちがどこへ出かけようと、そう遠くない距離にオリヴァーがいつもいる、恋にやつれたまぬけのオリヴァーが。ぼくはニューヨークを離れる数日前に、一度だけこのオリヴァーに会っているから記憶に残っている。彼はジューンを絶対的に信じていた。山を動かすほどの、途方もない信頼。一グラムだけ不足しているが。彼と面識がないときに数通の手紙をオリヴァーに書いたことがある。ぼくの手紙はいつだって女性らしい走り書きだったから、オリヴァーはちらっと疑うことさえしなかった、自分の経験している至福の状態がぼくのおかげであることを。

ミラーとジューンのおよそ半年間にわたる、一九二八年のヨーロッパ旅行を資金的に可能にした人物もローランド・フリードマンであったと推測できるかもしれない。ミラーがブラッサイに明らかにした情報によれば、ミラーの書いた小説の作者がジューンであると思い込まされた男が、出版の費用を賄うつもりで小切手を切ったことになっている。一九三〇年の秋、ミラーの書いた手紙にジューンが署名し、ローランドはそれがジューンの手紙であると信じ込む。だましの手口が共通している。ともあれ、ミラー夫妻がローランドに送金させるのは困難なことではなかった。心なしのミラー夫妻。

クリシーのアナトール・フランス通り四番地のアパルトマンにアルフレッド・ペルレスとともに転居した一九三二年三月下旬、ミラーはアナイス・ニンに宛てて長文の手紙を書いた。ミラーとペルレスは午前六時までジューンについて語り合った。ペルレスによれば、ジューンはミラーを破滅に追い込むタイプの女性である。ミラーはジューンを八つ裂きにしたいと思う反面、ジューンのうそや背信行為を受け入れる自分自身を意識する。ミラーはジューンに相反する感情を同時に抱く。ペルレスはミラーから借りた本のなかに、ローランドが書いた手紙が挟まれているのを発見し、手紙を読む。「それで、きみもこの手紙を読んだってわけだ」とペルレス。「きみはこの手紙をどう思ったんだい?」とペルレスは畳みかけて問いかける。ミラーはぽかんとした表情で相手を見る。「ぼくはローランドの何通もの手紙をなんとも思っていなかった。ぼくたち〔ミラーとジューン〕は一緒に手紙を読み、大笑いしたものさ。ローランドが情熱的になればなるほど、滑稽に思われてきた」と、アナイス・ニンに説明した。ここでミラーが思い返すのは、前年十月中旬にまたもや(ミラーがパリに住みついて二回目)一年ぶりにパリに姿を現し、つい二カ月前(つまり、一九三二年一月)に帰国した阿修羅のごときジューンのけんか腰の捨て台詞《ぜりふ》であった。「あたしはアメリカに戻って、ローランドとファックすべきだわ——彼こそあたしが愛を捧げるべきひとよ」。アナイス・ニンの登場により、ミラーが以前のミラーではなくなったことを、ジューンは敏感に感じていた。ミラーとジューンは破局への第一歩を踏み出すことになった。ここでミラーはおよそ二年前の、『北回帰線』では簡潔に描くことになった彼自身の出国の状況をアナイス・ニンに縷々と説明する。

アメリカから出発する自分が目に浮かぶ。出航の数日前、窓際でのディスカッション——二月の寒い一日、わびしいブルックリン、街路の汚れた雪、不潔な床、スカート姿の彼女の素足、洗面台のあれやこれやの高価なビン。「ここではあなたは不幸なのよ」とジューン。「ヨーロッパに出かけたら? あたしはすぐに後を追うわ」。それからジューンは計略を明らかにする。ポップはただの道具よ……彼女はあきれるほど冷淡にこの問題を扱う……ポップに対して、眼中にないとばかりに残酷に。しかし、ぼくは初めは拒否する。だが、「ヨーロッパ」ということばのせいで、ぼくのなかのなにかが浮上し、ぼくは本気になった。ぼくたちはあとでこの話題に戻った。話が煮詰まり、ジューンをとるか、ヨーロッパをとるかの選択になった。彼女は自分自身を放棄した。〔……〕あの日の朝、タクシーを呼ぼうと急いで階段を駆け下りると、男が廊下で家主に話しかけている。ふたりのそばを通り抜けようとすると、その男はミラーさんという人について質問している。いつもだったら、家主はぼくを呼び止めただろう――こちらがミラーさんですよ――だが、ぼくはそれを出し抜いた。なにか思わしくないことを感じたので、通りにさっと出た。そう、この男がポップだった――なんという唾棄すべきやつ！　それに、ポップは嫉妬していた。そうだったのか、それともポップはぼくが出ていくのを確認していただけなのか？　ポップはぼくを誰だと思っていたのか？（彼の心も、うそでかき乱されていた――彼はジューンがぼくの妻だと聞かされていたが、それも信じていなかったのをいまにして理解できる。）トランクがタクシーに括りつけられているあいだに――長たらしい時間を要した――、ポップは通りの向かい側の角からじっと見て、ひとを寄こしてトランクの住所を読ませようとした。そうとも、ぼくは一部始終を把握した。シーのなかのぼくは、思い切って見上げようとはしない――夫であるぼくにそれができない。そしてタク身を切られるような経験だった。ジューンは見納めに、二階の窓から身を乗り出している。きみにそれが想像できるかい？　ポップがジューンを見て、ジューンがポップを見た。どのようなやりとりがふたりのあいだで進行したのか、ぼくにはどうにも想像がつかない。

ミラーは甲板で逡巡し、客船が出航した瞬間、引き返すべきだったと思ったが、どうにもならない。彼はパリでこの時の状況を反芻し、ジューンの意図について思い巡らした。『北回帰線』（初稿）の書き出しのあたりで、ミラーは「いまはパリでの二年目の秋。ぼくはいまだに推測できないでいる理由のために、ぼくの妻によって送りこまれたのだ」と綴った。

一九三〇年秋のジューンの一回目のパリ来訪には、ある思惑が絡んでいたようである。五月末か六月にジューンは、手元資金なしでパリにおもむくと、ミラーに電報をうった。無謀だと思ったミラーは、ジューンに思いとどまらせてほしい、とシュネロックに依頼した。五月にミラーが映画監督ジェルメーヌ・デュラックに会ったことを知ったジューンは、映画女優になる野望を抱いたようであった。もちろん、ミラーはジューンの思惑に気づいていなかった。十月二十三日、ミラーはシュネロックに手紙を書き、ジューンが土曜(十八日)に「手元資金不足で」帰国したので「心寂しい」と伝えた。「本当のところ、ジューンを汽車に乗せるのは辛かった。この世の終わりであるように思われた」。この時のふたりの辛い別れの場面は、『北回帰線』のなかに見出される。「とにかく、ぼくはずっとここに留まるつもりだ。ジューンが冬の終わりころに戻ってくる見込みもある。彼女はニューヨークで舞台に立とうとしている。マダム・ジェルメーヌ・デュラックの最初の英語のトーキーでは、ジューンに仕事をまわす約束を取りつけることができた。しかし、少なくとも一月までは無理だ」とミラーは期待をにじませた。ミラーは、おそらくジューンにせがまれて、ジェルメーヌ・デュラックにふたたび連絡をとったのである。ジューンが映画に出演したいとか舞台に立ちたいというのは、奇異なことではなかった。一九二〇年代前半にジューンは、マンハッタンのシアターギルド(一九一九年結成)という劇団でいくつかの役を演じたことがあった。この劇団は、アメリカ演劇史に大きな足跡を残した。

フランス映画のトーキーは、ルネ・クレール監督(一八九八―一九八一)の『巴里の屋根の下』(一九三〇)から始まる。この映画は当時のパリで注目され、話題になっていたから、ジェルメーヌ・デュラックがトーキーを手がけてみようと思ったのは当然であったかもしれない。もしジューンが女優に抜擢されたならば、『北回帰線』の内容にも少なからぬ影響をおよぼしたはずである。しかし、ジェルメーヌ・デュラックのトーキーは容易に実現しなかった。ジューンは夢を抱きながら帰国し、アメリカで深い失望を味わうことになった。

一九三〇年冬の危機

ジューンの帰国後、ミラーは以前の生活にもどり、安ホテルを転々とした。すでに公園のベンチの上やセーヌ川の橋の下で寝たこともあったが、冬の到来が迫ってくれば、そうした生活が不可能になるのは判っていた。深く影響を受けることになるジェラール・ド・ネルヴァル（一八〇五―五五）の作品はまだ読んでいなかったが、ネルヴァルが冷え込むパリで悲惨な死を遂げたことをミラーはのちに知った。『北回帰線』において、「パリの寒さはアメリカ人の知らない寒さだ。それは外面的な寒さであると同時に内面的な、心理的な寒さなのである」と述べているから、ミラーはひとを寄せつけないようなパリの冷え込みを感じることになった。

四月以来ずっと寝場所と食事の確保に憂き身をやつしてきたミラーは、ついに音《ね》をあげた。エミール・シュネロック宛ての、十一月十八日付けの手紙においてミラーは、「いろんなことで奮闘してきたが、帰国しようと決断した」と書き、十二月七日発の定期船でニューヨークに向かうつもりだと予定を説明した。船賃は百ドル、父親が半額工面してくれるだろう、エルカスという友人にも手紙を出したので、ジューンと友人たちから残りの半額を募ってもらえないだろうか、という内容であった。「日々食事のことでやっきとなり、部屋の確保もままならず、疲れ切っている」と訴えた。「パリについての本はニューヨークにいても書ける」し、「きっとセンセーションを巻き起こすだろう」と、ミラーは強がった。

首尾よく船賃を確保できれば、ミラーは三週間後に乗船する予定であった。パリに留まるためには、気前のよい友人が新たに登場しなければならなかった。アルフレッド・ペルレスはミラーを自分の部屋に泊めてくれたが、ホテルの経営者が目を光らせていた。抜き足、差し足、忍び足でペルレスの部屋にこっそり潜り込むこともあった。幸いにも、十一月下旬から十二月上旬にかけて、新しい友人が登場した。

十月下旬、ニューヨーク州ウッドストックからジョン・ニコルズ（一九〇〇―六三）という画家がパリに到着した。サングラスをかけ、赤っぽいあごひげを生やした、派手なネクタイのジョン・ニコルズは頻繁にルーヴル美術館に足を向けていた。ミラーはすぐにジョン・ニコルズと親しくなった。この男が『北回帰線』のマーク・スウィフトのモデルである。『北回帰線』に、「スウィフトは疲れを知らない努力家であり、描くこと以外になにひとつ考えようとしない男だった。そのうえオオヤマネコのように抜け目がなかった。ぼくの頭に駆け引きの手腕を必要とする部署に勤める若いフィルモアとの友情をはぐくむように吹き込んだのは、ほかならぬこの男だった」とあるが、このフィルモアのモデルがリチャード・オズボーン（一九〇三―七四）であった。「あの男にきみを援助させよう」と、マーク・スウィフトは『北回帰線』の主人公に言った。

コネティカット州ブリッジポート出身のリチャード・オズボーンは、イェール大学を一九二五年に卒業、二七年に同大学のロー・スクールで法学修士の学位を取得、さらに三年間ニューヨークで法律関係の実務に従事し、三〇年にパリに移った。オズボーンはナショナル・シティ・バンク（本店はニューヨーク。シティ・バンクの前身）のパリ支店に勤務。同支店にすでに勤務していたのがアナイス・ニンの夫、ヒュー・ガイラー（一八九八―一九八五）である。ミラーはオズボーンのおかげで、さらに一年後にアナイス・ニンを知ることになった。

オズボーンはオーギュスト・バルトルディ通り二番地に所在する七階建てアパルトマンの最上階に住んで

いた。窓からの眺望がすばらしく、近くのデュプレクス広場を見下ろせる、スペースたっぷりのアパルトマン。避寒のために南仏に出かけたポーランド人の画家からの又借りだったので、翌年の三月四日までには空け渡す予定になっていた。オズボーンはミラーがその時まで同居することを承諾した。オズボーンは文学のたしなみがあり、ミラーの「パリの本」に興味を示した。彼はミラーの枕元に十フラン、時には二十フランを置いて出勤した。ミラーの仕事は、この部屋のストーヴの火を絶やさないことだった。ミラーは安心して最初の冬を迎えることができた。執筆活動にはずみがつきそうであった。

サミュエル・パトナムの『ニュー・レヴュー』

運よく冬を越すことができそうな見通しが立った無名作家は、一九三〇年十二月十四日に手紙を書いた。受取人はサミュエル・パトナム（一八九二―一九五〇）である。

サミュエル・パトナムは、『シカゴ・トリビューン』などの、シカゴで発行されていたいくつかの新聞の記者や整理部員、またリトル・マガジンの編集者などの経験を積んだのちに、一九二七年にパリに移り住み、文学活動を展開した。パトナムの名前が文学界に広く知れわたったのは、「精神的伝記」という副題のついた労作『フランソワ・ラブレー　ルネッサンスの人』（一九二九）によってである。少年時代にラテン語やギリシア語の習得に驚嘆すべき能力を示したパトナムは、パリでフランスやイタリアの作家たちの作品を英訳し、英語圏の人びとに紹介した。一九二〇、三〇年代のパリで活躍したアメリカの文学者たちの軌跡を描いた『パリはわれらの恋人だった』（一九四七）は、マルカム・カウリー（一八九八―一九八五）の『異邦人帰る』（一九三四）につぐ往時の作家たちの文学地図になっている。のちにミラーと交流することになるパトナムは、『北回帰線』ではマーローという名前で登場する。

『シカゴ・トリビューン』（ヨーロッパ版）のコラム「ボヘミアンの生活」を担当し、モンパルナスに出没する作家や芸術家たちの動向やゴシップを手ぎわよくまとめてヨーロッパに滞在するアメリカ人たちのあいだで人気を博していたウォンブリー・ボールド（一九〇二―八九）は、一九三〇年十月八日（水曜）のコラムで、「月刊誌『ニュー・レヴュー』がモンパルナスで刊行されるといううわさが流れている。創刊号は来年一月一日に発行される予定。寄稿者は一流の独創的作家たちと無名作家たちになる見通し。チャンス到来」とはやし立て、ヨーロッパ大陸で出版される重要な本の書評を毎号掲載する、編集発行人のサミュエル・パトナムは学者タイプで、彼のラブレー伝は大きな論議を招いた、などと宣伝にこれ努めた。パトナムは著名な詩人、エズラ・パウンド（一八八五―一九七二）を編集顧問《アソシエイト・エディター》として迎え、作家志望のウォンブリー・ボールドに執筆陣の一翼を担ってもらうつもりだったから、ボールドはかなりの意気込みで宣伝した。ミラーは『ニュー・レビュー』創刊のニュースについて、ボールドの同僚、アルフレッド・ペルレスから聞き知っていた。おまけにペルレスはサミュエル・パトナムと親交があった。

ウォンブリー・ボールドはヴァン・ノーデンという名前で『北回帰線』に登場するが、ミラーとボールドはまだ顔を合わせていなかった。ペルレスはカール、パトナムはマーロー、オズボーンはフィルモアという名前で登場する。一九三〇年十二月の時点で、『北回帰線』の主要登場人物たちはかなり揃ってきた。同年の夏までドランブル通り八番地に住んでいたパトナムは、アサス通りのオシップ・ザッキン（『北回帰線』のボロフスキ）と親しくしていた。秋になるとパトナムは郊外に移動し、ドームに出没するような生活から足を洗っていた。十一月十四日付けの手紙のなかで、ペルレスはパトナムに、「新しい雑誌の刊行を心待ちにしています。この雑誌はドランブル通りからサンペールのあいだの人びとの、さまざまな好奇心をすでにくすぐっている予感がします。『ニュー・レヴュー』の出現は、あなたが四辻から姿を消していることの原因なのでしょうか？　ヴァイタリティがもっとも低下する早朝にあなたがカルチェ・ラタンにいないのを寂しく思う連中が多勢いますが、わたしもそのひとりです」と伝えた。「四辻」というのは、モンパルナス大通りとラスパイユ大通りが交わるヴァヴァンの交差点のことで、ドーム、ロトンド、セレクトなどのカフェやナイトクラブが目立つ地域である。

ルイス・ブニュエルの映画

サミュエル・パトナム宛ての、ミラーの最初の手紙を引用してみよう。

勝手ながら、現在ステュディオ28でかかっているブニュエルの最近の映画についての数ページの原稿を同封します。おわかりのように、どこかに載せるために書かれたものではなく、アメリカの友人たちを楽しませたり、啓発するためのものです。友人のフレッド・ペルレスがたまたまこの稿に目を留めて、貴兄の新しい雑誌のために書き直し、寄稿したらどうかと勧めてくれました。どうでしょうか？　この種のエッセイを載せたいとお考えでしょうか。もしそうなら、送り返してください。手を入れることができるか、やってみます。

フレッドは旧友ですが、最近、偶然、出くわしました。あの男はぼくに、近い将来、晩などにお宅にうかがい、知遇を得るように、と促しています。貴兄もザッキンをよくご存知だと思います、そうではありませんか？　ザッキンはここパリでの、数少ない友人のひとりです。

エッセイについて——第二号が印刷に廻るころには、この主題は古くさくなっているでしょう。単に「ルイス・ブニュエル」とするほうがよろしいでしょうか？　『アンダルシアの犬』についても少々なら書くことができます。ぼくは題名についてはまったく気にしていません。フレッドは貴兄がこれを気に入るだろうと思っているようです。世間がブニュエルに興味をもとうともつまいと、ぼくは気にかけていません。ぼくの見るところでは、ブニュエルはたいした人物で、ドイツ人やロシア人を合わせても、彼のほうがスケールで上回り、偉大であり、すぐれています。これは純粋に個人的な意見ですが、そういうのはお好みでしょうか？

敬具
ヘンリー・ミラー

サミュエル・パトナムは十二月十七日に、以下の返信を書いた。ようやく『北回帰線』の主人公とマーローの交流が開始された。『北回帰線』のマーローは、モンパルナスではしご酒をして、酔いつぶれているが、現実のパトナムはすでにドームに顔を見せる暇もなく、多忙であった。

親愛なるヘンリー・ミラー

エッセイは大いに気に入りました。まことに残念ですが、現状のままでは掲載できませんので、ご提案のように手を入れて、もっと一般的なブニュエル論に（あの映画への弾圧についても少し言及するなどして）仕上げていただけませんか？　なるべく早く、ご都合のよいときに当方に渡していただけるでしょうか？　ところで、書き直していただいた場合のタイトルをお知らせください。第二号のために、他の諸作品とともに貴兄のエッセイのタイトルを予告したいと考えております。

敬具
サミュエル・パトナム

追伸　ぜひとも来訪されたし。できることなら、午前にしていただきたく。

ミラーは十二月十八日にふたたびパトナムに手紙を書き、一般的なブニュエル論にまとめてみます、と反応した。そして、「今晩ブニュエルに手紙を書き、インタヴューの準備を進めます。フレッドを連れていき、インタヴュアーになってもらうつもりです。しかし、万一ブニュエルがパリを離れていたり、最近かなり世間の注目を浴びていますので、インタヴュアーたちをうるさいと思っているようであれば、映画『黄金時代』そのものについて書くだけでOKにしてください」と意欲を示した。すでに十月下旬、ジューンが帰国した直後に、ミラーはパンテオン座で開催された『黄金時代』(サルバドール・ダリとの共同制作)の試写会に出席したが、どういうわけかブニュエルには会わずに終わっていた。

この書簡においてミラーは、『黄金時代』にいたるまでのフランス映画の全体的な流れについて自分は無知であるが、ブニュエルが「真空のなかに」、つまり孤立状態にいるとは思えない、と述べている。「真空のなかに」いるのは、パリに来て十カ月の自分自身であって、ろくに情報があるわけではない、とミラーは重ねて言う。シュルレアリストたちの手法についてはすべて理解しているつもりだが、「この映画はシュルレアリスムを超えてしまった」と、ミラーはもどかしげに述べている。

ブニュエルの第一作『アンダルシアの犬』と第二作『黄金時代』は、今日ではシュルレアリスム映画の古典の位置を占めている。ミラーが書簡のなかで論及しようとしているのは、ブニュエルにおけるシュルレアリスムに先行するもの、あるいはその根底に存在すると思われるものについてであって、きちんと整理されていたわけではない。「パリに到着するとすぐに、ジェルメーヌ・デュラックの映画のいくつかを観て、ぼくはずいぶん感動しました。『ブーデ夫人のほほえみ』は古典であったし、いまでも古典です。だがブニュエルは、文学におけるジョイスのように、大きな困難に立ち向かいました。マダム・デュラックは映画という媒体に対して、洗練されたうやうやしい態度を保っています。彼女の映画はつねに芸術作品です。ぼく自身が好むのは、芸術を忘れる勇気をもつ人びとであり、あるいは少なくとも、芸術の全面的に新しいフォームが発生するようにと、いわゆる芸術についてのすべての先入観を拡大させる勇気をもつ人びとなのです。当然のことですが、そのような努力は、途方もない量の残骸、粉塵、騒音などを伴うでしょう」。ミラーの言いたいことを要約すれば、芸術と称されるものの破壊を通じて芸術を創造すべきだ、となるであろうか。『北回帰線』の第一ページに、「これは通常の意味での本ではない。その通り、これは長たらしい侮辱、芸術に向かって吐きかけられたつばのかたまり」なのだとあるが、ミラーが目指すのは芸術につばを吐きかけて新しい文学を創造することである。必要とされるのは、そうした態度や思想を保持するための自由を確保することであり、そのためには勇気が必要なのである。ミラーはブニュエルのなかに芸術家の勇気を見出していた。

パリに到着して五日後、三月九日に、ミラーはモンマルトルのステュディオ28で『アンダルシアの犬』を観た。そして、シュネロックにつぎのように報告した。

これはパリの知的な映画だ。ステュディオ28は、知的な場所というのは当然そうであるはずだし、一般にそうであるのだが、さびれている。それに、なんというプログラム！　『アンダルシアの犬』について、ひとことだけスペースを割いておく。アメリカでこのような映画を観ることは断じてないだろう――たとえ千年至福期が訪れようと観ることはない、とあらかじめ言っておく。『アンダルシアの犬』とは何か？　ぼくには判らない。これが何についての映画なのか、潜在意識的には別として、さっぱり判らない。

上映時間わずか十七分の『アンダルシアの犬』から知的衝撃を受けたミラーは、「クレイジーな手紙」をブニュエルに送りつけた。返信はなかったが、十月になると、ブニュエルの第二作『黄金時代』の試写会の招待状が送られてきた。十月二十三日にパンテオン座で『黄金時代』を観ると、またもや衝撃がミラーを襲った。一九三〇年のパリにおける最大の知的体験は、書物によるものではなく、映画を観ることから得られた。ミラーはブニュエル論を執筆しつつ越年したのである。

翌年、「パリの本」を書き進めているときにも、ブニュエルの映画がたえずミラーの脳裏に去来していた。『北回帰線』の初稿（第二巻）に、つぎのような注目すべき個所（削除を示す×印がつけられている）がみられる。

『黄金時代』を観なかったならば、この本を書くことはできなかっただろうと信じている。ユニークな経験だった。映画を観て、ぼくの内面のなにかが溢れ出た。だからブニュエルに対する恩義を表明しなければ、最大級の犯罪行為を仕出かすような気がする。ブニュエルに恩義を表明したい。もっともあの男は、この映画についてぼくの書く一語すらも支持しないかもしれないが。

ブニュエルの映画が『北回帰線』執筆の推進力として作用していたことは、シュネロック宛ての書簡でも繰り返し述べられている。一九三二年四月の手紙では、「ぼくはブニュエルに対する賛歌をこの本の前書きにするつもりだ。ブニュエルは気づいていないだろうが、彼のおかげで、実際にぼくは自己を発見することができた。もちろん、あの二つの映画がなくても、ぼくは自分を見出していたではあろうが」とあり、すでに出版社探しを始めていた七月十七日の手紙においても、「実はぼくの本はブニュエルに捧げられている。ぼくはブニュエルをそれほど高く評価している。だれにもまして彼こそがぼくの言いたいことを気づかせてくれた、そしていかに表現するかを——つまり、勇気をもって表現することを」と、ミラーはブニュエルの恩恵について述べている。アナイス・ニン宛ての、同月十八日付けの手紙でも、「例の本の序文にするために、あのブニュエル論を書き直そうとしています」とミラーは述べている。しかし、彼は方針を切り替えた。序文のなかにブニュエルの名前や映画のタイトルは入れないことにしたのである。つまり、改稿されたブニュエル論は、『北回帰線』の序文としてではなく、論として独立させる方針を採った。（のちに彼は、このブニュエル論の書き直しを完成させ、「黄金時代」と題して、『宇宙的眼』〔一九三九年〕に収録している。）

彼はブニュエルの影響を実感しつつ、一九三二年秋に、『北回帰線』の初稿を書き上げた。したがって、現在の『北回帰線』のテクストにも序文にも、ブニュエルの名前はおろか映画のタイトルも出てこない。『北回帰線』からブニュエルの痕跡が削ぎ落とされているのかどうかについては、別途に考察する必要があるだろう。ともあれ、「勇気をもって表現すること」をブニュエルから学んだのであれば、ミラーが序文において、「登場人物たちはわたしたちを溺れさせつつある偽の文化的真空のなかに統合されており、かくして混沌という幻影が生み出されている。それに向き合うためには究極の勇気が必要なのだ」と書いたとき、彼はブニュエルの「芸術を忘れる勇気」を脳裏に思い浮べていたのではなかろうか。

II 1931年『北回帰線』へ 2

ジョン・ニコルズとフランシス・ウッドのこと

リチャード・オズボーンの住むオーギュスト・バルトルディ通り二番地のアパルトマンに転がり込んだミラーは、当面の宿泊の手配や飢えの恐怖から解放されることになり、執筆活動も順調に進んだ。ミラーのブニュエル論は『ニュー・レヴュー』の第二号（一九三一年五月・六月・七月合併号）に掲載された。このエッセイはアナイス・ニンの目に留まっていたので、のちにオズボーンが彼女にミラーの名前を口にしたとき、ニンにとって、それはどこかで見た記憶のある名前であった。サミュエル・パトナムは当初、『ニュー・レヴュー』を隔月刊行にするつもりでいたが、幼児を抱えていた妻リヴァの協力が限定的であったし、講演のために帰国する必要も生じたので、早々と季刊誌に切り替えた。

ミラーは整理整頓が好きだったし、床掃除もちっとも苦にならなかった。ストーブの火を絶やさなかったから、ステュディオは快適な、冬の仕事場になった。壁一面に大きな褐色の包装用紙を貼りつけ、そこに、いろいろなことばを書きつけた。科学用語、神話に関連することば、廃れた表現、古語、軽蔑的なことば、暴飲暴食に関係することば、等々。ミラーの、壁面のユニークな活用法は、晩年まで変わることがなかった。

オズボーンとミラーの共通の友人がジョン・ニコルズであった。ニコルズは頻繁にアパルトマンを訪れた。彼はブルックリン生まれの画家フランシス・ウッド（一八九九―一九八四）と同棲していた。彼女の義理の娘アデル・オールドリッジによれば、ふたりの関係はウッドストックで始まっているから、ふたりは同時にパリに向かったはずだという。ジョン・ニコルズは一度だけ、彼女同伴でオズボーンのアパルトマンにやって来た。その時はフランク・メイショウも妻のポーラ同伴でやってきた。『北回帰線』のカールも参加した。オズボーンがワインをふんだんに提供したので、パーティは盛り上がった。

『北回帰線』では、「モンパルナスに住みついているのは、ほとんどすべてがユダヤ系であるか、もっと悪いことに半ユダヤ系だ。カールにポーラ、クロンスタットにボリス、タニアにシルヴェスター、モルドーフにリュシール。フィルモアのほかはみなユダヤ人だ」と、周辺にユダヤ系が集まっているとミラーはいう。さらに名前の羅列は続き、「フランシス・ブレイクはユダヤ人、いやユダヤ女だ」とある。この個所は初稿では、「フランシス・ウッドはユダヤ人、いやユダヤ女だ」となっている。「たしかにフランシス・ウッドはユダヤ系でしたが、どんな宗教も信奉していなかったし、彼女は無神論者だったと私は信じています」とアデル・オールドリッジはいう。フランク・メイショウの妻ポーラもユダヤ系だった。

一九三一年二月十六日、ミラーはシュネロックに長文の手紙を書き、近況を知らせた。『北回帰線』の主人公は、フィルモア（つまり、オズボーン）を相手に、ホイットマンについて熱烈に議論を交わしているが、実際にはミラーは、オズボーンの他に、ジョン・ニコルズ、フランク・メイショウ、テックス・カーナハンといったパリ在住のアメリカ人画家たちと芸術について白熱の論議を交わしていた。ミラーに食事をあてがうのはオズボーンであったが、ジョン・ニコルズも時おりミラーを食事に誘った。オズボーンとジョン・ニコルズが食料を買いに外出すると、ミラーはすぐに調理の準備をした。「ジャーナリストのフレッド・ペルレスと一緒にいくつかの小品を書き上げたところだ。だれもが、最後までやり抜け、とぼくに助言する。ぼくは見込みのある男だと思われている。おまけに、ロマンティックな人間だとみられている」とあり、ようやく周囲の新しい友人たちが作家志望のミラーを激励するようになった。オーギュスト・バルトルディ通り二番地で暮らした三カ月間の経験は、無名作家のミラーにとって意味深く、忘れがたいものとなった。

三月八日発行の『シカゴ・トリビューン』（ヨーロッパ版）に、およそ千語の「八短調のパリ」と題するペルレスのエッセイが掲載された。しかし、実際に書いたのはミラーである。そうした情報を把握しているらしく、ロジャー・ジャクソンが編んだ書誌では、このエッセイの筆者はペルレスではなく、ミラーになっている。同じく四月二十六日の、ほぼ同じ長さの「コブラン織り」（パリ十三区探訪のエッセイ）も、筆者はペルレスになっているが、実際はミラーの手になるもので、ジャクソンの書誌でもミラーの寄稿文として扱われている。ミラーの修辞的な特徴がかなり見出されるということもあるが、なによりも、ミラーはこの頃、十三区の探訪に熱中していた。のちに写真家ブラッサイに十三区の探訪と写真撮影を強く促したほどである。

ミラーのエッセイがペルレスの名前で新聞に掲載されたのには理由がある。『シカゴ・トリビューン』は日曜版にエッセイを掲載していたが、寄稿者は自社のスタッフに限定していた。稿料は一回につき通常、五十フランであった。『シカゴ・トリビューン』に掲載された「霧のルルメル通り」もペルレスの名前になっているが、書いたのはミラーであった。ルルメル通りはオズボーンのアパルトマンから徒歩で五分ほどのところに位置する街路である。ペルレスは、『北回帰線』以前に書かれたミラーの散文の代表的なものとして、およそ一三〇〇語の「霧のルルメル通り」の全文を、自著『我が友ヘンリー・ミラー』に掲載した。ペルレスによると、このエッセイが掲載された数日後に、イギリスの批評家シリル・コノリーから手紙が舞い込み、パリの街路のスケッチがすばらしいという賛辞とともに、グルメのコノリーからランチに誘われたという。ペルレスは、勤務が夜間なので、ランチの時間には起床できない、と招待を断った。当時のペルレスは、「霧のルルメル通り」が別人によって書かれたものだということをあまり知られたくなかった。パリびいきのシリル・コノリーは、ミラーの、数少ないイギリス人の支持者になった。ミラーはペンでささやかな収入を得るようになり、やがて論文であろうと記事であろうと、代作して稼ぐことを覚えた。そうした経験の一部が『北回帰線』に組み込まれている。

同じ日付けの書簡で目立つのは、ジョン・ニコルズに対するミラーの高い評価だ。「ジョン・ニコルズ（きみがこの男を知ることができれば、どんなに嬉しいことか！）は、これまで出会っただれよりも芸術――あらゆる芸術――について多くの考え方を教えてくれた。四カ月間、晴雨を問わず、毎日ルーヴルに出かける男の根性を想像してみたまえ。昔の巨匠について研究している。メトロのなかで彼の妻に対して耳をふさぎたいときは、ルーヴルについての本を開く。彼に話しかけていると、自分が天才の面前にいるのだと確信する。ぼくは彼のなかにゴッホの再来を、いやもっと優れた画家を見出すことができる」。ミラーは、カンヴァスを五、六枚も並べて絵筆を振うジョン・ニコルズを天才的人物だとみなしていたようである。読書論『わが生涯の書物』（一九五二）においても、「パリに滞在してまもなく、ぼくはきわめて魅力的で挑発的な人物と知り合いになった。彼は天才だとぼくは信じていた。ジョン・ニコルズが彼の名前であり、画家であった。多くのアイルランド人と同様に、おしゃべりの才に恵まれていた。絵画、文学、音楽からナンセンスまで、彼の語りを拝聴する光栄に浴していた。彼は天性の毒舌家であった」と、ミラーは述べている。一九三一年夏、ミラーは、パリで知り合った最も重要な生身の人間として、まずルイス・ブニュエル、ついで二番目に重要な人物としてジョン・ニコルズの名前を挙げた。

この書簡で、「イレーヌが隣室で眠っているから、静かにそっとタイピングをしなければ。まだ知らないよね、イレーヌを？」とミラーは書き、イレーヌというロシア人女性について、かなりのスペースを割いている。イレーヌが自分のタオルと他人のタオルを区別しないで使用するので、病気をうつされるのではないか、とミラーは戦々恐々となる。『北回帰線』では、イレーヌはマーシャという名前で登場している。オズボーンは一九四五年に、「オーギュスト・バルトルディ通り二番地」と題する十ページほどの回顧的エッセイを書いたが、そこではソーニャという名前で登場する。イレーヌ、マーシャ、ソーニャがオズボーンとミラーのあいだに割り込み、脱線、混乱、茶番劇的活気が生じるさまを、ミラーは『北回帰線』のなかで描こうとした。「やがてソーニャがぼくたちと同居する。彼女は小才をはたらかせて生きるあばずれ女で、ぼくをからかっていた。それは最初から承知していた」とオズボーンはいう。五カ国語を操るソーニャとの生活は、オズボーンには刺激的であった。「ミラーとぼくは仲の良い友人として別れた。彼はモンパルナス墓地の近くの、ボードレールの墓を見おろせる、彫刻家のステュディオで寝泊りしようと考えていた。ミラーは立ち去るとき、深く感動しているようだった。彼の目には涙が浮かんでいた――彼はすぐに恥ずかしげもなく涙を流す。このように感動して泣くミラーがぼくは好きだった」とオズボーンは回想している。彼は「パリの本」を書き続けるミラーを目撃し、やがてこの無名の作家について、アナイス・ニンに吹聴することになる。

フレデリック・カーンのステュディオで寝泊りしていたミラーは、三月十日にシュネロックに宛てて手紙を書いた。「腰かけて、わが友ニコルズのためにポーズをとりながら――いま食料と洗濯物の問題を解決しつつあるというわけだ――ぼくが心ゆくまで味わうのは、描こうとして画筆をもっている二人の有名人の口から発せられる脱線気味のおしゃべりだ。ニコルズと彼の妻はぼくの新しい肖像画を描いている」。ニコルズはすでにオズボーンのアパルトマンでミラーの肖像画を描いたことがあったので、ミラーにとっては、「ぼくの新しい肖像画」であった。ミラーは、ニコルズのパートナーであったフランシス・ウッドを「彼の妻」とみなしている。彼はニコルズの住まいで食事をとることもあった。実際にミラーに配慮していたのはフランシス・ウッドであり、ミラーは彼女の厚意を身に染むほどに感じていた。

この手紙においてミラーは、「ハ短調のパリ」の原稿を三五〇フランで売った、と報告している。『シカゴ・トリビューン』に掲載されたのが三月八日。「だれも作者の名前を知らない」とミラーは書いている。この新聞社の校正係であったペルレスの名前で買い上げてもらったからだ。ミラーがオズボーンのアパルトマンでエッセイを書き上げたのは、そこを出てからの生活の糧を確保するためであったようだ。フレデリック・カーンのステュディオは、ミラーにとっては一時しのぎの住まいであったから、なんらかの打開策が必要であった。


オーギュスト・バルトルディ通り二番地時代のミラーは、オズボーンに百ドル余りの借りがあった。一年十カ月後の、一九三二年十二月の借金一覧表（遺言書）によれば、借金の額は二五〇ドルになっている。ジョン・ニコルズからの借金はなかったが、フランシス・ウッドについては言及がある。「フランシス・ウッド（わが友、画家ジョン・ニコルズの以前の妻）。彼女を援助できるなら、どんなふうにしてでも彼女を援助したいと思う。フランシス・ウッドは、ぼくのために、いつもベストを尽くしてくれた。彼女は自分の身に降りかかった不幸にそぐわない女性である」。

二〇〇七年六月下旬、パリ時代初期のミラーの借金の内容が明らかにされている遺言書にフランシス・ウッドの名前が出てくる、と本稿の筆者はアデル・オールドリッジにeメールで知らせた。「義母がこれを知っていたならば、どんなにびっくりし、どんなに嬉しがったことでしょう」という返信があり、アナイス・ニンと語り合ったことのある彼女は、逆に、アナイス・ニンに託されたという遺言書が今どこにあるのか、と質問してきた。

アナイス・ニンは、ミラーから送られてきた遺言書や手紙類を一括して保管していた。これらの手紙類は、一九六五年に、ヘンリー・ミラー書簡集『アナイス・ニンへの手紙』として刊行されることになるが、そのとき、編者のギュンター・スタールマンはなぜか、この遺言書を書簡集に収録しなかった。この遺言書は現在、南イリノイ大学図書館に保管されているミラーの手紙類のなかにまぎれ込んでいる。(この遺言書の存在も、それが南イリノイ大学に現存するという事実も、まだミラー研究者、伝記作家たちのあいだに知られていないのだが、本稿の筆者は、一九八二年に現地で確認した。)

「彼女の身に降りかかった不幸」とは何か? ジョン・ニコルズとフランシス・ウッドの離別のことであろうか。ニコルズは一九三二年秋に帰国し、フランシス・ウッドはパリに残った。一九三三年から三五年にかけて、彼女はパリや南フランスのバンドールなどで個展を開いた。一九三七年、男児を連れて帰国。男児の父親はパリに滞在していたイギリス人の画家・彫刻家フランク・マクイーウェン(一九〇七—九四)であった。この画家は、ピカソ、マチス、ブランクーシ、ブラック、フェルナン・レジェなどと交流があった。フランシス・ウッドの息子と結婚したアデル・オールドリッジは、義母からパリ時代の経験をいろいろと聞かされた。彼女は義母の語りを通じて、ミラーとアナイス・ニンを意識するようになった。

ミラーはフランシス・ウッドに感謝の気持ちと好意を抱いていたが、『北回帰線』では、彼女を含め、ほとんどの登場人物をゆがめて描いている。おそらくフランシス・ウッドは自分がどのように描かれているか気づいていたはずだから、ミラーに怒りを覚えていたにちがいない、という趣旨のメールを本稿の筆者はアデル・オールドリッジに送った。二〇〇七年六月二十八日の返信メールにおいて、「フランシス・ウッドはヘンリーの自分についての描き方が嫌いだと言って、そのことで彼を怒っていました。あなたから寄せられた情報を読んで、なぜ彼女がヘンリーに連絡をとらなかったかがわかりました。彼女はとても怒っていました。同時に、ヘンリーと交流があったことについて、肯定的なことも言っていました。フランシス・ウッドとジョン・ニコルズは、週に一度、予め曜日を決めて、ミラーを夕食に招いていました。そうしたカップルが何組かいて、それぞれ予め打ち合わせた『予定表』に従って、ミラーは毎日、夕食のために、ちがったカップルの家を訪問していたのです」とアデル・オールドリッジは述べ、さらに、「フランシスはこうも言っていました、ヘンリーによって自分たちがどう描かれているかということで怒っているひとたちが大勢いるのだ、と。でも、これはずいぶん昔に聞いたことです。もっとお話できる特別なことがあればいいのですが」と付け加えている。

同じメールにおいてアデル・オールドリッジは、「ヘンリー・ミラーが描写した人びとについての歪曲についてですが、アナイス・ニン自身がその件についてわたしに話してくれたことがあります。アナイスは、自分についてはけっして書かないように、ヘンリーに約束させたのです。ヘンリーの人物描写が好きではなかったからです。ヘンリーは約束を守りました」と、アナイス・ニンの述べたことを思い起こしている。実際のところ、『北回帰線』の初稿では、ジューンとの関連においてニンについての言及がみられるが、現在の『北回帰線』では削除されている。

ミラーが『北回帰線』においてジョン・ニコルズとフランシス・ウッドをモデルにして描いているくだりの一部を引いてみよう。

ビュリエ・ダンスホールの裏手にぼくが足しげく通うようになったもうひとつのアトリエがあった——マーク・スウィフトのアトリエだ。このしんらつなアイルランド人は、天才ではないにしても、たしかに変わり者であった。彼にはモデルにしているユダヤ人の女がいた。長年この女と同棲していたが、いまでは倦きていて、女を追い払うための、もっともらしい理屈を探していた。しかし、もともと彼女が持参した財産を使い果たしてしまったので、弁償しないで手を切るにはどうしたらよいかと途方にくれていた。いちばん簡単な解決策は、残酷な仕打ちに耐え忍ぶくらいなら、いっそ飢え死にするほうがましだと思わせるほど、彼女につらくあたることであった。

かなりきれいな女であった、スウィフトの情婦は。この女のいちばんの難点と言えば、からだの線が崩れてしまったこと、そして、もはや彼の生活を支えていく能力を失ってしまったことだ。彼女自身も画家であって、事情通のあいだでは、彼女のほうがはるかに才能に恵まれていると言われていた。だが、スウィフトがどれほど彼女の人生を悲惨なものにしようと、彼女は偏見を抱かなかった。スウィフトがくだらない画家であるなどとだれにもけっして言わせなかった。このひとは本当に才能があるものだから、こんなにだめな人間になったのよ、と彼女は言った。壁に彼女の油絵がかかっているのをだれも見たことがない——スウィフトの絵ばかりなのだ。たまたまぼくの目の前で彼女の作品をぜひ見たいと言い張った者がいた。なんとも痛ましい結果であった。

マーク・スウィフトは彼女の作品をけなしたあとで、彼女をモデルにした「底意地の悪い、心の狭い、悪意のある、才気あふれる作品」を取り出すことになる。ミラーは、事件であれ、登場人物であれ、歪曲しながら書いているので、そのままに受け止めることはできないが、心情的には、フランシス・ウッドをモデルにした女性に肩入れしている。ミラーは、帰国後のジョン・ニコルズから便りが欲しいと思っていたが、音沙汰はまったくなかったようである。ところで、帰国前後のふたりは画家としてどのような歩みをしるしたのであろうか。

アマースト・コレッジを卒業したジョン・ニコルズは、いくつかの美術学校に通い、絵画を学び、パリで二年間暮らした。一九三四年、「本年度のもっとも有望な作品」として、ウッドストック・アート・アソシエイションのキース・メモリアル賞を受賞し、一九三六年には、ニューヨーク近代美術館で開催された、有名な「アメリカ美術のニュー・ホライズン」展に出品するなど、活躍していた形跡がみられるが、四〇年代以降の、画家としての足跡をたどるのは容易ではない。

フランシス・ウッドは一九二二年から二六年まで、マンハッタンのカーネギー・ホール近くに位置する美術学校、アート・スチューデンツ・リーグで学び、そこでジョン・ニコルズと知り合い、ウッドストックに移動し、そこからパリに渡った。帰国後のフランシス・ウッドは東部の各地の展覧会に出品し、頻繁に個展を開催した。彼女は三〇年代後半から四〇年代前半にかけて、WPA（公共事業促進局連邦美術計画。FPAとも呼ばれる）に参加した。これは当時の政府が後援した合衆国最大にして最初の美術家援助計画であったが、とりわけ壁画制作を中心にしたプロジェクトに特色があり、このプロジェクトには五千名の美術家が参加したと言われている。ジョン・ニコルズもWPAに関与した。フランク・メイショウも関与し、壁画制作で名前を残した。フレデリック・カーンも一時的に関与した。ミラーがパリで交流した画家たちは、帰国後に、国家レベルの美術家救済計画に、程度の差はあれ吸い込まれていった。

画家ルドウィッグ・サンダー（一九〇六―七五）は、一九六九年二月にスミソニアン・アメリカ美術アーカイヴが主宰するインタヴューを受けたときに、WPAの思い出を語りつつ、ジョン・ニコルズについて言及した。「ああ、逝ってしまったジョン・ニコルズ。わたしが描きはじめたときにやったことのひとつが、彼の肖像画を描くことだった。あの男は十番街にアトリエをもっていた。死んでからもう何年もたつ。ベルヴュー病院の精神病棟で逝った。食事をとろうとしなかった。あいつは昔風の……わたしはパリでも彼の知り合いだった。わたしがパリに出かけると、彼はすでにパリにいたが、わたしがパリを離れないうちに帰国していた」と、ルドウィッグ・サンダーは回顧している。

『北回帰線』がアメリカでグローヴ・プレスから一九六一年に出版されると、出版の可否をめぐって、『北回帰線』旋風が吹き荒れた。一九六三年、ジョン・ニコルズはマンハッタンの病院で逝った。逝く前にニコルズはフランシス・ウッドに連絡をとり、彼女を病院に呼んだ。いまから四十年以上も前のことであるだけに、アデル・オールドリッジはその病院の名前は記憶していなかったが、ニコルズが「食べるのを拒否して」死んでいったことは忘れていなかった。オールドリッジによれば、ふたりがパリで別れて以来、このときが最初にして最後の、およそ三十年ぶりの再会であったという。晩年の、「食べるのを拒否して」いたジョン・ニコルズの脳裏には、はたして『北回帰線』のマーク・スウィフトのくだりが重くのしかかっていたのであろうか。

フランシス・ウッド自身は、ジョン・ニコルズが描いた彼女の肖像画を最晩年まで居間の壁にかけていた。肖像画は、『北回帰線』のなかで述べられている彼女の肖像画とは明らかに異なっている。フランシス・ウッドが逝ったあと、この肖像画は孫娘ヴィッキ・A・ウォシュクの手に渡った。彼女は、祖母フランシス・ウッドが『北回帰線』ではなく、『南回帰線』に登場していると思い込んでいる。祖母からそのように聞かされていたのであろうか。

ジューンの仕送りと奇策

ジューンはヘンリー・ミラーに送金したいと思っていたが、どうすることもできなかった。アメリカでは失業率が二〇パーセントにも達し、大都市は失業者で溢れ、彼らは無料のパンの配給を求めて並んでいた。冬になると、石炭を求めて列をなしていた。ジューンの稼ぎがどれほどであったのかは不明であるが、自分のことだけで精いっぱいであったにちがいない。

一九三一年二月十六日の手紙においてミラーは、「送金の有無を確かめにアメリカン・エクスプレスに日参している。ジューンは時おり電報をよこす――持チコタエテ、スグ送金スル。数週間が経過すると、ふたたび電報――ナントカ持チコタエテ、近日中ニ送金ノ予定。毎週毎週、来る月も来る月も、こんな具合だ。ぼくはいつも大難の瀬戸際で生きている。たとえば、警察に捕まったら直ちに国境まで護送される。上陸以来ずっと、身分証明書を所持したことがないのだから」と、見通しが立っていないことをシュネロックに打ち明けている。ミラーの恐怖は、「好ましからざる人物《ノングラータ》」として国外追放の憂き目をみることであり、それを回避するためには、住所を確定して身分証明書を申請する必要があった。ミラーはいまだ住所不定の、いわば浮浪者であった。ミラーの別の悩みは、妻のジューンがどこでどう暮らしているのか、まるで情報がないことだった。

三月四日（単身パリに到着してちょうど満一年目）にミラーはオズボーンのアパルトマンを出て、フレデリック・カーンのステュディオで寝泊りするようになった。そこに一週間ほど寝泊りしたところまでは確認できる。あくまでも緊急避難的な宿泊であったから、せいぜい二、三週間というところであったと思われる。『北回帰線』では、カーンをモデルにしたクルーガーという彫刻家から、個展開催を理由に、ステュディオから追い出されている。カーンのステュディオを出たミラーはどこに転がり込んだのか。

三名の伝記作家、ジェイ・マーティン、メアリー・V・ディアボーン、ロバート・ファーガソンのうちで、この点を明らかにしているのはジェイ・マーティンである。（この差異は、他のふたりが『北回帰線』の初稿を通読する機会がなかったことから生じている。）

J・マーティンの伝記から引用する。

一九三一年三月、ジューンの差し金により、ミラード・フィルモア・オズマンという青年が現れて、ソルボンヌで心理学の学位を取得するための論文を書くので応援してほしい、とミラーに懇願した。オズマンの論文のテーマは、ニューヨーク、パリ、その他の大都市における肢体不自由児や精神薄弱児の状況にかかわるものであった。ヘンリーは、ダンフェール＝ロシュロー通りに所在するオズマンのアパルトマンに移り、マントルピースに積み上げられた心理学の指定図書を通読し、身体障害児について理知的な論文を書くために、オズマンと何時間もディスカッションをした。オズマンは、アメリカ式のたっぷりとした朝食と夕食でヘンリーをもてなし、紙巻きタバコのパックをいくつも手渡し、結婚指輪を質から出してくれた。さらに彼に、貴重なプレゼント（たとえば、極上のトイレット・ペーパー、古いネクタイ、かがって繕った靴下）を贈り、週あたり数フランを手渡した。

ジェイ・マーティンは、『北回帰線』の初稿と備忘録『パリ・ノートブック』を参照しながらオズマンについて記述している。記述をさらにたどってみよう。

ヘンリーがオズマン宅に六週間も泊って、彼の論文を苦労して仕上げたのは、たったひとつの理由しかなかった。つまり、ジューンについての情報の細片をなんとか掻き集めるためだった。オズマンはいろんなゴシップを知っていて、おしゃべりが好きだった。彼の話では、オズマンは、第二者と一緒にジューンと同居していたようであった――純粋にプラトニックではあったが。その第三者がだれなのか、男なのか女なのか、オズマンから聞き出すのは不可能だった。もっともオズマンは、グレニッチ・ヴィレッジの住人たちの所業について喜んでうわさ話をしてくれた、だが、オズマンが、「そう、もちろん、ポップを知っているよ――あの男はちっとも下品には見えない、モンスターなんかではない」と言ったとき、ヘンリーはいらだった。

「ポップ」というのは、ジューンに恋焦がれていたローランド・フリードマン、『北回帰線』の「未熟児」

のニックネームである。ミラーがいらだったのは、彼の予測に反して、「第三者」がローランド・フリードマンではなかったからだ。ミラーには、ジューンがだれと同居しているのか、見当がつかなかった。ミラーはオズマンから妻ジューンについての情報の断片、彼女の動静の手がかりを得ようと必死になっていた。ミラーがオズマンのアパルトマンを出たのは、オズマン宅への滞在が六週間であったから、四月末ころであったと推測できる。しかし、ジューンのことが気になるミラーは、それ以後もオズマンのアパルトマンに出入りしていた。当時のミラーは画家ジョン・ニコルズのステュディオに足しげく出入りし、そこで食事をすることもあった。ニコルズの住居はダンフェール＝ロシュロー通りに所在するビュリエ・ダンスホールの裏手に位置し、オズマンのアパルトマンまで徒歩で行ける距離にあった。

ミラーに当面のベッドと食事を確保させようというジューンの奇策は、まんまと功を奏したと言えるだろう。とすれば、味をしめたジューンは、仕送りに代えて、パリにおもむく自分の友人、知人たちをミラーに会わせ、そのことによって、ミラーの生活を支えようとしたのだろう。はたして、ミラード・フィルモア・オズマンの他に、そのような人物がいたのであろうか。そのような人物が『北回帰線』に登場しているのか、いないのか。

ミラード・フィルモア・オズマンと「あのホモ野郎」

『北回帰線』の冒頭を読むと、主人公はヴィラ・ボルゲーゼに住みついているが、そこはボリスという作家の住居であることが判る。ボリスは住居を貸そうとしている。下見の客が来る。

取り引きのあいだ、ぼくは二階へ上がって横になった。こんどはどこに移ろうかと考えながら。あのホモ野郎のベッドに戻って、一晩じゅうパン屑を爪先で払いのけながら寝返りをうつのは絶対にいやだ。へどが出そうな下劣なやつ！　ホモ野郎よりひどいのがいるとすれば、どけちな人間になることだ。いつか——おそらく三月十八日に、いや五月二十五日に間違いなく——破産するだろうといつもおびえながら暮らしている臆病な、ちっぽけなホモ野郎。ミルクも砂糖も入っていないコーヒー。バターの塗っていないパン、肉汁なしの肉、それとも肉抜き。あれも抜いて、これも抜いて。あの不潔なしみったれ！

ミラーは「あのホモ野郎」に嫌悪感を示す。「あいつの耳は汚かった。目も尻も汚かった。あいつは二重関節で、喘息やみで、シラミたかりで、屑で、病的だった。ぼくに人並みの朝食をあてがってくれさえしたら、やつのすべてを許してやったのに！」と、ミラーは容赦なく「ホモ野郎」をこきおろす。ミラーはホモの男と同居したことがあるようだ。彼の住居がどこにあったのか、どういう経緯で知り合ったのか、ジューンとの繋がりの有無なども『北回帰線』では不明である。文脈から明らかなのは、ホモ男との同居はミラーがヴィラ・ボルゲーゼに転がり込む以前のことであり、またこのホモ男はオズマンとは別人だということだ。『北回帰線』の初稿では、「ホモ野郎」が点綴されている。そちらから「ホモ野郎」についての情報を拾ってみよう。

めまぐるしく、騒々しく生きることを強いられるあまり、この断片的な覚書を記録する時間さえないほどだ。電話が鳴ったあと、ぼくは二階へ上がって横になり、こんどはどこへ移ろうかと考えていた。オテル・プランセスに戻って、もう一度、あのホモ野郎といっしょに寝るなんて、絶対にいやだ。

「ホモ野郎」の宿泊先はプランセス通りのオテル・プランセスであり、ミラーはこのホテルで「ホモ野郎」と同居していたようである。この安ホテルは、ジューンがパリを訪れるたびに利用しており、『北回帰線』の舞台のひとつである。

ところで、『パリ・ノートブック』のなかに、『シカゴ・トリビューン』紙（一九三一年九月九日〔水曜〕付）の消息欄「ボヘミアンの生活」に掲載された短いエッセイが抜き書きされている。

ジューン・マンスフィールドが数週間のうちに帰ってくる。ジューンと彼女の気質を知る人びとには興味深いはずである。昨年十月、パリを離れるとき、小説『より幸せな日々』に着手したい、と彼女は言っていた。執筆はすでに完了している、と彼女は知らせてきた。ニューヨークでジューンは、ボヘミア的な雰囲気の暑苦しい酒場「火の鳥」を経営していた。酒場の道具立てはストラヴィンスキー的である。室内装飾を仕上げたのは、ジューンの友人ジーン・クロンスキーであるが、いまは精神病院に収容中であると伝えられている。少なくとも、三、四人の男性が、ジューンを愛したがために自殺したようだ。

ミラーは八月中旬ころから十月六日まで、『シカゴ・トリビューン』パリ支局に臨時の校正係として勤務した。そのころ、ペルレスがミラーをウォンブリー・ボールドに紹介した。ふたりは『ニュー・レヴュー』誌を通じて互いの名前をすでに知っていたこともあり、すぐに親しくなった。「ボヘミアンの生活」を担当していたボールドは、時おりミラーにエッセイを代筆させた。見返りは食事であった。右のジューンについての紹介記事は、ミラーによって書かれたものである。短い期間であったが、ミラーとペルレスとボールドは仕事仲間になり、夜間の仕事が引けると、新聞社からドームまで、だべりながら歩いた。週給が支給されていたときのミラーは、メーヌ通りのオテル・サントラルに宿泊していた。

ところで『パリ・ノートブック』には、ジューンに関する記事について、以下のコメントが書き添えられている。「このコラムは、例のホモ男がジューンからのメッセージを持参して、『シカゴ・トリビューン』パリ支局にぼくを訪れた晩に生まれたものなので、とりわけ忘れられない」。ジューンのメッセージの主たる内容は何であったのか？　要するに、およそ一年ぶりの、パリ来訪の予定であったと推測される。ジューンが「数週間のうちに帰ってくる」という情報であった。ミラーは、「ホモ野郎」のもたらしたジューンに関する情報を、すかさず「ボヘミアンの生活」で公表したことになる。「ホモ野郎」はジューンの使者、メッセンジャー・ボーイであった。おそらく短い期間であったが、彼はミラーにベッドと朝食を提供して、ジューンの期待に応えたのである。

ミラーが「ホモ野郎」と同居したのは、失職してからであるから、十月六日以後、ということになるだろう。オテル・サントラルから「ホモ野郎」の住むオテル・プランセスへ移ったミラーは、さらに十月十日前後に、ボリスのヴィラ・ボルゲーゼ、つまりマイケル・フランケル（一八九六―一九五七）のヴィラ・スーラ一八番地に移動した。『北回帰線』のミラーが、「あのホモ野郎のベッドに戻って、一晩じゅうパン屑を爪先で払いのけながら寝返りをうつのは絶対にいやだ」と反発していたのは、このヴィラ・スーラに移ってからのことである。

ミラーはジューンの動静を知りたくてうずうずしていたから、「ホモ野郎」をむげに追い払ったりはしなかった。一九三一年秋、「ホモ野郎」は、妻ジューンについての数少ない情報源であった。ともあれ、『北回帰線』（初稿）から「ホモ野郎」についての言及をさらに拾ってみよう。

いいかいバーサ、ぼくはあのホモ野郎に嫉妬などしていない。しばらくのあいだやつを気に入っていたのは、きみがあの男にひどく興味をもったからだ。しかし、ぼくはあのホモ野郎と暮らしたから、やつのことは知っている。半分だけ男であり、うわべだけの人間よりもひどいのがいるとすれば、(彼の書くものはまったくうわべだけの見せかけだから)、どけちな人間になることだ。いつか——三月十八日、いや来年の十月二十四日に——破産するかもしれないとおびえている哀れな男。朝食に、砂糖もミルクもないコーヒーと、干からびたパン。

夜、戻ってみると、ぼくのベレー帽にコーヒーかすが入っていて、原稿が脂でべとべとになっている。床には生ごみが散らかり、流しは詰まってる。ベッドの上でホモ男の隣に横たわると、やつの耳にはごみが詰まっていた。

こんなモンスターをぼくのところに送ってくるなんて、目的はなんだろう? ぼくはこういう人間がひどく嫌いなのだということをジューンは知らないのだろうか? このホモ野郎がジューンの名前を口にするのは絶対に許せない。しかし、ジューンの消息を語ってくれる人間は他にいないし、ジューンがパリを去ってもう一年もたったのだから、ホモ野郎の言うことに耳を傾けるしかない。

どうやってジューンはこんな人間と一緒に暮らすことができたのか? 口実にすぎなかったのか? 三人所帯のうちの、もうひとりとは誰だったのか? 別の女はどこにいるのか? ホモ野郎は、この件については、頑として口を割らない。

オズマンと「あのホモ野郎」には共通点がある。ふたりとも、ジューンの指示でミラーに連絡した。ふたりとも、グレニッチ・ヴィレッジ界隈で、第三者とともにジューンと共同生活を送った。ふたりとも、第三者の正体をミラーに明かそうとはしなかった。もっとも、オズマンは心理学の学位を取得するためにパリに来たが、「あのホモ野郎」がパリに来た理由は不明である。ふたりとも、ミラーに寝場所と食事を提供したわけだが、それが、パリのミラーを必死に支えようとしたジューンの苦肉の策でなかったとしたら、どういう意図があったのだろうか。

ところで、ジューンはいつパリに姿を現したのであろうか。前述したように、九月九日発行の『シカゴ・トリビューン』の「ボヘミアンの生活」欄で、「ジューン・マンスフィールドが数週間のうちに帰ってくる」と情報を流してはみたものの、ミラーが十月になって失職しても、ジューンはまだ姿を見せなかった。はたして彼女が一年ぶりにパリに来訪するのかどうか、ミラーは疑問に思うようになっていた。『北回帰線』（初稿）の最初のページに、「ぼくはいまだに推測できないでいる理由のために、ここに送り込まれたのだ。ジューンはいつパリに姿を……ジューンは一度ぼくを訪ねてきて、数週間たつと逃げていった。ジューンはぼく宛てに、たまに電報をよこす――スグニ到着ノ予定、愛ヲコメテ、と。ジューンは来ないだろう、ぼくにはわかっている。彼女は死んだも同然だ。彼女を死なせたのはぼくなのだ」。ここで言及されているのは、前年のジューンのパリ来訪である。ジューンは、『北回帰線』の冒頭が書かれたとき、まだパリに到着していなかった。ジューンによってパリに送り込まれた「ホモ野郎」は、当然ながら、ジューンのパリ来訪を心待ちにしていたはずである。『北回帰線』（初稿）では、ミラー、ジューン、「ホモ野郎」が同じ場所に居合わせている場面も描かれている。

十月下旬（推定）の某日、ミラーはドームのテラスに腰をおろして、ウォンブリー・ボールドを待っている。突然、だれかが肩を軽くたたく。見上げると、「ホモ野郎」がいた。「ジューンさんかあちらに座っていますよ」と言いながら、ジューンのいるほうを指差した。ミラーにジューンのパリ到着を最初に伝えたのは、「ホモ野郎」であった。

ジューンに両腕をまわしてまとわりつき、横目でホモ野郎をみやりながら、ジューンを抱きしめていると、片足をあげて、やつを押し倒したい衝動に駆られた。同時に、シュランク夫妻の住む藁《わら》の家、タルボット、ぼくの窮状と試練をまとめて押し倒したい衝動に駆られた。ぼくの両腕のなかの妻は、地上のどんなものよりも大切だ、墓場からの幽霊のようにぼくのところまでたどり着いた。両腕は熱くほてり、目は苦悩と窮乏のあまり、疲労の色が濃い。

「シュランク夫妻」とは『北回帰線』に登場する劇作家シルヴェスターと妻タニアを指し、「モルドーフ」はタルボットである。当時のミラーはタニアにラヴレターを書き、シルヴェスターと親しいモルドーフがミラーを警戒していた。

『北回帰線』のモルドーフ、実名タルボットは、『北回帰線』からすぐに姿を消してしまい、影が薄い。帰国したのであろうか、アメリカの家族に手紙を書いている場面が描かれている。ジョン・F・ケネディ大統領図書館に、ヘミングウェイ宛ての、タルボット発の二通の電報が収蔵されている。一九三二年二月十九日（マイアミ発）と七月十九日（シカゴ発）の二通であり、図書館の分類では、タルボットはヘミングウェイの「友人」とされている。

ウォンブリー・ボールドがドームに現れる。彼は、ジューンが到着したことを知らせようと、ミラーを探していた。彼女がパリに到着してすでに三十六時間が経過していたことを、そのときミラーは知った。「ジューンが到着したのは、言い換えれば、ぼくがシュランク家で毒についてしゃべり、疲れきり、うんざりしていたので、握手もせず、さよならも言わず、ローウェンフェルズの家に向かったときだ。あの夜、ぼくたちがクロズリ・デ・リラに腰かけていたとき、彼女はここ、ドームにいた。あの夜、ずっと、ぼくはきみの家のソファの上に横になっていた」と、ミラーは、『北回帰線』のボリスことマイケル・フランケルに語りかけるような口調で、『北回帰線』(初稿)に書き込んだ。「シュランク家で毒についてしゃべり」とあるのは、シルヴェスターの家にディナーに招待されてコーヒーの味を話題にしたときのことであって、『北回帰線』では、「このコーヒーは石炭酸みたいな味がしないかね、と愛想よくおれに尋ねてもなんの効果もないのだよ。おれはおびえたりしないだろうからな。コーヒーに猫いらずとすりつぶしたガラスの粉を入れてみろ」と、主人公が心のなかでシルヴェスターに語りかける場面が出てくる。ともあれ、ジューンがパリに到着したのは、ミラーがヴィラ・スーラ一八番地に転がり込んでいた時期にあたる。『北回帰線』(初稿)では、ミラー、ジューン、「あのホモ野郎」についての記述が以下のように続く。

連中はサン・ジェルマンのほうにぼくの先に立って歩く。そして見よ、ぼくはオテル・プランセスに戻っていく。ホモ野郎はドアの前に立ち、おやすみと言わねばならない。「あす会ってくれるよね、ジューン?」彼はむっつりし、うちひしがれているように見える。

とりあえずミラーは、化粧室つきの、荷物が散乱している赤い壁紙の部屋に入ったが、ふたりはすぐに別々に離れて暮らさざるをえなかった。同年十月下旬に、ミラーはドームでシュネロック宛てに手紙を書き、「ぼくはそちらに戻ると言ったが、かなり確かなことだと思う。一カ月後かもしれないし、二カ月後になるかもしれない。しかし、やはり戻るだろう。ジューンが先になるかもしれない。ぼくは長いこと窮したまま、当地に留まるつもりはない。当地でずっと暮らしたいと熱望してはいるが——乞食として、ではない。二年間の放浪生活はぼくから多くのものを奪った。多くのものをあたえてくれもしたが。しかし、いま必要なのは、ささやかな安らぎと仕事をするための少々の安全の確保だ」と、窮状を率直にうち明けた。ジューンは、十月下旬にはパリにいたことになる。「パリの本」をさらに書き進めるには、状況の好転が必要であり、およそ一カ月半後にアナイス・ニンが登場することになる。

アナイス・ニンに宛てた一九三二年四月の手紙のなかで、ミラーは、「きょうの午後、クーポールで、あのホモ野郎にばったり出会いました。二週間以内に合衆国に戻ると言っていました。そのときに、あの男が自分のお金――十フラン紙幣やドル紙幣――をひどく大事にしまいこんでいるのをぼくは知っていたので、もしかすると、ジューンが帰国費用をあのホモ野郎に送金したのかもしれない、という気がしました。クレイジーな考えですが、そんな勘《カン》がピンと働いたのです。いいですか、ジューンはおよそ三行だけ――ある友人に宛てた手紙の追伸なのですが――書いて、万事順調、追って分厚い手紙が汽船フランス号で届く、と言っている。ところが、この船はまだ入港予定表にも載っていない。本当のところ、そんな船便をよこすわけがない。いずれわかります。とにかく、ジューンは元気で、明らかに上機嫌なので、ぼくもかなり元気になりました」と、ジューンと「あのホモ野郎」について説明した。一九三一年十月下旬にパリに姿を現したジューンは、翌年一月に帰国した。パリ滞在中に彼女はアナイス・ニンに会い、ミラーといがみ合うこともあった。ジューンの帰国後、ミラーとアナイスは急速に親しくなり、恋人どうしになった。ジューンの安否を気遣うミラーは、ホモ野郎に出会ったときにジューンが健在であると判断した。「あのホモ野郎」は足かけ八カ月間パリに滞在し、帰国したのである。

サミュエル・パトナム

『ニュー・レヴュー』第二号にブニュエル論の掲載が予定されると、ミラーはパトナムになんらかの協力をしたいと思うようになり、定期購読の予約をしてくれそうなアメリカの友人たちをパトナムに紹介するつもりになった。一九三一年二月十三日付のパトナム宛ての手紙において、ミラーは、友人たちの氏名と住所を書き連ねながら、「わたしの友人オズボーンがぼくの手元にあった『ニュー・レビュー』をナショナル・シティ・バンクの彼の上司に手渡したので、さらに一名の予約を見込めるでしょう。彼の妻は作家なので、この新しい雑誌におおいに感銘したようです。(ついでながら、〔エドワード・〕タイタスは彼女にロレンスに関する本を書いてもらいました。彼女の作品にほんの少し目を通しただけですが、彼女はまったく申し分のない作家です)」と述べた。ミラーはオズボーンを介してアナイス・ニンのロレンス論を読む機会があり、ニンを意識するようになった。いっぽうニンは、『ニュー・レヴュー』第二号に掲載されたブニュエル論と同誌第三号(八・九・十月合併号)に載った短編「マドモアゼル・クロード」の作者としてミラーの名前を記憶に留めた。ニンとの最初の出会いが実現したのは、およそ十カ月後の、同年十二月であり、これを契機として、ミラーは『北回帰線』の執筆を加速させることになる。

この手紙においてミラーは、予約を募るための成文レターがあれば、あちらこちらに配布したいと申し出た。三日後に投函された返信のなかで、パトナムはミラーの配慮に謝意を表明しつつ、「いつ会うことにしましょうか?」という短文でその手紙を結んだ。すでにふたりは前年十二月に、互いに会うことに合意し、ミラーはペルレスにそのための段取りをつけるように依頼していたのだが、彼らの直接の出会いはまだ実現していなかった。ミラーの気持ちを察していたパトナムは、執筆に追われていたにもかかわらず、改めて声をかけた。

およそ二カ月前にあたる十二月二十日付の、パトナム宛ての手紙のなかでペルレスは、「ヘンリー・ミラーが小生に手紙をよこし、それにきみ宛ての手紙が同封されていたので、ここにお届けする次第です。彼は、自分の言っていることを気に入ってもらえたので嬉しがり、きみに会いたがっています。奇妙なことに、彼は小生が同伴することを望んでいます。なぜだろうか？　小生よりも内気な男が存在しうるなんて、本当とは思えません。きみは大勢の人間に囲まれているだろうから、それが名案かもしれません」と述べた。パリに移り住んで以来、ミラーは数名の著名なフランス作家に手紙を出したが、返事はなかった。映画監督に会ったことはあっても、文学の世界で活躍している人物に直接に会うチャンスはなかった。無名のミラーはようやく有名な文学者からまともな反応をもらったが、気後れを感じていたようである。

このパトナム宛ての手紙のなかで、新しい雑誌に協力するつもりのペルレスは、ハンガリー人の友人ジュラ・ハラース（一八九九―一九八四）――別名、ブラッサイ――に「映画の精神」と題するエッセイを『ニュー・レヴュー』に寄稿してもらったらどうかと打診した、と述べている。しかし、このアイディアは実現しなかった。これはベラ・バラージュの同名の著作の書評であって、ペルレスはパトナムから評者を探してほしいと依頼されていた。ブラッサイの記憶によれば、彼がドームで初めてミラーに会ったのは、一九三〇年十二月であった。当時のペルレスは、『ニュー・レヴュー』誌への寄稿についてブラッサイとドイツ語で手紙のやりとりをしていた。ミラーとブラッサイの出会いは、ペルレスの仲介によるものであった可能性もある。しかし、ブラッサイによれば、ミラーをブラッサイに紹介したのは、ドームの名物男のハンガリー人画家ラヨシュ・ティハニ（一八八五―一九三八）であった。当時のミラーのフランス語はおぼつかなかったし、ブラッサイもまだ英語が使えなかった。ミラーとブラッサイの実質的な交流の開始は一九三一年秋ころである。ミラーがパリで人脈を広げていくうえでは、ペルレスが一定の役割をはたしていた。ブラッサイがパリに移り住んだのは一九二四年であり、ペルレスは一九二〇年ころからパリに住みついていた。

パトナムから声がかかったミラーはペルレスに相談し、ブニュエルを連れていくのがよかろうということになり、ブニュエルに連絡をとろうとしたが、返答がなかった。（ブニュエルは前年十二月にパリを離れてハリウッドに出かけていたが、ミラーはこの情報をもっていなかった。）ミラーはペルレスとともにブニュエルをディナーの席に連れていくつもりでいて、パトナムにはエズラ・パウンドを同伴してほしいと要望した。『ニュー・レヴュー』誌の編集顧問であった著名人のパウンドにも、ミラーは会いたいと思っていた。いっぽうのパトナムは、パウンドだけではなく、オシップ・ザッキンにも会食に参加しないかと具体的に日時と場所を明示した案内状を出し、さらにザッキンには、グラシエール通り九番地のオテル・アラゴに住むウォンブリー・ボールドにも声をかけてくれ、と依頼した。しかし、土壇場になってパトナムは、ペルレスに宛てて手紙を書き、自分は参加できないが、パウンドを会食の席に行かせるから、ミラーとブニュエルを連れてくるように、と予定を変更した。アメリカの新聞社に送る原稿の締め切りと船便との関連から、自分もやはり出席できない、とパトナムも判断した。要するに、会合は流れてしまった。

アメリカの女流作家グレース・フランダラウ（一八八六—一九七一）に宛てた、一九三一年秋に書かれたミラーの手紙によれば、「『アンダルシアの犬』と『黄金時代』の後で、幸運にもある日の午後、カフェ・セレクトでブニュエルに初めて会いました。エズラ・パウンドとサミュエル・パトナムがぼくたちのために準備したディナーの席にブニュエルを連れて行く予定でした。ぼくたちはちょっと話し合っただけで、ディナーには絶対に行かないと了解したのです。その短いやりとりのあいだに、ずっと重要なことが起きたので——そうです、ぼくたちはその日、ずっと酔っ払ってしまい、前とはちがう状態になってしまったので、ぼくは絶対に行かないともう少しで言おうとしたのかもしれません。これは、間違いなく、数カ月前のことでした」。ミラーはフランダラウ（『北回帰線』の金持ち女イレーヌのモデル）にふたりの著名人に会う機会を逸したことを、こう曖昧に説明している。ジョイスやT・S・エリオットを世に送り出すのに重要な役割を果たしたパウンドと会うのは、無名作家にとっては意味あることであったであろうが、ミラーはその機会を棒にふった。しかし、ミラーは、（二月には連絡のとれなかった）ブニュエルに「幸運にも」会うことができた、と述べている。ブニュエルがアメリカからパリに戻ったのが三月下旬であり、四月には彼はスペインに足を向けている。とすると、ミラーがセレクトでブニュエルに会ったのは、早くても三月末あたりになるだろう。『ニュー・レヴュー』第二号はまだ発行されていない。ずっとのちになってブニュエルは、ミラーのブニュエル論を高く評価している、と述べた。一九三一年八月下旬または九月上旬に、ミラーはカフェ・ド・ラ・ペでふたたびブニュエルに会った。また、ミラーの熱烈なファンであったアメリカの作家アーヴィング・ステットナー（一九二二―二〇〇四）によれば、ミラーはセーヌ川に浮かぶハウスボートでもブニュエルと食事をとったことがあるという。

ブニュエルとの出会いについて、ミラーは一九三二年七月末の、アナイス・ニン宛ての手紙のなかで、次のような感想を述べている。「ブニュエルはぼくたちほどには彼の映画を理解していないと確信しています。セレクトでの彼との話し合いについての思い出は、まったく申し分のないものです。ぼくがブニュエルに浴びせたいろいろな質問と彼が率直に容認してくれたことの数々が忘れられない。しかし、彼が本能的に理解していたのは言うまでもないことです。彼の誠実さと結びついた、そうした理解力がぼくは好きなのです。それはぼくの保持しているものによく似ています」。ブニュエルとの出会いのあとで、ミラーはペルレスとともに、「新本能主義」なるものを主張するようになる。

一九三一年春、ミラーはシュネロックに宛てて、以下の書き出しで始まる手紙を書いた。「エミールよ、きみのために、『ニュー・レヴュー』の創刊号を一部――無料で――入手しようと努力しているところです。

きみは、コクトーの『詩人の血』という映画についての興味深い記事や、彼の最近作『阿片』の書評を読むことになる。彼は阿片を使用しながらこの作品を書いたのです。編集者のサム・パトナムというのは、きみに話したかもしれないが、ぼくが最近知り合った男で、かつてはザッキンと一緒に暮らしていたこともある。ひどい酔っ払いだが、たいした学者でもあり、話し上手ときている。とにかく、この男はいま、ぼくのブニュエル論が載っている第二号を印刷しています。それから彼はチャップリンについても――チャップリンについての批評を欲しがっています。しかし、稿料はびた一文、払おうとしない」。こんな風に書き綴り、ミラーはパトナムとの交流が進展していく様子を伝えた。『ニュー・レヴュー』は単なる文芸誌ではなく、ヨーロッパにおける映画、演劇、音楽、絵画などの諸芸術の動向を掬い上げようとするパトナムの意向を反映するはずであった。二〇年代から三〇年代にかけて、パリのアメリカ人たちのあいだでよく読まれた雑誌は、ジョイスの「進行中の作品」を連載していた『トランジション』であった。この雑誌は、ヨーロッパのモダニズム文学の動向を伝える雑誌としてアメリカでも広く読まれていた。パトナムは『トランジション』とは一味違う雑誌を創刊した。創刊号はパリのブレンターノ書店でもマンハッタンの書店でも売り切れた。雑誌は順調なスタートを切った。

フランシス・ステロフのゴータム書店

『ニュー・レヴュー』の創刊号にいち早く反応を示したアメリカの書店経営者は、マンハッタンの西四七番通り五一番地に所在するゴータム書店の経営者フランシス・ステロフ（一八八八―一九八九）であった。

ステロフの経営方針のひとつは、リトル・マガジンを積極的に店頭に並べることであった。一九二八年、ステロフの書舗は『トランジション』の、アメリカにおける代理店になった。定期購読の予約を入れている読者のための必要部数の他に、毎号、五百部を仕入れていた。『トランジション』の発行者であるジョラス夫妻にとって、ゴータム書店は頼もしい取引先であった。この書店がパリから帰還した文学者たちを引き寄せたのは、『トランジション』を常備していたからである。ステロフがパトナムに連絡をとろうとしたのは、必然的な成り行きであった。一九三二年二月下旬、ステロフはパトナムに宛てて手紙を書き、『ニュー・レヴュー』の独占的な代理店になりたい、と申し入れた。

三月八日、パトナムは返信を書き、「ゴータム書店が、あなたの言われる条件で、つまり定価の五〇パーセント引きで『ニュー・レヴュー』のアメリカでの配布を引き受けてくださるのであれば、当方としては異存はありません。この手紙をもって当方の確認とみなしてください。折り返し、あなたの最終的な確認書を送っていただけませんか？」と反応した。さらにパトナムは、確認書を受け取り次第、定価の三分の一を割り引く条件で取引書店になっているアメリカの書店のリストを送ると約束し（『ニュー・レヴュー』を第二号から季刊誌に切り替える理由を説明したあとで）、「四月の後半にはニューヨークに滞在したいと思っています。あなたの書店に立ち寄れたらと願っています」と結んだ。

三月二十一日の返信において、ステロフは、代理店に指定されたことを喜びながら、『トランジション』の定期購読者のリストを保持しているので、『ニュー・レヴュー』のアナウンスメントを顧客に送る予定である、『トランジション』の誌面にはゴータム書店がアメリカの代理店である旨が記載されている、『ニュー・レヴュー』の第二号にも同じようにアメリカの代理店がゴータム書店である旨を明記してほしい、と要望した。第二号が発行されると、五月二十五日付の手紙においてパトナムは、『ニュー・レヴュー』の積極的な引き合いがイギリスやイタリアからもあることを伝えながら、アメリカとカナダの、およそ二十軒の書店の名前と住所をステロフに通知し、六月五日にラファイエット号でアメリカに向かうので、手紙ではなく口頭で諸計画について意見を交換したい、と伝えた。

『北回帰線』のマーローはサンフランシスコに出かける予定になっているが、モデルであるパトナムはニューヨークに出かける必要があった。彼は前年から、『ヨーロッパのキャラヴァン――ヨーロッパ文学における新しい精神のアンソロジー』に取り組んでいた。この仕事に専念したいと思ったパトナムは、前年夏の終わりに、ドームに近いドランブル通りのアパルトマンから郊外に転居した。このアンソロジーは一九三一年秋に出版された。同年から翌年にかけて、パトナムの編んだアンソロジー、彼の著書、訳書が十冊も刊行されていて、この頃は彼の生涯においてもっとも多産であった時期にあたる。マンハッタンの出版社はアンソロジーの刊行に先立ち、宣伝をかねて、パトナムを講師としたヨーロッパ文学に関する講演会を企画していた。パトナムは新しいヨーロッパ文学の紹介者という立場を確立しつつあった。彼が前年十月に『ニュー・レヴュー』の創刊を意図したのも、ひとつには、ヨーロッパの新しい文学や芸術の紹介者としての立場を意識してのことであったと思われる。

創刊号を出した直後からニューヨーク行きを予定していたが、パトナムは原稿の締め切りに追われたり、体調を崩したりして、ずるずると出発を延期していた。出発前に決めなければならないことがあった。つまり、『ニュー・レヴュー』第三号の編集作業をだれかに依頼しなければならなかった。エズラ・パウンドは名前だけの編集顧問であり、実務を担当するわけではなかった。第二号をイタリアに二百部も発送したのはパウンドの名前がイタリアで知られていたからであり、編集顧問としてパウンドが名前を連ねるだけで、それなりの効果があった。パウンドに支払う報酬が少ないのを気にしたパトナムは、『ニュー・レヴュー』の一ページを広告用としてパウンドに提供した。パウンドは『ニュー・レヴュー』で自分の作品を宣伝することもできたし、だれかの作品の広告を掲載してポケットマネーを得ることもできたのである。

ステロフに宛てて手紙を書いた翌日（五月二十六日）に、パトナムはウォンブリー・ボールドに宛てて、体調がすぐれないことをほのめかしながら、六月五日にアメリカに出向くので、「次号の発行はきみとペルレスに依頼したい――つまり、編集、校正などでわが妻リヴァを手助けしてほしい。広報活動は全面的にきみに託したい」と手紙を書いた。「広報活動」というのは、要するに、『シカゴ・トリビューン』(ヨーロッパ版)の、ボールドのコラム「ボヘミアンの生活」で『ニュー・レヴュー』を読者に好意的に紹介することであり、ボールドは第三号のために、創刊号や第二号と同様にかなりのスペースを割いた。しかし、彼が編集作業まで手伝った形跡はない。パリで暮らしていたイギリスの批評家・編集者フォード・マドックス・フォード(一八七九―一九三九)に宛てた六月十日付の手紙では、パトナムは近日中にアメリカに向かう予定だと述べているから、六月五日の出発予定がさらに延期されたことになる。編集業務を仕切ったのはペルレスとミラーであった。寄稿者については、パトナムがあらかじめ決めていた。雑誌の編集引き継ぎの件は、以下のように、『北回帰線』の絶好の材料になった。

ドームの酒場でマーローがぐでんぐでんに泥酔して立っている。ここ五日間、マーローは彼のいわゆる飲み騒ぎをやらかしている。つまり、ずっと酔っ払ったまま、昼夜わかたず酒場から酒場へと遍歴し、最後にアメリカン・ホスピタルで強制的に活動中止になるということだ。〔……〕マーローは水洗便所でちょっとうたた寝をしてきたところだ。上着のポケットには文芸評論誌の次号の校正刷りが入っている。印刷所へ校正刷りを届けに行く途中、だれかにそそのかされて飲み出したようだ。マーローはそれが数カ月も前に起きたかのように話す。校正刷りを取り出して、カウンターの上に広げる。コーヒーのしみや乾いたつばがいたるところについている。ギリシア語で書かれた詩を朗読しようとするが、校正刷りは判読できない。そこでフランス語で演説しようと決心するが、支配人が待ったをかける。マーローは傷つく。ギャルソンにもわかるようなフランス語をしゃべることが彼の野心のひとつなのだ。古代フランス語にかけては、マーローは大家だ。

ドームを出しなにしゃっくりを上げながらマーローはサンフランシスコに戻らなければならないと説明する。マーローはいまではカールの途方にくれた様子にすっかり心を動かされているようだ。カールとぼくに彼の不在中に文芸評論誌の編集を引き継いではどうかと提案する。「きみなら信頼できるよ」とマーロー。そのとき突然に発作に襲われる。

カールはぼくに手まねでもっと近づくようにと合図をする。「こいつのために一肌ぬごっじゃないか。こいつのお粗末な雑誌を引き継いで、徹底的に困らせてやろうぜ」

「それはどういう意味なんだい?」

「そりゃもちろん、ほかの寄稿家どもを全部締め出して、おれたちのものを載せるのさ――そういうことだよ!」

「なるほど、だがどういうものを?」

「なんだっていいよ……やつはそのことでどうすることもできないんだから。やつを徹底的に困らせてやろうぜ。一号だけ出して、そのあとで廃刊にするんだ。ジョー、やる気があるかい?」

第三号で廃刊に追い込もうというカールの意気込みにもかかわらず、『ニュー・レヴュー』は第五号(一九三二年四月発行)まで続いた。ジョージ・ウィックスは著書『パリのアメリカ人』(一九六九)のなかで、パトナムがふたりに編集を託したのは「誤り」であったと断定している。「彼らは内容が退屈だと思われる作品のいくつかをさっさと締め出したが、そこにはパトナムの長いエッセイも含まれていた。代わりに、ミラーの短編も含めて、もっと真に迫っているものを採り入れた。彼らは、猥褻な、毒舌的にしてばかげた、茶番のような〈新本能主義〉というマニフェストを付録として追加することにした」。付録は、伝記作家のジェイ・マーティンによれば二十五ページ、ディアボーンによれば三十五ページにおよんでいた。この「新本能主義」というのは、「芸術と文学の幼児性に対抗する反抗声明、嫌悪のマニフェスト、戦後の気まぐれな着想という痰つぼにつばを吐くこと、死産した神々の揺籃《ようらん》のなかの健康そうな糞」等々を意味し、要するに、ありとあらゆることを罵倒していた。「印刷屋からゲラ刷りが送られてくると、パトナムは付録だけはボツにしたが、ミラーとペルレスの選んだ内容の雑誌は出てしまった」と、ジョージ・ウィックスは顛末を要約している。

パトナムは付録については事態を収拾したが、第三号の編集を担当したミラーとペルレスへの謝意の表明をどうするかとか、「新本能主義」のマニフェスト（付録）を押さえ込んだことの釈明なり弁明なりといった対応の問題に直面したはずである。

一九三一年八月二十一日、セントラル・パーク・ウエスト三七〇番地に宿泊していたパトナムは、ペルレスとミラーの両名に宛てて手紙を書いた。「親愛なるペルレスとミラー、きみたちの連絡への返事に、このように手間どってしまい申し訳ない。遅延の理由は、ひどく多忙であったことと、当地に来てから数週間も下痢で苦しみ、くたくたに疲れきっていたからだ」という書き出しから推測すれば、ふたりは編集あるいは付録の掲載に関して問い合わせたのだが、応答がなかったので自分たちなりの判断、方針のもとに編集作業を進めた、と読めるだろう。パトナムは『ニュー・レヴュー』第三号について「誤解」が生じたことを遺憾としつつ、「それは全面的に自分の責任である」と釈明し、「もし直ちに電報をうったなら、誤解は生じなかっただろう」と弁解している。「マニフェストに関しては、電報のなかで述べたように、フランスにおいてもかかわりあうことになるかもしれない法的義務という観点から疑念を抱いている」と述べ、『ニュー・レヴュー』の品位の問題ではないと強調する。「当地で弁護士に相談したところ、彼はたまたまフランスの法律に精通していて、かなりの危険をはらむ問題だと言っている。タイタスが『チャタレー夫人の恋人』の件で深刻なトラブルに巻き込まれ、イギリス大使館の介入によってトラブルから抜け出したのを覚えていますか」と書いた。

また、二〇年代に活躍したロバート・マカルモン（一八九六―一九五六）の短編がはずされたのを遺憾に思い、「ぼくはマカルモンを他の寄稿者と並べることに努力しました」と、パトナムはくやしがった。彼によれば、マカルモンは第三号のなかで「戦略的位置」を占める作家であり、彼の協力によってウィリアム・カーロス・ウィリアムズなどからも寄稿してもらうことができた、そしてなによりも、マカルモンはパウンドの友人であった。マカルモンの「戦略的位置」というのは、『ニュー・レヴュー』をもって『トランジション』に対抗しようとするパトナムの意図と無関係ではないだろう。ともあれ、数名の寄稿者の作品が除外されたのは、パトナムにとって痛恨事であった。九月に帰国したパトナムは、マカルモンの作品を第四号に掲載するなど、後始末を余儀なくされた。

サミュエル・パトナムは、一九三一年夏にマンハッタンで「犬狼星の夕べ」と題する文芸講演会を開催していた。会場はゴータム書店の裏庭であり、パトナム自身が聴衆のための椅子を裏庭に運び込み、準備を進めた。古代ローマの夏にあって犬狼星が輝くとき、詩的興奮が強まったという古典的知識をにじませながら、パトナムはヨーロッパのモダニズム文学の動向をニューヨーカーたちに吹き込もうとしていた。

パリに戻ったあとのパトナムがペルレスと交流した形跡はないが、ミラーとの交流は翌一九三二年十月から再開された。ミラーは十月に『北回帰線』の初稿を書き上げ、オベリスク・プレスと首尾よく出版契約を結んだ。『北回帰線』のオリジナル草稿の断片ではロレンスについての言及が散見されていたこともあって、オベリスク・プレスのジャック・カハーンから出版に先立って、宣伝用としてミラーのロレンス論を出版したいと水を向けられ、ミラーは猛然とロレンス論のためのノートの作成に乗り出していた。アナイス・ニンに宛てた当時の手紙をみると、ミラーは、「フランソワ・ラブレーとその時代」および「シェイクスピアとその時代」という主題に関連する本についての情報があれば知らせてほしい、と要請しているが、同時に、ラブレー伝の作者として知られていたパトナムにも連絡をとったようである。

十二月三日、ミラーはタイピングで十二ページにおよぶ長文の手紙をパトナムに宛てて書いた。この手紙のなかでミラーは、パトナムから借りたラブレーに関する「ノート」を熟読し、「六時間かけて、十二ページの抜粋」を作成したことを伝えながら、「ノート」について謝意を表明した。その手紙のなかでミラーは、「今日、だれもがやっているように、ぼくたちは同じ問題に異なる方途でアプローチする」と述べ、執筆中の原稿のコピーを送れないが、「ピンクの紙に」アイディアの輪郭を記したメモを同封するので、必ず返送してほしい、と注文をつけている。思想家としてよりも作家として激しく、野放図にノートに取り組んでいたミラーは、「当然ながら、ぼくをきみの作品に惹きつけるのは抑制であって、それは大いに参考になる」と述べている。要するに、パトナムが脚注や参照文献を多用していることなど、ミラーにとって参考になる点が多々あるとほのめかしているわけである。さらに、「次の一節によって明らかにされるアイディア（きみはゆがんでいて、堕落していると言うだろうか？）をもって飽和、吸収をきみに示してみます。きみの封筒が届いたとき、ぼくはこの一節を『北回帰線』に書き加えたところでした」と述べて、以下のように自作からの引用を行っている。

わたしは流れゆくすべてのものを愛する！　そう言ったのはジョイスなのか、それともぼく自身なのか――もはやわからない。ある朝、この表現をつぶやきながら目覚めたとき、ぼくはジョイスのことを考えていた。彼の川や木々、彼が探求している夜の世界のすべてのことを考えていた。さよう、ぼくも流れゆくすべてのものを愛する――川、下水、溶岩、精液、血液、胆汁、ことば、文章を。ぼくは羊膜から溢れ出ていくときの羊水を愛する。ぼくは痛みを与える胆石、尿砂、なにやかやが詰まっている腎臓を愛する。流失しながら、やけどのような痛みを与える尿水と、はてしなく広がる淋病を愛する。魂のあらゆる病めるイメージを映し出す文章を愛する。〔……〕ぼくは流動するすべてのものを愛する。そこに時間と生成を有し、ぼくたちを終わりのない始まりに復帰させるすべてのものを。忘我状態のわいせつ、狂信者の知恵、自己満足の連祷をやらかす司祭、側溝を流れる泡、乳房から出る乳、子宮から溢れ出る苦い蜜、流動性があり、溶けて気ままかってな溶解性のあるものすべて。ふたたび始まるために、死と消滅に向かって大きく周回してゆく膿と汚物。ぼくに語れ、英雄と神話を、母への憧れと近親相姦の障害を、群集の神秘と娼婦である数々の大都市を、パトモスの聖ヨハネの黙示について、破壊神シヴァについて、えぐられた腹部をもつトラロク神について。ぼくに語れ、これを永遠に——心理学者の言語ではなく、魂の言語で。大いなる近親相姦的願望は、流れ続けていくうちに時間と一体化し、意識や身振りや道徳のなかではけっして停滞せず、あの世の大いなるイメージとこの世を融合させることである。ことばによって沈滞し、恐怖によって拘束され、生きることによって麻痺されている、この世の愚かな自殺的イメージ。

ここに引用されている一節を書き直したものが、現在の『北回帰線』に織り込まれている。強度の近視であった「ジョイス」は、「われわれの時代の偉大な盲人ミルトン」と変更され、ジョイスの名前が消去されている。ミラーは現在の『北回帰線』のテクストからは、ジョイスのみならず、ロレンス、ブニュエル、ジョルジュ・デュアメルなどの名前を削除し、セリーヌの名前についても初稿でもはじめから入れていない。ミラーは、右の一節によって「飽和、吸収」(the saturation, the absorption) を示すつもりでいた。手紙の受取人であるパトナムにとっても、『北回帰線』の読み手にとっても、何についての「飽和」であるのか、何がどこに「吸収」されるのか不明であるが、ミラーにとっては明白であったはずである。一九三二年十二月におけるミラーの「飽和、吸収」のモチーフとは何を意味しているのか。これは稿を改めて考察されるべき課題だろう。

右の引用文のあとに、以下の文面が続く。「ウハーッ！　なぜだ、これは？　結びつきがわかるだろうか？　概略を明らかにしているピンクのページに趣意をそのまま残していたほうがよかったかもしれない。ピンクのページが言及する本というのは、上記のものではなく、重大な本、小冊子になるように意図されていたが、ぼくの内面ではすでに一冊の本であり、ぼくが『聖なるからだ』と呼びたい本のことです。ぼくの無知のせいで、この言い回しがどこに由来するのかについて正しい知識はないが、頻繁に見かけます。しかし、そこのところだ――ぼくは聖なるからだに自分の足場を定めています。ギリシア的アイディアですが、ギリシアに対するはなはだしい崇敬を意味しているわけではない」と、興奮気味に書き綴られていくが、ミラーの意図はやはり不明である。さらにミラーは、「きみに深く負うているとぼくが感じるのは、ラブレーについての、次々と出てくる引用箇所に対してである」と綴り、パトナムの著作『フランソワ・ラブレー　ルネッサンスのひと――精神的伝記』をまだ受け取っていない、と暗に送ってほしいと促している。

パトナムに宛てて手紙を書いた三日後の十二月六日、ミラーは突如として差し迫った死の予感に襲われ、その予感を振るい落とすことができなくなり、遺書を書いた。そして、それをアナイス・ニンに送った。「もし同封の遺言書が証人の署名がないために法的有効性に欠けているという場合には、そして万一、四十八時間のうちにぼくが死ななければ、ぼくたちはこのことについて話し合うことにしよう」。ミラーは『北回帰線』や『クレイジー・コック』などの原稿は相当な価値を持っていると考えていた。そして、自分が逝った場合、自分の原稿をコレクターに売却したときの収入や印税の配分をアナイス・ニンに託そうとしたのだ。考慮されるべきは、ミラーの両親（そして妹）、ジューン、娘のバーバラであり、それぞれの連絡先が明記されていた。ジューンはしょっちゅう転居するので、ジューンの居所については、『北回帰線』の「あのホモ野郎」、実名リチャード・マーフィに問い合わせるように、とミラーは指示している。リチャード・マーフィの住所の照会先は、意外にも、出版代理人のウィリアム・ブラッドリーであった。『北回帰線』の出版についての、版元オベリスク・プレスとの契約は済ませ、出版代理人との契約も済んでいた。ブラッドリーが受け取るのは印税の一〇パーセントであった。『クレイジー・コック』も出版できれば、同率の印税がブラッドリーのものになる可能性があった。十月にパトナムの提案で、ミラーは『クレイジー・コック』の原稿をニューヨークのコヴィチ＝フリード社に送っていた（同社は翌年一月に、出版できないと通知してきた）。印税などの配分に関して配慮されるべきはミラーがアメリカやパリで借金した友人や知人たちであり、三十余名の氏名と連絡先と借金額が明記されていた。実質的に当時のミラーの借金一覧表ができあがっていたことになる。借金の総額は三千ドルを超えていた。「ペルレスやシュネロックに返済すれば、彼らに対する侮辱になるだろう」という記述があるところをみると、返済する必要がないと踏んでいた借金もかなりあったのではないかと思われる。

遺言書にまつわる騒動のあと、ミラーは十日あまりアナイス・ニンの住むルヴシエンヌの邸宅で暮らした。このときミラーは、パトナムがまとめた『ヨーロッパにおけるキャラヴァン』を読み、フランス文学やイタリア文学についての編者の造詣の深さに感服した。

前年同様に、十月にジューンがパリに姿を現していた。うろたえたミラーは、すぐにアナイス・ニンに電話をかけた。ジューンは、ミラーとペルレスの住むアナトール・フランス通り四番地に来ないで、オテル・

プランセスに十日間の予約を入れていた。つまり、ジューンは夫であるミラーと別居していたことになる。アナイス・ニンとの関係が発覚するのを恐れたミラーは、自分宛ての手紙はペルレス宛てにして新聞社のほうに送るように、とシュネロックに依頼した。つまり、手紙をジューンに読まれないようにと用心していた。

ミラーは、出版の契約を済ませ、ロレンス論についてのノートに没頭したいと思っていた。ふたりとも前年に演じた派手ないがみあいは控えていたが、いつ修羅場が現出してもおかしくなかった。二カ月間の緊張と心労のあげくに、ミラーは、死が迫っているという予感に襲われつつ、右に述べた遺言書を書く羽目になったのである。

アナイス・ニンは一九三二年十二月の『日記』に、「ヘンリーは彼の書く本のなかで闘うだけだ。現実の生活では逃げている。いま彼はロンドンにいる」と、しるしている。ミラーが冷静さを失い、あたふたしていたので、アナイス・ニンとペルレスがミラーをロンドンに往かせて、かの地でクリスマスを迎えさせようとしたのである。実際には、イギリスの入国管理局が、所持金が少ないという理由で、一晩でミラーをフランスに送還した。が、ミラーはアメリカに強制送還になるのではないかと心配した。のちにミラーは、この折りの体験を材料にして、短編「ディエップ＝ニューヘイブン経由」（一九三八）を書いた。ともあれ、アナイス・ニンの日記の記述にもかかわらず、ミラーはロンドンにはたどり着けなかった。

アナイス・ニンが船賃を工面してくれたので、ジューンは十二月のうちにパリを離れた。見送ったのはペルレスだった。ジューンは離婚の意志を表明した。

ロンドンに向かう前の十二月二十一日、ミラーはパトナムに宛てて手紙を書いた。数日前に、長文の手紙を添えてラブレーについての「ノート」を返送したが、到着したかどうか教えてほしい、なんとしてもきみのラブレー伝を読みたい、「必ず良好な状態でお返しする」と伝えた。さらに続く「水曜」の手紙では、ラブレー伝を落手し、むさぼるように読んでいると報告しつつ、この伝記には脚注がなく、脚注に相当する部分がテクストに組み込まれている、この著作は「きわめて示唆的であるのみならず、とても興味深い」と褒めている。パトナムがラブレーゆかりの地を訪問していることに注目し、自分もペルレスとラブレーの出生地まで自転車旅行を計画しているので、情報があれば提供してもらいたい、また、翌年二月末に刊行予定の『北回帰線』が「物議をかもし、ぼくを国外追放に追い込むだろう。どうなるのか、神のみぞ知る、です」と心境を綴っている。

一九三三年一月二十一日、インフルエンザで苦しんでいたパトナムは、ミラーの十二月三日付の手紙に対してようやく返信を書いた。ミラーが『北回帰線』に書き加えたという一節について、パトナムは次のように反応した。「きみがジョイス、ラブレー、言語の有用性と害について述べている個所ですが、きみの考えは間違っていないと日々ますます思っています。しかし、ここで意見を思い切って持ち出したいとは思いません」。例のくだりが何について述べているのか判然としないので、パトナムはいかにも彼らしい感想を述べながらも、意見を留保した。ミラーはパトナムに「飽和、吸収」なるものを示すつもりだと言っていたわけだが、実質的に意味不明である。「飽和、吸収」という措辞は、ミラーの作品のいずこにも見られず、パトナム宛ての先の手紙のなかに一回出てくるだけである。ミラーはおのれの内面で進行しているものをちらと垣間見せたのであろうか。パトナムはラブレー伝において、シュルレアリストたちがロートレアモンを必要としたように、ジョイス礼賛者たちはラブレーを必要としているのであり、「ラブレーが偉大であるのは、言語の面においてであって、この言語の面においてこそ芸術家としてのラブレーは、これからも生きつづける」と述べて、ラブレーをフランスのもっとも偉大な散文の書き手のひとりとして激賞している。ジョイスとラブレーを並列させて思考するのは、ミラーではなく、パトナムであり、彼はミラー宛ての手紙のなかに、ラブレーについての持論の一部を持ち出したのである。

二月二十二日、ミラーはアナイス・ニンに宛てて手紙を書き、パトナムのラブレー伝を耽読している、と報告した。ミラーはラブレーがスポーツやゲームに興味を抱いていたことを知り、現代的な人間としてのラブレーにますます親近感を抱いた。ミラーが興味を示したことのひとつがラブレーの最初のパリ訪問であり、彼は自身のパリとラブレーのパリとの重なりを確認しようとした。たとえば、よく出かけた映画館の所在するヴァンヴ地区をラブレーも知っていたとか、ばかばかしい値段で高級紳士服二着を手放した洋服店の所在するサン・タンドレ・デ・ザール通り界隈にラブレーが逗留していたとかといったことを、ミラーはニンに伝えた。『北回帰線』との絡みで、この手紙のなかの注目すべき個所を以下に引く。

しかし、「さまざまな変化にもかかわらず、パリはつねに同じままである」とパトナムが言うとき、ぼくは彼に先を越されたと感じます。

一九三三年二月、ミラーは『北回帰線』の結末のあたりをどのように纏めるべきかについては、はっきりと決めていた。つまり、パリは、そして必然的にセーヌ川も、つねに変わらずそこにあることを、出版契約によれば同年二月末日に刊行の予定になっていたから、ミラーはすでに書き込んでいたかもしれない。ラブレー伝を読み進み、「パリはつねに同じままである」という一文に出会ったとき、ミラーはパトナムに出し抜かれたと感じたのである。なぜミラーは「パトナムに先を越された」と感じるほどに、『北回帰線』の結末のあたりにこだわっていたのか。これは稿を改めて考察すべき課題であろう。

三月二十六日、パトナムはミラーに宛てて短い手紙を書いた。「親愛なるヘンリー、ぼくは次の土曜日の四月一日にアメリカに戻ります、多分あちらに留まることになるでしょう。金曜は終日パリにいるので、きみに会いたいと思っています」と書き、会えるのであれば、ラブレー伝を持参してもらえまいか、とやんわり本を返してくれるように促した。UCLAの、いわゆる〈ヘンリー・ミラー文献保管所〉には、ミラーがパリで読んだ本のうち十余冊が収蔵されているが、鈴木大拙の禅に関する著作などとともにパトナムのラブレー伝も保管されている。ラブレー伝を手元に留めたいと思ったミラーは、パリを離れる直前のパトナムを見送ろうとしなかったのではあるまいか。

小冊子『作者不詳』

一九三〇年九月二十一日発行の『シカゴ・トリビューン』(ヨーロッパ版)に「作者不詳の最初のベンチャー」という見出しの、以下の記事が掲載された。

しばらく前にパリの新しい出版社の設立が本紙の当コラムで報道された。この出版社は、作者自身の氏名を公開しないという犠牲を払うだけの理想と大胆不敵さをもつ作家たちの、匿名による作品だけを刊行する。問題の出版社は——設立者でさえ匿名を保持しようと願っているが——作者不詳の作品を刊行したばかりである。『音楽のあるUSA』というタイトルのこの戯曲は、ひじょうにおもしろい作品である。企画のすべてが匿名であるにもかかわらず、発行者は社名を明らかにするという譲歩を余儀なくされているので、『音楽のあるUSA』には、「パリ、ヴィラ・スーラ一八番地、カルフール社版」と印刷されている。

パリはアメリカの文学的ベンチャーのメッカである。本紙はカルフール社版に関与している紳士淑女の氏名は承知していないが、彼らがアメリカ人であることは明白である。設立者のひとりは「アメリカで数万ドル相当の本を配布したことのある、芸術の保護者である」とほのめかされている。当初、カルフール社は『作者不詳《アノニマス》』と呼ばれる、同社の声明を載せた小冊子を発行した。同社の最初の作品『音楽のあるUSA』を読む前に、この小冊子を一読すべきである。小冊子は、最初の作品がその存在を依拠する目的や希望を説明しているからである。

以下のプログラムが、この興味深い小冊子のなかで述べられている。

「パリで出版されたばかりの『作者不詳』は、諸芸術における匿名性のための国際的運動を開始し、あるイギリスの作家の、いわゆるあのいまいましい、個性を広めようと憂き身をやつす行為と格闘する。『作者不詳』は、芸術家の名前ではなく、作品そのものに重きを置く。『作者不詳』は、いわゆる〈スポットライトをあびるスーパーマン〉を抹殺する。作品は、みずから存立し、あるいは崩壊する。読者は無名であり、匿名である。芸術家はおのれの名前を放棄することによって、読者と共通の絆を確立する。世界が統一的で普遍的な信念を必要とするとき、『作者不詳』は信念のための共通の基礎を、創作についての信念を提供する」。

『作者不詳』のこの理想が実現されたかどうかを、最初の作品だけから判断しようとすれば、公平でないのは明らかである。『音楽のあるUSA』は、著者のアイデンティティについて好奇心をかきたてるほどに興味深い作品である。

マイケル・フランケルとウォルター・ローウェンフェルズ

『北回帰線』の冒頭は、「ぼくはヴィラ・ボルゲーゼに住んでいる。塵《ちり》ひとつ見あたらず、椅子ひとつ乱れていない」となっているが、初稿では、「ぼくはヴィラ・スーラに住んでいる。マイケル・フランケルの客として」とある。トンブ＝イスワール通りから折れて入っていく、地図に記載のないヴィラ・スーラという袋小路の奥が現在でも一八番地である。一九三〇年のパリに登場したカルフールという小出版社の所在地は、マイケル・フランケル、つまり『北回帰線』のボリスという作家の住所と一致する。

リトアニア共和国生まれのマイケル・フランケルは一九〇三年、八歳のときにユダヤ人の両親とともにニューヨーク市に移住し、貧しいユダヤ人が住みつくイーストサイドの、スラム街フォーサイス・ストリートで成長した。極貧の家庭で育ち、飢えの苦しみを知るマイケル・フランケルは、経済的安定を確立してから作家になろうと腹をかためていた。早くから作家を志したのは、故郷のコピルという村の親戚のなかに有名なユダヤ人作家がいたからだとも言われている。本のセールスで財をなし、一九二六年にパリに移動した。およそ十万ドルの資金をパリに持ち込んだと伝えられている。彼は、当時のパリでもっとも有名なリトル・マガジンであった『トランジション』誌に寄稿したりしていた。

一九三〇年夏、フランケルは小出版社を設立し、「匿名の必要」というサブタイトルのついた三十二ページの小冊子『作者不詳』を刊行した。これを執筆したのは、マイケル・フランケルと詩人ウォルター・ローウェンフェルズ（一八九七―一九七六）であった。印刷所を取得したフランケルは、一九三二年末までに資金をほとんど使い果たしたらしく、ふたたび資金確保の必要に迫られた。一九三二年、フランケルは本のセールスのためにパリを離れたが、このときミラーはフランケルに百ドルの借金があった。フランケルはアジア、主としてフィリピンで本のセールスに従事し、二ドルの本を四十ドルで販売するなど、セールスの才能を発揮した。一九三三年から三四年にかけて、彼は五万ドルの利益を確保した。『北回帰線』が出版された当時、フランケルはパリを離れていた。三五年にパリに戻ると、十一月にフランケルは、ミラーと千ページの手紙のやり取りをする計画を立て、フランケルの資金で往復書簡集を刊行するということで、ミラーと合意した。こうして、難解な往復書簡集『ハムレット』の第一巻が一九三九年に、第二巻が四一年に出版され、四三年の改訂版は数版を重ねた。だが、印税の問題を巡ってトラブルが生じ、ふたりの関係は次第に冷却していくことになる。後述するように、小冊子『作者不詳』が『北回帰線』におよぼした影響は、明白である。しかし、読書論『わが生涯の書物』において、ミラーは、フランケルと小冊子『作者不詳』についてはまったく言及しなかった。そのことを知り、フランケルは愕然となった。『ハムレット』に関してなんらの権利も保有していないと知らされたミラーは、五〇年代中頃にフランケルに絶交状を送りつけ、友人としての関係を絶っていた。

ニュージャージー州に住むローウェンフェルズの両親の家業はバター製造業であった。彼は家業を手伝いながら詩作にのめりこんでいた。詩作に関心をもつユダヤ人学者の娘リリアンと結婚したローウェンフェルズは、一九二六年にパリに移住、一九三四年に帰国した。パリのローウェンフェルズも『トランジション』誌に詩を発表したりしていたが、一九二八年になってフランケルと知りあった。翌年、ふたりが親密になったのは、彼らのいわゆる「近代人の精神的死」、つまりロレンスに触発されたらしい逆説的な生命力の昂揚について、議論を交わしたことを契機として、それが芸術における完璧な匿名性についての白熱した議論へと発展したからである。小冊子はほとんど注目されなかったが、一九三一年秋になると、ミラーはふたりの主題に強い関心をよせるようになった。食事もままならないミラーは、同年秋に、ローウェンフェルズ宅で週に一回ディナーを食すようになった。ローウェンフェルズは、『北回帰線』や『黒い春』ではクロンスタットという名前で登場している。

マイケル・フランケルは盟友ローウェンフェルズを金銭的に支援するために、自身が所有するアパルトマンの賃貸業務をまかせたりした。このアパルトマンには、マルク・シャガールやトリスタン・ツァラなどがいたこともある。ふたりは小出版社を設立すると、小冊子『作者不詳』を印刷し、名の売れた文学者たちに送りつけたものの、反応はほとんどなく、自分の作品を作者不詳として刊行しようとするような賛同者も出てこなかった。最初に出版された戯曲『音楽のあるUSA』は、作者不詳となっていたが、のちにローウェンフェルズは自分が作者であることを明らかにした。

一九三〇年八月八日、ローウェンフェルズは、かねてより交流があり、小冊子に例外的に反応を示してくれたサミュエル・パトナムに宛てて手紙を書き、次のように述べた。「『作者不詳』には思い切った、きびしい批評が必要である、というきみの意見にはまったく賛成です。当初のアイディアは、(これは内密の話なのですが) 批評できそうな小冊子を出してから、その小冊子を批評するものを出すことでした。内側から槍玉にあげるのもよいことです。フランケルとぼくは、きみがわれわれに合流してくれる人たちのひとりになってくれればと期待していたのです。きみが『作者不詳』を批判したければ、『作者不詳』の第二号においてで匿名でやってくれればよいのです。つまり、『作者不詳』は、賛否いずれであれ、匿名の問題についての根拠のある意見に対して開かれているのです。きみに小冊子を発送した日に、フランケル(彼は南フランスにいました)からの手紙を落手しました。彼はきみが興味を示して作者不詳の作品を手がける気になるかどうかを知るべく手紙を書きたいので、ぼくの方からは発送しないでくれ、と言ってきたのです」。さらにローウェンフェルズは、パトナムが『作者不詳』について批評を書いてくれれば、広く読まれるように手を尽くすつもりだ、と述べている。結果的にはパトナムは『作者不詳』に関与せず、およそ二カ月後に『ニュー・レヴュー』創刊の構想をぶちあげて、それを実現した。「諸芸術における匿名性」の問題は「国際的運動」には発展せず、ふたりの内面でくすぶり続けた。ふたりが『ニュー・レヴュー』誌に寄稿することもなかった。

すでに述べたように、『北回帰線』の「ヴィラ・ボルゲーゼ」のモデルは「ヴィラ・スーラ」であった。『北回帰線』の稿がいつ、どこで起こされたかは微妙な問題であるが、ヴィラ・スーラ一八番地に転がり込んだときに起稿した、とミラーはいう。『北回帰線』のフィルモアことリチャード・オズボーン宛ての、一九三四年九月二十四日付の手紙の発信地は、ヴィラ・スーラ一八番地であるが、「上記の住所（きみにも判るだろうが、フランケルの以前の住まい――ぼくはそこで例の本を書き始めた！）に引っ越しているさなかにきみの手紙を立て続けに受け取った」とあり、「ここに移った日に『北回帰線』が世に出た」とも書かれている。ミラーはヴィラ・スーラに二回も移り住んだ。一回目は一九三一年秋であり、二回目は『北回帰線』が出版された一九三四年九月である。一回目の滞在期間は二週間余であったと推定される根拠もある。

ミラーがフランケルの住居に転がり込んだ月日を特定できれば、『北回帰線』の冒頭が書かれた月日をおおむね推定できる。ミラーはいつごろフランケルの家に宿泊したのか。『北回帰線』を書き始めた月日と重なりあう記念すべき日であると判断できるから、これは追求されるべき課題であるが、従来の解釈はまちまちである。

ゲールリサーチ社の『文学伝記辞典』（第四巻、一九八〇）によれば、ミラーがヴィラ・スーラに移って『北回帰線』の執筆を開始したのは、一九三一年六月であり、フランケルが七月にアパートを転貸したためにミラーは退去したことになっている。この記述は、『文学伝記辞典』の二年前に出版されたJ・マーティンのミラーについての伝記に依拠していると思われるが、確認できる資料から判断すれば、これは推測にもとづく記述である。一九九一年に出版されたメアリ・V・ディアボーンによる伝記によれば、ミラーがヴィラ・スーラに移ったのはさらに四月にまで遡るが、資料が示されていないので推測の域を出ない。当時のフランケルはパリを離れていたから見当違いである。

実際のところ、五月初旬から七月末までのミラーの寝場所は、今日なお不明である。友人たちのステュディオを転々としたり、野宿をしたり、ペルレスのホテルに転がり込んだりしていたのであろう。ミラーとペルレスは、七月から八月上旬にかけて、『ニュー・レヴュー』第三号の編集業務に関与していたから、ミラーはオテル・サントラルに宿泊していたようである。ペルレスはかなり以前から、ミラーのために、新聞社の校正係に空席が生じないかと虎視眈々とチャンスをうかがっていた。現存する、ミラーとフランケルの最初の接触を示す手紙の日付は、一九三一年八月十一日である。オテル・サントラルでミラーは、次のような手紙を書いた。「親愛なるフランケル様。あなたが仕上げたいと願っていた作品との関連で、オズマン氏(心理学者)が最近ぼくの名前をあなたにお知らせしたと了解しています。あなたが応援を求めていて、一日に三、四時間というゆったりとしたペースを認めてくださるのであれば、当方はもちろんOKです。仕事は夜にせざるを得ませんので、これ以上の時間を割くのは無理です。あなたに手紙を書く唯一の理由は、小生が現ナマを必要としているからです――当然ながら、できるだけ多額の現ナマを。敬具」。ミラーはこの手紙を投函してからおよそ一週間後に、新聞社(『シカゴ・トリビューン』パリ支局)に臨時の校正係として採用された。ほどなくふたりの交流が始まった。

この手紙から明らかなように、ミラーはフランケルについての情報を、ダンフェール＝ロシュロー通りに住むミラード・フィルモア・オズマンから入手した。この男は同年三月からミラーと交流があった。いっぽうにおいてフランケルは、ウォルター・ローウェンフェルズの仲立ちのおかげでミラーと知り合えた、と回顧している。当時のローウェンフェルズの住所はダンフェール＝ロシュロー通り一六番地であったから、彼は同じ街路に住むオズマンと知り合いになっていたかもしれない。

オズマン、ローウェンフェルズ、フランケルの三名を括る共通項は、彼らがすべてユダヤ人かユダヤ系であることだ。『北回帰線』において、ミラーは自身がユダヤ人に囲まれていると述べている。「実際、モンパルナスに住みついているのは、ほとんどすべてがユダヤ系であるか、もっと悪いことに、半ユダヤ系だ。カールにポーラ、クロンスタットにボリス、タニアにシルヴェスター、モルドーフにリュシール。フィルモアのほかはみながユダヤ人だ。ヘンリー・ジョーダン・オズワルドもユダヤ人であることがわかったし、ルイ・ニコルズもそうだ」。『北回帰線』の初稿では、「ヘンリー・ジョーダン・オズワルド」は「ミラード・フィルモア・オズマン」という実名で出てくる。ミラーの周辺のユダヤ人たちは、どこかで繋がり合っていた場合が多いようである。

のちにフランケルは、「『北回帰線』の誕生」(一九四五)と題する長文のエッセイを執筆し、ミラーとの最初の出会いについて述べている。このエッセイによれば、当時のフランケルはローウェンフェルズと頻繁に顔を合わせていた。ふたりの友情はフランケルの作品『ウェルテルの弟』(一九三〇)を軸として芽生え、深まっていった。ふたりの議論の中心は「死のテーマ」であったという。ある日、ローウェンフェルズが、「ヘンリー・ミラーという奇妙な男とモンパルナスで出会った」とフランケルに語り始めた。ミラーは、「凄まじいほどのヴァイタリティをもつ、情熱的な男。話すことはひどくおもしろいが、どうやって生計を立てているのかわからない、人生の落伍者とも見えるが、陽気で楽しく生き生きした男」であり、「からっけつだから、原稿のタイプかなにかの仕事を頼めば喜んでやると思うよ」と、ローウェンフェルズがせっついた。

その翌日、フランケルがミラーに手紙を書き送ると、すぐさまミラーから電話がかかってきたという。ミラーの記憶によれば、初めてヴィラ・スーラを訪問したとき、『北回帰線』のタニアことバーサ・シュランク(一九〇六―八四)を同伴したが、フランケルはバーサについて言及していない。ミラーに会ったとたん、互いにうち解けた気分になり、話がはずみ、すぐに親しくなった、とフランケルは述べている。別れ際にフランケルは、カルフール社から作者不詳として刊行された自著『ウェルテルの弟』をミラーに進呈した。フランケルはニューヨーク市立大学の学生だったときに、ゲーテの『若きウェルテルの悩み』(一七七四)を読んで死の観念に関心をもち、そのテーマをひそかに暖めていた。『ウェルテルの弟』は、死のテーマを扱ったフランケルの最初の作品である。

数日後、フランケルはミラーから長文の手紙を受け取った。書き出しは、「親愛なるフランケル。きみの本を読了して、せんだっての夜からカフェでこの手紙を書き始めたのですが、邪魔が入り中断していました。それで仕事が引けてから二階の編集室に駆け上がり、一刻もはやく手紙を書き上げるつもりでした。ところがその日、残業を頼まれ、そのあとビストロでみなと食事をとることになりました」とあり、「編集室」や「校正用デスク」などの措辞から、新聞社に臨時校正係として勤務していたときに書かれたと判断できる。つまり、ミラーとフランケルの実質的な交流は八月中旬あたりから始まったのである。ミラーはこの手紙のなかで『ウェルテルの弟』を高く評価し、絶賛している。フランケルはますますミラーが気に入ったはずであり、十月上旬に失職して宿無しになったミラーをヴィラ・スーラに宿泊させた。

一九三一年八月二十四日、ミラーは久しぶりにシュネロックに宛てて手紙を書き、「明日、パリの本に着手します。一人称で、検閲を受けずに、形式にこだわらず——なんでもかんでもめちゃくちゃに」と述べた。『シカゴ・トリビューン』(パリ支局)に臨時校正係として勤務していたミラーは、この手紙によれば、金曜日(週給の支給日)を待ち望んでいた。十月六日まで勤務する予定のミラーは、収入の目途がたったので、オテル・サントラルに宿泊していた。ミラーは「パリの本に着手」したい気持ちを募らせていたが、まだヴィラ・スーラ一八番地に転がり込んでいないので、『北回帰線』の冒頭を書き始めていなかった。すでに述べたように、「あのホモ野郎」が同年九月上旬にジューンのメッセージを新聞社に持参したので、ミラーは十月上旬に失職すると、「あのホモ野郎」が宿泊していた安ホテルに転がり込み、そのあとで、親しくなってまもないフランケルの住居に移ったようである。そのころミラーは、クロズリ・デ・リラの近くのベンチで少なくとも一夜を明かした。『北回帰線』の第九パラグラフにおいて、ヴィラ・ボルゲーゼのミラーは、「きょうは十月の二十なん日かになっているが、ぼくはもう日付を忘れてしまった」と述べている。ミラーがヴィラ・スーラに滞在したのは十月のことであったが、その期間については、いずれ後の章で追ってみることにする。シュネロック宛ての十一月の手紙で、「しばらくのあいだ、美しいヴィラ・スーラで、マイケル・フランケルという男と暮らしていました。そこにはかつてドガがいたし、いまでは藤田〔嗣治〕が住んでいます。グレタというメイドもいました。週に一回、フランケルはディナーに招いてくれていました。とつぜん彼は電報を受け取り、その日にぼくたちはずらかったのです」と、ミラーは近況を報告している。『北回帰線』では、「ヴィラ・ボルゲーゼでぼくの新しい生活が展開しようとしている。まだ十時なのに、ぼくたちはもう朝食を終えて散歩している。ぼくたちはいまエルザという名前の女と同居しているのだ」とあるが、エルザの実名はグレタであり、ドイツ人女性であった。

ヴィラ・スーラにおけるミラーとフランケルの交流はどうであったのか。『北回帰線』では、「この快適なヴィラ・ボルゲーゼでは食い物のあった形跡すらほとんどない。これにはとてつもなくがっくりすることがある。ボリスに朝食のパンを注文するようにいくたびも頼んでみたが、やつはきまって忘れてしまう。あいつは朝食をとりに外出するらしい。そして戻ってくるときは歯をせせっている」。「ヴィラ・ボルゲーゼを正午ちょっと前に出た。ボリスが昼食のテーブルにつこうとしていたからだ。心配りの気持ちがあって出て来たのだ」。ヴィラ・ボルゲーゼで主人公は食事にこだわり、ボリスは主人公に配慮を示そうとしないことになっている。ミラーの作品を仏訳したクリスチャン・ド・バルティラが晩年のミラーにインタビューしたときに、ミラーは、『北回帰線』の描写とはまったく異なる状況を説明している。要するに、ミラーは『北回帰線』では、自身の経験の一面を誇張しながら述べたのであり、それまで明らかにしなかった側面をこのインタヴューで明らかにしたわけである。

ミラーは、カールとボリスについて、次のように述べている。「ふたりとも親切な友人だった。カールというのはアルフレッド・ペルレスのことだが、あの男とはいまでもつき合いがある。それから、ボリスというのはマイケル・フランケルだが、きみのように才気ばしっていて、ひとを煽り立てた。彼がヴィラ・スーラ一八番地の家主であり、ぼくは二階を借りて、彼は階下に住んでいた。朝になると、彼はしょっちゅう二階に上がってきて、ノックをする。朝食をいっしょにしていいかい？　と言うんだ。――いいとも。ぼくが朝食の準備をして、ふたりで議論を始める。昼食の時間になると、彼はふたたび言う、ランチをごちそうになっていいかい、と。――いいとも。ぼくがランチの準備をして、ぼくたちは一緒に食事をした。夕食もおなじだった。十時か十一時に、彼はようやく腰をあげて自分の部屋にもどっていった」。ミラーがヴィラ・スーラ一八番地に転がり込んだとき、二階にはイギリス人のピアニストが住んでいて、ミラーはベッドが二つあるフランケルの部屋で寝ていた。その様子は、バーサ・シュランク宛てのラヴレターに描かれている。ピアニストが立ち退いたあと、ミラーは二階に移動した。

ヴィラ・スーラのミラーは、フランケルと急速に親しくなった。ふたりは映画『嘆きの天使』を観に出かけたりした。しかし、文学については白熱の議論を展開したようである。クリスチャン・ド・バルティラによるインタビューでは、ミラーは、「フランケルにこっぴどくやっつけられるので、どれほど神経を消耗したことか」と回顧している。フランケルは小冊子『作者不詳』の主張にもとづいて、文学作品は匿名で出版されるべきだ、と熱烈に持論をぶったはずである。ミラーにはフランケルの持論を聴く耳があったから、芸術における匿名の問題について大いに談論風発を楽しんだ。ミラーはヴィラ・スーラで「パリの本」を書き始めていたから、『北回帰線』にはフランケルのアイディアが反映されることになった。『北回帰線』（初稿）の第一ページに出てくる一節は、ヴィラ・スーラにおけるフランケルの熱烈な語りを映し出している。

ボリスは自分の哲学のあらましをぼくに説明してくれたところだ。ボリスは気象学者であり、天気予報屋だ。天候はまだよくなるまい、と彼は言う。災害や死や絶望がさらに続くだろう。いずこにも変化の兆しはこれっぽちもない。時間という癌《がん》がぼくたちを食い尽くしつつある。ぼくたちのヒーローは自殺してしまったか、いま自殺しかけている。とすれば、ヒーローは「時間」ではなく、プルーストにとってそうだったように、「無時間」だ。本日の書物は『ウェルテルの弟』だ。それ以外の一切は偽りであり、無価値であり、歯切れがわるく、リズムが狂っている。ぼくたちは死の牢獄に向かって足並みそろえて行進しなければならない。天候は変わらないだろう。

フランケルとの熱っぽい議論が『北回帰線』の成立に一役買ったのは疑いのない事実である。のちにフランケルは、『北回帰線』に対する自身の貢献を自負するようになった。

作者不詳の『北回帰線』（初稿）

ところで、『北回帰線』のオリジナル草稿の断片において、ミラーは、匿名（作者不詳）という問題について次のように書いている。

フランケルは隣の部屋で自分の考えをタイプしている。あいつが不在のときに、日記をチラッと見た。とてつもなく興味深い。ジョーがこれまで書いた劇のすべての幕よりも、フランケルの日記の一ページのほうに価値がある。だが奇妙なことに、ジョーの書くものは、フランケルの書くものよりもより匿名的になっている。「匿名（作者不詳）の」という形容詞は、われわれの語彙のなかでもっともまぎらわしいことばである。この単語は辞書の定義と正反対のものを意味しているように思われる。〔エリー・フォールがフランス精神を大いに称揚しつつ栄光をあたえた匿名の芸術――それは、現代の匿名の芸術、X・Y・Zの三氏によって生産された貨車一両分の劇、小説、詩歌とどういう関係があるというのか？　匿名の芸術のごときものは存在するのか？　かつて画家ホイッスラーはまことに適切な疑問を発した、「芸術的な民族は存在したか？」と。回答はもちろん、否……絶対に存在しなかった。クロマニョン人だって？　だれも知らない。古生物学研究の残骸の上に組み立てられた評論にどんな生気があるというのか？　たとえば紀元前四五〇年から三五〇年の百年間に、ギリシアが、その前後よりも国民一人当たりに換算してより多くの天才を生み出したとしてもかまわないじゃないか。これは血統の観点からぼくたちに興味をもたせるかもしれないが、優生学とはなんの関係もないかもしれない。こうした疑問には最終的な回答なんてないし、こういうことを討論しても不毛である。

このような自問自答にもかかわらず、フランケルの影響を受けたミラーにとって、『北回帰線』は作者不詳の作品であるべきであった。ともあれ、「パリの本」のタイトルは、一九三二年二月ころに「最後の書物」となり、七月になって最終的に「北回帰線」に決定された。『北回帰線』のなかに『最後の書物』という題名が出てくるが、その部分を引いてみよう。

今朝、郵便局への道すがら、ぼくたちは例の本に最終的な出版許可を与えた。ぼくたちは文学の新しい宇宙生成論を徐々に展開したのだ、ぼくとボリスは。この本は新しい聖書——『最後の書物』になるはずだ。なにごとであれ言い分のあるすべての人たちは、この本のなかで発言するだろう——匿名で。ぼくたちはこの時代を徹底的に究明するだろう。ぼくたち以後、一冊の本も必要ないだろう——少なくとも一世代のあいだは。いままでぼくたちは本能だけを頼りに闇のなかで穴を掘り続けてきた。ぼくたちは生命に不可欠な体液を注ぎ入れる器を、投げつけると世界を爆破させる爆弾を入手するだろう。ぼくたちは未来の作家たちに、彼らのための構想、劇、詩歌、神話、科学を与えるに足るだけのものをそこに書き込むだろう。世界は来るべき千年間、それを糧にして生きていけるだろう。この書物は野望を秘めていることで巨大であるのだ。そう考えるだけで、ぼくたちは粉々に打ち砕かれそうになる。

ミラーは、『最後の書物』は「新しい聖書」であると主張する。ローウェンフェルズがパトナムに小冊子『作者不詳』についての批評を書かせようと仕向けたとき、彼は、匿名の作品の具体例として、神話や聖書などを挙げていた。おそらくフランケルもミラーにそのような議論をふっかけたのであって、ミラーはそれに肯定的に反応し、『最後の書物』が「野望を秘めていることで巨大である」ためには、『最後の書物』すなわち『北回帰線』を匿名の作品にする必要があると思ったはずだ。「ぼくたちはそれを書きつけているのだ――死んでしまったが、まだ埋葬されていない、この世界の進化を。ぼくたちは時間の表面を泳いでおり、ほかのみなは溺れてしまったか、いま溺れているか、これから溺れることになるだろう。おそろしく大きなものになるだろう、この『最後の書物』は」と、ミラーは執筆中の作品のもつ広がりと深みを予告しつつ、日常の卑近な事象を『北回帰線』に書き連ねた。『最後の書物』すなわち『北回帰線』がいかなる「野望」を秘めているというのか？　この点についてはは別の機会に検討することになるだろう。

一九三二年十月、『北回帰線』の未完の草稿は、パリ在住の著作権代理人ウィリアム・A・ブラッドリー（一八七八―一九三九）の手に渡った。文学作品の質を見抜く能力を具えていたブラッドリーは、『北回帰線』を出版すべきとは思ったものの、アメリカの出版社を見つけるのは不可能だと判断した。彼は、パリの英語出版社、オベリスク・プレスのジャック・カハーンに白羽の矢を立てた。カハーンは『北回帰線』を一読し、それが天才の手によって書かれた作品であると思った。しかし、ブラッドリーとカハーンが手にした草稿の表紙には著者ヘンリー・ミラーの名前は記載されておらず、「作者不詳」と書かれていた。これは、カハーンには了解できないことだったのだろう、あっさりと無視されることになったのである。

『シカゴ・トリビューン』紙の校正係になりウォンブリー・ボールド、ルイ・アトラスを知る

『ニュー・レヴュー』誌の第三号が発行されてまもなく、一九三一年八月中旬からおよそ七週間、ミラーは臨時校正係として新聞社（『シカゴ・トリビューン』パリ支局）に勤務することになった。同誌に掲載された短編『マドモアゼル・クロード』が好評であったこともあり、パリのアメリカ人のあいだでは小説家のはしくれとして認知されはじめていたし、ペルレスの後押しもあって、急転直下の採用であった。職場ですぐに親しくなったのが、『北回帰線』のヴァン・ノーデンことウォンブリー・ボールドである。この男も、『ニュー・レヴュー』第三号に短編「やるせない人」を発表していて、あわよくば作家になろうかという野望を抱いていた。ボールドは一九二四年にシカゴ大学を卒業し、気ままな放浪生活を送っていたが、一九二九年にパリにたどり着き、この都会に魅惑された。一九七〇年、かつての『シカゴ・トリビューン』パリ支局の編集長ラルフ・ジュール・フランツ（一九〇二―七九）は、「ウォンブリー・ボールドが編集局に所属すべきだったのは明白であったが、彼は階上に移るようにというぼくの誘いを繰り返し退けた。彼は校正の仕事に加えて、週一回のコラムに精を出していた。わたしは、ミラーが時おりボールドのコラムを代筆したというペルレスのうわさ話は信じていない」と、回想している。「階上」には編集局があり、「階下」には校正係が詰めていて、「階上」組のほうが社会通念的には上位にみられていた。とすれば、ボールドは反骨のひとであったと言えるだろう。彼がこうした姿勢を貫いたのは、なんらかの事情があったにせよ、自分のコラムが気に入っていたからであり、新聞社が一九三四年十一月に閉鎖されるまで、コラム「ボヘミヤンの生活」を執筆し続けた。彼の軽妙な文章は読みやすく、好評であった。

『北回帰線』では、主人公とヴァン・ノーデンがクーポールで、酔っ払いの階上組のひとりとぶつかりそう

になる場面がある。酔っぱらいは、ペッコーヴァという校正係がエレベーターの通路に墜落して、助かりそうにもないとめそめそしている。酔っ払いの男は校正部にめったに足を運ばない。「階上の連中と階下の連中とのあいだには、見えざる壁が立ちはだかっていた」。階上の連中がささやかな死亡記事を載せて盛大な葬式を執り行うのを偽善的だ、とミラーとヴァン・ノーデンは笑いころげる。「一晩ずっと笑っていたが、その合い間に階上の連中に対するぼくたちの軽蔑と嫌悪感をぶちまけたりした」。階上の編集部に移るのは、社内的には昇進を意味していたから、「見えざる壁」が存在したというのは理解できる。しかし、かつての編集長フランツはそうした壁の存在を否定している。

ミラーとボールドの初対面の場所は、新聞社ではなく、グラシエール通り九番地のオテル・アルゴであって、ミラーの臨時採用が決まる以前のことであり、ペルレスによる根回しの一環であった。一九七一年、ボールドは、「モンパルナスのさわやかな熱狂」と題するエッセイを書いて、次のように回想している。

ある日の午後、ホテルのドアをノックする音がした。『トリビューン』の同僚の訪問だった。同僚は、やせこけた、内気そうな見かけない男をつれてきていた。「この男はグレニッジ・ヴィレッジからパリに到着したところだ。きみはこの男と知り合いになるべきだ。この男はいつか大作家になる」と同僚は言った。やつれた男はくわえタバコをしたまま、ばつの悪そうなニヤニヤ笑いを浮かべていた。「そうなのかい？」と、わたしは男に尋ねた。「そうだね、彼はそう言っているが、ぼくはそんなことは言わなかった」と、その男は返答した。はにかみ屋のグレニッジ・ヴィレッジから来た男をせきたてて、もっと語らせてみた。ようやくこういうことを聞き出した。「ぼくがやってみたいのは、今日、リアリズムと称されている、まやかしのセンチメンタルな代物ではなく、骨の髄まで届くような、冷徹で誠実なリアリズムに裏打ちされたものを書くことだ。たとえ書いたものが出版されなくて、場合によっては飢

ラルフ・ジュール・フランツ（『シカゴ・トリビューン』パリ支局の編集部にて）

え死にしたって、気にしない。それに、飢えには慣れっこだ。飢えはぼくにとって第二の天性だ。アハハ」。わたしも短く、アハハと笑った。そんな具合に、わたしはヘンリー・ミラーに出会った。

この内気そうな男を連れてきたアルフレッド・ペルレスとミラーとわたしは、その後しばらくして仲良くなり、あちこちのカフェでたっぷりと時を過ごした。

ミラーを編集長ジュール・フランツに引き合わせたのもペルレスであった。一九七〇年、フランツは次のように書いている。「ペルレスは、ミラーをわたしのオフィスに連れてきて、ミラーがことばに精通しているだけではなく、仕事をなんとしても必要としているのだ、と力説した。たまたま校正室に空席があった。当時は校正係の移動がかなり激しかった、それは、給料がアメリカ人の基準では低かったからだが、フランスの尺度からみれば申し分がなかった。校正係のなかには、署名入りの記事を書くフランスのジャーナリストと同じくらい稼ぐ男もいた」。初対面のフランツとミラーは、たがいに相手から、あまり強い印象は受けなかった。まだ身分証明書を保持していなかったにもかかわらず、ペルレスのおかげで、ミラーはようやく職を得た。

ミラーとペルレスとボールドは、仕事がひけると、だべりながらドームまで歩いた。その様子は、『北回帰線』の初稿や手紙に描かれている。勤務し始めて一、二週間が経過した一九三一年八月二十四日に、シュネロックに宛てて書かれた手紙のなかに、「ウォンブリー・ボールドは厭世家《えんせいか》だ、たとえこの措辞がいかめしすぎて、このように悲しい人物とのつながりで使うのははばかられるにしても。あらゆることが彼にはむなしいのだ。カント以外のなにもかもが。仕事からの帰途、ぼくらは言い当てゲームに熱中する。三つの質問で言い当てる。おれはいま何を考えているか？　かならず正確に言い当てよ。カント（cunt）……カント……カント。昨晩はアイーダのカント、一昨晩は聖母マリアのカント」とあるが、『北回帰線』（初稿）にも、三人が「言い当てゲーム」をしている場面が出てくる。

同じ日付の手紙によると、「社内に確執、陰謀、嫉妬がたえず見うけられる。スターンという昼間勤務の編集者がボールドの命取りになりそうだ。この男はボールドを質屋と呼んでいる。ボールドを階上で三時間も試験的に働かせたあとで、スターンは——おまえは新聞記者じゃない——と切り捨てる」。地方記事編集主任だったロバート・スターンという男が、ボールドのフランス語の知識の欠如を攻めたてて、彼が「階上」組に抜擢されるのを阻止していた。ボールドは、「階上の連中」に対して反発や嫌悪感を募らせ、ミラーやペルレスと親しくしていた。

この同じ手紙のなかでミラーは、「ルイという名前の男がいるが、ボールドとペルレスはいっしょに家路につくのを嫌がる。ルイがユダヤ人だからではない。そうではない。ルイがしゃべりまくるからだ。彼はひどく熱狂的になる」と述べ、「ルイ」なる人物について、少しスペースを割いている。

ルイというのは、ルイ・アトラス（一九〇三―七三）という『シカゴ・トリビューン』パリ支局の夜間勤務の記者であり、当時、「なにごとも起こる」というコラムを担当し、風刺のきいた文章を書いていた。『北回帰線』においてミラーは、「モンパルナスに住みついているのは」ほとんどがユダヤ系であると述べると、「フィルモアのほかはみながユダヤ人だ。ヘンリー・ジョーダン・オズワルドもユダヤ人であることがわかったし、ルイ・ニコルズもそうだ」としているが、実名で出てくる初稿では、「ルイ・アトラスもそうだ」となっている。つまり、ミラーとルイ・アトラスの交流（の痕跡）が『北回帰線』に織り込まれている可能性がある。

シュネロック宛ての手紙によれば、ペルレスやボールドはルイを敬遠しているものの、「ぼくとしてはルイはOKだ。ぼくは彼の、ここパリでの暮らし方が気に入っている。ムッシュ・ル・プランス通りのクレイジーな小ホテル。トイレ用のドアは故障を起こしがちで、階段のペンキがすりへっている。ぼくは時おりル

ウォンブリー・ボールド（1933年，パリ）

ルイ・アトラス（1927年，パリ）

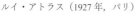

イの部屋に行き、朝まで滞在する」。臨時の校正係になって十日前後でミラーはルイ・アトラスの部屋に泊まるようになったほどだから、かなり彼とうまが合っていたようである。

「ルイはカルチエ・ラタンをよく知っている、淋病にかかってからは一年が経過した。近くのレストランではつけがきく。マルセル・プルーストの作品をイースト・サイドのアクセントをつけて原語で読む。ぼくが起床するとブラームスを弾き、彼の書いた記事のクリッピングを——彼が『シカゴ・トリビューン』紙に就職してから書いたすべての滑稽な記事を見せてくれる」。ルイ・アトラス担当の「なにごとも起こる」というコラムは、一九三一年に始まり、パリ支局の閉鎖（一九三四年十一月）まで継続した。

アナイス・ニンに宛てた一九三二年四月付けのミラーの手紙に、「ルイ・アトラスとビールを二、三杯ひっかけてきたところですが、ぼくがユダヤ系新聞社グループのために書いたストーリーに、彼は、前金で二十フラン払ってくれました。妙なことに、ぼくの書いた記事はアイルランド、スコットランド、ニューオーリンズのユダヤ人の新聞に載り、なかでも、数学者に関する記事（この数学者はアインシュタインを評価しなかった——いいですか、ぼくはこれをフランス語で書いたのです！）の出来ばえがとても良いと思われていることを知りました。実のところ、ルイの褒めことばに、いささか酔っています。ぼくには才能があると言うのです……もう少し金銭のことを考えて、アメリカで発行されている新聞の日曜版の附録に書いてはどうか？」とあり、ルイ・アトラスから、もっとユダヤ人についての記事を書くようにと、せっつかれているのがわかる。伝記作家のディアボーンによれば、ルイ・アトラスはミラーに記事のゴースト・ライターをさせて、「ニューヨークのユダヤ系の出版物にアトラスの名前で出した」ということになる。

ミラーがルイ・アトラスにそそのかされてユダヤ人についての記事を書くようになったのは、『北回帰線』のタニアにラヴレターを書いていた一九三一年九月ころからであった。同月十五日付けの、オールデン・スコット・ボイヤー（写真のコレクター）という人物に宛てた求職の手紙（『北回帰線』の初稿に混在している）のなかで、ミラーは、失職した場合は「パリの有名なユダヤ人にインタヴューをする見込みだけが残されている」と述べて、次のように綴っている。

昨日、最初のユダヤ人にインタヴューしました……彼は、天体力学専攻の数学者です。天体間の衝撃《ショック》の理論について、少し学びました。この論文を著わしたユダヤ人は、ミンスク生まれのメンシェヴィキです。ニュートンは古典力学の大家であり、アインシュタインは形而上学者にすぎないことを学びました。ぼくは他のユダヤ人を、おそらく人類のためになにか貢献しているユダヤ人を見つけなければならないのです。ぼくが世に紹介できるユダヤ人は、どれもこれも一二五フランの価値があります。それ以上一サンチームも価値が上がりませんが。

天体力学の分野では、アインシュタインは若輩にすぎません。きょうの午後、クーポールで、このミンスク生まれの男が衝撃《ショック》の理論をぼくに説明しようとして図解してくれました。理論はきわめて単純ですから、十ページで説明できるのです。

ミラーは「衝撃《ショック》の理論」にまつわるくだりを、『北回帰線』のなかで以下のように書いている。

すっかり落ちぶれたとき、まず頼りになるのはユダヤ人である。ぼくはほとんど同時に、三人のユダヤ人の面倒をみた。思いやりのある連中だった。そのうちのひとりは毛皮商人で、自分の名前を新聞に載せたくて、うずうずしていた。この男はぼくに、ニューヨークのユダヤ系の日刊紙に彼の名前で論文をシリーズで書いてみたら、と提案した。ぼくはドームやクーポールのあたりをうろつき回って、著名なユダヤ人を捜さなければならなかった。ぼくが最初に選んだのは高名な数学者であった。彼はひとことも英語が話せなかった。ぼくは彼が紙ナプキンに書き残した図式をもとに、衝撃《ショック》の理論について書かなければならなかった。天体の運行について記述し、同時にアインシュタインの理論をくつがえさなければならなかった。それというのも、二十五フランのために。ぼくの論文が新聞に載っても、読む気にはなれなかった。それでも印象深く思われたのは、とくに毛皮商人のペンネームが使われていたからだ。

「毛皮商人」の正体は、アナイス・ニン宛てのミラーの手紙から推せば、新聞記者のルイ・アトラスであったようである。『ロスト・ジェネレーション・ジャーナル』誌（一九七三年五月号）に、以下のようなルイ・アトラスの訃報が掲載されている。

ルイ・アトラス、元『シカゴ・トリビューン』記者、逝く

ルイ・アトラス、去る二月に死去。享年七十歳。米国文化情報局に二十三年間勤務。
アトラスは一九二六年パリに到着、翌一九二七年、『シカゴ・トリビューン』紙に入社、臨港列車担当の記者を振り出しに、一九三四年まで同紙で原稿整理係、リライトマン、地方記事編集主任を務めた。『シカゴ・トリビューン』紙に勤務中のアトラスは、コラム「なにごとも起こる」を執筆。このコラムはユーモアのある小品から美術批評の範囲にまでおよんだ。

ミラーは『シカゴ・トリビューン』パリ支局に、二度にわたって勤務した。二回目は一九三二年二月末からであったが、二カ月間ほど勤務したのちに、ミラーはあっさりと退社した。このときは本採用であったこともあり、ミラーはペルレスと相談して、クリシーのアナトール・フランス通り四番地のアパルトマンを三月十五日から借りることにした。家賃、電気代、ガス代込みで二十ドル相当であったが、ふたりで折半したので、月十ドルの負担で済んだ。割安であった。バス、トイレ、台所に、居間が二つ、スチーム暖房付きだったので、ミラーはアメリカから友人が訪ねてくれば泊めることもできると思った。同時に、ふたりのアパルトマンの隣に引っ越したのが、ウォンブリー・ボールドである。ミラーとボールドの交流は続いていたが、ボールドは、自分が『北回帰線』の主要登場人物のひとりとして描かれていくのに気づかなかった。ともあれ、パリに移り住んで丸二年が経過して、ミラーはようやくホームレスの状態から抜け出すことができたのである。

ところで『北回帰線』では、ミラーが新聞社を退職しなければならない事情が、以下のように書かれている。

連中がぼくの尻の下から椅子をふたたび取り上げたのは七月四日のことだったと思う。なんの予告もなかった。大西洋の向こう側からやって来たお偉方のひとりが経費節減を決定したのだ。数名の校正係と無力なタイピストたちの人手を切り詰めると、お偉方の往復旅費と彼が滞在した豪華なリッツの部屋代を浮かすことができた。

ミラーが退社したのは四月末ころだったから、独立記念日の七月四日に人員整理の憂き目にあった、というのは事実からかけ離れていて、虚構である。一九三〇年代半ばに帰国した『シカゴ・トリビューン』紙の記者たちは、一九六〇年代になって、米国での発禁処分がとけて、ニューヨークのグローヴ・プレスから『北回帰線』が出版されると、興味深くこの作品を一読した。かつての編集長ジュール・フランツもそのひとりであり、『ロスト・ジェネレーション・ジャーナル』誌（一九七三年五月号）に、「わたしはヘンリー・ミラーをお払い箱にはしなかった」と題するエッセイを寄せた。

フランツは、新聞が印刷にまわされたあと、ミラーとペルレスと三人でレ・アール（旧中央市場があった地域、現在は「フォルム・デ・アール」という超近代的商業センターに変貌している）あたりまで何回か繰り出したことを思い出しながら、次のように書いている。

ミラーは数カ月間、一日たりとも仕事を休まなかったのに、突然、姿を見せなくなった。それがなぜなのか、ペルレスはおそらく知っていたのだろうが、たとえ知っていても、言おうとはしなかった。ヘンリーからはなんの連絡もなく、一週間が過ぎた。そして他の校正係たちからは、一人いなくなったことからくる負担の増大について、不満の声が上がってきた。

そこで、およそ十日後に、校正担当の候補者が得られたので、わたしはその男を採用した。わたしはミラーが帰国したのだろうと決め込んでいた。当時、多くの者が時のはずみの決断に従ってそうしていたからだ。ミラーの穴を埋めるために欠員を採用してから数日後、ヘンリー・ミラーが姿を現し、仕事を始めようとした。残念ながらわたしは、彼のポストがふさがってしまったと説明しなければならなかった。彼はこの説明を、いかにも結果にこだわらない人間であるかのように受けとめた。少額ではあっても、安定した収入が見込めなくなったのは明らかであったが。

ミラーは、十日間あまりどこにいっていたのか、説明しなかった。あとで知ったことだが、ベルギーまで自動車旅行をする裕福な友人がいっしょに行こうと招待したのだった、費用は向こう持ちで。

戻ってきたときに仕事があるように、休暇願を提出する、という考えは、ミラーにはまったく思い浮かばなかった。

さらにフランツは、退職の経緯にまつわる『北回帰線』の一節を、「みごとなフィクション」であると断定している。フランツは一九三五年早々に帰国したが、しばらくはミラーと連絡をとりあっていた。ミラーが同年十一月にフランツに贈った『ニューヨーク往還』には、「駄目な新聞人であった小生を解雇したジュール・フランツへ」という献呈の辞が書き込まれているという。フランツのエッセイの末尾は、「ヘンリー・ミラーはお払い箱にされたのではない――彼が仕事を放棄したのだ、とわたしはいまでも主張する」と締め括られている。帰国後のフランツは、『ニューヨーク・ヘラルド・トリビューン』紙などの記者として活躍した。

『ロスト・ジェネレーション・ジャーナル』誌の一九七四年秋号（『シカゴ・トリビューン』特集）に、ウォンブリー・ボールドが「ミラーの思い出」と題するエッセイを寄稿している。しかし、ボールドは、新聞社に勤務するミラーについてはまったく言及していない。内容的には、ボールドがミラーから聞かされたエピソードが多い。

ボールドの見方によれば、ミラーは金銭的にはそれほど困窮していなかったという。ミラーは、アメリカの友人たちに宛てて、「ナイアガラ瀑布のように手紙を」書きまくっていたから、返信のなかに、一ドル、二ドル、場合によっては十ドル、同封されていた。「時おり、グレニッジ・ヴィレッジに住んでいる妻ジューンから、数週間は悠々と暮らせるだけのまとまった金額の郵便為替が送られてきていた」。大恐慌のさなかのことだから、おそらく、これはジューンが稼いだものではなく、ミラーがだれかに用立ててもらった生活資金をジューンが送金したのであろう。一九三二年十二月の借金一覧表に、「ミセス・ミッキー・ウォルフ（ペッパー・ポットの女経営者）三五〇ドル」とある。「ペッパー・ポット」というのは、ジューンが働いていたことのあるレストランの名前である。ミラーはジューンが働いていた、このレストランの経営者から用立ててもらい、おそらくジューンがその送金の手続きをとったのではないだろうか。三五〇ドルという金額は、オシップ・ザッキンからの五〇〇ドルに次ぐ大口の借金であるから、一回ではなく、何回かに分けて借金を重ねた結果の金額、ということなのだろう。また、寝場所の確保も大きな問題ではなかった、とボールドは述べている。というのも、ミラーの周辺には、「多くの孤独な、神経症にかかっている画家たち」がいて、彼らがいそいそとステュディオの片隅に新聞紙をしいてくれたからだ、という。

ボールドは、自分とミラーとペルレスの三人組を強調し、次のように述べている。

われわれ三人は、なにか新しいことをしよう、つまり、質素な労働者がどんな暮らしをしているかを知るために、モンパルナスから離れよう、と決意した。そこでホテルをチェックアウトし、わずかな荷物をタクシーに詰め込んで、モンパルナスの向こうの、労働者の住むクリシーへと出発した。

ミラーとボールドは同じアパルトマンの隣人どうしになった。自炊可能なアパルトマンであって、ミラーが調理を引き受けた。ボールドによれば、ミラーは生活を楽しむタイプの人間であり、ボールドやペルレスとは違って、時間を無駄にするようなことには参加しなかった。ミラーは頻繁に図書館に出かけて、本を借り出した。昼夜をとわず、場合によっては一晩中、むさぼるように読書に熱中していた。しばしば借り物のタイプライターに向かって、「マシンガンのようなスピードで何時間もパタパタと打っていた」。ミラーの部屋に訪問者たちがいるとき、「ミラーは二つの役割を演じているようであった」。訪問者たちがワインやコニャックのグラスを傾けているとき、ミラーの手元にもグラスがあり、おしゃべりに参加しながら、タイプライターを打ち続けていた。仕事の手を休めず、談笑していた。

三人それぞれが自転車を購入した。ボールドによれば、『シカゴ・トリビューン』の給料のほかに、「アメリカから時おり送られてくる予見不可能な、かなりの金額の小切手のおかげで、ミラーは自転車を入手できた」という。三人は、自転車で一緒に職場に向かうようになった。「日曜になると、われわれ三人は、新鮮な田舎の空気を求めて、それから戯れる場所をさがして木々のまわりをうろついている男女をこっそり観察しようと、ブーローニュの森までペダルをこいだ」。帰途、ビストロに立ち寄って、フランスのチーズとワインを味わい、くたくたになってアパルトマンにたどり着いた。三人のうちミラーだけは、ベッドに直行せずに、タイプライターに向かうか、椅子、ベッド、床に散乱している数十冊の本を読み直そうとした。本には色鉛筆で下線が引かれていた。部屋の壁には、本から引きちぎられたページ、使用することになりそうなメモや引用文がびっしりと鋲で留められていた。

ボールドは、ミラーがあとで利用するために本のあちらこちらを抜き取り、いわば創造的に剽窃するために壁に引用文の類いを鋲で貼り付けているのを幾度もからかった。すると、ミラーは次のように反応したという。

「そうとも」と、ミラーは笑いながら言ったものである。「あらゆる作家が同じことをしている、シェイクスピアだって。だから、どうだというんだい? それでいいのさ。ぼくだってなにかを盗んで、自分なりにひねくり回す。その違いなんぞ、だれにも判らないさ」。

当時のボールドは、何度となく、ミラーがどう反応するか、その気になっている女性たちをミラーに近づけたが、ミラーは「肩をすくめて、離れていった」という。「わたしがこういうことを語るのは、『北回帰線』やミラーのその後の作品の読者のためである。というのも、これらの作品においては、作者が野卑な性的放縦や四文字のことばを使用して満足げにほくそえんでいるように思われるからだ」。要するに、ボールドは、ミラーの実像は世間的イメージとはかけ離れている、と述べているのである。

アナイス・ニン宛ての、一九三二年四月（日曜）付けのミラーの手紙に、隣人どうしになったミラーとボールドの交流の断片が描かれている。こんな具合であった。

起床したとたんに、すべてが始まる。目覚めると書きたくてたまらなくなる。起きたらすぐにボールドの部屋に行く、と約束している、いっしょに朝食をとってから、彼が新聞のコラムを書くのを手助けする。〔……〕「ジョー、おれにどんなサービスをしたらよいのか、きみは判っていない。パリにイギリス人の大物が来た、おれを腕っこきの新聞記者だと思い込んでいる。そいつの新聞でひと仕事やらせてくれるらしい。いいコラムを書かなくちゃな。おれの言いたいことが判るよな」とボールド。〔……〕ボールドは自分がなにを望んでいるかを話してくれるが――これがまた、ひどく曖昧なんだ。「一杯ひっかけるか、おい？」とボールド。「いいとも、ぼくは大丈夫だ。すぐに仕上げるよ」。「だけど、なにを書くのか判っているのか？」

ミラーが時おりボールドのコラムを代筆していたのは事実である。同年四月の、アナイス・ニン宛ての別の手紙にも、「手紙の代わりに、きょう書き上げた分の作品の写しを送ります。この部分はひとつの実験です。午後にボールドの部屋で書き始めたのですが、終えたのはきょうの明け方です」とあるように、ミラーは気軽にボールドのアパルトマンに出入りしていた。

エッセイ「ミラーの思い出」の最後の部分では、ボールドは、『北回帰線』に描かれたヴァン・ノーデンについて、モデルの立場から釈明もしくは説明せざるをえなかった。ボールドの目にはミラーがピューリタン的な禁欲主義の人間に映っていたので、ボールドはそのことでミラーをからかうこともあったようだ。「畏敬の念をうみだすほどのショック」をミラーにあたえようと、ボールドは、「自分自身の性的経験のストーリー」をでっちあげて語ったことがあったが、ミラーが真に受けたのか、作り話をあたかも事実であるかのように受け止めて、まさかヴァン・ノーデンという登場人物を創造していようとは思わなかった、というのである。「ミラーはわたしに関して、たしかにひと仕事、やらかした。わたしは絶望的で、入れ歯を失った、わめきたてている愚者であって、性にとらわれるあまり、ベッドに女がいるとベッドから抜け出るのをとりわけ嫌がった。それが、ミラーがわたしについて、つまりヴァン・ノーデンについて書いたことなのだ。実際は、わたしには歯が揃っているし、世の中を弱々しげに呪ってもいない。わたしは、彼のピューリタン的気質をからかうために、片手に懐中電灯をもって、女の両脚のあいだに実際に何があるのか発見しようと調べている、といった話をでっちあげたにすぎないのだ」。ボールドは、このエッセイを次のように結んでいる。

ヘンリー・ミラーがわたしをヴァン・ノーデンとして描いたことに関して、彼を憎まないようになるのに長い歳月を要した。しかし、もうどうでもいい。いまのわたしは、彼のうそを書く才能に脱帽する。

ジョルジュ・デュアメルとルイス・ブニュエル

「心をちぢに乱されつつ、ムフタール通りをよろめき歩いて」いた『北回帰線』の主人公は、「ぼくの思考はサラヴァンのことで占められ、ぼくは彼の神聖な境内をそぞろ歩いていたので――ほれ、ある日の追憶が思い出されてきたってわけだ」と語り、サラヴァンという人物を脳裏に思い浮べる。この人名は一回しか出てこない。サラヴァンとは、どういう人物なのか。

サラヴァンは、フランスの作家ジョルジュ・デュアメル（一八八四―一九六六）の、いわゆる「サラヴァン・シリーズ」の主人公である。五編の長編小説から成るシリーズの総題が『サラヴァンの生涯と冒険』（一九二〇―三二）であり、主人公は飲食店の多い、いつも縁日のようににぎわっている、狭い石畳のムフタール通りの近辺のポ・ド・フェール通り（パリ五区）に住んでいて、ミラーはその一帯を「彼〔サラヴァン〕の神聖な境内」と綴ったわけである。

パリ到着からおよそ一年半が経過した一九三一年八月二十四日付けの、友人シュネロック宛ての手紙によれば、その翌日から「パリの本」（のちの『北回帰線』）の稿を起こす予定になっていた。長文の手紙を書き終えて署名しても、すぐには投函されず、新しい文面が続いている。「新しい野心」が芽生えたので、「わがパリ生活のアルバムをスタートさせたい」とあり、アルバムを「一番地の書物」と呼んでいる。手紙の発信地のアドレスは、モンパルナス墓地から目と鼻の先に位置するメーヌ通り一番地のオテル・サントラルである。八月下旬、『シカゴ・トリビューン』紙の臨時校正係としての週給を見込めるようになったミラーは、ペルレスの住むこのホテルで部屋を借りていた。

ミラーはしっかりした装丁の、白紙のノートを入手して、絵を描いたり、脳裏に浮かんでくる想念を書きとめたり、メモを貼り付けたりして、「一番地の書物」を手がけようと思っていた。彼が必要とするものは、「ノート、糊、ひと揃いの赤・緑・紫のインク、コンテ社製のクレヨン、鉛筆、消しゴム」であり、ノートに書き込みたいことはといえば、「サラヴァンについての意見、ぼくたちの夜の思想についての断片、マーケットのざわめき、作曲家のペン先の動き、とぎれとぎれのフランスの歌」等々であって、「サラヴァンについての意見」が最初に挙げられている。一九三一年夏、サラヴァンがミラーの内面を大きく占有していた。「一番地の書物」に書き連ねたい事項の羅列の結末は、「リュクサンブール公園での無為に過ごす時間、映画館のチラシ、夢、手紙、クリッピング、メニュー、広告、記憶すべきことども、胚芽期の書物」となっていて、「ヘミングウェイについては絶対に言及しない」と付け足している。さらにミラーは、「一番地の書物」を「わが人生、わが流浪、わが野心、そしてわが絶望の本」と呼び、「もちろん、バルベー・ドルヴィイ（一八〇八―八九）に捧げる序文、ルイス・ブニュエルからほんの少々。というのも、結局のところ、サラヴァンは別として、ここパリでぼくが大切に思ったのはわずか二、三名しかいなかった。――最初にルイス、つぎに〔ジョン・〕ニコルズ、最後にココシュカ」と書き、ふたたびサラヴァンの名前を挙げている。

ミラーは一九三一年夏にサラヴァン、ブニュエル、ニコルズ、ココシュカの名前を列挙した。注目されるのは、そのうちのひとりが文学作品の登場人物であることだ。ミラーは自身にとって重要な人物について、虚構の人物と生身の人間を区別しなかった。

ブニュエルは衝撃的な映画の製作で注目されており、すでにミラーは『ニュー・レヴュー』第二号にブニュエル論を発表していた。『北回帰線』執筆中のミラーは、たえずブニュエルの影響を感じていた。

ジョン・ニコルズはアイリッシュ・アメリカンの画家であり、前年の秋からミラーと交流があり、宿無しのミラーに配慮を示していた。オーストリア人画家の〔オスカー・〕ココシュカ（一八八六―一九八〇）は、ヨーロッパ各地、トルコ、エジプト等を旅行し、当時パリに滞在していた。『シカゴ・トリビューン』紙のパリ支局の床の上で寝ていたココシュカに、自身があちらこちらの床の上で寝た経験をもつミラーは親近感を抱いた。ココシュカはニュー・カレドニアに出かける準備をしていた。

同年のミラーは、辞書の助けを借りながら、フランス作家の作品を読んでいた。ブレーズ・サンドラール（一八八七―一九六一）の小説『モラヴァジーヌ』を読み終えた場所は、ゲテ通りとエドガール・キネ大通りが出会う街角に位置する、オテル・サントラルから徒歩二分のカフェ・ド・ラ・リベルテ（『北回帰線』ではこの店名が一回出てくる。現在も営業中）であった。ロマン派の作家バルベー・ドルヴィイの『魔性の女たち』（一八七四）を読み、さらにジョルジュ・デュアメルの作品を読み進んだ。のちにサンドラールと面識ができ、彼を絶賛するようになったが、当時のミラーは、これらの作家のうちでデュアメルをもっとも強く意識していた。

　同年の夏から秋にかけて数カ月間、ミラーはバーサ・シュランクというアメリカ人女性（『北回帰線』のタニアのモデル）と親密になり、数通のラヴレターを書いた。九月に書かれたと推定される手紙（日付はなく、「火曜」と記入されている）のなかで、ミラーはバーサに、金曜日が給料日なので夕刻に会いたいという気持ちを伝えつつ、「金曜の正午にブニュエル――ルイ・サラヴァンのつぎにパリで知り合いになりたい唯一の人物――とランチをともにするつもり」だと述べている。後年、写真家ブラッサイに明らかにしたように、ミラーはカフェ・ド・ラ・ペでブニュエルと食事をとった。手紙はすぐには投函されず、翌日の「水曜日、午後七時十五分」に、おそらくは職場で、短く書き継がれ、さらに、「クーポールにて、午前三時半」にふたたび書き足されている。昼はアメリカ人観光客がたむろするカフェで書かれた手紙のなかで、ミラーは、当時読んでいたトマス・ハーディ（一八四〇―一九二八）の小説『薄命のジュード』（一八九五）からの抜き書きをバーサに示すつもりだと述べ、それらの章句はあくまでもハーディが言っているのであり、自分自身のものではないと断ったうえで、つぎのように記している。「サラヴァンが語るとき、自分が語っているように感じます。〔……〕ぼくたち〔サラヴァンと自分〕は一者であり、分離できないと信じています」。当時のミラーは、これといった取り柄のない、母親と暮らしている中年男のルイ・サラヴァン――やむにやまれぬ衝動に駆られて聖者になることを夢想し、改心させようとしたアラブ人に撃たれて不条理な死をとげるサラヴァン――に取り憑かれていた。

　ディジョンの国立高等中学校《リセ》で米仏親善を促進するための、無給の英語教師の働き口があり、ミラーは一九三二年一月下旬から四週間、ディジョンに滞在した。あり余るほどの暇があったので、サラヴァン・シリーズの第三作『サラヴァンの日記』（一九二七）の英訳に着手したものの、デュアメルは著名な作家であったから、翻訳権の取り決めがあるはずだと考え直し、ミラーは翻訳を放棄した。

『北回帰線』を読んで書評を『ニュー・イングリッシュ・ウィークリー』誌（一九三五年一一月十四日発行）に寄せたイギリスの作家ジョージ・オーウェル（一九〇三―一九五〇）と文通をするようになったミラーは、一九三六年夏に、オーウェルの小説『パリ・ロンドンどん底生活』（一九三三）を一読する機会をもった。オーウェルは一九二八年四月から二九年十二月までポ・ド・フェール通り六番地の安ホテルで暮らし、この地で、『パリ・ロンドンどん底生活』を脱稿した。パリでおのれのどん底生活を経験したミラーは、オーウェルのどん底生活にいたく共感し、以後、この作品がオーウェルの代表作であるとみなすようになった。

『パリ・ロンドンどん底生活』の主人公が住みつく「コック・ドール通り」のモデルがサラヴァンの住むポ・ド・フェール通りであることをすぐに見抜いたミラーは、欣喜雀躍し、一九三六年八月の、オーウェル宛の手紙のなかで、「感銘を受けたのは、きみがムフタール通りの地域から始めたことです。そこはまさしくぼくがパリで一番好きな場所で、すぐにその辺を知るようになりました。この地区を扱っているデュアメルのサラヴァン・シリーズを知っていますか。まだでしたら、ぜひとも読んでみて下さい」と、このシリーズの一読を薦めたほどだ。デュアメルの小説がパリ時代のミラーの脳裏から消失することはなかった。

「サラヴァンの再来」としてのミラー

冒頭で述べたように、『北回帰線』ではサラヴァンという名前は一回しか出てこないが、初稿（第四巻までのタイプ稿）ではどうなのか。

第一巻ではサラヴァンについての言及が九ページにおよんでいて、余白に、「第二巻のためにとっておく

――サラヴァンを語る場合に備えて」と赤鉛筆による書き込みがあり、さらに「削除」と書き込みが追加されている。「削除」部分のここかしこを抜き書きしてみよう。

ぼくは日記をつけることに決めた。要するに、そういうことだ。ほんのちょっと前に、アメリカン・エクスプレス社に出かける途中で日記を書き始めた。五十ページ以上も書いたはずだ……もちろん頭のなかで。自分の部屋にもどるまで待ちきれない。手紙も、海外電報も、お金も届いていないという事実でさえも、ぼくの熱狂ぶりをくじくことはできなかった。大急ぎで帰ると、安っぽいフランス製のノートにずっと走り書きをしていた。

ぼくはサラヴァンの名前を口にする。こんなことはきみには無意味だろうが、ぼくにとって一切を意味する。サラヴァン……そうだな、サラヴァンはサラヴァンだ。つまり、この男はある書物の主人公だ。厳密に言えば、二冊の本の。『サラヴァンの日記』と『真夜中の告白』のことだ。(どちらも同じ著者だ。)ぼくは順序を無視してこの二冊を読むが、作品の魅力を損なうことにはこれっぽっちもならない。いま述べていることを少々修正すべきだ。ぼくは『サラヴァンの日記』をまだ読んでいる。一度に多くを読みすぎないようにしたい。愉しみはとっておくものだ。きみも、ドストエフスキーとかトマス・マンの場合だったら同じことをしたにちがいない。

サラヴァンにもどろう。サラヴァンにはユーモアのセンスがある。いずれにしても、敗北のユーモアであって、恨みがましいユーモアではない。いっぽうブニュエルは……ブニュエルのための時間はあとでいくらでもある。四十歳近いサラヴァンはなにも達成したことがない。まったくなんにも。つまり、サラヴァンはぼくに似ている――これだけではなく、いろんな点で。サラヴァンはなにも達成したことがないとぼくが言うのは、もちろん、世間で言う、いわゆるたいしたことはしていない、という意味だ。しかし、重要なことではない。サラヴァンは貧しく、結婚していて、母親の家で――五区のポ・ド・フェール通りで――暮らしている。ムフタール通りとロモンド通りのあいだに通じている街路。ぼくが正確な位置を書くのは、サラヴァンのような人物だけがこのような地域で生きていけるからだ。

サラヴァンは取るに足らない人間だ。この男は惨めな、むさくるしい地域で暮らし、ある巨大な、途方もなく冷淡な組織で事務をとって生活費を稼ぐ。なるほど、ここでぼくとの類似は消滅する。ぼくの述べていることから、ぼくがサラヴァンとぼく自身のあいだに奇妙な平行線を引いている、ときみが決め込んでいるならばの話だが。そうなのだ、ぼくは、はっきりとした個性のない、ひどい機構の歯車ではない。言うなれば、ぼくは自由人だ。もちろん、そんなのは嘘っぱちだ、今日の世界に自由人のようなものは存在しない。だが、いずれにせよ、ぼくは机に繋がれてはいない。

それからとてつもない相違が現出する。サラヴァンは聖者になろうと夢想する！　このアイディアはぼくをめいらせる。ぼくは自分がすでに聖者であると感じている。聖者であるということは、ゼロであるという意味だ。いや、ぼくにはまったく異なる野心がある。そこがどうしようもないところだ……野心。ぼくの野心は、このことばを適切に用いるならば、この書物を完成することだ。ここに矛盾がある。

これらの引用文からミラーの熱狂ぶりや昂ぶりが伝わってくるが、求心的な深みは感じられない。初稿の第二巻でもサラヴァンについての言及がみられるが、やや様相が異なってくる。ミラーがサラヴァンとブニュエルを並置しようとするからである。

友人たちはぼくがサラヴァンとルイス・ブニュエルについて書こうとするのをくじこうとする。サラヴァンはもう死んでいて、忘れられている、と言う。それから、ブニュエルってだれだ、と質問する。サラヴァンが死んで忘れられているからこそ、ぼくはサラヴァンを生き返らせたい。人びとがまだ「ブニュエルってだれだ」と言っているからこそ、ブニュエルについて語ろうとする。こうしたことを言わしめる無知、誤解、無感動こそがぼくを突き動かしてブニュエルとサラヴァンについて書かせるのだ。だが、両者のあいだになんらの関係も成立しないのに、ふたりについて同時に語ろうとするのは、両者についてのぼくの意見が的を得ていようと見当違いであろうと、ふたりが終わっていようと流行していようと、ぼくが気にしていないからだ。ただぼくは、両者について激しい情熱を抱いているのだ。

さらにミラーは、「サラヴァンとブニュエルのあいだの深い内的関係への手がかり」について思いをはせようとするが、説得力がなく、支離滅裂な印象をあたえるだけである。すでに明らかなように、ブニュエルの前衛的な映画から衝撃を受けていたミラーはデュアメル作品の登場人物に異様な昂ぶりを示しつつ、一九三一年秋に「パリの本」の稿を起こした。日常的な論理を超えたブニュエルのグロテスクな映画と、どことなくロシア小説の趣きのあるデュアメル作品の主人公が、ミラーの内面で激しく渦巻いていた。しかし、両者は相互に異質であり、共通性はなかった。ともあれミラーは、関連性のない両者をおのれの頭脳のなかに棲まわせ、両者とともに生きつつ、「パリの本」の執筆を急いだ。

すでに述べたように、現在の『北回帰線』においてはサラヴァンの名前は一回しか出てこないし、ブニュエルの痕跡を見出すことも困難である。『北回帰線』の初稿から現在の『北回帰線』にいたる推敲のプロセスにおいて、はたしてミラーは作家デュアメルと映画監督ブニュエルについての激しい思いを削ぎ落としていったのか。それとも、両者の世界に踏み込んだのは、パリ滞在の初期におけるミラーの貴重な経験であったから、両者への傾倒は形姿を変えて『北回帰線』のなかに溶け込んでいるのであろうか。後者の立場をとって、両者が現在の『北回帰線』のなかに息づいていると仮定すれば、なぜミラーは両者について饒舌であることをやめ、寡黙であろうとしたのだろうか。

一九三四年五月、ミラーは『北回帰線』の最終稿に手を入れていた。七月にゲラ刷りが出て、九月中旬に『北回帰線』が出版された。翌月十四日にミラーは、シュネロックに宛てて長文の手紙を書いた。この手紙はそれほど重要ではないと、エミール・シュネロック宛てのミラーの書簡集（『エミールへの手紙』一九八九）の編者によって判断されたせいであろうか、書簡集には収められていないが、次の気になる一節が含まれている。

ぼくはサラヴァンの再来だ。ぼくがこころから嬉しいのは、きみがサラヴァンの精神を理解したことだ――「ちっぽけなものが重要なのだ」という引用のことだ。彼の作品を読むことができないとは、なんとも残念だ。まだ英訳がないのだろうか？　つまり、「サラヴァン・シリーズ」のことだ。それ以外の作品は推薦しない。それほど精通しているわけでもないのだから。『北回帰線』の改訂されたページの最終稿をきみに送っただろうか？　最終稿でぼくは、ブニュエルとヘンリー・ミラーとサラヴァンをついに統合した。みごとな離れ業だった。そのくだりによって、ぼくはすべてのいかめしい批評家どもや敵意を抱く連中の襟首をひっつかみ、やつらを船外に放り投げたのだ。

ミラーは「サラヴァンの再来」であると自称し、おのれの内面においてブニュエルとサラヴァンを「ついに統合した」と自負するにいたった。デュアメルとブニュエルを結びつけることは、「パリの本」という仮題で稿を起こしたとき以来の、そしておそらく『北回帰線』の執筆過程におけるもっとも困難な課題であったはずである。『北回帰線』の初稿におけるサラヴァンとブニュエルについての多弁と、現在の『北回帰線』における寡黙との差異にもかかわらず、この作品に、「ブニュエルとヘンリー・ミラーとサラヴァンをついに統合した」くだりが書き込まれたことになる。そのくだりを特定できるであろうか。

この特定作業に入る前に、『北回帰線』の初稿から現在の『北回帰線』へと転換されるさまを目撃したのはアナイス・ニンであったことをまず指摘しておきたい。

『北回帰線』の初稿が著作権代理人ウィリアム・A・ブラッドリーからオベリスク・プレスのジャック・カハーンの手に渡り、契約の手続きに入ったのが一九三二年十月であった。同月三十一日、すでに初稿の内容を知悉していたアナイス・ニンはミラーに宛てて手紙を書き、「意味の錬金術についての正確なソースを引用過多によって明らかにすることはやめた方がいい」と忠告し、「進行中の作品」を「アウトサイダーたち」に見せるべきではない、と注文をつけている。ここでいう「進行中の作品」とは『北回帰線』のことであり、「アウトサイダーたち」とは『北回帰線』の初稿を必然的に読む立場になったブラッドリーとカハーンである。アナイス・ニンは、『北回帰線』を執筆するミラーをあたかも独占しようとしているかのようである。いっぽうミラーは、荒削りの初稿に手を入れなければならなかった。もし引用の抑制を薦めるニンの助言にミラーが応じたとすれば、その助言はデュアメルとブニュエルについての言及に適用されたことになるだろう。「サラヴァンの再来」と自称するミラーに、両者についての沈黙をまもりつつ、両者について雄弁であろうとする手立てはあったのだろうか。

『北回帰線』におけるサラヴァン（あるいはデュアメル）とブニュエルに通ずる回路を確立するためには、

ミラーがどの程度にまでデュアメル作品を読破したかについて確認し、文脈の拡大をはかる必要がある。デュアメルは多くの作品を書き残しており、ミラーの読書範囲は「サラヴァン・シリーズ」にとどまってはいない。『わが生涯の書物』（一九五二）のフランス語版（ガリマール社）の巻末に載っている、五千冊におよぶミラーの読書目録に、デュアメルの『未来生活情景』（一九三〇）とその英訳書『アメリカ 迫り来る脅威――未来生活からの情景』（一九三一）が載っている。一九二九年秋、人気作家のデュアメルはアメリカ国内を駆け足で旅行し、帰国後に大急ぎでアメリカ文明論を執筆した。それが『未来生活情景』であり、すぐに英訳も刊行された。

ミラーがパリに移り住んだ一九三〇年に、フランス人作家による二冊のアメリカ紀行もしくはアメリカ文明論がパリで出版され、それぞれがかなりのセンセーションを引き起こした。ひとつはポール・モランの『ニューヨーク』であり、もう一冊がデュアメルの、このアメリカ紀行であった。これらの作品は、フランス人作家によるアメリカ文明論として一定の評価を得た。パリ到着から一カ月後にミラーは『ニューヨーク』を読み、外国人の目に映ったアメリカのイメージに新鮮な驚きを禁じえなかった。そしてミラーは、アメリカ人の目に映った独自のパリを描こうと思うようになった。ミラーがデュアメルの作品群からアメリカ紀行に食指を動かしたのは、当然の成り行きであったが、デュアメルのアメリカ文明批判に惹かれたようである。

一九三四年一月、シュネロック宛ての手紙のなかでミラーは、つぎのように述べている。「いま、デュアメルのアメリカに関する本を読んでいて、ひとり悦に入っている。この本は当地でも外国でも、敵意を含んだ批判を喚起してしまった。デュアメルは偏見やくだらない意見等を述べていると非難されているが、ぼくには理解できない。彼の書いたものを読んで、ぼくは涙を流す。彼のアメリカ診断は正確そのものだ。広告――ロード・サイドの広告――について述べているくだりは、すごい……最終的なものだ。それから映画についても。ぼくは彼の意見のすべてを実質的に表明してきた。ぼくはアメリカ人だ。あのおろかな批評家どもはどうしたらケチをつけるのをやめるだろうか。デュアメルのシカゴ告発のくだりは叙事詩の域に達しているように思われる」。ミラーは『北回帰線』が完成に近づきつつあるなかにあって、デュアメルのアメリカ文明論に強く共感していた。

一九四〇年一月に帰国すると、ミラーはパリで構想を暖めていたアメリカ紀行『冷暖房装置の悪夢』(一九四五)を執筆するために、同年秋からおよそ一年をかけてアメリカ一周旅行を試みた。翌年六月、サンフランシスコでミラーはニンに宛てて手紙を書き、「いまデュアメルのアメリカに関する作品——きみが絶対に好きになれない本——を再読しています。しかし、彼のアメリカ診断はまったく正確です」と述べている。『北回帰線』を執筆しながら一読したときの感想に変化がないことを確認しているかのようである。実際のところ、デュアメルの作品がミラーを『冷暖房装置の悪夢』の執筆へと駆り立てたふしもある。パリ時代に構想していたアメリカ紀行のタイトルが『アメリカ　冷暖房装置の悪夢』であったことからも、題名を決定するプロセスにおいて、デュアメルのアメリカ紀行(英語版)のタイトル『アメリカ　迫り来る脅威』をミラーは意識していたように思われる。ミラーのアメリカ紀行の題名は、帰国後に、『アメリカ　冷暖房装置の悪夢』から『冷暖房装置の悪夢』に変更された。

「サラヴァンの再来」としてのミラーを確認するために、つまり、『北回帰線』におけるデュアメルとブニュエルに通ずる回路を確保するために、『アメリカ　迫り来る脅威』に探針を垂らしてみよう。

一九二九年秋にアメリカのあちらこちらを駆け足でまわったデュアメルの目に留まったもののひとつは、自動車の大群と、廃棄されて鉄くずと化したその残骸であった。同書の第六章「自動車あるいはジャングルの法則」において、道路のそばに放置されている鉄くずの積み重ねを「自動車の死骸」であると断じるデュアメルは、「死体のそばを通過する車は、犬どもがお互いに臭いを嗅ぐように、停まって臭いを嗅いだりはしない。死んだハエの面前に群がるハエどもの途方もない無関心にそっくりだ。昆虫の文明！」とアメリカ文明を規定する。さらに、最終章「商業の大聖堂」において、「ヨーロッパ人の旅行者にとって印象深いのは、われわれが昆虫の生活様式として知っているものに人間の生活がじょじょに似かよってきていること――つまり、昆虫のように個性が消滅し、社会のさまざまなタイプが次第に単純化し、画一化していること、昆虫の生態のごとくに集団が特殊な社会階層に系統化されること、メーテルリンク〔一八六二―一九四九〕がミツバチの巣あるいはアリ塚の精神と呼ぶ、あの曖昧な切迫した状況に対してすべての個人が服従していることだ」と述べて、デュアメルは「昆虫の文明と人類の文明の本質的相違」に思いをはせようとする。

結末近くでデュアメルは、「アリの文明」が世界じゅうに拡散していると断定し、「アメリカは倒れるかもしれないが、アメリカ文明は絶対に滅びない」と予測する。デュアメルがメーテルリンクの著作を脳裏に浮べながらアメリカ文明論を展開しているのは明白である。ミラーはメーテルリンクの主要作品のほとんどを読破しており、昆虫三部作のうちの二冊『ミツバチの生活』（一九〇一）、『シロアリの生活』（一九二六）も読んでいたから、デュアメルとの共通の読書体験を確認しながら、『アメリカ　迫り来る脅威』に目を通したことになる。

パリでミラーが観たブニュエルの映画は、合理的説明を拒否し、意表をつく衝撃的イメージを強調する。『アンダルシアの犬』では、男の手のひらの穴からぞろぞろと這い出た真っ黒なアリが手のひらを埋め尽くす。グロテスクで強烈な印象をあたえる。ブニュエルは、学生時代に出かけたことのあるグアダラマ山脈からこの黒いアリを取り寄せたほどであって、黒いアリの撮影にはかなり凝っている。そして、砂漠で男女が昆虫の群れにたかられて、もがいている場面で、この映画は終わる。『黄金時代』の冒頭では、サソリの這うごつごつした岩石が現れる。初期の映画でブニュエルが昆虫を強調しているのは明らかであり、デュアメルとブニュエルを括るための共通項を求めていたミラーはようやく手がかりを見出した。実際のところ、ブニュエルは昆虫学者ジャン＝アンリ・ファーブル（一八二三―一九一五）の著作の愛読者であったし、読書家ミラーもファーブルの作品を読んでいた。

ブニュエルの名前を出さずに、ブニュエルの片割れであることをひそかに主張するためにミラーが採った手立ては、昆虫を強調することであった。戦艦ポチョムキンの提督の息子であるというセルジュの虫だらけの家に泊めてもらったミラーは、「フォリー・ベルジェールの観客のいない平土間を思い描き、そこのありとあらゆる割れ目にゴキブリ、シラミ、ナンキンムシが巣くっているのを想像する。人びとが狂乱状態になってからだを掻きむしり、出血するまで掻き続けているのが見えてくる。虫がアカアリの大群のように舞台一面をぞろぞろと這い回り、視界に入るものを片っぱしから食い尽くす様子を思い浮かべる」のであるが、このとき語り手はブニュエルを意識していたであろう。

すでに述べたように、ミラーは『ニュー・レヴュー』第二号に、映画『黄金時代』についてのエッセイを寄稿した。このエッセイに手を入れて、「黄金時代」と題してエッセイ集『宇宙的眼』（一九三九）に収めたミラーは、必然的に次のように述べることになる。「この映画は脈絡のないイメージの連続であり、その意義は識域の下部に捜し求める必要がある。映画のなかに秩序とか意味を見出せずに欺かれた思いをした人びとは、おそらくミツバチやアリの世界においてこそ秩序と意味を見出すだろう」。『北回帰線』において、ブニュエルについての直接的言及を意図的に回避したミラーは、エッセイ「黄金時代」のなかで、ブニュエルから受けた影響や衝撃を思う存分に述べた。「黄金時代」は『北回帰線』に通底するエッセイである。

それでは、『北回帰線』においてミラーがおのれ自身とブニュエルとデュアメルの三者を「統合」したと自負するくだりを特定してみよう

『アメリカ　迫り来る脅威』の結末あたりでデュアメルは、ギラギラと輝く太陽に照らし出されたマンハッタンの建物の無数の窓を描写する。「風が強まった。わたしの足元のビルディングは、最上階まで鋼鉄とレ

ンガとセメントの音叉《おんさ》となって揺れる」。ミラーも、『北回帰線』の結末あたりで、マンハッタンの高層建築物に思いをめぐらしている。

林立する摩天楼が、ぼくが立ち去ったときに見たのと同じように、影のようにふたたびぼうっと迫ってきた。高層建築物のあばら骨のあいだから明かりがゆっくりと動く。ぼくの目にはニューヨーク市が広がっていた。ハーレムからバタリーまで。街路はアリでびっしり埋まり、高架鉄道がものすごい勢いで走り、劇場はひとの気配がなくなっていく。

この一節を書き込んだとき、ミラーは自分が「サラヴァンの再来」になったと実感した。ブニュエルやデュアメルの名前を出さずに、「アリ」という単語を挿入することによってミラーは、「いかめしい批評家どもや敵意を抱く連中の襟首をひっつかみ、やつらを船外に放り投げたのだ」と考え、シュネロックに手紙でそう伝えたのである。つまり、「アリ」の一語に収斂することによって、ミラーはおのれの内面においてデュアメルとブニュエルを統合した。『北回帰線』が出版されてから四カ月後の一九三五年一月に一時帰国をはたしたミラーは、パリ滞在中に建設されたエンパイア・ステイト・ビルを訪れ、その折りの経験を『南回帰線』において以下のように書いた。「ある晩、エンパイア・ステイト・ビルのてっぺんに立ち、下からはよく知っていた街を上から見下ろしてみた。すると、本来あるべき遠近法を通して、彼らが見えたのだ、それまでぼくもいっしょに這いまわっていた人間アリども、ぼくもいっしょにうごめいていた人間シラミどもが」。「アリ」から「人間アリ」へといっそう明快に表現しながら、ミラーは、「サラヴァンの再来」としてのおのれ自身を再確認していた。ブニュエルとデュアメルをひそかに繋絡させたミラーは、大江健三郎のいう「総合性の巨人」としての第一歩を踏み出したのである。

タニア、バーサ・シュランクまたの名クリスティーヌ

『北回帰線』の第八パラグラフは、「きみに向かってだ、タニアよ、ぼくが歌っているのは。もっとうまく、もっと調子よく歌うことができればよいのだが、それだときみはぼくの歌を聴こうとしなかっただろうな」という書き出しで始まる。読み進んでいくと、シルヴェスターという劇作家の夫が登場する。タニアとシルヴェスターのあいだに割り込んだミラーは、夫婦関係に亀裂を生じさせているにもかかわらず、おのれの所業の正当性を主張している。

タニアのモデルはパリ生まれのユダヤ系アメリカ人バーサ・シュランクであり、シルヴェスターのモデルはブロードウェーでかなりの活躍をしていた、ニューヨーク出身の劇作家ジョゼフ・シュランク（一九〇〇—一八四）であるが、ミラーは彼をジョーと呼んでいた。一九三一年八月、ジョゼフ・シュランクはニューヨークに出かけており、九月中旬ころにパリに戻った。彼がパリを離れていたとき、ミラーはバーサ・シュランクと親しくなったようである。ミラーとバーサの関係は、劇作家がパリに戻ったことで急速に終局に向かうことになった。

『北回帰線』の冒頭の場面では、主人公はヴィラ・ボルゲーゼで暮らしている。そこにボリスという作家の住居があり、彼は住居を賃貸しするつもりでいる。主人公はたえず電話を意識している。「ぼくはタイプライターをとなりの部屋に移した。ここでは執筆しながら鏡に映った自分の姿を見ることができる」という文章が出てくる。初稿を見ると、文章はそっくり同じであるが、そこから続く文章は異なっていて、「少々ましなものになりそうだ、このページは。もっともぼくはまだ本来の自分ではない。いらいらしながら電話が鳴るのを待っているからだ。もしバーサがいま電話してくれれば、奇跡以外のなにものでもない。しかし、あ

と数時間もすれば彼女に会うだろう」となっている。『北回帰線』の冒頭を書き始めたばかりの主人公がいらいらしているのは、もはやバーサにすんなりと会えなくなり、バーサからの電話を待つしかなくなっていたからである。さらに初稿では次のように続く。

> まず初めはクリスティーヌだった。それからバーサ、そしていまはタニアだ。一番地のクリスティーヌ、ユイスマンス通りのバーサ、スプランディッド映画館のタニア。クリスティーヌはグレース・フランダラウに似ている。グレースは「分厚い手紙」がもらえるのを期待している。バーサはどこか違っている。バーサはいたるところへ花粉をまき散らす大きな種子だ――それとも、そうだな、トルストイについて少々、胎児を掘り出す馬小屋の場面。タニアもまた熱病だ、尿道《レ・ヴォア・ユリネール》、カフェ・ド・ラ・リベルテ、ヴォージュ広場、モンパルナス大通りの色どり鮮やかなネクタイ、暗い浴室、辛口のポルトガル産リキュール、ブルガリアの紙巻きタバコ、アダージョ・ソナタ「悲愴」……

現在の『北回帰線』ではクリスティーヌという人名が消去されているせいであろうか、これまで欧米の伝記作家たちは、クリスティーヌ、バーサ、タニアの三名が同一人物であるのを指摘したことがない。実際のところ、三名が同一人物であると特定するのも容易ではない。「一番地のクリスティーヌ」の一番地は、オテル・サントラルの所在地メーヌ通り一番地のことである。廊下にヨードフォルムの臭いが漂うオテル・サントラルであったが、「フレッドを訪問することでようやく、ぼくは徐々にこのホテルに慣れてきた。それから、のちにぼくが部屋を確保し、クリスティーヌが幾度も訪れると、ホテルは天国のように思われた。なんと愉快に午後を過ごしたことか――一、二本の赤ワインを空けながら」と、初稿のなかでミラーは、クリスティーヌと過ごした出勤前の数時間を思い返した。「ユイスマンス通りのバーサ」。ユイスマンス通り七番地がシュランク夫妻の住所であり、ミラーは夫妻を訪れたことがある。スプランディド映画館のモデルは、ウジェーヌが勤務していたシネマ・ヴァンヴであり、実名ではない映画館に対応してバーサも実名ではなく、タニアという名前になる。ミラーは、顔のきくこの映画館にタニアを案内したようである。

ミラーが校正係として新聞社に勤務した時期、そしてその前後に、さまざまな出来事が集中的に起きた。八月中旬の、マイケル・フランケルとの交流開始。ジョルジュ・デュアメルの〈サラヴァン・シリーズ〉への傾倒。九月上旬、『北回帰線』の「あのホモ野郎」ことリチャード・マーフィが、ジューンのパリ来訪の予定というメッセージをもってミラーを訪ねてきた。十月中旬、友人たちの家で週に一回ずつ食事にありつけるように手配。『北回帰線』の執筆開始。十月末にジューンがようやくパリに到着。親友のペルレスは、『北回帰線』の「金持ち女イレーヌ」ことパリに滞在中のアメリカの閨秀作家グレース・〔ホジスン・〕フランダラウ（一八八六―一九七一）と手紙のやり取りをしていた。そしてミラーとバーサの情事または恋愛は、九月から終局に向かいつつあった。

『北回帰線』においてタニアがかなり意地悪く描かれているのは、それなりの理由があった。ミラーは八月下旬ころから十月末ころにかけて、バーサ・シュランクに七通のラヴレターを書き送った。十月二十日前後になって、ようやく『北回帰線』の冒頭を書いた。日記をつける習慣のないミラーは、日記の代わりに手紙を書き、手紙はメモや備忘録の役割りをはたす場合もあった。バーサ宛ての手紙は、出来ばえがよかったし、『北回帰線』の最初の部分を書くうえで参照したいと思ったらしく、あとでミラーは、ラヴレターを貸してほしいとバーサに頼んだが、拒否された。憤激したミラーは、タニアをややあしざまに描くことにもなった。

つまり、一九三二年一月、ミラーはバーサに手紙を書き、「いくつかの章句を筆写したいのでぼくの書いた手紙の数通を貸してもらえないだろうか」と打診したのだった。だが、一月十二日にミラーは、「あなたの行為があなたの言葉にもはや一致しなくなった日に手紙は破棄されました、というやや月並みな返信を落手しました」と、ディジョンからアナイス・ニンに報告している。「手紙は破棄されたという文面を読んだとき、汗がたらたらと落ちてきました。（率直に言って、ぼくはそんなことを信じていません！）ぼくが手紙を書いたのはバーサに対してではない。バーサというのはひとつの口実です。〔……〕しかし、ぼくがバーサを愛していたのは認めます……しばらくのあいだでしたが」と、ミラーは弁解じみたことを新しい恋人に書き送った。バーサ宛てのラヴレターをあきらめきれないミラーは、同年四月にシュネロックに宛てた手紙のなかでも、「バーサ、ぼくの手紙を返しておくれ」と訴えている。『北回帰線』（初稿）を脱稿した直後の、同年十月十四日付けの、シュネロック宛ての手紙によれば、「あの意地の悪いバーサはぼくの手紙をまとめて破棄してしまった。『北回帰線』を執筆しているときに、あの手紙のうちの数通をなんとしても欲しかったというのに」とあり、書き足らないことが多々あるので、いつか「もう一冊のパリの本」を書いてみたい、と述べている。荒削りの『北回帰線』を脱稿することはしたが、ラヴレターの破棄事件の絡みもあって、バーサに対するおのれの心情を描ききれなかったという思いが残ったのではあるまいか。バーサはすでに帰国していた。「もう一冊のパリの本」を手がけようという意図が実現したのであれば、それは、『クリシーの静かな日々』（一九五六）ということになる。はたしてこの作品に、バーサ別名クリスティーヌが登場しているのであろうか？　こうした観点から、いずれ、後の章で、『クリシーの静かな日々』を、『北回帰線』との絡みで、改めて検討することになる。

ミラーのラヴレター

真情のこもったラヴレターを受け取った女性たちは、事情がどうであれ、ラヴレターを破棄するものであろうか。それとも、愛の証拠品として、ひそかに保管するのであろうか？　バーサによるラヴレターの破棄は、手紙を書くことにかけて絶対の自信をもつミラーにとって、信じがたい痛恨事であった。晩年までバーサを気にかけていたミラーは、一九八〇年六月に逝った。それから四年後にジョゼフ・シュランクとバーサも相次いで逝った。

一九九一年夏、マンハッタンのニューヨーク公立図書館の展示室。ウォルト・ホイットマンの一房の髪の毛やジャック・ケルアックの原稿や創作ノートなどの特殊な展示品に混じって、ミラーがバーサ・シュランクに贈った『ニューヨーク往還』とメモ用紙が展示されていた。本の表紙の裏には、「11/11/35」とミラーの筆跡による年月日が記入されており、メモ用紙の方には、一九三五年十月二十四日付けで、「親愛なるバーサ――ぼくたちがまだ生きていることをひとことお知らせします。それから、あなたにとって万事が順調であることを心から願っています」と、ミラーの短い便りが書き込まれている。ミラーがバーサに贈ったエッセイ集『宇宙的眼』（一九三九）も展示されていて、発送された年月日を示すと思われる「4/24/40」という数字が表紙の裏に記入されている。これらの書籍はニューヨーク公立図書館の、いわゆる〈バーグ・コレクション〉のカタログにも登録されていた。

ミラー関係の資料の調査のために同図書館を訪れて、たまたまこの展示室に足を踏み入れた本稿の筆者は、バーサによるミラーのラヴレターの破棄の信憑性についてかねがね疑念を抱いていたこともあり、カタログに記載がないのを承知のうえで、バーサ宛てのミラーの手紙の有無について、スペシャル・コレクションの責任者スティーヴン・クルック氏に、念のために質問してみた。調べてみましょう、という氏の答えを待つこと数時間、なんと、ミラーのバーサ宛ての書簡が未整理のまま保管されている、という。氏によると、同図書館は一九八九年一月二十三日に、ドロレス・サットンという女性からバーサ宛ての書簡を取得したのだが、まだ未整理で、カタログには記載されていない。一九九一年はミラー生誕百周年にあたり、ミラーの伝記が二点、出版されたが、メアリ・V・ディアボーンなどの伝記作家たちも、なにしろカタログにも記載されていないために、これらのバーサに関する新資料を確認しなかった。ついでに、その時点ではバーサの生死が不明であったので、そのことを照会するつもりで、ドロレス・サットンの居所を知りたいのだが、と氏に言うと、スティーヴン・クルック氏は即座に、「それはお教えできかねます」と反応した。しかし、七通のラヴレターの存在が六十年ぶりに確認されたのである。

さて、それではその内容はというと――

一九三一年八月下旬ないしは九月上旬ころの「温暖な火曜日」に、『シカゴ・トリビューン』パリ支局に勤務していたミラーは、バーサに長文の手紙を書き送った。書き出しが、「この手紙は保存してもよいし、きみが最善と思うならば、ジョーが到着する前に破棄してもかまいません」となっているから、この最初の手紙はジョゼフ・シュランクがパリに戻る前に書かれた。「きょうは暴力に関するふたりの対話のぼくの担当分を書くはずなのに、しばらく前には、メーヌ大通りの公衆便所から数フィート離れたところで陽光を浴びながら、腰かけていました」という文章が続き、手紙の書き手はどこかのカフェから公衆トイレに出入りする人たちを観察している。ポスターが貼られた公衆トイレは、ブラッサイに劣らずミラーにとっても、パリ探訪の絶好の対象であった。「ゲテ通りとメーヌ大通りとの、この街角はひどくシュルレアリスティックだ」とあるので、ペルレスの住むホテルの近くでミラーは手紙を書いている。映画、娼婦クロード、コンラッドの中篇小説『闇の奥』のクルツ等々について語りつつ、話題が相棒のペルレスに移っていく。「仲間フレッドのことを考えてみると、ぼくは彼の意見をおおいに評価するが、フレッドはいま悲しげにぼくを見る、生ごみのなかに投げ込まれているかのようにぼくを見る。以前のフレッドはぼくを信頼していた。ぼくの原稿を受け取ると、ベッドのなかで読んでいた。翌朝、フレッドは自分の感じたことを話してくれた。ぼくが空腹でいると、彼は食事をあたえてくれた。そういうときに、ひどく腹を空かせて、必死になっているときに、ぼくは書いていた。そしていまのぼくは、もはやどうしても書けなくなっている。行き詰まっている。この前の金曜日、ぼくはずっとベッドに横になり、病気になっているふりをしていた。おそらく病気だった。いまではもう判らない。だが、ぼくは、書いて、書いて、書きまくっていたのを記憶している……それが凄まじい勢いで、完璧な状態でやって来たので、ぼくは怖くてベッドから抜け出て紙に書き付けることができなかった。ベッドのなかで、ほぼ一冊の本を書いたにちがいない。その翌日、それは少々しぼんだ」。制御できない衝動に襲われたというミラーは、その衝動が徐々に勢いを失っていくさまを綴っているが、何について書いたかを明らかにしていない。一九三一年の夏の終わりないしは初秋といえば、サラヴァンについて、熱にうかされたように思いを巡らしていた時期にあたる。

この手紙のなかでミラーは、手紙の受取人をクリスティーヌと呼んでいて、バーサという名前は出てこない。三通目の手紙を読むと、バーサとクリスティーヌが別人ではないことが理解される。一通目の手紙の最後のパラグラフは、次のように始まる。「いいかい、クリスティーヌ、金曜日の前にはきみに会わないかもしれないが、金曜の夕刻にはきっと会える。その日は給料日だ。金曜の正午にブニュエルと、つまりサラヴァンの次にぼくがパリで知り合いになりたいと思う唯一の人物と、ランチをとる。そのあとでぼくたちは会い、グラスをチャリンと鳴らす。金曜日は、わが人生の、代償的に了解されつつ、終末論的に駆り立てられるすべての金曜日となるだろう。金曜のぼくには、アンダルシアの犬とマダム・ブーデの微笑とロードス島の巨像がある。金曜日、そのときに、金曜日に……ひと走りする時だ。いろんなミステイクがぼくを待っている。ミスター・フォックスと呼ばれている、扱いにくい、ワイン漬けの正確無比の悪鬼が、カリガリ博士そっくりのだんご鼻をひっぱり、熱い活字のフォントをぼくの震える脊椎に注ぎ込む」。新聞社の給料は、一週当たり十二ドル、一週間おきに支給されていた。〔ロバート・〕フォックスは『シカゴ・トリビューン』パリ支局の校正担当の主任であり、ミラーの上司にあたる。第一次大戦でイギリス軍に入隊したときのフォックスは、読み書きができなかったが、除隊したときには英語の知識を身につけていて、英語とアメリカ英語の用法の違いについても怠りなく勉強していたスコットランド人であった。

ミラーとバーサの交流は、ミラーが新聞社に勤務しているときに始まった。『北回帰線』に次のような一節がある。「奇妙なことに、タニアとそうしたいきな酒場をほっつき歩きまわっていても、ぼくはけっしてつけあがったりしなかった。たしかにタニアと離れるのはつらかった。ぼくはいつも新聞社の近くにある教会の入り口までタニアを連れていき、暗がりのなかに立って、別れを惜しんで抱擁した」。『シカゴ・トリビューン』(パリ支局)は、ラマルティーヌ通り五番地に所在した。フレシエール通りの教会からラマルティーヌ通りに右折すると、新聞社が目前にあった。一九三一年九月ころ、ミラーはこの教会の入り口でバーサと別れると、新聞社に向かった。

おそらく一通目の手紙が書かれた翌週であると思われるが、「水曜日、午後七時十五分」に、クリスティーヌ宛ての、現存する手紙のうちの二通目が書かれている。「いま、きみのメッセージを受け取ったが、二時間遅すぎました。少々の現金を稼ごうとして足を棒にして歩き回りました。ぼくがどこにいるのか、ときみは訊ねている。天国と地獄のあいだのどこかです。クリスティーヌ、きみに会うチャンスを逃して、ものすごく残念に思っています。まったく狼狽しているのですが、会えなくてよかったのかもしれない。空腹のあまり、吐きそうです――ここ数日間の――肉体的な飢え――食料。クレイジーになりそうです。そしていま、きみのメモ――縫い針が傷口をこじあけるかのようだ。もう手紙を書かないで、ときみは言った――だから、ぼくは書かなかった。きみのいそうな場所を避けてきました。ぼくにあのように強烈な印象をあたえてくれたので、ぼくはむしろきみが好きになったのです。ちっとも残酷な手口ではなかった。小さなビストロでぼくに会いたいのだったら、明日もう一度メッセージをくれませんか?――手紙か電話で。ヘンリー」。この手紙は、新聞社でさらに書き継がれている。「ここで手紙を書き終えることはできません、クリスティーヌ。ふたたびきみの名前を書くだけで、ぼくは天に昇るような心地がします。いろんなことがありますが、きみに手紙を書き続けるべきだと信じています。きみは目障りなものを破棄できる。手紙だけではなく、書くものはなんでもかんでもコピーをきみに送りたい。でないと、なにも書く気になれません」。

ミラーはこの手紙を、「午前三時半、クーポール」でさらに書き継いでいる。文面では、クリスティーヌがミラーに求めたように、「ただの友だち」になるつもりだと誓ったうえで、「空腹のまま職場に出かけるのはこれで三日目です。今夜は運よく、板チョコを一枚、手渡してくれる男がいた。いま目の前にはビールのグラスがあり、マドモアゼル・クロードがいつもの座席に座っている。昔のよしみで、彼女にサンドイッチをねだるだろう」と述べている。数日前にトマス・ハーディの小説『薄命のジュード』を読み終えたので、抜粋を送るつもりだと書かれているが、その抜粋も、手紙そのものとともに、ニューヨーク公立図書館に所蔵されている。ミラーはハーデイの作品とサラヴァンが登場する作品を比較して、サラヴァンが語るときは自分が語っているような気がする、と述べている。「マドモアゼル・クロードがぼくに近づいてきて、話しかけてきました。あたしを忘れてしまったの、ときいてくる。あなたがこの手紙を書き終えるまで待っている、と言う。ぼくと話したいのです。クロードはいまではぼくにちっとも親切にしてくれない。ぼくは彼女と話したくない、たとえサンドイッチをおごってくれても。クリスティーヌ、語りかけたい相手はきみだ。いいかい、きょう、きみはぼくを墓から引っ張り出してくれた。ぼくを押しもどさないでくれ。アイ・ラヴ・ユー」と、ミラーは哀願している。

この手紙からいくつかのことが明らかになる。一九三一年九月、ミラーは収入が見込めるにもかかわらず、食事にありつけない日々があった。興味深いのは、ミラーとバーサの関係が、終わりそうであったはずなのに、一時的に復活したことだ。バーサの再登場はミラーにとって喜びであり、大きな意味があった。バーサの再登場について、『北回帰線』でミラーは、次のように書いた。「いまタニアのことを述べているのは、彼女がロシアから戻ってきたからだ――つい数日前のことだ。シルヴェスターは巧みに取り入って仕事につくために、あとに残った。やつは文学を完全に断念してしまった。新しいユートピアに献身している。タニアは、ぼくが一緒にあちらへ、なるべくならクリミアへ行って、新しい生活を始めてほしいと思っている」。タニカールは主人公に、タニアと結婚するようにとせっつく。「タニアは話がまとまるのを望んでいたが、やはりこのロシアの件が頭のなかにしっかりと根をおろしてしまったために、長々と独りごとをしゃべりながら時間をたれながすようにむだにした」。「ふたたび登場したタニア、安定した仕事、酔った勢いでのロシアに関する話題、夜の帰り道、それに真夏のパリとなると、人生がそっとかま首をもたげてくるように思われる」。ミラーは、バーサの再登場を、ロシア帰りのタニアとして描く。バーサはアメリカ国籍のロシア系ユダヤ人であったらしく、『北回帰線』（初稿）では、ロシアに出かける可能性を話題にしていて、ロシアへの訪問に関心を抱いていたことは理解できるが、どこをどう押しても、当時のバーサがロシアに出かけた形跡は出てこない。にもかかわらず、伝記作家のジェイ・マーティンは、彼が著したミラーの伝記において、バーサをロシア帰りに仕立てあげている。この間違いは、バーサに関する資料が少ないために、現在の『北回帰線』をそれなりに正確な伝記的資料と考えて理解しようとしていることから生じている。伝記作家のディアボーンも、ジェイ・マーティンの記述を踏襲し、一九三一年秋にバーサがロシアに出かけた、と推測にもとづいて書いている。『北回帰線』を伝記的資料として用いる場合、それなりの裏づけが必要である。ミラーは事実を変形させているのであって、読み取るべきものは、伝記的事実ではなく、ミラーの心理的リアリティである。

三通目の長文のラヴレターは、オテル・プランセス発である。ミラーが新聞社に勤務したのは十月六日までであったから、すぐにオテル・サントラルを引き払って「あのホモ野郎」、実名リチャード・マーフィの住むオテル・プランセスに移動したのであれば、三通目の大部分は、十月七日か八日ころに書かれた、と推定できる。この手紙を読む限り、ジューンはまだパリに姿を現していない。

この手紙のなかでミラーは、一回だけ相手をクリスティーヌと呼び、数回にわたってバーサという名前を出している。ついにミラーは、ジューンが送り込んだ「あのホモ野郎」の宿泊するホテルの二十九号室に転がり込んだ。書き出しはこうである。「玉子のからとコーヒーの出しがらを掃き出してしまうと、ぼくは数分間、この部屋で独りになる。ここのテーブルの上に、すぐ手が届くところに、小さな球状のボタンがついている、彼女の紫色のブラウス。もはや香水の痕跡すら残っていない。かつてぼくは、このブラウスを徹底的に嗅いだことがあった……ここの胸、脇の下、どこもかしこも。匂いの痕跡がない。彼女はずっと以前に、このブラウスをホモの男にあたえたのだ、ぼくがまだ彼の存在を知らなかったときに。彼はものうげに言う、女装したいときや憂いに沈む夕方などに、時おりブラウスを着用するのだ、と」。このあとミラーは、ジューンという固有名詞を使わずに、彼女についての記憶を書き始める。

『北回帰線』において作者は、「あのホモ野郎」の部屋について、「もしぼくのベレー帽にコーヒーかすが入れられたり、床に生ごみが散らかったりしていなかったら、ぼくはまだ我慢しただろう」と書いている。少年時代に母親から床磨きや窓拭きを徹底的にさせられたために清潔好きになったミラーは、オテル・プランセスの部屋に入ると、さっさと「玉子のからとコーヒーの出しがらを掃き出して」から、バーサに宛てて手紙を書いた。シュネロック宛ての、同年十一月の手紙では、「あるホモがぼくを訪ねてくる――カバンにジューンの汚れたブラウスを数枚忍ばせて」とあるが、「あのホモ野郎」は服装倒錯の性癖があったようだ。このときジューンはパリに滞在していたが、宿無しのミラーとは同居しようもなかったから、彼女のメッセージをミラーに伝えるために、「あのホモ野郎」がミラーを訪問したことになる。

ミラーは手紙のなかで、「彼女」の謎めいた行動や性癖を語ると、こう続ける、「ぼくはふたたび暴走している。きみへの愛を伝えるために、彼女のことをきみに宛てて書くとは、なんとも奇妙だ。彼女の出番は？　なぜ？　きみがそれをぼくに説明するだろう。どうか説明しないでくれ。なんにも説明できないはずだ。きみが片手を差し出したとき、ぼくたちの指がまだ触れ合わないというのに、なぜぼくが震えたのか説明できるだろうか？　みながその場にいたというのに、なぜぼくは、思い切ってきみの顔を愛撫し、髪の毛を愛撫し、きみをバーサと呼んだのか？　それできみは、ぼくのグループのなかに女王のように入って来た。きっときみは、ぼくといっしょに宮殿の庭を通り抜けて、カモが白い朝霧のなかで軽やかに動くのを目にしただろう。バーサ、ぼくはきみに宛てて書いて、書いて、書きまくったのに、なにもかも破り捨てた。きっとこの手紙も破り捨てるだろう。しかし、真実を破り捨てることはできない。きみを愛している」。文面は曲折しながら、「ジョーも、ほかのだれも、ぼくがきみの崇拝者になるのを止められない。ジョーだって、いつもきみを暖炉のそばに居させるわけにはいかない。ある夜、ぼくたちは外出するだろう――きみとぼくだけで」と続いている。もはや明らかであるが、十月七日ころのミラーは、バーサに会うのが困難になっていたが、デートを続けるきっかけを探っていた。手紙を書き終えて、署名したにもかかわらず、別の話題が続く。のちに『北回帰線』に書き込まれることになる出来事についてである。

今夜、とても楽しいことがありました。ぼくはお腹を空かせながら、大通りのベンチに腰かけていた。疲れきって、滅入っていた。ザッキンを見かけると、彼はぼくを招いてくれたが、ぼくは逃げ出した。ふたりの老女がぼくの横に座っていて、話しかけてきた。彼女たちはタバコを吸っていた。するとフレッド・カーンが通りかかり、ぼくに言った、「ここで何をしているんだい、ヘンリー？」ぼくが説明したときにカーンの言ったことばを、ぼくは絶対に、絶対に忘れないだろう。彼の声が変わった。ぼくを救出するための方法を見つけるために、ずっと脳みそをしぼっていた、と彼は言った。ぼくの手にお金――紙幣や小銭――を押し込むと、「ヘンリー、くよくよしたり、飢えたり、不自由してはいけない」と、カーンは言った。ぼくはカーンにぼくの結婚指輪をプレゼントした――ぼくが差し出すことのできる最大の贈り物だった。彼が立ち去ったあと、ぼくはひそかに思った、ひとりの人間が友情の全責任を負う必要はない、と。ぼくは、きみとジョーのことを思った。きみたちは幾度も親切にディナーに招待してくれたし、きみはほんとうに気遣ってくれる。そこで、腰をおろして、手紙を書く勇気をふりしぼった――フランケル、ローウェンフェルズ、カーマー、ザッキン、オズボーン、フランクとポーラ等に宛てて。その手紙でぼくは、週に一回だけディナーに招くことによって、きみはぼくを救出することになるということを、ディナーという語だけを空白にしてほのめかした。なんだい、この空白は？――ディナーのことかな？　断る人間はいないだろう？　だれだって犬を飢えさせたりはしないだろう。よし、やってやる。ぼくは手紙をすべて書いてしまった。もはやディナーに招待してもらうために謙虚に待つつもりはない。ぼくは許可を求める。ああ、この食料という問題はなんと重大なことであることか！

ミラーはこの手紙のなかで、ディナーに招いてほしいとバーサに哀願し、この件についてはジョー・シュランクに内密にしてほしい、と訴えている。『北回帰線』には、「劇作家の家でのぼくの最後の食事だ」という文章で始まる章がある。バーサの配慮もあって、ミラーはディナーに招待された。ジョーの立場からすれば、厄介払いができる最後のディナーであり、いやみたっぷりのせりふが彼の口から発せられる。この章において、友人たちから週に一回、食卓に招待してもらうというアイディアが生まれた状況が描かれている。「ぼくがベンチに腰かけて、うなだれたまま指輪をいじくりまわしていると、突然にだれかがぼくの背中をぽんと叩いた」。この場面は、バーサ宛ての手紙ではフレッド・カーン、つまり『北回帰線』のクルーガーという名前の彫刻家がミラーに声をかけたことになっている。この手紙によれば、カーンは数日中にステュディオを引き払って、アパルトマンを借りて、ミラーを泊めるつもりでいた。この件はおそらく実現しなかった。友人宅での週に一度の食事について、『北回帰線』においてミラーは、「この方式はもののみごとに効を奏した」と書いているが、「この方式」を思いついたのは、十月十日前後のことになるだろう。「劇作家の家での最後の食事」の章に、やや気になる、次の一節が出てくる。

タニアはあのアダージョの曲を繰り返している。あのアダージョの曲はこの上なく明快に伝えている、もはや愛のことばを語るまい、と！　ぼくはふたたび噴水池でカメどもが緑色のミルクを放尿しているのをじっと見る。シルヴェスターが心にやさしい愛をひめてブロードウェーから帰ってきたばかりなのだ。夜もすがら、ぼくは遊歩道の外側のベンチに横たわり、また地球儀には温かい尿水の飛沫がかかり、男根神のごとくに激怒して硬直した馬どもは大地に触れもせず、狂ったように疾走していた。一晩じゅう、ぼくは暗い部屋のライラックの香りを嗅ぐ、彼女がシルヴェスターを迎えに行くときにぼくが買ってやったライラックの香りを。

ここに引用した場面では、主人公はシルヴェスターの家のなかではなく、戸外で、「劇作家の家での最後の食事」の晩とタニアについて思いをめぐらしている。「夜もすがら、ぼくは遊歩道の外側のベンチに横たわり」とあるから、ミラーは野宿をしたことになる。一九三一年十月のある日、「あのホモ野郎」の宿泊するホテルを出たミラーは、パリのどこかのベンチで夜を明かした。これをミラーの伝記的事実とみなすならば、場所の特定と事実関係についてそれなりの裏づけが必要になる。場所はどこか？　手がかりは、「噴水池でカメどもが緑色のミルクを放尿している」とか「地球儀」、あるいは「男根神のごとくに激怒して硬直した馬ども」などの表現である。これは、リュクサンブール公園に隣接したマルコ・ポーロ庭園の小噴水池だ。アメリカ人観光客などが利用するクロゼリ・デ・リラの前から徒歩で一、二分の距離で、パリの住人ならだれでも知っているスポットである。ザッキンの住居（現在のザッキン美術館）から徒歩で十分たらずだが、ザッキン宅に泊る勇気はなかった。地球儀の周囲のブロンズ製のカメたちの口からは、水が流れている。後ろ足で立った青銅の馬たちは、空を疾駆せんばかりの勢いである。ミラーはその辺のベンチで一夜を明かしたのだろう。しかし、このベンチで一夜を過ごす前に「劇作家の家での最後の食事」をとったかどうかを、小説としての『北回帰線』を根拠にして判断することはできない。『北回帰線』は、削除と圧縮の産物である。実際のところ、「劇作家の家での最後の食事」は十月下旬であったと推定できる。

『北回帰線』のヴァン・ノーデンことウォンブリー・ボールドは、ミラーと親しくなっていた。一カ月半ほど、同僚としていっしょに仕事もした。ミラーについての情報を本人から得ることのできる立場にあったボールドは、彼の担当する人気コラム「ボヘミヤンの生活」（十月十四日付けの『シカゴ・トリビューン』）に、当時のミラーの様子を初めて紹介した。

経済的な諸問題を抱え込むこの不毛の時代にあっても、ロマンスはすぐそこまで来ている。まさに冒険は、パリの夜の暗い街路で待ち構えている。

一昨日の夜、満天の星が出ていたので、わたしはゆっくりと歩き、星の美しさを鑑賞した。時おり厚化粧のほほ笑みが行く手を阻もうとしたが、わたしは大きな星たちの下をぶらぶらと歩いた。満月を眺めていると、わたしは何度も感動した。

ルーブル美術館の影になっているあたりで、連れのいない人影が後ろからついてきて、ちょっと追ってくると、わたしの肩を軽く叩いた。その男はコーデュロイのズボンをはき、灰色の上着を着て、分厚いメガネをかけていた。帽子は無造作に頭の片方にずらされていて、帽子のない片方はすっかり禿げていた。小説家のヘンリー・ミラーだった。

「ハロー」と、わたしは言う。わたしたちはあれこれと話をし、タバコを吸った。それから、わたしは言う、「どこへ行くんだい？」彼は返答した、「どことも決まっていないよ」。

いかにもミラーらしい。彼の予定はいつもはっきりしていない。失職してから数日が経過しているから、彼のポケットマネーはゼロである。しかし、彼は幸運である。友人たちがいるからだ。彼らがいつもミラーの面倒をみている。

数日前、ミラーはクロゼリ・デ・リラの外のベンチで目を覚ました。唯一困るのは、歯ブラシがないことだ、と彼は言う。「時おり——たとえば、三日おきに——歯を磨けるのであれば、浮浪者生活は問題ない。歯を磨かないと、気分が悪い」。

新聞社の仕事が引けると、ボールド、ペルレス、ミラーの三人は、だべりながら帰途につき、ドームに立ち寄った。ミラーはボールドの帰り道を知っていたから、ボールドを待ち伏せしていた可能性もある。ともあれ、ミラーがベンチで夜を明かしたのは、新聞の発行日とコラムの文脈から判断すれば、十月十日前後であり、「あのホモ野郎」の部屋で寝泊りしたのは、せいぜい二、三日ほどだったはずだ。十月十四日の、ボールドのコラムはかなり長いので、さらに目を通してみよう。

しかし、ミラーはくよくよしない。友人たちがいつも彼を支えている。先日、彼は彫刻家のカーンに会った。彼はアメリカから収入の多い契約をものにしたばかりである。ふたりはジャイロ軒で食事をした。食事中にミラーは、ポケットのハンカチに手をのばした、すると、出てきたのは一足の靴下だった。

ジャイロ軒で！　夕刻、ミラーは別の友人ジョー・チョックに会った。彼は、天空に関するバーレスクで、ブロードウェーにうまく入り込んでいた。主人公は、マイクロフォンをズボンのなかに隠して、五幕のあいだずっと動きまわる。ミラーが友人のジョーを気に入っているのは、ジョーがシャンパンを飲み、コロナを吸うからだ。ミラーは、彼の集めた数本の吸いさしを見せてくれた。趣きのある葉巻きタバコの吸いさし。彼はジョーと一緒にいるとき、最高級の吸いさしを吸う。

「どうしたんだ？」とわたしが大声で訊いたのは、ミラーが立ったまま眠っていたからだ。彼は二晩も眠っていなかった。

「ジャイロ軒」は、新聞社の向かい側にあって深夜まで営業していたジロットの店というビストロのことであり、『北回帰線』の「ムッシュ・ポールの店」にあたる。シカゴ・トリビューンの社員たちはツケで飲食することができた。ジョー・チョックはジョゼフ・シュランクである。つまり、「ジャイロ軒」という名前の変更に合わせて、ジョゼフ・シュランクもジョー・チョックになっている。これは、ミラーが『北回帰線』（初稿）で用いた手法でもある。つまり、記事はミラーの協力で書かれたのではないだろうか。「最高級の吸いさし」は、シュランク夫妻の家でせしめたものだ。さらにミラーはボールドに、自分の暮らしぶりをあれこれと語る。「きみにはエスプリがある」とボールドが言うと、ミラーは、目覚まし時計が欲しいと反応する。ミラーはボールドをジョーと呼ぶ。「いいかい、ジョー。ぼくは大いに楽しくやっているから、一瞬たりとも失いたくない。利用できる時間はすべて楽しく過ごしたいから、早起きしたいのだ」。

突然ミラーはよろめき、建物の壁に倒れるように寄りかかった。「どうしたんだ？」とわたし。彼の声は弱々しかったが、顔の表情は読み取ることができた。

「きみに必要なのは食い物だ」と、ポケットに手を入れながら、わたしは言った。「ぼくも友人だ。食い物を手に入れたらいい」と言いながら、一フランを手渡した。

これがモンパルナスである。

ボールドの文章は簡潔かつ軽妙であり、『北回帰線』に脈絡する個所もある。ミラーからの情報提供がなければ、書けない内容が含まれている。ボールドはミラーに幾度か、「ボヘミアンの生活」に載せるエッセイをゴーストで書かせたこともある。ともあれ、宿無しのミラーは十月十日前後に、クロゼリ・デ・リラの近くのベンチで一夜を明かした。

ミラーは『北回帰線』において、クロゼリ・デ・リラの近くで野宿をしたことを書き込んでいるが、食事については言及していない。いかにして食料を確保したのであろうか。この疑問は、つい最近になって解消された。一九六七年、ミラーはホキ徳田とパリにおもむいた。ミラー夫妻は『北回帰線』のカールと一緒に高級レストラン、クロゼリ・デ・リラに足を運んだ。ホキ徳田の『ヘンリー・ミラーの八人目の妻』（二〇一三）によると、ホキがミラーに「ヘンリー、パリにいたころは赤貧だったんでしょ。よくこんな高そうなレストランで食事ができたわね」と、質問すると、カールとミラーは「ケタケタ笑い」をしたという。「実はね、中で食べてたんじゃないの。このレストランの前のベンチでよく野宿をしたのさ。汚らしいからシッシッとレストランの支配人によく追っ払われたもんさ。でも、やさしいウェイターが内緒で残飯を運んでくれたっけ。当時あんなゴチソー食べたことなかったなあ」とミラーは説明した。ホキ徳田は六本木のヘンリー・ミラー・メモリアル・バー「北回帰線」では、ヘンリー・ミラーのファンにクロゼリ・デ・リラでの残飯漁りのエピソードをしばしば語っている。

ところで、オテル・プランセス発のラヴレターのなかで、とりわけ注目すべき個所は、次の一節である。

ミラーはバーサに呼びかけながら、一回だけ、クリスティーヌの名前を出している。「もはやクリスティーヌのことを語るつもりはありませんが、クリスティーヌは生きています。きみはいつの日か、装いだけは奇妙なクリスティーヌに不意に出会うでしょう。きみは彼女のことを誇らしく思うでしょう。クリスティーヌを認知するのは、きみとぼくだけなのです。未来は失われていない。ぼくのなかに存在しています。未来が現在を正当化するでしょう」。一九三一年十月にミラーは、クリスティーヌを題材とする作品を書くつもりだとほのめかしながら、一九三一年秋の「現在を正当化」したいと思っていた。はたしてミラーは、「もう一冊のパリの本」のなかにクリスティーヌを登場させ、当初の意図を持続させることができたであろうか。クリスティーヌは、ふたりのあいだだけで通用し、第三者には正体不明の呼び名であったはずだから、もしクリスティーヌが登場しているならば、「もう一冊のパリの本」は、ひそかにバーサに呼びかける作品であったはずである。

ともあれミラーは、この手紙の末尾を、「バーサ、ぼくはもっと書くつもりだ、きみがぼくを受け止めてくれれば。明日はボイヤー・アンド・カンパニーだ。明日、明日」という文章で結び、「追伸」では、「きみのひとことがぼくを天に昇るほどの気持ちにしてくれるだろう」と書いている。ミラーはウォンブリー・ボールドから、オールデン・スコット・ボイヤーというアメリカ人が文書作成を引き受けてくれる人間をさがしている、ということを聞き知り、ボイヤーに宛てた求職の手紙を九月十五日にオテル・サントラルで書いた。ミラーがボイヤーの会社に勤務した形跡はないが、面接にはこぎつけたのであろうか。この九月十五日の手紙（『北回帰線』の初稿に組み込まれている）によれば、ミラーは十月六日に失職する予定であり、次の仕事が見つからなければ、パリの有名なユダヤ人たちにあってインタヴュー記事を書き、食いつなぐつもりでいる、と述べている。

バーサ宛ての四通目の手紙は、「火曜日」にヴィラ・スーラ一八番地で書き始められた。ミラーは「あのホモ野郎」の部屋を出てから、クロゼリ・デ・リラの近辺のベンチで寝泊りし、ようやくマイケル・フランケルの住居にたどりついた。手紙の書き出しは次のようになっている。

親愛なるクリスティーヌ

二階のピアニストがぼくをクレイジーにする。午前中ずっと、彼はアダージョ・ソナタ「悲愴」を練習している。ぼくはここに二時間も座り続けて、「ベゼクー株式会社」のストーリーを完成しようとしている。うまくいかない。目の前のメモと指だけを見る。ぼくがにくたらしく思うのは、ピアノソナタ「悲愴」、ベートーヴェン、バッハ、ドビュッシーだ……ぼくはピアニストとホモの男を交換してしまった。どこにも、ぼくにとって静かな、こころ休まる場所はない。ぼくの座っている、この広いステュディオでは、ぼくの横に巨大な、傾斜した鏡が取り付けられていて、ぼくは時おり鏡をちらっと覗き込み、歯ぎしりをする。大勢の人たちがいっしょに書くためのスペースがあって、千台のタイプライターが騒音を立てるとしても、ぼくを煩わせることはないだろう。しかし、小刻みに流れてくる曲調、ぐらつく手並み、反復、数学的な単調さ、大きな声で歌い、薄れて消失していく抑揚、砕けるような響きと打ち寄せるような鳴動……ぼくは絶叫したくなる。

昨夜、ぼくがここに移ってくると、すぐに彼はピアノを弾き始めた。「悲愴」から始めた。最初は感動した。まるでぼくのためにオーダーされたかのようだったからだ。二階にいるのはきみではないかと思い始めたが、きみのタッチではなかった。比較すれば、きみは天才だ。

ピアノの演奏のせいで執筆に専念できずに、苛立っているミラー。「ベゼクー株式会社」のストーリーと称されているのは、娼婦の家に泊ることになった主人公が娼婦の財布から現金を抜き取って逃走する、というエピソードであって、タイトルをつける必要はないとミラーは思っていた。このエピソードは『北回帰線』に織り込まれた。「パリの本」の構想を暖めていたミラーは執筆を開始した。手紙の写しやノート、メモの類は溜まっていた。爆発寸前の、腹ぺこのヘンリー・ミラー。しかも、身辺ではメモをとるべきドラマが続いていた。バーサ宛てのラヴレターも、本来ならばメモの役割を果たすはずであった。ヴィラ・スーラにおける『北回帰線』の執筆開始に関して留意したいのは、ヴィラ・スーラに転がり込んですぐに作品の冒頭から書き始めたわけではない、ということだ。まず、娼婦の家に宿泊したエピソード（「ベゼクー株式会社」のストーリー）が書かれた。冒頭部分が書かれたのは、四通目の文脈から推測すれば、十月二十日前後となるだろう。

さらに、手紙は次のように続く。

ぼくたちは深夜ではないのに就寝したが、ぼくは本を読み始めた。「時として彼は、岩を激しく打つような激しいあこがれを、だれであれ、だれか女性を抱擁したい強い気持ちを抱いていた。もちろん、それは過度の興奮状態であり、病的興奮だ！　おそらく、それが恋愛の現実の姿である。レイ医師は恋愛が細菌学的病気にすぎないと考えている」と、ヴィンセントはテオに宛てて書いた。

ぼくがウェルテルの弟の横で寝るのは、これで三回目だ。昨晩はそれ以前の夜とおなじだった。うとうと寝つこうとする矢先、ぼくはヒステリックになる。昨晩はその前よりもひどかった。ぼくは、笑っているのを彼に気づかれないように懸命になった。クレイジーだと思われたくないからだ。しかし、ショックがひどかったから、彼はどうしても気づく。「どうしたんだ？」と彼は言う。「なぜ笑ってるんだい？」彼はもう三夜続けておなじことを訊ねた。ぼくは次回にはなにかとっぴなことを言うだろう。

なぜ笑うのか？　神経をすりへらし、ぼろぼろになっているからだと思う。ぼくはとつぜんベッドのなかで起き上がった。病棟で寝ているような気がしたからだ。隣の男にそう言うと、彼も笑った。そう、ぼくたちは病気なのだ。たぶん精神錯乱ではない。だが、病気なのだ。ぼくは生気に満ち溢れていると感じているので、寝つけない。服を着替えて外出し、たっぷりと食事をとって、一晩じゅう書きたいと思った。ぼくの頭脳はアイディアで沸騰している。それなのに、ぼくはベッドに括りつけられている。ぼくたちの反対側には白い壁があり、冷ややかな明かりが壁面を照らしている。ぼくはすでに本を閉じていた。ヴィンセントは確かにクレイジーだった。彼は自発的にサン・レミの、空室があり余るほどの精神病院に出かけた。彼は絵を描いたり、庭園や畑に入るのを許された。

ヴィラ・スーラ一八番地でミラーは、ヴァン・ゴッホ（一八五三―一八九〇）の『テオへの手紙』を読みふけっていた。「ヴィンセントは開放されたいとは思わなかった。わたしが病気ならば、ここにいるほうがましだ、ただわたしに絵を描かせ、本を読ませてくれ、と彼は言った」と手紙に書くと、いかにもミラーらしく、自身の境遇とゴッホのそれを比較しながら、「ぼくの内面でもなにかそういうことが進行している。ぼくはいつも腰を落ちつけて、穏やかに仕事ができる想像上の場所を夢見ている。もし必要ならば、病気になれる場所を。場所を転々とし、ブリーフケースに荷物を詰め込んだり、開けたり、あるいは洗濯物を引きずりまわるのは、うんざりだ。芸術家である男性は女性に似ている――彼は停泊できる場所を必要とする。一定の肉体的安定を、愛、温かさ、やさしさを必要とする」と、クリスティーヌに訴えた。ミラーは『北回帰線』のなかに、「ぼくはツルゲーネフの完璧さのかたわらにドストエフスキーの完璧さを置く。（『永遠の良人《おっと》』よりも完璧な作品がひとつとしてあるだろうか？）とすれば、ヴァン・ゴッホにはこのどちらをも凌駕する完璧さがある。それは、芸術を超える個性の勝利である」と書き込んで、『北回帰線』の執筆開始後まもなく『テオへの手紙』を読んでいたという痕跡をしるしている。

ヴィラ・スーラ一八番地は、ミラーにとって、安心して「停泊できる場所」ではなかった。フランケルが住居を賃貸ししようとしていたから、すぐにでも退去しなければならない可能性もあった。手紙のなかでミラーは、バーサに次のように説明する。

ここに滞在するのは、列車に乗るのに似ている。停車と停車の合間。フランケルは言う、「だれか来たら、家のなかに案内して、借り手になるように仕向けてほしい。抜かるなよ」等々。そこでぼくが引き受けると、どうなるか？　ぼくはドアを開けることになる。つまり、こんなふうに言う。「マダム、ムッシュ、どうぞお入りください。ぼくはこの家に出没する幽霊です。ぼくを始末してください。ぼくを追い払って清めてください」。

いや、ぼくは訪問客をテナントにしようとはしない。彼らを追い払ってやる。ぼくは窓から顔を出して、笑い声を上げる。そうすれば、通行人はこう言うだろう、「あそこには狂人が住んでいる。近づくな！」。

ヴィラ・スーラ発の手紙は、話題があれこれと変わり、書き手の感情の起伏も激しい。『北回帰線』の初稿によれば、この手紙は、あちらこちらを転々としながら断続的に書き継がれたようである。

ぼくのポケットにはクリスティーヌ宛ての分厚い手紙があるが、書き上げることができない。二晩前に、ここヴィラ・スーラで書き始め、フレッドの部屋で書き続け、それから［カフェ・］セレクトで、さらにカーンのステュディオで書き足し、けさふたたび、フランケルが食事をしているときに書いている。

もはや午前ではない。ふたたびドラマティックな夜になり、ぼくはタルボットが損傷したぼくの人間関係を全部もとどおりにしなければならない。タルボットは毒へビのような人間になってしまい、シュランク夫妻の胸のなかに悪意をはぐくむ。あの男は片手を差し出すが、ぼくは彼の毒牙を感じとる。あいつの頭を棒でボカスカ殴りつけ、半殺しの目にあわせる必要があるだろう。

タルボットは、劇作家シルヴェスターの住居に出入りしている人物である。タルボットはミラーがバーサに言い寄っていると感じていて、ミラーのほうはタルボットをやっつけたいと思っている。ミラーはまだなんとかシュランク宅に出入りできたようだ。彼はヴィラ・スーラ一八番地で寝泊りしながら、「火曜日」に書き始められたクリスティーヌ宛の手紙を書き終えるのに、どれほどの日数を要したのであろうか。ヴィラ・スーラ発の手紙をもう少したどってみよう。

ここはなんと陰気な場所であることか。共同病室そっくりだ。とても清潔で地味な壁面。ツイン・ベッド。ぼくの横に、ヤギひげをちょっぴり蓄えた病人。「われわれは自殺しなければならない。われわれのすべてが。状況はさらに悪化するだろう。まだそれほどひどくはない。もっとひどい時代が到来する。われわれはみな死んだも同然だ。われわれは腐敗している。われわれは墓場の土に帰っていく」。彼はぼくに向かってやさしくほほえむ。彼の笑みはぼくをぞっとさせる。「わたしは空腹だ」と、彼は言う。「ぼくもだ」。すると、彼は寝つく。歯ぎしりが聞こえてくる。世間の連中は睡眠中になにをするのか！　ぼくはベッドに横たわって、きみについて思いめぐらす。きみは睡眠中にどんな様子をしているのだろうか？　死んだようにじっとしているのだろうか？　今夜はまだ月曜だ。

木曜、八時半。クジラ、静止しているときは六フィート。昆虫の世界では、性のありとあらゆる驚嘆すべき異形が見られる。目立たないように分泌するのもいる。実際は雄である細菌。レイ医師によれば、愛は細菌学的な病気にすぎない。そうならば、ぼくはその病気にかかっている。ぼくはバクテリアで満ち満ちている。いま化膿している。そして窓の外側の、あの白い壁。壁を照らす月、屋根の背後に隠れた月。ぼくが悲鳴をあげても、壁は崩れ落ちないだろう。大声をあげても、きみには聞こえないだろう。その時、ぼくは笑うことができる。さあ、やれ、笑え。しかし、フランケルの耳には届く。彼のヤギひげがひきつると、彼の口が開いて、声を発する。「どうしたんだ？　なぜ笑ってるんだい？」はい、笑っております。世界がますます悪化しているからです。ぼくは恋していますが、愛するひとが隠れているからです。〔……〕

音楽が止んだ。ぼくはふたたび思考できる。ぼくが語り始めたのが何であるのか、いまこそ判る。それはこういうことだ。ぼくはきみを愛している。きみを愛している。愛している。それがぼくの言い分のすべてだ。ぼくは病棟にいるが、治癒したいとは思わない。ぼくは自発的にここにいる。回復するのを拒否する。ただぼくに書かせてくれ。たぶん全世界は死んだ、そして腐敗して土に帰っていくが、ぼくだけはちがう。ぼくは一九一四年に殺戮されなかった連中のひとりであり、別の世代に属している。ぼくはいまなお愛について語る人びとのひとりなのだ。ぼくは愛の実在を信じ、愛によって誓いを立てる。ぼくを見つけようとするのなら、きみは顕微鏡を使用する必要があるかもしれない——ぼくはきみの血液のなかに、ありとあらゆる血管、血球のなかにいるのだから。ぼくはきみのなかで泳ぎ回り、きみをはぐくんでいる。クリスティーヌ、ぼくはそこにいるのだ、いつでも。

ヘンリー

ミラーは自身をサン・レミのゴッホに見立てながら、日数をかけて、愛の手紙をクリスティーヌに宛てて書いた。「火曜日」に書き始め、「今夜はまだ月曜だ」と綴り、二日ほど中断し、「木曜、八時半」に新たに書き出している。日数を数えれば、足かけ十日を要したことになる。ヴィラ・スーラ一八番地に転がり込んだ翌日に手紙を書き始めたわけだから、フランケルの居所で足かけ十一日ほど寝泊りしたことになる。これまで伝記作家たちはヴィラ・スーラでのミラーの滞在期間を明示したことがない。彼の滞在期間をおおまかに推定してみよう。

五通目の手紙は、木曜から四日が経過した「月曜夕刻」にバーサに宛てて書かれている。どこで書かれたかは明示されていないものの、フランケルの家のなかの出来事が描かれている。ミラーはまだそこに留まっているようだ。つまり、ミラーは足かけ十五日間ほどヴィラ・スーラに滞在した。六通目の手紙は「水曜」に書かれているが、ミラーがヴィラ・スーラに滞在していると推定できる内容は皆無であり、「日曜」に書かれた最後の手紙には、「しばらくのあいだフランケルの住居で暮らすかもしれないと考えている。明日の夕刻、ディナーをとるために彼に会います」とあり、すでにヴィラ・スーラ一八番地からどこかに引っ越したフランケルにふたたび頼ろうかと思案している。十月六日に失職し、「あのホモ野郎」の部屋に移動し、公園のベンチで一夜を明かしたミラーが十月十日前後にフランケルの住居に転がり込んだと仮定すれば、十月二十五日頃までそこに滞在したことになるだろう。『北回帰線』の第九パラグラフの書き出しが、「きょうは十月の二十なん日かになっているが、ぼくはもう日付を忘れてしまった」となっているから、おおむね見合っている。「ぼくはヴィラ・スーラに住んでいる、マイケル・フランケルの客として。塵ひとつ見あたらず、椅子ひとつ乱れていない。ぼくたちはみなここで孤独であり、死んでいるも同然だ」という初稿の冒頭の一節を書き綴ったのは、一九三一年十月二十日あたりかそれ以後のことであって、当時のミラーは、友人たちから週に一度ずつディナーの席に招いてもらい、なんとか食いつなぐ日々のさなかにあって、絶望的な恋愛感情の炎に身を焦がしていたのである。

五通目の、「月曜夕刻」の手紙を一瞥してみよう。「親愛なるバーサ、もしきみがぼくに失望し、くやしく思い、うんざりしているならば――きみがそう思っているのはまちがいないと信じています――、どうかその気持ちを克服してください。まる一日が過ぎたが、きみから連絡の気配がない。それでぼくはがっくり参りそうです。〔……〕きっと日曜のぼくは、ひどいまぬけでしたが、きみはぼくを許す必要があります。きみを愛しています。きみの瞳にいつものやさしさがないのを寂しく思うのです」。ミラーは前日の日曜にバーサに会うことができた。この手紙から想起されるのは、『北回帰線』における「劇作家の家での最後の夕食」のときの、自身の振る舞いを気にしているミラーである。

さらに手紙では、日曜の夕刻にフランケルの家でドイツ人のグレタというメイドがひどい扱いを受けて滅入っていたために、彼女を慰めたり、励ましたりしていたことを伝えながら、「そのあいだずっと電話がならないかと、いらいらしながら耳を澄ましていました。ぼくはきみにひとこと、ふたこと言えないかと、グレタに何度も電話をさせようとしました」という文面が続く。バーサがなんの連絡もくれないので、「タルボットがきみを変心させたのではないかと疑心暗鬼になる。だが、そんなことはとても信じられない」。バーサが冷淡なのは、土曜のことで怒っているからかもしれない、とミラーは推測する。「きみがフランケルを訪ねたか、少なくとも途中で彼に会ったということを聞きました。ぼくがなぜ家にいなかったか、知っていますか？　もう待つことができなかったのです。空腹でした。フランケルが食事をしているとき、この家にいるのは難しい。食事の匂いがぼくをクレイジーにする」。手紙のこの部分は、『北回帰線』の、ヴィラ・ボルゲーゼで主人公が電話を気にしたり、ボリスの食事中に空腹のあまり家を出たり、メイドのエルザを慰めたりする描写に対応している。

六通目の、「水曜」の手紙では、ミラーは翌日、オズボーンのアパートで食事をする予定になっていて、ネッド・カーマーも来るとしたうえで、バーサにも、食事に来ないか、と誘っているが、手紙の書かれた場所は不明である。最後の七通目の、「日曜」の手紙でも、「きみをちらりとも見ないで終わる日が始まるのではないかと思います。いまでは、きみの側にいないで一日を過ごすなんてできないことだ」と、クリスティーヌへの思いはますます募っていく。「昨夜、セレクトに勢いよく入ったとき、ぼくはフランクとポーラを探していたのではなく、きみに会うのを期待していたのです」。フランケルはすでにヴィラ・スーラを明け渡していた。ミラーがフランケルのアパートにふたたび転がり込みたいと思っていたのは、そこに「電話」があるからであり、「あすの夕方、ディナーをとるためにフランケルに会う予定です」とあるが、フランケルは、週に一度、食事は提供するものの、さらに宿舎をも提供した形跡はみられない。「愛するクリスティーヌよ、ぼくはきみに紫式部（『源氏物語』）からラフカディオ・ハーンの『古い日本の説話』を読んでもらいたいと願ってきました。きみがいま必要としているのは、精神的な糧ということでは、なにかアジア的なものです。そこでは、欲望と恐怖と暴力が消えて、扇子か小鳥の羽のように繊細な、空気にさらされた、釣り合いのとれた、孤独な模様に変化しているのです」。ミラーはかつてアメリカでラフカディオ・ハーンの作品を読み、献身的な日本人女性に憧れるようになっていた。ミラーはパリで、日本人女性の面影をクリスティーヌのなかに追い求めているかのようであった。「ぼくはきみの声を、きみからの一行の便りを、愛を――きみのすべてを切なく待ち望んでいます」と、ミラーは手紙の末尾を結んだ。

五通目から七通目までの間隔は一週間であり、十月の最後の週に入っていたと推定できる。「あのホモ野郎」によって、ジューンがパリに来訪の予定という情報がもたらされたのは九月上旬であった。ジューンはパリに来ないだろうと思い始めたミラーは、起稿したばかりの『北回帰線』の第四パラグラフに、「ジューンは来ないだろう。彼女を死なせたのはぼくなのだ」としるしたばかりであった。が、十月の最後の週になって、ついにジューンはパリに姿を現した。ここでミラーは、クリスティーヌに宛ててラヴレターを書くことができなくなったのである。

アルフレッド・ペルレスとグレース・ホジソン・フランダラウ

『北回帰線』を読み始めると、「タニアはイレーヌに似ている。この女は分厚い手紙がもらえるのを期待している」という一文に出会う。ふたりの女性のどこが似ているのであろうか。ミラーはタニアことクリスティーヌに必死になって手紙を書いていたから、女たちが手紙をほしがっているので「似ている」と書いたのであろう。少し読み進むと、「イレーヌについてやっかいなのは、彼女が女陰ではなく、旅行かばんを持っていることだ。イレーヌは旅行かばんに突っ込むための分厚い手紙をほしがる」とあるから、イレーヌは旅行が好きらしい。水声社版の邦訳でさらに九十五ページほど読み進むと、「六カ月間、いやそれ以上のあいだ、この企ては続けられた、金持ち女イレーヌとの文通は。最近、ぼくはことの成り行きを結論に至らしめるために、毎日のようにカールに報告してきた。イレーヌについて言えば、こういうことは、いつまでも続行しうるからだ。ここ数日間で、なだれのような手紙の交換があった。ぼくたちが急送した最近の手紙はおよそ四十ページにもおよび、しかも三カ国語で書かれていた」とあり、カールと主人公がふたりがかりで手紙を書いたのではないかと想像できる。「ついに一通の手紙が届き、彼女のホテルでランデヴーの約束が成立」し、カールが出かける。つまり、手紙の差出人はカールことペルレスであり、ミラーは補佐役であった。

一九三二年二月十二日消印の、アナイス・ニン宛ての長文の手紙のなかで、ディジョンに滞在中のミラーはこの手紙について言及している。「ぼくは終日、こんな具合に猛烈に書くことができます。グレース・フランダラウ宛ての、フレッドの四十ページの手紙を思い起こします。残念なことにコピーがありません。なんとすごい手紙を書いたことか！　フランス語、ドイツ語、英語、時おりイタリア語やラテン語で。あちこちに挿絵を入れて。ところどころにぼくの手紙（別人に宛てたもの）の一ページをそっと挿入して。グレースは開いた殻についているカキをのみ込むように、フレッドの手紙をのみ込んだのです。もっと、もっと！と、彼女は声高になりました。だからフレッドはぼくに、カーボン・コピーや古い新聞記事をよこせ、と言ったのです。なんという、彼女の貪欲な胃袋。まったく飽くことを知らない。手紙が九ページか十ページに先細りしようものなら、彼女はむずがったことでしょう」。この手紙が書かれたころ、「金持ち女イレーヌ」こと実名グレース・フランダラウ（一八八六―一九七一）はスイスに滞在していた。

ミネソタ州セントポール出身の作家グレース・ホジソン・フランダラウは、少女時代の一時期にはパリの女子校で教育を受け、一九〇九年に結婚した。夫のブレア・フランダラウの家柄は、ミネソタの鉄道建設で財産を築いた名門であった。結婚前にグレースは東洋を旅行し、日本に立ち寄ったこともある。結婚してから一九一五年まではメキシコのコーヒー農園で暮らした。長編『いとこのジュリア』（一九一七）が処女作であり、第二作『お上品でいると』（一九二三）は、翌年に映画化された。（日本でも、『父を呼ぶ声』という題名で上映された。）短編や旅行記も書いたが、全米で名前が知れわたることはなく、あくまでもミネソタの作家であった。彼女にはセントポール出身の著名な作家スコット・フィッツジェラルドと多少の交流もあった。

一九二七年十月にニューヨーク港を離れたグレース・フランダラウは、パリで装備や物資を補充して、同年十二月に南フランスのマルセイユからアフリカへ向けて出発した。彼女は、夫やカメラマンや使用人（総勢五名であった）とともに、およそ半年をかけて中央アフリカを横断した。軍人あがりの白人の探検家を案内人とし、現地では延べ二百名におよぶ黒人のポーターたちを使っての旅であり、旅行中のフランダラウはしきりにメモをとった。タイプライターを持参していたから原稿も書いたはずである。ニューヨークを発つ前の数カ月間、スワヒリ語を学んでいた。帰国の途についた一行は、ニューヨーク港に上陸し、セントポールに向かった。二九年九月に旅行記『その時わたしはコンゴを見た』が出版され、翌年三月二十三日付けの地元の新聞『セントポール・ディスパッチ』紙が大々的にフランダラウの著書とアフリカ旅行を報道した。同年、この作品は『コンゴ川を遡って』という題名で映画化された。フランダラウはアフリカに向かう前に二台の映画撮影用カメラと二万八千フィートのフィルムをニューヨークで調達し、フランス経由で現地に持ち込んだ。一九三〇年早々に、彼女はパリにおもむいた。ウォール街での株価の大暴落、世界恐慌の勃発により、彼女の夫ブレア・フランダラウはヨーロッパでの生活費はアメリカの三分の一で済む、と試算していた。彼女はパリを本拠地にして、短編を書き、ヨーロッパのあちらこちらを旅行したようである。三一年、なにかのきっかけでペルレスとミラーは、『その時わたしはコンゴを見た』を読む機会があった。当時のミラーはジョゼフ・コンラッド（一八五七―一九二四）の中篇小説『闇の奥』（一八九九）に関心をもち、この作品についてペルレスと話題にしたこともあり、『北回帰線』や『黒い春』ではコンゴ川を遡って消息を絶った『闇の奥』の主人公クルツについて言及している。ミラーたちは書名のなかの「コンゴ」に目が留まり、この閨秀作家のアフリカ旅行記を一読したのであろう。

グレース・フランダラウは一九二七年末にベルギー領コンゴに向かったが、当時のフランスではアンドレ・ジッド（一八六九―一九五一）の『コンゴ紀行』（一九二七）が注目され、話題になっていた。この作品が出版されると、アフリカにおける資本主義的植民地政策の徹底した搾取が結果として暴露されたために、フランスでひろく世論が沸騰し、フランスの議会でも問題にされたほどである。『コンゴ紀行』を読めば、赤道直下の中央アフリカでは行政庁の指示により、およそ二十キロメートルごとに原住民の居住地域近くに宿舎が建設されていて、重装備でなくても中央アフリカを横断できたことが判る。『その時わたしはコンゴを見た』の巻末の書誌にはアンドレ・ジッドの作品が出てこないので、グレース・フランダラウは、『コンゴ紀行』を読んでいなかったらしく、そのため重装備で中央アフリカ横断を決行したようである。ミラーの「読書目録」には、『コンゴ紀行』の他に、ジッドのフランス領赤道アフリカ紀行『チャド湖より帰る』（一九二八）も載っている。ミラーは『その時わたしはコンゴを見た』をジッドの『コンゴ紀行』と比較しながら読んだのであろう。『北回帰線』では、噴水池の近くの遊歩道のベンチで主人公が一夜を明かす場面があるが、作者は翌朝の様子を、「遊歩道に通ずる小門は錠がおりている。職場へ出かけていく人びと。鎖かたびらのようにがちゃがちゃ鳴る鎧戸。噴水池の向かい側の書店にチャド湖の物語が置かれている」と書き綴っている。この「チャド湖の物語」はたぶんジッドの作品を指している。コンラッドの描くコンゴ川のみならずジッドの語るアフリカが語り手ミラーの意識から離れなかったのだろう。

おそらくペルレスがグレース・フランダラウに読後感を書き送った。読者から感想文を寄せられた女流作家は、返信を書いた。文通が始まると、ミラーが相乗りして文章を書き足すこともあったが、ミラー自身もグレース・フランダラウに手紙を書いた。『北回帰線』の初稿には、投函されたかどうかは不明であるが、スイスに滞在中（一九三二年一月から三月末ころ）のグレース・フランダラウに宛てたミラーの長文の手紙も混在している。内容は主として近況報告と文学談議であり、彼女の著作については言及していない。『北回帰線』では、カールがイレーヌことグレース・フランダラウのホテルに出かけたことになっている。一九三一年十月と十一月、彼女が滞在していたパリのホテルは、カフェ・フロールから目と鼻の先の、ガリマール社に近い、モンタランベール通り七番地に所在するオテル・ポン・ロワイヤル（創業一九二三年）であった。当時、夫のフランダラウ・ブレアは商用のために一時的に帰国しており、不在であった。この時期にペルレスは、ホテルでグレースと会った。（十月には、ミラーは『北回帰線』のタニアことクリスティーヌにラヴレターを書き送っていた。）一九四〇年代中ころになると、サルトルやボーヴォワールがポン・ロワイヤルの地下の豪華なバーを溜まり場としていたことが話題になり、アメリカの作家たちをこのホテルに引き寄せるようになった。アーサー・ミラーやトルーマン・カポーティなどがこのホテルに宿泊した。

ペルレスは、グレース・フランダラウとかなり打ち解けた関係になったが、ミラーはそうではなかったようである。フランダラウは一九三一年十一月末にいったん帰国したが、翌年一月にヨーロッパに戻り、スイスに滞在した。この女流作家が帰国した一九三二年四月、ミラーはニンに宛てて、「モンパルナスとロレンスに関する二編のエッセイを書いたら、グレース・フランダラウに郵送するつもりです。彼女に頼んで、彼女と親しいフリーの編集者ホレイス・リヴァライトに橋渡しをしてもらうかもしれない。いいじゃないか。きっと百ドルは稼げる」と手紙を書いているが、功を奏した様子はみられない。同年七月十二日付けの、シュネロック宛ての手紙に、「万一、グレース・フランダラウという女性から原稿が送られてきたら、知らせてほしい」とあるので、彼女に原稿を送ったのは事実である。ミラーは、彼女が短編を寄稿していたアメリカの月刊誌『スクリブナーズ』と繋がりができるのを期待していた。同年十二月の「借金一覧表」によれば、彼女からの借金は五十ドルであり、連絡先はマンハッタンの目抜き通り五番街に所在したギャランティ・トラストという会社になっている。

グレース・フランダラウが『北回帰線』を読んだかどうかは不明であるが、もし一読して自分がどのように描かれているかを知ったならば烈火のごとくに怒ったにちがいない。帰国後のグレースがミラーに連絡をとった形跡はなく、パリ（滞在）を題材にした作品もない。

新聞社に校正係として勤務する『北回帰線』の主人公は、以下のように、やや熱に浮かされたように、有名な保養地について語る。

ぼくはすでに軽度の狂気をつのらせていた。エコラリアと呼ばれているものだと思う。一晩の校正のありとあらゆる切れっぱしがぼくの舌先で跳ね回った。ダルマティア——ぼくはあの美しい、宝石をちりばめたような保養地についての広告の校正を手伝ったのだ。よろしい、ダルマティアだ。汽車に乗る。午前中に毛穴から汗が吹きだし、ぶどうははちきれんばかりにたわわに実っている。はなやかな遊歩道からマザラン枢機卿の邸宅にいたるまでダルマティアについてなら、ぼくはすらすらと話すことができる。その気になればさらにもっとしゃべれるのだ。ダルマティアが地図のいずこに載っているかさえ知らないし、ちっとも知りたいとは思わない。しかし、午前三時の職場の重苦しい気分、汗とパチョリ香油のたっぷりしみ込んだ衣服、圧搾機を通り抜けている金属環のカチャッという響き、ぼくを緊張させてしまう、あのビールをがぶ飲みしながらするほら話などのせいで、塵、衣装、演説、建築といったこまごましたことなんぞは、まるっきりなんの意味ももたなくなる。ダルマティアは、あのどらの響きが消え去り、ルーヴル美術館の中庭が不思議なほどに滑稽に見えてきて、なんの理由もなく泣きたくなるような夜の、ある時刻に属する世界なのだ。

ミラーは、アドリア海沿岸の景勝地ダルマティアについての「広告の校正を手伝った」と述べているが、これは疑わしい。ダルマティアはグレース・フランダラウが訪れた土地である。ロレンス・ダレル(一九一二—九〇)宛ての、一九五九年十月末日付けのミラーの長文の手紙には、みずからの文学観やパリ時代の思い出が綴られているのだが、その手紙のなかでミラーは、「ペルレスがダルマティアにいる愛人に宛てて書いた二十ページの手紙についてのはなやかな大ぼら」について言及している。ここで「ダルマティアにいる愛人」といわれているのがグレース・フランダラウである。彼女がペルレスの「愛人」であるというのは、ミラーの独りよがりな見方であろう。「おそらくぼくは数行を書き足した、あの男が干上がっていたから。そのような夕方は、ぼくには詩的な夕べであった。独りで長い散歩に出た、こぬか雨のほうが好ましかった。いつも見知らぬ区域を。さまざまな思いが膿のようにじくじく出てきた。おそらくぼくは入念に書き込もうとしていた小事件や登場人物を思い起こしていたのだ」。ミラーは『北回帰線』のなかで、ダルマティアという地名に触発されつつ、ある詩的な夜の時間帯について述べているが、このくだりを書くときにペルレスとフランダラウのあいだの手紙の往来を「思い起こしていた」はずである。

カールと金持ち女イレーヌ

『北回帰線』(オリジナル草稿の断片)から「金持ち女イレーヌ」について点綴されている箇所を拾ってみよう。

きょうのおれは猥褻な手紙が書けない。なにを言うべきか、見当もつかない。おまえのローナ宛ての手紙、あれを使ってもいいかい? いや、あれは使えない。あんなふうに彼女のカントを語るわけにはいかない。なにかアイディアはないか。彼女は、社交界の婦人であっても、こころの狭い人間ではない。いいかい、彼女は子牛皮紙で装丁した『ユリシーズ』を所持し、『チャタレー夫人の恋人』を読む。おれは『サテュリコン』を彼女にやると約束したよ。あまりにも多くを約束して手がまわらない。おまえの手紙はどこにあるんだい? おまえがクリスティーヌに宛てた手紙を使えるかもしれない。おれたちはなにか手を打たなければならない。ちくしょう、あの女が十歳若ければなあ。顔に一筋のしわがあったが、昼間だともっとひどいだろうな。おれは彼女といっしょにコンゴへ行くべきだろうか?

この部屋だって悪くないぜ、くそっ、ポン・ロワイヤルよりも百倍もましだぜ。おれはああいうホテルは苦手だ、グレースにそう言ったよ。彼女がこのホテルに移らなければならない、とおれは言った。

それでぼくたちは、ボールドがよだれをたらすように、この話を整理してまとめている。金持ち女についてのみごとな物語を。彼女の夫ブレアが購入したヨットの件、これはほぼ嘘ではない。なぜなら、ブレアがヨットを買おうとしていたからだ。それにコンゴだ。フレッド、彼女はきみに槍の穂先と弓矢を見せた。そこにはトリカブトが塗られている。トリカブトってなんだい、だって？　トリカブトは猛毒だよ。やぶに生えている赤いベリーから採られたもので、血液に入ると十秒間でひとは死ぬ。これは聖書にもでてくる。ボールドにはトリカブトについても言うんだぜ。

ペルレスがグレース・フランダラウのホテルに一度だけ招かれたのは事実であるが、現在の『北回帰線』では、ホテルの名称、彼女の夫の名前、コンゴ紀行の件などは伏せられている。さらに、ヴァン・ノーデンが「よだれをたらすように」、ペルレスと「金持ち女」の交流については極端な尾ひれがつけられている。

グレース・フランダラウは一九三二年四月に帰国し、ペルレスとの文通は途絶えた。勤務していた『シカゴ・トリビューン』紙のパリ支局が三四年十一月に閉鎖されたので、ペルレスは失職した。同年九月からミラーはスペースたっぷりの快適なヴィラ・スーラ一八番地で暮らしていたが、家賃を払ってくれていたアナイス・ニンの同意が得られないので、ペルレスはミラーの住むアパルトマンに転がり込むことができず、近くの狭苦しいアパルトマンで暮らすようになり、「金持ち女イレーヌ」を時おり思い起こした。ペルレスがフランダラウに宛てたとされる四十ページにおよぶ手紙は現存しないが、帰国後の彼女に宛てた二通の手紙は確認できる。

帰国後のグレース・フランダラウは生まれ故郷のセントポールで暮らしていたが、一九四〇年代後半になるとアリゾナ州ツーソンで冬を過ごすようになり、一九五五年にその地に移り住んだ。そのため名門一族の重要な資料の大部分は、ツーソンのアリゾナ歴史協会に保存されている。二〇〇〇年、アメリカのあるミラー研究者から、アリゾナ歴史協会の職員の調査によれば、フィッツジェラルドなどの作家たちからフランダラウに宛てた手紙は確認できるが、ミラーやアルフレッド・ペルレスからの手紙は一通もなく、フランダラウが『北回帰線』の登場人物であることの痕跡を示す資料は皆無である、という情報を受け取った。『北回帰線』(オリジナル草稿の断片)では、フランダラウがアルフレッド・ペルレスを「アンドレ」と呼んでいた形跡がみられるので、本稿の筆者が再調査を実施したところ、「アンドレ」の書いたフランダラウ宛ての手紙一通を掘り起こすことができた。(もう一通は写しであるが、ULCAの図書館が所蔵している。)

この四ページからなる手紙には日付が記載されておらず、発信地は、「パリ(十四区)、デザルティスト通り一〇番地」となっている。書き出しに、「拝啓　グレース様、わたしはあなたの本がおおいに気に入っています。最初に本のカバーを読み、いささかぎょっとなりました。三七八ページにおよぶ、セントポールのパイオニア生活の書物は、わたしには消化できそうにもないと感じたのです。興味を抱けない素材を扱っている書物に対して熱意をかきたてようとすると、いつも辛い思いをします。たとえば、コンラッドの作品はどうしても読めなかったのです。作者のすぐれた資質にはよく気づいてはいるのですが」とあるから、「金持ち女イレーヌ」ことグレース・フランダラウは著書をペルレスに進呈したようである。ペルレスが受け取ったのは、四番目の長編小説『いかにも、この肉体は』(一九三四)である。この作品には、セントポールで頭角を現すことになるグレースの父親や母親をモデルにした登場人物が出てくるから、自伝的要素をはらむ長編小説である。

この手紙において、ミラーの近況が言及されている。「ミラーはまだニューヨークにいて、彼の作品を出してくれる出版社を見つけようとしています」。ミラーは天才ともくされているが、彼の作品はあまりにも「不適切」であり、商業的に成り立たず、天才であることを除けば自分も同じだ、とアンドレは述べている。ミラーは一九三五年一月から五月にかけてマンハッタンに滞在していた。当時の「金持ち女イレーヌ」は『北回帰線』のカールに著書を贈り、カールが返信を書いたことになる。この手紙においてペルレスは、「五年間、パリを離れていないので」どこかに出かけたい、アメリカを観たい、ニューヨークのもぐりの酒場、ドラッグ・ストア、摩天楼の連なりなどを見物したいという熱望を表明し、旅費を工面できた場合を想像するや、末尾で「今年の夏にあなたに再会できることをこころ待ちにしています」と、数カ月後の訪米実現に意欲を示している。

この手紙においてペルレスは、フランダラウとおのれ自身の作家としての資質の違いについて述べようとする。「あなたの作品について好ましく思うのは、こころからあなたを賛嘆するのは、できばえの良さ、みごとな技巧です。わたしとは違って、あなたはしろうと芸の作家ではなく、生まれながらの物語作家です。わたしの好まない世界を語っているというのに、わたしの興味をかきたてるのに成功しています。あなたの作品は生きていて、リアルであり、人生（アメリカのパイオニアの生活）の悲喜劇、果てしない悲哀が描かれていて、その鼓動が脈打っています」。ペルレスは、「あなたには作家としてのすべての資質、わたしに欠けている資質のすべてが備わっている」とグレースをべた褒めし、自分には『いかにも、この肉体は』のごとき長編は絶対に書けない、と決めつけている。「わたしにできることは、感情を扱う小説（a novel of sentiments）を書くこと」だが、それは小説とは言い難い代物である。さらにペルレスは、「自分たちの相違」について、「あなたは健康なアメリカ婦人であり、わたしは神経過敏なヨーロッパ人です」と述べている。幸いにも、芸術上のはけ口があるから、自分は発狂しないでいる、とも書いている。ペルレスは、フランダラウがパリを離れ、彼女と顔を合わせる機会がなくなったことを以下のように述べている。

あなたがいなくなり、わたしたちが疎遠になったことを、いま嘆いています。もっと必死になってあなたにしがみつくことができなかったのを残念に思っています。あなたがいま、この瞬間に、ここにいるのであれば、万事が順調であろうとわたしは思うのです。たぶん、明日では遅すぎるのです。あのときわたしがあなたを必要としていたから、あなたが神慮によってわたしのところに送り込まれた、とわたしはそれとなく感じているのです。わたしは一縷の望みをかけてあなたにしがみついて離れるべきではなかったのに、それができなかったのです。いま何をなすべきかわからないでいます。わたしにはまだ活力が残っていて、反抗的態度をもってわが災難を受け入れています。諦めて暮らすほどの年齢でもありません。

文面から判断すれば、グレース・フランダラウは久しぶりにペルレスに近況を尋ねたようである。「あなたはわたしの生活の詳細を聞き知ろうとしています。なにを知りたいのでしょうか？　わたしが幸せであるかどうか？　いえ、幸せではありません。食べものが足りているかどうか？　実質的に毎日食べています。恋をしているかどうか？　時たまは。仕事があるかどうか？　仕事はほしくないのです。どうやって生きていくのか？　わかりません。友人たちがいるかどうか？　わたしは業務停止命令《シャンティエ・アンテルディ》を受けた職場の人間です。事前の準備なしにこれ以外の質問を思いつけません。とくに知りたいことがあれば、どんなことでもお尋ねください」。さらにペルレスは、フランダラウが『スクリブナーズ』誌にいまも寄稿しているのかどうか、と逆に質問を発している。『その時わたしはコンゴを見た』が出版されたのちのグレースは、この雑誌に短編をしきりに寄稿し、編集者マックスウェル・パーキンズ（一八八四―一九四六）に助言を求めた。パーキンズは彼女の才能をかなり買っていたようである。パーキンズはフィッツジェラルドやヘミングウェイをはやくから評価し、激励していた名編集者であり、トマス・ウルフを世に送り出したことで知られている。ペルレスは、セントポールで入手できないパリの雑誌や書物があれば、なんでも送るから連絡してほしいと書き、フランダラウとの繋がりが切れないようにと願っていた。

もう一通の手紙にも「アンドレ」という署名があり、同じく四ページの長さであるが、一九三六年五月二日」と日付が記入されている。ほぼ一年後にペルレスは、グレース・フランダラウにふたたび返信を書いた。書き出しはこうである。「拝復　グレース様、あなたが病気だったという便りをもらって、とても残念に思っています。数カ月前に出した数通の手紙のうちの一通に対して返信がなかったので、なんらかの理由でわたしが、たぶんわたしの著書があなたを不快にさせてしまい、もはやわたしの手紙は歓迎されないと直ちに想像してしまったのです。あなたが病気、重病にかかっているというのは、思いもしないことでした。いまひどく残念に思い、自責の念にかられています」。ここでペルレスは、フランダラウが四年前に帰国したことに、ふたたび残念そうに言及する。

あなたがヨーロッパを離れなければよかったのに、と思うのです。あなたは以前のわたしが思っていたあの「健康なアメリカ婦人」ではないようです。わたしが思うに、アメリカはあなたに良くないのであって、あなたがフランスに戻って、こちらに滞在できればと衷心より願っています。あなたに必要なのは、精神的気候であって、ツーソンやタオスでそれを見出せるかどうかは大いに疑問です。当地にいらっしゃい、グレース、そうすれば万事が申し分ないだろうとわたしは信じています。気候が不順であれば、あなたはいつでも南のほうか、モロッコに出かけることもできるのです――マラケシュはいまでもフランス領ですが、アリゾナはそうではありません。あなたのお手紙は、わたしをほろりとさせますが、あなたの絶望――病気と年齢――はまったく想像上のものでしかないと思わざるを得ません。あなたは老いてはいないし、これからも老けることは決してないのです。どういうわけか、あなたが〈老けている〉と想像できないのです。わたしにはむしろ、あなたが哀れな少女のように感じられ、庭園か子ども部屋であなたとゲームをして遊びたいような気持ちになるのです。あなたの内面は温かい、若くて温かいのです。しかし、その温もりと若さが表面に出てきません。そこがあなたの厄介な点であって、それ以外にはなんの問題もないのです。あなたは魔法瓶さながらであって、あなたの温もりは完全に閉じ込められていて、そちらではだれも蓋を開けて注ぎ出そうとしないのです。そういうわけであなたは泣き叫んでいるのです。しかし、アリゾナの気候は、あなたにはちっとも快適ではないでしょう。

ペルレスは、まだ戦争が勃発する気配がないという理由で、フランダラウにヨーロッパ再訪を強く促している。「できる限り速やかに、直ちに次の汽船で」とせっついている。ペルレスはフランダラウとの交流を復活させたいと望んでいたようである。「あなたが望むのであれば、わたしとふたたび文通を開始することもできるのです。この提案に対してあなたは反対なさるでしょう、われわれの一九三二年の文通が最終的には理想的な関係に到達しなかった、と。まったくその通りなのです。そうではあっても、当時のわたしたちは、おたがいに相手に手紙を書いていたのではなく、わたしたち自身の理想的イメージに宛てて手紙を出していたのです」。ふたりの文通は、おそらく一九三一年からフランダラウが帰国した三二年四月ころまでのことであり、ペルレスは当時のふたりの交流の実態をあれこれと回想し、かつ解釈する。「あなたは、わたしの頼りにならない頭脳に投影された女性、つまり、たまたまグレース・フランダラウという名前の、滑稽なほどに理想的な、幸運にも信じがたい女性になったのです。そして、あなたの頭脳のなかで生まれた『アンドレ』にも同じようなことが起きたにちがいないのです。わたしたちがついに、だしぬけに《プリュスクマン》、いわば不意に、出会ったとき、わたしたちは自分たちの招いた難局に対処しなければならなかったのです。わたしたちは徐々に、いわば最初はつま先から、つぎのつま先へと段階的に出会うことはできなかったでしょう。しかし実際は、（いかほど理想的な状況におかれたとしても）あのまたとない経験から幻滅せずに姿を現すのは、万にひとつの可能性もなかったのです。わたしたちは握手をし、ことばをかけ、いろんな身振りをし、キャビアを食べ、シャンパンを飲む必要があったのです」。ペルレスは、『北回帰線』のカールがホテルに金持ち女イレーヌを訪れた件について言及しているようである。「あのまたとない経験」とは手紙の往来を指しているのであろう。『北回帰線』では、「カールは部屋についてこと細かに説明する。シャンパンのこと、ギャルソンがびんをあけたときの様子、びんを上げたときの音」とあり、さらに、「真夜中ごろギャルソンがビールとサンドイッチを運び込む――キャビアのサンドイッチだ」と続くから、キャビアやシャンパンが供されたのは事実のようだ。ペルレスはふたりの文通やホテルで会ったときの状況などを次のように書いている。

わたしたちの手紙の交換はまったく「誠実」なものでしたが、それにもかかわらず、つまるところ、理想的にでっち上げられた嘘プラス断片的真実でしかなかったのです。なぜなら、あの数々の書簡の背後にはリアリティのかけらも存在しなかったからです！　感情は繊細なのですが、あまりにもはかなく流動的であり、言語を絶するものなので、会話では役に立たないのです。会話は、いずれにせよ、重要なのです。お会いしたときに、わたしたちは会話を交わすべきでした。しかし、語り合うべき何が残されていたというのでしょうか？……あの手紙の往来のあとでは。わたしたちはわが身をどうすることもできず、ある不慣れな場面でどうしたらいいのか判らないでいたのです。まったく当然なことですが、わたしたちの出会いは、きわめて情けない尻すぼみであることが判りました。しかし今や状況はほとんど逆転しているように思われます。わたしたちはお互いを知っていますが、お互いの最悪の側面を基準にして理解しているのです。今からは状況は好転するだけなのです。わたしたちは絶望的なまでに理想的な夢についての、滑稽なイメージをもはや払いのける必要はないのです。

この手紙から判断すれば、ペルレスがパリのホテルでグレース・フランダラウに会ったときの様子は、『北回帰線』ではひどく歪曲されていることになる。ともあれ、ペルレスはおのれの現状と心境を包み隠さず述べようとする。およそ二年前に『トリビューン』紙のパリ支局が閉鎖されて以来、「壁に背を向けて」追い詰められ、きちんと食事をすることもままならないが、日々を楽しく送っている、と伝えている。パリでは出版業が停滞し、かなり有名な作家も印刷費を自己負担し、版権の一部を放棄せざるをえないほどである。それにもかかわらず、ペルレスは小説の執筆を断固として放棄せず、最近になってフランス語の小説『二長調四重奏』を脱稿した、と述べている。この作品を世に出すために、いずれ予約申し込み書を送るつもりなので、友人たちに配ってもらえないだろうかと打診し、ペルレスは「すぐにお便りをいただきたいと思います」という文章で手紙を結んだ。

この手紙にグレース・フランダラウが反応を示したかどうかは不明である。ふたりの関係がペルレスの期待する方向に進展することはなかった。一九三八年、『二長調四重奏』が出版されてまもなく、ペルレスはパリを離れ、ロンドンに移り住んだ。翌年、ペルレスはアン・バレットという英語教師と知り合い、一九五〇年ころに結婚した。

一九三八年十一月、グレース・フランダラウの夫ブレアが病没した。ふたりには子どもがいなかったので、グレースが遺産を受け継いだ。一九四〇年代に彼女が短編やエッセイを寄稿した月刊誌や週刊誌は十指を折るが、一九四五年以降に短編を発表したことはなかった。五〇年代になると、作家としてのグレース・フランダラウの名前は忘れられた。二〇〇七年、ミネソタの出版社からようやくグレース・フランダラウの伝記が刊行されるにいたったが、ペルレスとの関連についての記述はない。ツーソンのアリゾナ大学のキャンパスには〈グレース・ホジソン・フランダラウ天文館〉があるが、がっしりした煉瓦建てのビルディングに冠せられた名前の女性が『北回帰線』に登場する「金持ち女イレーヌ」のモデルであることは知られていない。

パリの風景、片足の娼婦

海野弘の『パリの手帖』(マガジンハウス、一九九六)を繰ってみると、「巴里の日本人——一九二〇年代」と題する一章があり、当時の日本人が書いたパリ見聞記を「都市論」として読もうとする視点から、数冊の書物が紹介されている。

高橋邦太郎の『巴里のうわさ』(岡倉書房、一九三七)というエッセイ集は、夜のパリの探訪記や日本人のゴッシプの類を集めたものである。同書から、「街の天使も随分多いが、値段は八十銭からあっていずれもどこか可愛いいところがある。特にしつこくもないが少し甘いと見られると獰猛に迫られるから用心を要する。モンマルトル墓地の近くには小柄の一本足のがいた。美しい顔をした女だったが、世の中にはイカモノ好きがいるからあれでも商売になるのだろう」という文章を引いて、海野弘は、「一本足の娼婦は妙に印象がのこる」と書いている。

さらに海野弘は、竹内逸《いつ》(一八九一—一九八〇)の『浮世散見』(岡倉書房、一九三九)から、「哀愁豊かな街娼は、プールヴァルのエロ玩具を売るロジェという店の辺りに出没する松葉杖、即ち一本足の女だ。世の中も中々数奇に出来ているし、一本足の不具女が街娼を志願したのも勇敢だ。綺麗に化粧した小柄の若い女で、行人の眼をひく」という一文を引くと、「パリの日本人たちは彼女に目をひかれる。信じられないものを見たように、彼らは目をみはる」と述べる。しかし、ガイドかだれかの説明がなければ、日本人は彼女が娼婦であることに気づかなかっただろう。片足の娼婦を印象深く受け止めたのは、日本人だけではなく、フランス人やアメリカ人にとっても、一九二四年にパリに移り住んだブラッサイのようなハンガリー人にとっても同様であっただろう。

竹内逸とヘンリー・ミラーの生没年が同じであり、片足の娼婦について言及しているエッセイ「欧州女難記」(『浮世散見』所収)の初出が『文藝春秋』の昭和七(一九三二)年一月号なので、ふたりが一九三一年ころのパリを共有したかもしれないと思い、竹内逸の軌跡を追ってみたのだが、竹内逸の帰国が一九二〇年代の終わりであることを確認する結果に終わってしまった。

一九三一年夏、ミラーはジョルジュ・デュアメルの小説『サラヴァンの日記』(一九二七)を耽読し、主人公サラヴァンこそパリで出会ったもっとも重要な人物だと感じていたのだが、この作品にも片足の娼婦が登場し、サラヴァンは魅惑される。「リュクサンブール公園の柵に沿って歩くわたしは、毎夕のように厚化粧の女に出会う。彼女には片足がなく、松葉杖で歩く。流行のバラ色の絹のストッキングをはいた片足は美しい。彼女には大勢のなじみ客がついているらしく、毎日のように連れの男が変わる」とあるから、一九二〇年代のパリのここかしこに片足の娼婦が出没し、日本人のみならずフランスの作家をも魅了していたようだ。

一九三一年八月、新聞社の臨時校正係になって間もないミラーは、シュネロック宛ての手紙のなかで、休憩時間に仕事仲間と散歩するさまを次のように描く。

ラファイエット通りを東駅の方向に向かって少し歩くと……右手に街路があり、ドアに青いガラスのすだれがかかったホテルが並んでいる。びっこの若い女が外に立っていて、毎晩ぼくたちがことばをかけるのを待っている。情熱的な目をもち、顔にほお紅をくっきりと塗ったひどいびっこの若い女、服装は少々けばけばしく、わずか数分間だが――いつも哀願するような声を出す。彼女はぼくたちにタバコをねだることもある。時としてぼくたちは、彼女の願いを受けて立つかどうかを実際に議論する。〔ウォンブリー・〕ボールドは彼女に魅惑される。「結局、彼女には客に提供すべきものがあるにちがいない」とボールド。「あの女には常連の客がついているにちがいない」。

さらにミラーは、「給料日に彼女は会社の外に立って、ぼくたちを待ってねばっている」と書き足している。ミラーの描く片足の街娼は、一九三〇年代のことだから、松葉杖を使わずに、義足をつけていた。アナイス・ニンの無削除版の日記『ヘンリーとジューン』(一九八六)の一九三二年四月の記述に、以下の文章がみえる。「ヘンリーとわたしはクリシー広場をリズミカルに歩く。ヘンリーはわたしに街路、人びと、リアリティを意識させる。わたしは夢遊病者のように歩くが、彼は街路の匂いを嗅ぎ、観察し、両目を大きく見開いている。映画館ゴーモン・パラスの近くに立っている、木製の義足をつけた女性が娼婦だと説明してくれる」。竹内逸もガイドの説明を聞いて、片足の女性が娼婦であることを知った。片足の娼婦は、ミラーのパリの風景の一部になっていて、『北回帰線』にも織り込まれている。

夕暮れどきにクリシー広場に近づき、明けても暮れてもゴーモン・パラスの反対側に立っている義足の小柄な娼婦の前を通る。十八歳を一日たりとも越えているようには見えない。なじみ客がいるのだろう。真夜中すぎに黒い身なりをした彼女は根が生えたようにそこに立つ。彼女の背後には地獄のようにこうこうと輝く裏通りがある。

『北回帰線』の初稿にも、「ゴーモン・パラスの反対側」の「こうこうと輝く裏通り」に「根が生えたように」立っている娼婦についての言及があり、「この娼婦の近くで、一組の男女が路上で寝ている」と書かれている。ミラーの視線は、娼婦の背後の「地獄のようにこうこうと輝く裏通り」に向けられている。ここで想起されるのが、ブラッサイの写真集『夜のパリ』(一九三三)だ。『夜のパリ』には六十二葉の写真が収められているが、その二十七枚目の写真の被写体は、『北回帰線』の「地獄のようにこうこうと輝く裏通り」に脈絡する。この写真については、「ホテル、ホテル、ホテル! ゴーモン・パラス脇のクリシー大通りは、四つ辻のヴィーナスたちの儀式に捧げられた、この狭い小路につながっている」と、ブラッサイ自身が説明している。夜のゴーモン・パラス界隈の路地裏を小ホテル群のネオンサインがこうこうと照らし出している写真。言うまでもなく、『北回帰線』の「義足の小柄な娼婦」は、ブラッサイのいう「四つ辻のヴィーナスたち」のひとりである。しかし、ブラッサイの白黒の写真には人影がなく、それゆえに闇の奥に葬り去られたヴィーナスたちの存在感がひしと伝わってくる。

一九三〇年九月末、ジューンがパリを訪れると、ふたりは思い出の残るボナパルト通りのオテル・ド・パリに宿泊した。『北回帰線』によれば、朝まだきの淡い光のなかで目覚めたミラーは、ジューンの乱れ髪のなかにナンキンムシがうごめいているのに気づき、シーツをめくると、ムシがうようよと群がっていた。

ぼくたちは急いで荷造りし、ホテルからこっそり抜け出す。カフェはまだ閉まっている。ぼくたちは歩く。そして歩きながら、かゆいところを掻く。乳白色の夜明け。サーモンピンクの空の色、殻を抜け出るカタツムリ。パリ。パリ。ここでは一切のことが起こる。歳月を経て、崩れていく壁と便器のなかを流れる心地よい水の音。酒場で口ひげをなめる男たち。大きな音を立てて引き上げられるシャッターと側溝のなかでさらさらと音を立てている水の細い流れ。大きな真紅の文字で「アメール・ピコン酒」。タバコ巻紙「ジグザグ」のポスター。どっちの道を行こうか。

公衆トイレ

「便器」(the urinals) は、「便所」と訳してもよいし、屋外のことだから、辞書が示す訳語から出て、「公衆トイレ」としてもよい。当時のパリでは、ここかしこに小型の共同便所を見かけることができた。このタイプのトイレは、マンハッタンでは見かけない代物だったから、ミラーには印象深く思われた。これはハンガリー出身のブラッサイにとっても同様であり、『夜のパリ』には、パリのどこかの公衆トイレの写真が収められていて、「夜と内部の照明、ガス燈の軽いシューシューという音が強調する静けさ、そして流れる水のつつましく滑り落ちる音――一切はおそるべき公衆便所を、奇異で繊細な記念物と化す」と、ブラッサイの説明が付されている。ブラッサイの撮影した公衆トイレには、独特な苦味の赤ワイン「ビイル」のポスターがびっしりと貼られている。ミラーもブラッサイも、便器のなかを流れる水の音に魅入られていた。

右の『北回帰線』の引用個所の原文では、「アメール・ピコン酒」と「ジグザグ」がイタリックになっている。つまり、作者は読者に留意させようとしている。「ジグザグ」だけでは現代の読者には意味不明であろうと思われるので、拙訳では、「タバコ巻紙」のポスター、という補足的説明を加えた訳文になっている。

パリの公衆トイレにはいろいろなポスターが貼られていて、ミラーはトイレとポスターの両方に惹かれていた。『北回帰線』のなかのマチス論のくだりには、「便所の外側には、巻きタバコ用の薄紙、ラム酒、軽業師、競馬などの広告が出ていて、樹木のうっそうとした葉むらが大きな屋根や壁面を割り込み、自分のからだをひさぐ女に出会うのはひとつの経験の始まりであって、そこから既知の世界の境界が途絶える」とあり、「ジグザグ」の宣伝ポスターが墓地の近くの公衆トイレにも貼られていたようである。

一九三〇年九月末の未明、ミラー夫妻はボナパルト通り二四番地のホテルを抜け出し、公衆トイレのある地点にたどり着き、「どっちの道を行こうか」と立ち止まった。作品では、その後ふたりは、「メーヌ大通りの玉突き場で腰かけて熱いコーヒーをすすり、ラスパイユ大通りの、エレベーターのある「合衆国ホテル《オテル・デ・ゼタ・ズユニ》」に宿泊する。さて、ミラー夫妻がその前で立ち止まった公衆トイレの位置を特定できるであろうか。

短編集『黒い春』（一九三六）に収められている「ある土曜の午後」において、ミラーはパリ市内や周辺のお気に入りの公衆トイレについて語っている。「ぼくがわざわざ立ち寄ることにしている公衆トイレがあちこちにあり――たとえば、サン・ジャック通りとラベ－ド－レペ通りの角にある、聾唖者保護施設の外の壊れかかったおんぼろのトイレだとか、リュクサンブール公園の脇の、アサス通りとギヌメール通りの角にある、ハッチンソン・タイヤの看板がかかっているのがそうである」。ふたつのトイレは、徒歩で十分あまりの距離だが、宿泊先のオテル・ド・パリから出発すれば、リュクサンブール公園脇の公衆トイレのほうが近い。ボナパルト通りを歩き、サン・シュルピス広場の前を通過し、ヴォージラール通りを横断すると、公園の脇のギヌメール通りが始まる。この通りを歩くとアサス通りに出会う。そこに公衆トイレがかつて存在していたはずだ。「どっちの道を行こうか」。アサス通りをさらに進めば、二、三分でオシップ・ザッキンの住まいが見えてくる。おそらく、ふたりはそのトイレの地点から右に折れて、ヴァヴァン通りを歩き、ドームなどの朝まだきのカフェが閉まっているのを確認してから、ドランブル通りを通過し、さらにエドガー・キネ大通りを横断し、「メーヌ大通りの玉突き場で腰かけて熱いコーヒーを」すすったのであろう。しかし、先に引用した『北回帰線』に出てくる公衆トイレは、「崩れていく壁と便器のなかを流れる心地よい水の音」となっているから、「聾唖者保護施設の外の壊れかかったおんぼろのトイレ」であったのかもしれない。実際は、ミラーは、このふたつの印象深いトイレを組み合わせているのであろう。ミラーの小説やエッセイにあっては、実在のふたりの人間をひとりの登場人物として描く場合もあれば、ひとりの人間をふたりの登場人物に分解することもある。二者択一のあれかこれかで追っていくと、足をすくわれる。

一九三五年一月に一時帰国したミラーは、手紙形式のエッセイ『ニューヨーク往還』（一九三五）を書き上げた。久しぶりのマンハッタンの印象のひとつは、壁にポスターが見あたらないことであった。「壁がのしかかってくる。壁はどこもかしこも似たりよったりで、ペルノー・フィス、アメール・ピコン、スーズ、マリー・ブリザールやジグザグの広告がまったく見当たらない。壁はむき出しで、摩天楼ときたら、鉄道線路が立っているかのようだ」。ミラーは、ルイ・フェルディナン・セリーヌ（一八九四―一九六一）のいう「垂直に立っている都市」（ニューヨーク）と「寝そべっている都市」（パリ）の差異を意識しつつ、ひそかに『夜の果てへの旅』（一九三二）の作者の視点をおのれの視点として受け継いで摩天楼を眺めている。ペルノー・フィスはアブサン禁止法以前の代表的なアブサンであり、スーズはピカソが愛飲したフランスのアペリティフ、マリー・ブリザールはボルドーのリキュールである。パリを踏査したミラーの目には、公衆トイレに貼られた宣伝用のポスターが新鮮に映り、パリの独特な風景の一部になっていった。

ブラッサイとの最初の出会いはいつか

ミラーとブラッサイの最初の出会いがいつであったのか、ふたりの記憶は一致していない。ブラッサイの記憶によれば、一九三〇年十二月にドームで、ハンガリー出身の画家ラヨシュ・ティハニ（一八八五―一九三八）からミラーを紹介されたという。一九三一年夏になると、両者はたがいに親近感を抱いていたようである。ペルレスとミラーが実質的に編集した『ニュー・レヴュー』第三号（八月、九月、十月合併号）には、「はさみとマッチ棒の頭」、「チューリップ」と題するブラッサイによる二葉の写真が掲載されている。同年十月十四日発行の『シカゴ・トリビューン』のコラム「ボヘミヤンの生活」において、ウォンブリー・ボールドは初めてミラーのゴシップを採りあげたが、そこにはブラッサイによって描かれたミラーのデッサンが掲載されている。よれよれの服を着たミラーがドームかどこかのカフェに腰をおろし、喜色満面で冷えたシャンパンを楽しんでいる。画家ブラッサイを彷彿とさせるデッサンである。ブラッサイによれば、ウォンブリー・ボールドからミラーをデッサンするように依頼されたのだという。

当時のブラッサイは、十三区のグラシエール通り六四番地に所在するオテル・デ・テラスで暮らしていた。同じホテルに、ハンガリー出身のフランク・ドボ（一九〇八―九八）が住んでいた。ミラーはあるパーティで著作権代理店に勤務するフランク・ドボと親しくなり、セリーヌの『夜の果てへの旅』の原稿を出版の半年前に、辞書と首っ引きで通読する機会を得た。ミラーがセリーヌの原稿を読んだのは一九三二年二月下旬のことであり、やがていくつもの言語を駆使するフランク・ドボはミラーとブラッサイの会話の手助けをするようになった。

一九三三年二月に『夜のパリ』が出版されると、ミラーは時おりブラッサイのホテルを訪れ、パリの写真を飽かずに眺めるようになった。『北回帰線』の初稿を数カ月前に書き上げていたミラーは、ブラッサイの作品のなかに、『北回帰線』のパリに通ずるエスプリを見出し、興奮していたからである。一九三三年の六月か七月の「日曜」に書かれたと推定される、フランク・ドボ宛ての手紙のなかでミラーは、オテル・デ・テラスに短篇集『黒い春』の一部、三十ページほどの原稿を置いていくので暇があるときに読んでほしい、フランク・ドボとハラース（ブラッサイの実名）が示してくれた友情に対する感謝の気持ちのあかしとして原稿を読む機会を提供すると述べ、一読したら原稿をエミール・シュネロックに送るよう依頼している。一夜をとことん楽しく過ごしたので、「ベッドに転がり込んだときには、ぼくの頭はくらくらしていた」と述べているほどだから、フランク・ドボ、ブラッサイ、ミラーの三名はいっしょに飲み明かしたのかもしれない。この手紙のなかで、ミラーは次のように述べている。

ハラースに、ぼくからよろしくと伝えてもらえないだろうか。いつか午後、ホテルに出かけて、彼のすばらしい写真のコレクションをもう一度眺めたいと思っている、と伝えてもらえないだろうか。ところで、ぼくはいま執筆中の本のなかに、彼のためのささやかなスペースをもうける計画を立てています。その部分は、ひどく熱狂的で、気前のよい、過度に飾り立てた人物描写になるかもしれない、彼について言及するときにはブラッサイ以外の名前を使ってほしいと彼が思っているのかどうか、ぜひとも知りたいのです。ふたつの理由でブラッサイを登場させたいと思っています。一番目の理由は、彼の才能に対するこころからの賛辞であり、二番目はぼくの作品の主要なテーマのひとつが「街路」であるからです。ハラースの部屋でぼくが見出すのは、ぼく自身の片割れ、尽きることのない好奇心をもつ男、たえず探求するということ以外のゴールを求めないぼく自身に似た放浪者なのです。きみがぼくの『北回帰線』（カハーンが印刷する予定）を読むことになれば、ぼくの気持ちをもっとよく理解してくれるだろう。

さらにミラーは、ハラースから写真のプリントを買い取りたいと思っていると述べ、深く感銘を受けたのは、「作品の範囲と多様性と目がくらむほどの包括性」であって、「壁、らくがき、人体、驚嘆すべき建物の内部、パリのこれらの個別の、相互に関係している諸要素が、その全体的調和のなかで、巨大な迷宮のごとき発掘物を構成している。ぼくは、未来のページにおいて、彼の作品を公正に評価することができるようになることを希望している」。ミラーのいう「未来のページ」とは、結果的には、次の二つということになる。『マックスと白血球菌』（一九三八）に収められ、のちに『心の知恵』（一九四一）に組み込まれたブラッサイ論「パリの眼」、そして、『北回帰線』のなかの、ブラッサイを描いたくだりである。パリに移り住んで以来、外国人としての視点からパリを徹底的に踏査したミラーであればこそ、いち早く写真家ブラッサイの業績を高く評価し、ブラッサイをおのれの「片割れ」とみなしたのである。ブラッサイによれば、当初、「パリの眼」は『北回帰線』の一部として意図されていたが、エッセイとして独立した作品になったのだという。要するに、ミラーのブニュエル論「黄金時代」が『北回帰線』に通底しているように、「パリの眼」も『北回帰線』の背景につながるエッセイである。当然ながら「パリの眼」にはブラッサイの名前が頻出するが、『北回帰線』では、写真家の名前は伏せられている。

一九三三年七月二十七日、ミラーはフランク・ドボに宛てて、タイプライターで六ページにおよぶ長文の手紙を書いた。「ぼくはきみときみの仲間ハラースにまた会いたい。あの男は、だれもかれもみんなに愛想のよい、注視しなければ気づかないような笑みを向け、彼の対象となる人間を観察するときと同じように楽しそうに好奇心をみなぎらせてパリの枯れ木を囲んでいる柵に目を向ける」と、ミラーは、ブラッサイに親近感を示しつつ、ブラッサイを以下のようにブニュエルに比肩させる。

ブニュエル監督の映画『アンダルシアの犬』には、鋭利なかみそりが眼球を横ざまに切り裂いていくショットがあった。ぼくは繰り返し思ったのだ、ハラースだけがあのイメージに無数のかすかな陰影をほどこすことができたであろう、と。ハラースの視線がぼくの眼球を焼き、ハラースのかみそりのような好奇心が難聴用の器具でぼくの眼球の外側の皮膜を突っつき、ついに網膜を剥ぎ取るような気がしたのだ。ハラースの鋭い視線をまともに浴びると、ぼくはなにかを探り出すような強烈な光を感じる。つまり、この強烈な光が網膜の奥底のくぼみに浸透し、脳中枢に通じる内なる目のひっそりした引き戸をそっと開くように感じたのだ。

ミラーは、「ハラースの視線」についての思いを述べながら、「ハラースは怪物である」と繰り返す。ブラッサイはミラーにとって、おのれの「片割れ」でありつつ、「怪物」である。この長文の、フランク・ドボ宛ての手紙を閲読できる立場にあったブラッサイは、この手紙をいくつかに寸断し、その多くを著書『等身大のヘンリー・ミラー』(一九七五)に引用し、「パリの眼」の記述と手紙の内容を吟味している。パリ時代のミラーはタイピングによる手紙にはカーボン紙を用いていて、しばしば手紙のコピーを手元に残していた。つまり、このコピーが、「パリの眼」のメモの役割をはたしていた。

当時のミラーは『北回帰線』に手を入れていた。アナイス・ニン宛ての、一九三三年五月三日付けの手紙には、「ぼくは『北回帰線』をシラミつぶしにチェックしています。あちこちにちょっと退屈な箇所がありますが、おおむね出来ばえはよい。不出来な箇所を抜いています」とあり、二日後の手紙にも、「いま、『北回帰線』を繰り返し読んでいます。いま、大きな変更をいくつも加えています。とくに削除を。語調がふさわしくない箇所はなにもかも削除しています」とあり、作品のムードや力強さの観点から手を入れていた。

夏になると、「彼〈ブラッサイ〉のためのささやかなスペースをもうける計画を立てて」いたミラーは、『北回帰線』を圧縮する作業から一転して、ブラッサイについて書き込んだ。『北回帰線』のなかの、名前を伏せられたブラッサイ——。

それからある日、ぼくはある写真家と偶然に出会った。この写真家はミュンヘンのある性的倒錯者の依頼を受けて、パリのいかがわしいたまり場についてのコレクションを手がけていた。この男はぼくがズボンをおろしたり、その他のあれやこれやのポーズをとってくれるかどうかを知りたがった。ぼくが思い出したのは、クラブのボーイかメッセンジャーボーイのように見えるあのやせこけた小人ども、時たま小さな書店の窓に飾られているポルノの絵葉書に出てくる男たち、リューヌ通りやほかの悪臭を放つ地域に住みついている、いわくありげなぞっとする連中のことだった。このような選ばれた人びとと一緒に自分の肉体的特徴を宣伝するという考えは、あまり好きになれなかった。しかし、写真はまちがいなく個人的な収集のためのものだという保証があったし、写真はミュンヘンに届けられるということだったので、ぼくは同意した。〔……〕

ぼくたちは観光客によく知られている名所には足を向けず、もっとうちとけた雰囲気の穴場へ出かけて、午後トランプ遊びに興じてから仕事に取りかかった。この写真家ときたら、なかなか気の合う話し相手であって、パリの隅々まで知り尽くしていた。ことに街路の壁沿いについては。写真家はしばしばゲーテについて、ホーエンシュタウフェン家の時代や黒死病が猛威を振るった時代のユダヤ人虐殺について語ってくれた。興味深い話題であったが、彼のしている仕事と、いつもあいまいながらも関連づけられていた。〔……〕酒場のドアのようにさっと割裂《かつれつ》された馬を見ると、彼は元気づき、ダンテ、レオナルド・ダ・ヴィンチあるいはレンブラントを論じた。タクシーに駆け込み、ヴィレットの屠殺場からトロカデロ博物館までぼくを連れて行き、彼の心を魅了している頭骸骨やミイラをさし示した。ぼくたちは第五区、第十三区、第十九区、第二十区を徹底的に探訪した。ぼくたちのお気に入りの休息地は、ナシオン広場、ポプラ広場、コントルスカルプ広場、ポール・ヴェルレーヌ広場のような、もの悲しげなちょっとした場所であった。

当然であろうが、のちにブラッサイは目を皿のようにして、自分が『北回帰線』でどのように描かれているかを確認しようとした。彼が『等身大のヘンリー・ミラー』において強調したのは、ミラーが自分を引き立てようとしていることは認めつつも、事実からの極端な乖離と事実の歪曲であった。ブラッサイは『北回帰線』だけではなく、書簡集『アナイス・ニンへの手紙』に出てくる自分自身についての言及にも目を通し、ミラーの記述は事実に反すると、あれやこれやと並べ立てている。さらにブラッサイは「パリの眼」に目を向けるのだが、「なぜミラーは事実を、小説においてだけではなく、友人宛ての私信においても、かくもゆがめるのだろうか？　理解するのは困難であるように思われる」と、ミラーの意図を測りかねている。ブラッサイがとりわけ関心を示すのが、自身とミラーの最初の出会いについての記述である。「ぼくをブラッサイに紹介した男は、たまたま彼をまったく理解しておらず、自身の十八世紀の夢を実現しようとしている一種の人間ゴキブリである。この男はメトロの駅をすべて暗記し、駅の名前を逆に暗誦する。彼はパリのそれぞれの区の歴史を、また、街路が他の街路とどこでどのように交差するかを説明できるし、パリのあらゆる彫像や記念碑の起こりも説明できる」。ミラーによれば、この「軽蔑すべき人間ゴキブリ」がミラーをブラッサイに引き合わせたことになる。このゴキブリがミラーに十三区の魅惑を示し、「十三区の真っただなかに、ぼくを巣のなかに誘い込むクモのように、このブラッサイという男がずっと暮らしていたのだ。ぼくはブラッサイに出会うように宿命づけられていた」と、ミラーは書き綴る。ブラッサイは、ペルレスもティハニーも人間ゴキブリではないと判断し、人間ゴキブリのモデルを特定しようとするが見当がつかず、当惑しつつ、でっち上げだ、と断定する。いっぽうにおいて、ミラーはブラッサイに手紙を出し、モデルを特定しようと想像をたくましくしても無駄骨に終わるだろうという趣旨のことを述べている。ブラッサイ論「パリの眼」は、ブラッサイの理解を超えたエッセイなのである。

さらにミラーは「パリの眼」において、ブラッサイに初めて会ったときのことを次のように述べている。

ぼくはまざまざと思い起こす、ぼくが初めてパリにたどり着いたときのことを。ある日、ぼくはある画家を探してさまよっているうちに、ブラッサイのホテルにたどりついた。ぼくを受け入れたのは、ぼくが会いたいと思っていた人物ではなかった。その男は、かつてナイフとフォークを描いたことのある、つまらない、黒人のような、ぐちっぽい人間で、そのホテルにいた。ぼくはアメリカに帰らなければならず、ふたたびフランスに戻り、飢え、街路をさまよい、この失敗者とつきあい始めたが、やがて人生と芸術についてのばかげた理論に耳を傾けなければならなかった。おまけに、この人間ゴキブリにとうとう屈服しなければならなかった。その後でぼくは、ぼく自身のように、なんの努力もせずにかつてパリを訪れた男を、ぼくの知らないうちに、ぼくの本のイラストを黙々と、せっせと描いている男を知ることができた。それからある日、ついにドアが押し開かれ、驚いたことに、ぼくが死に、ふたたび生まれたあのパリのありとあらゆる情景、街路、壁の無数のレプリカがぼくの目に迫ってきた。

ミラーが初めてパリを訪れたのは一九二八年であり、ミラーはその年にブラッサイの住むホテルにたどり着いたという。ひょっとしたら、ミラーは、ブラッサイに顔を合わせていたかもしれない、と遠回しに述べているのかもしれない。ミラーは映画監督ブニュエルとの出会いについても、奇妙な思いを抱いている。ブラッサイが覗き込んだミラーのメモには、「パリでのブニュエルとの邂逅の前に、ニューヨークを出航した汽船のなかで彼に会っていたと思う」と書き込まれていたという。ミラーが事実からの乖離を拡大させようとする意図は何なのか？　要するに、ミラーはおのれの伝説を創造し、ありえたかもしれない人生の断片を語っているのだ。注目すべきなのは、ミラー自身が、ありえたかもしれない人生（おのれの伝説）こそが自分の人生である、と主張していることだ。作家としてのミラーは、当然ながら、おのれのことばに依拠し、おのれのことばに立脚する。ことばを紡いだあとのミラーは、おのれのことばに収斂しようとする。おのれのことばから離反するような人生を歩むとき、ミラーの作品は瓦解する。ミラーは作品を書き上げた後の生き様によって、おのれの作品を支えようとした。これはミラー作品が存立するための原理であるが、こうしたミラーの思想は、たとえば、エッセイ『性の世界』（一九四一）で述べられている。

ブラッサイ『夜のパリ』（1933年）より

ブラッサイ『夜のパリ』（1933年）より

一九六四年十一月二十五日、ミラーはブラッサイに宛てて手紙を書いた――「ぼくたちの最初の出会いはいつだったのだろう！（一九二八年、妻のジューンとパリにいたころ、きみに出会っていないとしたら）。ぼくの記憶ときみのそれとを比較できるだろうか？　きみが立っていたのは、ドランブル通りとモンパルナス大通りの角に位置する、ドームの側だったと思う。きみは手に新聞を持っていた。きみはもう写真に熱中していた。ひょっとしたら、一九三一年のことだったろうか？　きみが立っていた場所を鮮明に記憶しているよ」。ミラーはこの手紙を、「パリの眼」の作者の視点から、人間ゴキブリからブラッサイを紹介してもらった立場から書こうとしている。つまり、ミラーは自分の「片割れ」であるブラッサイとの出会いを、事実と虚構のはざまの伝説として描こうとした。そういう意味において、ミラーにおける伝説の創造は、事実と虚構のはざまを無化しようとする試みであった。ミラーは一九三一年夏から三二年末にかけて、自伝的小説は事実と虚構のはざまに作者の伝説を存立させるべきだとするふたつの刺激的な小説論もしくは芸術論にめぐりあっている。ひとつは、『ニュー・レヴュー』第三号に掲載されたミゲル・デ・ウナムーノ（一八六四―一九三六）のエッセイ「小説はいかに書くべきか」であり、もうひとつは、『北回帰線』の初稿を書き上げてから一読したオットー・ランクの『芸術と芸術家』（一九三二）である。ミラーに『北回帰線』（初稿）の大胆な改稿をうながした契機については、稿を改めて一瞥してみたい。

宿なしミラー

ヴィラ・スーラを立ち退いたミラーは、たちまち寝場所の確保に窮することになった。立ち退きの様子は、女流作家グレース・フランダラウ宛ての手紙（『北回帰線』の初稿に組み込まれている）のなかで言及されている。「先日の朝、フランケルが電報を受け取りました。ぼくはまだベッドのなかにいました。これを読めよ、ヘンリー、すぐにだ！　電報を読んで、万事が終わったことを知りました。ぼくたち二人はその日の午後、それぞれが自分なりの行き先を目指して出て行ったのです。それ以来、ぼくたちは一、二度だけ顔を合わせました。昨日の午後、メイドのグレタはペルレスの机の上に新聞を広げて空室や求人広告にさっと目を通していました」。まずいことに、ジューンがパリに到着してから日が浅く、おまけに彼女は滞在費をろくに所持していなかった。ミラー夫妻はパリで別々に暮らしていた。この時期のジューンの動静についての情報がなく、「あのホモ野郎」の実名すら突き止められなかったので、伝記作家たちはこの点を明らかにしていない。伝記作家のデアボーンによれば、ジューンは十一月なかばにミラーの説得に応じて帰国し、十二月に改めてパリを訪れたことになるが、この記述はシュネロック宛てのミラーの手紙のある箇所を誤読した結果の推測である。ミラー夫妻はそれぞれの才覚によってパリで暮らしていた。おそらくジューンは、「あのホモ野郎」（実名、リチャード・マーフィ）とパリのどこかで（たぶんオテル・プランセスで）共同生活を送っていた。ふたりはマンハッタンのヴィレッジで第三者を交えて暮らしたことがあったからである。十一月から十二月にかけてのふたりの同居を織り込んでいる作品が短編「ディエップ・ニューヘイヴン経由」（一九三八）である。その作品の第二パラグラフを以下に引用する。「あのホモ野郎」は「若い男」として登場する。

妻にさよならを言って、なにもかもそれで終わりだと思った。ところがある日、食料品店に出かけると店のおかみが言った、妻が若い男といっしょに来て食料品をしこたま買い込んで、ぼくにツケにまわした、と。おかみは当惑気味で心配そうでもあった。かまわないよ、とぼくは言った。妻がすかんぴんなのは判っていたし、やはり妻も食べなければならないのだから、かまわない。若い男のほうだってそれでいい。妻に同情したホモの男というだけのことで、しばらく自分のアパートに泊めてやっているのだろう。妻がまだパリにいる以外はなにもかもけっこうなのだが、いったい妻はいつパリを出ていくのか、それだけが気がかりだった。

一九三一年十一月、ミラーはペルレスの部屋でシュネロックに宛てて手紙を書き、「一カ月に五ドル送ってもらえないだろうか」と打診した。「とにかく、ぼくには部屋がない。ペルレスの部屋にたまに忍び込むが――ホテルの経営者が警戒して見張っている。ウォンブリー・ボールドについても同じだ。オズボーンはフランス女と同棲していて、それでおしまいだ。彫刻家のカーンには狭いベッドがひとつしかない。昨夜、ぼくは彼のステュディオの床の上で寝た。詩人ローウェンフェルズのキチンにはちっぽけな簡易ベッドがあるが、ネズミが出てくるし、赤ん坊の濡れた衣類がある。ザッキンについてはとっくにリストから抹消した」。ここに列挙されている人名は、すべて『北回帰線』の登場人物たちのモデルである。「クリスティーヌのところには余分のスペースがたっぷりあるが、彼女の夫はふけ症にかかっていて、ぼくが入っていくのを黙認できない。ネッド・カーマーには赤ん坊がいて、おまけにメイドの寝る部屋も必要だ」とあり、クリスティーヌこと『北回帰線』のタニアは、ニューヨークのブロンクスにおもむく予定になっていた。さらに「ジューンは完全に姿を消してしまった」と続くが、この部分をパリに到着しておよそ二週間後にジューンが船賃を都合して帰国し、十二月にふたたびパリに姿を現したと読み替えたのが伝記作家のディアボーンである。この手紙に「あるホモがぼくを訪ねてくる――カバンにジューンの汚れたブラウスを入れて」という文章が出てくるから、リチャード・マーフィはジューンの連絡係としてミラーを訪れたのであろう。

寝場所の確保はままならなかったが、食事のほうはなんとかなっていた。「食事の問題はあらかた解決済みだ。友人たちのあいだを廻って、毎晩温かい食事にありつく。フレッド・ペルレスが午後三時ころに朝食をあてがってくれる。タバコはもちろん入手できる。だが部屋が！」と、二度目の冬の到来を目前にしてミラーは依然としてホームレスから抜け出せない状況をシュネロックに知らせた。
この手紙に「ウィルキーはロッキー山脈でガンを撃っている」という一文がみえるが、このウィルキー〈・バートン〉という人物は『北回帰線』ではコリンズという名前で登場している。借金一覧表によれば、ミラーはこの男に五十ドルの借金があった。『北回帰線』によれば、この男はフィルモアがパリに来る途中で知り合った船員である。『北回帰線』（初稿）からウィルキーについての文章を引いてみよう。

しかし、ぼくはウィルキーのことを思い起こしている。あの夜、ロトンドのテラスでウィルキーは揚子江のストーリーを語った。漢口《かんこう》で遡行《そこう》していく明滅光、竜の吐く息で火災を発する峡谷や急流を矢のように下っていく舢板《さんぱん》。あの夜、雨が降っていたが、ぼくたちは夢うつつであった。雨滴がぼくたちのビールにも降っていたが、そのビールを飲み干した。ぼくたちは魅惑されている状態を損ないたくなかったので日除けの下に移動しようとしなかった。その翌日、ぼくが揚子江のストーリーを書き上げると、ウィルキーは驚嘆した――とくに漢口《かんこう》のくだりでは――遡行する明滅光、押し合う屋根、青の着衣と黄色の無数の顔をぼくはみごとに表現した、そして出来ばえがよかったのは、ぼくが揚子江の黄色い河口をずっと記憶していたからだ――河口まで五十マイルも途切れることなく黄色で、トム・スラタリーの肉体は弾丸のように、幾重もの黄濁層の沈泥をまっすぐにくだっていく。大陸棚が前進するにつれて時の経過とともにさらにせりあがる沈泥層。しかし、大部分はウィルキーのことだ……彼のおだやかな、落ち着いた声、彼の眼前に積み重ねられていくペルノー酒のグラス、彼の顔はますますおだやかになり、彼のことばがぼくたちの心をなごませる、その間ずっと中国が運命のようにぼくたちにのしかかってくる――中国のありとあらゆる伝説、中国の花火、美しい名前をもつ女たち、象牙の将棋の駒、天空の都市に向かって丘の上方に不動の姿勢で並んでいる石製の象たち。血管は梅毒でおかされ、毛髪が抜け落ち、歯を朽ちはてさせながらウィルキーは揚子江を遡上していく。しかも一行が成功をおさめるのは上海に戻ってからのことだ。

『北回帰線』(初稿)によると、ミラーはウィルキーの揚子江の河下りの様子をカフェ・ロトンドで聞かされたのであるが、現在の『北回帰線』ではどうなのか。ミラーはモンパルナス墓地の近くのクルーガーのステュディオで寝泊りしている。画家であり彫刻家でもあるクルーガーにようやくチャンスが巡ってきて、ステュディオで個展を開催することになるが、ミラーが飽食のあげくに衰弱し、ステュディオから退去するだけの体力も気力もない。個展を開催するにはミラーは邪魔な存在であるが、ミラーは意地でも出て行こうとしない。ミラーを救出に来るのがフィルモアとコリンズであり、瀕死寸前のミラーをようやくホテルに運び込む。ホテルの一室でコリンズが中国の体験を語り、ミラーは食い入るように揚子江の河下りの語りに耳を澄ましている。『北回帰線』では、コリンズ、フィルモア、元気になったミラーがルアーヴルで愉快に過ごすが、コリンズは「アイダホ州の彼の牧場に帰ろうと思っている」とミラーに打ち明ける。しかし、「あとで知ったのであるが、コリンズがふたたびアメリカを見ることはなかった」となっている。

ウィルキーの帰国にもかかわらず、ミラーはウィルキーこと『北回帰線』のコリンズを帰国できない運命のひとに仕立て上げた。『北回帰線』の初稿では、ミラーはウィルキーの手紙を読み、彼がアイダホの山中の小屋で寝泊りし、ガンを撃っているが、冬の到来が迫っているので農場に戻る予定になっているのを知る。初稿では事実もしくは事実に近いことが描かれ、現在の『北回帰線』では事実から乖離した虚構が描かれている。一言で言えば、ミラーは、初稿を極端に変更している。ミラーが『北回帰線』の初稿を書き上げたのが一九三二年十月であった。それ以後に、なんらかの契機が働いて、ミラーは事実と虚構の乖離を大胆に拡大するようになった。とはいえ、ミラーがクルーガーのステュディオで瀕死の状態に陥った件については、まったくの虚構と決めつけるのは困難である。要は、自伝的小説のリアリティの問題であって、『北回帰線』を改稿するさいに遺言書を書くほどに追い詰められ死の予感に襲われた件を、ミラーが『北回帰線』のどこかに転移させようとしたのであれば、おのれ自身をクルーガーのステュディオにおいて瀕死の状態にいたらしめたことになるだろう。語り手ミラーはおのれの苦悶を別の場面にそっと転移させているが、『北回帰線』では苦痛を転移させて耐えようとする別の人物も登場している。夜明け近くにヴァン・ノーデンとミラーがドームで腰かけていると、腹をすかせた娼婦が近づいてくる。ヴァン・ノーデンが容赦なく値切ろうとする。苦痛をどこかに転移させようとすることにおいて、娼婦と語り手は同列に並ぶ。

娼婦は病院のことや、滞納している部屋代や田舎の赤んぼについての辛い身の上話を始める。だが、話を誇張しようとはしない、ぼくたちが聞いていないのを知っているからだ。しかし、貧苦が重い石のようにこの娼婦を圧迫しているので、ほかのことを考える余地がない。娼婦はぼくたちの同情心に訴えようとしているのではない。彼女の重い負担をほかに移そうとしているだけなのだ。ぼくは彼女をかなり気に入っている。なんとしても彼女が病気になんぞかかっていないことを願うだけだ。

一九三一年十二月、ミラーはオズボーンの引き合わせによって、およそ十カ月前から名前だけは知っていたアナイス・ニンに会った。彼女はミラーを荒削りの天才的人物とみなした。やがてミラーはジューンを同伴でルヴシエンヌのニンの家を訪問するようになった。彼女の日記（十二月、一月）ではミラーとジューンについての記述が目立つようになる。ミラー夫妻とヒュー・ガイラー、ニンの四人がいっしょに食事をすることもあった。ミラーは頻繁にニンに宛てて手紙を書き送った。当時のミラーは映画館で夜を明かしたこともある。つまり、ミラーとジューンはパリで別居していた。

III

1932年『北回帰線』へ 3

ディジョンのカルノー高等中学校

一九三二年になると、一月にヒュー・ガイラーは、仏米協会の交換プログラムを担当するクランズ博士に相談し、ディジョンのリシー・カルノー高等中学校で英語教師の働き口をミラーのために用意した。当然ながら、身分証明書が必要であったから、ミラーは一月十八日に身分証明書の申請書（写真添付）をようやく用意した。住所は「メーヌ通り一番地」になっている。下旬にミラーはパリを離れたが、無給の仕事であることが現地で判明したので、わずか四週間の教師生活に終わった。

ディジョンに到着したミラーは、一週間ほど滞在したらパリに戻ろうかと思った。ペルレスのベッドを共有し、週に一回の食事を提供してくれる友人たちのリストを新たに作成すれば、なんとか乗り切れるのではないかと考えていた。高等中学校の生活は、『北回帰線』において絶好の材料として採り上げられている。自分自身を夜警と自習監督教師のあいだに位置づけたミラーは、『北回帰線』において学校のスタッフを親しみのもてる人間とそうでない人間に色分けしている。とはいえ、ミラーは人気のある教師であった。『北回帰線』から――。

ぼくはすぐさま愛の生理学という授業を始めた。象はいかにしてセックスをするのか――それで決まりだった。ぼくの話は野火のように広がった。一日目が終わると空席はもうなかった。最初の英語のレッスンのあとで、連中はドアのところでぼくを待っていた。ぼくたちは大いにうまがあった。この連中はありとあらゆる質問を浴びせてきた、まるでなにも教わったことがないかのように。ぼくは次々と質問させた。もっときわどい質問をするようにと言った。なんでも質問したまえ！

「愛の生理学」というのは、詩人レミ・ド・グールモン（一八五八―一九一五）の『愛の博物誌』（一九〇三）の内容を指している。ミラーはエズラ・パウンド訳の英語版『愛の博物誌』（一九二二）を読んだことがある。『北回帰線』の第十パラグラフでグールモンの名前が出てくる。

うとうとしている。愛の生理学。睡眠中でも六フィートのペニスをもつ鯨《くじら》。コウモリ――思い通りに動かせる《ペニス・リーブル》ペニスに骨がある動物たち。そういうわけで、ことにおよびたがる骨……。「幸いにも」とグールモンは言う、「人間にはこの骨組織が失われている」。幸いにもだって？　そうとも、幸いなことに、だ。人間が骨を突起させて歩き回っているさまを想像してみろ。カンガルーは一対のペニスをつけている――ひとつは平日用で、もうひとつはよそ行き用だ。

『愛の博物誌』第七章に、「人間はペニスの骨組織をもつはずであったが、長い歳月の経過のうちに、その骨を失うにいたった。これは明らかに幸いなことである。というのも、いつも硬直しているとか、すぐに硬直していたならば、人間という種の欲情を狂気にまで増進させたであろう。おそらく、こうした理由のために、大きなサルは力強く、敏捷であるにもかかわらず、稀な存在なのである」とあり、もし好色な男のペニスに軟骨のあるのが判明すれば、自分の見解が証明されるだろう、とグールモンは考えている。同書の第十九章に、象についてのわずかな記述がみられる。象には羞恥心があり、象の交接は、通常の動作と異なり、曲芸のようなものだ、とグールモンは述べているが、具体的な説明に欠けている。「象はいかにしてセックスをするのか」について、ミラーが蘊蓄《うんちく》を傾けたのであれば、それは想像力を働かせた語りであったはずであり、男子生徒に大いに受けたであろう。

学校の食堂で提供される食事はまずいし、宿舎の暖房用のストーブにくべる薪が不足し、夜のそぞろ歩きから、沈黙の暗闇を通り抜けて部屋に戻るときは恐怖におののいた。夜の散歩から戻ると、年老いた夜警の微笑がミラーを迎える。『北回帰線』のなかにミラーは次のように書き込んだ。

　不意に、どこからともなく、一組の恋人が現れた。ふたりは数ヤードごとに立ち止まり、抱擁した。肉眼で彼らを追っていけなくなると、耳で足音について行き、急に立ち止まるのが聞こえた。それから、ゆるやかな、そぞろ歩きの足取りになった。柵にもたれたとき恋人たちのからだが曲がり、前かがみの姿勢になるのをぼくは感じることができた。抱擁しようとして筋力を引き締めたとき、ふたりの靴のきしむ音がした。

一九三二年二月十二日付けの、アナイス・ニンに宛てた長文の手紙のなかで、ミラーは散歩帰りの「印象的な夜」について書いているが、そのかなりの部分が『北回帰線』に織り込まれている。「夜のとばりを走り抜ける電車の音……そうしてどこからともなく、不意に恋人どうしが現れて、ぼくはふたりをじっと見つめる。数ヤード行くと、ふたりは立ち止まり、そのたびに抱擁する。ふたりが見えなくなっても、足音だけは残る。ふと立ち止まり、ふたたびゆっくりとそぞろ歩く足音が。その時ぼくは、ジューンのことを思い出したのです——独りきりで彷徨っているのではないか、孤独な生活を送っているのではないか、と」。前年十月末にパリを来訪したジューンは、ミラーがディジョンに向かうころにパリを離れた。その期間のミラー夫妻はほとんど同居できなかった。ミラーは宿無しであったから、実際にどうすることもできなかった。ディジョンのミラーは帰国後のジューンを気遣いつつ、彼を物心両面から支援するアナイス・ニンと親密になっていった。

二月下旬、『シカゴ・トリビューン』パリ支局で校正係の空席が生じたという情報がペルレスから寄せられた。月給千二百フラン、勤務時間は午前八時半から午後一時まで。編集長ジュール・フランツの方針は臨時採用ではなく、本採用であった。ミラーはアナイス・ニンから借金して、ペルレスの住むオテル・サントラルに向かうことにした。『北回帰線』では、ディジョン撤退の件は次のように書かれている。

春になってからぼくはなんとか刑務所から抜け出すことができた。それもまた偶然に巡ってきた幸運によって。ある日、カールから電報が届き、「階上に」空きがあるという情報が入ったのだ。その仕事にありつくつもりなら汽車賃を送るということだったので、折り返し電報をうった。現ナマが届くやいなや、ぼくは駅まで急いだ。ムッシュ校長にもだれにもひとことの挨拶もしないで。フランス式の無断退出というやつだ。

ディジョンからの撤退の様子は、『北回帰線』の初稿にも描かれている。そちらの描写が事実に近く、実際は「フランス式の無断退出」ではなかった。

学校を離れるとき、盛大に見送ってもらった。連中はぼくを無蓋のバルーシュ型馬車に乗せて、おごそかに駅までエスコートしたがっていたが、てれくさくて断わった。そこで、ぼくたちは廊下で起立し、古いフランスの歌（あまりにも卑猥な歌なので、ここで繰り返すことができない）を歌った。それから連中が、がんばれ、がんばれ、フレー、と音頭をとっているさなかに、ぼくは校舎を出た。ぼくが中庭から出ようとしたとき、連中は窓から身を乗り出して叫んだ――「イースターになったらパリで会おうぜ」。連中はパリが大好きなのだ、あの少年たちは。ぼくは彼らよりパリをずっとよく知っていた。モンパルナスやカルチェラタンの話をして、パリをいっそう魅惑的な都会に仕立てあげた。話のネタが途切れると、ぼくは勢いを失った。あいつはいいやつだ、と連中は言った。とりわけ、ぼくが上等なワインと歌を評価していたからだ。ぼくのラブレー絶賛がもうひとつの重要な要因だった。ラブレーは彼らの神なのだ。

ミラーは「無蓋のバルーシュ型馬車」に乗りそこねたのであるが、『北回帰線』においてミラーは、自分自身を別の場面でこの型の馬車に乗せている。瀕死のミラーを救出してくれたコリンズが、ルアーヴルに来訪するようにと招待してくれたので、フィルモアと出かける。「ぼくたちは駅で無蓋のバルーシュ型馬車に乗って」、約束の場所に向かうことになる。初稿ではミラーは駅でタクシーに乗ったことになっている。生徒たちが見送りのさいに合唱した歌について、初稿では「あまりにも卑猥な歌なので、ここで繰り返すことができない」と綴ったにもかかわらず、現在の『北回帰線』では男子生徒たちが食堂で着任早々のミラーを迎えて「卑猥な歌」をいっせいに歌い出している。これは、送別の歌から歓迎の歌に切り替えて時間を移動させているから虚構仕立てである。

生徒たちがイースターになってパリのミラーを訪れたかどうかは不明である。しかし、三月下旬にクリシーのアナトール・フランス通りのアパルトマンを確保するとジャン・ルノー（一九一一—没年不詳）がディジョンからブルゴーニュワインを持参で訪ねてきた。『北回帰線』ではルノーの名前が夜の散歩の場面で出てくる。「教会はエドガール・キネ広場に位置し、死せるラバのように風に逆らってしゃがみ込んでいた。風が乱れなびく白髪のようにモネ通りを吹き抜けた。風はバスや二十頭立てのラバの引く車の自由な通行を遮断する白いつなぎ杭のまわりを渦巻きながら、吹き抜けた。この広場の出口から威勢よく出て行こうとするとき、ムッシュ・ルノーにばったり出くわすこともあった。食い意地の張った修道士さながらに僧服にくるまったムッシュ・ルノーは、十六世紀の言語で論争を申し入れてきた。ムッシュ・ルノーと歩調を合わせていると、パンクした風船のように月がどんよりした空いっぱいに炸裂し、ぼくはすぐさま超越界に陥った。ムッシュ・ルノーのせりふは正確であったが、あんずのように無味乾燥であり、ブランデンブルグ出身らしい太くて低い響きがあった。彼はゲーテあるいはフィヒテを持ち出して全力を挙げてぼくに突っかかった」とある。彼はドイツ語教授の資格取得を目指しながら、カルノー高等中学校に生徒監として勤務していた。『追憶への追憶』（一九四七）に収められている同名のエッセイのなかで、ミラーはパリを訪れたルノーについて書いている。

ぼくたちは連れ立ってパリを探訪した——ヴィレットの屠殺場からモントルージュまで、バニョレからブーローニュの森まで。パリは初めてだというフランス人の目で改めてパリを見るのはなんとすばらしいことか！　アメリカ人がフランス人をフランスの大都市のあちこちに案内するとは、なんと風変わりなことか！　ルノーは歌うのが大好きなフランス人のひとりだ。この男はドイツ語も大好きで、フランス人としては稀な存在であった。だが自国語をこよなく愛し、完璧に駆使していた。その完璧さを見届けようと、ぼくはルノーがポワトゥのジャンヌ、トゥレーヌのマドモアゼル・クロードとおしゃべりするのに耳を傾けた。最後はピレネーのニスとのおしゃべりを。

ミラーがルノーを三名のフランス人女性に引き合わせたのは、ルノーがパリ到着早々に「パリジャンのしゃべるフランス語はなんとひどいことか！」と慨嘆したからだ。マドモアゼル・クロードはミラーの短編に登場する娼婦である。ニスは『クリシーの静かな日々』のなかで話題にされている娼婦である。ジャンヌとはだれか？　当時のオズボーンこと『北回帰線』のフィルモアが同棲していたフランス女性であって、『北回帰線』ではジネットという名前で登場している。

一九六〇年春、横浜在住の旧友、病床の結城酉三と再会する予定を立てていたミラーは、日本訪問を断念した。カンヌ国際映画祭の審査委員を委嘱されたからである。五月十七日、ミラーがホテルに戻ると、ジャン・ルノーがロビーでミラーを待っていた。フランス南東部の港町トゥーロンに住むルノーは、映画祭の審査委員グループのなかにミラーの名前が載っているのに気づき、カンヌのホテルに駆けつけたのであった。

オズボーンの逃亡

『北回帰線』の結末近くで、ジネットが妊娠したとフィルモアに打ち明ける。結婚を迫られたフィルモアがすっかり参ってしまう。語り手はジネットの妊娠を信用せず、憔悴したフィルモアをこっそりと帰国させようとせきたてる。作品は一気に結末に向かう。これは事実に基づくエピソードであるが、一気呵成に結末になだれ込む展開は、『夜の果てへの旅』のそれに触発されている。セリーヌの出世作では、主人公ダルタミュの友人であるロバンソンの死から結末に向かって急転直下の展開となるが、『北回帰線』は、語り手の友人フィルモアのパリからの逃亡から急テンポで結末に突入する。ミラーは『北回帰線』の結末においてセリーヌを強く意識している。

フィルモアことリチャード・オズボーンが逃げるように帰国の途についたのは、一九三二年九月下旬か十月上旬ころであった。オズボーンは、フランス北部のイギリス海峡に臨むブーローニュ－シュル－メールの港町から、オランダ・アメリカ定期航路を往来するフェーンダム号に乗船した。パリの住人なら利用しない航路であって、かりにジャンヌがオズボーンを追いかけようとしても、思いもつかないような航路であっただろう。

十月二十一日、ニューヨーク市に滞在するオズボーンはミラーに宛てて手紙を書いた。コネティカット州ブリッジポートに住む母親がミラーの手紙とジャンヌの電報を転送してくれたからである。ジャネットはオズボーンにパリに戻るようにと迫っていた。彼は病院がよいを始めていて、当分はパリに出かけるつもりはなかった。おまけに、アメリカ人の新しい恋人が登場しそうであった。

オズボーンは翌二十二日にもミラーに手紙を書き送った。彼はホームタウンとマンハッタンで日々を過ごしていた。万一、ジャンヌが姿を現せば、マンハッタンのどこかにすばやく逃げ込むつもりだった。すでに彼は「最後通告」をジャンヌに発送し、その反応をこわごわと待っていた。

十一月十四日（土曜）、ミラーとオズボーンはそれぞれ相手に手紙を書き送り、手紙は大西洋上で交差した。当時、ジューンがパリに滞在していた。とうにアナイス・ニンが登場していたこともあって、ミラーとジューンの夫婦としての関係は破綻しつつあった。ジャンヌは自分が妊娠しているとジューンに信じ込ませようとしたが、ミラーの目には、ジャンヌの腹部は一カ月前よりもへこんでいると映った。オズボーンがパリに残してきたスーツとレインコートをミラーに贈るという申し出について、ミラーは謝意を表明しつつ、「現状ではレインコート等は一時的に行方不明にしておくのが望ましいと思う。ジネットが衣類を燃やすか、ずたずたに引き裂くのであれば、それもよい――大事なことは、ジャンヌがこの事態を乗り越えることだ」と、ミラーは意見を述べた。さらにミラーは、次に手紙をよこすときには二通を書くように、「一通はジャンヌに見せるために――判るよな？」と、オズボーンに助け舟を出した。

いっぽうオズボーンは、ジャンヌからさらに二通の手紙を受け取り、そのうちの一通は脅迫的な口調だった、とミラーに伝えた。彼は「完全に回復するまではパリに戻ることはできないし、回復までにはさらに二、三カ月を要するという趣旨」の返信を投函したが、実際はパリに帰りたくなかったし、新しい恋人に首ったけになっていた。

十二月六日、ミラーはオズボーンに宛てて手紙を書いた。「ジャンヌのことだが！　彼女がこの前のきみの手紙を受け取って以来、ここ三週間まったく姿を見せていない。これはよい兆候だと思います。きみの手紙は傑作だった。ジャンヌがアメリカに移住するというのはあまり怖いとは思えない。それは脅しです。アメリカでなにができるというのか？　いずれにしても、しばらくニューヨークに移って、家族とは連絡を怠らないようにすべきだ。ニューヨークだったらきみは絶対に見つからない――百万年たっても」と、ミラーはオズボーンを励ました。

同じ日付の手紙のなかで、ミラーはさらに二つのことをオズボーンに伝えた。ひとつは、ジャック・カハーンの要請により、「プルースト、ジョイス、ロレンスに関係する、前代未聞のことを述べている作品を手がけている」が、自分としては翌年二月末に刊行予定の『北回帰線』と同時に出してもらいたいと思っている。もうひとつは、ジューンがまだパリにいるが、離婚しようと言っている、アナイス・ニンを疑っている、という近況についてである。「万事が時の介入によってよりよい状況に向かっています。ぼくをアナイスに紹介してくれたことでは、きみに感謝しなければなりません。そのおかげでぼくの人生も救われたのです」と、ミラーはオズボーンに深く謝意を表明した。アナイス・ニンとの出会いからおよそ一年が経過していた。

ミラーはアナイス・ニンの支援のおかげで状況が好転し、作家としての前途が開けていくのを実感していた。しかし、十月にパリに姿を現したジューンは、ミラーが以前の夫ではないことを敏感に感じていた。オズボーン宛ての手紙を書き上げた直後に、ミラーは死が迫っているという予感に襲われ、すぐさま遺言状を書き、ニンに急送した。作家志望のミラーを支援してきたジューンとの離別が不可避であることを悟っていたミラーは、パリ滞在のジューンとアナイス・ニンのあいだで立ちすくみ、おのれの死が「四十八時間のうちに」訪れるだろうと予感し、遺言を書くほどの危機に直面していたのである。この危機を打開するためにアナイス・ニンとペルレスは、ミラーをロンドンに往かせて、かの地でクリスマスを迎えさせようとした。この経緯をぼかして描いた短編が「ヴィエップ・ニューへイヴン経由」である。離婚を決意して帰国するジューンを見送るのは、ペルレスの役目であった。ミラーは年末年始をニンの住むルヴシエンヌで過ごした。いっぽう、ジャンヌの腹部はますますへこんでいった。

オットー・ランクの『芸術と芸術家』を読む

『北回帰線』の初稿を書き上げたものの、翌一九三三年二月末に出版という当初の契約は実現しそうになかった。ミラーはロレンス論のメモを作成しながら、『北回帰線』の改稿に取り組み、事実と虚構のはざまを大胆に拡大していった。前章で指摘したように、事実と仮構の乖離を拡大するのに二つの契機が働いた。

一九三一年夏、ミラーはペルレスとともに『ニュー・レヴュー』第三号の編集に携わった。同誌に掲載されたスペインの思想家ミゲル・デ・ウナムーノのエッセイ「小説をいかに書くべきか」（サミュエル・パトナム訳）をミラーは興味深く読み、最終的にはこのエッセイから「私は自分で思っているような人間なのか？　未知にして不可知の私を前にして、私の書く以下の文はひとつの告白となる。私は伝説を創り出し、その中に私自身を埋めなければならぬ」という一節を短編集『黒い春』のエピタフとして掲げた。ミラーはウナムーノのいう伝説の創造と作者の埋葬という観念にいたく惹かれたことになる。このアイディアによれば、事実と虚構をはらむ自伝的小説は、書き手が作品のなかに埋葬されることによって伝説になるだろう。伝説のなかで事実と虚構の差異は溶解し、事実と仮構の境界は無化するだろう。作品を書いたあとのミラーは伝説を生きようとした。換言すれば、ミラーはおのれのことば（虚構としての作品）に収斂しようと身悶えながら生きることになった。ミラーはおのれのことばを目指して生きることによって、自伝的小説を支えようとしたのである。これが自伝的小説を書いたミラーの原理・公式であるが、ウナムーノのエッセイを読むだけではこの原理を確立できなかっただろう。ほぼ同類の経験をふたたび繰り返すことによって、ウナムーノの主張がミラー自身の内面で揺らぐことのない確信になりえたのである。

二番目の契機となるのは、心理学者オットー・ランク（一八八四―一九三九）の著作『芸術と芸術家』（一九三二）を一読したことだ。ミラーとランクの関係についての言及は、アナイス・ニンの一九三二年十二月の日記に初出し、「彼〈ミラー〉はロレンスとランク博士の『芸術と芸術家』について語り始めた」とある。ミラーがジャック・カハーンからロレンス論の執筆をそそのかされたのが同年十月であったから、出版されたばかりのランクの著作をロレンス論執筆の手がかりにするつもりで一読したようである。遺言書を書いてまもなく、ミラーは『芸術と芸術家』を読破することになった。

エッセイ集『ハチドリのごとく静止せよ』（一九六二）所収の小品「わが人生はこだま」に、『芸術と芸術家』を読了したときの感想が次のように短く述べられている。「オットー・ランクの『芸術と芸術家』がぼくにおよぼした衝撃をけっして忘れないだろう。とりわけ忘れられない箇所は、自分自身を作品のなかに喪失し、換言すれば、作品をおのれの墓とするタイプの作家について語っているくだりである。ランクによれば、だれがもっとも効果的にこれをやってのけただろうか？　シェイクスピアだ」。ミラーのいう「作品をおのれの墓とするタイプの作家」というのは、「私は伝説を創り出し、その中に私自身を埋めなければならぬ」というウナムーノの小説に関するアイディアに通底する作家のことだ。つまり、ミラーの内面においてウナムーノとオットー・ランクが連結したのであって、この二者の結合をミラーは忘れえぬ「衝撃」であると述懐したのである。

シェイクスピアについての言及がみられるのは、『芸術と芸術家』第十二章「芸術家の芸術との闘い」であって、ランクは主として芸術家の葛藤について延々と論じながら、「あらゆる作品において自分自身を描き、自分自身を実現するのみならず、作品全体が創造への衝動を広漠たる広がりのなかで正当化している」タイプの芸術家について言及している。ランクの見立てによれば、このタイプの芸術家のトップに位置するのがシェイクスピアである。「われわれはシェイクスピアの実人生についてほとんど知らないし、彼が原作者であることについては疑念さえ抱いている」。ランクがかつて取沙汰されたシェイクスピア別人説（この説によれば、フランシス・ベーコンが最右翼に位置する）の側に立って持論を展開しようとしているのは明白である。シェイクスピアの成功は彼の偉大さの証《あか》しであるから、「たとえイギリスの貴族あるいはジェントルマンが一連のドラマの原作者であっても、庶民の想像力は彼にふさわしい経歴をでっち上げたであろう、つまり、たまたまストラットフォードで暮らしたか、かの地に移住したシェイクスピアなる人物をでっちあげたであろう」と、ランクは述べている。同じ論法でランクは、キリスト教についてはナザレ出身のキリストという人物が必要であったのであり、新約聖書の記述者についてもはっきりしないと述べている。さらに紀元前八世紀ころの詩人ホメーロスとその作品の関係についてもアカデミズムの議論の対象になっていて作者別人説があるという。ランクの著作を手にする二カ月前に、ミラーは『北回帰線』の初稿を書き上げたが、タイプ稿の一枚目に「作者不詳」(by Anonymously) と書き込んでいただけに、ランクの意見には注目すべきであると思ったにちがいない。

ところでランクはシェイクスピアについての思いを逆説的に言い換えて、論を深めようとする。

詩人〈シェイクスピア〉が深い意味において自分の思想に適合しようとして自分の人生を生きようとするくらいだったら、自分の作品に適応するために自分の人生を創作（invent）したとしても悪くはない。

ここからランクは伝記の問題に首を突っ込み、「創造的伝記」という用語を持ち出す。この「創造的伝記」をミラーの自伝的小説に置換すれば判りやすいであろう。作品を書き上げたあとのミラーは、「自分の作品に適応するために自分の人生」を生きる方策を採ることにした。ウナムーノの伝説の創造とその埋葬というアイディアは、事実と虚構の亀裂の無化を目指していたが、「創造的伝記」を生きるという発想もミラーにとってはほぼ同じ意味になる。つめて言えば、ミラーは作品（おのれのことば）に限りなく接近することによって作家としての責任をとろうとしたのである。

「創造的伝記」についてのランクの言説を以下に引く。

創造的伝記については、作品に適合させてひとつの人生を構築するほうが容易な仕事になる。しかし、つねに伝記の成立における出発点は、自分自身は芸術家であるという個人的イデオロギーの堅守である。なぜなら、それ以後の作者は、現実が彼にそうすることを許す限りにおいて、そのイデオロギーを生きなければならないからである。現実がそうするのを許さなければ、作者は自分自身のために彼の必要とする経験をつくりだし、あるいは探求し、イデオロギーという意味において経験を形あるものにしなければならないのである。

ランクの著作との邂逅によって、ミラーは事実と虚構との乖離という課題から解放され、『北回帰線』の初稿に自由奔放に手を入れたのである。

Ⅳ 1933年『北回帰線』へ 4

『北回帰線』の「飽和、吸収」とは何を意味するのか

『北回帰線』から、「飽和、吸収」のアイディアを示すとヘンリー・ミラー自身が述べたことのある一節を以下に引く。

「わたしは流れゆくすべてのものを愛する」と、われわれの時代の偉大な盲人ミルトンは言った。ぼくは今朝、どえらい喜びの声を発しながら目覚めたとき、この盲人のことを考えていた。彼の川や木々、彼が探索している夜の世界すべてのことを考えていた。さよう、とぼくは心のなかで言った、ぼくも流れゆくすべてのものを愛する。川、下水、溶岩、精液、血液、胆汁、言葉、文章を。ぼくは羊膜から溢れ出ていくときの羊水を愛する。ぼくは痛みを与える胆石、尿砂、なにやかや詰まっている腎臓を愛する。流出しながら、やけどのような痛みを与える尿水と、はてしなく広がる淋病を愛する。ヒステリー発作のことばと、赤痢のように流れ出し魂のあらゆる病めるイメージを映し出す文章を愛する。ぼくは

アマゾン川やオリノコ川のような大河を愛する。そこではモラヴァギンのような狂人たちが無甲板船に乗って夢や伝説のなかを漂い下り、通り抜けられない河口で溺れてしまう。ぼくは流れるものすべてを愛する。〔……〕ぼくは流動するすべてのものを愛する。そこに時間と生成を有し、ぼくたちを終わりのない始まりに復帰させるすべてのものを。予言者の冒涜、忘我状態のわいせつ、狂信者の知恵、自己満足の連祷をやらかす司祭、娼婦の不潔なことば、側溝を流れる泡、乳房から出る乳、子宮から流れ出る苦い蜜、流動性があり、溶けて気ままな、溶解性のものすべて。流動するうちに純化され、もとの意味を失い、死と消滅に向かって大きく周回していくすべての膿と汚物。大いなる近親相姦的願望は、流れ続けていくうちに時間と一体化し、あの世の大いなるイメージと現在を融合させることである。

遺言状を作成する三日前の一九三二年十二月三日、右の引用文の基礎となる文章を同年十月に『北回帰線』(初稿)に書き込んでいたミラーは、その箇所を初稿からサミュエル・パトナム宛ての手紙に書き写し、「飽和、吸収」(the saturation, the absorption)のアイディアを示していると短く説明した。その手紙には、「ギリシア的アイディアですが、ギリシアに対するはなはだしい崇拝を意味しない」とも書かれているが、総じて意味が曖昧であり、判然としない。明快なのは、ミラーが興奮気味であったことだ。「飽和、吸収」という措辞によって、ミラーが意図していたのは何であったのか。

「ギリシア的アイディア」という観点から、古代ギリシアの哲学者ヘラクレイトス(紀元前五四〇—四八〇?)の、いわゆる「万物流転」の思想を連想できようが、なぜミラーが一九三二年十二月に、ヘラクレイトス的「万物流転」の思想に興奮していたかについて説明できないし、「飽和、吸収」という措辞をヘラクレイトスに脈絡させて思考するのも困難である。むしろ、ミラーが『北回帰線』(初稿)の一節を抜き書きして、サミュエル・パトナムに「飽和、吸収」のアイディアを示していると説明した事実から出発してみたい。

要するに、ミラーとパトナムの交流は、パトナムが編集する文芸誌『ニュー・レヴュー』誌への寄稿とパトナムの著したラブレー伝の借用に絡んでいた。ミラーは一九三一年春、夏に発行された『ニュー・レヴュー』第二号と第三号に首尾よく寄稿できたのであるから、他の寄稿者の作品にも目を通したはずである。とくに第三号ではパトナムの一時帰国との関連で編集業務にも携わり、迫力不足の作品などはペルレスと合意のうえで掲載しなかったほどであり、掲載された作品はていねいに通読したであろう。ミラーは第三号に掲載されたミゲル・デ・ウナムーノのエッセイ「いかに小説を書くべきか」の内容に感銘し、さわりの部分をのちに短編集『黒い春』のエピタフとして冒頭に掲げたほどである。ミラーはスペインの哲学者であり作家でもあるウナムーノに興味を抱くようになった。パリで亡命生活を送っていたウナムーノのエッセイを掲載しようとしたのがパトナムであり、スペイン語のエッセイを英訳したのもパトナムであったから、ミラーがウナムーノの著作に触発されて書いた文章をパトナムに示したとしても意外ではないだろう。しかし、ミラーは「飽和、吸収」のアイディアをウナムーノの作品のなかに見出した事実をパトナムに伝えようとはしなかったのである。

一九三二年一月下旬、アナイス・ニンに宛てて、ディジョンのカルノ高等中学校で書かれた手紙のなかでミラーは、「きょうの午後、疲労困憊しているときに、『ニュー・レヴュー』誌に掲載された小説に関するウナムーノの見解について考えていました」と述べ、さらに同年七月三十日付の、映画監督ブニュエルについての見解を述べている手紙では、「ぼくはブニュエルの知性をそれほど高く評価していない。彼はそういう類いのスペイン人ではない。（あの男はウナムーノをひどく軽蔑していました！）ぼくはウナムーノを全面的に支持しています」と述べている。この手紙の「追伸」に、「抜粋は次の手紙で続くでしょう。まあちょっとウナムーノを読んでください！　わがウナムーノを。あの生の悲劇的感情はどこにあるのか？　ぼくにはそれが必要だ。明日はジッドのドストエフスキー論について書くかもしれません。あらゆることがぼくの内面でうごめいている――フランケル、プルースト、ウナムーノ、オズボーン、ロレンス――」とあるので、当時のミラーはウナムーノの代表作『生の悲劇的感情』（一九一三）の抜粋を作成していたようである。一九三二年のミラーは、ウナムーノに傾倒していた。とりわけ注目されるのは、この七月三十日の手紙のなかで、「ぼくは例の本の題名を見つけたと思います。次のふたつのどちらがよろしいですか――『北回帰線』または『ぼくは赤道を歌う』（第二巻は『南回帰線』になるでしょう。最後の本は『神』となるはずです）」と書かれていて、初稿を書きあげる二カ月半前にようやく題名の目途がついたことだ。さらに注目してよいのは、『神』という作品がミラーの内面で胚胎していたことである。いったい、実現しなかった『神』という「最後の本」（the last book）もミラーの自伝的作品の構想の一部であったのか。興味深いのは、これらの題名の決定された時期とミラーのウナムーノへの傾倒の時期がおおむね重なり合っていることだ。さらに興味深く思われるのは、字面だけで言えば、「最後の本」は、『北回帰線』という題名が決定される以前の仮題『最後の書物』（*The Last Book*）と一致することだ。一九三二年二月下旬、ディジョンからパリに戻ると、ミラーは「パリの本」を『最後の書物』と呼ぶようになった。わずか数ページであるが、「最後の書物」と題するタイプ稿が現存するが、その内容はディジョンからパリにもどって、『北回帰線』のカールことペルレスのホテルへ直行するくだりである。この時点でミラーはすでにウナムーノに傾倒していた。かつて引用したことがあるように、『北回帰線』においてミラーは、「新しい聖書」になるはずの『最後の書物』が「匿名で」執筆されるべきであって、「野望を秘めていることで巨大であるのだ」と述べているが、ミラーのいう「野望」とは、『北回帰線』を執筆しているさなかにあって、『神』という「匿名で」執筆されるべき「最後の本」がすでにミラーの内面でかすかに胚胎していたことと結びついているのではあるまいか。

一九三二年二月下旬、ミラーはセリーヌの『夜の果てへの旅』のタイプ稿を読み始めた。当時のミラーについて、『アナイス・ニンの日記』(一九三二年二月)のなかで、日記の書き手は次のように綴っている。

ヘンリーは聖フランチェスコのことを語り、聖性という観念について瞑想に耽る。なぜなの、とわたしは訊ねる。

「ぼくは自分を地上最後のひと (the last man on earth) だと考えているから」。そしてわたしは、彼から聞かされる誠実な告白や畏怖する能力について考える。

おのれ自身を「地上最後のひと」に見立てようとするミラーがいる。すでに述べたように、執筆中の作品に『最後の書物』という仮題がつけられたのも同年二月であった。「間奏曲」と題する『南回帰線』の中間章に、「ぼくには自分が地上最後のひとになるだろうという確信めいたものがある。けりがすっかりついたとき、ショーウインドーから出て来て、廃墟のなかを静かに歩むのだ。全世界をぼくのものにしよう」とあるから、「地上最後のひと」であろうとする自己認識の想念は、『最後の書物』こと『北回帰線』を執筆しているさなかから『南回帰線』にいたるまで、ミラーの内面において持続していたことになる。この「地上最後のひと」はミラーの形而上的自己であり、ミラーはこの形而上的自己を『南回帰線』や三部作『薔薇色の十字架刑』においてひそかに描こうとした。『北回帰線』あるいは『最後の書物』が「野望を秘めていることで巨大である」というのは、ミラーが「地上最後のひと」であろうとするおのれ自身を作品に織り込むつもりがあったからではあるまいか。

一九三二年二月にミラーがおのれ自身を「地上最後のひと」に見なそうとした事実は、『生の悲劇的感情』をすでに(おそらくディジョンで)読了していたことを示している。ミラーはこの書物の第十章「宗教、来世神話、アポカタスタシス」にとりわけ興味をそそられた。アポカタスタシスという単語は、元来ギリシア語であって、英語辞典で語義を載せているのは、『オクスフォード英語大辞典』と『ファンク・アンド・ワグナル英語大辞典』（一九七〇年代から絶版）だけである。ミラーは『わが生涯の書物』第二章において、アポカタスタシスの観念に興味をもつひとは全世界で百人もいないと断言し、『ファンク・アンド・ワグナル英語大辞典』から語義を以下のように転載している。

（一）以前の場所または状態への復帰、再建、完全な回復。
（二）（神学）悔悟せざる死者の聖化を最終的に回復し、神の恩寵があること。
（三）（天文学）惑星が周期的に運行し、元の同じ位置に戻ること。

さらにミラーは、古代ギリシア人がアポカタスタシスを「病気の回復」の意に用いることもあったと説明している。アポカタスタシスは、平たく言えば、万物の更新、万物の出発点（ミラーにあって根源は神を意味する）への帰還、回復を伴う回帰の観念である。

さてウナムーノは、『生の悲劇的感情』第十章において、神に一致しようとする人間の宗教的願望や死後の永遠の生について思索しながら、次のような奇妙な仮説にたどりつく。「なにものも創造されず、なにものも失われず、すべてのものが変化する」という定式とエネルギーの状態との関連を考察し、精神の集中化という傾向に対して物質エネルギーが拡散する傾向にあることから、物質エネルギーの（たとえば、熱拡散による）安定性と同質性という科学哲学の結論とアポカタスタシスとのあいだに関連性があるのではないか、とウナムーノは想像している。

そこでウナムーノは、思想の歴史において、あらゆるものの意識（ウナムーノにあって意識は神と同義である）への還元という意味において、物質の均質的なものへの還元過程に対応するものがあるだろうか、と自問する。ここでウナムーノが用意する回答が聖パウロの教説であり、アポカタスタシスという神学上の観念である。ウナムーノのいう聖パウロの教説とは、「滅ぼすべき最後の敵は死である」から始まり、「神がすべてのものにあってすべてとなられるためである」で終わる「コリント人への第一の手紙」第十五章二十六節から二十八節までの聖句を指している。ウナムーノはとりわけ「神がすべてのものにあってすべてとなられるためである」という、いわば神の「飽和」状態についての聖句を聖パウロのアポカタスタシスとみなし、とめどない思索にふけっている。以下の引用文がウナムーノのアポカタスタシスに関する中心的モティーフである。

アポカタスタシス、つまり神がすべてにあってすべてになることとは、かくしてアナセファレオシス（the anacefaleosis）、つまり、すべてがキリストのうちに、人類のうちに収縮していくこと――それゆえに人類が創造の目的であること――に還元される。そしてこのアポカタスタシス、すべてのものの人間化もしくは神化は物質を消去するのではなかろうか。

意識と神が同義であるウナムーノにあって、アポカタスタシスとは、とどのつまり、すべてのものが精神的存在に還元する（つまり、吸収される）ことを意味するから、物質的なものが消去され、意識もしくは精神の均質性（あるいは同質性）という状態が論理的に成立し、個別的精神の否定という矛盾をはらむ。そこでウナムーノは自説の欠点を克服するために、シャルル・ボヌフォンという人物の『生と死に関する対話』と題する書物から示唆的な表現を援用することになる。ウナムーノが紹介するボヌフォンは、肉体と魂は不可分のものであり。単独ではいずれもが生きられないものであるとして、実際は死も誕生も存在しないという極端な思考をたどり、そこから肉体が受け継がれるように、魂も受け継がれているとする。これは人間の個別性を否定することに通じていき、ウナムーノの発想に近づいている。ウナムーノはボヌフォンの意見を援用しながら、聖パウロのアポカタスタシスについて思索を深めようとする。

それゆえに、われわれのだれもが以前に生きたことがあるのであり、みずからは知らないであろうが、これからふたたび生きることになるだろう。「もしも人類がみずからを超えて次第に高められるのであれば、みずからのうちに人類のすべてを包含することになる最後のひとが死ぬときに、彼がどこか天において存在するような高い秩序の人類に到達したことがないなどと言えるひとがはたしているであろうか？〔……〕」。このような想像や思考の様式によれば、だれもが生まれないのであるから、だれも死なないことになり、いずれの魂も闘いを終えたことがなく、〔……〕いっぽうにおいて、彼ボヌフォンも人格的個であり、このような願望を感じているのであるから、呼び出された者と選ばれし者との区別や代表的精神の観念をも採用している。

ウナムーノが紹介するボヌフォンの考えによれば、「個の不滅性」をもたない大多数の人間は、「大洋の水滴」、「神のからだの、意識をもつ細胞」であり、「永遠の光をあずかるように予定されている」という。ウナムーノは、これを「ボヌフォンの宇宙的夢想」と呼び、これこそが「聖パウロのアポカタスタシスの柔軟な表現」に他ならないと述べている。

ミラーのいう「地上最後のひと」は、ウナムーノが紹介するボヌフォンの「みずからのうちに人類のすべてを包含することになる最後のひと」という神のごとき「代表的精神」の別称であり、この精神は「人類のすべてを包含」しているゆえに「吸収」の観念をはらんでいる。一九三二年二月、ウナムーノの説くアポカタスタシスのうちに「飽和、吸収」の観念を見出していたミラーは、おのれを「地上最後のひと」というアダム的存在にみなそうと夢想した。同年十二月三日、ミラーはサミュエル・パトナムに『北回帰線』(初稿)の一節を引用して、一回だけ「飽和、吸収」という措辞を用いたのである。注目してよいのは、ミラーがおのれを「大洋の水滴」、「神のからだの、意識をもつ細胞」ではなく、極大化された「地上最後のひと」というアダム的人物に見立てようとしたことだ。前述したように、この形而上的自己の探求は、以後の自伝的小説群や『わが生涯の書物』(一九五二)などの暗渠において展開されており、『北回帰線』は、このような形而上的自己の登場をひそかに予告する作品であるがゆえに「野望を秘めている」のではあるまいか。「神がすべてにあってすべてになる」という聖パウロの「飽和」的アポカタスタシスの観念が、「アナセファレオシス、つまり、すべてがキリストのうちに、人類のうちに収縮すること」であり、ミラーが「ウナムーノを全面的に支持」しつつ、ひそかにアポカタスタシスをおのれの主題のひとつにしているのであれば、ミラーは自伝的小説『北回帰線』において、もうひとりのキリストの登場を予告することになるだろう。なぜなら、ミラーのいう「地上最後のひと」ともうひとりのキリストは、ウナムーノの著作に触発された観念であるから、二者であるというよりは、「飽和、吸収」という一枚のコインの表裏の関係にあるからである。

七年間、ぼくは昼夜をわかたず、たったひとつのことを思いながら動き回っていた――彼女のことを。彼女に対するぼくのように、自分の神にかくも忠実なキリスト者がいるとすれば、今日ぼくたちはみなイエス・キリストになっているだろう。昼夜をおかず、彼女を欺いているときですら、ぼくは彼女のことを考えていた。

ここでいう「彼女」は、『北回帰線』のモーナ、つまりミラーのふたり目の妻ジューンを指す。「七年間」

は、ミラーがジューンに初めて会った一九二三年から、ミラーが単身パリに渡った一九三〇年までを指し、ミラーが構想した自伝的小説群の年代的枠組みにあたる。
「ぼくたちはみなイエス・キリストになっているだろう」という文章の中心にいるのが作者自身であるとすれば、ミラーは後続する作品群においておのれ自身をもうひとりのキリストとして描き出す予定でいたことになるだろう。北回帰線という地理学上の措辞にはキリスト到来の予告という観念が古代人によって封印されているが、『北回帰線』や『南回帰線』を一読してキリスト到来の予告という主題を読み解いたのがウェールズの哲人ジョン・クーパー・ポウイス（一八七二―一九六三）であって、ポウイスとミラーの関係を論じる章において改めて指摘したい。

冒頭の引用文は、ウナムーノの著作に触発されて綴られたアポカタスタシスの観念を暗示している。「ぼくは流動するすべてのものを愛する。そこに時間と生成を有し、ぼくたちを終わりのない始まりに復帰させるすべてのものを」。ミラーにおけるアポカタスタシスは、「終わりのない始まりに復帰させる」ことであり、それは未来への接続ではなく、はるかな過去への逆流を意味する。前方ではなく、「後方」への飛翔である。終末と始源（根源）を接続させることである。つまり、「ヨハネ黙示録」から「創世記」の冒頭への架橋作業である。「大いなる近親相姦的願望は、流れ続けていくうちに時間と一体化し、あの世の大いなるイメージと現在を融合させることである」。ミラーのいう「近親相姦的願望」とは、「飽和、吸収」が二者ではなく、分離し難い表裏の一者であり、終末と始源がひとつであるという「願望」を意味する。冒頭の引用文は、ミラーが『生の悲劇的感情』の第十章を引き金として書かれた「飽和、吸収」の観念をひそかにはらむ文章である。『北回帰線』の主人公は言う、「おれは忍耐の限界に達したのだ。追い詰められている。もう一歩も後退できない。歴史に関する限り、おれは死んでいる。ほかになにかあるとすれば、後方へ跳ね上がらなければばならないだろう。おれは神を見出したが、それだけでは足りない。おれは精神的に死んでいるにすぎない。肉体的には生きている」と。ミラーが「後方へ跳ね上がらなければならない」のは、彼みずからがアポカスタシスの観念をおのれの橋頭堡にしているからではなかろうか。

一九三三年二月、写真集『パリの夜』が刊行されると、ミラーはブラッサイと親交をいっそう深めるようになり、ブラッサイとのパリ探訪などを同年夏に『北回帰線』に書き足した。当時のミラーについてブラッサイは著書『等身大のヘンリー・ミラー』において次のように述べている。

ミラーと話しているときにたえず彼の口からもれ出る重要語が逆行する（regress）という動詞だった。ぼくは進歩したいとは思わない、逆行したい、とミラーは言った。そう、逆行したい。日々、ますます無知に、植物や動物のように無知になりたい。五千年の歴史、神々、宗教、書物、〃偉大な人びと〃の影響をきっぱりと除去したい。……ぼくにそうするちからが備わっているのなら、学校や博物館を抹消するだろう、ありとあらゆる図書館を焼き尽くすだろう。戦争を勃発させる歴史を抹消するだろう。じゃあ、きみはあらゆる文明や文化を一掃するというんだね？　もちろん、そのとおりだ。きみはゲーテやニーチェなどの偶像を大切にしている。ぼくだってぼくなりの偶像のパンテオンを揃えている。ぼくはそういう偶像を焼尽に帰してしまうね、どれもこれも……拡大されたぼくの知識、豊かなぼくの教養から何を獲得したのだろうか？　なんにもない。失ったもののほうが多い。ぼくがなぜ第一作を『北回帰線』と呼んだのか知っているかい？

ぼくにとって、題名のなかの蟹座（Cancer）という語が文明の病気、誤った道の終点、進路を根本的に変更し、ゼロから完全に再スタートする必要性を象徴しているからだ……そうさ、どのような運命をたどろうと、ゼロから出発すべきで、疑問の余地はこれっぽちもない……ぼくが望むのは、進化を止めること、われわれが選択した道を逆戻りし、子ども時代以前の世界に戻り、さらにさらに逆行し、回帰し、そしてとうとうわれわれが背後にした世界に到達することだ。そこでは文明や文化がなんら重要な役割を演じない……いまこそわれわれは、ある意味で文化とは関係のない、原始的な宇宙を考え、感じ、眺めるときなのだ。

ミラーはアポカタスタシスという措辞ではなく、「逆行する」という動詞を用いて、おのれの形而上的主題をブラッサイに熱烈に語ったことになるだろう。ミラーのブラッサイへのこの語りは、『北回帰線』に底流する主題でもある。一九三〇年代のパリにあって、ミラーは世界の終末を意識し、「ゼロから出発」すべく人類史を逆行させようと夢想し、絶叫調になる。「ぼくたちは凶運を背負い込んでいて、ぼくたちのだれにとっても希望なんぞないのかもしれない。たとえそうであろうと、最後の苦悶の、血も凍るような吠え声を、抵抗の金きり声を、鬨《とき》の声を上げようでないか。嘆きを消散させろ！　悲歌も挽歌も失せろ！　伝説、歴史、図書館、博物館を取り除いてしまえ！　死者に死者を食わせよ。ぼくたち生者に噴火口のふちで最後の息を引き取る寸前の踊りを踊らしめよ」。『北回帰線』のなかの、この一節が詩人アレン・ギンズバーグを鼓吹し、詩集『吠える』（一九五七）を書かせるきっかけのひとつとなったと言われているが、留意すべきは、この一節が冒頭に掲げた一節の直前に位置していることだ。『北回帰線』において、ミラーはアポカタスタシスの観念をおのれの形而上的主題として採り入れている。

アナイス・ニンに宛てて一九三三年六月に書かれた手紙のなかで、ある書店でジェラール・ド・ネルヴァル（一八〇八—五五）の作品を購入して、その本をニンに発送したことを通知したミラーは、「友人のポール・ヴィヤンによれば、この作品がいちばんよく知られているそうです。ぼくは読んでいないので、きみがどう思ったかを教えてください」と述べているが、やがてネルヴァルの主要作品を読み継いでいった。ネルヴァルのもっとも有名な作品は『オーレリア』(一八五五)であるが、ミラーはこの小説を耽読したにちがいない。

夢と現実が混淆する生活を送る錯乱状態の『オーレリア』の語り手は、第一部において、世界創造の原点の、さらなる彼方にいたるまでの「一種の世界史」を一枚の紙片に書きつけようと決意する。第二部で語り手の「ぼく」は、コンコルド広場でチェイルリ宮の上方に「黒い太陽」や「赤い天体」が見えたように思う。これは「ヨハネ黙示録」の終末の天空と一致するから、ネルヴァルのいう「一種の世界史」は「ヨハネ黙示録」から「創世記」にいたるまでの、人類の記憶に刻まれていない歴史であって、ミラーは『オーレリア』のなかにアポカタスタシスの観念を見出し、ネルヴァルに限りない親近感を抱いただろう。

ミラーはネルヴァルとの関係においておのれを検証する必要が生じた。『オーレリア』の主題のひとつは、語り手の死せる恋人オーレリアの天上における変身のプロセスと語り手自身の救済であるが、ミラーは『南回帰線』において、地下世界に繋がれたマーラ(モデルはミラーの二人目の妻ジューン)の黒い変身をオーレリアの倒立像として描くことによって、おのれ自身とネルヴァルをひそかに対比させている。

ミラーは古代の星学に関心を示していたが、占星学の発祥の地とされるカルディアに起源する「大年」(Great Year)についての知識をどこかで獲得していたようにも思われる。ミルチャ・エリアーデ(一九〇七—一九八六)は『永遠回帰の神話』(一九四七)において、周期的に回帰する「大年」に宇宙・世界が劫火に覆われて崩壊するが、やがて宇宙・世界は回復するという楽観的終末観を紹介している。エリアーデによれば、「永遠反復の神話の堅守は、アポカタスタシス(この措辞はアレクサンダー大王以後、ギリシア世界に入った)神話の堅守とともに、そこにはっきりとした反歴史態度を、歴史から自己を守ろうとする意思とともに認めることのできる哲学的立場である」が、ミラーもまた世界の瓦解が予感される危機の時代にあって、「歴史から自己を守ろうとする意思」と思想を『北回帰線』において示したことになるだろう。

「大年」にまつわるカルディア説によれば、「宇宙は永遠であるが、周期的に破壊され、〈大年〉ごとに再建される」という。その紀年数は学派によってまちまちであるというが、興味深く思われるのは、「七つの遊星が蟹座に集合するとき（大冬Great Winterにあたり）大洪水が起こる。七つの遊星が山羊座に出会うとき、宇宙（つまり、大年の夏至にあたり）は大火で焼尽に帰する」という主張である。地理学上の用語である北回帰線の英名に蟹座が含まれ、南回帰線には山羊座が含まれる。山羊座と蟹座は古代の星学の中核となる星座であって、遥かな古代人の世界観についてのおぼろげな記憶が埋め込まれている。『北回帰線』の語り手が世界の瓦解を待望する姿勢を示すとき、彼は古代人の世界観に立脚しつつ発言していたことになるだろう。

ミラーはアポカタスタシスという形而上的主題を自伝的小説群において展開することになった。前述したように、一九三二年七月下旬、ミラーは『北回帰線』と『南回帰線』という題名を案出したときに、『神』という「最後の本」の構想があることをアナイス・ニンにほのめかした。一九三八年春になると、『神』という題名が『竜座と黄道』に変更された。以後のミラーは、再三にわたって『竜座と黄道』が彼の「最後の本」であると発言するようになった。『竜座と黄道』は執筆されずに終わったものの、この作品のおぼろな輪郭は、ミラーの作品群のなかに織り込まれている。ミラーは沈黙のなかに『竜座と黄道』を存立させようとした。なぜならこの作品のなかに、ミラーは「天球の音楽」（宇宙の音楽）を交響させようとしていたからである。ミラーはピタゴラスが提唱した「天球の音楽」の、二十世紀における継承者であった。ミラーは彼の敬愛するジョン・クーパー・ポウイスとともに、近現代の天文学的宇宙観にくみしようとしなかった。ミラーの主要作品群と断簡零墨の類に点描されているアポカタスタシスの主題を未知の作品の題名に繋絡させつつ読み解けば、『竜座と黄道』は人類の宇宙起源のストーリーになる。はるかな太古にあって、神のごとき人類の始祖が光り輝きながらチベットのシャングリラに到達した。この人類の始祖はミフー自身の「太古の自己」に他ならない、とミラーは『わが生涯の書物』第十三章「トイレでの読書」においてほのめかしている。文学作品は読まれることによって成立する。『北回帰線』を極微の胚芽とするアポカタスタシスの物語は、「飽和、吸収」の観念をはらみつつ、非実在の作品として重くたわんでいる。ミラーは『最後の書物』の「野望」にこだわり続けた作家であった。

セリーヌの『夜の果てへの旅』と『北回帰線』

ブラッサイの著書『等身大のヘンリー・ミラー』(一九七五)によれば、ヘンリー・ミラーがルイ＝フェルディナン・セリーヌ(一八九四―一九六一)の『夜の果てへの旅』(一九三二)を読了したのは、同書が出版される以前のことであり、ミラーとペルレスがクリシーのアナトール・フランス通り四番地のアパルトマンに移り住む以前であったという。つまり、一九三二年三月下旬よりも以前にミラーは、『夜の果てへの旅』を通読したことになるが、この作品はまだ出版されていなかった。

一九六七年九月某日、パリのレストランでホキ徳田を同伴のミラーは、ブラッサイとおしゃべりを楽しみ、「『北回帰線』でさえセリーヌの影響を受けた。辞書の助けを借りて『夜の果てへの旅』を読むのに一週間を要したよ。で、読んだ場所を知っているかい? フォリー・ベルジェールの隣のホテルだよ、ある思いやりのある友人のおかげでそこに宿泊できた。そのミュージック・ホールの芸人用入り口の隣にあるビストロでも時おり読み継いだ。そこは〈カフェ・〉オ・ランデヴ・マシニストだったと思う。『夜の果てへの旅』が『北回帰線』の拠りどころではないのは明らかだが、ある箇所では、たしかにセリーヌはぼくに影響をおよぼした。とりわけ、セリーヌの話しことばの使い方には強烈な刺激をうけたな」と語った。アナトール・フランス通りのアパルトマンに移る以前のミラーはまだ住所不定であり、「ある思いやりのある友人」とおぼしき人物がアナイス・ニンである。ミラーとセリーヌの出世作の共通点は俗語や卑語の頻用であり、この点については、ミラー自身もアナイス・ニンも認めているが、両者の作品を読んだ一般の人びとも同じような感想を抱くだろう。しかし、「ある箇所では、たしかにセリーヌはぼくに影響をおよぼした」と作家自身が述べているにもかかわらず、「ある箇所」が『北回帰線』のどの部分を指すのか特定されたことがない。

一九三二年二月下旬の土曜日にアナイス・ニンに宛てて書かれたミラーの手紙のなかに、「近ごろ、みすぼらしくて人目をひかないレストランばかりわたり歩いていましたが、いい店を見つけました——料理はまずいが、愉快な連中が集まる店です。フォリー・ベルジェールの楽屋口わきにあって、ロシア人の友人プリンス——という男と、以前そこへ殺虫剤を届けたものでした。この男の父親が戦艦ポチョムキンの提督でした。日が落ちてからのシテ・ソルニエ通りはぼくの好きな街路のひとつです」とあり、書簡集の注記によれば、「いい店」というは、「ソルニエ通りのカフェ・オ・ランデヴ・マシニスト」である。同年二月下旬に道具方のたまり場のようなカフェでも、ミラーは『夜の果てへの旅』のタイプ稿を読み継いでいたはずであるが、どういうわけか、セリーヌのタイプ稿の件をアナイス・ニンに打ち明けていない。同書の出版が同年十月中旬であったから、ミラーは出版のおよそ七カ月あまり以前にタイプ稿を読破したことになる。それでは『夜の果てへの旅』を読破したホテルの名前を特定できるであろうか？　手がかりは「フォリー・ベルジェールの隣のホテル」である。

『ビッグサーとヒエロニムス・ボッシュのオレンジ』（一九五七）のなかに、占星学者コンラッド・モリカン（一八八七—一九五四）から、パリで母親と娘らしいふたり連れを尾行した話を聞かされるくだりが出てくる。ふたり連れはフォリー・ベルジェール近辺にたどり着く。「ついにふたりは、あるホテルに到着する。

いささかどぎつい名前のホテルだ。(ぼくがこう言うのは、ホテルの名前を記憶しているからだ。かつてぼくはこのホテルで一週間を、その大半をベッドのなかで過ごした。この一週間、仰向けになって、セリーヌの『夜の果てへの旅』を読んだ)」。この「いささかどぎつい名前のホテル」というのは、フォリー・ベルジェールが所在するトレヴィス通りの四四番地に位置するグラン・オテル・ド・ラヴァンであろう。キューバの首都の名称を冠した、部屋数五十四(二〇〇一年現在、三ツ星)のホテルは、三〇年代にあってむさくるしい安ホテルであった。

一九三四年五月十二日、このグラン・オテル・ド・ラヴァンにおよそ二年ぶりに宿泊したミラーは、シュネロック宛てに手紙を書き、「今夜、ジャバウオッキー・クロンスタットのところを離れるときに、彼が提供しようとするステュディオ付きアパートを受け入れるべきかどうか思案していました——しばらくのあいだきみを宿泊させるために!」と、クロンスタットこと実名ローウェンフェルズから快適なアパートを格安で借りないかという申し出があったことを明らかにしている。サンルーム、浴室、スチーム暖房などの設備付きのアパートが月額七百フランであり、アメリカの基準から言えば、ばかばかしいほどの家賃であって、ミラーが宿泊しているグラン・オテル・ド・ラヴァンのレートのおよそ二倍であるという。「おかしいことに、ぼくはこの安ホテルが気に入っている——クレイジーな壁紙、壁のしみ、カビの臭い、壊れた家具等々。騒音さえも! というのも、想像しうるもっともにぎやかな地域を選んだからだ——ラファイエット通り、シカゴ・トリビューン、フォリー・ベルジェールからほんの一ブロックの距離だ。ぼくは匂い、ざわめき、汗、ほこりを好む」。フォリー・ベルジェール界隈は、ミラーにとっていくつかの思い出が詰まっている地区であり、そのひとつが『夜の果てへの旅』を読了した安ホテルであったようである。

この手紙によれば、クロンスタットが提供しようとした住宅は、かつてマイケル・フランケルが住んでいたアパルトマンであって、袋小路ヴィラ・スーラに所在していた。(四カ月後の同年九月二十三日、『北回帰線』が出版された日に、ミラーのヴィラ・スーラ一八番地への転居が実現する。）翌日の五月十三日、ミラーはオテル・ド・ラヴァンの近くのカフェで手紙を書き継ぎ、「いま『北回帰線』をふたたび書き直している」と述べつつ、「それから、いつものように、削除している。無駄なのは取り除いて、新しいのを挿入している」と、推敲が最終段階にあることをほのめかしている。グラン・ド・オテル・ド・ラヴァンに宿泊していたミラーは、『北回帰線』のなかに見出される『夜の果てへの旅』の影響や痕跡を確認していたのではあるまいか。

ブラッサイは、著書『等身大のヘンリー・ミラー』の「セリーヌとミラーについてのささやかな対話」と称するくだりにおいて、フランク・ドボとふたりの作家について語りあっている。

フランク・ドボ　ある日、〈ロベール・〉ドゥノエルに会いに行った。活動的で野心的な新興出版社の重役のひとりだ。ドゥノエルがこう言うのだ。「ぼくは傑作を発見したよ！　著者が天才であるのは疑いの余地がない。先日、だれかがぼくの机の上に厖大な原稿を置いていったが、その原稿がぼくの好奇心をそそるんだな。持ち帰ることに決めて、劇場から帰宅する途中でページをさっとめくり始めたら、とりこになってしまった……目をはなせなくなった。徹夜で読んだよ。〔……〕これは小説なんかではなく、棍棒の一撃、爆薬、爆弾……」。それからドゥノエルは三晩も寝ずに読み続けたとわたしに言った……「最後までぼくの興味と熱狂ぶりは薄れなかった……」。そこでわたしも一読したが、圧倒されたね。ヘンリー・ミラーを含めて数名の友人たちに見せたよ……原稿にまつわる話はもう探偵小説そっくりだ。

ブラッサイ　著者の名前をだれも知らなかったんじゃないかね？　社員たちに聞いたら、ある女性が原稿を持ち込んだのが判ったとか。

だれが『夜の果てへの旅』の原稿をドゥノエル社に持ち込んだかについては、いくつかの異なる説明があり、その後の経緯についても錯綜するところもあるので、フランク・ドボは探偵小説もどきであると思ったようである。当時は異稿が十も存在していて、フランク・ドボがいくつかを預かっていた。ともあれ、ミラーは一九三二年二月下旬に原稿を読み、ドボに宛てて二月から手紙を書くようになった。フレデリック・ヴィトゥーの『セリーヌ伝』によれば、原稿はガリマール社にも持ち込まれたが、ドゥノエルのほうが出版を四月に決定し、六月に契約を結んだ。ミラーは『夜の果てへの旅』を刊行する出版社が決まる前に、フランク・ドボの手元にある原稿のひとつを読んだのである。フランク・ドボの記憶によれば、『夜の果てへの旅』の原稿をミラーに手渡したのは、あるパーティでミラーと知り合って二、三カ月後のことであるが、ミラーがパーティで手あたり次第に料理や飲み物に手を出していたという。「ヘンリーはセリーヌと兄弟的絆を感じとり、『夜の果てへの旅』と自分の小説との結びつきには意味深いものがあると感じていた」と、フランク・ドボはブラッサイに説明した。

「セリーヌに会ったのか」とブラッサイに質問されたフランク・ドボは、「もちろんさ、初めてセリーヌに会ったのは、陸軍士官学校《エコールミリテール》と廃兵院の近くの、アメリ通りという狭い街路にある出版社だ。そのあとセリーヌはうちの会社にひんぱんに来たよ。『夜の果てへの旅』の版権を外国に売りたい気持ちがあったからね」と応答した。アメリ通りに所在していたのはドゥノエルの出版社である。当時のフランク・ドボは、ポール・ウインクラー著作権代理店に勤務していたので、著作権を外国に売りたい作家たちと交流する機会があった。彼はフランスの作家ではセリーヌの他にレーモン・クノー（一九〇三―七六）と親交があった。

ところでパリにはおよそ五千の街路が存在し、パリを踏査したミラーは、『北回帰線』において言及されるべき街路については吟味していたのではあるまいか。それぞれの街路は語り手の思い出や記憶と固く結びついているはずである。『北回帰線』に、「アメリ通りはぼくのお気に入りの街路のひとつであり、幸運にも市当局が舗装するのを忘れてしまった街路でもある。大きな玉石が道路の片側から向かい側まででこぼこに広がっている。わずか一ブロックの長さで幅が狭い。オテル・プレティはこの通りにある。アメリ通りには教会もある。まるでフランス共和国の大統領とその家族のために建てられたようなおもむきだ。じみで小さな教会をたまに見るのもわるくない」とあるが、この街路が『夜の果てへの旅』を世に送り出した出版社と脈絡するのを意識しながら書き込んだことになるだろう。

ミラーが『北回帰線』の初稿を書き上げた一九三二年十月中旬に、『夜の果てへの旅』がドゥノエル社から出版された。フランスで十紙を越える新聞がこの作品の梗概を載せるなど、注目を集め、ゴンクール賞の候補作に挙げられたりして話題になった。

当初の契約では『北回帰線』は一九三三年二月末に出版されることになっていたが、資金の目途が立たなかったので、オベリスク・プレスの社主ジャック・カハーンは出版を延期した。ミラーは『北回帰線』の改稿作業に入ったが、しばしばアナイス・ニンに感想なり意見を求めることになった。一九三三年五月になると、アナイス・ニンは『北回帰線』と『夜の果てへの旅』との「親縁性」に留意するようになった。ミラー宛ての、同年五月三日付けの手紙には、「わたしは『夜の果てへの旅』について述べたことを取り消します。あなたは六月にはこの作品を読まなければならないでしょう。この作品とあなたの作品とには親縁性がありますとあり、ニンはミラーがとうに『夜の果てへの旅』を読了したことにまだ気づいていなかった。同月八日付けの手紙でも、「あなたにはセリーヌと多くの類似点があります。〈ベルナール・〉スティールはあなたの作品が大いに好きになるはずです。来週の火曜にやって来ます」とあるので、アナイス・ニンはドゥノエルの共同経営者であったスティールを相手に、『北回帰線』と『夜の果てへの旅』との「親縁性」について話題にしたのではあるまいか。翌九日にもミラーに宛てて、ニンは手紙を書き、出版代理人ウィリアム・ブラッドリーに会って、ミラーについて話題にしたことを述べている。「彼はあなたについてすばらしいことを言いました。出来ばえがよい箇所では、あなたを凌駕するのは不可能だ。彼はあなたの力量を大いに信じ、あなたが詩人であると信じているのです」。ブラッドリーがミラーを高く評価したので、「世間が『夜の果てへの旅』を許容できるのであれば、人びとは〈作品の〉言語を引き合いに出しながら、ミラーの作品も受け入れるでしょう」と、ニンが意見を述べると、ブラッドリーは「ミラーのほうがセリーヌよりもはるかに卓越した知性をもつ人物だ」と、彼の見解を表明したという。いずれにせよ、ミラーが『北回帰線』に手を入れている段階で、ようやくアナイス・ニンは『北回帰線』との関連において『夜の果てへの旅』を意識するようになった。ミラーは、『北回帰線』が出版されると、すぐに手紙を添えて一部をセリーヌに進呈した。

ブラッサイとフランク・ドボの対話から。ブラッサイが「ヘンリーはセリーヌに会ったのか？」という質問を投げかけると、ドボは次のように返答した。

いや、残念ながら、会えなかった。『夜の果てへの旅』の作者に紹介すれば、ミラーは喜ぶだろうから、出会いの場をもうけようと、あらゆる手を尽くしたが、セリーヌは疑い深くて、人間嫌いでね。とりわけセリーヌは知識人や文人、その他の同類を嫌っていた。ミラーは彼の大嫌いなタイプなんかではない、とセリーヌを説得しようとしたが、無理だった。セリーヌには被害妄想があった。だれもが自分を困らせようとし、自分から盗み、自分を利用しようとしている、と思い込んでいた。とくに自分の本を扱う出版社や出版代理人もそうだと信じ込んでいた！　あらゆる努力をはらったが、セリーヌとミラーの顔合わせは実現できなかった。忘れてならないのは、セリーヌにとって、ミラーはまったく未知の人間だということだ。

ブラッサイはさらに問いを発した、「なぜセリーヌに『北回帰線』の原稿を見せなかったのか」と。「原稿が手元になかったからね。出版されてから一冊を送ったよ。セリーヌは英語がよくできたから、『北回帰線』を読んでくれたし、評価してくれた……だが詳細に意見を述べようとはしなかった」。ミラーも『北回帰線』をセリーヌに送ったと述べているが、おそらくフランク・ドボを介して送ったのであり、セリーヌの返信もフランク・ドボ経由で受け取ったのであろう。当然ながら、ミラーはセリーヌが人間嫌いであることをフランク・ドボから聞き知っていたはずである。

ブラッサイの著書によれば、ミラーは若い劇作家ジャック・クラインの弟ロジェ・クラインに宛てて、セリーヌから受け取った手紙を書き写し、彼の意見を求める手紙を書き送ったという。一九三四年の秋のことである。

親愛なるロジェ、セリーヌに手紙を添えて『北回帰線』を送ったら、すぐに短い返事が来ました。大いに興味をもってぼくの本を読むつもりだと言っている。ちょっと目を向けただけで彼の好奇心をそそったようだ。それから彼はいささかぼくの理解できないことを書いてきた。きみのために引用してみよう。もし意味合いがわかれば、すぐに知らせてくれないか。好奇心でうずうずしている。セリーヌの手紙を丸ごと書き写します。

わたしの同僚へ

きみの『北帰回線』を読んだら、ひじょうに楽しい思いをするでしょう。すでに読み終えた部分だけでも小生の興味をそそり、すべてを読もうという気にさせてくれます。小生のかなりよく承知していることについて、ほんの少し助言させていただきたい。充分に慎重であってください！　つねに、もっと慎重に！　自分が間違っているのだと学んでください――この世は自分が正しいと思っている人たちで溢れています――そういうわけでこの世は胸をむかつかせるのです。

敬具

L・F・セリーヌ

ぼくが理解できないのは、傍点の箇所だ。末尾の「胸をむかつかせる」というのは、悲嘆に暮れるという意味だろうか。「慎重であれ」ということで彼はなにを言おうとしたのだろうか？　なにかぼくを咎めているのだろうか？

取り急ぎ。

ヘンリー

ブラッサイは、ミラーの質問にロジェがどのように応答したかは知らないと述べたあとで、セリーヌがおのれの実人生において、『夜の果てへの旅』においても、「自分が間違っていることを学べ」とばかりに、自身を悲惨な状況に追い込んでいったと解説し、「自分が間違っていることを学べ」とはセリーヌの内奥をうかがわせる言い回しであると主張している。ブラッサイの主張はそれなりに確信にみちていて説得力もある。

問題は、ミラーがセリーヌの手紙をどう受け止めたかである。

『セリーヌ伝』の作者フレデリック・ヴイトゥーは、ミラー宛ての返信においてセリーヌが「自分自身について語り、口うるさく教訓を垂れる連中からこれまでになく遠く離れていたいという自分の気持ちを表明している」と解釈し、セリーヌの返信は、「接触する気がまったくないことをヘンリー・ミラーに暗示するための彼なりの手口だった」のではないかと推測する。「『北回帰線』の著者は、それからは彼に何も言わなかった。セリーヌの返事を会いたくない意思の表れと判断したのだ」と書いている。ヴィトゥーの説明は、突っ込みがやや不足していて、なんとなく物足りない感じがする。

一九五一年六月二十六日付けの、イギリスの画家グラハム・アクロイドに宛てた返信のなかで、ミラーはマックス・エルンストやセリーヌの住所を知らないと書いてから、「ぼくは一度だけセリーヌに手紙を書きましたが、彼があまりにもいたましく、哀れだったから、もう彼をうるさがらせる気になれません」と括弧にして追記した。ミラーはセリーヌの返信やフランク・ドボのもたらす情報から総合的に判断し、セリーヌをそっとしておきたいと思ったのである。一九五〇年、パリ法廷は、ナチに対する協力戦犯として、セリーヌに国籍剥奪、資産没収等の判決を言い渡していて、ミラーもこれをニュースとして知っていたとすれば、セリーヌをいっそう哀れに思っていただろう。

『北回帰線』がマンハッタンのグローブ・プレスから出版されて満一カ月も経過していない一九六一年七月一日、セリーヌは脳出血で逝った。反ユダヤ主義者の烙印を押され、毀誉褒貶《きよほうへん》の渦に巻き込まれていたセリーヌであったが、一九六三年になってようやく『レルヌ』誌のセリーヌ特集号が刊行された。およそ三五〇ページの『レルヌ』誌に多士済々が寄稿し、セリーヌについて賛否の激論を展開している。アメリカ人の論者はエズラ・パウンド、ジャック・ケルアック、ヘンリー・ミラーの三名である。

寄稿文の、最後のパラグラフにおいてケルアックは次のように言う。

「セリーヌは、偉大な、きわめて偉大な魅力と知性を具えた作家であったし、いま彼に匹敵する作家はいない。セリーヌは、ついでながら、ヘンリー・ミラーの作品に大きな影響をあたえている」とし、「恐怖ののしかかる肩からつまらぬものを払い落とそうとする、あの現代的な炎のごとき語調、あの誠実な苦悩、欠点を補うような哄笑と肩をすくめること」などがミラーにとって迫真的であったのであり、「現代の政治的危機は一八二二年のトルコの危機と同様に重要ではなく、当時のウィリアム・ブレイクは神の子羊について書いていた。結局のところ、人びとは神の子羊を記憶するだけだろう」と、ケルアックは述べたあとで、彼がセリーヌについて記憶するのは、主人公にして語り手フェルディナン・バルタミュの友人レオン・ロバンソンだけだという。「ぼくは例の医師が夜明けのセーヌ川で放尿しているのを思い起こすだけである……ぼく自身は元船乗りにすぎず、政治には関係がなく、投票もしない。アディーユ、哀れに悩める、わが医師よ」。ケルアックは医師であったセリーヌにまつわる政治的発言や政治的取り扱いを夾雑物として排除し、医師セリーヌに共感を示しながら、別れの挨拶を送っている。

『レルヌ』誌に寄せたミラーの文章は、追悼文とは言いがたく、一九六二年十月一日付けの、『レルヌ』誌の編集者に宛てた断り状である。当時のミラーはドイツ国内を旅行していたから、旅先から『レルヌ』誌に手紙を書き送った。

問題は、旅行中になにか価値あるものを書くだけのこころの冷静さをたもてないことです――それにわたしはここ数カ月間も大いに旅行をしているのです。わたしに提案できるのは、わたしがこれまでセリーヌに関して書いたものを利用することです。ニュー・ダイレクションズがお役に立てるかもしれません。でなければ、ヘンリー・ミラー文芸協会の幹事トマス・ムア氏がお役に立てましょう――ミネソタ州ミネアポリス、北七番通り一二一番地。彼は最近になってわたしのすべての本を調べました。わたしはどこに何が載っているのかさっぱりわかりません。わたしはセリーヌの作品を激賞しますし、彼に負うところも大いにあります。わたしはこうした「死後の検証」に対して何も書かなくても恥ずかしいとは思いません。生存中のセリーヌのためにできることはしたのです。彼が逝ってしまったいま、こうしたことばにどれだけの意味があるのでしょう？　人びとは発言するのです――生者のために。彼の作品に引き寄せられる人びとは、これからもそうするでしょう、いま彼が賛辞を述べられようと、どうであろうとも。そう思いませんか？（あなたはそうは思わないだろうと推察しますが。）ともあれ、こうしたことは、わたしに葬儀を、墓の脇に立って、うつろな穴に花を投げ込んだりするのを思い起こさせるのです。わたしに絶対にできないことです。わたしは葬儀にも結婚式にも出かけません。

このように長たらしい説明をどうかお許しください。セリーヌはいまなおわたしのなかにいて、これからもつねにそうなのです。

敬具

ヘンリー・ミラー

『レルヌ』誌の編集者は、ミラーの断り状を独自の判断で追悼文とみなし、同誌に掲載した。ミラーの文章のポイントはどこにあるのか？　末尾の「セリーヌはいまなおわたしのなかにいて、これからもつねにそうなのです」ということになる。前述したように、ミラーは『北回帰線』を執筆しているさなかに『夜の果てへの旅』のタイプ稿を貪るように読み、のちにブラッサイに『北回帰線』の「ある箇所では、たしかにセリーヌはぼくに影響をおよぼした」と述べた。『北回帰線』はミラーにとって、おのれ自身と等価である。つまり、『レルヌ』誌に掲載されたミラーの文章の末尾を、「セリーヌはいまなお『北回帰線』のなかにいて、それゆえに、これからもつねにそうである」と読み替えることができる。ところで、『夜の果てへの旅』が『北回帰線』以外の作品においても反響しているだろうか。どこで、どのように反響しているのか？

セリーヌの分身である『夜の果てへの旅』の主人公バルダミュは、戦場、アフリカ、アメリカを駆け抜けてパリに帰還する。一九三五年一月に五年ぶりで一時帰国したミラーは、書簡形式のエッセイ『ニューヨーク往還』のなかで「壁がのしかかってくる。〔……〕壁はむきだしで、摩天楼ときたら、立っている鉄道線路のようだ」と書き込んだが、この部分は『夜の果てへの旅』のなかでバルダミュの述べている、「垂直に立っている都市」（ニューヨーク）と「寝そべっている都市」（パリ）という差異を読者に連想させる。以下の引用は、ミラーの記憶に突き刺さったセリーヌのニューヨークの描写である。

想像してみたまえ。そいつが立っていたのだ、やつらの都市が、まぎれもなく垂直に。ニューヨーク、それは立っている都市だ。もちろん、もうずいぶんと見てきた、ぼくたちだって、都市を、もっと美しいのも、港も、有名なやつだって。だが、ぼくたちのところでは、そいつは寝そべっている。そうだろう、都市というのは、海辺に、川のほとりに、風景のなかに身を横たえて旅人を待っているのだ。

ミラーはバルダミュのアメリカ滞在のくだりをていねいに読了した。一九四〇年一月にギリシア経由で帰国したミラーは、同年秋にアメリカ紀行を執筆するためにアメリカ一周旅行の途についた。アメリカ紀行『冷暖房完備の悪夢』（一九四五）によれば、ミラーはデトロイトに到着したときに、自動車王ヘンリー・フォードを表敬訪問しようと思うが、そのときにデトロイトに滞在したセリーヌを思い起こす。

ぼくはセリーヌのことを思う――彼はいかにも愛情をこめてフェルディナンと自称している。そうだ、工場の門の外に立っているセリーヌのことを思うのだ。（『夜の果てへの旅』の二二二ページから二二五ページだったと思う）彼は職を見つけるだろうか。きっと見つけるだろう。彼は職にありつく。彼は洗礼をくぐりぬける――騒音による屈辱の洗礼だ、彼はあそこで数ページにわたって機械についてのすばらしい歌をうたう。機械が人類にふりまく恩恵をうたう。やがて彼はモリーに出あう。モリーは売春婦にすぎない。『ユリシーズ』にも別のモリーがいるが、デトロイトの娼婦であるモリーのほうが、ずっと立派だ。モリーには魂がある。〔……〕モリーは、人びとがどう考えようと、フォード氏の巨大な企業よりも大きく神々しく浮上する。セリーヌがデトロイトを描いた章において、みごとであり、驚くべきことだ――彼が機械の魂に対して娼婦の肉体に軍配を上げているのは。

ミラーは、バルダミュの心底からの、娼婦との交流に共感を示し、セリーヌを高く評価する。社会の除け者たちに寄り添うことにおいて、ミラーはエジプト人作家アルベール・コスリー（一九一三―二〇〇八）に深く共感したように、セリーヌとの血縁的絆を確認しようとする。一九五四年、ミラーはアメリカ旅行の備忘録『赤いノートブック』（手書き、写真版）を刊行したが、最後のページにはセリーヌの写真が貼り付けられている。さて課題は、「セリーヌはいまなおわたしのなかにいて、これからもつねにそうなのです」と断言するミラーを、『北回帰線』において確認できるか、どうかである。

バルダミュ、ロバンソン、マドロン、ソフィの四名がタクシーに乗り込み、セーヌ通りを通過すると、いさかいになり、マドロンがピストルでロバンソンの腹部に二発をぶちこむ。バルダミュを襲うのは圧倒的な喪失感だ。バルダミュはセーヌ川に向かって急勾配の小道を歩む。ロバンソンを運ぶ担架が遠ざかっていく。平底船が岸辺にしっかりと繋がれている。今日のセーヌ川では平底船は激減しているようであるが、一九三〇年代には貨物を運搬する平底船の往来が目立っていた。セーヌ川はパリの大動脈であり、セーヌを往来する夥しい平底船は、歴史的には交易の要《かなめ》の役割を果たしてきた。

かなたの海を眺めても、もはや想像力が働かないバルダミュ。「ぼくの放浪、そいつはもうおしまいだ。他のやつらの番だ！……世界はもう一度閉ざされてしまったのだ！　果てまで来ちまったのだ、ぼくたちは！」友人ロバンソンの死とともにバルダミュの旅は終結する。「ぼくは人生でロバンソンほど遠くまで行き着いてもいなかった！……結局、成功しなかったのだ！　やつが痛めつけられる目的で身につけたような、頑としてゆるがぬひとつの思想を、ぼくはついに獲得できなかった」。夜明けのセーヌ河岸は白み、活気づき、「労働が始まる」。末尾でバルダミュの最終的な喪失感が綴られる。

遠くで引き船が汽笛を鳴らした。その合図の響きは橋を越え、次々と橋弧を、水門を、橋を越え、遠く、さらに遠くのびていく……川のすべての平底船を、一隻のこらず、さらにパリ全体を、空を、野原を、そしてぼくらを、すべてを、それはさらっていった。セーヌ川をも、すべてはもう消えてしまった。

『夜の果てへの旅』の末尾が『北回帰線』のミラーに迫った。セリーヌの作品に共感しつつも、パリに移り住み、「パリの本」を書き上げようとしていたミラーは、セーヌに浮かぶ無数の平底船やパリを丸ごと、引き船の「汽笛」によって消滅させようとするセリーヌの想像力に驚嘆し、圧倒されつつも、この末尾のパラグラフをどうあっても許容できないと思ったのではなかろうか。ここで想起されるのは、ミラーがアナイス・ニンに宛てた一九三三年二月の手紙のなかで、サミュエル・パトナムのラブレー伝から引用してみせた「さまざまな変化にもかかわらず、パリはつねに同じままである」という一節である。この一文を読んで「パトナムに先を越されました」とミラーがアナイス・ニンに伝えたのは、『夜の果てへの旅』に対するアンチテーゼとして、『北回帰線』の結末あたりにおいて「パリはつねに同じままである」という趣旨をすでに書き込んでいたか、あるいは書き込む予定でいたからである。「パリの本」を執筆しているさなかに『夜の果てへの旅』のタイプ稿を読んだミラーは、この作品の末尾を押し戻して、平底船を、セーヌ川を、パリをおのれの作品において奪還せねばならない、と決意したはずである。つまり、『夜の果てへの旅』の末尾が、『北回帰線』の結末を決定づけることになる。

妊娠したと偽って結婚を迫るフランス女性ジネットから解放させようと、友人フィルモアを北駅から出る列車に慌ただしく押し込むと、『北回帰線』の語り手はタクシーでセーヌ川のほうへ向かう。セリーヌの作品では、友人ロバンソンの死を契機として急転直下に結末に向かうが、『北回帰線』では友人フィルモアのパリからの逃亡をもって一気に結末になだれ込む。『北回帰線』の結末のリズムは、セリーヌのデビュー作のそれに負っている、「セーブル橋のところで降りるとぼくはセーヌ川に沿ってオートゥイエ・ヴィデュクに向かって歩き始めた。このあたりは支流くらいの川幅で、木々が岸辺まで続いている。水を青々とたたえ、鏡のように穏やかだ、とりわけ対岸の近くは。時おり、平底船が低く音を立てて進んでいった」。ミラーはセリーヌが消去しようとした「平底船」を風景のなかに蘇えらせる。

あらゆることがぼくの頭からふるいを通って静かに落ちていくと、大いなる平安がぼくを支配した。ここでは、川が曲がりくねって帯状の丘陵を通り抜け、土壌には過去が飽和状態にまで染み込んでいるので、いかに遠い昔日をさまよってみても、ひとはこの表土と、人間がそこで織りなす背景とを引き離すことができないのだ。ああ、なんということだ、黄金色の平安がかすかにゆらめくと、神経の鋭いひとだけが顔をそむけることを夢想できるのだ。かくも静かにセーヌが流れていると、ひとはその存在にほとんど気づかない。セーヌはつねにそこにある、静かに、慎み深く、人間のからだのなかを走っている大動脈さながらに。

セーヌ川に向かい合ったミラーのこころに訪れる「大いなる平安」には、セリーヌの『夜の果てへの旅』の末尾にかかわるミラーの自己検証という側面が絡んでいる。セリーヌが消去しようとした平底船、セーヌ川、パリを奪還したからこそ、「大いなる平安」が小説家ミラーを包み込む。「セーヌはつねにそこにある」と書き込んだとき、ミラーはセーヌ川を抹消しようとしたセリーヌの悲痛な思いを痛烈に意識しているおのれ自身を自覚していたのであり、『レルヌ』誌の編集者に「セリーヌはいまなおわたしのなかにいて、これからもつねにそうなのです」と言い放つこともできたのである。

一九三四年十月五日、マンハッタンに滞在中の『北回帰線』のフィルモアことリチャード・オズボーンは、オベリスク・プレスから出版されたばかりの同書を落手するや、すぐに読み始めた。フィルモアがパリから逃亡する結末のエピソードから読み始め、それから真ん中あたりへと自分が登場している場面へと目を走らせた。彼は夢中になって読んだ。その日のうちに書かれた返信のなかに以下の一節が含まれている。

この作品のなかの私についての描写は、予期していた以上に寛大に扱われています。確かに私です、少なくともわが人生のあの局面における私の一部です。描写は完全に公正なものではないにしても、細部の事実については文学的、詩的許容が認められるでしょうし、シュルレアリスティックな歪曲を含んでいて、必ずしも私の内面的なものに触れていないにしても、取るに足らないことです。たとえ描写されているのがいまの私ではないにしても、みごとな性格描写です。そしてそれこそが重要なすべてです。たしかにあの当時の私がここにたっぷりと書かれていて、いまの私は自分自身を笑ってしまいます。しかし、そうであっても、釈放されたことの涙と絶望のうつろな笑いを笑わずにはおれません……迷妄のあぶくはとうに破裂したのですが、私の観点からはあまりにも深刻で、悲劇的でしたから、超然としてはおれなかったのです。ロバンソンがセリーヌの作品のために果たした役割を、私があなたの作品のために担っているように思われます、もっともセリーヌよりもあなたのほうが友人である作中人物に思いやりを示しています。

すでに述べたように、『北回帰線』の初稿（ただし、結末は未定のままの荒削りの稿であった）をオベリスク・プレスに提出した一九三二年十月に、セリーヌの『夜の果てへの旅』が出版された。ミラーは同年九月ころにパリから逃亡した親友リチャード・オズボーンのエピソードを『北回帰線』の結末に繰り込むことによって、親友の喪失というセリーヌのデヴュー作との外面的類似点を織り込みつつ、「セーヌはつねにそこにある」と書き込んでセリーヌに対するアンチテーゼをひそかに主張していたのである。

V 1934年『北回帰線』へ 5

『北回帰線』の「序文」の書き手はだれか

一九三二年三月中旬、アナトール・フランス通り四番地のアパルトマンを確保すると、ミラーは『北回帰線』の執筆を加速させた。書き進んでいくうちに、いくつか気になることがミラーの脳裏をかすめていった。はたして読者が『北回帰線』を理解してくれるだろうか、『北回帰線』の出版を引き受けてくれる出版社が現れるだろうか、とミラーは案じるようになった。初稿にミラーは次のように書き込んだ。

ぼくは自分の本に序文を書こうと努めてきた。しかし、けっして読まれることのない本に序文を書いて何の役に立つというのか？　手紙を書いて、封筒に入れて、投函するほうがましだ。そうすれば、だれかが読んでくれるだろう。自動的に連鎖していく読者層だって？　いや、それでは満足できない。少なくとも三、四名の読者が必要だ。ぼくの言わんとしていることの真価を認める読者がこの世にせめて三、四名はいるにちがいない。ぼく自身に協力しているときのぼくの考えは、感情の復活を表現し、思想の成層圏において、つまり精神錯乱状態のなかで、ひとりの人間の行為を描写することであった。ここかしこで人びとは、ほったらかしにされた彫像、未開封の箱、セルバンテスの見逃した風車、縦方向に乳房が五つ、六つ並んでいる女体のトルソーを偶然見つけたかもしれないのだ。両足に赤い羽根飾りをつけて赤道を歌った者はこれまでいなかった。ぼくがそれをやり遂げねばならぬ。

右の引用文は、同年四月に旧友シュネロックに宛てた手紙にも「だれも両足に赤い羽根飾りをつけて赤道を歌ったことがない」とあることから推せば、アナトール・フランス通りの部屋を確保してから書かれたことになるだろう。「序文」をどこかに郵送しようと思ったせいであろうか、ミラーは「序文」という単語に×印を付して「公開状」に変更している。「序文」あるいは「公開状」を書きたいと思ったとき、ミラーはルイス・ブニュエルを思い起こしていた。二年前のパリ到着早々に観た映画『アンダルシアの犬』やその後に鑑賞した『黄金時代』が衝撃的であった。理解されないかもしれない映画を制作したブニュエルの勇気にミラーは敬意を表していた。『北回帰線』が理解しがたい作品になるかもしれないと思うとき、ミラーはブニュエルの勇気に思いをはせた。

さらにミラーは次のように書き連ねていった。

今日、アメリカの法令にはファック、シット、プリック、カント等々の四文字を含んでいる本はどれも法を侵犯していると書かれている。きょうのぼくはアメリカと同国の法律の専門家たちに、ぼくの書くどの本にもこうした聖なることばが出てくるだろうと言いたい。きょうのぼくは怒っている、自分の血統を意識する。ぼくの星宮図あるいは系統図を調べる必要はない。ぼくは自分が人類の神話的始祖たちから出ていることを知っている。ゼウス、バッカス、ディオニソス、アシュタルテ、蟹座、山羊座、ドイツ的教条主義者、アメリカのピュリタン、ティロルの農夫、十字架の製作者、こういった人間たち、神々、神話、愚かな農民たち、探検家たち、学者たちが結びついてぼくを産み出したのだ。

いわゆる四文字を取り込んだ作品は、コムストック法が猛威をふるっていたアメリカでは出版されてもすぐに押収される運命にあった。コムストック法は、猥褻文学あるいはポーノグラフィと判断される作品の郵送を禁止する法律であって、『チャタレー夫人の恋人』もその対象にされていた。ミラーは出版が容易ではないと思いつつ猛然と『北回帰線』を書き進んでいった。

同年七月二十六日（日付は書簡集の編集者ギュンター・スタールマンの推定であるが、日付の推定は杜撰さが目立つ）、ミラーはアナイス・ニンに宛てて、「きょう、クランス博士から気送管送達便を受け取ったので、すぐさま、あの有名なポール・モランにお会いできればうれしく思います」という返信を書き送ったと報告した。英語教師としてディジョンに出かける機会を得たのも仏米協会の会長クランス博士の口添えがあったからであったが、この件もアナイス・ニンが背後で関与しているとミラーは思っていた。クランス博士の手紙は、ポール・モランの作品を英訳すれば「二十五ページで五百フラン」が見込めるという内容であったが、ミラーはおよそ四十冊の著書がある作家ポール・モランと親しくなって「彼から出版社を紹介してもらう」つもりだと意気込んだ。いっぽうシュネロックに宛てた七月十二日付の手紙によれば、「いまポール・モランとコンタクトをとっていて、これから二カ月間、彼のために少々翻訳の仕事をすることになりそうです」とあり、「将来のために」ポール・モランから支援を得たいと期待している旨を述べているが、「将来のために」というのは、執筆中の『北回帰線』の目途がついたら出版社を紹介してもらいたいという意味であろう。しかし、当時のミラーがポール・モランと顔を合わせた形跡はない。この手紙のなかで、「いまオリジナル草稿の最初の百ページくらいを、贈り物としてきみに送ろうとしています。この草稿は書きなおしのためにいくつかのドラスティックな変化が生じていますが、ヴァイオレンス、猥褻さ、あるいは人格の毀損ということではなにひとつ失っていません。しかし、きみにぜひともお願いしたいのは、これをあちこちに見せて回ってもらいたくないのです。エミールよ、これはほんとうにすごい本なのです――そしてユニークな。ぼくの考えでは、この本は暴動を起こすでしょう、と同時に売れ行きも悪くないでしょう」とミラーは自信のほどを示している。この手紙を書いたとき（つまり、百ページほどの稿を送ったとき）、ミラーは『北回帰線』という題名をまだ案出しておらず、題名は『最後の書物』という仮題のままであった。

八月九日ころ（書簡集の編者による推定によれば七月三十日）に書かれたアナイス・ニン宛ての手紙には、「今朝、出版代理業者のウイリアム・アスペンウォール・ブラッドリーから手紙を落手しました。彼に会いに来ないかと訊ねています。クランス博士がブラッドリーにぼくの本について話してくれました。クランス博士に三ページの手紙を書き終えましたが、きみに見せたら、とても面白いと思っていただけるでしょう」という文章が出てくる。クランス博士の仲介のおかげでミラーはパリに住むアメリカ人の出版代理業者ウィリアム・A・ブラッドリー（一八七八―一九三九）とつながりができた。八月八日にミラーに宛てて書かれたブラッドリーの手紙の書き出しが「二編の作品を読み終えました。これらの作品についてあなたと話し合いたいと思います。とりわけ『北回帰線』について、こちらはすばらしい作品です」となっていて、「わたしのオフィスにいらっしゃいませんか？　わたしは週末まで忙しくないのです」と、ミラーの来訪を促している。この手紙の余白にミラーは「『北回帰線』についての最初のグッド・ニュース」と書き込んだ。ミラーがブラッドリーに送ったのは、『北回帰線』の初稿の一部の他に、アメリカで書き始め、パリで手を入れていた『クレイジー・コック』の稿も含まれていたようである。ミラーは八月十二日にブラッドリーに初めて会った。執筆活動と編集の経験を積んできたブラッドリーは文学作品の目利きであり、彼の顧客にはガートルード・スタイン、ジョン・ドス・パソス、エズラ・パウンド、キャサリン・アン・ポーター、サミュエル・パトナムなどがいた。ブラッドリーは未完成の『北回帰線』を高く評価したが、アメリカの出版社が引き受けるはずもないので、ミラーと顔を合わせると、この作品を世に出せるのは「ジャック・カハーン以外にはいない」と説明した。十月に入ってから、ミラーは初稿をまとめて、九二六ページのタイプ稿をブラッドリーに提出した。全四冊の稿には知人や友人宛ての手紙が混在し、随所にカーボン・コピーが挿入されているために内容が重複し、量的に水増しされていて、実質的には六百枚あまりの荒削りの未完成稿であったが、冒頭のおよそ三十ページは現在の『北回帰線』の構成と雰囲気を伝えている。

十月十四日、サン・トノレ通りに所在するオベリスク・プレスに小包が届いた。差出人はブラッドリーであり、三名の作家による三編のタイプ稿が入っていた。ブラッドリーの秘書によってブラッドリーの名前で書かれた送り状のなかに、「けさミスタ・ブラッドリーが約束しましたように、『北回帰線』（作者不詳）をお届けします」という一文がみえる。「作者不詳」とされる『北回帰線』の初稿がようやくジャック・カハーンの手に渡った。

『北回帰線』を出版した頃のオベリスク・プレス社長ジャック・カハーン

イギリスのマンチェスター出身の、ユダヤ系のジャック・カハーンは、一九三一年夏にオベリスク・プレスを設立した。セシル・バーというペン・ネームで自らも作品を書き、ジェイムズ・ジョイスの崇拝者であった。カハーンが『ユリシーズ』の出版で知られるシェイクピア・アンド・カンパニーのシルビア・ビーチを訪問したことは、彼女の自叙伝にも記されている。カハーンの著書『書籍密造者の思い出』（一九三八）において、彼はシルビア・ビーチを「わたしの友だち」と呼んでいる。カハーンはかねてよりジョイスに会いたいと念願し、歴史に残るような文学作品を出版したいという野望を抱いていた。一九三二年夏と秋の週末を、カハーンはパリ郊外の別荘で家族とともに過ごした。別荘を手放したいと思っても、大恐慌のさなかで買い手がつかず、別荘を維持しなければならなかった。ブラッドリーから「用心深い、あいまいな祝福のことば」を添えて送られてきた「分厚な草稿」に別荘で目を通した。彼は一読したときの感想を『書籍密造者の思い出』（一九三九）のなかで以下のように記している。

巨大なぶなの木の樹陰のなかで昼食をとったあとで読み始めた。この巨木はフランスの樹木栽培の奇跡と呼べるものだった。たそがれが深まってくるころに、ようやく読み終えた。「ついに見つけたぞ」と私はひとりごちた。わが両手がそれまで手にした草稿のなかでもっともすさまじく、卑猥で、もっとも格調の高い作品を読み終えたのだ。かつて受け取ったどんな草稿も、その文体の輝き、底知れぬ絶望の深さ、人物描写の魅力、ユーモアの破天荒さにおいて、この作品とは比較にならなかった。家の中に入るとき、積年にわたって探求してきた対象にようやく巡りあった人びとの意気揚々たる高揚感にひたっていた。わが両手に天才によって書かれた作品があり、出版のために私に提供されたのだ。作品のタイトルが『北回帰線』であり、作者の名前がヘンリー・ミラーであった。

十月のマンチェスターで「たそがれが深まってくる」のは、午後八時ころであろうから、カハーンは六、七時間も読み耽ったであろう。翌週の月曜に出社すると、カハーンは『北回帰線』の出版について「同僚」から賛意をとろうとした。『書籍密造者の思い出』では「同僚」の氏名が明らかにされていないが、マルセル・セルヴァンという人物であって、彼はヴァンドーム・プレスという印刷所を所有していた。セルヴァンには文学的素養がなく、『北回帰線』をこき下ろした。カハーンはセルヴァンを説得しようとして、オフィスにミラーを招き入れた。息子モーリス・ジロディアスの自叙伝『カエルの王子』（一九八〇）によれば、ついに天才を発見したと意気込むカハーンに対して、「へっ、天才だって！」とセルヴァンはやり返した。「きみはオフィスに入ってきてもボンジュールと挨拶もできないやつを天才と呼ぶのか。ひとに話しかけるときに帽子をとろうと思わないやつを？　そういう男がベストセラー作家になれるのかね？　絶対にありえない」。カハーンはセルヴァンの反対意見を無視して『北回帰線』の出版に関して契約を早々に進めた。

セリーヌの『夜の果てへの旅』が出版された十月二十日の前後にジューンがまたもやパリに姿を現した。彼女はアナイス・ニンよりも先に『北回帰線』の出版に関する契約について知ったようである。当時のアナイス・ニンに宛てられた手紙のなかで、ミラーは「きみがクリシーに来てくれる明日の晩に持参してほしいものがあるので、ジューンからきみにこの手紙を手渡すことにします。ジューンが説明するだろうが、作品はたしかに受け取ってもらいました――二、三日のうちに契約書にサインする予定です。ジューンは最悪の観点から説明するだろうから、ぼくはベストな側面だけをお知らせします。現在の情勢では、印税は十パーセントで前渡し金はまったく見込めません。ブラッドリーは公正で妥当な契約だと思っているようです。ぼくとしては彼の適切な判断を信頼し、彼自身の利益について不満はありません。本の定価は五十フランになります」と述べ、さらに「カハーンとブラッドリーのどちらも警察当局から追跡されなければ、この作品で金儲けができると思っているのです」と、「ベストな側面」を伝えている。この手紙によると、「宣伝用にロレンスかジョイスに関して五、六十ページほどの冊子を書けないだろうか」と打診されたが、乗り気になれないとカハーンに返答したという。翌年、ミラーはロレンス論の執筆に没頭したが、ロレンスが聖霊の意味を探求していた作家であることに気づくと、『北回帰線』からロレンスについての言及をすべて削除した。

『北回帰線』の進捗状況について、ミラーはアナイス・ニンにかなり詳しく報告していたが、ブラッドリーに初稿を手渡す件については、事前に知らせなかったようである。ミラーの手紙をジューンから渡されたニンは、十月三十日にミラーに返信を書いた。その趣旨は「進行中の作品」を「アウトサイダーたち」に見せるべきではないという内容であり、「アウトサイダーたち」とはブラッドリーとカハーンであると名指ししている。アナイス・ニンからみれば、『北回帰線』はまだ第三者に読んでもらう段階に達していなかったにちがいない。テクストの結末あたりでジューンとの関係においてアナイス・ニンの名前が出てくる箇所があり、自分の名前を抹消するようにミラーに約束させねばならなかった。おまけに荒削りの初稿では結末をどうもっていくかが決まっていなかったからである。結末は、別途に詳述したように、出版されてまもないセリーヌの『夜の果てへの旅』から決定的な影響を受けることになった。

十月二十三日付けの、エミール・シュネロック宛ての手紙は、「ジューンはつい数日前に到着しました」という書き出しで始まり、シュネロックがミラーに手紙を書くときにはアナイス・ニンの名前が出てくるのが困るという理由で、手紙をペルレスに宛てて投函してほしいと注文をつけている。ジューンに知られたくないので、アメリカの友人たちにアナイスのことは伏せてほしい、とミラーはうろたえていた。「ぼくはジューンを打ちのめしたくない。アナイスはすばらしい、とジューンは思っている。ふたりはひんぱんに会っている――だから、ぼくとの争いに加えて、アナイスも彼女を裏切っているのを知ったら、残酷極まりない打撃になるだろう」とあり、この手紙でミラーは『北回帰線』の契約の成立については言及していない。『北回帰線』の出版に関する契約が成立したときのミラーは、ジューンの突然の登場が原因で極度の緊張状態に陥っていた。あげくの果てに、十二月上旬にミラーはおのれの死が近いと予感し、遺言書を書いてアナイス・ニンに送った。主たる内容は、『北回帰線』の印税で友人や知人に借金を返済したいので友人たちの名前、住所、金額の一覧を作成し、さらにジューンにも精いっぱい配慮した内容になっている。遺言状が作成されたとき、ジューンはまだパリに滞在していた。

当初の契約では、『北回帰線』の出版は、一九三三年二月末に予定されていたが、大恐慌のさなかにあって資金の手当てがままならず、九月末に延期された。だが半年が経過してもカハーンの資金繰りは好転しなかった。九月二十九日、カハーンはブラッドリーに出版をさらに延期したい旨を手紙で申し入れた。「謹啓　ブラッドリー様、ミラーの『北回帰線』につきましては、先日お知らせしましたように、経済的状況がこのありさまですから、この作品を契約期間内に出すことができないでいます。『北回帰線』を出版する意欲はいささかも減じていませんので、貴殿より直ちに契約書の期限を六カ月延長することについて著者の同意を取りつけていただければ幸いです。当方はその期間までに出版することに同意いたします」という手紙をミラーに転送するときに、ブラッドリーはカハーンの提案を受け入れるべきだと添え書きした。十月四日、ミラーは『北回帰線』の出版に関連するカハーンの期限延長の要請について――「いいですとも、他に何ができるでしょうか？　六年ではなく六カ月というのであれば！」と、ブラッドリーに返信を書いた。アナイス・ニンには、「こうした遅延は大嫌いだし、場当たり的に、遠まわしに物事を進める手口には反吐《へど》が出そうだが、この件をあらゆる角度から冷静かつ賢明に検討すると、現状での最善の判断はカハーンに六カ月の延期を承認することです」と説明し、『北回帰線』の出来ばえはおおむね満足できる内容になっていると打ち明けているが、翌一九三四年になっても削除や推敲を断続的に継続していた。

『北回帰線』の出版予定の年月が一九三四年三月に変更されたが、ドイツではアドルフ・ヒトラーの台頭が目立ち、不況はますます深刻になり、新たな契約の期限が到来してもカハーンの資金繰りは相変わらず苦しく、出版の見通しが立たなかった。アナイス・ニンは、出版費用については、自分がなんとかしなければならないと思うようになった。三月二十八日の日記の書き出しを、彼女は次のように書いた。「重要な日付――ヘンリーとわたしは当初のわたしたちの計画――自分たち自身が出版者になること、ルヴシエンヌの庭で立てられた計画に戻る。カハーンは真の誠実さ、ヘンリーへの信頼だけではなく、ビジネスでも失敗した」。

一九三四年四月、アナイス・ニンは『北回帰線』の出版に向けて動き出した。ロンドンではかなり顔の広い作家であり、ジャーナリストでもあるレベッカ・ウエスト（一八九二―一九八三）の口利きでイギリスの出版社からミラーの作品を出そうと思って、ロンドンに出かける予定を組んだ。同月二十五日の日記に、アナイス・ニンは夫ヒューゴと別れて「ヘンリーと結婚するつもり」だと婉曲に伝えることによって父親に一撃を食らわし、「出発する前に、すばらしいスピーチをしてカハーンにも勝った。ヘンリーの『北回帰線』を出版するのは彼だが、印刷費を支払うのはわたしなのだ。わたしは勇気、決意、感銘を与えるちからに満ち溢れていた」と書き込んだ。しかし、レベッカ・ウエストはミラーの稿には興味を示さず、むしろニンを高く評価していた。

ロンドンに滞在しているアナイス・ニンに宛てた手紙のなかで、「寒くて部屋におれなくなり、カフェでこの手紙を書いています。『北回帰線』をていねいに読んでいます。あちらこちら少々退屈ですが、全体としては上々です。だれかが序文を書いたならば、この作品は、いわば二十五のアドレスを転々と移動しながら書かれた、と説明したかもしれません。住所や環境などが絶え間なく変化しているという感じが出ています。悪夢のように」と述べているが、印刷費が確保された段階で、序文をどう纏めるのかという問題に向き合うことになっただろう。推敲の最終段階に到達したのが一九三四年六月であった。『北回帰線』のフィルモア、実名リチャード・オズボーンに宛てた同年六月十日の手紙のなかで、「いま『北回帰線』を徹底的に書き直しています。単なる書き直しではなく、全面的に新しい作品に、と言えるでしょう。もうタイム・リミットになりそうです。まだ百五十ページも残っています。ぼくは五、六ページほどを書くと、引き裂いています。空白の時間。数日が流れると、たてつづけに十五ページから二十ページほどを書き上げます。それからふたたび以前の状態に陥ります」とミラーは述べている。ミラーは『北回帰線』の出来ばえが良くなっていくのを実感しつつ、三年前に空腹のまま寝ぐらを探しながら、パリの街路をうろついていた自分自身の姿を思い描くのであった。

六月二十日の日記のなかに、アナイス・ニンは「ヘンリーの本の出版のために、カハーンに最初の五千フランを支払った」と書き込んだ。彼女は当時のもうひとりの愛人オットー・ランクから資金を用立ててもらい、カハーンに貸し付けたのである。印刷費を確保したカハーンは、直ちに出版のための作業を開始した。友人シュネロック宛ての、七月十四日の手紙のなかで、ミラーは『北回帰線』のゲラ刷りをチェックしていることを伝えながら、「アナイスとぼくはいま序文のことで奮闘している──序文の筆者はひとりにすべきだ、と編集者は主張している。ふたりの名前の序文というのは身の毛のよだつようなことだ、説明が必要になる、と言っている」と、序文がふたりの共同作業になっていることを知らせた。序文を修辞的に仔細に検討すれば、序文のかなりの部分をミラー自身が書いたのは明らかであるが、カハーンの意向を受け入れたミラーは、序文の書き手の名前から自分を除き、筆者はニンひとりにしたのである。この手紙は以下のように続く。

それでぼくたちはこう書き始める。「根源的なリアリティへの激しい食欲をとりもどすことが可能であるとすれば、そのような書物がここに存在する」。食欲。それが重要語《キーワード》だ。それとみごとな消化力だ。その他は文学だ。「現在までのところ、ぼく自身に協力しているときのぼくの考えは感情の復活を表現することであった」。これでもいいだろう。悪く思う者に災いあれ。あるいは以下のようにも言える。ぼくの目的は勃起を起こすことであった。序文抜きで。コウモリ、動くペニス。くそっ、あの本を書き直すときに、少々汗をかかねばならなかった。初めから終りまでくそいまいましいが丸ごと書き直した。およそ三十ページを無傷にしただけだ。

カハーンの手に『北回帰線』の初稿が渡ってから推敲を経て序文を書き上げるまでに、およそ一年九カ月が経過したことになる。その間の改稿作業にあってブラッドリーやカハーンからは相次いで意見や注文があったが、最後にミラーはふたりの意見なり見解がもっともであると思い、感謝の念を抱くようになっていた。一九三六年、ミラーはイギリスの批評家シリル・コノリーと繋がりができると、『北回帰線』の序文のカーボン・コピーを送ったが、余白に紫色のインクで「ぼくが自分自身をむちゃくちゃに褒めまくったと思いますか？　遠慮せずに言ってください」と書き込みをいれた。

カハーンは十四歳の早熟な息子モーリス（一九一〇—九〇）に『夜の果てへの旅』を手渡し、一読するようにと勧めた。数週間後に『北回帰線』のゲラ刷りを息子に手渡した。夢中になってゲラ刷りを読んでいるモーリスを見て、カハーンはかなり軽はずみなことを思いついた。少年に「現行料金」（五十フラン）を支払うという条件で、『北回帰線』の表紙をデザインしないかと提案したのである。『北回帰線』の初版の、黒い蟹が巨大な二つのはさみで横たわっている裸女を挟みつけている図案は、いたずら書きが大好きでたまらないモーリス・カハーンによって作成された。蟹が球形の地球に乗っている構図になっている。初版の発行部数は千部であった。『北回帰線』が出版されて三週間後に、少年は愛犬を連れてオペラ大通りのブレンターノ書店に出かけ、自身の作品を眺めた。

記念すべき日

一九三四年九月二十三日はミラーにとって記念すべき日であった。ミラーはパリ第十四区ヴィラ・スーラの快適なアパルトマンに引越しをした。数時間後にカハーンが刷り上った『北回帰線』を運び込んだ。ミラーは感無量であった。作家になろうと決意を固めて、ウエスタン・ユニオン電信会社の雇用主任の職を辞したのが一九二四年九月であったから、苦節十年の歳月を経てようやくおのれ自身を賭けた作品を世に問うことになった。単身パリに移動して四年半が経過していた。奇しくも引越し先は、三年前の十月十日ころ飢えに苦しみながら転がり込んだ、マイケル・フランケルのヴィラ・スーラ一八番地であり、『北回帰線』を書き始めた場所であった。

ミラーは中国やフィリピンで本のセールスに精を出している『北回帰線』のボリスこと家主のマイケル・フランケルに手紙を書いた。

親愛なるフランケル

二階の住人が立ち退いたので、ぼくがここにいます！　きょう、『北回帰線』を一冊、最初の刷り上りをきみ宛てに発送しようとしています。かつて始めたことが首尾よく終了し、万事が順調です。親愛なるフランケルよ、ぼくがこの一冊をどんなに喜びながら、陽気に、愛情と希望をこめて、きみに送ろうとしているかを分かってもらえないでしょう……きみがパリに戻ったら、その日はきょうのように、日差しが強く、微風が東からそよぎ、色彩は赤く染まり、目にごみなど入らないでしょう。

豚肉の切り身をフライにしたばかりです。きみのような数人のなつかしい友人たちに送るために著書に署名しました。こうした友人たちのためだとどんなこともやりがいがあります。

ミラーは午前からずっと「オールド・ブラック・ジョー」、「ケンタッキーのわが家」、「はるかなるスワニー川」などを歌い続けていたという。ミラーはサン・ルーム付きの広々とした快適なアパルトマンにおちつくと、ひもじい思いをしながら、宿泊できる場所を気にしながら街路をうろついていた日々を背後にしたと実感し、涙がこみ上げてきた。しかし、家賃七百フランを払い込むのはミラー自身ではなかった。

ミラーの入居前に居住していたのは、フランス演劇界で活躍していた詩人アントナン・アルトーであった。彼は前年九月にヴィラ・スーラに移り住み、一九三四年春に退去した後で、モンパルナスの小ホテルを転々としていた。マイケル・フランケルはヴィラ・スーラ一八番地の建物の管理を、数年前から交流を温めていた詩人ウォルター・ローウェンフェルズに任せていた。同年五月、ローウェンフェルズはミラーにヴィラ・スーラ一八番地の二階を借りないか、と打診した。八月、アナイス・ニンは自分のオフィスとして借り上げを決定し、ミラーに住まわせることにした。アルフレッド・ペルレスは、自分の部屋にミラーをひんぱんに泊めたことがあるので、ミラーのスペースたっぷりのアパルトマンに泊めてもらう番だと期待したが、アナイス・ニンがペルレスの要求を頑としてはねつけたので傷ついた。

ミラーがヴィラ・スーラに入居した九月二十三日のアナイス・ニンの『日記』を覗いてみよう。

三時にわたしはオットー・ランクと会ったが、憂鬱で虫のいどころがわるかった。わたしたちの運命に反抗し、彼がわたしのなかに引き起こした感情のせいで彼を憎み、彼を傷つけ、裏切り、忘れたいと思い、破壊を望んでいたのは、彼がやむなくわたしから離れたからだ。わたしは窓から外を眺めた、怒りを感じながら、反抗的な気分でわたしの雌虎を目覚めさせながら。しかし、彼がアパルトマンに向かってそそくさと、いそいそと歩いているのを見ると、わたしのこころは完全に和らいだ。それでも、髪を梳かしながら、ついに言ってしまった、「今夜は初めてわたしのステュディオで寝るのよ」と。彼を傷つけたことがわかった。わたしのステュディオ。モンパルナス。ヘンリー。

ステュディオでわたしはヘンリーのために料理をした。わたしたちは座って、彼の本を包装し、宛名を書いた。彼は穏やかで、やさしかった。すると彼はステュディオのなかで荒々しく踊り始め、「コケコッコー！　コケコッコー」と鳴いた。

アナイス・ニンがミラーの眼前に登場したのが一九三一年十二月であった。それ以後の彼女の物心両面にわたる支援がなかったとすれば、はたしてミラーは『北回帰線』を完成させて、出版にまで漕ぎつけることができたであろうか。当時のミラーにとってアナイス・ニンは、女神《ミューズ》であった。

『北回帰線』を発送するミラーと肩入れするエズラ・パウンド

待ちに待った『北回帰線』の出版が実現すると、ミラーは知人や友人たちに次々に発送した。送り先は『北回帰線』の登場人物のモデルたち、アメリカの友人たち、アメリカの雑誌や新聞社、作家たちなどである。『北回帰線』のボリス、フィルモア、クロンスタットなどに送った。旧友エミール・シュネロックやジョー・オリガンなどにも送った。『夜の果てへの旅』の作者にも献呈した。ジャック・カハーンがロンドンの知人に一部を進呈すると、その女性は近所に住むサマセット・モームに手渡した。モームは『北回帰線』を激賞したという。モームは『北回帰線』のなかの「オランジュリ美術館の近くを通りながら、ぼくはもうひとつのパリ、モームの、ゴーギャンの、ジョージ・ムアのパリを思い起こす」という一文に留意しただろう。一九三七年、『北回帰線』を絶賛したロレンス・ダレルがバーナード・ショー（一八五六―一九五〇）に送ると、「『北回帰線』は時節を待たねばならない」とバーナード・ショーは言った。

一九三四年十一月二十二日、ミラーはパリで暮らしていた作家キャサリン・アン・ポーター（一八九〇―一九八〇）に以下の短い手紙を書き送った。「キャサリン・アン・ポーター様、およそ二週間前にコンシェルジェに手渡した『北回帰線』を受け取っていないことがありうるのでしょうか。本には宛て名が書かれていないし、彼女はあまり賢そうには見えなかったので、心配しております。ヘンリー・ミラー」。その翌月にアナイス・ニンに宛てた手紙のなかで、ミラーはポーターの反応を紹介している。ポーターは引越しをしたために礼状を出すのが遅れたことを詫びてから、「あなたの作品について申し上げたいことが多々ありますが、いまはご著書を恵贈していただいたことについて深く感謝しているとのみ述べさせていただきます。あなたの作品には華麗な狂気と呼べるものがあり、それはきわめて正常な想像力だけが産み出せるものです」とミラーに敬意を表した。

同月二十九日にアナイス・ニンに宛てて書かれた手紙によれば、ミラーはオルダス・ハクスリー、エズラ・パウンドやブレーズ・サンドラールに『北回帰線』を発送し、ミラーに深く影響をおよぼしていたエマ・ゴールドマンには長文の手紙を添えて送ったという。ミラーはエマ・ゴールドマンからの返信を期待していたが、この無政府主義者が『北回帰線』について反応を示した形跡はない。オルダス・ハクスリーから『北回帰線』を絶賛する手紙が舞い込んだので、ジャック・カハーンはその手紙の一節を、『北回帰線』の第二版（一九三五年）のジャケット（裏）に推薦の辞として刷り込んだ。

英米の文学界に絶大な影響力を保持するエズラ・パウンドへの献呈がきわめて効果的であった。パウンドはジョイスやT・S・エリオットが世に出るのに一役買った、文学作品の鋭い目利きであった。当時のパウンドはイタリアの海辺の観光地ラパッロに住んでいた。ハーバード大学の学生であったジェイムズ・ロクリンは、パウンドに心酔するあまり大学に休学届を提出し、夏季からパウンドの紹介で同じアパートメントの一室を確保し、同じ屋根の下で暮らしていた。彼は毎日のようにパウンド夫妻や彼らの訪問客と一階のレストランでランチをともにし、パウンドの文学談義を傾聴し、彼が受け取る興味深い手紙などを話題にした。こうした生活をロクリンは「エズヴァースィテイ」（Ezversity）と称した。ハーマン・メルヴィル作『白鯨』の語り手は「ピークォッド号」の生活を「わがハーバード」と呼んでいるが、若いロクリンにとってパウンドとの交流がもうひとつの大学生活であったのである。研究者ジョージ・ウイックスは一九九二年六月中旬、ジェイムズ・ロクリンにインタヴューを実施した。ロクリンは『北回帰線』を手にしたときの状況を以下のように語っている。

ある日、エズラは一冊の本を持参し、テーブル越しに投げてよこした。「なんてことだ、ジャス、これは不潔な作品だが、とてもよい。倫理的に耐えられるなら、読んでみたまえ」。それで一読したが、すばらしいと思った。エズラからヘンリーの住所を教えてもらって、手紙を書いた。そんなふうにして文通が始まった。

一九三四年十二月十四日、ミラーはラッパロに長期滞在中のジェイムズ・ロクリンから手紙を受け取った。そこには、「『北回帰線』は偉大な作品であるとあなたにお伝えしてよろしいでしょうか？　すげえ、あなたはこの作品を書き上げたのです。あなたにお伝えする必要もないことです。ぼくはこの情報をまき散らすでしょう」という一節が含まれていた。一九三五年七月二十四日、ミラーは、無名時代のピカソを評価したことで知られる、パリに住むアメリカ人女流作家ガートルード・スタイン（一八七四―一九四六）に宛てて以下の短い手紙を書き送った。「わたしは最近ジェイムズ・ロクリンから手紙を受け取りましたが、あなたに『北回帰線』というわたしの作品を送るようにと提案しています。それであなたに宛てて一部を発送するようにと出版社に指示しました。作品についてなにか長所あるいは欠点がありましたら、お知らせいただけると幸いであります。敬具　ヘンリー・ミラー」。ガートルード・スタインがミラーになんらかの反応を示した形跡は見当たらない。当時のジャック・カハーンは『北回帰線』の第二版（五百部）を印刷する予定を立てていて、本のジャケットに著名作家の感想の一部を宣伝文句として刷り込みたいと思っていた。出版社を立ち上げたいと思い始めていたジェームズ・ロクリンは、こうした動きに興味をもち、ガートルード・スタインの名前を挙げたのであろう。ロクリンはその翌年にニュー・ダイレクションズという出版社を設立した。

ミラーがエズラ・パウンドに宛てた最初の手紙の日付が一九三四年十二月六日である。書き出しが「あなたが示してくださる関心に大いに感謝します」となっていて、パウンドが『北回帰線』に興味を抱いていたことが察知される。『北回帰線』が書評で採り上げられるべきだというパウンドの意見に反応したらしく、ミラーは「アメリカの新聞社や雑誌に書評用としておよそ三十五部を送った」が、受け取った旨を通知してきたのは、ネブラスカ州オマハ市の『オマハ・ビー』紙に勤務している男だけあり、かつてパリの『ヘラルド』紙の記者であったので、同紙を少々気に入っているという内容であるが、「オマハの新聞が『北回帰線』の書評を載せるなんて絶対にありえません」と述べている。

一年前にシカゴで創刊された都会派男性向けの『エスクァイア』誌に寄稿してはどうかとパウンドから水を向けられたので、「『エスクァイア』誌！　たしかに、その雑誌のことは聞かされたことがあるし、見かけたこともあります。〝物議でもちきり〟にならないように書くのは、わたしにとってはまったくやっかいなことです」などと書かれている。一九三五年一月五日、ニューヨーク市に滞在しているアナイス・ニンに会いたくてたまらないミラーは、ニューヨーク行きの汽船に乗り込み、船中で画家ヒレア・ハイラーに宛てて長文の手紙を書いた。パウンドが『エスクァイア』誌を主宰する編集者アーノルド・ギングリッチにミラーを推薦する手紙を書いてくれたが、同誌が自分の書くものを掲載するとは思えない、と述べている。しかし、パウンドがイタリアの多くの友人たちに『北回帰線』を推奨してくれたので、イタリア、とくにローマの書店ではミラーのデビュー作が展示されているし、大金持ちの息子ジェイムズ・ロクリンが積極的に応援している旨を伝えた。

一九三四年のクリスマスに書かれたパウンド宛ての手紙によれば、パウンドが『北回帰線』についてT・S・エリオットに手紙を書いてくれた件について謝意を表明したかどうかは記憶にないが、「謝意を表明していなければ、こういうことです。そいつがあなたの書評を印刷してくれると思っているのですか、という意味になります」とミラーは述べている。つまり、パウンドは『北回帰線』の書評をT・S・エリオットに送りつけ、エリオットが主宰する文芸誌『クライテリオン』（創刊一九二二年）の次号に掲載できないだろうかと打診したのである。「あなたはわたしに親切です」と、ミラーは謝意を表明しつつ手紙を締めくくった。この手紙よりもおよそ十日早くアナイス・ニンに宛てた手紙のなかで、「あの有名なT・S・エリオットがパウンドの書評をくそいまいましい雑誌に載せてくれるだろう、とジャック・カハーンは有頂天になっています」とミラーは述べている。どうやらミラーは、『クライテリオン』が『北回帰線』の書評を掲載するような文芸誌ではないと予測していたようである。

T・S・エリオットはパウンドから送られてきた『北回帰線』と書評にどのように対応したのか。一九三五年六月二十六日付けの、パウンドに宛てたミラーの手紙の書き出しは、「意外なことに、T・S・エリオットの手紙がわたしを待っていました。彼は『北回帰線』を大いに楽しく通読したようです。『北回帰線』があまりにも猥褻なので、あなたの書評は印刷できないそうです」となっている。ミラーは一月に一時帰国し、六月にパリに戻ってきた。たぶんエリオットは三月ころにミラーに宛てて手紙を書いたのであろう。ミラーはエリオットに親近感を覚えた。おそらくエリオットはパウンドにも彼の書評を『クライテリオン』に載せない方針をすでに伝えていた。三月二十八日付けの、エリオット宛ての手紙のなかでパウンドは、「ヘン・ミラーはたぶんひとが慰みに読むことのできる唯一の本を書いたのであって、たとえユリシーズをしているジョイスを超えてはいなくても、少なくとも低脳の……女たちのように旗竿を二分の一だけ立てた粘液のごとき作品であるよりは断固として不変の文学の側に留まっている」と、パウンド一流の判りにくい文章でミラーを擁護している。

同年八月一日にミラーはパウンドに手紙を書き送った。カハーンが『北回帰線』のカバーを作成しようとしているので、パウンドから受け取った手紙のなかから適切な部分を引用してカバーに刷り込むつもりでいる。引用の許可を得たいので、「わたしはあなたから受け取った数枚の葉書を見ているが、どこを選んだらよいのかさっぱり見当がつきません。ふと思いついたのですが、あなたがエリオットのために用意したものの、エリオットが採用しなかった書評のなかに使える材料があったかもしれないし、いや間違いなくあったはずです。だから好き勝手に引用するために書評を見せてもらえないでしょうか？」と、ミラーはパウンドの同意を引き出そうとした。「あなたにとって不本意なことを説得するつもりは毛頭ありません。あなたが自身の権威の重みを添えてくださりたいのであれば、すばらしい！　わたしはこの考えを愉快に思っていて、カハーンも同じなのです。ぜひとも返事をいただけないでしょうか」。

パウンドはミラーの要請を快諾したにちがいない。すでにエリオットに連絡がとれるようになっていたミラーは、エリオットにも宣伝文句の作成と使用許可を依頼したようである。『北回帰線』の第二版は、一九三五年九月に印刷された。第二版のジャケット（表）に、「きわめて注目すべき作品、わたしが長年にわたって目を通したどの作品よりもみごとな表現をはらむ　T・S・エリオット」、「ついに読むに値する印刷不可能な作品　エズラ・パウンド」というキャッチ・フレーズが刷り込まれた。当時の英米文学界のふたりの大物が『北回帰線』を後押ししたのである。

初版（千部）が半分も売れていないのに、カハーンが第二版の印刷に踏み切ったのは、ひとつにはフランスの作家ブレーズ・サンドラールによる『北回帰線』の書評を追い風にしたいと思ったからかもしれない。ブレーズ・サンドラールによる「アメリカ人作家がわれわれのなかに誕生」というタイトルの書評が『オルベ』誌（一九三五年夏）に掲載されたからである。サンドラールは『北回帰線』が偉大にして重要な小説であると指摘した。晩年のミラーはサンドラールの書評について、「このタイトルが、ぼくを天にも昇るような気分にしてくれた」と回顧し、「サンドラールの存在をフランスの大衆に知らしめるのは、ぼくの仕事の一部だ」と言い切っている。サンドラールは『北回帰線』を一読すると、ミラーに敬意を表するために訪問したいと手紙を出し、一九三四年十二月十五日に初めてミラーに会い、ふたりの作家は交流を深めていった。

『オルベ』誌に続いて『北回帰線』の書評を掲載したのは、イギリスの著名な季刊誌『クライテリオン』第十五号（一九三五年十月発行）であった。同誌に載ったモンゴメリー・ベルジョンという著述家の「フランスの新聞」と題するエッセイがそれであり、筆者は『北回帰線』が人間の生活への嫌悪感と絶望の表現であると指摘している。エリオットはパウンドの書評を同誌に掲載しなかったが、ミラーについてのパウンドの評価に一目をおき、彼の親友であった編集者兼文芸批評家のモンゴメリー・ベルジョン（一八九二―一九七三）に書評を依頼したのである。『クライテリオン』第十五号の刊行から一カ月後に『ニュー・イングリッシュ・ウイークリー』誌（一九三五年十一月十四日発行）がジョージ・オーウェルによる『北回帰線』の書評を掲載した。

ミラーは同年夏から美術批評で活躍していたイギリス人ハーバート・リードと急速に親しくなり、両者のあいだを書簡が往来するようになった。ハーバート・リードがミラーに接触をはかったのは、T・S・エリオットの示唆によるものであり、おそらくエリオットの所持する『北回帰線』がハーバート・リードに贈られたのである。九月五日（消印）の、ハーバート・リード宛ての手紙に、「エリオットは『北回帰線』というタイトルが気に入らないのですが、わたしはものすごく好きなのです――わたしの考えでは、このタイトルは多くのことを伝えてくれます。わたしはエリオットも好きです、表面的には彼は冷淡なのですが。もしロンドンに行ければ、彼を探し訪ねて、必要とあらば、彼の固い頭をカチ割るでしょう。エリオットにそう伝えてください」という一節が出てくる。当時のハーバート・リードのミラー宛ての手紙は現存していない。『北回帰線』の第二版のジャケット（表）にふたりの著名人の短い宣伝文句を載せるだけでは不十分であるから、カハーンはジャケットの裏にもイギリスの批評家シリル・コノリー（『ニュー・ステイツマン』誌の編集者）、ハーバート・リード（『バーリントン・マガジン』の編集者）、ブレーズ・サンドラール、オルダス・ハクスリー、ウィリアム・C・ウィリアムズ、アナイス・ニン、モンゴメリー・ベルジョンによる『北回帰線』の短い推薦の辞を刷り込んだ。『北回帰線』の初版が出版されてから一年後に、錚々たる顔ぶれによる推薦の辞が第二版のジャケットの表裏を飾った。

ミラーは一九三四年秋から『北回帰線』をアメリカの友人たちなどに送りつけていたが、やがて最大の困難に直面した。同年十二月十一日付けの、ニューヨークに滞在中のアナイス・ニン宛ての手紙のなかでミラーは、『北回帰線』をしばらく郵送しないでいるのは、ミネソタに住む旧友ハロルド・ロスが彼の『北回帰線』を検閲官によって没収されたからであり、切手代を無駄にしたくないからだと述べている。この手紙によると、フロリダの最南端キー・ウエストに滞在している作家ジョン・ドス・パソスから「喜んで『北回帰線』を受け取りたい」と連絡が入ったが、彼に送る手続きをとっていないという。それから六日後に書かれたジョン・ドス・パソス宛ての手紙の冒頭を以下に引く。

ジョン・ドス・パソス様

あなたのお手紙を落手したあとで、アメリカの友人たちからも手紙が届き、彼らに送った『北回帰線』がアメリカ政府によって押収され、破棄されたという連絡が入りました。さしあたり小生はあなたに一冊送る件について、途方に暮れることになりましょう。しばらくしてから、あなたに一冊を数回に分けて、つまり、本をばらばらにほぐして、一回に数ページを第一級郵便の通常の封筒に入れて送ることになるかもしれません。しかしながら、封筒の中身が押さえられた場合、受取人が告発されるかどうかが不明ですので、事前にあなたの同意をとらずに、そうすべきなのか、どうかを判断できないでいます。

この手紙によれば、小説家でありジャーナリストとしても活躍していたウォルド・フランク（一八八九―一九六七）にも『北回帰線』を送ったが、届いたかどうかは不明であるという。出版されて三カ月足らずのうちに、『北回帰線』はアメリカの税関を通過できなくなっていた。ましてやアメリカの書店に『北回帰線』を置くことは不可能であった。ミラーは『北回帰線』をアメリカにどうやって持ち込めるのかという課題を突きつけられたのである。

VI

1935年以降　反響と拡散

フランシス・ステロフ

ゴータム書店の創業者フランシス・ステロフは、一九八九年四月十五日にニューヨーク市内の病院で逝った。享年一〇一歳。死因は肺炎であった。翌日の『ニューヨーク・タイムズ』と『ロサンジェルス・タイムズ』は、ステロフの訃報に大きく紙面を割いた。四月二十一日、ロンドンの『インデペンデント』紙は、「二十世紀アメリカ文学界の伝説的人物」であるステロフの訃報を報じた。四月三十日発行の『マンチェスター・ガーディアン・ウイークリー』誌はニューヨークの郊外に位置する、ステロフの出生地サラトガスプリングスで営まれた葬儀に書店の顧客のほかに著名な文学者たちが出席した記事を載せた。このような一連の報道は、ステロフの書店経営を基盤とする活動が英米人の意識に浸透し、評価されてきたことのあかしであった。

一九二〇年一月二日、フランシス・ステロフはニューヨーク市西四十七番街一二八番地にゴータム・ブック・アンド・アートを設立した。資本は百ドルの現金、世界大戦中に発行された自由公債という債券、およそ百七十冊の書籍であった。周辺に劇場が多かったので、当初は主として演劇関係の図書を扱っていた。一九二三年、ステロフは書店を西四十七番街五一番地に移し、店舗の名称をゴータム書店に変更した。一九四六年、ゴータム書店は西四十七番街四一番地に移動した。

今日の西四十七番街は宝石店や貴金属店が連なり、アメリカの貴金属の取引の中心地として知られている。ダイヤモンド横丁という通称で呼ばれることもある西四十七番街に足を踏み入れると、黒い山高帽をかぶり、黒無地のフロックコートに身をつつんで闊歩するユダヤ系が目立つ。ダイヤモンド横丁を牛耳っているのが黒ずくめのあご鬚をはやしたユダヤ人であるが、彼らは第二次世界大戦中にナチスに追われてアメリカに逃亡し、西四十七番街で宝石と貴金属の取引で手腕を発揮した。貴金属店が目立ち、雑踏でごったがえす街路にあって人目を惹くこともない小さな書房がマンハッタンの大手のブレンターノ書店に匹敵するほどの知名度を誇ったのは、ステロフが積年にわたって多くの文学者たちとの交流によって育んだ信頼関係によるものであった。ステロフの訃報を報じた『インデペンデント』紙は、第二次世界大戦後に書店を訪れた文学者としてW・H・オーデン、J・D・サリンジャー、ディラン・トマス、デルモア・シュワーツ、アーサー・ミラー、テネシー・ウィリアムズ、ランデル・ジャレル等の名前を挙げているが、彼らはゴータム書店の顧客の一部にすぎない。

二〇〇四年八月、ゴータム書店は東四十六番街一六番地に移転し、二〇〇七年に営業を停止した。

独立独歩のアメリカ人女性が書店を開き、作家たちとの交流で喧伝されたのがシルヴィア・ビーチであり、フランシス・ステロフに先行して二十世紀アメリカ文学界に名前をとどめた。

シルビア・ビーチは一九一九年十一月にパリでシェイクスピア・アンド・カンパニー書店を立ち上げた。すぐに彼女の経営戦略は、図書の販売よりも書籍の貸し出しに重点を置くものであって、会員制であった。

会員として登録したのがアンドレ・ジッドであり、まもなくガートルード・スタインやアリス・B・トクラスも会員になった。ビーチの書店はニュースとしてアメリカに伝わり、アメリカ人観光客が訪れるスポットになった。

一九二二年、シルヴィア・ビーチはジェイムズ・ジョイスの『ユリシーズ』を出版し、シェイクスピア・アンド・カンパニーの声価が文学界において確立した。『ユリシーズ』を出版した書舗は磁石のように一九二〇年代に活躍したヘミングウエイやフィッツジェラルド等を引き寄せた。オデオン通り一二番地に所在する書店は、一九二〇年代パリの文学地図において光彩を放った。

一九二三年、三十五歳のフランシス・ステロフは、六歳年下のディヴィッド・モスと結婚した。ステロフは独立する前にブレンターノ書店に三年余り勤務していたが、モスは当時の同僚であった。ステロフが書店を設立するつもりだと打ち明けると、モスは資金にゆとりをつけるために、ブレンターノ書店にさらに一、二年とどまるように勧めた。しかし、ステロフの意志が固いことを知ると、店舗の下見、引っ越しを手伝った。ステロフは店舗に自分の名前を冠するつもりはなかったが、ブック・マートということばがお気に入りであった。ゴータムにしたらどうかと提案したのはモスであった。ゴータムは十九世紀前半以来、ニューヨーク市の別称であり、モスが店名を提案するとステロフは書舗の名前が決まったと思った。開店の前夜、モスはセールスマンからもらった手持ちの小説を持参し、書架に並べた。ふたりの結婚はごく自然な成り行きであったが、結婚生活は一九三〇年に解消した。とはいえ、書店の経営を受け継いだアンドレア・ブラウンによれば、「ふたりが離婚したかどうかは明らかではない」ということになる。

同年六月、新婚のふたりはヨーロッパへ旅立った。パリに到着すると、ステロフはジョイスの姿を一目でもみようと、シェイクピア・アンド・カンパニー書店に直行した。七月上旬のことであったから、ジョイスはパリを離れていた。パリではだれもが夏は休暇をとる、とシルヴィア・ビーチに指摘された。店内の片側の壁にホイットマン、エドガー・アラン・ポー、署名入りのジョイスやT・S・エリオットの写真が飾られていて、さわやかな印象が残った。ゴータム書店の壁にも多くの作家たちの写真が飾られて、店内に独特な雰囲気を醸し出すのに一役を買うようになったが、これはビーチの書店を訪問したことがひとつのきっかけになっている。

『ユリシーズ』は知識人にとっては傑作であるが、一般の読者にとっては猥褻本であったから、販売するのに没収あるいは逮捕という危険がつきまとった。一九二二年十二月から翌年一月にかけてアメリカではおよそ四百冊の『ユリシーズ』が差し押さえられた。ステロフが新婚旅行でシェイクスピア・アンド・カンパニー書店を訪れたとき、『ユリシーズ』を仕入れるのが困難になっていた。ステロフはシルヴィア・ビーチからだけではなく、ジョイス自身からも『ユリシーズ』を仕入れた。挙句の果てに、パリに滞在している知友に『ユリシーズ』をばらばらにほぐしてもらって、小冊子の形にして密輸入を断行したこともあった。ステロフがジョイスに会う機会は終生なかったが、ジョイスはステロフの顧客となり、幾度も図書を発注した。

二十世紀前半の悪名高い小説の一つが『チャタレー夫人の恋人』であった。一九二八年七月、イタリアに滞在中のD・H・ロレンスは『チャタレー夫人の恋人』の私家版を出版した。同年八月から九月にかけてアメリカの書店が注文した部数はおよそ百四十冊に達したが、ゴータム書店からの注文部数は十冊であった。『チャタレー夫人の恋人』のパリ版を出版する必要に迫られたロレンスは、同年十二月から再三にわたってシルヴィア・ビーチに出版してほしいと申し入れたが、ビーチは出版人としての意欲をもはや示さなかった。翌年十月十六日付けの手紙のなかで、パリ版を出版したエドワード・タイタスに「ゴータム書店は『チャタレー夫人の恋人』に関してわたしを裏切ろうと努めてきました」とロレンスは述べているが、これはゴータム書店が同書の海賊版を販売したことを指している。後述するように、フランシス・ステロフは、積極的に『北回帰線』を密輸入したり、海賊版を仕入れたりした。ステロフは、作者であるジョイスから『ユリシーズ』を、ロレンスから『チャタレー夫人の恋人』を、ヘンリー・ミラーから『北回帰線』を直接に仕入れた唯一の書店経営者になった。

ゴータム書店の名前は、徐々にパリのモンパルナスに居住するアメリカ人に知られるようになり、一九三〇年前後になると、パリからニューヨークに帰ってきた作家たちやリトル・マガジンの編集者たちはゴータム書店に足を向けるようになった。一九二〇年代、三〇年代のパリにあって、モダニズム文学の動向を反映し、もっとも影響力のあったリトル・マガジンは、ユージン・ジョラスが編集する『トランジション』であった。ゴータム書店は『トランジション』のアメリカにおける唯一の代理店であり、定期購読を申し込んだ読者のための必要部数の他に、毎号五百部を仕入れていた。

一九三四年十一月下旬、アナイス・ニンと彼女の夫ヒュー・ガイラーはパリからニューヨークに向かった。船内で書かれたヘンリー・ミラー宛ての手紙に「新刊案内は人にやって、『北回帰線』はゴータム書店で求めてくださいと言うつもりです」という一節がみられるが、アメリカでの『北回帰線』の販売はまだ実現しておらず、どこの書店にも置かれていなかった。アナイス・ニンはパリに移動したオットー・ランクに再会し、彼がまわしてくれる患者に精神療法を施し、収入を確保した。彼女は『北回帰線』の出版費用を稼ぐためにランクの心理学センターに出入りしていると説明し、ランクに嫉妬しているミラーをなだめた。一九三五年一月、ミラーはアナイス・ニンを追うかのようにマンハッタンを訪れた。アナイス・ニンは五月に、ミラーは六月にパリに帰還した。およそ半年間マンハッタンに滞在したが、ニンもミラーもゴータム書店に足を向けなかった。

一九三五年十月、ミラーはゴータム書店に宛てた手紙の中で、二つの用件を述べた。数カ月間のニューヨーク滞在を題材にした長文のエッセイ『ニューヨーク往還』が限定版で出版されようとしているが、数冊を注文してもらえるのであれば、オベリスク・プレスの社主ジャック・カハーンに連絡してほしい、またゴータム書店に手紙を書き送るのはジェイムズ・ロクリン（当時はハーヴァード大学に在学中）の助言があったからだと述べている。さらに「つい先日、カハーン氏があなたに送った『北回帰線』が返送されてきました。税関当局に止められたのです」という文面が続き、『北回帰線』について問い合わせがあった場合、入手したい向きにはオベリスク・プレス気付で著者に連絡をとってもらえまいか、またゴータム書店が展示用に一部購入してくれるのであれば、ニューヨーク市内の友人に届けてもらう手配をする旨を伝えた。『北回帰線』が出版社に返送されてきたことの信憑性を裏付けるかのように、「合衆国税関当局に宛てたわたしの書簡の写し、当社の出版カタログ、『北回帰線』の宣伝ビラを同封します」と、ジャック・カハーンから十月二十八日付けの手紙が届いた。リーフレットにはT・S・エリオットやエズラ・パウンドの評言が印刷されており、ステロフは『北回帰線』がまだアメリカで販売されていない、注目すべき作品であることをはっきりと認識した。

一九三六年一月二十八日、ミラーとアナイス・ニンはニューヨーク市に向けて出発し、四月五日にパリに帰還した。ニンのニューヨーク訪問は弟ホアキンのピアニストとしてのデビューを見届けるためであったが、オットー・ランクに再会し、旧知の患者に精神療法を施したい気持ちもあった。いっぽうミラーはニューヨーク訪問に気が乗らなかったが、物心両面にわたって支援してくれたニンと離れて暮らすのは耐え難いことであった。

同年二月、セントラルパークに近い西五十八番街のバービゾン・ホテルに宿泊していたミラーは、ゴータム書店を初めて訪れた。ミラーはステロフの人柄と書店の佇まいが気に入った。自分の作品のアメリカにおける販路を確保しようと思ったミラーは、ステロフに書店のリストを提供してもらった。書店の数は一桁で間に合った。のちにミラーは彼の作品を入手できる書店を示すとき、つねにゴータム書店とその住所を最初に挙げるようになった。
一九三七年夏、ゴータム書店は『北回帰線』のカールことアルフレッド・ペルレスが編集する『ブースター』というリトル・マガジンやエズラ・パウンドに捧げたエッセイ『金銭とその成り行き』などのエッセイを店頭に置き、ミラーの作品を積極的に販売しようとした。しかし、『北回帰線』を仕入れるのは相変わらず困難であった。同年十一月二日付けの、ミラー宛ての書簡において、ステロフは以下のように述べている。

コンチネンタ社宛ての手紙を同封した八月十七日付けの小社の手紙に対する返信をまだ受け取っておりません。また一二三・四フランの小切手を添えた注文書の受け取り通知書も受け取っておりません。『北回帰線』の注文部数を五部に増やし、そのうちの四部を以下の顧客に送るようにコンチネンタ社にお伝え願います。

この照会状についてミラーは以下のように返答した。「最近のお手紙に関してコンチネンタ社の回答を同封しました。『北回帰線』が首尾よく届くのかどうかを是非とも知りたいと思います。届くのであれば、わたしはもっと多くの注文を集めることもできるし、あなたも疑いなく同じはずです」。オベリスク・プレスは『北回帰線』をアメリカ国内の書店や顧客に発送しても税関で止められてしまうので、発送業務を請け負うコンチネンタ社を活用し始めていた。
オベリスク・プレスは社主と秘書の二名で成り立つ会社であったので、商品を海外に送るとき、ヴァンドーム広場に所在するコンチネンタ社に依頼した。この会社はドイツからの避難民で構成されており、創業者クルト・エノクは第一次世界大戦では鉄十字勲章を授与されたドイツ空軍の下士官であった。ユダヤ人のクルツはドイツ東部の出版活動の中心地ライプツィヒで出版業を営んでいたが、ヒトラーの台頭のせいでフランスに逃亡し、コンチネンタ社を設立した。

コンチネンタ社の仕事は、アメリカ合衆国の税関の監視をくぐり抜けるために『北回帰線』を目立たないように包装して、パリのあちらこちらの郵便局から航空便で発送することであった。ユダヤ系のジャック・カハーンはクルトの手口を高く評価し、飲食に誘うようになっていた。

一九三八年三月になると、コンチネンタ社とゴータム書店のあいだで問題が生じていた。コンチネンタ社は送金があり次第、『北回帰線』を発送すると主張し、ゴータム書店は『北回帰線』を受け取ったら代金を払うと主張するようになった。要するに、コンチネンタ社が発送する『北回帰線』がアメリカの税関を通過しない事例が出てきた。三月下旬、ブレンターノ書店のパリ支店がオベリスク・プレスに『北回帰線』の船積みを要請してきたが、乗れる商談ではなかった。大手のブレンターノ書店が『北回帰線』に食指を動かしたのは、アメリカ文学界で絶大な影響力をもつ批評家エドマンド・ウイルソン（一八九五―一九七二）が『ニュー・リパブリック』誌（三月九日号）に「国外離脱者たちのたそがれ」と題する書評を寄せたからである。この書評において、エドマンド・ウイルソンは『北回帰線』が書評で採り上げられるべきであったと述べて、この作品がアメリカ国内に受け入れられていない状況を婉曲に皮肉っている。『北回帰線』の作者はアメリカ屈指の批評家によって「国外離脱者たち」のひとりとして括られた。やがてウイルソンはゴータム書店の常連客になった。

同年四月、ミラーはゴータム書店とコンチネンタ社とのあいだで生じた送金の手順をめぐる利害の調整を図らなければならなかった。ジャック・カハーンが譲歩するまでは、ゴータム書店が顧客の名前をミラーに通知し、ミラーが顧客に『北回帰線』を送ることになった。税関を通過するかどうかというリスクはミラーが負うことになり、送り主として自分の名前を用いないことにした。『北回帰線』は、著者とゴータム書店との培われた信頼関係によって、同年の晩秋まで細々とアメリカ国内に送り込まれた。

『北回帰線』はゴータム書店で着実に売れていたが、仕入れるのが困難であった。一九三八年七月と八月でゴータム書店は十三冊を仕入れ、十一月に五二七・五フランをミラーに送金した。そのうちの三冊はコンチネンタ社が顧客に発送し、残りの十冊はミラーがニューヨークに帰っていくフォードというアメリカ人にゴータム書店まで届けるように依頼したものであった。『北回帰線』をゴータム書店まで運んでくれる親切なアメリカ人をパリで見つけること――これがもっとも安全で確実な仕入れの手段であって、ステロフは幾度となく運び屋になってくれるアメリカ人観光客を探すようにとミラーに催促した。

作家としてのミラーの知名度は高かったが、一般の読者は『北回帰線』と『黒い春』を除けば、他の作品の題名すらも知らなかった。『北回帰線』と他の作品についての問い合わせがゴータム書店に寄せられるようになっていた。一九三八年十一月早々、ゴータム書店に出入りしていた『タイム』誌の女性記者がミラーの人と作品についての記事を『タイム』誌（十一月二十日号）に掲載しようと思い立ち、ステロフに相談した。記者にせかされたので、ステロフは十一月四日にミラーの父親にインタヴューのアポイントメントをとった。ミラーの作品が『タイム』誌に紹介されれば、問い合わせが殺到するのが目に見えていたから、ミラーの作品を早急に手当てしたいと思いつつ、ステロフは進行中の状況をミラーに伝えた。ミラーはステロフの善意に謝意を示しつつも、かなり無茶なことだと返信を書き送った。ミラーの父親は息子の作品を読んだことがなく、書物にいささかも興味を示さない人間であった。『タイム』誌の記者がミラーに連絡してこなかったのも面白くなかった。ミラーはラルフ・トンプソン（『ニューヨーク・タイムズ』の書評欄担当の編集者）など数名の人名を挙げて、そちらから情報を引き出すようにとステロフに指示したが、間に合わなかった。『タイム』誌にロレンス・ダレルの『黒い本』とミラーの作品を比較している無署名の書評が掲載された。さらにニュー・ダイレクションズの社長がインタヴューに応じ、『北回帰線』の出版を検討していると述べることによって、新興出版社ニュー・ダイレクションズを巧妙に宣伝した。

ステロフが予測していたように、『タイム』誌にミラーについての紹介記事が載ると、『北回帰線』の注文が殺到した。わずかばかりの在庫はすぐに底をつき、仕入れようと狂奔したが、うまくいかなかった。税関は小冊子を含めたミラーの全作品を差し止めようとした。コンチネンタ社から顧客に直送させる手口がますます危険になり、中断せざるをえなかった。ステロフは顧客にコンチネンタ社から送られてくる小包を受け取らないようにと指示した。税関で小包が開封されると、顧客が罰せられることになるからであった。税関を確実に通過させる方法は、パリから帰国する友人たちに送ってもらうことであったが、そういう人は容易に見つからなかった。同年十二月一日、ステロフはミラーに手紙を書き、「長年『ユリシーズ』がそうだったように、当地で『北回帰線』の海賊版が出回る可能性があります。当店がこの種の書物の需要を満たせないときはいつもそうなるのです。そういう次第でジェイムズ・ロクリンにすみやかに出版してもらうようお薦めします」という一節を織り込んだ。しかし、ミラーはロクリンに『北回帰線』を出版するだけの度量があるとは思わなかった。ロクリン自身はミラー作品の版権をミラーから取得したが、『北回帰線』の海賊版が登場するのをひそかに待っていた。

同年十二月早々、ミラーはアメリカに一時的に帰国しようと思い立った。ゴータム書店で水彩画を販売するというアイディアにステロフが賛成していた。当時のミラーはアメリカ紀行文を執筆しようという気持ちが沸々とこみあげていた。しかし、途切れることなく手紙を書いたり受け取ったりしていたので、アメリカ国内を移動しているときには手紙の転送先を確保する必要があり、ゴータム書店気付にしてよいかとステロフに問い合わせた。十二月十三日、ステロフは「住所ノ件ハ了解。『北回帰線』ヲ持参サレタシ」と電報を打った。

しかし、船賃を工面できなかったミラーは一時帰国を断念し、ロレンス・ダレルやアルフレッド・ペルレスがいるロンドンでクリスマスを迎えた。

ロシア系詩人マリア・ザトゥレンスカ

ロシア系女流詩人マリア・ザトゥレンスカ（一九〇二―八二）の一九三八年十月の日記から。

ヘンリー・ミラーの『北回帰線』を読んだ。人びとはかつて『ユリシーズ』をひそかに話題にしたように、この作品についてこっそり話す。パリに出かけたときに、『北回帰線』をひそかに持ち帰り、紙表紙の作品をあちこちに見せてまわるのは、とてもシックなことなのだ。疑わしいとわたしは感じた――これは昔ながらの祖国離脱者の作品の再現だ、とわたしは思った。祖国離脱者の運動の残滓でこの作品以上のことはできない。そう、これは祖国離脱者たちの最後の聖書なのだ――わたしの考えは間違っていない。一群のリアリスティックな作品を最終的に痙攣させてしまったジム・ファアレルに似ている。「嗚呼、とてもけっこうよ」とわたしたちは言う。「よい作品だけど、もうけっこう、もうたくさん」。それ以上のものがあるはずもない。あれはそういうものの最後の作品だ。そして『北回帰線』についてもそうなのだ。この作品は、あの流派、時期についての決定版だ――もはやこれ以上の作品はない――これ以外のものはあり得ない。しかし、この作品には閃き――詩に変化する高揚、想像力――ファアレルに欠落しているカタルシスがある。それにもかかわらず、わたしは「もうけっこうよ」と叫びたい――肉体と血はもはや耐えられない。

幼いころにロシアから移住し、苦労を積んだマリア・ザトゥレンスカは、一九三〇年代にシカゴと周辺のアイルランド系アメリカ人の苦悩と苦闘を描いたジェイムズ・ファレルに親近感を示し、彼を祖国離脱者と呼んだ。いまではファレルは読まれることもなく、作品を入手するのも困難である。

一九三八年、エドマンド・ウイルソンによって『北回帰線』は「祖国離脱者たちのたそがれ」のなかのユニークな作品であると評されたが、エドマンド・ウイルソンの評言を受けてピューリッツァー賞(文学)を受賞したばかりのマリア・ザトゥレンスカは『北回帰線』を「祖国離脱者たちの最後の聖書」であると日記に書き込んだ。

『北回帰線』の密輸入を推進するフランシス・ステロフ

一九三九年一月上旬、ヘンリー・ミラーはロンドンからパリに帰ってきた。ロンドンではT・S・エリオットに会い、ロレンス・ダレルを通じて詩人ディラン・トマスにも会った。だれもがミラーを歓迎した。上機嫌でパリに帰還したミラーが最初になすべきことは明白であった。クリスマスにニューヨークまで行けなかった事情をステロフに説明する必要があったし、生活の糧を確保しなければならなかった。一月九日にステロフに短い手紙を書き、「旅行のことを考える前に多額の印刷費用を清算しなければならない」と述べて、前年に送った小冊子の代金を送ってもらえまいかと打診した。

一月十日、ミラーはニューヨーク市に移住していたハンガリー人フランク・ドボにも手紙を書いた。かつてセリーヌの『夜の果てへの旅』の原稿を一読する機会を与えてくれたフランク・ドボにミラーは親近感を抱いていた。フランク・ドボがゴータム書店に近い東四十五番街に住んでいたせいであろうか、アルフレッド・ペルレスが編集したリトル・マガジン『デルタ』を送るのでフランシス・ステロフに届けるようにと依頼した。二月下旬、ミラーはフランク・ドボにさらに『デルタ』誌を送るので書店から代金を受け取り、郵便為替で送金してほしいと依頼した。『北回帰線』をゴータム書店まで運んでくれる船員が見つかれば手数料を払うつもりなので、引き受けてくれそうな人がいたら紹介してもらえまいかと書き添えた。

同年三月、ミラーは二点の水彩画をゴータム書店に発送した。ステロフは水彩画をショーウインドーに展示して買い手を探すつもりでいた。売り上げは両者で折半する約束になっていた。彼女は額面十二ドル五十セントの郵便為替をミラーに送った。これは前年のクリスマスに『北回帰線』のフィルモア、実名リチャード・オズボーンが持ち込んだ五十部の小冊子『あなたはアルフをどうするつもり?』の代金であったが、小冊子は売り切れてはいなかった。ミラーが偽名を用いてゴータム書店の顧客に『北回帰線』を発送してはどうか、とステロフはミラーに提案した。郵便為替を先に送ってくれさえすれば、とミラーは応じた。コンチネンタ社をふたたび利用する案は浮上しなかった。ミラーは依然として『北回帰線』の運び屋を探していたが、カナダもしくはメキシコ経由でアメリカに持ち込めるのではないかと考えることもあった。オベリスク・プレスのジャック・カハーンは自分の立場を危険にさらすようなことは一切しなかった。パリで『北回帰線』を出版できる特権の見返りとして、イギリスやアメリカに持ち込まないという暗黙の了解がカハーンと当局のあいだに成立しているのではあるまいか、とミラーは勘ぐることもあった。

『北回帰線』をゴータム書店に届けたいというミラーの思惑と『北回帰線』を仕入れようとするステロフの意欲が一致しそうな状況が生じた。ミラーは四月三十日、ステロフに手紙を書き、家主に三カ月以内にヴィラ・スーラを立ち退く旨の通知を出したことを知らせた。ギリシアのコルフ島に移り住んでいたロレンス・ダレルからギリシアで休暇をとったらどうかという提案があり、ミラーは招待を受け容れるつもりでいたにもかかわらず、目的地は未定であり、「一切はどれだけ資金を集めることができるかにかかっています」とステロフに伝えた。第二次世界大戦が勃発しそうな兆候がここかしこに感じられたはずであるが、ミラーはパリ脱出の決意が戦争の脅威とは無縁であると強がり、「年内に戦争は起こらないでしょうし、来年もそうだろうと思います」と述べて、チベットを最終目的地とする旅の門出に立っていることを強調した。

この手紙の十日前の四月二十日にステロフはミラーに手紙を書き、近日中に「フィネガン徹夜祭パーティ」を開催する予定であり、さらに出版間近の『南回帰線』についても出版記念パーティを開催したいのでぜひともも出席してほしいと要請していた。ジョイスの新作『フィネガン徹夜祭』が出版された五月四日にゴータム書店で盛大にパーティが開かれた。著名な文学者の他に二百名以上のジョイスのファンが手狭な書舗に殺到した。フィネガン夫人に扮したステロフは、喪服を着用し、アイルランドなまりの英語で来客たちに挨拶した。『南回帰線』は五月十日ごろに出版されたが、出版記念パーティは立ち消えになり、『南回帰線』を仕入れることもできなかった。

四月三十日付けの、ステロフ宛ての手紙のなかで、ミラーは取引を持ちかけた。

ミラーは『北回帰線』（初版）を二十部、『黒い春』（初版）十五部を所有しているが、全部を三五〇ドルで手放したい旨を伝え、「あなたは即刻わたしに通知して、書籍を受け取る準備を進めるべきです。パリにあなたのために集金し、お金をわたしに渡してくれるひとがいませんか？　わたしはあなたが買いたがっているると思っていますが、無事に引き渡すすべを知りません」とボールを投げた。五月九日に手紙を受け取ったステロフはすかさずボールを投げ返した。


お手持ちの『北回帰線』と『黒い春』をそっくり譲り受けることができればと願っておりますが、当地で受け取ることができない場合は投資をするわけにはまいりません。商売はどん底の状態にありますし、たとえ投資しても資金を回収するのに長い期間を要するでしょう。しかしながら、あなたが見通しをつけることができ、よそでよりよい条件で処理できないのであれば、当書店はあなたの書籍全部を二百ドルで買い取ることにし、送金します。

フランシス・ステロフは商取引ではしたたかな女性であり、時節がら書店の経営はおもわしくなかった。ミラーの主要作品はアメリカでは需要があり、十ドルの値がついていた。ステロフは三十五部をそっくり譲り受けることになれば、シルヴィア・ビーチのシェイクスピア・アンド・カンパニー書店で当分のあいだ保管してもらうつもりでいた。

五月十六日にステロフの返信を落手した直後に書かれた手紙によれば、ミラーの手許にある『北回帰線』(初版)の部数は二十五冊、『黒い春』は十四冊、合計三十九冊であるが、さらに「追伸」によれば、トランクに収まっている本を数え直した結果、『北回帰線』が二十九冊、『黒い春』が十二冊、合計で四十一冊であることが判明したという。ミラーはステロフが提示した二百ドルという金額に同意し、小切手を受け取ったら四十一部をそっくりシルヴィア・ビーチに引き渡すと約束した。

二百ドルはミラーにとって大金であった。一九三九年五月になって初めて出版社から印税として月額五百フランを受け取ることになったが、ドルに換算すれば月額十五ドル以下であった。「有名な作家としてはたいした金額ではありません。なんたることか！」と思いつつも、「これが最近十五年間における最初の定期的な収入なのです」とミラーは自身の懐具合を率直にステロフに打ち明けた。当時のミラーは、借金が二万五千ドルに達していると試算していたので、わずかでも返済してから、五月三十一日にパリを離れたいと思っていた。五月十六日に投函した手紙がゴータム書店に届くのに一週間くらいを要すると思うと、待ちきれない思いのミラーは十九日にステロフに電報を打った。

二百ドルデ了解。料金差シ引イテ電信デ送金サレタシ。スグニギリシアニ向カウ、フミメアリクイーン号ニテ届ク。　H・M

苛立っていたミラーは二十五日にふたたび「了解ノ手紙ト電報ノイズレニモ返答ナシ、電信デ送金サレタカ、水曜ニ出発ノ予定」と電報を打った。ミラーの手紙はステロフの手許に二十三日に届いた。ステロフはすぐに返信を書き、ゴータム書店が振り出した額面二百ドルの小切手を同封した。書店ではどこでも換金できるアメリカン・エクスプレスの小切手を用意できなかった。書店の小切手が換金されるまでに、散在している資金を一か所に集めるという対応策をとった。営業は低迷しており、資金繰りは苦しかった。

五月二十三日にステロフはミラーに送金の手続きをとったが、『北回帰線』と『黒い春』の保管場所を確保する必要があった。すでにステロフは彼女の秘書ケイ・スティールにシェイクスピア・アンド・カンパニー書店にヘンリー・ミラーの作品の保管の可否について問い合わせるようにと指示していた。ケイ・スティールはシルヴィア・ビーチの秘書ミス・コッターに以下の返信を書くことになった。「コッター様、当書店は五月二十三日付の手紙を受け取りました。ヘンリー・ミラーの著書について責任を負いかねるというお気持ちはよく理解できます。当書店はビーチ様のご迷惑にならないように、ただちに著者に他のアドレスを指定しました。敬具。ケイ・スティール」。当時のシェイクスピア・アンド・カンパニー書店は赤字続きであり、かろうじて営業を続けていた。

ステロフは取引先であったフレンチ・アンド・ユーロピアン・パブリケーションズという卸問屋（ボナパルト街二八番地）のニューヨーク支社に電話をかけて四十一部を預かってもらうことにした。パリの事務所では責任者が不在であることが判明したために、秘書の「ミス・ヘルマンから必ず領収書を受け取り、当方に郵送してください」と、ステロフはミラーに指示を出した。「これは変則的な手続きです。小社の会計係は入荷していない書籍の支払いを承認しておりません。あなたの現在の状況を考慮して、例外扱いにするようにと説得しなければならなかったのです。あとで後悔することにならないようにと願っています」と、ステロフは一抹の不安を感じつつ、ミラーの新しい門出を祝福した。四十一冊の初版本をゴータム書店に届ける目途はついていなかった。

ミラーは五月三十日に小切手を受け取り、二日後に換金した。ステロフの指示に従って、ミラーは五月三十一日にボナパルト街二八番地に所在するゴータム書店の取引先に『北回帰線』と『黒い春』の初版本を搬入した。くしくも建物は、ミラーと二人目の妻ジューンが一九二八年夏から数カ月間のヨーロッパ旅行をしたときに、最初に投宿したオテル・ド・パリの隣に位置していた。パリにおける十年間の作家としての活動のあとで自身の作品を思い出のホテルのすぐ隣の建物に運び込むのは、「奇妙にもぴったり合う偶然の一致である」と感慨にふけった。ミラーが換金するまでの日数をあてこんで、いわば時間稼ぎをして二百ドルを工面したステロフにいたく感謝したミラーは、旅行の目的地がギリシアであり、さらにはインド、チベットであったはずなのに、「アメリカに到着したら、どこかでうまい食事をしながら楽しいお喋りをしましょう。あなたはすばらしい人物だという気がします」と手紙を書いた。

ミラーがボナパルト街に所在する会社に初版本を届けたとき、会社の経営者はニューヨークに出張中であった。ミラーはステロフに指示されたように、ヘルマンという女性秘書に初版本を渡し、領収書も受け取った。「書籍を大切に保管するようにと念を押しました——彼女は少し間抜けであるように思われます」とミラーは秘書についての印象をステロフに伝えた。ミラーの懸念は的中した。ヘルマンは四十一冊の本を預かったその日のうちに、ニューヨーク市五番街六一〇番地（ロックフェラー・センター）に所在する支社にそっくり発送してしまった。

六月二十二日、南仏のニースで休養していたミラーは、オベリスク・プレス気付のヘルマンの手紙を受け取った。四十一冊が発送され、税関を通過するだろうという文面であった。仰天したミラーはすぐにペンをとり、事の次第を書き連ね、ヘルマンの手紙を添えてステロフに通知した。「この前の手紙で述べたように、例の女性が間抜けであるような印象を受けました。ぼくのフランス語のアクセントは少し変かもしれませんがそれほどひどくはないと思います。彼女に事情を説明するときフランスの青年を脇に立たせたのですが」とミラーは説明した。ミラーの唯一の望みは税関がパリの会社に返送することであったが、その見込みはほとんどないように思われた。万事休すになったら、「全責任を負う」ことを明確にしたミラーは、弁済の計画も立てた。オベリスク・プレスから毎月送金されるはずの印税を積み立て、支払われるはずのバルザック論の七十五ドルの稿料もすべてステロフに回すつもりでいた。ミラーはできる限りの誠意を示し、ステロフの反応を待つことにした。

まだ異変が生じたことを知らないステロフは、秘書ケイ・スティールにパリのヘルマンと連絡をとるようにと指示した。二十七日、秘書は「旅行中のヘンリー・ミラーを支援するためにゴータム書店が著者から直接に買い上げた書物」についてヘルマンに依頼状を書き送った。ゴータム書店が指定する「信頼すべきひとたち」に本を渡す際に相手に部数を確認させ、さらに署名してもらうというのが依頼状の主たる内容であった。税関を通過させるために『北回帰線』と『黒い春』のジャケットをはずして、まったく別の本のカバーをつけてもらい、四十一部を受け取った段階でヘルマンに謝礼を支払う手順をステロフは考えていた。数日後、まだミラーの手紙が到着しないうちに、ステロフは事態が急を告げていることを知った。

取引先のニューヨーク支社から取り乱した電話がステロフにかかってきた。パリの本社から送られてきた十五ケースが税関に滞留していた。通常は一、二のケースを開いて問題がなければ、税関は残りのケースも通過させていた。たまたま開けられたケースに『北回帰線』が詰まっていたために、すべてのケースが差し押さえられてしまった。ステロフは苦情の電話を受けた。損害が生じたら「全責任を負います」と相手をなだめたが、彼女もヒステリックになっていた。とかくするうちにミラーの手紙が舞い込み、ステロフは冷静さを取り戻した。ステロフは「あなたのミス・ヘルマンに対する最初の反応は間違っていないように思われます。このような事態になったからには心配していても益することは何もありません。取引先はこの一件を処理するために優秀なブローカーを雇いました。当書店も本を返送してもらうためにあらゆる手段を尽くします。この件であなたの平安が乱されないように、またあなたがアメリカに向かっていることを望みます。あなたの態度に感謝します」と返信を書いた。ミラーは事態の推移をギリシアで見守ることになった。

フランシス・ステロフのゴータム書店を訪れたアナイス・ニン

　税関で差し押さえられた初版本が没収されるのか、送り返されるのか、その帰趨は九月になっても未決であった。打開策を考える必要があった。税関で滞留しているミラーの作品はゴータム書店で扱うのにうってつけの商品であった。ゴータム書店は『我々現代人』という小冊子のカタログを毎年のように発行していた。著名人が作家や作品を紹介しているので知識人に注目されるカタログであった。ステロフはニュー・ダイレクションズの社長ジェイムズ・ロクリンにミラーについてのエッセイを一九三九年度のカタログに寄稿するようにと依頼した。批評家よりもロクリンに書いてもらうほうが世間の注目を喚起するだろうとステロフは予測していた。しかし、十一月になってもミラーの初版本は税関の分離用物置に滞留していた。有力者に働きかけて差し押さえを解除してもらうか、送り主に返送してもらうしかないとステロフは考えていた。

一九三九年十月、ミラーは帰国すべきだと思うようになり、金銭的支援をあてにできそうな友人や知人に手紙を書き送るようになった。アナイス・ニンはニューヨーク市に移住する計画を立てていて、十一月になると著書をゴータム書店に送り付け、売り上げの一部をミラーに送金するようにと依頼した。十一月二十一日、ステロフは前払い金として十ドルの小切手をミラーに送り、マンハッタンで催されているヘレナ・ブラヴァツキーの『シークレット・ドクトリン』の勉強会に参加するように勧め、「あなたの次のステップはこの書物の哲学に向かうはずであると感じざるを得ません」という文章で文面を結んだ。ミラーはギリシアに向かうとき、ブラヴァツキーの作品をゴータム書店に注文し、ギリシアで耽読した。ステロフは神智学協会の支持者であった。

アナイス・ニンは彼女の夫ヒューゴ・ガイラーとともに十二月十日にニューヨークに到着した。二日後、アナイス・ニンはステロフに会う予定を立てた。無名時代にはシェイクスピア・アンド・カンパニー書店で働いてみたいと夢想し、シルヴィア・ビーチと面識があったニンは、ゴータム書店の文学史的意義にはやくから注目していた作家であった。ニンはゴータム書店を訪問し、「一九三九年冬」の日記に次のように書き込んだ。

シルヴィア・ビーチがパリで果たした役割をわたしたちのために引き受けたフランシス・ステロフを訪問した。彼女はわたしたちの本に好意を示してきた。柔和な、思いやりを示す笑みを浮かべながらわたしを迎える。本に囲まれたステロフは忙しく、学識よりも本好きであることを自慢している。彼女は何時間も立ったまま本を漁っている人たちを、まだ知られていない雑誌や詩人たちを歓迎する。ジェイムズ・ジョイス協会はこの書店で会合を開いている。彼女は本を出そうとする作家たちのために一時ころティーパーティを開く。店内には作家たちの写真が飾られている――ヴァージニア・ウルフ、ジェイムズ・ジョイス、ホイットマン、ドライサー、ヘミングウェイ、D・H・ロレンス、エズラ・パウンド。

ステロフは健康食品の効果を信じている。わたしを神智学協会に招待する。

アナイス・ニンはステロフを高く評価しようとしたせいであろうか、少し勇み足の記述がみえる。ニューヨークのジョイス協会がゴータム書店を事務局として設立されたのは一九四七年二月であった。日記が出版されることになったとき、ニンは書店の歴史的価値を強調しようとして書き足したのであろうか。ともあれ、ジョイス協会が設立されたのは戦後のことである。

ステロフはアナイス・ニンが積年にわたってミラーを支援してきたことを知っていたので、初対面のニンに親近感を抱いた。ステロフは半年間も税関で差し押さえられたままになっているミラーの初版本について相談した。国務省で検閲官として勤務しているハンティング・カーンズに相談すべきだとニンは助言した。ステロフはミラーと親交があったカーンズに相談した。熟慮の末にカーンズは、初版本をパリに返送してもらうか、メキシコに転送してもらうのがよいでしょう、と回答した。陸続きのメキシコからニューヨークに発禁本を運び込むことのほうが容易であるのは明らかであった。

一九四〇年一月十八日、ハンティング・カーンズはゴータム書店に立ち寄り、すぐに行動に移るようにとステロフを激励し、彼女を喜ばせた。メキシコのいずこに転送すべきなのかは未決であったが、『北回帰線』と『黒い春』の密輸入作戦が固まろうとしていた。

ミラーから帰国をほのめかす手紙を落手したジェイムズ・ロクリンは、一九三九年十二月二十日に返信を書いた。「わたしの考えでは、あなたの帰国の時が熟しています。あなただけが決定できる事柄が手許にあります。アレグザンダー・レグマンが『北回帰線』を出版したがっていますし、シグネット・プレスという出版社があなたの作品に関心を示しています」という書き出しで始まり、『北回帰線』の地下出版計画が持ち上がっていることを知らせる文面であった。アレグザンダー・レグマンの本名はガーション・レグマン（一九一七—九九）であって、エロティカの出版に関心をもつユダヤ系の青年であった。『北回帰線』の地下出版計画を推進するために、レグマンはアメリカにおけるミラー作品の出版の権利を保有するとみなされるニュー・ダイレクションズの社主の了解を取り付けようとしていた。ロクリンの基本方針は、「おおっぴらに出版できるミラーの作品のいずれについても出版の権利を留保したい」というのであったから、レグマンの申し出を歓迎していた。「彼はいささか変人ですが、彼なりに誠実であり、地下出版をみごとに実現し、『北回帰線』を市場にまわすことができると思います」とレグマンの印象をミラーに伝えた。この地下出版計画の仕掛け人は別に存在し、レグマン個人がピンからキリまで実務を担当した。たとえば、印刷費の確保や印刷業者の選定のためにレグマンは動き回った。印刷費の一部を用立てたのはステロフとシカゴで書店を経営していたベン・エイブラスンであった。一九四〇年、彼はコレクターのために『性の世界』の私家版を出版した書店経営者であった。二人が用立てた印刷費は『北回帰線』の海賊版によって回収されることになっていた。二人の経営する書店が地下出版の『北回帰線』の主要な流通経路になったが、通信販売によって利益を得ようとする者もいて、別途に印刷費を負担した。この『北回帰線』はメキシコで印刷されたとされているが、実際はマンハッタンで印刷された。一九四〇年一月、ステロフは『北回帰線』の密輸入作戦を立てながら、『北回帰線』の地下出版計画に関与していたのである。

ハンティング・カーンズがゴータム書店に立ち寄ってステロフを激励してから五日後の一九四〇年一月二十三日、ステロフはニューヨーク税関の関税徴収官ハリー・ダーニングという人物に手紙を書いた。その趣旨は、戦時であるので滞留している書物の著者はパリに帰還する予定がなく、メキシコに移動したためにそちらに送り返してほしいというのであった。このときミラーはギリシアから帰国したばかりであって、マンハッタンの安ホテルに宿泊していた。送り先はメキシコ市内のミセス・モーラーという女性の家で、ミラーはそこに寄宿していたことになっている。

四月上旬、ミラーはメキシコ市在住のテルマ・モーラーに手紙を書き、ステロフの友人が請求するまで本を保管してほしい、フレンチ・アンド・ユーロピアン・パブリケーションズという会社がウェルズ・ファーゴという業者を指定して届けるのでしばらく留意してほしいと連絡した。

四十一冊の初版本の返送についてはフレンチ・アンド・ユーロピアン・パブリケーションズのニューヨーク支店が手続きを担当した。四月二十九日、ステロフはニューヨーク支店から送料等で二十四ドル五十八セントを請求された。荷物は五月八日にテルマ・モーラー宅に届いたが、ここで問題が生じた、本が届いたときに、テルマ・モーラーはその場で冊数を数えたが、四十冊しかなく、一冊だけ不足していた。『北回帰線』が二十八冊しかなく、ミラーのいう二十九冊ではなかった。貨物業者は有名なウェルズ・ファーゴであった。モーラーとステロフはウェルズ・ファーゴの担当者に幾度も問い合わせの手紙を書き、電話も掛けたが、結局のところ水掛け論に終始し、埒があかなかった。どこで紛失したのか特定できなかったようである。ともあれ、六月になると、ステロフは本の受領に対する謝礼として二ドル四十セントをテルマ・モーラーに支払った。

ステロフはメキシコ市から初版本をゴータム書店まで運んでくれる人間が必要であったが、信頼できる人物を見つけることができず、とうとう一九四一年を迎えることになった。三月十五日、ステロフはひさしぶりにモーラーに手紙を書き、マイケル・フランケルから受け取った手紙によると、彼はモーラーに連絡しようとしたが、うまくいかなかったようだ、しかし彼が訪ねてきたら、四十冊を彼に渡してほしい、彼はニューヨークに来る友人とたえず接触している、これでモーラーの負担が解消されるだろうと言う趣旨を伝えた。『北回帰線』のボリスことマイケル・フランケルはメキシコ市の近郊で暮らしていた。彼自身がニューヨークに出かけることもあった。三月末日付のモーラーの返信によると、フランケルが宿泊しているアンバサダー・ホテルに二回電話を掛けたが、彼はホテルにいなかった、ホテル側はマイケル・フランケルの住所を知らないという内容であり、連絡の行き違いがあったようである。四月七日、ステロフはふたたびモーラーに手紙を書き、マイケル・フランケルに連絡をとっているので、いずれ彼がモーラー宅を訪ねるはずだから、ミラーの作品を引き渡してほしい、と改めて要請した。

一九四一年四月か五月に、ミラーの『北回帰線』と『黒い春』の初版本はマイケル・フランケルの手に渡ったであろうと推量できる。ミラーがボナパルト街の建物に自作の初版本を搬入したのが一九三九年六月の上旬であったから、ゴータム書店が受け取るまでに二年近い歳月が経過したことになるだろう。

『北回帰線』(メドゥーサ版)の地下出版

一九四〇年一月中旬に帰国したヘンリー・ミラーは、四月中旬のある日の夕刻、マンハッタンの東三九番通りに住むガーション・レグマンを訪問した。ギリシアに滞在していたミラーはレグマンから受け取った手紙で、前年五月ころからレグマンが『北回帰線』の出版に意欲を示しているのを知っていたし、アメリカにおけるミラー作品の版権を保有するジェイムズ・ロクリンからもレグマンの意欲を前年十二月に知らされていた。帰国後のミラーは『北回帰線』の地下出版について幾度もロクリンと意見を交換した。一月下旬、ミラーは「レグマン一味から金銭を受け取るわけにはいかないし、彼がうまくやってのけることを望んでいます」とロクリンに伝えたが、さらに一カ月後に「だれも海賊版が出てくるのを止めることはできないし、それは現状では不可避なのです。レグマンに関しては、ぼくは彼とはなんの関係ももたないだろうが、彼のこれまでの言動をむしろ嬉しく思っています。いまの状況では、だれかが海賊版を出そうとするのを食い止めるために指一本も動かすつもりもありません」と自分の考えに変更がないことを伝えた。裕福な一族から資金が供給されているロクリンは、悪名高い作品を世に出せば、資金が遮断されて出版事業の継続が困難になるかもしれないと危惧していた。また海賊版が好評であれば、版権を保有するロクリンの出版社の知名度が上昇し、ニュー・ダイレクションズから出版されるミラーの作品の売り上げにも影響するだろうし、海賊版によって作者の懐具合もよくなるのではないかと期待していた。ミラーは「レグマン一味から金銭を受け取るわけにはいかない」と強がっていたが、病床の父親を見舞うためには金策に走る必要が生じたのである。

レグマンの役割は、地下出版に関する折衝や校正などの実務であり、仕掛け人はジェイコブ・ブラッセル（一九〇〇―一九七九）であった。ロクリンもミラーも地下出版の主役については名前を知らされているだけで対面する機会がなかった。『北回帰線』の地下出版を推進するようにとジェイコブ・ブラッセルを煽ったのがエロティカの研究者であるレグマンであり、ブラッセルの関心は金儲けにあったが、時節がら、出版業は低迷し、資金繰りも苦しかった。ロクリンは、四月九日付けの手紙のなかで、「レグマンとブラッセルは『南回帰線』を出版したでしょうか？　出版されたという風評があるのですが、まだ一冊も見かけません」と、ミラーに尋ねた。この手紙にはエッセイ集『宇宙的眼』（一九三九）の印税四十一ドルの小切手が同封されていたので、翌日の四月十日にミラーは返信を書き、謝意を表明してから、「『南回帰線』の海賊版については、なにも聞いていません。ぼくは例の紳士とはなんの関係もありません。しかし、近い将来においてぼくのすべての作品が無断で出版されることをこころから期待しています。きみに繰り返し伝えてきたように、ぼくはちっとも気にしないのです。海賊版が多いほど、ますます愉快に思うでしょう」と述べて、アメリカにおける版権を取得しても、ミラーの主要作品の出版について積極性を示さないロクリンを当てこすった。しかし、ミラーはこの手紙を投函してからレグマンを訪ねたのである。

ジェイコブ・ブラッセル

ポーランド生まれのジェイコブ・ブラッセル（ジャックあるいはジェイクと呼ばれることが多かった）は、子どものときに弟アイクとともにアメリカに連れて来られたユダヤ人であった。ふたりとも青年時代に書籍販売業を始めた。一九二〇年代後半、ジェイコブはマンハッタンのアスタープレイス（ロウア・イースト・サイド八番通りと交差する三番通りと四番通りのあいだの通り）にオルテリウス書店を開き、近くのフォース・アヴェニューでもアトランティス書店という店舗をかまえた。オルテリウス（一五二七―九八）はフランドルの地理学者で、最初の本格的な世界地図を作成した人物であったから、ジェイコブの書舗では地図も販売していたのかもしれない。が、次第にエロティカを販売し、出版も手がけるようになった。

『書籍密造業者とポルノ検察官――エロティカの取引　一九二〇―一九四〇』（一九九九）の著者ジェイ・A・ガーツマンによれば、往時のフォース・アヴェニューには古書や一般書を扱う書店が並んでいて、「フォース・アヴェニューや他の通りで立ち読み客を引き寄せる書店は、固く結束しているブックマンたち（経営者、店員、世話役、挿絵画家、翻訳家）によって牛耳られていた」という。ガーツマンは有力な十一名のブックマンたちの名前を羅列しているが、その筆頭に挙げられているのがジェイコブ・ブラッセルであり、三番目にサミュエル・ロス（一八九四？―一九七四）の名前があり、ガーション・レグマンの名前もみえる。マンハッタンの書籍販売の主役はユダヤ人もしくはユダヤ系であり、これらのブックマンたちの結びつきはユダヤ人たち特有の団結心と無関係ではないだろう。サミュエル・ロスには自叙伝ふうの『ユダヤ人は生きる』（一九三四）という著書がある。ミラーがギリシアで帰国をもくろんでいたころ、これら三名のブックマンたちはすでに『北回帰線』に着目し、レグマンがミラーとジェイムズ・ロクリンに『北回帰線』の地下出版についての意欲を表明していたのである。

現在のウクライナ（大戦中はポーランド領）のガリツィア地域に位置する寒村で生まれたサミュエル・ロス（一九七四年七月四日発行の『ニューヨーク・タイムズ』に掲載された死亡記事によれば、オーストリア生まれになっている）は、一九〇三年にニューヨークに到着し、イースト・サイドで極貧の生活を送り、路上で寝た時期もある。グレニッチ・ヴィレッジではアナーキストたち（エマ・ゴールドマン、ベン・ライトマンなど）に出あい、刺激を受けたが、ロスは詩に強い関心を示し、一九一六年に奨学金を得てコロンビア大学に入学し、『リリック』という詩誌を創刊した。一九二〇年にグレニッチ・ヴィレッジ（西八番通り四九番地）でポエトリー・ショップという書店を開いたが、この種の書店としてはアメリカでは前例がなかったであろう。この書店の二階ではマーガレット・アンダーソン（一八九三？—一九七三）が有名な文芸誌『リトル・レヴュー』を編集していた。彼女はこの月刊誌に、まだ出版されていない『ユリシーズ』の一部分を一九一八年からこっそり連載していた。終夜営業のポエトリー・ショップは、若い男女のデートの待ち合わせ場所となったが、利益が少ないので、ロスは書店を売却するとロンドンに出かけた。ロンドンに滞在中のロスは、パリにいるジョイスやイタリアにいるパウンドと文通をするようになった。

サミュエル・ロス

一九二〇年代中ごろ、サミュエル・ロスは季刊誌『ふたつの世界』、『月刊ふたつの世界』などの雑誌を発行した。ロスは著者の許可をとらずに作品を雑誌に掲載することがままあった。ロスは月刊誌にジョイスの『ユリシーズ』から性的描写を含む箇所を無断で掲載した。ジョイスから促されたシルビア・ビーチは、ジョイスの知人や友人たちの協力を得てサミュエル・ロスに対する国際的抗議に拍車をかけた。一六七名の著名な文学者、編集者、大学出版局、出版社などが声明文に署名し、一九二七年二月にロスの悪名が欧米の文学界に定着することになった。さらに一九二八年、悪徳撲滅ニューヨーク協会による五番街の倉庫の手入れによって、通信販売用の雑誌や猥褻本が押収され、ロスは投獄された。これは著作権侵害ではなく、猥褻罪の適用であった。それ以後もロスは『チャタレー夫人の恋人』、『ユリシーズ』、『ファニー・ヒル』などの海賊版を印刷し、罰金支払いや刑務所収監を繰り返した。こうした作品群の海賊版をアメリカ社会に提供したロスの実績からみれば、『北回帰線』の地下出版計画では、ロスがもっともふさわしい仕掛け人であったはずであるが、彼は前面に出ようとしなかった。

一九三六年十二月、サミュエル・ロスと妻ポーリンは、猥褻本の配布で有罪判決を受けた。ロスには三年二十日の刑期が確定した。ポーリンの刑期は三年であったが、裁判官は十代のふたりの子どもの養育に配慮し、執行猶予にした。ロスは刑期の軽減を主張したが、あまり効果がなかった。彼は一九三九年中ごろまでペンシルヴァニア州ルイスバーグの連邦刑務所で暮らした。刑務所でのロスは執筆活動にいそしんだ。ミラーの帰国のおよそ半年前に出所したロスは、ガーション・レグマンやジェイク・ブラッセルと『北回帰線』の地下出版について話し合う機会があったはずであるが、出所して日の浅いロスはこの企画では前面に出ず、後方に留まって自分の身を安全にした。レグマンは一九三六年から五三年にかけてサミュエル・ロスから断続的に金銭的報酬を得ていたと述べているから、若いレグマンはサミュエル・ロスのために下働きや連絡を担当していたのかもしれない。ジェイコブ・ブラッセルは『北回帰線』を出版するための資金が充分ではなく、ロスが相応の資金を提供した。ロスは通信販売のための顧客名簿を隠し持ち続けていたので、地下出版に要する資金の一部を負担して、それに見合う『北回帰線』の一定部数を通信販売の顧客に捌く立場を確保した。顧客名簿の隠匿はロスの生命線であった。予定されていた出版部数は千部であったが、さらに二百部（五百部という説もあり、数回にわたって増刷された形跡がある）が追加されることになった。合計すれば、二千部前後になるだろう。経費を節減するために、アナイス・ニンの「序文」が『北回帰線』（メドゥーサ版）から削除された。このメドゥーサ版には「メキシコにて印刷」と刷り込まれているが、マンハッタンで印刷された。「序文」が省略されたために、テクストの冒頭が十一ページから始まり、十ページ分が欠落している。のちにレグマンはアナイス・ニンと顔を合わせる機会があったが、彼女が「序文」の省略の件で憤慨しているのを知った。主役か脇役かの違いがあるものの、サミュエル・ロスは、ジョイス、ロレンス、ミラーの話題になった代表的作品の地下出版に関与したことになる。

『北回帰線』（メドゥーサ版）は一九四〇年秋に出版されたが、すぐにジェイコブ・ブラッセルは二年間も連邦刑務所で暮らす羽目となった。一九四〇年十二月十三日、アメリカ一周旅行中のミラーは、アトランタでアナイス・ニンに宛てて以下の文章（書簡集では省略されている箇所）を含む手紙を書いた。「ぼくの作品の海賊版を出したブラッセルという男から手紙を受け取りました。逮捕されたので有罪を認めるつもりだと言っています。海賊版は『北回帰線』だけです。彼は自分以外のだれも関与していないと言っています。ぼくは自分が巻き込まれなければ幸運だと思うでしょう」。ブラッセルがミラーの旅先の住所を知ったのは、海賊版を扱っているゴータム書店のフランシス・ステロフを介してであるから、「これ以上ブラッセルには宿泊先を教えるな、彼が手紙を書く必要がある場合はゴータム書店気付にするようにとステロフに伝えてほしい」と、ミラーはアナイス・ニンに伝言を依頼した。「もしブラッセルが気弱になれば、警官どもがぼくを尾行することになるでしょう」とミラーは警戒し、ステロフにも用心してほしいと願っていた。一九四三年、バークレーでタクシーの運転手をしながらリトル・マガジンを発行していたジョージ・ライトが、『北回帰線』の地下出版に意欲を示したが、ミラーは連邦刑務所に送り込まれたブラッセルの件を引き合いに出して、この地下出版計画を押さえ込んだ。その埋め合わせをしようとしたらしく、三年後にミラーはエジプト人作家アルベール・コスリー（一九一二―二〇〇八）の短編集『神に忘れられた人びと』の出版をジョージ・ライトに依頼した。ともあれ、アメリカにおける『北回帰線』の最初の出版者としての栄誉は、皮肉なことにジェイコブ・ブラッセルではなく、グローブ・プレスの社主バーニー・ロセット（一九二二―二〇一二）に与えられたまま今日にいたっている。一九四〇年秋にスワースモア・カレッジ（所在地フィラデルフィア）一年生のバーニー・ロセットが読んだ『北回帰線』は、オベリスク・プレス版ではなく、ブラッセルが刊行したメドゥーサ版であった。彼は『北回帰線』をゴータム書店で買い求めたのである。一九四〇年秋、ハーヴァード大学の一年生になったばかりの、まだ十七歳のノーマン・メイラー（一九二三―二〇〇七）も『北回帰線』を読み、感銘を受けたが、彼も序文が欠落しているメドゥーサ版を読んだのである。

サミュエル・ロスが『北回帰線』をどのように受けとめていたかを説明してくれそうな文章がある。一九五一年に創刊された季刊誌『アメリカン・アフロディーテー』の第四号（一九五四）の巻頭に、編集主幹のサミュエル・ロスは、「ヘンリー・ミラーへの公開状」を掲載した。冒頭を以下に引く。

最近、フォース・アヴェニューのある書店で、見知らぬ人物が近づいてきて、なぜあなたの作品をもっと出版しないのかとわたしに質問しました。

あなたが作品を提供してくだされば、おそらく出版することになるだろう、と返答しました。しかし、とっくの昔に、あなたは文学で生計を立てるアメリカ人たちの、どのグループに参加することにもうんざりしていたに違いありません。

サミュエル・ロスのいう「グループ」は、『ニュー・ヨーカー』や『アトランティック・マンスリー』のような有名な雑誌に関与する人たちであって、たしかにミラーはこうした雑誌から声がかかったことはないように思われる。ミラーの「最良の作品」がパリで読まれ続けるのは、かの地では英語を読む人たちの数が少なくても、彼らが「あらゆる国外離脱者によって共有される仲間意識によって、温かくあなたに引き寄せられているからだ」と、ロスは述べて次のように書き継いでいる。

あなたの名前を知っている大多数のアメリカ人と同様に、わたしも『北回帰線』を読んだことがあります。わたしが所持するのはアメリカ版であり、出版した人物はこの作品を刊行する見返りに、連邦刑務所で二年間を過ごしました。わたしは『北回帰線』の気取らない長所を絶賛しますが、この作品のきわめて多くの部分がわたしのユダヤ的性分と相容れなかったので、わたしはやぶへびになるようなことはしないと決意し、『南回帰線』を入手して読もうとする努力を一切しなかったのです。いま、わたしは信じるのです、もしわたしがサンピエトロ大聖堂の門前にいるとすれば、まったき自信をもって答えられない唯一の質問が、「なぜきみは『北回帰線』が好きではなかったのか?」ではなかろうか、と。なぜなら、別の書店で同じような出会いを経験した結果、わたしは『北回帰線』を再読し、心底より深く感動したからです。

サミュエル・ロスは、初めて読んだときには「他国に追放されたひとの苦痛を伴う叫び声」のみを感じ取ったが、再読したときの『北回帰線』は、「現代世界における、人間のこころを奪うような精神的漂泊」が読み手に迫ってきたという。

ガーション・レグマン

ユダヤ系のガーション・レグマンは、『ペレグリーン・ペニス』と題する回顧録（未出版）や書誌学者ロジャー・ジャクソン宛ての、一九九一年五月二十六日付の手紙のなかで、彼が『南回帰線』の地下出版を手がけなかったのは、『南回帰線』が反ユダヤ主義の作品であると判断したからだ、と述べている。フォース・アヴェニューのブックマンたちは、地下出版の対象として採り上げられる作品が反ユダヤ主義かどうかを吟味していた。『北回帰線』は反ユダヤ主義の作品ではないと烙印を押されたようであるが、それでも出版当初はサミュエル・ロスの「ユダヤ的性分と相容れなかった」のである。

「ヘンリー・ミラーへの公開状」においてロスは、彼がしばしば出向く書店での二つの出会いについて言及した。二つ目の出会いは、最初の出会いの数日後であったという。見知らぬひとから書店でふたたび声をかけられたロスが書店を出ようとしたとき、書店の経営者がパリから届いたばかりだという小包をロスに手渡したので、彼は小脇に小包をかかえて帰宅した。小包の中身は二巻本の『プレクサス』（オリンピア・プレス版）であった。「この『プレクサス』がもたらした喜びが測りがたいほどに深みのあるものであったので、わたしは『北回帰線』を再読しただけではなく、このヘミングウェイの国において入手できる他のほとんどすべてのあなたの作品を読んだのです」と述べてから、公開状が『プレクサス』についてのコメントを発表する場ではないとしつつ、この作品を含めたミラー作品について三か条に分けて短いコメントを付した。「あなたの頭脳のなかに入り込んだありとあらゆるすばらしい空想をもって自身の人生を賭けたことが、あなたをこの時代の芸術家たちの最前線に招来したのです」と、ロスはコメントを結んだ。

サミュエル・ロスは一九五七年から六一年にかけて五年間をふたたびルイスバーグ連邦刑務所で過ごしたが、この刑務所から釈放されたときに、若いユダヤ系の出版人バーニー・ロセットが『北回帰線』を出版して一大センセーションを引き起こしているのを知ったのである。

一九四〇年四月某日の夕刻に、東三九番通りの、タイプライターの置かれている、ガーション・レグマンのわずか一室の安アパートに足を踏み入れたとたんに、ヘンリー・ミラーは失望の表情を浮かべた。レグマンの回想によれば、きみはここで暮らしているのか、それとも仕事をしているだけなのか、とミラーは切り出した。切羽詰まっていたミラーの話題が金銭に集中しがちだったので、レグマンはミラーについて「虫が好かないやつ」という印象を抱くことになる。財閥の御曹司であったロクリンからわずかな印税以外には用立ててもらえなかったミラーは、レグマンが金回りのよい人間であることを期待していた。病床の父親を見舞いたいと思っていたミラーは、相応の現金を必要としていた。「このとおりですよ、ミラーさん」と、レグマンは来客と暗褐色の壁に向かって肩をすくめた。

レグマンの立場でいえば、裕福なロクリンが『北回帰線』の出版に意欲をみせず、しがないユダヤ系の自分が努力しているのをミラーから評価してもらいたい気持ちもあった。ミラーがレグマンを訪問した理由のひとつは、メドゥーサ版の『南回帰線』を刊行しようとする気配が感じられなかったからである。『南回帰線』が出版されれば、それなりの前金が見込める、とミラーは踏んでいた。レグマンは『南回帰線』が反ユダヤ主義の作品であり、『ニューヨーク往還』を読んでその思いが強まった、と述べた。さらにレグマンはミラーが反ユダヤ主義者であるセリーヌの『夜の果てへの旅』の影響を強く受けていると主張した。レグマンの歯に衣を着せない口ぶりに気色ばんだミラーが、セリーヌの作品を読んだことがないと嘘をついた、とレグマンは述べている。二十二歳のレグマンは『北回帰線』がセリーヌの『夜の果てへの旅』とジョイスの

『ユリシーズ』の模倣であると感じていた。

『北回帰線』の舞台の一部がアメリカであるというのに、地理学上の想像的な北回帰線がキューバのハバナを通過し、アメリカ本土にかすりもしないというレグマンの素朴な疑問に対して、「題名は象徴的であり、占星学の天の回帰線と関連しているが、この地上の回帰線とは無関係である」と、ミラーはやや堅苦しい説明をしたという。さらにミラーは「竜座の尾と黄道について」も語った、とレグマンは述べている。『南回帰線』(初版)の裏表紙に近刊予定の作品群の一覧が載っていて、『竜座と黄道』の刊行は一九四二年に予定されていた。一九四〇年秋、ミラーは『冷暖房装置の悪夢』を執筆するためにアメリカ一周旅行に出発するが、旅行中に作成されたノートに書き込まれた『竜座と黄道』についての断片的構想のなかに、北回帰線の英名に含まれる「蟹座」、南回帰線の英名に含まれる「山羊座」と「竜座」が併記されている。当時のミラーは『竜座と黄道』の構想を暖めていた。

ふたりは占星学を話題にしたが、ガーション・レグマンはミラーにさほど親しみを感じなかった。ミラーの金繰りに関連して、ジェイク・ブラッセルがミラーに二五〇ドルの前金を払うことになっていると説明し、フォース・アヴェニューに所在するアトランティス書店の番地を教えた。夕刻だったのでミラーを書店まで案内しても店は閉まっているはずだし、ブラッセルのアパートでは子どもたちがうるさく騒いでいて、落ちついて交渉もできないだろうと判断したので、レグマンはミラーをブラッセルに引き合わせる労をとらなかった。ブラッセルはその翌日に書店を訪れたミラーに『北回帰線』が印刷されて、売り上げがでたら一定の金額を支払うと約束した。つまり、ミラーは前払い金をブラッセルから受け取ることができなかったのである。

ミラーはレグマンに「贈り物」を用意していた。レグマンが手にしたのは、『北回帰線』の初版であって、余白に登場人物とその実名がミラーの筆跡で書き込まれていた。レグマンは、タニアの夫シルヴェスターのモデルが劇作家であることに気づいたし、「金持ち女イレーヌ」のモデルの名前も聞き覚えがあった。彼は手にした『北回帰線』が価値あるものだと思った。「この本が欲しいかい?」とミラーは尋ねた。しかし、「贈り物」ではあっても無料ではなかった。エロティカの稿料が入ったばかりのレグマンは二十五ドルを払うと申し出たが、病気の父親を見舞う予定のミラーは五十ドルを主張し、あとへ引かなかった。自分の所持金をあっさり示していた若いレグマンは、ミラーに押し切られた。レグマンによれば、ミラーから入手した『北回帰線』を、ブルックリンのエロティカの取り扱い業者であり製本業も営んでいたルービン・ブレスラーという男に入手価格と同額で手放したが、いまではその『北回帰線』はUCLAの図書館が所蔵しているという。レグマンはミラーから直接に入手した『北回帰線』を手放す前に、登場人物と実名の関係を明らかにしたメモを注意深く書き写した。

話し合いが済んだので、レグマンはサード・アヴェニューのイタリア料理店にミラーを案内し、ディナーをとった。料理店のコーヒーはアメリカンだけだったので、うまいコーヒーを出してくれる店に移動した。レグマンは精いっぱいの気遣いを示した。四月のニューヨークの夜はまだ寒く、ミラーはレグマンからレインコートを、翌日にはジェイク・ブラッセルの書店に置いていくという約束で借りたが、返すのを忘れた。以後、レグマンはレインコートなしで過ごすことになった。

アメリカでは『チャタレー夫人の恋人』や『北回帰線』は猥褻文学の分野に属するとみられていたから、メドゥーサ版の『北回帰線』の刊行については用心深く準備を進めざるをえなかった。表紙の裏面には「メキシコにて印刷」と刷り込まれているが、実際に印刷された場所はニューヨーク市レキシントン・アヴェニューと東二五番通りが交差する地点に所在する印刷所であった。製本を担当したのはロウア・イースト・サイドのカナル・ストリート(当時はユダヤ人が目立つ、宝石店の多い街路)近くに住む業者であり、とくにエロティカの製本に熱意を示していた。研究者ロジャー・ジャクソンに宛てたレグマンの手紙（一九九〇年四月二十三日）によれば、印刷所の経営者は活字を組んでも英語が読めないアルメニア人だったから、印刷所から警察や悪徳撲滅ニューヨーク協会に通報される心配はなかったという。しかし、ある日の朝、このアルメニア人の娘であるハンター・カレッジの学生が地下の印刷所でしわくちゃに丸められた紙片を拾って、目を通した。状況を察知した彼女は父親を危地から救出しようと警察に密告した。ジェイコブ・ブラッセルが連邦刑務所に放り込まれた。校正を担当していたレグマンは一目散にずらかったという。

校正ではアリス・シューアルという女性がガーション・レグマンを補佐した。彼女は『北回帰線』の内容に辟易していたが、レグマンが『北回帰線』の地下出版の秘密保持でアリス・シューアルを信用していたのは、この女性がレグマンの子ども時代からの親友であるリチャード・シューアルの妻であったからである。レグマンによれば、この男がミラーのポーノグラフィとして出版された『オプス・ピストルム』（一九八三）の実作者たちのひとりであって、この作品の最後の数章を担当したという。レグマンは『オプス・ピストルム』の作者がミラーではなく別人であるとグローブ・プレスに抗議したが、出版社からは無視されたようである。メドゥーサ版の出版によってアリスが得た報酬は、『北回帰線』一部、レグマンが二部であったというから、校正は無報酬同然であった。メドゥーサ版『北回帰線』は一部十ドルで販売された。

ガーション・レグマンは、メドウーサ版『北回帰線』千部のうち五百部をフランシス・ステロフのゴータム書店に、五百部をシカゴのアーガス・ブックショップの経営者ベン・エイブラムスン（一八九八—一九五五）に卸した。著者に支払われるべき印税は十パーセント（一部につき一ドル）であったが、レグマンはサミュエル・ロスがジョイスやロレンスに印税を支払わなかったことを知っていたので、ミラーへの印税の支払い確認をおのれに課したという。レグマンによれば、ステロフは油断できない、したたかな女性であって、黙視していたならば、ミラーはごまかされたはずであり、エイブラムスンは印税を支払おうとしなかったので、レグマンがシカゴまで出かけていき、エイブラムスンをおどして五百ドルを支払わせた。ふたりの書店経営者は、ミラーにではなく、アナイス・ニンに印税を支払った。

メドゥーサ版『北回帰線』は、マンハッタンとシカゴの二軒の書舗から、さらにサミュエル・ロスの通信販売を通して、ゆっくりとアメリカの読者たちに浸透していったのである。

『北回帰線』のタニアを追う

『北回帰線』の出版からおよそ半年が経過した一九三五年四月五日、一時帰国のミラーはペルレスに長文の手紙を書き、バーサに関する短編小説について言及した。「オリジナルが紛失する場合に備えて、あのバーサの短編を保管してください。『黒い春』を書き上げたらすぐに——あとわずか五十ページくらい書き進むだけになっています——パリについての短編小説集に取り組むつもりです。そいつが生まれそうになっているのを感じます」。『北回帰線』を執筆しているさなかにあっても、ミラーは「もう一冊のパリの本」を書きたいという気持ちを募らせていた。自分の書いたラブレターが破棄されたと思い込まされたミラーは、『北回帰線』においてタニアことバーサ・シュランクまたの名クリスティーヌをこきおろし、この女性を描ききれない思いが残っていた。ともあれ、一九三五年春に、ミラーは「バーサ」と題する十三ページの小品を書き上げた。

しかし、「パリについての短編小説集」は不発に終わった。『南回帰線』の初版の裏表紙に出版予定の作品一覧が載っていて、『プラズマとマグマ』という作品集の題名がみえる。ミラーは『プラズマとマグマ』の目次を作成し、占星学者コンラッド・モリカン（一八八七—一九五四）に贈った。目次の末尾は、「フランスよ、さらば」となっているから、ミラーはパリ時代の締めくくりとして『プラズマとマグマ』を出版したいと思っていた。目次には短編小説のタイトルも含まれていて、「マドモアゼル・クロード」の次は「マリニャンのバーサ」となっている。短編「バーサ」のなかに「カフェ・マリニャン」という字句が出てくるから、「バーサ」と「マリニャンのバーサ」は内容的に重複していると推断される。タイプ稿「バーサ」の余白に「このテクストは最初パリで一九三六年か七年に執筆され、いまは『クリシーの静かな日々』に組み込まれている。H・M」と書き込みがあるから、「バーサ」は『クリシーの静かな日々』に収められている短編「マリニャンのマーラ」の前段階の作品に相当する。とすれば、「マリニャンのマーラ」のなかに『北回帰線』のタニア、バーサのもうひとつの呼び名クリスティーヌが登場しているはずである。

パリのアメリカ領事館勤務を辞したバーサ・シュランクは、一九三二年に帰国し、ほどなく『北回帰線』のシルヴェスター、実名ジョゼフ・シュランクと離婚したようである。帰国後のバーサは結婚前の姓を用いて、バーサ・ケイスと名乗るようになった。ジューンに劣らず美女であったバーサの、一九三二年と三三年に撮影された二葉の写真を確認できるが、いずれもバーサ・ケイスの写真であって、バーサ・シュランクの写真とされていない。一九三三年に撮られた写真は、小説家であり写真家でもあったカール・ヴァン・ヴェクテン（一八八〇―一九六四）によって撮影され、いまではアメリカ議会図書館に収蔵されている。離婚後のバーサは独身であった。ジョセフ・シュランクは一九四六年一月、メアリ・ハーマンと再婚し、サラという女児をもうけた。

ミラーはバーサを気にかけていた。一九三二年あるいは三三年に、ミラーは自身にとって貴重なものをバーサに贈った。つまり、『セクサス』（一九四九）などの自伝的三部作に関する、およそ二十三ページの創作メモをバーサに贈った。一九二七年五月に作成された創作メモは、いまではテクサス大学図書館の所蔵であるが、ミラーがバーサ・シュランクに贈ったという説明が付されている。その後もミラーがバーサに著書

『ニューヨーク往還』と『宇宙的眼』を贈った事実から推せば、ニューヨーク市内のバーサの連絡先を知っていたことになる。当時のジョゼフ・シュランクはブロードウェイでミュージカルの作者として活躍していた。彼はナサニュエル・ウェスト（一九〇〇―一九四〇）と仕事をしたこともある。『ニューヨーク往還』において、ミラーはジョー・シュランクを持ち上げ、精いっぱいのリップ・サーヴィスをしている。「『エスクァイア』や『ヴァニティフェア』等が払ってくれる法外な稿料について知りたいのだね。いいとも、訊ねたまえ！　詩人のものなんぞは絶対に『ヴァニティフェア』や『エスクァイア』に載らない。こういう雑誌はヘミングウェイやジョー・シュランクのようなりりしい男たちのためにもっぱら用意されているのだ」。ミラーはヘミングウェイとジョー・シュランクを並列させている。

　アルフレッド・ペルレス宛ての、一九六四年四月二十八日付けの書簡において、『北回帰線』の映画化構

バーサ・ケイス，1933年，撮影ニコラス・マレイ

バーサ・ケイス，1932年，撮影カール・ヴェクテン

想に言及しつつ、「ぼくがヴィラ・スーラに移り、カハーンが『北回帰線』の最初の刷り上りを持参した日を思い出してみたまえ。なんという人たち！　ボリス（フランケル）、エドガー、ライヒェル（『北回帰線』には出てこない）、なかんずく（ロレンス・）ダレルのような連中。（コンラッド・）モリカンさえも！（この男にはひと苦労したと思っている）。女どもについて言えば、わんさといた。隣家のロシア系の女――名前はなんと呼んだかな？　バーサ・マリニャン、ニス」と、ミラーは名前を挙げている。「バーサ・マリニャン」がバーサ・シュランクを指しているのであれば、妙なことになる。『北回帰線』が出版されたとき、彼女はアメリカで暮らしていたからである。ギリシアのコルフ島にいたダレルは、まだミラーの名前さえ知らなかった。ミラーは占星学者コンラッド・モリカンとまだ面識もなかった。ミラーはフィリピンで本のセールスに従事していたフランケルに『北回帰線』を郵送した。要するに、これはミラーの記憶違いではなく、その場にいてほしかった知友の名前を羅列しているのであろう。ミラーは同じ手紙のなかで、ミラーの作品を題材にした映画あるいはパリのミラーについて文章を綴るようにとペルレスをけしかけながら、「オリジナルのバーサのことを忘れてしまったような気がする――ターニア？」と書いた。この手紙のポイントは「バーサ・マリニャン」という人物であって、おそらくミラーは、バーサについて言及するようなエッセイをペルレスに書かせようと仕向けていた。しかし、一九三一年の晩夏から十月にかけて、宿無しのミラーがバーサに熱烈なラブレターを書き綴っていたことを、ペルレスが記憶していたかどうかは不明である。ペルレスにそれとなく示唆しながら文章を書かせようとしていたミラーの脳裏に去来していたことどもとは何であったのか？『北回帰線』や『クリシーの静かな日々』が映画化されれば、音信不通となったバーサが必ずやどこかで映画を観てくれるだろうという思いがあったのではなかろうか。

短編「マリニャンのマーラ」

短編「マリニャンのマーラ」の末尾に、「一九四〇年五月、ニューヨーク市にて。一九五六年五月、ビッグサーにて改稿」とあり、作品のおおまかな成立過程がしるされている。すでに述べたように、一九三五年春に十三ページの短編「バーサ」(一九三九年に「マリニャンのバーサ」に題名を変更)が脱稿されていたから、厳密に言えば、ミラーは一九四〇年春に改稿し、一九五六年にさらに手を入れたことになる。ロレンス・ダレルが編集した作品集『ザ・ベスト・オブ・ヘンリー・ミラー』(一九五九)に短編「バーサ」が収められている。この短編は、ヴァージニア大学のオールダマン図書館所蔵のタイプ稿と内容が同一であり、ミラー自身のコメントによれば、原稿が紛失して十五年後に出てきたとかで、現在の「マリニャンのマーラ」に仕上がるまで五、六回書き直されたという。『クリシーの静かな日々』に収められた「マリニャンのマーラ」を発表してからすでに三年が経過していたから、以前の未完成稿「バーサ」を作品集に収める必要がなかったにもかかわらず、あえてミラーは旧稿「バーサ」をダレル編集の作品集のなかで発表した。「バーサ」と「マリニャンのマーラ」を比較することは可能であるが、両者のあいだには著しい差異が目立つ。

「マリニャンのマーラ」の執筆過程について注目したいのは、なぜ一九四〇年春に改稿されたかということだ。ミラーは同年一月にギリシア経由で帰国し、十月に『冷暖房装置の悪夢』を執筆するためのアメリカ一周旅行に出発した。マンハッタンのミラーは自分の帰国を旧友たちに知られたくなかった。最初の妻ベアトリス・ウィッキンズ(生年不詳―一九八四)にミラーの帰国の情報が伝わると、娘バーバラ(一九一九―二〇〇二)の養育費未払いの件で訴訟を起こされるのではないか、と怖れていたからである。ミラーはニューヨーク州から抜け出たいと思っていた。ギリシア紀行『マルーシの巨像』（一九四二）を執筆し始めていたにもかかわらず、突如として中断し、「マリニャンのマーラ」の執筆に向かった。なぜか？

一九四〇年四月の「金曜」に、ニューヨーク市に滞在中のミラーはフランケルに宛てて返信を書いた。四月二日付けの、ミラー宛ての手紙のなかで、フランケルがミラーとの往復書簡集『ハムレット』（第二巻）の刊行の準備が進められていることを通知してきたが、ミラーは自分の意見や立場が無視されているという不満をおだやかに表明した。そのあとで近況を報告し、バーサを見知っていたフランケルに「先日、六番街でバーサと偶然に出会いました！　おしゃべりをするために彼女とまだ会ったことがない——彼女は親戚のひとと一緒で当惑していました。いまなおぼくには魅力的にみえる。激しい痛恨の思いに駆られました」と「追伸」のなかに書き込んだ。ミラーはおよそ八年ぶりにマンハッタンでバーサにばったり出会ったことになる。この偶然の出会いが短編「バーサ」の全面的な書き直しのきっかけになったのではあるまいか。当時のバーサは、著作権を扱う事務所に勤務し、グローヴ・ストリート八四番地で暮らしていた。六番街での偶然の邂逅のあとでミラーは『宇宙的眼』をバーサに贈った。バーサに贈られた『宇宙的眼』（ニューヨーク公立図書館所蔵）には、ミラーによって「一九四〇年四月二十四日」と日付が書き込まれている。バーサとの出会いに触発されたミラーは、四月から五月にかけて、「マリニャンのマーラ」をとりあえず一気に仕上げたのである。

「マリニャンのマーラ」を執筆するにあたって、ミラーは気遣いを示しているように思われる。ジューンと離婚したミラーは、『南回帰線』（一九三九）を書き上げ、ジューンとの関係についてはは完全にふっきれていた。『南回帰線』と『セクサス』（一九四九）に登場するマーラは、周知のように、二人目の妻であったジューンをモデルにしている。彼女にはマーラがひどく歪曲された自分自身であるという思い込みがあり、事実に反することが多々書き込まれていると思っていた。もし短編「マリニャンのマーラ」を読んだならば、こちらのマーラも事実に反して歪曲された自分自身である、とジューンは思ったであろう。創作メモ『パリ・ノートブック』によれば、ジューンが一九三一年秋にパリに姿を現したのは、『ニュー・レヴュー』第三号に載った短編「マドモアゼル・クロード」を読み、ミラーが彼女以外の女性を主人公にしている作品を書き、娼婦クロードに嫉妬したからだという。かつて「マリニャンのバーサ」という題名であった短編を「マリニャンのマーラ」という題名に変更することによって、ジューンの嫉妬が入り込む余地のないような作品として書かれたことになるだろう。

モデルを念頭におきながらミラー作品を読むひとは、『南回帰線』や『セクサス』のマーラと「マリニャンのマーラ」の女主人公が同一人物かどうか、とまどいながら読むかもしれない。別人らしいと判断すれば、「マリニャンのマーラ」のモデルについて思いあたらないことになる。むしろ、『南回帰線』と短編「マリニャンのマーラ」のそれぞれのマーラが同一人物をモデルにしていると判断する者が多いのではなかろうか。現に「マリナンのマーラ」という題名でこの短編をかつて訳したことのある大久保康雄は、「解説」のなかでマーラのモデルに言及し、「サン・ルイのマーラ＝クリスティーヌというのは、ジューンそのひとにほかならない」と述べている。要するに、ミラーとジューンの離別は読者には以前から周知の情報であり、ミラーと『北回帰線』のタニアこと実名バーサの離別は近年まで読者には登場人物にまつわる未知の情報であったからである。

『北回帰線』（初稿）では、オテル・サントラルにミラーを訪れたバーサがミラーの部屋にジューンの写真があるのに気づき、ジューンが自分に似ていると思う場面がある。バーサは自分が写真の女性の代用品ではないかと疑うが、ミラーはそれを否定する。写真の女性がパリに姿を現せば、ミラーは二者択一でどちらかを選択しなければならない、とバーサは思ったようである。すでに別の章で述べたように、一九三一年の晩夏から十月にかけてミラーはバーサに宛てて熱烈なラブレターを書き送っていたが、突如としてラブレターを書かなくなった。十月下旬にジューンがパリに姿を現したからである。ともあれ、ミラーはジューンに気遣いつつも、「マリニャンのマーラ」がバーサの目に留まるのを望んでいたのではあるまいか。はたして短編「マリニャンのマーラ」は、バーサことクリスティーヌに語りかけている作品になっているであろうか。「マリニャンのマーラ」の第一パラグラフから第三パラグラフまでを引いてみよう。

その女に出会ったのは、シャンゼリゼ通りにあるカフェ・マリニャンの近くだった。
わたしは、マーラ・サン・ルイとの別離の苦痛から、やっと回復したばかりだった。彼女の本当の名前はマーラ・サン・ルイではないが、彼女の生まれがサン・ルイ島で、そこはわたしが、鬱屈《うっくつ》として時おり夜、歩きまわったところなので、さしあたり彼女のことをそう呼ぶことにする。
マーラ・サン・ルイのことを完全にあきらめてしまってから、つい先日のことだが、その女から手紙をもらった。それでわたしは、これから事の顛末をくわしく語れるようになったのだ。いまになってようやく、初めて明らかになったことがあり、そのためにこの物語はいっそう複雑になった。

ふたりのマーラが登場する。カフェ・マリニャンの近くで出会った「その女」を、語り手の「わたし」は「シャンゼリゼのマーラ」と呼んでいて、これが短編「マリニャンのマーラ」で語られている女性であるようにみえる。いっぽう、サン・ルイ島生まれの「マーラ・サン・ルイ」がいる。バーサはフランス生まれのユダヤ系アメリカ人であった。「つい先日のことだが、その女から手紙をもらった」とあるが、六番街で偶然にもバーサに出会ったミラーが著書を送り、その結果として返信を受け取ったであろうと推量すれば、ミラーの肉声が聞こえてくるようにも思われる。後述するように、ふたりのマーラは別人なのか、それとも同一人物なのか。

第四パラグラフにおいて、語り手が「わたしの人生は、まわりの男たちを貪り食って、彼らに現実の意味を教えた女マーラへの、ひとつの長い追跡だった」のではないかと思うくだりがあり、読者は『南回帰線』や『セクサス』(一九四九)に登場するマーラを想起するかもしれない。

ところが、第五パラグラフの書き出しが、「さまざまな出来事を引き起こしたマーラは、シャンゼリゼ通りのマーラでも、サン・ルイ島のマーラでもなかった。いまからわたしの語るマーラは、エリアーヌと呼ばれていた女のことだ」となっていて、マーラが二人ではなく三人も出てくるようである。しかし、第五パラグラフのマーラは、「友人カールの情婦」であるから、『北回帰線』のタニアとは関係のない女性である。しかもこの短編の後半では、デンマーク出身のクリスティーヌが登場するので、ミラーがかつてラブレターのなかでクリスティーヌと呼んでいた女性のほかに、クリスティーヌが登場し、やや複雑な作品になる。要するに、語り手は短編「マリニャンのマーラ」を複雑に、モデルが特定されないようにと、わかりにくく書いている。

「マリニャンのマーラ」を三分の一ほど読み進んだところで、語り手がカフェ・マリニャン界隈でマーラと名乗る女性と出会う場面にたどり着く。彼女がコスタリカでナイトクラブを経営したことがあること、かの地でウインチェル氏という親切なアメリカ人の紳士と知り合った件、語り手が娼婦とともにタクシーでワグラム通りを抜けてマリニャンと同じくらいの広さのカフェに入って食事をするくだりなどは、短編「バーサ」の内容と重複する。「シャンゼリゼのマーラ」は、ポーランド生まれのユダヤ人であるが、短編「バーサ」のバーサもポーランド生まれのユダヤ人として描かれている。「シャンゼリゼのマーラ」が、短編「バーサ」のバーサと同一人物でありつつ、『北回帰線』のタニアのモデルでもあると推断するならば、登場人物とモデルの関係はいっそう複雑な様相を呈してくる。

フォブール・サンアントワーヌに通じるアーチ道を通り抜けていったとき、カールのことばがよみがえってきた。そして同時に、わたしはマーラがだれに似ているのか思い出した。それは、わたしがクリスティーヌの名で知っているサン・ルイのマーラだった。わたしとクリスティーヌは、ある晩、駅へむかう車でここを通ったことがあった。

クリスティーヌと『北回帰線』のタニアのモデルであるバーサ・シュランクが同一人物であるから、「サン・ルイのマーラ」とクリスティーヌと『北回帰線』のタニアのモデルは同一人物である。かたや「シャンゼリゼのマーラ」が短編「バーサ」のバーサと同一人物であると推断されるから、「サン・ルイのマーラ」と「シャンゼリゼのマーラ」は別人ではなく、同一人物であるように思われる。ミラーはバーサまたの名クリスティーヌをふたりのマーラに分割しつつ、さらにマーラという名前のカールの情婦を登場させて、短編「マリニャンのマーラ」を書き上げたのである。この作品におけるモデルの問題はそれなりに複雑である。繰り返すが、かつてマーラという名前でミラーの自伝的小説に登場したジューンを傷つけまいとする意識が働いている作品なのである。

「マリニャンのマーラ」の核心となる部分はどこか？　それは語り手ミラーがクリスティーヌについて心情を吐露するくだりである。クリスティーヌがどこかで「マリニャンのマーラ」を読み、ミラーの思いに気づいてくれるのではないかという期待があったのではないか。クリスティーヌという呼び名は、ふたりの当事者だけがラブレターを通じて知っている、いわば「秘め事」であった。一九三一年秋、クリスティーヌに宛ての手紙のなかで、「クリスティーヌは生きています。きみはいつの日か装いだけは奇妙なクリスティーヌに不意に出会うことでしょう。きみは彼女のことを誇らしく思うでしょう。クリスティーヌを認知するのはきみとぼくだけなのです」と書いたように、クリスティーヌという名前はふたりだけに通用する暗号であった。二十五年後の一九五六年、ついにミラーは「装いだけは奇妙なクリスティーヌ」を描き出し、『北回帰線』のタニアことバーサ・シュランクにおのれの心情を伝えようとしていたのである。

短編「マリニャンのマーラ」の後半において、語り手がクリスティーヌを見送る場面が出てくる。「もうすぐ彼女が列車に乗り、そしてわたしの人生から永遠に離れ去ってしまうのが信じられなかった。わたしとクリスティーヌは、広場から離れるとき、いまから新婚旅行に出かけるところであるかのように、ひどく陽気だった」。そのあとで語り手はユダヤ人地区のロジェ通りに所在するカシェルの販売店に立ち寄る。その店には語り手にいつも挨拶をした薔薇色の頬の少女がいなかった。かつてクリスティーヌを同伴していたときに、「わたしとクリスティーヌは早く結婚するべきで、そうしなかったら後悔すると言ったのは、その少女だった」。そのときの語り手は、「彼女はもう結婚している」と笑いながら応答した。

「わたしたちがいっしょになれれば幸せになれるのかね?」
「いっしょにならなければ幸せになれませんわ。おふたりは生まれつきおたがいのためにあるのよ。なにが起ころうと離れてはいけませんわ」

この奇妙な対話を思い出しながら、わたしはクリスティーヌがその後どうなっただろうかと思いつつ、その近辺を歩きまわった。それからあの暗い通りですすり泣いていたマーラを思い出し、一瞬ある不快な、気違いじみた思いに襲われた——ひょっとしたら、わたしがマーラから身を振り切ろうとした瞬間に、クリスティーヌもどこかのわびしいホテルの一室で眠りながら、すすり泣いていたのではあるまいか。時たまうわさが流れてきて、クリスティーヌはもはや離婚してしまい、あちらこちらとさまよい、いつも独りで身を立てているということだった。クリスティーヌは短い手紙すらよこしたことがなかった。〔……〕わたしたちはあの肥えた少女の忠告を受け入れて、結婚すべきだったのだ。それは悲しい真実であった。彼女の居所を察知することができさえしたら、すぐにでも汽車にとび乗って訪ねていったのに。〔……〕

マーラがわたしのところに送り込まれたのは、わたしがふたたびクリスティーヌを見いだすまではけっして幸福になれないだろうということを思い出させるためなのだ。

もしバーサが『クリシーの静かな日々』に収められた「マリニャンのマーラ」を読んだならば、ふたりだけが知っている呼び名を発見し、『北回帰線』が出版されてから二十余年の歳月を越えて迫ってくるミラーの心情を確認しただろう。バーサはミラーの作品のなかに深く埋没し、パリ時代のミラーによって書かれたラブレターを保管しつつ、一九四〇年四月の六番街での偶然の出会いは別としてミラーの面前に登場しなかったのである。

一九八四年十二月十三日、『ニューヨーク・タイムズ』紙にバーサ・ケイスの死亡記事が掲載された。書き出しと略歴は以下のごとくである。

バーサ・ケイスは昨日ローズヴェルト病院で逝去。享年七十五歳、ニューヨーク在住であった。作曲家クルト・ヴァイルおよび劇作家ベルトルト・ブレヒトの遺産の著作権代理人であった。

ミス・ケイスはパリで生まれ、パリのアメリカ領事館に勤務した。合衆国に移動し、オーデュロイ・ウッドの事務所で著作権代理人として働き始め、のちにハリウッドのA・S・リオンズ・エージェンシーの著作権部門の筆頭を務めた。ミス・ケイスはニューヨーク市のM・C・Aエージェンシーのテレビ部門を運営していたが、オーストリアの歌手ロッテ・レーニャの作品と一九五六年の劇作家の死後ヴァイルおよびブレヒトの遺産を扱うための自身のエージェンシーを設立した。

バーサ・ケイスの経歴から、彼女が一時的にハリウッドかその周辺で暮らしたことが知られる。オーデュロイ・ウッドの事務所に勤務していたとき、バーサは事務所の顧客である劇作家テネシー・ウィリアムズ（一九一一—八三）との連絡を担当していた。一九四三年、彼女はカリフォルニアに移動した。いつまで西海岸で暮らしたかは不明であるが、一九四九年一月、サンタモニカの知人宅のパーティでイギリス生まれの作家クリストファー・イシャウッド（一九〇四—八六）やハリウッドの関係者たちと同席していたことは、W・H・オーデン協会の「ニューズレター」（第十七号、一九九八）に掲載の記事によって確認できる。カリフォルニアへの転居をミラーに通知した形跡もある。ミラーは一九六四年から六六年にかけて、自分の描いた水彩画の所有者のリストを作成した。所有者のリストは一九六〇年以前と以後に区分されていて、六〇年以前の所有者のリストに、「バーサ・シュランク、ロサンジェルス、カリフォルニア」とあり、バーサはミラーの水彩画一点を所有していたはずである。一九四〇年代にバーサがミラーに（第三者を介した可能性もあるが）連絡をとったことがあり、ミラーが水彩画一点をバーサに贈った、と推測したい。

シモーヌ・ド・ボーヴォワールと『北回帰線』

シモーヌ・ド・ボーヴォワール（一九〇八―八六）の、アメリカの作家ネルソン・オルグレン（一九〇九―八一）に捧げられた小説『レ・マンダラン』（一九五四）の第一章は、「アンリは、もう一度、空へ眼をやった、――黒水晶のような空」という文章で始まる。一九四四年のクリスマス直前の、連合国側の無数の飛行機の飛来とドイツ軍の敗走を予想する情報が伝わり、フランス開放の歓喜が湧き上がる描写が続く。登場人物のひとりアンリはふたたび小説を書こうと誓う。『希望《エスポワール》』紙の編集者たちが乾杯のためにアンリ宅に駆けつけてくる。アンリはこの新聞に影響力をもつ左翼系知識人、政治運動にも参加する思想家ロベール・デュブロイユと妻アンヌと親交があり、彼らも同席している。

第二章ではその翌日にアンヌの十八歳の娘ナディーヌに会おうとするアンリが描かれている。赤い酒場でナディーヌを見つけると、彼はイタリア軒で食事をしようと誘う。作品の主たる舞台はモンパルナスに隣接するサンジェルマンデプレである。歩きながら、ふたりは以下のようなおしゃべりをする。


「さあ、これからどこへ連れてって下さるの？」

「君はジャズもダンスも好きじゃないんだろう？」

「ええ」

「じゃ、北回帰線へでも行ってみようか？」

「そこ、面白い？」

「きみはいったい、ダンスホールで面白いところを知ってるのかな？　北回帰線ってところは、話をするには悪くないよ」

アンリとナディールはダンスのできる酒場アシュタルテに入っていき、北回帰線に足を向けなかった。『レ・マンダラン』では登場人物やカフェは実名では出てこない。北回帰線というカフェのモデルが存在するのかどうかも不明である。ボーヴォワールはヘンリー・ミラーの『北回帰線』について意見や感想を述べたことはないが、『北回帰線』を一九四四年のパリ開放以前に一読した痕跡を残したことになるだろう。

『北回帰線』の第二版が一九三八年に千部、三九年一月に第二版第二刷五百部が印刷されたが、オベリスク・プレスのジャック・カハーンが同年九月二十三日に急逝し、さらに大戦勃発にともなう出版事情の悪化もあって、オベリスク・プレス版『北回帰線』の出版は途絶えた。一九四五年三月の『日記』のなかにアナイス・ニンは、「ヘンリーからの手紙」を書き込み、「パリにいる兵士たちから手紙を受け取っていますが、ぼくたちの本が書店で目立つように展示されていて、よく売れているそうです。きみの作品、フランケルやダレルやぼくの作品が」という文章を織り込んでいる。パリが開放されるとパリの街路では群れなすアメリカの兵士たちが目立った。彼らは『北回帰線』を入手しようとした。一九四〇年にエディション・デュ・シエーヌを設立し、ジャック・カハーンの事業を受け継いだ息子モーリス・ジロディアスは、ビジネス・チャンスが到来したと判断し、一九四五年夏にオベリスク版『北回帰線』一万部の印刷に踏み切った。

シカゴで書店を経営しているベン・エイブラムスンに宛てた同年八月二十八日付けの手紙のなかで、モーリス・ジロディアスから情報を得たミラーは、「『北回帰線』と『南回帰線』がそれぞれ一万部ずつ印刷されました」と書き、帰国する兵士たちが軍用の円筒型雑嚢に『北回帰線』を押し込んでいる様子を伝えている。ボーヴォワールの自伝『女ざかり』（一九六〇）ではパリ開放前後の作者の見聞、経験、感情が綴られているが、チューインガムを噛んでいるアメリカのＧＩたちも点綴されている。彼らが埋もれそうになっていた『北回帰線』を陽光のなかに引っ張り上げたのである。

フランス文学研究者ウォレス・ファウリーに宛てた一九四六年三月六日付けのミラーの手紙によれば、「いま二万部のフランス語版の『南回帰線』が印刷中です。ぼくの一万部の作品が、フランスに上陸してから二カ月以内に兵士たちに売られました。五万名のアメリカのＧＩたちがパリの書店でわたしの作品を入手しようとしました。わたしがパリを離れる前に（ジロディアスによれば、）わずか六千部しか売れなかったというのに」とあり、アメリカの兵士たちが『北回帰線』を買い漁っていたことを伝えている。

カリフォルニアの弁護士スタンリー・フレイシュマンに宛てた一九六二年十二月二十六日付けの、『北回帰線』に関する長文の手紙のなかで、ミラーは「第二次世界大戦中あるいは戦後に海外に駐在するイギリスやアメリカの兵士によって発見されて大げさに宣伝されなかったならば、ぼくの本はごく普通に埋もれて存在しなくなっていたでしょう」と述べているが、これはヨーロッパだけではなく、アフリカやアジアでも同じであったという。「中国だけでも、海賊版が十万部以上も売れたと聞いています」と括弧付きで書き足されているが、これは一九三九年に刊行された上海版を指している。ミラーは、海外のアメリカの兵士たちのおかげで『北回帰線』が生き延びたと思うようになった。

ボーヴォワールの『或る戦後』（一九六三）も自伝であり、パリ開放の直前から一九五二年（アルジェリア戦争の終結）までがこの作品の年代的枠組みになっている。第一部に以下の記述が出てくる。

『ラルバレート』誌（*L'Arbalete*）は、大部分がマルセル・デュアメルの翻訳によって、アメリカ作家の作品の特集をやった。ヘンリー・ミラー、マッコイ、ナサニエル・ウエスト、デイモン・ラニアン、ドロシー・ベイカーなどの新人やヘミングウェイ、リチャード・ライト、トマス・ウルフ、ソーントン・ワイルダー、コールドウェル、そしてもちろんサロイアンなどの有名作家を集めていた。サロイアンの名は、当時どの雑誌を開いても見当たらないことはないほどだった。

おそらくボーヴォワールは、アメリカ作家を特集した『ラルバレート』誌のアメリカ作家特集がきっかけでミラーの名前と作品を知ったのである。一般のフランス人にとってミラーの名前はまだ馴染みがなく、『北回帰線』が出版されて十年が経過しても、まだ新人作家扱いであったようだ。フランス語訳の『北回帰線』が『夜の果てへの旅』を刊行したドゥノエル社から出版されたのは一九四五年である。『ラルバレート』誌は、『女ざかり』によると、一九四四年、サルトルやボーヴォワールと親交があったマルク・バルブザという人物が一年に三回自費出版をしていたぜいたくな雑誌であり、ジャン・ジュネの特集も企画したという。バルブザは「自身の手で」この雑誌を印刷していた。ボーヴォワールがパリ解放の直前に『北回帰線』を読んだとすれば、どのような印象を抱いたであろうか。ヘミングウェイ、ジョン・ドス・パソス、フォークナーなどとはまったく異なるタイプの作家がとうにパリで登場していたことに気づいたにちがいない。ともあれ、ボーヴォワールが『北回帰線』に好印象を抱いたと推測される理由のひとつは、この作品の舞台がパリであったからである。

モンパルナス通り一〇三番地で生まれ、パリで育ったボーヴォワールには、『北回帰線』の登場人物たちが出入りするカフェ、ダンスホール、酒場、ホテルなどについての情報や思い出が詰まっていたから、彼女自身のパリと『北回帰線』のパリの重なりを確認しながら、『北回帰線』を一読しただろう。ボーヴォワールが興味深く目を通したであろう一節を以下に引く。

ジャングルのなかを通り抜けながら、ぼくはフロアをちらと眺めやった。背中をむきだしにし、真珠のロープで喉を締めつけられている女たちが——そんなふうに見えるのだ——ぼくに向かってきれいなおケツを振り動かしていた。まっすぐにカウンターに歩み寄り、シャンパンを一杯注文した。音楽がやむと、ノルウェー人らしいブロンドの美女がぼくの横に座った。

モンパルナス大通り一二七番地に所在したラ・ジャングルというキャバレーは、ボーヴォワールの生家の目と鼻の先に位置し、一九二〇年代後半に営業を開始した。『キキ——モンパルナスの恋人』(ルー・モルガール著、北代美和子訳、河出書房新社、一九八九)のなかに、「繊細で、感受性が強く不まじめな女子学生が、大胆さに関する夜間講習を受けるために選んだのは、《ラ・ジャングル》だった。彼女の母親が、決して足を踏み入れないであろう場所、たとえなかへ入ろうと考えても、その考えから一瞬で消えてしまうにちがいない場所、恥ずべき場所と考えられていたこのキャバレーのバーで、挑戦的な様子をして、一杯のジン・フィズの前にかがみこんでいる彼女の姿をよく見かけたものだ」という文章が出てくるが、モンパルナス界隈のバーやダンスホールの「不法性」とその魅惑に惹かれていたのが「ボーヴォワール嬢」であったという記述が続いている。

『北回帰線』の第二章(数字で章区分が示されているわけではないが)に、以下の一節がみえる。

正午。ぼくは空きっ腹のまま、食い物が鼻をつく異臭を放っている、曲がりくねったいくつもの小道が集合する地点に立っている。ぼくの向かい側にオテル・ルイジアーヌが立っている。過ぎ去りし昔にビュシ通りの悪がきどもに知れわたっていた気味の悪いホテルだ。ホテルと食い物。そしてぼくはカニに内臓をかまれながら、らい病患者のように歩き回っている。

この一節とその前後の文章は、パリに到着してから一カ月後（一九三〇年四月）に友人エミール・シュネロックに宛てられた長文の手紙を下敷きにして書かれた。ビュシ通りの賑わいを綴った箇所に、「ぼくはごちゃごちゃした街路が集合する地点に立っている。片側にオテル・コンフォルターブル、その反対側にオテル・ルイジアーヌ、かつてビュシ通りのあの悪がきども——フランシス・カルコ、マックス・ジャコブ、ピカソ等々——に知れわたっていた気味の悪いホテルだ」とあるから、「ビュシ通りの悪がきども」というのは無名時代のピカソたちを指す。オテル・ルイジアーヌのおかみが日本人女性であった時代があるせいか、

オテル・ルイジアーヌから徒歩3分のフェルスタンベール広場。『北回帰線』に「広場の中央にまだ開花し始めていない四本の黒い木々が立っている。石畳にはぐくまれている知的な樹木。T・S・エリオットの詩のようだ」とある。

ボーヴォワールが1940年代に住んでいたオテル・ルイジアーヌの現在の外観

『パリの宿――日仏文化交流史試論』（蜷川《にながわ》譲、麗澤大学出版会、二〇〇二）においてこの安ホテルが紹介されていて、かつて無名時代のサン・テクジュペリもこのホテルの住人であったという。要するに、貧しい画家や作家、詩人たちがよく利用していた安ホテルである。

　パリ開放の直前にボーヴォワールが『北回帰線』の第二章を興味深く読んだであろうと推量できるのは、当時の彼女がオテル・ルイジアーヌの住人であったからだ。ミラーがオテル・ルイジアーヌを眺めている地点を、ボーヴォワールは『女ざかり』第八部において「ビュシ通りの四つ辻」と呼んでいる。このホテルはセーヌ通り六〇番地に所在し、今日なお営業を継続している。オテル・ルイジアーヌはサンジェルマンデプレ界隈の、たとえばカフェ・フロールなどに出かけるのに便利な場所に位置し、一九四〇年代の半ばにボーヴォワールやサルトルはポン・ロワイアルという高級ホテルの地下のバーを彼らの溜まり場にしていたが、オテル・ルイジアーヌからは徒歩で往来していた。ミラーのいう「気味の悪いホテル」は、ボーヴォワールにとってどういうホテルであったのか。『女ざかり』第八部から一節を以下に引く。

> わたしはドーフィヌ通りで二年目を過ごさないと自分に誓っていた。夏休みに入るずっと前に、わたしはカフェ・フロールの常連が住みついているオテル・ルイジアーヌの経営者に紹介されていた。わたしは〈一九四四年〉十月に引っ越した。わたしの部屋にはソファー、本棚と分厚い大きなテーブルがあり、壁にはイギリス騎兵のポスターが貼ってあった。わたしが引っ越した日に、サルトルがカーペットにインクをひっくり返したので、ホテルの女主人がカーペットをはぎとった。しかし、板張りの床もカーペットと同様にわたしは気に入った。キチンもあった。部屋の窓から、屋根が延々と続いていた。それまでこの住居ほどわたしの理想に近いものはなかった。わたしは生涯ずっとこの部屋で暮らそうと思った。サルトルは、廊下の向こうの端の、狭い部屋にいた。その部屋が殺風景なので訪問客たちは驚い

たものだ。

オテル・ルイジアーヌは、ボーヴォワールにとってサルトルとの思い出が詰まっている快適なホテルであったにちがいない。キチン付きの彼女の部屋は、このホテルでは最高級の部屋であったと推量される。二〇〇一年三月に筆者はこのホテルに一週間ほど宿泊した。エジプト人作家アルベール・コスリーが五十年以上もオテル・ルイジアーヌに棲みついているから、ぜひとも会いたまえ、と言いながら、アメリカ人作家アーヴィング・ステットナー（一九二二―二〇〇四）が紹介状を書いてくれたからである。当時のアーヴィングは日本で暮らしていた。アーヴィングとアルベール・コスリーのどちらもヘンリー・ミラーと親密な交流があった。紹介状のおかげでコスリーは気軽に筆者のインタヴューに応じてくれた。アルベール・コスリーの部屋にはテレビが備え付けられていたが、同じ階の筆者の部屋にはテレビがなかった。トイレにはティシュペーパーが数枚あるだけだった。コスリーは一九四九年ころにオテル・ルイジアーヌに移ってきたが、すでにボーヴォワールは引き払っていたという。ボーヴォワールは一九四七年一月からアメリカ一周旅行の途についていたから、彼女がこの安ホテルに居住していたのは一九四四年十月から四六年末まであったと推断される。アルベール・コスリーがオテル・ルイジアーヌに長年にわたって暮らしていたのは、サンジェルマンデプレが大好きだったからであり、彼はカフェ・フロールの常連客であった。

ミラーは一九三〇年三月にパリに到着してから二年間、定宿がなく、安ホテルを転々とし、友人たちのステュディオに転がり込んだりしていた。『北回帰線』では語り手はしばしば寝場所を探している。「ぼくはポケットに金を突っ込んでパリに帰ってきた――数百フランもある。ぼくが汽車に乗り込もうとするまぎわにコリンズがポケットに押し込んでくれたのだ。これだけあれば、部屋代と、控えめにみても一週間分の食料がまかなえる。ここ数年間これほどの現金を手許で拝んだことがない」。語り手は、モンパルナス駅に近い「ヴァンヴ通りからはずれたシャトー通りのパン屋の向こう側にある安ホテル」に立ち寄り、思案する。

ここなら一カ月に百フランで部屋を借りることができただろう。もちろんなんの設備もなく——窓ひとつない部屋だから。しばらく寝るだけの部屋だと決めてかかれば、この部屋を借りただろうが、そこへたどり着くためには盲人の部屋をまず最初に通り抜けねばならなかったのだ。夜毎に彼のベッドのそばを通っていかねばと思うだけでも気がめいってきた。ほかのところを当たってみようと決めて、モンパルナス墓地のすぐ裏手のセル通りへ出かけてみた。中庭を曲がって延びているバルコニーのある、うす汚い荒れた建物があった。バルコニーから低いほうの層に沿って鳥かごが段々に吊るされていた。愉快な眺めなのかもしれないが、ぼくにはまるで病院の共同病室のように見えた。建物の所有者も才覚がないように思われた。夜までに決めればよいのだから、よく探しまわって、どこか静かな横丁の、もう少しましな安宿を選ぼうと思った。

「モンパルナス墓地のすぐ裏手のセル通り」は、『北回帰線』のカールことアルフレッド・ペルレスが住んでいたメーヌ通り一丁目のオテル・サントラルから徒歩で三、四分ほどの距離に位置する。この街路は人影が少なく、道幅三メートル、長さ百メートル足らずだから、目立たない「静かな横丁」という感じがしなくもない。ボーヴォワールがこの一節を興味深く読んだであろうと推測できるのは、彼女自身がセル通りの安ホテルで暮らしたことがあるからだ。セル通り二四番地に所在するオテル・ミストラルの入り口に埋め込まれた記念銘版によれば、一九三七年十月からサルトルとボーヴォワールはこのホテルで暮らしていたという。今日のセル通りには小ホテルは一軒しかないが、一九三〇年代前半ではどうだったのか不明である。『北回帰線』に出てくるセル通りの安宿がオテル・ミストラルを指しているのかどうかを、ボーヴォワールなら判別できただろう。

『ボーヴォワール戦中日記』（西陽子訳、人文書院、一九九三）を繰ってみると、一九三九年十月七日（土）の日記に、「サルトルから月曜の手紙、心が温まる。前日は、オテル・ミストラルを引き上げる、という考えに気が滅入って、サルトルとの生活を捨てる、二度と戻れない、そんな気がしていた。そこへ、ちょうど聞かせてほしかったことをすべて、どころかそれ以上に書いてきてくれた。〔……〕手紙を読んでから、小包、為替を送りに行き、オテル・ミストラルの部屋を引き払う、美容院で髪を洗い、化粧品を買い、きれいにする」とあるので、ボーヴォワールがセル通りの小ホテルで暮らした期間はおよそ二年間であったことになる。ともあれ、ボーヴォワールは外国人作家の目に映じた奇異なパリと自身のパリを重ね合わせながら『北回帰線』を一読しただろう。

ボーヴォワールは一九四七年一月から丸四カ月間をかけて、アメリカを一周し、旅行記『アメリカその日その日』（一九四八）を執筆した。ニューヨークから汽車で出発したボーヴォワールは、シカゴで作家ネルソン・オルグレンと親密になり、やがてロサンジェルスに到着した。ユニオン・ステーションで出迎えてくれた友人と車でサンフランシスコを目指した。『アメリカその日その日』の三月二日の記述において、ボーヴォワールは人家や宿泊施設がまばらなカリフォルニアの広大さに目を見はりながら、「道路の標識が入口を示していても、わたしたちが目にするのは、木々に半ば隠された、広大な沈黙の空間によって隔てられているまばらな人家であった。わたしはヘンリー・ミラーが住んでいるビッグサーを見ようと、ちらっと目を走らせる。目にとまるのは、小さな丸太づくりの宿屋だけであり、ガソリンスタンドがその横にあった。太平洋沿岸の、この荒々しい壮大な一帯のほとんどすべてがまだ手つかずのままだ」と『北回帰線』の作者を脳裏に思い浮かべている。ミラーが縁あってビッグサーに移動した一九四四年、そこはまだ電気やガスの供給がなく、カリフォルニアの辺境であった。ボーヴォワールが太平洋にも視線を走らせつつビッグサーを通過したのであれば、その一帯はミラーの住んでいたパーリントン・リッジのはるか眼下の岩々に海浪が白く噛みつく絶景の地であったことを確認しただろう。ビッグサーが世界的に知られるようになったのは、エリザベス・テイラー主演の映画『いそしぎ』（一九六五）のロケ地になってからである。

同書の一九四七年三月三日の記述に、「きょう、わたしはカリフォルニア大学バークレー校で講演しなければならない。キャンパスの向かい側で書店を経営している若い作家が車でわたしを迎えにくる。彼はシュルレアリスムとヘンリー・ミラーの影響を受けている評論雑誌を編集している。アメリカには知的な地方主義がみられる。ヘンリー・ミラーはニューヨークでは重要な作家ではないが、彼の住む西海岸では天才であるとみなされている。彼の作品の多くが検閲に引っかかっているが、こっそりと出回っている」とあり、ボーヴォワールは当時のアメリカにおけるミラーの評価について東部と西部で差異があることを鋭く観察していた。さらに彼女は、「ある詩人」とアメリカの作家たちについて意見を交換し、アメリカで発禁処分になっている『北回帰線』の断章を録音した「レコード盤」をプレゼントとして受け取ったと書きしるしているから、西海岸では話題としてミラーを採り上げていたはずである。ボーヴォワールは『北回帰線』について具体的な意見を述べていないものの、フランスで論争の対象にされていた作家ミラーに関心を示すことによって、ミラー支持の姿勢をやんわりと示した。一九四七年、フランス政府が猥褻出版取締法を発動させてミラーの主要作品と出版社を糾弾すると、これに対抗して「ヘンリー・ミラー擁護委員会」が結成された。ジャン＝ポール・サルトル、アンドレ・ブルトン、アルベール・カミュなどが名前を連ねた。一九四七年五月十四日付の、ジェイムズ・ロクリンに宛てたミラーの手紙によれば、アンドレ・ジッドは短編集『黒い春』を数ページ読んだだけでミラーを擁護する決意を固めたという。一九四九年、フランス政府は訴訟を取り下げたが、ジロディアスは資金繰りが極端に苦しくなり、一、二年後にエディション・デュ・シェーヌの経営権を大手の出版社アシェットに譲渡しなければならなかった。しかし、フランスではミラーの声望が高まり、ミラーの作品を翻訳・紹介しようとする気運がさらに醸成されていった。

ジョヴァンニ・パピーニ作『失敗者』

『北回帰線』の初稿をようやく纏めた一九三二年十月にアナイス・ニンから引用過多になってはいけない、情報源《ソース》を明らかにしてはいけないと助言されたにもかかわらず、ミラーは『北回帰線』において引用過多とおぼしき長文を引用している。

ぼくの心身を回復させてくれるなにかが必要だった。昨晩、それを発見した。パピーニだ。彼が狂信的排外主義者であるのか、ちっぽけなお堅いキリスト者であるのか、それとも近視眼的空論家であるのか、そんなことはぼくにとってなんら問題ではない。ひとりの失敗者としてみても、パピーニはすばらしい……

さらに語り手は、イタリアの作家ジョヴァンニ・パピーニ(一八八一―一九五六)の十八歳までの読書量に感嘆し、パピーニの文章(五パラグラフ、およそ五五〇語)を引いている。ミラーが読破したパピーニの作品は、彼の読書リストによれば、短編集『人生とわたし自身』(一九〇六、英語版、一九三〇)、自叙伝『疲れ果てた男《ウオモ・フィニート》』(一九一二、英語版の題名は『失敗者』、一九二四)、伝記『キリストの生涯』(一九二一、英語版、一九二三)の三作である。ミラーが『北回帰線』に引用したのは、『失敗者』第二十二章「あなたがたはわたしになにを求めるのか」の五パラグラフからなる全文である。若くして著名作家にのし上がったパピーニは、『失敗者』において、自分の生い立ちと自分がいかに「行き詰っている」のかを縷々と述べている。同書の第三十二章の第一パラグラフと第五パラグラフを以下に引く。

猫も杓子もわたしに会いたがる。だれもがわたしと話をすると言ってきかない。人びとはわたしを困らせ、またわたしがなにをしているかという質問で他人を苦しめている。わたしの様子は？　また元気になったのか？　田舎ではいまでも散歩に出かけるのか？　いま仕事をしているのか？　すぐに次の本に取りかかるのか？

わたしは自由人である——だから自分の自由を必要とする。わたしは孤独でありたい。独居のうちにあってわが恥辱と絶望とを思索することが必要である。わたしが必要とするものは日光とことばを交わす同伴者のいない路傍の舗石である。自分自身に直面し、心の音楽だけを同伴者として。あなたがたはわたしからなにを望むのか。なにか言うべきことがあれば、わたしはそれを活字にする。わたしに与えたいものがあれば、それは与えられる。あなたがたのほじくりかえすような好奇心はわたしの胸をむかつかせるだけだ！　あなたがたのお世辞はわたしに屈辱を与える！　あなたがたの供するお茶でわたしは中毒にかかる！　わたしはいずこのだれにも負うものがない。わたしは神のみに責任を負うだろう——もし神が存在するのであれば！

パリ時代のミラーの「心身を回復させてくれる」ものがパピーニの自叙伝であったという。ミラーは『失敗者』をいつ通読したのであろうか。『北回帰線』の初稿（第二巻）にも『失敗者』の第三十二章が出てくる。初稿（第二巻）のなかにタイプ稿の切り抜きが貼り付けられた四十五枚の台紙が含まれているが、その大半は友人エミール・シュネロックに宛てた手紙（一九三〇年三月のパリ到着から五月まで）に描かれたパリの情景であって、ミラーはその台紙から取捨選択して『北回帰線』に取り込んでいる。ただひとつの例外が『失敗者』第三十二章からの全文の書き写しである。とすれば、ミラーはパリに到着して二カ月以内にパピーニの作品に巡りあったことになるだろうか。当時のミラーは、まだ新しい友人がほとんどおらず、空腹のままパリをさまよい歩き、寝場所の確保もままならないこともあった。大作家になる自信だけは揺らがなかったが、さしたる作品を書いたことのない無名の作家であった。

ところでファンにつきまとわれていた著名作家パピーニは、「猫も杓子もわたしに会いたがる」とうんざりしながら言う。自分をそっとしておいてほしい、独りにしてほしい、と腹立ちまぎれに訴えている。どん底を這いずり回っていたミラーがパピーニを読んで「心身を回復」できたのはなぜなのか。

ビッグサーで世界的名声を得たミラーは、一日に三十通もの手紙を書いたこともあり、ファンのビッグサー詣でを経験した。晩年のミラーのテーブルトークを書きとめた家政婦トゥインカ・スィボードによれば、「ファンにはいらいらさせられた」と述べて、「ファンの皆様はぞろぞろやってきた。ビッグサーにいたころは、朝起きると、連中は木の上にいたり、中庭のほうに足をぶらぶらさせながら塀に腰掛けていた。たまに頭のおかしいのや精神病院から逃げてきた患者もいれば、軍隊の脱走兵やら、ありとあらゆる環境に適応できない連中がいた」と、ミラーは回想していたという。ミラーはパピーニと同じように、殺到するファンに悩まされることになった。ビッグサー時代のミラーは、パピーニの『失敗者』から引用したあのくだりを思い起こさずにはおれなかった。

『ハチドリのごとく静止せよ』（一九六二）所収のエッセイ「わが人生はこだま」から一節を以下に引く。

ビッグサー（ぼくはこの地でもう十四年も暮らしているが）についてのぼくの作品を読んだことのあるひとならどなたも知っているが、この辺鄙な、孤立した土地でのわが生活がまるで籠のなかのリスのそれであって、いつも物好きな連中、サインをしつこくねだる連中、くだらない報道記者たちの目にさらされていた。わが第一作『北回帰線』のなかにパピーニの『失敗者』からの長たらしい引用文を挿入したのは、おそらくこのようなばかげた生活を送ることになるのではと予感めいたものがあったからだ。

空きっ腹を抱えてパリの街路をほっつき歩いていた無名のミラーがパピーニを読んで「心身を回復」しえたのは、おのれの作家としての前途を漠然と予感できたからであろうか。

ところでパピーニはどのような人生をまっとうしたであろうか。ボーヴォワールは『老い』（一九七〇）において、晩年になっても不屈の意志を貫こうとしたふたりの芸術家の名前を挙げている。ひとりは半ば身体不随となり、歩行がおぼつかなくなっても、硬直した手首に絵筆をくくりつけてもらってカンバスに立ち向かった画家ルノワール（一八四一―一九一九）である。もうひとりがパピーニだ。ルノワールについての記述は短いが、パピーニにはスペースが大きく割かれている。

ボーヴォワールは七十歳になろうとしているパピーニがある友人に書き送った手紙から、「わたしはまだ耄碌の兆しを感じない。相変わらず学びたい欲求、仕事をしたい欲望に満ち溢れている」という一節を引いて、パピーニの健康状態が良好であったとみなしている。一九四五年、五十五歳のパピーニは、『世界審判』、『人類への報告』という、彼自身にとって重要な二作品を四千五百ページも書き進んでいた。しかし、その後のパピーニは、「筋萎縮性側索硬化症」という難病にかかり、ふたつの著作が未完成のままであるのを気にしていたという。ボーヴォワールは、パピーニの苦悩を次のようにまとめている。

「わたしは著作の完成のために、まだ多くの書物を読み、また読み返さなければならず、新しい両目、徹夜の日々、今後半世紀ほどの歳月が必要だ。だがわたしは盲目同然であり、瀕死の老人なのだ」。彼はなんとか歩行していたが、疲れやすくなっていた。病気が進行していた。「ますます目が不自由になり、身体不随となり、口がきけなくなり……、わたしは毎日すこしずつ死んでいく、類似療法の処方箋どおりに、少量ずつ……」。すでに左足がきかなくなり、手の指も動かなかった。

パピーニは口述が困難になり、手でテーブルを叩いて、その回数でアルファベットの字を指示する方法を考案し、きわめて困難な口述を続行したという。ボーヴォワールが『老い』のなかでパピーニについてスペースを大きく割いたのは、第一次大戦の終結まぎわにパリで一読した『北回帰線』のなかの、パピーニについての記述が脳裏にこびりついていたからではあるまいか。

『北回帰線』を読んで芸術家になろうとパリを目指したステットナー兄弟

ブルックリン生まれのユダヤ系アメリカ人アーヴィング・ステットナー（一九二二―二〇〇四）は、太平洋戦争が勃発すると、アメリカ陸軍の通信隊に配属された。彼の自伝的小説『パラダイスの乞食たち』（一九九五）には、「ぼくは世界の国々のなかで、ことばでは言い尽くせないほどの、もっとも美しい国のひとつ――日本で暮らす結果となった（一九四五年八月十六日、日本占領が始まり、講和が布告され、最初の米軍部隊が東京湾に乗り入れた日から四カ月間にわたって）」とあり、同年十二月にブルックリンに戻った。退役カードによれば、除隊の日付は一九四六年一月二十八日である。やがてニューヨーク市のマンハッタンに移動した。しばらくしてアーヴィング・ステットナーは『北回帰線』を読み、ヘンリー・ミラーの熱烈なファンになった。彼は一九九七年に妻子同伴で来日し、翌年秋に帰国した。一九九九年にふたたび来日すると埼玉県本庄市で暮らした。日本でも英文のリトル・マガジン『ストローカー』を発行し、自伝的小説を書き継ぎ、水彩画の個展を開催し、日本の生活を楽しんだ。

アーヴィング・ステットナーが『北回帰線』を読むにいたったきっかけは何か。この点について、『パラダイスの乞食たち』では「だれかに借りた『北回帰線』を読んだ」とあり、具体的な氏名が明らかにされておらず、じかに質問しても曖昧な説明に終始し、記憶が薄らいでいるのかもしれなかった。彼には双子の兄弟ルイス・ステットナーがいて、存命であったので、アーヴィングの『北回帰線』の入手経路を知っているかどうかについて、ステットナー三保子さんにメールで二〇一〇年十二月に問い合わせていただいた。すぐに以下の回答が寄せられた。「アーヴィングに『北回帰線』を貸したのは自分だ、近くに住んでいたマイケル・フランケルやハリー・ハーシュコウィッツ〔生没年不詳〕もアーヴィングに紹介したが、アーヴィングはわたしよりも先に独力でヘンリー・ミラーと親しい関係を築いていった」。当時のルイス・ステットナーはマンハッタンのイースト・サイドのパラダイス横丁《アレイ》で暮らしていたという。ジャック・ケルアックの小説『地下街の住人たち』（一九五三）を読むと、作者がパラダイス横丁という区域に愛着を示していることが判る。アレン・ギンズバーグの詩集『吠える』（一九五六）にもパラダイス横丁についての言及がみられる。パラダイス横丁は芸術家の卵たちを引き寄せる一画であったかもしれない。

ルイス・ステットナーが『北回帰線』を入手したいきさつはどうだったのか。一九四六年のアメリカにおいて『北回帰線』を入手することはほとんど不可能であったから、海外で入手したことになるだろう。ルイスはアーヴィングと同様に大戦中はＧＩであった。一九四七年秋、写真家志望の彼はパリを目指してニューヨークを離れたから、パリ解放後にパリに上陸したアメリカ人兵士のひとりであったと推断される。ルイスはパリで『北回帰線』を入手して帰国した多くの若いアメリカ人兵士のひとりであったにちがいない。

双子の兄弟の紹介でアーヴィング・ステットナーは、作家志望のハリー・ハーシュコウィッツおよび『北回帰線』に登場するボリスのモデルと交流することになった。アーヴィングによれば、ハーシュコウィッツは「船乗り」であったという。二人の共通点は、ブルックリン出身であることに加えて、『北回帰線』を読了したおかげでヘンリー・ミラーの熱烈なファンになったことだ。パリ時代のミラーが空きっ腹をかかえてマイケル・フランケルのアパルトマンに転がり込み、『北回帰線』を書き始めたというエピソードを聞かされるだけで、若い二人は『北回帰線』のボリスのモデルに親近感を抱き、敬意を表したのは想像に難くない。しかし、ミラーの熱烈なファンになったのは、ハーシュコウィッツのほうが先んじた。風光明媚ではあるものの、まだ電気の恩恵すらない辺境ビッグサーの不便な生活を強いられていたミラーは、女性のコンパニオンを必要としていた。メアリ・ディアボーンによるヘンリー・ミラー伝『この世で一番幸せな男』(一九九一)によれば、一九四四年前半に、ジューン・ランカスターというダンサーをビッグサーに赴かせようと必死に努力したのがハーシュコウィッツであった。この顛末は、晩年のミラー家で家政婦として働いていたトゥインカ・スィーボードがミラーのおしゃべりをまとめた『回想するヘンリー・ミラー』(一九八一)のなかの「通販〝花嫁〟」に詳しい。

一九四六年夏、ハーシュコウィッツは文芸季刊誌『死』*DEATH*を創刊した。六十六頁からなる創刊号の一頁目に「死の主題によって編集者の死に関する見解に霊感を吹き込んだマイケル・フランケルに捧げる」という献辞が刷り込まれている。このリトル・マガジンに編集者を含めて十七名が寄稿しているが、マイケル・フランケルの三編のエッセイの掲載が目立つ。三編のタイトルを掲載順に示すと、「一九四一年の日記から」、「匿名」(ウォルター・ローウェンフェルズと共著)、「死についてのノート」である。「匿名」は一九三〇年にパリで出版された『匿名　作者不詳の必要性』と題する小冊子と内容が重複している。この小冊子に刺激されて、『北回帰線』の初稿では著者の氏名が明らかにされず、「作者不詳」としるされた。

「死についてのノート」は、編集者の注釈によれば、一九四一年一月二十二日付のマイケル・フランケルの日記から採られたものであって、主としてパリ時代の創作活動が回顧的に記述されている。フランケルはこの回顧的エッセイにおいて、彼が一九三二年に書いた「気象レポート」*The Weather Paper* について言及している。「気象レポート」なるものは、「我々の時代の精神的にして心理的な気候を現代風に速記の文体で仕上げようとする試み」であったが、大恐慌の時代にあってほとんど注目されなかったという。とはいえ、死に関連する思想がウォルター・ローウェンフェルズ、アルフレッド・ペルレス、アナイス・ニン、ヘンリー・ミラーのような少数の文学者たちのあいだで育まれたのは、「わたしの影響のよるものだ」とマイケル・フランケルは述べている。「たとえば、ミラーとわたしがクリシーの彼のアパルトマンで読んだり議論したりした時間を決して忘れないだろう」と彼が述懐しているのは、こうした交流がミラーの「知的方向性」を定める「決定的要因」になっているとマイケル・フランケルが自負しているからである。ミラーが『北回帰線』の執筆を開始したのは一九三一年十月中旬であり、『北回帰線』の劈頭の第三パラグラフでは「ボリスは自分の見解のあらましをぼくに説明してくれたところだ。ボリスは天気予報屋だ。天候はまだよくなるまい、と彼は言う。災害や死や絶望がさらに続くだろう。いずこにも変化の兆しはこれっぽちもない。時間という癌がぼくたちを食い尽くしている」とあるが、ボリスこと実名マイケル・フランケルのいわゆる「気象レポート」の気配がすでにミラーの出世作に浸透しているように思われる。

季刊文芸誌『死』は創刊号だけで終わり、マイケル・フランケルが注目されることはほとんどなかった。『死』の編集者の住所は、ニューヨーク市東十一番通り五〇三番地であり、東十番通りと東十一番通り界隈がいわゆるパラダイス横丁と呼ばれている。

アーヴィング・ステットナーは、ハーシュコウィッツと張り合うかのように、一九四七年にマイケル・フランケルのエッセイ集『昼の顔、夜の顔』を出版した。発行部数は千部であった。字句の入れ替えがいくつか見られるが、このエッセイ集にも「匿名」というエッセイが収められている。小冊子『匿名 作者不詳の必要性』などによってミラーに決定的な影響をおよぼしたと自負するマイケル・フランケルは、ミラーの読書論『わが生涯の書物』（一九五二）のなかで自身のミラーに対する功績がまったく論究されていないことを知って愕然となったが、これは二人の難解な往復書簡集『ハムレット』の印税がミラーにまったく支払われなかったことに起因している。『昼の顔、夜の顔』の発行所の所在地が東十一番通り三三三番地であるから、ハーシュコウイッツの居所と目と鼻の先に位置していた。

アーヴィング・ステットナーは、一九四六年の初夏に知ったマイケル・フランケルの印象や彼との交流を『パラダイスの乞食たち』の「そこどけ、マルク・シャガール 人生《ラ・ヴィ》よ、こんにちは！」と題する章において以下のように纏《まと》めている。要するに、フランケルを介してヘンリー・ミラーに出会うチャンスをつかむことになる。

フランケルは作家で、ふさふさした灰色のちょび髭を生やし、か細い、ひょろひょろした男だった。弁達者で、気むずかしく、つねにしゃれた銀製のシガレットホルダーをちらつかせ、軽やかな足どりできびきびと、芝居がかったしぐさが板について、若い闘鶏のように短気ときていた……しかり、強力なカリスマ的人格の持ち主。そしてぼくといえば、多感な、影響を受けやすい二十三歳という若さだった……それでぼくが、彼の『昼の顔、夜の顔』という薄手の本を出版するにいたるまで（それも、除隊金の残りで出版費用を工面して）、さほど時間はかからなかった……

それから一カ月後、ぼくはフランケルの無給の秘書、つまり雑用係として彼のもうひとつの大作『私生児の死』の出版の手助けをするために、メキシコシティに同行する。だが悲しいかな、本は消滅してしまったのも同然で、世に出ることはけっしてなかった。（つまり、その版に関しては。）なぜならメキシコ人の印刷屋は、カネを持ち逃げして、要するに、卑劣な詐欺師だったことが発覚し、そのあとは、裁判沙汰が延々と続き、あるいは同程度に弁護士とかけあい、あれやこれやと、そんなことが際限なく繰り返され、一事が万事、完全な大失敗に終わる！

そしてぼくときたら、そんなごたごたのど真ん中にいた。フランケルが印刷屋を探すために私立探偵を雇い、印刷屋に法廷への呼び出し状をたたきつける……くる日もくる日も、ぼくは車の前座席に、メキシコ人の探偵と並んで座る。二つ穴をくり抜いた新聞紙を顔の真ん前に押し広げての張り込みだ……あーあ、ジェームズ・ボンドの映画を見るまでもないな——ぼくは映画に出演中！

ついに——「もうたくさんだ！」ぼくは「アディオス！」とばかりに、帰り支度を始める。おまけにぼくの財布は底をつき始めていた……ぼくが親友、指導者、師と崇めるフランケルも、完全にすっからかんだと言う（あとでわかったのだが、やつはとんでもないカネ持ちで、株で資金を二倍にしていた。あのずる賢いけちん坊め！）。とにかくぼくは、やつから汽車賃だけはせしめることに成功して、歯をくいしばり、混沌とした競争社会のニューヨークへの帰途につく……だがそれは西海岸経由の旅……というのも、その二カ月前に、ぼくはだれかに借りた『北回帰線』を読んでいて——こっぱみじんに吹き飛ぶほどの衝撃を受けていた……そして、その本の著者、ヘンリー・ミラーという人物が、カリフォルニア州のサンタルシアの山中で、いま暮らしているのを知っていたから……ぼくはそこを目指してまっしぐら！

アーヴィング・ステットナーは、マイケル・フランケルの「紹介状」を懐にしのばせてビッグサーにたどり着いたが、ミラーがサンフランシスコの現代美術館に出かけていることを知り、すぐにビッグサーを離れた。その日のうちにアーヴィングはミラーをつかまえた。「フランケルの紹介状を手渡す」瞬間について、「ヒザはガタガタ震え、鼓動が一気に高鳴る……ミラーに野心的な若い出版者だと自己紹介して、ぼくに出版できるような、未出版の原稿がないかどうかと訊ねる」と綴っている。現代美術館ではミラーは支持者たちに囲まれていたので、アーヴィングとじっくり話し合うゆとりがなく、手紙で連絡することになった。この初対面は一九四七年九月のことであった。九月、ミラーに衝撃的な情報が伝えられた。離別した二人目の妻ジューン・マンスフィールドが再婚の相手から見捨てられ、健康を害し、困窮の極みにあった。アーヴィングがニューヨークに戻ってから、ミラーはアーヴィングにジューンを訪ねて彼女の様子を知らせてほしいと依頼した。アーヴィングはジューンの居所を訪ねたり、食事に誘ったり、当座の生活費を送ることもあった。彼はジューンが「知的な」女性であると思っていた。アーヴィングとミラーのあいだで「未出版の原稿」の件は話題にならなかった。

一九四七年九月は、アーヴィングにとって、別な意味においても重要な年月であった。双子の兄弟ルイス・ステットナーがパリに向かったからである。九月十五日、ルイスはパリからミラーに宛てて長文の手紙を書いた。「拝啓、ヘンリー・ミラー様、あなたのよろしくという伝言とブラッサイの住所が記されているアーヴィングの手紙を落手しましたが、私はすでにブラッサイに会いました。まったく驚嘆すべき人物であり、彼の最良の作品はパリの核心に肉迫しています」という書き出しで始まり、パリとブラッサイを絶賛している。「ああ！　ブラッサイやパリについて手紙でお知らせするのは、いささか馬鹿げています。あなたはよく知っておられるのですから」という文面から推察すれば、ルイスは『北回帰線』だけではなく、一九三八年にオベリスク・プレスから刊行された『マックスと白血球菌』に収められているブラッサイ論「パリの眼」を熟読していたと推断される。七枚の便箋に綴られた手紙の末尾を「ここパリでお役に立てることがあるようでしたら、お知らせください」という挨拶で結んでいるが、もしミラーがルイスに依頼したことがあるとすれば、それはどのようなことであっただろうか？　この課題については迂回しつつ探ることにして、ルイスの手紙をさらに拾い読みしてみよう。

同年十二月十七日付けの二通目の手紙において、ルイス・ステットナーはブラッサイとアンリ・カルティエ＝ブレッソンの写真家としての才能を高く評価し、フランスの写真家たちの作品をニューヨーク市に向けて発送したことを知らせ、もしミラーがニューヨークに出かけることがあれば、展示会まで足を運んでほしいと述べている。さらにルイスは小型カメラを紛失したために、まだパリの写真を撮影しきっておらず、帰国前にカメラを購入したいので二万五千フランを用立ててほしい、と借金を申し込んでいる。「合衆国に戻ったら、すぐにドルで返済します。一月一日にニューヨーク州から退役軍人にボーナスとして二五〇ドルが私に支給される」ので「航空便」で承諾の返信をもらいたいという内容である。すでにフランスの通貨がドルに対して下落しており、ルイス・ステットナーは一ドルを百フランとして計算しているように思われる。

生活費に事欠くことが珍しくなかった当時のミラーに借金を申し込むのは、以下のような状況が展開していたからだ。パリが解放されるとアメリカの兵士たちがミラーの悪名高い作品を買い漁り、本国に持ち帰っていくのを見て、商機到来と判断したジャック・カハーンの息子モーリス・ジロディアスは、一九四五年八月に『北回帰線』を一万部印刷した。同年秋にミラーは四十一万フランの印税を支払うという通知をジロディアスから受け取った。しかし、フランス政府はフランを防衛するために、海外への送金を規制していた。それにもかかわらず同年秋、ジロディアスがミラーに三十万フラン（約二千ドル相当、一ドルがおよそ百五〇フラン）を送金したので、ミラーはビッグサーの建物付きの土地を購入し、パーリントンリッジに移動した。一九四六年、フランが暴落してミラーの印税の価値が三分の一に下落するいっぽうで、『北回帰線』、

『南回帰線』、『黒い春』の売り上げが爆発的に伸び、一九四七年七月には四四七万フランの印税が積み上がっていた。『北回帰線』のカール、実名アルフレッド・ペルレスはイギリスで暮らしていたが、パリに出かけたときにジロディアスのオフィスに立ち寄った。一九四七年六月十三日付けの手紙のなかで、カールはミラーに「きみは大金持ちになっているのを自覚しているだろうか。ジロディアスのところにきみの四百万フランがあるのだぞ。それだけではないかもしれない。他のふたつの出版社がきみの本をまるでホットケーキのように売っている。きみはどうするつもりなのだ？ ジロディアスはきみに現ナマをなにかに、自動車工場とか古城を、せめてヨットを購入するなど投資すべきだと提案したそうじゃないか。四百万フランは、切り下げがあっても莫大な金額だ」と述べて、パリに移り住むように促している。ペルレスはミラーがビッグサーで食料品の請求書を受け取っても支払いができないことをもままあるのを知っていたので、ミラーの気持ちを測りかねていた。ミラーは印税を受け取る手段について思いめぐらし、フランスへ旅行を計画しているアメリカ人を確保しようとした。ヨーロッパへ出かけるアメリカ人は、ミラーに送金したドルの相当額をジロディアスのオフィスに赴いてフランで受け取る……このアイディアを思いついたミラーは友人・知己にパリに出かける人を紹介してほしいと手紙を書くようになった。が、あまり成果は出なかった。こうした状況のさなかにおいて、ルイス・ステットナーは二万五千フランを借用しようとしたのである。『ビッグサーとヒエロニムス・ボスのオレンジ』（一九五七）の第二部第六章に、ジロディアスから四万ドル相当の印税を預かっているという通知を受け取ったときのミラーの卒倒せんばかりの気持ちが綴られている。銀行の口座さえ持たないミラーは、毎月きちんと百ドルの送金があればどんなに嬉しいことかと思っていた。

九カ月後の一九四八年九月十五日にルイスはミラーに宛てて礼状を書いた。「どうしたらあなたに感謝の気持ちをお伝えできるでしょうか？ ジロディアスが二万五千フランを渡してくれたので、必要としていたカメラ一式を購入できました。ニューヨーク州の退役軍人ボーナスが届いたら、同額をただちに返済します」という書き出しで始まり、以下の興味深い文章が続いている。

ジロディアスは例のトランク（the trunks）をまだ送っていません。彼に悪気はないのですが、彼の人柄がよく判ってきて、彼が怠け者になることがあるのではないかという気がします。明日、電話をかけて、あなたがトランクを至急必要としていることを認識させてみましょう。

ジロディアスは興味を持つことに猪突猛進的に突っ込んでいくタイプであって、出版の事業が順調に進展するとレストランの経営に乗り出すが、ここで躓き、やがて自身が設立したエディション・デュ・シェーヌの経営権を大手の出版社に譲渡し、『北回帰線』などのミラーの主要作品を自分の手で出版する権利を失うことになる。ジロディアスは一九五三年にオリンピア・プレスを設立して話題作を次々と出版し、出版人として再起し、波瀾万丈の人生を送った。一九四八年九月、彼は「例のトランク」をミラーに送ることを期待されていたにもかかわらず、その手続きをほったらかしにしていたようである。ところで、アーヴィング・ステットナーはルイスにおよそ半年遅れてパリに到着し、ミラーと連絡をとっていた。いささか奇妙なことに、すでに一九四八年三月十八日付けのミラー宛ての手紙では、「つい三十分前に階下のビストロからジロディアスに電話をかけました。彼は船便で例のトランクを送りました。ジロディアスを知っているぼくの知り合いから、ジロディアスがあなたにきわめて献身的に動いていることを知りました。ああいうことは長時間を要します」とあり、ルイスの手紙の文面と完全に食い違っている。いずれにせよ、一九四八年のミラーはステットナー兄弟を通じて、「例のトランク」を取り戻そうとジロディアスをせっつき続けていたが、ジロディアスはなかなか腰をあげようとしなかったようである。

ところで、三保子ステットナーさんに宛てた二〇一〇年十二月十日付けのルイスのメールに、「わたしはミラーが大戦のときにルヴシエンヌの農家に預けたトランク（some trunks）を取り戻すのを手伝っただけです」という一文があることから推せば、ルイスはパリの郊外のルヴシエンヌから複数のトランクをジロディアスのオフィスまで運ぶのに一役を買ったことになるだろう。この情報から推せば、ルイスとジロディアスがトランクの中身について知っていた形跡はみられない。ともあれ、問題のトランクがいつ発送され、いつミラーに届いたかは確認できないが、ミラーがフランスに残置した所持品についての、伝記作家たちによる記述を確認してみよう。

『北回帰線』草稿の行方にまつわる伝説

ミラーは一九三九年七月中旬にフランスのニースを離れ、同月末にギリシアに到着したが、九月二十三日にオベリスク・プレスの社主ジャック・カハーンが急死し、約束されていた定期的な収入の見込みが遠のくように思われた。メアリ・ディアボーンによる『この世で一番幸せな男』の第十一章によれば、同年の初夏、「ミラーは自分の所持品をルヴシエンヌに住む知人にあずける手配をしていた」という。同じ章において、ミラーは十八歳のジロディアスの手に渡ったオベリスク・プレスが手放されるのではないかと心配し、「パリのカハーンの金庫に保管してもらっていた所持品は、世に認められたあかつきには莫大な価値を生むとミラーは考えていた」という文章が続く。素直に読めば。ミラーは二カ所に所持品を分散していたように読めるが、はたしてそうなのか？「パリのカハーンの金庫」というのは、正確に言えば、ヴァンドーム広場一六番地に所在したオベリスク・プレスの金庫であり、金庫に収められた所持品のなかでもっとも貴重なものが『北回帰線』の初稿であった。第二次世界大戦の気配が刻一刻と迫ってくる状況にあって、金庫のなかのトランクがルヴシエンヌの村に移されたようであるが、ミラー自身がトランクを運んだのか、それともミラーの指示、依頼によりジャック・カハーンあるいはジロディアスの手によってなされたのかは不明である。ともあれ、だれの伝記であれ、事実の細部までを記述するのは不可能である。

ジェイ・マーティンによるミラー伝『いつも陽気に明るく——ヘンリー・ミラーの生涯』（一九七八）の第三部第十九章ではトランクについての、かなり詳細な記述がみられる。「一九四四年、パリが解放されると、ミラーの金銭的見通しが変化し始めた」という一文に以下の文章が続いている。

ミラーは彼の読者でもある商船隊の高級船員から、ルヴシエンヌで引っ越しトラックの運転手からミラー宛てに託された二つのトランク——ミラーがギリシアに向かうときに預けられたトランク——を配達する用意があるというメッセージを受け取った。トランクにはミラーのいちばん貴重な『北回帰線』のオリジナル原稿と未出版の『ロレンスの世界』のタイプ稿が収まっていた。それから一九四四年十月中旬、ミラーはモーリス・ジロディアスと改名したジャック・カハーンの息子（「フランスではほとんどだれもが新しい名前をもっています」と彼は説明した）からエディション・デュ・シェーヌという出版社を設立して出版を開始したことを通知する手紙を受け取った。追伸のなかで「あなたの作品はドイツ兵に差押えられなかったし、私に預けられた所持品も大丈夫です」とジロディアスは述べた。

ジロディアスが設立した新会社の所在地は、以前のオベリスク・プレスのそれと変わらなかった。ジェイ・マーティンのミラー伝とルイス・ステットナーのミラー宛ての手紙とを重ねながら読めば、ジロディアスは二つのトランクを、パリが解放された一九四四年のパリ解放からおよそ四年間も放置していたことになるだろう。ミラーは『北回帰線』のオリジナル草稿が収まっていたトランクを辛抱強く待ち続けていたのであって、ついにルイス・ステットナーに手助けを求めたことになる。

トランクの中身と受け取りの件は、ビッグサーの生活を回顧的に綴った『ビッグサーとヒエロニムス・ボスのオレンジ』の第二部十二章に記述されている。この作品は『北回帰線』と同様に文学作品であるから、事実のなかに虚構が織り込まれ、あるいは事実の省略によって読者に事実とかけ離れた印象を読者にあたえる可能性がある。同書からパラグラフをひとつ引用する。

ギリシアへ出かける準備をしているとき、保存すべき貴重品と思われるノートブックや原稿を収めたトランク（a trunk）をある友人に手渡した。戦争が勃発すると、ぼくは友人と連絡がとれなくなり、やがて例のトランク（the trunk）はなくなったものと諦《あきら》めた。事実、数年後にはそういうトランクがあったことすらすっかり忘れてしまった。それから、パーリントンリッジに居所を定めてからしばらくして、ぼくはある商船隊の高級船員からぼく宛ての二個のトランクを保持しているという伝言を受け取った。私はあなたの読者のひとりであるから、お役に立てるのは楽しいことであり、運搬費は不要である、と書き添えられていた。

次のパラグラフの書き出しが「トランクが到着したとき」となっているから、文脈から判断して読者はトランクを発送する手続きをとったのが「高級船員」であったと思うだろう。しかし、実際に送り出しの労をとったのが「高級船員」であるという記述があるわけではなく、トランクを巡る事態の推移、あるいは時間の空転があっても、ミラーはそれを読者に伝達する必要がない夾雑物とみなして省略したのである。せっつかれたジロディアスが遅ればせながらトランクを発送する手続きに踏み切ったことになるだろう。

ところで、『ビッグサーとヒエロニムス・ボスのオレンジ』の記述によれば、受け取ったトランクのひとつが『北回帰線』にフィルモアという名前で登場するリチャード・オズボーンのものであることを知り、ミラーはびっくりする。『北回帰線』の結末では、結婚を迫るフランス人女性ジネット（実名ジャンヌ）から逃走するために、語り手がフィルモアを励ましながら逃走の手助けをする。この事件は一九三二年九月ころに起きた。『ビッグサーとヒエロニムス・ボスのオレンジ』の記述によれば、オズボーンは逃亡の際にトランクをサンラザール駅に一時預かりを依頼し、帰国後に二年間にわたって税関や鉄道の管理職を相手にトランクの行方を追及したという。弁護士の資格を有するオズボーンはフランスの大統領にまで抗議の手紙を送り付けた。ルイス・ステットナーがジロディアスをせっついて、トランクが発送されたとすれば、それは一九四八年秋のことであったであろうから、オズボーンのトランクは十六年ぶりに所在が確認されたことになる。トランクの中身は法律書、家族のアルバム、母校であるイエール大学の記念品であったという。もうひとつのトランクにはミラーがかつて詰め込んだ所持品のすべてが収められていて、『北回帰線』のどっしりした原稿は無傷であった。ミラーは九年ぶりに原稿に対面したことになるだろう。

ところが次のパラグラフの書き出しで「この二つのトランクはそれまでずっとどこにあったのか？　だれがぼくに送ってくれたのか？」と疑問を投げかけたミラーは、送り主が「パリの郊外に位置する村の運送屋、ぼくがわずか二回しか顔を合わせず、ほんの少しことばを交わしただけの人物」であると述べ、その人物に礼状を書き送ったという。謝意を示すために何を贈ったらよいだろうかという再三の問い合わせに対して、ようやくサイン入りの著書をいただきたいという希望が寄せられたが、手紙のやり取りのあいだに、「二個のトランクはぼくの友人が大戦の勃発でフランスを去るときにこの人物に託されたことを知った」とミラーは述べているので、「ぼくの友人」がジロディアスである可能性は排除される。「ぼくの友人」が仮構の産物であって、実はミラー自身であった可能性もあるだろう。ミラーは「この良心的な運送店主がどのようにしてぼくの住所を知ったかは謎のままだ」と締めくくっている。トランクの帰還を巡るミラーの述懐には虚構の糸で紡がれている部分があり、『北回帰線』の原稿の行方は伝説として仕立て上げられている。

一九八六年二月十六日、『北回帰線』の草稿がサザビーズでオークションにかけられ、十六万五千ドル（約三千万円）で落札されたことを日本では『毎日新聞』が報じた。アメリカでは二十世紀の文学作品の草稿でこの落札価格を越えたオークションはかつてないと報じられた。

アーヴィング・ステットナーは一九四八年三月からパリで暮らすようになった。一九四四年に成立した復員援護法の恩典を活用し、モンパルナスのグラン・ショミエール・アートアカデミーやカルティエ・ラタンのベルリッツ語学学校に籍を置き、合衆国政府から退役軍人に支給される月額八十ドルの手当でつましい生活を送ることができた。『パラダイスの乞食たち』の第二章「パリ、ぼくの恋人」によれば、主人公が語学学校に通学するよりも水彩画を描くことに熱中するようになったことが判る。当初のパリ探訪は、ミラーに依頼されたり、勧められたりしたせいであろうか、『北回帰線』に描かれているパリの探訪が目立つ。ミラーはパリに出かけて印税を受け取るよりも、悪名高い自伝的小説『セクサス』（一九四九）の執筆を優先させていて、パリに出かけるだけの心理的余裕がなく、パリのニュースに飢えていた。当時のミラーがとりわけ気にしていたのが、『北回帰線』に登場しているウジェーヌであった。一九三〇年六月、妻ジューンからの送金も途絶え、安ホテルに宿泊することもできなくなり、三十六時間も絶食の状態でミラーは街路をさまよっていた。『北回帰線』の初稿によれば、映画好きのミラーはシネマ・ヴァンヴという映画館でポスターを貼っていたウジェーヌ・パチョティンスキーとことばを交わしたことがきっかけとなって、ロシアからの亡命者ウジェーヌと親しくなった。映画館の従業員であるウジェーヌは映画館の片隅に外套《がいとう》をしいて、宿無しのミラーが仮眠をとれるようにはからい、食事をあてがった。『北回帰線』ではミラーとウジェーヌが知り合う経緯についての記述は省略され、「ここ数週間ぼくは共同生活を送っている。ぼくは自分自身をほかの連中と共有しなければならなかった。もっぱら気違いじみたロシア人たち、酔っぱらいのオランダ人、オルガという名前の大柄なブルガリア人の女と。ロシア人のうちではとりわけウジェーヌとアナトールとだ」とあり、映画館については、「午後、ぼくたちは涼しくてうす暗い映画館へ出かける。館内に客はいないが、ウジェーヌは舞台のすぐ前にあるピアノに向かって腰をおろし、ぼくは最前列のベンチに腰かける。ウジェーヌはヨーロッパじゅうの国王と女王を聴衆にしているかのように歌う」という記述がみえる。『北回帰線』ではアナトールという人名は二回だけ出てくるが、ウジェーヌとアナトールとの人間関係が明らかにされていない。『北回帰線』の初稿によれば、二人は兄弟である。アーヴィング・ステットナーがパリに到着すると、ミラーはアーヴィングを介して、かつてどん底にいた自分を救出してくれたウジェーヌが洋服、食品、現金などなにか必要なものがないか知ろうとした。アーヴィングによれば、当時のウジェーヌはフランス人女性と結婚し、アレシア通りのアパルトマンで暮らしていた。小間物の行商をしていたという。

一九四八年三月十八日にアーヴィングはミラーに返信を書いた。「昨夜、ウジェーヌと彼の妻と一緒にとても楽しく過ごしました。ぼくに会うとひどく喜び、あなたとのとっぴな生活を思い出したと言いました。たしかにお二人はすばらしい時間を経験されました。ずっと以前の、十八年前に。彼らはひどく困窮していて、あなたが送れるものはなんであろうと、こころから感謝するでしょう。あなたの服はウジェーヌにぴったり合うでしょう。靴下は必要としていませんが、男子用ワイシャツは重宝するでしょう。彼とアナトールのサイズは三九インチと四〇インチです。ナイロンの靴下は入手困難です。彼はガレージから車を出すために二つのタイヤを欲しがっています。どんなサイズでもよいのです、というのも物々交換ができますから。〔……〕食糧を送るのでしたら。ぜひともミルクとバターをお勧めします。こういうものは闇市場でしか入手できません。ココア、砂糖、茶、小麦粉はほんのわずか配給されるだけです。ケア物資〔大戦後に設立された米国援助物資発送協会による、ヨーロッパ向けの支援物資〕は送らないでください、半分くらいは缶詰の不良食品ですから。当地では新鮮な肉、果物、野菜は有り余るほどで、しかも安いのです」。パリでは戦後の物資不足の状況が続いていた。

ところで『ビッグサーとヒエロニムス・ボスのオレンジ』の第二部十二章ではウジェーヌ・パチョティンスキーについての言及もみられる。ステットナー兄弟が登場する以前の、しかしパリからの印税の送金問題が浮上していたと推断される時期に、ラウル・ベルトランというファンがフランスの新聞の若い特派員と連れ立ってミラーを訪問した。彼らが帰り支度をしたときに新聞記者が帰国したらお役に立てることがないだろうか、とミラーに訊ねたという。ミラーはとっさに「パリのいくつかの新聞に小さな広告を載せて、『北回帰線』の著者ヘンリー・ミラーが旧友パチョティンスキー兄弟の居所を知りたがっていると伝えてほしい。返事があるまで広告を継続してくれないか」と反応し、パリのどん底時代にあって彼らから受けたこころに沁みる対応について縷々と述べた。およそ一カ月後にウジェーヌから航空便が舞い込んだ。ミラーはウジェーヌが困窮していれば、金銭的支援ができる立場にあったが、ウジェーヌは支援を求めたりはしなかった。ミラーはウジェーヌたちが無事に生き延びていたことを知っていたが、ウジェーヌに何かしてあげられることがないか、とアーヴィング・ステットナーに聞き取りを依頼したのである。

ミラーはアーヴィングからの長文の手紙を読みながら、留意すべき箇所や興味深く思われる箇所を含む行の余白に鉛筆でチェックをしるした。たとえば、先に引用した文章について言えば、「ミルクとバター」という字句を含む行の余白にチェックをつけた。この長文の手紙からチェックの入っている文章をいくつか拾ってみよう。

「画廊《ガルリー》ザックでキスリングが引っ越したことに気づきました。彼はいま南フランスにいますが、もうすぐパリに戻ります」という文章にチェックがつけられている。ミラーには「モンマルトルの帝王」と称された画家キスリング（一八九一―一九五三）に言及した文章がなく、キスリングと交流があったという情報もないから、一九二三年にオープンした、サンジェルマン・デプレに所在する「画廊《ガルリー》ザック」のほうに留意しているように思われる。『北回帰線』に「向かい側の画廊《ガルリー》ザックで、どこかの低能が宇宙を描いたことがある

――平面図に。画家の宇宙！　がらくたや骨董品だらけの宇宙。しかし、一段と低くなっている左側片すみに錨がひとつある――それに食事の鐘も。乾杯！　乾杯！　おお、宇宙よ！」という一文があるので、この画廊は『北回帰線』のパリを構成する一部分である。ミラーはアーヴィングの手紙に散見される、おのれ自身のパリの断片に反応している。

　手紙のなかでアーヴィングは踏査した街路の名称を興奮気味に羅列している。この街路群のなかに「ヴァンヴ通り（現在はレジスタンスの英雄にちなんでレーモン・ロゼラン通り）」とか「テルモフレス通り？なんという名称であることか！」という字句が出てきて、後者にはチェックがつけられている。一九三〇年六月中旬、ミラーはヴァンヴ通り六〇番地に所在していたオテル・アルバ（現在はアパルトマン）に宿泊していたが、やがてホテル代が払えなくなり、街路をうろつく破目となる。ヴァンヴ通りの街角にシネマ・ヴァンヴという映画館があり、この映画館の前でミラーはウジェーヌに出会った。『北回帰線』では、「初めてパリに着いたころの、あのみじめな日々のすばらしさ」を回顧するくだりがあり、「そこの後援者の外套の上でぼくが寝たスプランディド映画館」という字句がみられるが、初稿では「シネマ・ヴァンヴ」と実名になっている。かつてのオテル・アルバの前のレーモン・ロゼラン通りを横断すると、そこに幅二メートルほどの、石畳のテルモフレス通りの起点がある。二〇〇一年三月に筆者はこのパサージュを歩んだ。両側はみすぼらしい家々とこぢんまりしたアパルトマンや安ホテルらしい建物がひっそりと立ち並び、商店は一軒もなく、ひとけが感じられないわびしい通路であった。前述したように、ミラーはアーヴィングの手紙のなかに、テルモフレスという通路の名称を見つけ、チェックをつけた。『北回帰線』では、「なぜ不意にパサージュ・デ・テルモフレスのことを思い出すのだろうか。あの日、ある女が屠殺場の大惨事到来を予言するような言い回しで子犬に話しかけ、ちびの雌犬がこのげびた取り上げ婆の言っていることを理解したからだ」という文章が出てくる。パリには五千におよぶ大小の街路があり、パリを踏査したミラーは『北回帰線』において言及される街路について吟味し、厳選したであろうと推断される。シネマ・ヴァンヴからさほど離れていない、ヴァンヴ通りに接続している、みすぼらしいテルモフレス通りにミラーの記憶がまつわりついている。ウジェーヌにはアナトール以外にタクシーの運転手をしていたレオンという弟がいた。二人の兄弟はこの通路のどこかを彼らの寝ぐらにしていたが、ミラーは彼らのむさくるしい部屋で食事にありつくこともあった。ミラーがウジェーヌとアナトールの世話になった時期は、一九三〇年六月下旬から二週間ほどであった。一九三三年七月二十八日付けのアナイス・ニンに宛てた長文の手紙のなかで、「ぼくが衝動的にアナトールに手紙を書こうとしたのを記憶しておられますか？　ところで、〈先月の小旅行から〉戻ったときに彼を訪ねたのです。風通しの悪い安ホテルの一室ですばらしい飲み会を彼とレオンを相手にやらかしたのです。まるでドストエフスキーの小説から抜け出たかのようだった。アナトールはまったく取るに足らない人間なので、ぼくには魅惑的なのです。こういうつまらない連中のほうが著名人たちよりもはるかに興味深く思われます。なぜかな？」と書き連ねているが、アナトールの居所は、彼が引っ越していなければ、テルモフレス通りのどこかであった。このパサージュはミラーの記憶と固く結びつき、『北回帰線』のパリの風景の一部になっている。

ミラーは以下の文章にもチェックをつけた。「ぼくの友人マクガヴァンが二、三カ月のうちにハーヴァードからやってきます。彼はドルを所持しているでしょうから、準備が進んだら、あなた宛てに手紙を書かせます」。要するに、ミラーがドルを受け取り、マクガヴァンというアーヴィング・ステットナーの友人がジロディアスのオフィスでフランを受け取るようにするという趣旨であって、アーヴィングはミラーが『北回帰線』などの印税を回収できるようにと協力していた。さらにアーヴィングはニューヨーク州が支給する二五〇ドルのボーナスの到着を待ち侘びていて、小切手を受け取ったらフランスの田舎を旅行する予定であると伝えた。「入金したら直ちにあなたにお知らせします。（それとも、届いたらあなたに送るべきでしょうか、それともジロディアスに?・)」という箇所にミラーは三つもチェックをつけた。フランスの通貨をジロディアスから受け取るのは手数料が発生しないが、手順に煩わしさが生じることになる。ミラーが四四七万フランの印税のうちどれだけ回収できたかは不明である。すでに述べたように、ジロディアスはレストランの経営に失敗し、自分が立ち上げた出版社の経営権を放棄する憂き目を経験したが、そのプロセスにおいてミラーの印税を使い込んだからである。ジロディアスが弁済した形跡は皆無であり、ミラーが返済を迫った様子もみられない。

ミラーと繋がっているパリの生活について、アーヴィングは『パラダイスの乞食たち』のなかで次のように要約している。

パリに住みついてから、とくに最初の二年間というものは、ミラーからの手紙を頻繁に受け取った。おもに温かみのある、親しみのこもった短い書簡で、そのなかでヘンリーは、新しい情報に飢えていたらしく――要するに、彼の愛するパリについて思いを巡らし、長々と語り、いろんな質問を投げかけてきた。「もう、ムフタール通りを歩いただろうか? あれは、ぼくのパリのお気に入りの通りだ! それから、モンパルナスの、どこそこにあるカフェ――あれはまだ健在だろうか?……」ときにはヘンリーから、ぼくに「文芸」関係の用事、つまり、彼の作品を刊行している出版社、オリンピア・プレスのモーリス・ジロディアスを訪ねて、これこれの原稿が届いたか否かを確認してほしいとか、翻訳者と連絡をとることを依頼した手紙が舞い込んだ。にもかかわらず、彼の手紙は機知に富んだ寸評、ちょっとした逸話、あるいはヘンリー特有の自分を卑下したユーモアが随所に見られ、それにいつだって、ぼくにとってこの上ない喜びと励ましであり、つまりはビタミン注射みたいなものだった。

アーヴィング・ステットナーは長年にわたってパリで暮らしていたのではなく、断続的に太平洋を往来していた。彼はこれを「国際的なシーソー」にまたがっていたと述べている。一九四八年から一九六〇年までの十二年間をスケッチアーティストとして奔放に精進しながら、「国際的なシーソー」に乗り続けた。彼が日本に滞在していたときに、一九六〇年代にはミラーとの交流が途絶えていたようにみえるが、それはなぜかと質問してみた。一九六一年にニューヨークのグローブ・プレスから『北回帰線』が出版されて爆発的に売れると、ミラーが世界的に著名な作家になり、ミラーが遠くにいるような気がしてきて近づき難いように思われたからだ、とアーヴィングは返答した。

一九七四年、アーヴィング・ステットナーは『ストローカー』というリトル・マガジンを創刊し、作家・詩人・画家としての新たな前進を開始することになった。一九七八年にアーヴィングはミラーに手紙を書き送り、『ストローカー』誌と水彩画を贈った。二人の交流がふたたび始まった。一九七八年からミラーは逝く直前まで『ストローカー』に寄稿した。他誌や新聞などの寄稿依頼を固辞しながらの、半ば失明状態での必死の寄稿を続けた。一九七九年初春、アーヴィングはニューヨーク市からグレイハウンドに乗車してロサンジェルスを目指し、ダウンタウンでバスを乗り換えてパシフィックパリセーズのミラー邸にたどりついた。サンフランシスコでの初対面から数えて三十二年ぶりの顔合わせであった。ミラーは一九八〇年六月七日に逝ったが、その数日前に「宝石のような水彩画を描き続けるように」と最期の激励のことばをハガキに書き連ねた。アーヴィングは逝くまで水彩画を描き続け、自伝的小説を推敲し、『ストローカー』を発行し続けたのである。

イギリスの思想家・作家ジョン・クーパー・ポウイス（一八七二―一九六三）は、一九一〇年にアメリカに移り住み、一九三四年まで二州を除くアメリカ各地で講演活動と執筆に従事した。一九二九年から執筆に専念し、翌年にはニューヨーク市から北百マイルに位置するヒルズデールの地に住居をもとめると、小説、思想書をやつぎばやに書き上げ、さらに『自叙伝』を脱稿すると、一九三四年六月一日に帰国の途についた。当時、六十一歳であった。アメリカ定住以前の一九〇五年から一九〇九年にかけても、大西洋を往来しつつ断続的に文芸講演をしていたから、ポウイスのアメリカにおける講演活動は二十五年におよび、執筆活動を含めれば三十年に達する。

ポウイスはアメリカに移り住む以前においても、オクスフォード、ケンブリッジ両大学の大学普及講座の講師として十年間にわたってイギリス国内でくまなく講演旅行をしていた。彼の文芸講演の題目は多岐にわたっていて、古今東西の文学や思想の主題についての、しばしば学者たちが深く考究する内容と結びついていた。しかし、彼の身振りをまじえた熱弁は、アカデミズムの側から「大ほら吹き」のレッテルを貼られた。おのれを敵視する人びとを、ポウイスはニーチェが言うところの「文化の俗人たち」とみなし、「大ほら吹き」という呼称を平然と受け止めていた。彼はドーセット州のシャーボン・パブリック・スクールに在学していたころ、シェイクスピアを熱狂的に演じる自身を「哲学的俳優」と呼んでいたが、文学作品の登場人物の感情や思考を汲みつくすために、演技をしながら作品に没入するのが得手であった。後年、ポウイスの講演がアメリカで成功をおさめたのは、彼の演技が聴衆のこころを捉えたからであって、彼自身の措辞で言えば、「酒神頌歌的分析」によって聴衆を陶酔させたのである。つまり、彼の方法は、酒神ディオニュソスを讃える頌歌を歌い踊るがごとくに、熱狂的に文学を説くことにあった。ポウイスはマンハッタンで講演したときの自身を「東十四街のディオニュソス」と呼んでいる。

アメリカにおける彼の聴衆は、ユダヤ人、共産主義者、ローマン・カトリック教徒が大半を占めていたが、小説家セオドア・ドライサーや詩人エドガー・リー・マスターズは当初よりポウイスを高く評価していた。しかし、ほとんどの知識人はポウイスを蔑視していたのであり、アメリカの大学も、カリフォルニア大学は例外であったが、ポウイスに講演を依頼することがなかった。彼の舞台は、主としてカトリック修道院、ユダヤ教会堂、共産主義者の集会場であった。

無名時代のヘンリー・ミラーは、しばしばポウイスの講演を聴いて知的興奮を味わい、深く影響を受けていた。一九二三年一月十五日付の、友人エミール・シュネロック宛ての手紙ではジョン・クーパー・ポウイスの講演を聴いたことになっているが、当時のミラーは西十四番街のパーク・プレイス（『南回帰線』では「サンセット・プレイス」）に所在したウェスタン・ユニオンという電信会社に雇用主任として勤務していた。またフランス文学者ウォーレス・ファウリーに宛てた一九四四年三月二十四日付の書簡では、「ずっと以前ニューヨーク市にいたとき労働寺院（Labor Temple）でジョン・クーパー・ポウイスの講演を聴くためにたびたび十セントを払いました。わたしがものを書き始める前のことで、ポウイスを限りなく賞賛していました」とあるが、労働寺院はクーパー・ユニオンとともに、ニューヨーク市におけるポウイスの主要な活動の舞台であった。クーパー・ユニオンは、今日なお社会人を対象に科学と芸術に関する講座を提供し、活動を継続しているが、労働寺院は一九四〇年代に消滅した。労働寺院は、長老教会が一九一〇年に設立した、社会人を対象とする教育団体であり、教会と労働者との相互理解の促進を目指していた。哲学、経済学、心理学、文学、生物学等の講座を、人種、性別、信条を問わず、市民に最少の入場料で広く門戸を開いていた。ポウイスが「東十四番街のディオニュソス」と自称したのは、労働寺院が東十四番街二四二番地に所在していたからであり、往時のミラーが勤務していた会社から徒歩で行ける距離にあった。

もう一組の聖ヨハネとキリスト

ところでポウイスは、アメリカにおける自身の役割をはっきりと認識していた。「この大陸を動きまわるにつれて、わたしは、アメリカである明確な役割、競争者がまったくいない役割を演じているのを自覚するようになった。つまり、わたしは、アメリカ全土の神経症的不幸な人びと、すべての孤独な人たち、周囲に適応できない人たちを磁石のように引きつけていたのであった。わたしは、失敗者、零落したひと、社会に適応できない人間に対立するものとしての、すべての恵まれた成功者たちの公然たる敵となったのであり、今後もそうでありたいと思う」と、『自叙伝』(一九三四)のなかで述べて、チャンス溢れる国の疎外された人びとの側に立つことを表明している。わけても注目すべき点は、ポウイスが自身をある種の予言者に見立てていることであり、「然り、アメリカにおけるわが二十五年間の講演活動を無駄にしたはずがない。絶えることなく、皮肉によって、雄弁によって、冷笑をふくむ悪意によって、悲痛な思いによって、ディケンズ流のユーモア、情熱的な詩歌、わがウェールズの祖先たちがもつ魔術によって、わたしはおのれを荒野で叫ぶ声(a Voice crying in the Wilderness)にした」と述べている。「荒野で叫ぶ声」は、「マタイ伝」第三章一節と「ヨハネによる福音書」第一章二十三節に出てくる措辞であって、洗礼者ヨハネの別称になっている。ポウイスは、自身をもうひとりの聖ヨハネに見立てていた作家であった。とすれば、自伝的小説群において自身をもうひとりの知られざるキリストとして描いてきたミラーの、一九五〇年以降のポウイス礼讃は、両者の親和力についての語りではあるまいか。

ミラーは一九五〇年一月に『わが生涯の書物』の執筆を開始し、同年三月に初めてポウイスに手紙を書き送った。ポウイスはすぐに返信を書き、ミラーはポウイスが没するまでに五十通の手紙を受け取った。『わが生涯の書物』第七章において、「ポウイスの講演を聴いてから講堂を出ると、あたかも自分が呪文をかけられているかのように感ずることが頻繁にあった。というのは、それがこの惑星を訪れる数少ない稀な存在との、わたしの最初の親密なる経験、最初の真の接触であったからである」と述べている。「最初の真の接触」という字句を、「もうひとりのキリストともうひとりの洗礼者ヨハネの真の接触」と読み換えても、右の引用文はそのたわみに耐えうるであろうか？

ポウイスに宛てた最初の手紙において、書物についての作品を執筆していると、青年時代にポウイスの講演を聴いたことが思い起こされ、「生きている書物」と題するポウイスについての章を数ページほど書き進めていることをミラーは伝えた。「あなた自身はまったく知らないでしょうが、あなたはわたしのなかに一粒の種を蒔き、それが開花したのです。わたしはあなたのことを忘れたことがなかったし、わたしのような人間がこの世界のいたるところに数千人もいるのを知っています」と、ポウイスの影響を深く受けてきたことを伝えている。老齢のポウイスを気遣うミラーは、自分に返信を書く必要がないと述べている。

四月三日にポウイスは熱烈な返信をしたためた。「あなたは活火山の爆発のように、流星の閃きのように、生のヴィジョンを表現するちからを具えておられるようです。わたしも演壇に立てばそれができるのですが、ペンを手にしてはできないのです。実際のところ、わたしは語り手として生まれたのであって、作家ではないのです」と、ポウイスはミラーとの資質の違いを指摘する。「嗚呼、ニューヨークでのわが講演をなんとまざまざと記憶していることか！　あの講演のことを思うと演壇への郷愁を覚えます。演壇はわが舞台わが戦場わがバリケードわがシェイクスピアのバルコニーわが競馬場わが闘技場わが大競技場」とコンマを省略して一気に書き綴られている部分からポウイスが弁舌のひとであったことが推察できる。

失明状態に近いポウイスの、みみずが這ったような筆跡は判読が容易ではない。四月三日の書簡は航空便箋三枚に綴られ、封筒の裏にまで続いているが、書簡集『ヘンリー・ミラーへの手紙』（一九七五）には便箋二枚分しか掲載されておらず、編者が混乱していたようにも思われる。封筒の裏に続く末尾を以下に引く。

わたしはあなた自身と同じ方向にかなり前進してきたと言えるように思います！　絶対にそうだとは断言できませんが、むしろそのように空想します。そこで底なしの淵にいる巨人どものために、わたしたちがどのように同じ道を進んでいるか、またどこでお互いに離れていくかをわたしが知るためにも、ぜひともあなたの著書を送ってください。安否をたずねてくれて嬉しく思いました。失明がわたしの主たる心配事です。片方は完全に失明しています。しかし老いたる雄山羊のように丘陵を登ることができます。

きみの友Ｊ・Ｃ・Ｐより

ポウイスはミラーの手紙を一読すると、自身がミラーと「同じ方向にかなり前進してきた」のではないかと想像し、ミラーの作品を読んで二人の作家の同質性や異質性を検証しようとする意欲を示した。当時のミラーはミラーの伝記を書くために資料を収集していたグレアム・アクロイドというイギリス人と文通をしていたので、ミラーの発禁処分を受けている作品をポウイスに貸してほしい、とアクロイドに四月十八日に手紙を書いた。ミラーはアクロイドにポウイスの住所を知らせ、ポウイスの視力が弱いので手紙は手書きではなく、タイプで打ってほしい、発禁処分を受けていない作品をアメリカから発送していると伝えた。アクロイドは『北回帰線』、『南回帰線』、『黒い春』を一冊ずつ一定の間隔をおいてポウイスに送り届けたのであった。ポウイスはミラーの作品を受け取るたびに、アクロイドに礼状を書いた。

一九五〇年六月に書かれたポウイスの長文の手紙の書き出しは意味深長であるように思われる。

ヨハネ祭の今宵は真夏の夜の夢、きょうはわたしの好きな聖徒である聖ヨハネの日で、万人――あらゆる類いの人間と彼の後継者に対する彼の態度は、彼の居所、衣、糧にふさわしいものでした。わが心のヘンリーよ、この恩寵を、すなわち次のおおいを取り払うために道を開き、わたしたちの後に来る人びとの上に天空の霊感を呼びおろすために、荒野で叫ぶ男のこの熱狂的な声を受けとめるひとがなんと少ないことか！　あなたの祝福のことばをあなた自身の人生そのものである激しく泡立てて流れる河に投げかけようと思いなさい！

いささか興味深いことに、この書簡には「ヨハネ祭」という字句の書き込みのあるペン画が描かれている。鼻梁が高く、腰にスカートか布をつけている人物がポウイス自身であるらしく、差し出した両手に剣らしきものがのっている。剣を差し出しているのか、それとも受け取っているのであろうか？　手紙そのものは、励ましの響きを伝えており、世間の道徳律を恐れてはいけないという趣旨の文章も書かれている。とすれば、二十世紀の洗礼者ヨハネを自認する七十七歳のポウイスは、ミラーに剣を授けようとしているのであろうか。

およそ三カ月後の九月二十六日付の書簡の冒頭で、ポウイスは彼が使用していた、大かえでの木で作られた杖をミラーに送る予定であると述べている。書簡の末尾にふたたびペン画が描かれていて、「ビッグサー郵便局」という字句が書き込まれている。ペン画には二人の女性が描かれている。ひとりはポウイスの同伴者であった、当時五十六歳のフィリス・プレイターというカンザス州出身の女性であり、もうひとりはミラーの妻イーヴ・ミラーであって、彼女が郵便局で杖を受け取る構図になっている。杖はミカエル祭の祝日（九月二十九日）にフィリス・プレイターによって発送された。この杖を剣に見立てるならば、ヨハネ祭の祝日に書かれた手紙に出てくる剣らしきものはミラーに授けられたことになりそうである。ペン画も杖の件もポウイスの遊びではあるが、九月二十六日付の長文の手紙のなかに、前後の脈絡もなく、しかしヨハネ祭の祝日に書かれた手紙の内容に関連する文章が出てくる。

あなたはわたしのキリストです、ヘンリーよ、わたしはあなたの洗礼者ヨハネなのです。ラブレーによれば、あらゆるエラスムス卿によき燈火が必要なのであり、それこそがわたしの人となり、つまり、あなたのよき燈火（lantern）なのです。

疑いなく、ミラーの前途を照らす松明《たいまつ》であろうとする哲人ポウイスは、ミラーに深く共鳴したひとであり、ミラー作品のすぐれた理解者であった。ポウイスのミラーとの関連における自己認識の表明は、ヨハネ祭の祝日（六月二十四日、古代の夏至にあたる）に書かれた手紙において予告されていたのではあるまいか。さらに言えば、おぼつかない視力で『北回帰線』や『南回帰線』などを読破したポウイスは、これらの作品群の題名の象徴的意味を読み解いていたことになるだろう。北回帰線は夏至線とも呼ばれる地理学上の用語であるが、北回帰線の英名に含まれる蟹座（Cancer）の位置に太陽が到達したときが古代にあって夏至の日であり、洗礼者ヨハネの誕生日として受け継がれた。夏至との対応で南回帰線の英名に含まれる山羊座（Capricorn）の位置に太陽の到達した日が冬至（ユリウス暦では十二月二十五日）に定められた。キリストの降誕日が決定されたのは紀元三世紀のことである。洗礼者ヨハネの「わが後に来たる者は我に勝れり、我より前にありし故なり」（「ヨハネによる福音書」第一章）というキリスト到来の予告には、夏至の太陽と冬至の太陽との循環的交代という古代星学の知識が反映している。ポウイスは『北回帰線』がもうひとりのキリストの到来を予告する作品であり、さらに『南回帰線』がクリスマスに生まれる予定であった男の物語であると解釈し、自分こそがミラーのための洗礼者ヨハネの役割をもつ人間であると述べたことになりそうである。ポウイスは『北回帰線』のなかの「彼女にたいするぼくのように忠実なキリスト者がいるとすれば、ぼくたちはみなキリストになるだろう」という文章と題名の関連性などにも着目したはずである。

九月二十六日付の手紙を落手し、杖が送られる予定であることを知ったミラーは、ポウイスにどのように反応したであろうか。十月七日付の返信の書き出しを以下に引く。

カボチャのちょうちん（Jack-o'- Lantern）よ！

なんというすばらしい偶然の一致であることか――杖についてのあなたのお手紙は！　最近のことですが、二歳の息子のトニーがわたしの唯一の杖――上等な杖――を崖から投げ捨てたのです。別の杖が現れないかと祈っておりました――そうしたら杖がこちらに向かっているという知らせが届いたのです。あなたが杖について（そして神々 the gods について）手紙を書いているときに、わたしは自作の水彩画のどれをあなたに送るのがふさわしいのかと議論していました。わたしはアマチュアの画家にすぎませんが、本物の画家になりたいのです。その才能がないのではないかと思うこともあります。

ミラーは杖について謝意を表明しているが、ポウイスが言及しているキリストや聖ヨハネについては「神々」としるすだけで沈黙を守っている。しかし、ミラーはポウイスにいっそうの親近感を示し、ウェールズを訪れてポウイスに挨拶し、ポウイスの自叙伝を熟読していることもあってポウイスの出身地を見て回りたいと述べている。末尾では「杖が届いたら、あなたは永久にわたしと共にいることになるでしょう」とミラーは結んでいる。

しかし、自伝的長編小説『プレクサス』の執筆に専念していたミラーはポウイスの住むウェールズを訪問する時間的余裕はなかった。およそ一年が経過した一九五一年十一月二十七日付けのアルフレッド・ペルレス（『北回帰線』に登場するカールのモデル）に宛てた手紙のなかで「ぜひともジョン・クーパー・ポウイスを訪問してもらえまいか。訪れることができれば、わたしに代わって彼を抱擁してください。それからウェールズについて少し知らせてほしいのです。いつもウェールズを見たいと熱望しています」と述べている。ミラーは『プレクサス』を脱稿し、この作品が出版されると解放感にひたることができた。というのも逝く前にどうしても書き残したいと思っていたことどもを書き切ったと思えたからである。

ミラーは一九五二年十二月二十九日、ビッグサーを離れ、ヨーロッパ旅行の途についた。七カ月間におよぶヨーロッパ滞在の終わりころ、ミラーはシェイクスピアの生地を訪れてから北ウェールズのコーウェンにポウイスを訪問することになった。五十三年七月二十九日の消印がある電報において、ポウイスは「万歳、ゼヒトモ来訪サレタシ。早ケレバ早イホドヨシ」と反応し、ホテルの予約をとった。ミラーは彼が畏敬してやまない年長の作家を訪《おとな》い、歓を尽くした後に帰国の途についた。この訪問についての感想は、『ハチドリのごとく静止せよ』に収められているエッセイ「ぼくが拳銃に手をのばすとき」にみられるが、ミラーのポウイス礼讃はかつてなかったほどに激しくなり、ポウイスはミラーにあってホイットマンと同列にならぶ存在に位置づけられている。ミラーがポウイスを高く評価した根拠のひとつは、ポウイスが著書『孤独の哲学』（一九三三）のなかで展開した思想を実践し、おのれ自身と周囲に霊感と祝福をあたえていたからである。

ポウイスは一九六三年六月十九日、老衰のために逝った。享年九十歳。エレメンタリズムを説いた思想家にふさわしく、骨灰はドーセット州のチェジルビーチで播かれ、大西洋の海風にあおられて四大に還っていった。

晩年のミラーは、ポウイス同様に片目が完全に失明し、もう片方も失明寸前の状態にあった。ミラーは一九八〇年六月七日に逝った。享年八十八歳。ミラーの骨灰がビッグサーの海辺で播かれ、ポウイスに対する共鳴りを響かせることになるだろうと予想された。はたせるかな、ミラーの遺灰は、播かれるためにビッグサーに移された。ミラーの娘ヴァレンタインが遺灰を収めた銅製の箱をパーリントン・リッヂの自宅の居間の暖炉だなに保管した。三年後のミラーの誕生日（十二月二十六日）に、骨灰はパーリントン・リッヂから眼下に望む海辺に播かれ、引き潮に吸い込まれていった。ミラーもまた四大に還ったのである。

バーニー・ロセット『北回帰線』の版権取得に挑む

『アナイス・ニンの日記』（第五巻）のなかの「一九五四年冬——五五年」の記述によれば、当時のブルックリン公立図書館でヘンリー・ミラーの水彩画展が開催された。アナイス・ニンはスピーチを依頼されたので水彩画展に足を運んだ。「水彩画は、喜び、繊細さ、ファンタジー、子どものように無邪気で陽気な遊び心できらめいていた」が、展示会の雰囲気は活気がなく、アナイス・ニンは「まるで通夜のようだ」と日記に書き込んでいる。水彩画が額をつけずに壁にかけられていた。ジェイムズ・ロクリン、作家ケイ・ボイル、画家エイブ・ラトナーなどミラーとなんらかの繋がりがある人びとも会場にいた。アナイス・ニンはミラーの水彩画についての声明を読み上げたが、会場での議論は政府が画家に補助金を支給すべきかどうか、という方向に向かった。アナイス・ニンは「『北回帰線』のわたしの序文」を読み上げて、会場の雰囲気を変えようと腐心したようである。

日記では、「わたしはジェイムズ・ロクリンに、なぜ検閲制度に対抗する戦いをしなかったのかと質問した（彼にはそれをするだけの資産がある）」とあり、相手は冷ややかに「顧問弁護士たちに相談したが、勝つ見込みがまったくないと彼らは断定したのです」と応答したという。図書館長がこのテーマを回避しようとしたのは、会場のドアのところに警官がいたからである。しかし、人びとは水彩画をそっちのけにして、このテーマを話題にした。

この日記には、水彩画展の雰囲気、人びとの反応、ジェイムズ・ロクリンに詰問した件などの情報を伝える、ミラー宛ての手紙とミラーの返信なども書き込まれている。ミラーの返信には、検閲制度についての言及がなく、水彩画を描き続けていることや、日本の出版社から絵画展の開催をもちかけられたことが述べられている。ここでいう日本の出版社というのは鎌倉の材木座に所在した啓明社であり、『北回帰線』を含むいくつかの原文のミラー作品を一九五三年に刊行した。

一九五六年八月十七日、フランシス・ステロフに宛てた手紙のなかで、「いまでも『北回帰線』や『南回帰線』などの問い合わせの手紙をひんぱんに受け取っています。いまでもゴータム書店がわが作品を入手できるかもしれない唯一の書店であると返信を書いています」とミラーは述べた。その二週間後にもミラーはステロフに手紙を書き、「発禁処分になっている作品を読みたいという多くの手紙が舞い込んできます。そのほとんどが『北回帰線』と『南回帰線』です」と述べたあとで、いちいち応答するのは労力と時間の無駄だから、あらかじめ印刷した回答を用意して、それを同封することにしたが、その回答文を書店にも届けるという内容になっている。用意されたミラーの返答は、「ニューヨーク市西四十七番通り、四一番地のゴータム書店に照会してください。あなたのお求めの作品があるかもしれませんが、まず価格をお尋ねしてください」となっている。この手紙でミラーはステロフがミラーの発禁本に関する顧客の要望を満たしているのかどうかを知ろうとした。さらにミラーは、オリンピア・プレスのモーリス・ジロディアスがかつて手放した『北回帰線』と『南回帰線』の英語版の版権を買い戻す意欲を示しているという情報を織り込み、ジロディアスもゴータム書店がミラーの発禁本をどうやって確保しているのか気にしていると伝えた。十月、ステロフは「ここのところ、『北回帰線』と『南回帰線』を購入したいという電話がよくかかってきますが、残念ながら、すみやかに入手できないでいます」と、ミラーに短く反応した。文面から推測すれば、時間をかければ顧客のために手を打つこともできていたのかもしれない。

一九五七年夏、ステロフはグローブ・プレスまたはニュー・ダイレクションズがミラーの入手困難な諸作品のさわりの部分を収録した普及版を出版すべきだ、と彼女自身の見解をミラーに伝えた。ステロフはバーニー・ロセット（一九二二―二〇一二）によるグローブ・プレスの出版活動に注目していたようである。彼は一九五一年にグローブ・プレスを三千ドルで買い取り、しだいに注目すべき出版活動の気配をみせ始めていた。

バーニー・ロセットは、ユダヤ系の裕福な銀行幹部職員の父親とアイルランド系カトリック教徒の母親の一人息子としてシカゴで生まれた。子ども時代から好奇心が旺盛で、高校生のときに『なんにでも反対』(*Anti-Everything*)という新聞の共同編集者になった。一九四〇年九月、フィラデルフィアのスワースモア・カレッジに進学したが、文学作品の検閲制度がロセットのお気に入りの話題になった。入学してまもなく、ゴータム書店で『北回帰線』を入手できるという情報をえたが、だれの情報だったか記憶にないという。彼は一年次に『北回帰線』についてエッセイをまとめ、提出した。彼はこのレポートを後生大事に保持していたので、のちに『北回帰線』の出版に関する法廷闘争で有利になった、と『パリ・レヴュー』誌（第一四五号、一九九七年）に掲載されたインタヴューのなかで述べている。『北回帰線』に関するシカゴの裁判で検察官が「きみはヘンリー・ミラーを気にかけていない。金儲けのためにミラーの作品を出版しているにすぎない」と発言したので、ポケットから二十年以上前に書かれたレポートを取り出して、読み上げたという。

「これで大きく点を稼げた」とロセットは回顧している。

バーニー・ロセットが大学一年生のときに書いたエッセイのタイトルは、「ヘンリー・ミラー対〝われわれの生き方〟」である。「アメリカ文学」という学科目のレポートであり、提出日が一九四一年五月九日であった。「戦争の太鼓がとどろいている。兵士たちが行進している。戦争のメカニズムには潤滑油が補給されつつある」という書き出しであるから、レポートの書き手は第二次世界大戦の拡大に疑念を投げかけているようにもみえる。「偉大な演説者たち」は「われわれの生活を守らねばならない」と説いている。ロセットは平均的なアメリカ人の所得水準や生活様式を一瞥しつつ、国外離脱者としてのヘンリー・ミラーを一般のアメリカ人に対置させ、さらに『北回帰線』の他にエッセイ集『宇宙的眼』（一九三九）とジョージ・オーウエルのヘンリー・ミラー論『鯨の腹の中で』（一九四〇）から引用しながら書き進むが、ミラーの側に立てば、アメリカ人の生活や文明は批判の対象になる。前述の『パリ・レヴュー』誌のインタヴューでは、ロセットは『北回帰線』と『冷暖房装置の悪夢』（一九四五）を読んでレポートを纏めたと述べているが、こうした記憶違いが生じたのは、ロセットの意識にアメリカ批判の視点が強固に巣食っていたからだろう。レポートの評価は「Bマイナス」であり、担当教員のコメントは、「たぶん黄疸は宇宙的眼そのもののなかにあって、その眼が見る世界にあるのではない」である。レポートには反戦思想の萌芽もみられるので、担当教員はヘンリー・ミラーとバーニー・ロセットをコメントで切り捨てたのかもしれない。

『パリ・レヴュー』誌のインタヴューによると、ロセットはレポートを提出したころの自身の心情や行動について言及している。彼がスワースモア・カレッジの生活になじめなかったのは、周囲がすべてペンシルヴァニア人であり、反ユダヤ主義者でもあったからで、黒人はひとりもいなかったという。学内には社交クラブがあり、それが大嫌いで参加しなかったが、だれひとりとして参加してはどうかと誘わなかった。カレッジ生活は楽しいものではなかった。

『北回帰線』を読んだ後、わたしはメキシコへ行く決心をして、学校を出ていった。ミラーの作品の影響がきわめて強烈だったので、学期の途中に脱け出た。しかし、お金を使い果たしたのでメキシコにたどり着けなかった。フロリダまで行って、戻ってきた。四週間が経過していた。学校当局はわたしが行方不明であるとアメリカ政府に報告済みだった。わたしの家族もわたしの居場所を知らなかった。わたしは少々悲しい思いをしながら戻ってきた。スワースモアでは学科目を二つ失敗すると自動的に退学だったから、学部長のオフィスに出かけた。学部長は言った、「そうだね、こういうことを以前やったのはいない」——前例がなかった——「だからなかったふりをしよう！」しかし、判りきっている、わたしはうれしくなかった。やはり学部長が好きになれなかった。ちっともわたしの気持ちに変化が生じなかった。

やがてバーニー・ロセットは出版の世界に身を投じたのであるから、学生時代の彼の性向、思考、行動などから推せば、のちに彼がアメリカにおける『北回帰線』の出版に果敢に挑んだのは当然の帰結であったようにも思われる。『パリ・レヴュー』誌のインタヴューにおいて、『チャタレー夫人の恋人』に関心があったのは、「ヘンリー・ミラーの『北回帰線』を出版するのにどれほど役立つかという観点のおいてのみ」だと述べているから、ロセットはあくまでも戦略的に『チャタレー夫人の恋人』の出版を先行させたようにみえる。

一九五九年三月十九日発行の『ニューヨーク・タイムズ』に「D・H・ロレンスの小説ふたたび刊行の予定」という記事が載った。グローブ・プレスが無削除版の『チャタレー夫人の恋人』（一九二八）をアメリカ国内で出版する予定であるという内容であるが、いずれは『北回帰線』も同社から出版されるかもしれないという推測も記事に盛り込まれた。バーニー・ロセットは法廷闘争を予想し、弁護士団を擁しつつ出版の準備を進めていた。ロレンスの小説は同年四月早々に出版された。

六日後の三月二十五日に発行された『ニューヨーク・タイムズ』に、アンソニー・ルイスという記者の「合衆国はヘンリー・ミラーの小説の発禁を緩和」と題する記事が掲載された。合衆国関税局が『北回帰線』の輸入を例外的に承認した経緯を説明する内容である。市民権に関心をもつ社会学者クラーク・フォアマン（一九〇二―七七）が『北回帰線』を国内に持ち込もうとしたが押収されたので、関税局に異議を申し立て、研究上の目的であれば輸入できるという裁定を最終的には獲得したという。ミラーと懇意にしていたニュー・ダイレクションズの編集者ボブ・マクグレガーが『ニューヨーク・タイムズ』の切り抜きをミラーに急送した。記事を一読したミラーは、モーリス・ジロディアスにすかさず手紙を書き送った。「『北回帰線』（わずか一部）が最近アメリカの関税局によって、まじめな教授のために許可されました。いま広く世間の注目を集めていて、もうすぐドアが開かれるのを意味するのかもしれません。きみがこれらの作品の権利を所有していないのはなんと残念なことか！」という手紙を三月二十八日に落手したジロディアスは、その日のうちに返信を書き、グローブ・プレスのバーニー・ロセットが合衆国における『北回帰線』の版権を買い取ることに興味をもっているかもしれない、とミラーに手紙を書き送った。同じ日にジロディアスは、バーニー・ロセットに宛てて長文の手紙を書き送り、『北回帰線』と『南回帰線』は少し古臭いかもしれないが、とても良い作品であり、多大な影響力を秘めていて、「今後は古典であり続けるだろう」から、版権を取得してはどうかと薦めた。さらに『ニューヨーク・タイムズ』の記事に関連して、版権を取得しても、すぐに出版が可能になるわけではなく、数年以内に、場合によっては、数カ月以内には状況次第で出版が可能になるだろうから、ぜひとも版権取得を先行させるべきだ、と強く促した。

さらにジロディアスは、すぐに出版したいのであれば、策がないわけではないと以下のような案もバーニー・ロセットに示した。『北回帰線』と『南回帰線』を少々削除して一冊にまとめて出版し、同時に二冊の無削除版を一般の大衆には手の届かない価格で出版したらどうか、しかる後に通常の価格で無削除版を売り出したらよいだろう。フォアマン教授の一件で目先の利く出版社は動き出しているかもしれないから、早急に行動に移すべきだと率直に助言した。

ジロディアスは、父親ジャック・カハーンが死去してまもなくエディション・デュ・シェーヌを設立するや、主として美術書を出版し、事業が順調に推移していたが、レストランの経営などに乗り出し、そちらで躓き、資金繰りに窮したあげくに、大手の出版社アシェットに自身の出版社を一九五一年にやむなく譲渡した経緯を説明し、彼の名前を出さずにバーニー・ロセットが『北回帰線』などの版権取得についてアシェットと交渉したらよいだろう、ヘンリー・ミラーにも出版の意欲を示す手紙を出すべきであり、さらにパリにおけるミラーの出版代理人ミシェル・ホフマンにも連絡をとるのがよいだろうと助言した。しかしジロディアスは、アメリカにおけるミラー作品の版権取得についてははジェイムズ・ロクリンのニュー・ダイレクションズに優先権があたえられていることを知らなかった。

ジロディアスの手紙を一読したバーニー・ロセットは、すかさずミラーに電報を打った。電報の内容は、『北回帰線』と『南回帰線』の版権取得の見返りとして「一万ドルの前金」を支払いたいという提案である。この「一万ドルの前金」というのは、ジロディアスが手紙のなかで、「ぼくならば、一万ドルの前金を提案します。契約書にサインしたときに半額、それから遅くとも一年後に出版した段階で残りの半額を支払う」と述べているのをそのまま採用した結果であった。

「一万ドルの前金」は、当時のミラーにとって魅力的であったはずである。為替レートでは一ドルが三六〇円の時代であったから、三六〇万円の前金である。日本では大学卒の初任給が一万二千円から三千円ほどの時代であり、高田馬場から水道橋までの電車賃が十円であった。一九五〇年代のなかごろからミラーは、『セクサス』に登場する日本人トリ・タケクチのモデルであった横浜在住の結城酉三（一八八六―一九六〇）と文通を継続しながら、日本に数カ月間滞在する計画を立て、一カ月の生活費として二百ドルで足りるかどうかを手紙で質問したりした。ミラーがロセットの提案を了承すれば、訪日のための資金は一挙に解決できたはずであるが、ミラーはどのように反応したであろうか。

同年四月四日にミラーは、「あなたの電報に対してもっと早く返答しなかったことをお許しください」という文面で始まる手紙をバーニー・ロセットに書き送った。ミラーは数日後にヨーロッパに旅立つ準備を進めていて、その前に『ネクサス』を脱稿しなければならないが、絶え間ない訪問客に煩わされていると述べている。『北回帰線』をアメリカで出版しようとするいかなる試みも機は熟していないと思うが、出版代理人のミシェル・ホフマンの意見も聞く必要があるし、自分よりもよりよい見通しを持っているかもしれない友人たちの考えも探ってみたいとミラーは反応した。さらにミラーは財務省が自分の作品を解禁しても、出版と流通はまったく別の問題であり、なんらかの具体的な処置が講じられない段階では郵政長官がどういう態度を示すのかを知ることが重要であると考えていた。しかも、自分の作品のアメリカにおける版権は、契約によってニュー・ダイレクションズが優先的にオプションを行使できるから、なんら断定的なことは言えないが、出版の申し出を受けたことに感謝している、とミラーは応答した。要するに、ミラーは慎重な姿勢を示したのである。

同じ四月四日にミラーはニュー・ダイレクションズのジェイムズ・ロクリンにも手紙を書き、『北回帰線』のアメリカでの版権についてはロクリンの出版社が優先されるべきであって、機はまだ熟していないという判断を示した。そうこうするうちにバーニー・ロセットの手紙二通とグローブ・プレス版の『チャタレー夫人の恋人』が届いたので、ミラーは四月九日に二通目の手紙をロセットに書き送った。この手紙によれば、ミラーはパリの出版代理人やニュー・ダイレクションズからはまだ反応がないが、もうすぐ関係者にパリで会う予定であり、ジェイムズ・ロクリンにはパリに向かう前にマンハッタンで会って、彼の意見を聞くつもりでいたという。「今年の九月で『北回帰線』が世に出てから二十五年になるが、もうすぐ自分は死ぬだろう。正当な収入を得ないまま長年を生きてきたから、もう慣れている。ボールが転がらないうちに自分は死ななければならないが、あなたに改めて感謝の気持ちを表したい。ぼくの発禁処分の作品がこの国で自由に流通するにはまだ五十年から百年を要するかもしれません。しかし、ぼくの考えが間違っているのかもしれません」とミラーは書き綴った。

一九五九年四月、『ネクサス』の第一巻を脱稿したミラーは、妻子同伴で予定通りヨーロッパ旅行に出発し、八月に帰国した。ヨーロッパでは『北回帰線』などの売れ行きが良好で、多言語に通じる出版代理人ミシェル・ホフマンが五十四万フランを管理していた。五月早々にミラーはバーニー・ロセットに手紙を書き、アメリカで『北回帰線』が出版される場合には一語たりとも削除されるのを拒否するつもりでいると伝えた。同月五日、ロセットはミラーから届いた手紙の内容をジロディアスに伝えるために手紙を書いた。

四月七日、ジロディアスは長文の返信をロセットに書き送った。書き出しが「昨日はホフマンに、きょうミラーに会いました。きみが当地に到着するまでは、あまり進展しそうもないのは明らかですが、見込みはかなり有望です」となっていて、ロセットにパリに来るようにと促している。さらにジロディアスは『北回帰線』と『南回帰線』の版権取得についての困難と複雑さを延々と述べている。その趣意は、二つの作品の版権を取得するに際して予備知識もしくは情報を伝達することによってロセットが有利な立場を保持できるようにする意図をはらんでいる。ジロディアスのエディション・デュ・シェーヌの権利を取得した大手のアシェットとミラーの代理人ホフマンが『北回帰線』と『南回帰線』の権利について一九五二年ころに契約を結んだが、数カ月後に両者が署名済みの契約について口論するほどに奇妙なものであり、馬鹿げた条項を手紙で詳しく述べる気になれないと述べている。『北回帰線』と『南回帰線』がアメリカ合衆国で印刷されたら、アシェットは果実の三分の一を受け取ると主張していたから、ロセットの案件が進展することに意欲満々のはずである。「八年前に」、アシェットはジロディアスの会社を取得する際に五千万フランほどを投資したが、アシェットという企業がひどく硬直的であるために、会社のトップはこの取引を知らないし、アシェットの責任で『北回帰線』と『南回帰線』が印刷され、販売されていることさえ知らないでいるという。要するに、一九五〇年代に『北回帰線』や『南回帰線』がオベリスク・プレスの社名で出版されていたが、このオベリスク・プレスの出版活動をアシェットの最上層部が知らないでいるという趣旨である。アシェットの小グループがミラーの二つの作品を食い物にし、八年間も利益を出し続け、自分たちに給料を支給しているが、会社のトップに気づかれないかと怯えながら暮らしている。ジロディアスは手紙の余白にペンで小グループの名前を書き出している。会社のトップとして挙げられている人物の名前がロベール・ムニエ・デュ・ウーソワであるが、彼がまったく知らないにもかかわらず、彼の会社がミラーの二つの作品を出版し続けているのが明らかになれば、彼が攻撃されるだろう。この情報が重要であるのは、ロセットがアシェット側と交渉するときの相手の立場が弱いことであって、隠蔽されていることが暴露されるのであれば、交渉をやめて、現状のまま二つの作品で稼ぎ続けるだろう、とジロディアスは想像している。

さらにジロディアスはミシェル・ホフマンの立場をロセットに説明する。まずミラーはホフマンを信頼し、彼の同意がなければ何もしようとしない。しかし、ホフマンはミラーの名前で一九五二年にアシェット側と契約を成立させたときに、ひどい失敗をしたことを認識している。この契約によると、ミラーは『北回帰線』や『南回帰線』のみならず、アシェットが出版していない『セクサス』などの作品の翻訳権の四〇パーセントをアシェット側に支払うことになっていて、混乱極まりない状況である。ホフマンはアシェットとの契約をキャンセルして、合理的なものに変更したいと思っているが、その手だてが思いつかないでいる。ホフマンとアシェットの迷宮のような絡み合いをほどくのがロセットのなすべきことだ、とジロディアスは手紙のなかで強調した。

五月十二日、バーニー・ロセットはジロディアスに謝意を伝えつつ、ジロディアスの示唆は興味深いが、よく理解できないでいる、数日中に『チャタレー夫人の恋人』に関する訴訟で初めての審問があり出廷しなければならない、ミラーと契約を結び、一定の金額を払いたい旨などを手紙に書き、二十日にパリに向かう予定であることを知らせた。

五月下旬、ミラーはパリで二人の若い出版人と同席してランチをとり、長時間のお喋りを楽しんだ。ロセットは、『北回帰線』の出版二十五周年を記念して、『北回帰線』の豪華限定版を出版したい、アメリカでの版権がニュー・ダイレクションズに優先されているのであればジェイムズ・ロクリンと共同で刊行したいという構想を熱烈に提示した。これは当時としては大胆な構想であった。四月上旬に刊行された『チャタレー夫人の恋人』をめぐる裁判がすでに始まっていたが、まだ決着がついていなかったからである。ロセットの構想を知らされたロクリンは、裁判の結果を見守るという対応をミラーに示したが、七月二十一日に『チャタレー夫人の恋人』が猥褻ではないという判決が出ても、ロセットの案には乗らなかった。ロクリンは裁判沙汰が嫌いであった。彼は顧問弁護士の意見を尊重し、あくまでも慎重な姿勢を崩さなかったのである。

ヨーロッパに滞在中のミラーはロセットに宛てた手紙のなかで彼の提案についての意見を幾度も述べたが、要するに、機が熟していないという考えに終始していた。裁判沙汰になれば、多額の訴訟費用のせいで出版社の屋台骨が危うくなるかもしれないとひそかに危惧していた。

九月八日、『ニューヨーク・ポスト』紙に『北回帰線』の出版についての推測記事が載った。ユダヤ系のコラムニストであるレナード・ライアンズ（一九〇六―七六）の「ライアンズの狭苦しい書斎」という欄はかなり人気があった。ニューヨーカーたちの関心事についての噂話や短い推測記事で読者たちを引き寄せていた。「『チャタレー夫人の恋人』がいまや法律上の問題にならないので、『北回帰線』と『南回帰線』

がすぐに出版されるだろう。この二つの作品は、これまでフランスのみで売られてきたが、いまや著作権が消滅状態になっている。そうであるにもかかわらず、出版者たち（the publishers）はミラーにボーナスとして一万ドルの支払いを申し出た。著者がこれを断ったのは、出版されれば告発されるからであって、著者は訴訟事件の被告になりうるだろう」という推測記事に目を留めたバーニー・ロセットは、このコラムニストに「拝啓、ライアンズ様。当社はヘンリー・ミラーの作品に関する短い記事への反応には興味があるとお伝えします」と書き、同月十日にハガキを投函した。記事では「出版者たち」と複数になっているので、ロロセットは記事の切り抜きをミラーに急送した。同月十四日、ロセットはふたたびライアンズに手紙を書いた。「拝啓、ライアンズ様。きょうヘンリー・ミラーから受け取った手紙の一部分を同封します」という書き出しで始まり、「拝啓、バーニー・ロセット様。ライアンズがだれを念頭に思い浮かべたのか見当がつきません。きみ以外のだれからも前金もしくはボーナスの申し出を受けたこともありません。著作権消滅の件は心配しておりません。あの作品の海賊版を出そうとする者はだれでもひどいめにあうのです」という部分を抜書きしたロセットは、「それゆえに、『ニューヨーク・ポスト』に載った記事にはなんら根拠がないように思われます」とコラムニストに伝えた。

『北回帰線』の豪華版出版の構想は、この作品の二十五周年を記念する事業であったが、実現できなかった。バーニー・ロセットはミラーの許可を獲得するのが容易ではないと判断すると、『北回帰線』と『南回帰線』を出版する権利をグローブ・プレス以外の出版社に四年間は与えないという趣旨の、ミラーを束縛するオプションを提示し、二千五百ドルを支払いたいとミラーに迫った。ミラーはこの提案をあっさりと拒否し、彼自身のさまざまな懸念を説明しようと努めた。自分は『北回帰線』や『南回帰線』の内容のせいでさまざまな攻撃を受けることになり、逮捕されるかもしれない、合衆国の在郷軍人会の会員たちがタールの入っているバケツと羽根が詰まっている袋を持参して戸口に姿を現し、自分をリンチにかけるのではなかろうか——こうしたことは自由人からなるアメリカで実際に起きているではないか、とミラーはロセットに伝えた。しかし、ミラーは『北回帰線』などの出版がもたらす世間の好ましい注目のほうをはるかに恐れていた。カメラマンやしぶとい新聞記者、テレビなどのマスコミ関係者、サインをほしがる無数のファンや手紙が殺到するのではないかと心配した。すでにミラーは一日に三十通の手紙の返信を書く日もあったので、身辺の状況がいっそう悪化するだろうと思ったのである。すでにファンのビッグサー詣でをうんざりするほど経験していた。ミラーはジョヴァンニ・パピニの『失敗者』という自叙伝から『北回帰線』に引用した長文を日々思い起こしていた。引用文の書き出しは「猫も杓子もわたしに会いたがる」である。「出版の見返りに何を入手するだろうか?」とミラーは手紙のなかで自問した。金銭でないことは確実だ、とミラーは思った。エディション・デュ・シェーヌの権利を継承した出版社アシェットがアメリカで『北回帰線』などが出版されれば、アシェットの権利を主張するだろうという見通しを、ホフマンやジロディアスがすでにミラーに伝えていた。「アシェットが印税の四〇パーセントを要求し、パリの出版代理人のミシェル・ホフマンが一〇パーセント、税務署が残りの半分を取るだろう、運が良ければファンレターの返事を書く秘書や税務を担当してくれる会計士を雇えるだけのものが残るだろう」とミラーは考えた。『セクサス』や『プレクサス』を執筆していたころ、ミラーの近くに移り住んでいた友人エミール・ホワイトが無報酬でファンレターの返信を代筆する仕事を引き受けていた。『北回帰線』がアメリカで出版されるのを切望していたはずであったが、いざチャンスが到来すると、ミラーは尻込みして一歩も前に出ようとしなかった。

一九六〇年一月、バーニー・ロセットは空路サンフランシスコに到着し、ビッグサーを目指した。ミラーを説得しようとしたが、うまくいかなかった。一月十八日、ジロディアスに宛てた手紙のなかで、ミラーの妻はロセットの訪問に好ましい反応を示したが、近くに住むミラーの代弁者エミール・ホワイトは『北回帰線』や『南回帰線』の出版はミラーの生活を「生き地獄」にするだろう、舞い込む手紙も観光客も多すぎる、『性の世界』を出したらどうかと言っていた、とロセットは述べている。ロセットはジロディアスと相談しつつ、新たな条件をミラーに提示した。五万ドルを保証し、ミラーが署名すれば五万ドルのうちの一万ドルを支払うというオプションを提示した。オプションが契約に切り替わって契約書に署名すれば残額が支払われるという内容である。ミラーの作品は「半年後であれ十年後であれアメリカ合衆国で出版されるべき」であるとロセットは強調した。要するに、署名しさえすれば、すぐに一万ドルを入手できるが、『北回帰線』の刊行は先延ばしにできるという内容であった。ミラーは編集者ボブ・マクグレガーとジェイムズ・ロクリンにロセットの新たな提案を示し、意見や感想を求めた。ロクリンはボブと意見を交換し、「二人ともロセットのオファーがすばらしいものであるから、賛意を示すべきだと感じています」と一月下旬に返答した。「これはあなた以外のだれも下せない決定事項」であり、「海賊版を出そうとする試みがなければ、最終的な決定権はすべからくあなたの手中にあるのです」と、ロセットの提示する条件を受け入れるべきだという見解を暗に伝えた。「バーニーの弁護士たちは法廷で有利な判決を獲得できると確信しているにちがいない」という判断も示した。ボブはすでに前年の四月に、ある弁護士からニューヨークの出版社が『北回帰線』の海賊版を出そうとする動きをみせているという情報をつかんだが、社名が明らかにされないので真偽を確認するすべがなく単なる噂話としてミラーに伝えていた。ニュー・ダイレクションズはロレンス・ダレル編の作品集『ザ・ベスト・オブ・ヘンリー・ミラー』(一九五九)を刊行しつつ、『北回帰線』の海賊版の噂を脳裏の片隅にとどめながら、ロセットの版権を取得しようとする意欲を興味深く見守っていた。ロクリンはロセットの出版人としての度胸を称賛していた。

同年二月、ミラーはバーニー・ロセットに「『北回帰線』、『南回帰線』、ぼくのその他の発禁の作品がアメリカで日の目をみないであろうというもっともな根拠があるのです」という書き出しの断り状を送り、コピーをパリのミシェル・ホフマンやボブ・マクグレガーに発送した。『チャタレー夫人の恋人』の裁判ではうまくいっても、『北回帰線』や『南回帰線』ではそうならないという思いが強く、ロセットが刑務所送りになれば、無一文になるだろう、とミラーは思っていた。一九四〇年にジェイムズ・ブラッセルが『北回帰線』を出版して連邦刑務所に二年間も放り込まれ、ミラーは忸怩たる思いを味わったことがあった。

同年三月にミラーは五月上旬に開催されるカンヌ国際映画祭の審査員を委嘱された。映画好きのミラーは、旅費が主催者持ちであったので快諾した。日本に出かけるつもりで航空券の予約までしていたが、キャンセルしてカンヌから日本を目指すつもりになった。が、四月に結城西三が病没したために、この計画は実現せずに終わった。カンヌに滞在しているときミラーは妻イーヴから離婚したい旨の手紙を受け取った。ほぼ同じ時期にミラーの作品をドイツ国内で出版していたレーディヒ・ローヴォルトに初めて出会った。ミラーが出版人や彼の伝記を書こうとする人たちを初対面で好きになることはなかったが、ローヴォルトだけは例外であって、ミラーは彼を兄弟であるかのように感じたと述べている。しかし、それは彼の秘書レナート・ゲルハルトにミラーが恋愛感情を抱いたことと無関係ではなかったかもしれない。のちにローヴォルトはロセットの『北回帰線』の版権獲得についてロセットを後押しした。

夏に帰国したミラーは、ふたたび九月にヨーロッパ旅行を企画し、すぐに実行に移した。ミラーに同行したのがヴィンセント・バージであった。彼は『北回帰線』を一読して熱烈なファンになった男であり、ヨーロッパを旅行するときに車の運転手になるという条件で同行を許された。彼は数カ国語に通じており、便利屋、秘書の役割をこなした。

レーディヒ・ローヴォルトの出版社はハンブルクに所在し、彼はミラーを歓待した。ミラーがピンポンをするのが好きであることを知ると、オフィスにピンポン台を搬入し、社員にミラーが望んだときにピンポンの相手をするようにと指示した。みずからもミラーとピンポンに興じた。ミラーにベンツを自由に使用してもらったし、ハンブルクの市内見物の案内はレナート・ゲルハルトに依頼した。やがてミラーとレナートは結婚することに同意し、ミラーのヨーロッパ旅行はレナートと彼女の二人の子どもたちとビッグサーにいるはずの自分の子どもたちが暮らせるような快適な家を探すためということになった。

ジロディアスは『北回帰線』の版権取得についてロセットに協力しながら、オリンピア・プレスから世に送ったウィリアム・バローズ作『裸のランチ』（一九五九）の権利をロセットに譲渡しようと必死になり、一九五九年の暮れまでにロセットは三千ドルの前金と最初の一万部以後の発行部数について一七・五パーセントの印税を支払うことに同意していた。印税は三分の一がジロディアスに、三分の二がバローズに分割されることになっていたので、さらにアメリカ合衆国で法的な問題が生じても著者に責任がおよばない条項も含まれていたので、ジロディアスは『裸のランチ』をすみやかにグローブ・プレスから出版するようにとロセットをせっついた。ジロディアスのオリンピア・プレスが倒産の危機にさらされていた。しかし、ロセットは『北回帰線』の出版を先行させる方針を崩さなかったし、ミラーは『北回帰線』の出版に同意せず、一九六〇年の暮れを迎えた。ロセットは『裸のランチ』をミラーに送り、感想を求めた。ミラーは、「彼の文章には、ぼくの意見では、セリーヌだけが匹敵しうる凶暴なものがひそんでいます。ぼくの知るどの作家よりも言語を大胆に利用しています」と反応した。ジロディアスは、予想される『北回帰線』にまつわる法廷闘争でロセットが負ければ、『裸のランチ』をグローブ・プレスから出せなくなるのではなかろうか、なんとかバローズの作品を先行できないものかと思いつつ、『北回帰線』の版権の行方に神経をとがらせていた。ロセットは一万部の『裸のランチ』を刷り上げたが、『北回帰線』の出版を優先させるために『裸のランチ』を倉庫に搬入して保管したのである。

一九六一年一月下旬、ジロディアスはローヴォルトとともに『北回帰線』をアメリカで出版すべきだとミラーを説得していた。ようやくミラーがその気になってきた。二月八日に、ジロディアスがロセットに以下の電報を打った。「ミラーハハンブルクニ二、三週間ノ予定デ滞在。イツ来訪サレルカ連絡サレタシ。モーリス」。すかさずロセットはミラーに電報を打った。ミラーの連絡先はレーディヒ・ローヴォルトのオフィスであった。ニューヨークの某出版社が『北回帰線』の海賊版を出す準備を進めているという情報がようやくロセットの耳に届き、ミラーに電報で連絡をとったのであった。海賊版を出版できるという根拠は、『北回帰線』がアメリカ合衆国の法律によって保護されないという解釈から生じていた。情報源は不明であるが、およそ二年前にニュー・ダイレクションズが真偽不明の情報として把握していたから、ロクリンあるいは編集者ボブ・マクグレガーがロセットに助け舟を出したのかもしれない。海賊版がアメリカで出回ればミラーに五万ドルを保証するのは不可能であり、すみやかに出版の許可を得たいとミラーに迫った。かねてより『北回帰線』と『南回帰線』のアメリカ合衆国での出版は不可避の運命にあるというロセットの主張に押され気味だったミラーは、出版に同意すべき時期が到来したのではないかと思い始めた。レナート・ゲルハルトと結婚してヨーロッパに永住するつもりでいたミラーは相応の資金を必要としていた。アメリカにいれば逮捕されて刑務所送りになるかもしれないと六十九歳のミラーは思うこともあった。この件でミラーから意見を求められたレーディヒ・ローヴォルトはロセットに電報を打ち、ハンブルグに早急に来るようにと促した。二月十四日、ジロディアスは「ハンブルクニテ幸運ヲ。ワガ珠玉の書（APPLE OF MY EYE）。モーリス」という電文をロセットに打った。四日後の二月十八日、ロセットはニューヨークから空路でハンブルクに到着した。同じ日にパリから出版代理人ミシェル・ホフマンが呼び寄せられた。ロセットはミラーとピンポンに興じてから、市内のアトランティック・ホテルで契約の手続きに入った。ロセットはミラーに五回の分割払いで五万ドルを保証し、一九六一年二月十八日（契約日）に一万ドル、一九六二年と六三年の二月十八日に一万五千ドル、一九六四年二月十八日に一万ドルを支払うことを約束した。さらに訴訟が起こされても出版社が費用を負担し、著者が出廷しなくてもよいように配慮されたのでミラーは満足した。この保証金の取り分は、フランスの出版社アシェットが四〇パーセント、ミシェル・ホフマンが一〇パーセント、ミラーが五〇パーセントであった。アメリカ合衆国における『北回帰線』出版の見込みはすぐにニュースになった。一週間も経過しないのにレナード・ライアンズが『ニューヨーク・ポスト』紙の「ライアンズの狭苦しい書斎」というコラム欄に、「この国で『チャタレー夫人の恋人』を出版したグローブ・プレスがヘンリー・ミラーの『北回帰線』でふたたび検閲官たちと戦うことになるだろう」という推測記事を載せた。

契約に漕ぎつけるまでにおよそ一年十カ月を要したロセットは、『北回帰線』の出版に向けて猛然と作業を開始した。ミラーはレナート・ゲルハルトと一緒に暮らすための家を探そうとヨーロッパ旅行を再開したが、『北回帰線』が出版されても理想的な家を見つけることができなかった。フランスの出版社アシェットが権利を保有するオベリスク・プレスの『北回帰線』の最終版が一九六一年三月十五日に刊行された。

『北回帰線』を出版するグローブ・プレス

ハンブルクでヘンリー・ミラーが『北回帰線』の出版に同意し、署名してから三日後の、一九六一年二月二十一日に、バーニー・ロセットの右腕ともくされる編集者フレッド・ジョーダンが二通の手紙を書いて投函した。ミネソタ州ミネアポリス在住のエドワード・シュワーツ宛ての手紙と、UCLAのライブラリアン、ローレンス・クラーク・パウエル（一九〇六―二〇〇一）宛ての手紙である。ユダヤ系のシュワーツは一九五七年にヘンリー・ミラー文芸協会を立ち上げ、その翌年からニューズレターを発行していた。パウエルはフランスのディジョン大学に留学していた一九三〇年代前半にディジョンでミラーを知ったことが縁で、『北回帰線』を含む原稿や膨大な手紙を彼が館長を務めるUCLAの図書館に預けてもらっていた。

フレッド・ジョーダンはシュワーツ宛ての手紙の第一パラグラフにおいて、バーニー・ロセットがミラーに会って、『北回帰線』などをアメリカで出版することに同意する契約書に署名してもらって帰国したことを記した。第二パラグラフにおいて、「作業を推進するための最善の方法は、出版の直前まで計画を世間に公表せずに、反対運動が早急に組織化されるのを防ぐこと」であると思われるので、手紙の内容は「内密に」してほしいと述べている。さらに第三、第四パラグラフにおいて、出版の準備を進めるために必要な資料を収集する必要があり、従来の「引用、書評、意見および批評」などを確保したいのでニューズレターやその他の資料を提供してもらえまいかと協力を依頼している。ローレンス・クラーク・パウエル宛ての手紙も協力を求める内容になっていて、資料閲覧の許可が得られれば、社員を派遣して調査する、場合によっては資料をコピーすることも許可してほしいと述べている。

同年三月、「ミラーと文通した人びとから選ばれた、『北回帰線』、『南回帰線』を支持すると思われる友人たちのリスト」が作成された。選ばれた友人たちは七十四名におよぶ。グローブ・プレスは、かつてオベリスク・プレスがそうであったように、著名人による簡潔な推薦の辞をリーフレットに刷り込むつもりでいた。しかし、アンドレ・ブルトンの手紙には『北回帰線』を絶賛する措辞はなかったし、批評家でありアメリカ文学史の領域で著名なヴァン・ウィック・ブルックの手紙やアメリカ文学界に絶大な影響力を保持するマルカム・カウリーの手紙にも『北回帰線』を宣伝するための適切なコメントが見当たらなかったようである。T・S・エリオットについて言えば、『北回帰線』の第二版（一九三五年）の表紙にエズラ・パウンドと並んで効果的なキャッチ・フレーズが並んでいたので協力を得たい候補者であったが、UCLAの図書館に保存されているエリオットの手紙を一読したグローブ・プレスの担当者は、「一九五〇年にT・S・エリオットはヘンリー・ミラーに背を向けたようだ」と判断した。しかし、エリオットは文学界の大物であったから、広報担当部長のフィリス・ベローズは新たなコメントについて打診の手紙を出した。アンジェラ・マイルズというエリオットの秘書からの三月三十日付けの返信は、「拝啓　ベローズ様、エリオット氏はイギリスに戻って、三月三日のあなたの手紙を読みました。ヘンリー・ミラー作『北回帰線』を読んでから多くの歳月が経過しており、いずれにせよ、英国と合衆国では状況が異なるので、彼はあなたの側に立って何が可能で望ましいかを判断する立場にない、とあなたにお伝えするようにと申しております。敬具」という文面であった。フェリス・ベローズは、エリオットに問い合わせたのはアメリカにおける『北回帰線』の出版が望ましいかどうかではなく、文学作品としての質についての意見であったが、エリオットが多忙で、時間が制約されていることはよく理解している、とさらに手紙を書き送った。エズラ・パウンドは第二次大戦後、ムッソリーニを支持していたという理由で「反逆罪」に問われ、精神障害とみなされたあげくに、一九四六年から五八年までワシントンD・Cの病院に収監されていた。グローブ・プレスが動き始めたときはイタリアに移動しており、パウンドにかつての知的活動を期待するのは無理であった。

しかしながら、七十四名からなる「友人たちのリスト」の作成によって、ひとつの成果を得られたように思われる。ネブラスカ大学の教授であった詩人カール・シャピロ（一九一三―二〇〇〇）は、一九五〇年代にミラーと文通を継続し、一九六〇年になるとパリで発行されていた文芸雑誌『二都市』*Two Cities* に「現存の、最も偉大な作家」と題するヘンリー・ミラー論を発表した。グローブ・プレスはカール・シャピロに連絡すべきだと判断した。グローブ・プレスはアナイス・ニンの「序文」の前に、長文の「現存の、最も偉大な作家」を『北回帰線』の「序論」として位置づけることによって、オベリスク・プレス版『北回帰線』との違いを鮮明にしたのである。

カール・シャピロがミラーを支持していたのは、シャピロが文学作品の検閲制度に反対していたことと関連しているように思われる。しかし、エッセイ「現存の、最も偉大な作家」において、シャピロは『北回帰線』だけではなく、ミラーの諸作品から多くの文章を引用し、かなり冗長であるために、なぜミラーが「現存の、最も偉大な作家」であるのかは読者には判然としない。のちにシャピロは『パリ・レヴュー』誌（第九十九号、一九八六年）において、記者から「あなたはミラーを、ペニスをもつガンジーとみなしていたが、いまもそう思っていますか」と質問されると、この問いかけには否定的な反応を示しつつ、ミラーが「予言者、多弁のひと」であり、「ウォルト・ホイットマンの二十世紀における生まれ変わり」であると言い切っている。シャピロ自身はホイットマンがアメリカ文学の最高峰であると思いつつも、アメリカにおけるホイットマンの評価の歴史に不満をおぼえていた。ミラーを「現存の、最も偉大な作家」であるとみなすシャピロの言説は、ホイットマンを意識したものである。

一九六一年三月三日に、著名な文学者たちや七十四名の「リスト」から選択された友人たちに書評の引用許可や、ミラーについてのコメントを求める手紙が発送された。宛先はヘミングウェイ、フォークナー、ノーマン・メイラー、カール・シャピロ、T・S・エリオット、ケイ・ボイル、ジェイムズ・ジョーンズ、W・H・オーデン、ロレンス・ダレル、ナボコフ、ソーントン・ワイルダー、アーサー・ミラー、エリック・ベントレー、レオン・エデル、アーチボルド・マクレイシュ、マルカム・カウリー、マレイ・ケプトン、ホレイス・グレゴリー、アルフレッド・ケイジン、ハリー・T・ムーア、レオン・エデル、マリアンヌ・ムーア、ジャック・バーゼン、ハロルド・ローゼンバーグ、ロバート・フロストなどである。その後も断続的に著名人にコメントを求める手紙が発送された。三月二十三日、エドマンド・ウィルソンにも書評の引用許可とコメントを求める手紙を出した。ヘンリー・ミラーの作品を読んだことがないという反応には『北回帰線』のゲラ刷りを送ってもよいだろうか、と打診の手紙を送った。

ヘミングウェイとフォークナーからは反応がなかった。三月十三日にノーマン・メイラーは、「世界大戦の初めのころに『北回帰線』を読むことができたわれわれのかなり多くの者にとって、『陽はまた昇る』や無削除版『チャタレー夫人の恋人』と同じくらいに重要な作品であったと思います」と回答した。戯曲『わが町』（一九三八）で知られるソーントン・ワイルダー（一八九七―一九七五）からは「旅行中であり、ミラーを読んだことがない」という返事が舞い込んだ。「旅行中に分厚なゲラを読み通すのは困難ですから、出版されたら一部お届けします。余暇にお読みいただければ幸いです」とフィリス・ベローズはワイルダーに返信を書いた。三月十日、ロサンジェルス在住のイギリス人作家オルダス・ハクスリー（一八九六―一九六三）はフィリス・ベローズに以下の手書きの手紙を書いた。「拝啓　ベローズ様、『北回帰線』を読んでから、とても長い歳月が経過しているので、あの作品をコメントする資格がないように感じております し、あいにく小生は自分の作品に関連して読むべきものがあまりにも多く、さらに（積年の視覚障害のおかげで）視力があまりないので、この作品あるいは小生の作品の領域の枠を越えたいかなる書物の再読も引き受けることができません。草々。オルダス・ハクスリー」。三月二十二日、フィリス・ベローズは「拝啓　ハクスリー様、『北回帰線』についてのわたしの手紙に返信を書く時間を割いていただき、心底より感謝いたします。あなたの日々の活動の枠外のきわめて多数の人びとが同じようなサービスを求めてあなたを訪問しているることを想像できます。この機会に、ずっと以前に、『北回帰線』を一読してわたしはエル・グレコのいかなる作品もなしえないほどに呑み込まれてしまったと感じています、というあなたのコメントを読んだときにとても愉快に思ったことをお伝えします。あれはみごとなコメントです。お手紙をいただき重ねてお礼申し上げます。敬具」と謝意を表明した。しかし、ハクスリーは同年秋に帰国したミラーとロサンジェルスでミラーに会う機会があり、翌年（ハクスリーの没年の一年前）になると、ローレンス・クラーク・パウエルに要請されて、「ロサンジェルス公判のための声明」を書いて『北回帰線』を擁護した。パウエルが証人として出廷したのである。

三月二十二日、『アメリカ小説における愛と死』（一九六〇）などの著作で知られるユダヤ系の文芸批評家レスリー・フィードラー（一九一三―二〇〇三）は以下の手紙を書いた。「拝啓　ベローズ様、『北回帰線』

に関してあなたのためにひとこと言えればとてもうれしいでしょう。わたしはいまヘンリー・ミラーの問題と格闘し、最近わたしが考え続けてきたことどものいくつかを、たとえ短期間であろうと中断すべきかと思います。しかし、あの作品を改めて一読したいので、ゲラ刷りを入手できるのであれば、すみやかに送ってくださるようお願いします」。ゲラ刷りは四月早々にレスリー・フィードラーに宛てて発送された。が、『北回帰線』についてのフィードラーのコメントはグローブ・プレスに送られなかったようである。フィードラーのミラーについての見解は、『アメリカ小説の愛と死』の続編にあたる『終りを待ちながら』（一九六四）に組み込まれた。四月四日にジョン・ドス・パソスはフィリス・ベローに短い手紙を書き送った。判読しにくい字面であるが、おおむね以下のように読める。「拝啓　ベローズ様、一揃いのゲラ刷りを送ってください。『北回帰線』について肚を決めるために再読しなければならないでしょう。われわれは『北回帰線』を『サテュリコン』のような作品——好ましい猥褻文学という狭い領域の作品——とみなすことができるかもしれません。わたしは肚を決めておりません。心底より率直に打ち明けると、絶対に必要であるという理由で、あのような作品をこうして出版するというのはまったくうんざりします。草々。ジョン・ドス・パソス」。フィリス・ベローはすぐにゲラ刷りを密封小包にしてジョン・ドス・パソスに宛てて発送した。しかし、『マンハッタン乗換駅』（一九二五）の作者からコメントを寄せられても、グローブ・プレスの編集者たちは『北回帰線』を宣伝するためのキャッチ・フレーズとして採用できなかっただろう。

編集者たちは寄せられたコメントや収集した情報を取捨選択し、絞り込んでいった。六月になると、三五一ページ、定価七ドル五十セントの『北回帰線』を宣伝するリーフレットが作成された。「文学界は長きにわたって『北回帰線』を傑作として歓迎してきた。T・S・エリオット、エズラ・パウンド、ジョージ・オーウェル、エドマンド・ウィルソン、ロレンス・ダレル、ノーマン・カズンズ、ハーバート・リードおよび多くの現代を代表する作家たちが『北回帰線』を現代アメリカの古典として評価してきた。しかし、ヘンリー・ミラーのもっとも重要な、多くの識者たちの意見では最良の作品が彼自身の故国で出版されるのに二十七年を要したのである」という宣伝文のあとに、ロレンス・ダレル、ハーバート・リード、カール・シャピロ、詩人ジョン・チャーディ（一九一六―八六）、ノーマン・カズンズ（一九一五―九〇）、詩人ホレイス・グレゴリー（一八九八―一九八二）のコメントが続いている。

ロレンス・ダレルのコメントは、「わたしにとって、『北回帰線』は『白鯨』に並び立つ。今日のアメリカ文学はミラーがなしとげたことの意味をもって始まり、そして終わる。『北回帰線』を読めば、ルソー以後のヨーロッパ文学がいかにお話にならぬほどロマンティックになってしまったかを理解できる。ミラーの作品にはあらゆる情熱がみられ、情熱を包んでいるロマンティックなものが剥奪されている。『北回帰線』は禁欲的衝撃による作品ではなかった。自分自身に対する誠実さが、芸術に許されている主題の範囲を囲んでいる狭い領域を征服してしまったひとの作品であった」という文章であって、二番目の一文を除くと、ダレルのミラー論「幸福な岩」（一九四五）のここかしこを繋ぎあわせたものである。編集者たちの手が入っているコメントなのかもしれない。

ハーバート・リードのコメントは、「現代文学へのもっとも意義深い貢献のひとつ」と簡潔そのものであり、カール・シャピロのそれは、グローブ・プレス版『北回帰線』の序論「現存の、最も偉大な作家」の冒頭から採られている。ジョン・チャーディの「『北回帰線』が重要な芸術作品であるのは疑いの余地がない」という短いコメントは、彼が一九六一年三月十一日にグローブ・プレスに宛てて書き送った返信の一節である。原爆被災の女性たちの救済で活躍したジャーナリストとして知られるノーマン・カズンズが三月十七日にグローブ・プレスのフィリス・ベローズに書き送った手紙の一部分がコメントとして採用された。「ヘンリー・ミラーのアメリカ版『北回帰線』の出版計画を推進してこられた勇気と鑑識力に対してわたしの祝意をお伝えします。ヘンリー・ミラーは香辛料であると同時に滋養物であります。歳月の経過とともにミラーの出し物はかつてほどにはひどく奇抜なものではありません。われわれがミラーに向かって成長しているのかもしれません。いずれにせよ、われわれの祝祭への帰還を祝うことができるのです。『北回帰線』は、ミラーが現代アメリカ文学の光彩を放つ人びとのひとりであるように、二十世紀のかずかずの注目すべき作品のひとつです」。ホレイス・グレゴリーのコメントは、三月二十日に書かれた手紙の一部分と同じである。「十五年ぶりに『北回帰線』を再読しながら、わたしはハクルベリー・フィンのことを考えていました――この作品はパリのハック・フィン、生きている二十世紀の、ハック自身と同じようにユニークな、ハック・フィンなのです」。

リーフレットの裏には、『ニューヨークタイムズ・ブックレヴュー』（一九六一年六月十八日発行）の七番目のコラムに掲載された、ハリー・T・ムーア（一九〇八―八一）の「カウンターの下から正面の書架へ」と題する書評が印刷されている。書評のタイトルは、『北回帰線』がパリから密輸入されてきたので、カウンターの下から読者にこっそりと手渡されていたが、いまや書店の目立つ書架に収まっているというほどの意味になる。書評にはオベリスク・プレス版『北回帰線』（初版）のカバーの写真とアメリカ一周旅行中に撮影されたミラーの写真が載っている。ともあれ、六月二十日ころには宣伝用のチラシが作成されたことになるだろう。

吹き荒れる『北回帰線』旋風

出版の準備は順調に進捗したようである。『北回帰線』を店頭に置いてくれる書店にアピールする必要があった、バーニー・ロセットは五月十五日に書籍販売業者たちに以下の出版案内を発送した。秘密裡に進められてきた作業が一転して公然と挑戦的になった。

謹啓　書籍販売業者各位

一九六一年六月二十四日に小社は定評のある現代文学の傑作――ヘンリー・ミラー作『北回帰線』の最初のアメリカ版を刊行する運びとなりました。二年前に『チャタレー夫人の恋人』を世に送り出して以来、多くの書籍販売業者からミラーの『北回帰線』と『南回帰線』を刊行するようにと促されてきました。小社は、数千名の作家、批評家、書籍販売業者、読者とともに、『北回帰線』を今世紀の偉大な古典として称賛してまいりました。そしてミラー氏が小社をこの作品のアメリカの出版社として選んでくれたことを大いに誇らしく思います。

小社の到来しつつある『北回帰線』の刊行は、小社が法廷にて『チャタレー夫人の恋人』について戦って、ブライアント判事の歴史的判決を勝ち取ったときの書籍販売業者の皆様がたの断固たる支持によってこそ可能になったのであります。二年前の訴訟と判決は、アメリカの公衆の成熟と知性があの法律のいくつかの制約的概念を時代遅れにしてしまったことをきっぱりと明らかにしました。

ミラーの『北回帰線』は、もちろん、世界じゅうに周知され、敬意を払われております。小社は、アメリカおよび世界の文学の注目すべき作品がミラー氏の生国の読者にとって公然と入手可能になる事実に大いに満足しております。

謹白

バーニー・ロセット

追伸　『パブリシャーズ・ウィクリー』誌にアナウンスメントが掲載されて以来、小社は最善の努力を傾注したにもかかわらず、注文の殺到で困惑しております。したがって、この書籍をつねにストックするのが困難になるかもしれません。注文の冊数を削減する必要が生じた場合、公正であることの観点からそうせざるを得ないことをご理解いただきたく存じます。

発売日が六月二十四日であるのに、モーリス・ジロディアスがロセットに宛てた五月二十七日付けの手紙の書き出しが、「『北回帰線』をいま落手しました。おめでとう」となっている。発売日の二日前にロセットが書籍販売業者に発送した手紙によると、「第一刷、三万部、完売。第二刷、二万部、完売。第三刷、二万部、完売。第四刷、三万部、販売中。第五刷、三万部、印刷発注済み。発売日の二日前の販売部数、七万六千部」であり、六月末までの印刷部数が十三万部の予定であるから、書籍販売業者の注文にすみやかに応じることができるという内容になっている。さらに「ヘンリー・ミラーの居場所について小社が受け取った多くの問い合わせにお答えし、興味ある情報を追加します。ヘンリー・ミラーはいまヨーロッパを旅行中であり、新聞記者、偏執狂および好意を寄せる人びとを巧みに避けています。ミラーが自身の功罪に応じた長い(六対一の割合で好ましい)書評と『北回帰線』の商業的成功を享受しているのは明らかです」という文章で締め括られている。第一刷の三万部は五月二十五日までに売り切れた。

売上げが発売日前に順調に伸びていたのは、書籍販売業者(booksellers)のおかげであった。書籍販売業者というのは書店経営者だけでなく、会社組織のブック・クラブ(book clubs)を包摂する措辞である。グローブ・プレスは四月から六月にかけて三つのブック・クラブと契約した。マンハッタンに所在するリーダーズ・サブスクリプション(Readers' Subscription)というブック・クラブは三万部を印刷し、会員に発送する権利を取得した。この権利を賦与することでグローブ・プレスは書籍が会員に配布されて三十日以内に、一部につき五十セント、一万五千ドルの支払いを受けることになっていて、会員価格は「六ドル五十セント以下」の取り決めであった。マーボロ・ブック・クラブ（Marboro Book Club）のリーフレットによると、会員は市販価格七ドル五十セントの『北回帰線』を会員価格四ドル九十五セントで購入することができた。「現代文学へのもっとも意義深い貢献のひとつ」というハーバート・リードのコメントを大見出しに書評やコメントが続くリーフレットがやや奇妙な申込用紙とともに会員に送付された。『北回帰線』を発送しないようにとブック・クラブに指示する申込用紙が返送されなければ自動的に当該の書籍が発送される仕組みになっていた。このブック・クラブは七月二十四日までに四千ドル、配布されてから三十日以内に六千ドルをグローブ・プレスに支払う取り決めになっていた。もうひとつのブック・クラブの名称はミッド・センチュリー（Mid-Century）であった。

発売日以後も売れ行きは順調に伸びていった。十月三十日付けのアルフレッド・ペルレスに宛てた手紙において、ミラーは二百万部のペーパーバックが印刷されたことを伝え、「『北回帰線』がホットケーキのように売れている」と述べた。ペーパーバック版の定価は九十五セントであった。年末までにハードカバーを含めて百万部を超えるベストセラーになった。海外では一九六一年に台湾でグローブ・プレスの『北回帰線』の海賊版が第二刷まで印刷された。

九月二十六日、ロセットは書籍販売業者たちに緊急の要請状を発送しなければならなかった。「ヘンリー・ミラーを無視して」、ある出版社が許可を得ないで『北回帰線』のペーパーバック版の出版の準備を進めていて、それを阻止するためにグローブ・プレスがペーパー版を近日中に刊行しようとしている内容になっている。グローブ・プレスが著者から『北回帰線』の出版を許可された唯一の出版社であり、前払い金や印税を著者に支払っていることを強調した。「もぐりのペーパーバックが『北回帰線』のために積み重ねてきたグローブ・プレスの努力に便乗して無料で乗っかろうとしているのは明らかであります」とロセットは訴えて、グローブ・プレスのペーパーバックを注文して、店頭に展示してほしいと要請した。

ブック・クラブは『北回帰線』を店頭に置いたのではなく、郵送したのであるから、まず郵政省が反応したようである。モーリス・ジロディアスに宛てた六月九日付の手紙において、ロセットは「いまワシントンD・Cから電話を受けとり、郵政省は職権により小社が郵便で『北回帰線』を配布するのを禁止すると通告してきました。十日以内に聴聞会が行われるかもしれないと言われました。しかし、販売は継続されることになりましょう。出荷はトラックと急行列車で行われます。草々」と簡潔に状況を伝えている。六月十五日、郵政省は『北回帰線』について四日間の郵送禁止なるものを無効にしており、聴聞会が開催された形跡はみられない。当時のグローブ・プレスは『北回帰線』に関してニューズレターを発行していた。店頭で発売されてから一カ月後に、「『北回帰線』ボストンにて禁止」と題する「緊急公表」が印刷された。第一パラグラフから第三パラグラフまでを以下に引く。

七月二十四日　『北回帰線』が本日、ボストンで禁止された。

上位裁判所のドナルド・マッコーレイ判事がマサチューセッツ州全域に『北回帰線』の販売、配布、輸入、貸出に反対するという暫定の判決を下した。彼の動きは、この作品は禁止されるべきだという、マサチューセッツ猥褻文学管理委員会から先週出された勧告を受け取ったエドワード・マコーマック検事総長の要請に応じたものである。

マッコーレイ判事は当該作品を「猥褻であり、下品にして不純である」とみなした。きょう下された彼の命令は、マサチューセッツ州での『北回帰線』の販売を差し止めると同時に、法廷での裁判を未決定にしている。『北回帰線』を販売しているのが明らかな書籍販売業者、この作品を回覧している図書館、この作品を州内に輸入したり貸し出したりする者はだれであれこの命令のもとで訴追手続きを免れない。

こうした状況が現出すると、グローブ・プレスの代理人である弁護士エフライム・ロンドンは、すかさず「当方は暫定的な命令を無効にする手続きをとる予定である」と発言し、「聴聞会もしくは出版者が意見を申し立てる機会がないままにこのような命令を発するのは、当方の意見では不当であり、基本的な権利の否定に相当する」という立場を示した。バーニー・ロセットはこうした動きは予想することができたし、マッコーレイ判事の法廷であろうと、さらに上位の法廷であってもグローブ・プレスは勝利を目指すことになるだろうと発言することによって、法廷闘争の構えをみせた。

『北回帰線』の郵送や取得に対する合衆国とそれぞれの州の当初の対応は、まちまちであったようである。グローブ・プレスが八月十日に印刷した「合衆国政府、『北回帰線』の訴訟を取り下げる」と題する「緊急公表」の第一パラグラフと第二パラグラフを以下に引く。

ニューヨーク、八月十日　本日、合衆国政府は二十七年のあいだ合衆国からヘンリー・ミラーの『北回帰線』を締め出してきた税関当局の禁止令を解除した。

今日の決定は、司法長官のオフィスからアナウンスされ、政府が当該作品とその続編『南回帰線』の猥褻性についてのすべての告訴の撤回を決定したことを明らかにした。政府の発表によれば、二冊の書籍に関する訴訟を取り下げる決定は、当該書籍が法的意味において「猥褻にあらず」という司法省の勧告を根拠としていた。

「緊急公表」の記述によれば、この声明の背景として、前年（一九六〇年）十月にドロシー・アパムという画家がヨーロッパから持ち込んだヘンリー・ミラーの二冊の書籍が合衆国の税関に差し押さえられ、画家が告訴された一件を政府が却下しているというのであった。この告訴はニューヨーク市の東地域の裁判所で係争中であったが、政府は判決が決まらないうちにピリオドを打ったという意味になる。六月十五日に郵政省が『北回帰線』についての四日間の郵送禁止を解除したのは、裁判所の判決を待っているドロシー・アパムの一件を顧慮しての政府の決定であり、郵送禁止の解除を永続させようとするものであったという。バーニー・ロセットは、「本日の政府の決定は、『北回帰線』、『南回帰線』、その他のミラーの作品に対する連邦政府の検閲の脅威を取り除くうえでの決定的な一歩であり、検閲の大いなる停止を意味する」と言明した。

『北回帰線』をめぐる状況は多くの州において一進一退していたが、グローブ・プレスの「緊急公表」の発行は散発的であった。『北回帰線』をめぐる事件が頻発し、出版社は新聞の切り抜きを意欲的に集めていたようである。シラキュース大学のバード・ライブラリーに所蔵されている、グローブ・プレスに関する資料のなかに五つの大きな段ボールの箱があり、『北回帰線』についての記事の切り抜きが収められている。

八月十六日（水曜）に発行された『ダラス・ニューズ』紙に「警察、『北回帰線』を猥褻に分類」と題する見出しがあり、「販売禁止」の小見出しがみられる。記事の書き出しは、「火曜、ダラスの書店は論争の対象になっている『北回帰線』の販売の中止を命令された」となっていて、テキサス州の新しい「反猥褻法」に基づいて、刑事たちが『北回帰線』が猥褻かどうかの判断をしている内容になっている。翌日（木曜）発行の『ダラス・タイムズ・ヘラルド』紙に、「出版社、『北回帰線』禁止に対抗する闘争に支援の用意」という見出しが載った。ダラス市内のニューズランドという書店は販売禁止の通達にもかかわらず、木曜の午前になっても『北回帰線』の販売を継続しているという書き出しである。次のパラグラフによると、グローブ・プレスのバーニー・ロセットが木曜、ニューヨークから新聞社に電話をかけ、彼の会社は「ダラスで販売禁止に抵抗している書店を支援する用意がある。が、テキサスの反猥褻法が新しいものなので、どのように施行されているのか判らない。明らかなことであるが、だれかが断固たる姿勢を示し、出版社側が何らかの行動を起こす前に警察当局から手続きを進められる必要がある」と述べたという。さらにロセットは新聞社に、マサチューセッツ州では『北回帰線』販売禁止の差し止め命令が出ているが、九月に予定されている裁判所の公聴会が差し止め命令を永続させなければ、『北回帰線』を販売している同州の書店は起訴されないだろう、と補足説明をした。

『ダラス・タイムズ・ヘラルド』紙の記事によれば、ダラス市内のある書店は水曜の午前に『北回帰線』を販売していたが、弁護士の助言で午後から販売を中止したという。ダラス市で『北回帰線』を販売し続けている唯一の書店ニューズスタンドのマネージャーは、「水曜日に三十分でストックされていた『北回帰線』が売り切れた。車に跳び乗って新たな積荷を受け取り、いま販売中である」と言明したが、サンアントニオに所在するニューズスタンドの本店が警察から警告された場合にどのように対応をとるのかは不明であった。こうした状況に対して、バーニー・ロセットはすかさず書店を支援する姿勢を示したことになるだろう。

十月十一日付けの『ベーカーズフィールド・カリフォーニアン』紙に、「LA、『北回帰線』に新たな攻撃を開始」と題する見出しが載っている。AP通信発の記事の冒頭は、「便所の匂いがする文学——ヘンリー・ミラーの論争を呼ぶ小説『北回帰線』についてロサンジェルスの代理人ロジャー・アーニバーグはこう決めつけた」となっている。代理人が『北回帰線』というベスト・セラーを販売したハリウッドの書店経営者ブラッドリー・R・スミスを告訴し、猥褻な文学作品を販売するのが軽罪にあたるというカリフォルニア州の新しい法律を検証する裁判が開始されることになっている。ブラッドリー・R・スミスは十月二十四日に裁判所に出頭し、彼が新法に違反したという告訴に対して抗弁しなければならないが、裁判所は、当該作品が猥褻であるかどうか、当該作品が欠点を補う社会的重要性を備えていて、法律の指定する内容にあたるかどうか、被告が当該作品が猥褻であると知りつつ、販売したかどうかの三点を決定しなければならなかった。代理人は『北回帰線』には文学的価値が皆無であり、「世界の文化にいささかも寄与しない」とこき下ろしているが、新聞記事は当該作品が傑作であり、文体はラブレー、チョーサー、ボッカチオのそれに比肩し、これらの作家たちはかつて猥褻であるとみられていたが、のちに文豪にもくされるようになったとする批評家もいると報じている。

十二月二十一日に発行されたインディアナ州の『ベッドフォード・タイムズ・メール』紙に、「小説の販売で有罪宣告」と題する短い見出しが載っている。メリーランド州ロックヴィル在住のサミュエル・ユドキンという書店経営者が『北回帰線』の販売を根拠とされる告訴で六カ月間の監禁を宣告されたという。ユドキンはメリーランド州の猥褻法を侵犯したことで有罪になったが、上訴を通告し、五千ドルの公債証書を預けて釈放された。

一九六二年になっても『北回帰線』の販売について告訴が途切れなく続いていた。一月、グローブ・プレスの推計によれば、『北回帰線』の出荷部数の七五パーセントが返送されてきた。それぞれの地域社会のキャンペーンや警察当局の脅しのせいであった。グローブ・プレスが負担した訴訟関係の費用は十万ドルに達していた。三月二十三日発行の『シラキュース・ヘラルド・ジャーナル』紙に「教授たちが『北回帰線』関連の逮捕を批判、市長に声明文を送付」という見出しが載っている。シラキュース大学英語科がダウンタウンの書店の三名の従業員の逮捕と二百部の『北回帰線』の没収を「大衆に純文学の作品を提供する著者と書籍販売人の権利を否定するもの」として抗議したという内容である。「昨夜、英語科の四一名が署名し、シラキュース市長に抗議した」が、声明文は必ずしも大学の立場を表明しているものではなく、英語科の見解をアピールしているという。グローブ・プレスの弁護士グループの代表チャールズ・レンバーによれば、シラキュース市内の逮捕はニューヨーク州における『北回帰線』の猥褻の問題に関しての最初の試訴（判決が先例として他の類似の事件にも影響をおよぼすもの）になるとの見通しを述べている。

四月九日に発行された、インディアナ州ラッシュヴィルの『リパブリカン』紙に「『北回帰線』、大学を混乱させる」という見出しが載っている。「テネシー州ナッシュヴィル（AP通信社発）、ラジオ局WMAKがヴァンダービルト大学の英語科に電話をかけ、論争の対象になっている『北回帰線』の適合性についてコメントを求めた。わたしはその本を読んでいません、と男性の声が反応した。その本は癌に関するものであるから、医学部に問い合わせたらよいでしょう」。同じ日にインディアナ州インディアナポリスで発行されていた『ニューズ』紙にも同じ趣旨の記事が載っている。翌年の春、インディアナポリスでは『北回帰線』を販売した神学生が起訴されて話題になった。

一九六二年七月にセントルイスで創刊された月刊誌『フォーカス／ミッドウェスト』に、「六十件の訴訟を抱える書物」と題する短い囲み記事が掲載された。「ミズーリ大学のフリーダム・インフォメーション・センターはおよそ六十件の『北回帰線』訴訟事件に関する判決の記録を開始していると報告した。これまでの判決は、まったくのリベラル派から堅苦しいものまで、判事や陪審員と同じように多様である」とあり、州によってまちまちの判決が出ていたようである。ハワイ州を含めてほとんどの州で『北回帰線』の猥褻性と販売に関して裁判所で争われていた。

『北回帰線』の猥褻性と販売禁止をめぐる一連の法廷闘争の帰趨を決定したのは、一九六二年二月二十一日にイリノイ州クック郡の上位裁判所においてサミュエル・B・エプスタイン判事が出した判決であったと思われる。原告は、『北回帰線』を購入すると予想されている読者たち、作者、出版社を訴訟参加人としており、シカゴ市の警察部長および近郊自治体の警察署長が『北回帰線』の販売に干渉するのを禁止すべきだと主張する。被告は、『北回帰線』が猥褻であり、イリノイ州の法令およびシカゴ市や近郊自治体の法令に違反するという根拠に基づき当該作品の販売に干渉する権利を保持しようとする。

判決は、「基本的な疑問」として、『北回帰線』が猥褻であるのか、どうかであるとする。猥褻であれば、合衆国憲法修正第一条（議会が宗教・言論・集会・請願などに干渉することを禁じた条項）などの保護を享受しないことになる。「猥褻」という語の定義は連邦政府や州政府の法廷で検討され、修正されてきたことを指摘したうえで、過去十年間の最高裁における判決を延々とたどり、吟味していく。さらに『北回帰線』の梗概と著名な文学者と文芸批評家の評価・見解や著名な雑誌に掲載された評言などを羅列し、『北回帰線』が猥褻にあらずという結論を示している。ノーベル文学賞を受賞したT・S・エリオットがかつて『北回帰線』を絶賛したことまで持ち出している。バーニー・ロセットがこの判決のなかでとりわけ感銘を受けた箇所はどこか？　それは判決文の終わりから三つ目のパラグラフであり、以下に示す。「言論と出版の自由に対する憲法上の権利は、法廷によって極端に用心深く保護されるべきである。言論と出版の自由に付随して、読む自由（the freedom to read）もある。自由に発言する権利は、読む自由が制限され、あるいは否定されれば、無益な特権になる」。

サミュエル・B・エプスタイン判事による判決が出ると、グローブ・プレスはすかさず判決を支持する声明文を作成し、著名人の署名を集めるプロジェクトを立ち上げた。判決が出てから六日後の二月二十七日に、バーニー・ロセットは、批評家アルフレッド・ケイジン（一九一五—九八）に、三月九日に詩人E・E・カミングズ（一八九四—一九六二）に、三月十三日に黒人作家ジェイムズ・ボールドウィン（一九二四—八七）に手紙と声明文を発送した。カミングズ宛ての手紙を以下に引く。

カミングズ様

拝啓

わたしはこの国を席巻している現在の強硬な書籍排斥運動を終結させようとあなたの支援を求めて手紙を書いています。

ご存知のように、小社は過去六カ月のあいだ検閲に対抗する戦いに挑んでおります。シカゴにおけるエプスタイン判事の判決をもって、この戦いは新たな希望に満ちた局面に差しかかったように思われます。

これを書いている現在、アメリカの過半数の州において『北回帰線』の配布は効果的に禁止されています。小社はそれぞれの地域社会で逮捕された書籍販売業者を守ると約束してきましたが、いまでも合衆国全域でおよそ六十件の刑事事件が係争中であります。『北回帰線』の訴訟事件は現代における文学作品の検閲の最大の事例へと拡大し、その結果はアメリカの出版界の将来にとって決定的な重要性をもつだろうと思われます。〔……〕

エプスタイン判事の判決は、反検閲の気運にとって勢力盛り返しの契機となるものを提供しうるでありましょう。判決の抜粋をいくつか同封します。多くの点において、『チャタレー夫人の恋人』の訴訟事件においてのブライアン判事の有名な判決をはるかに越えています。エプスタイン判事の裁定は、処理の難しかった特異な訴訟事件よりもはるかに重要な意義をはらんでいます。なぜなら、裁定が憲法上の問題に関して明解な見解を示しているからです。それゆえに彼の判決は、この国の文学界や出版界の全体にとって勝利であります。

いまこそ文学界と出版界がこの問題に関して声を上げる時であるとわたしは信じます。エプスタイン判事の裁決を支持する声明によって、この国の第一線に立つ作家たち、批評家たち、出版社たちによって署名されるならば、この目的が達成されるでありましょう。

軌道に乗せるために、小社は『北回帰線』を守ろうと支援してくださった人びとの助言のおかげで、このような声明文を起草しました。声明文を二部同封いたします。趣意に賛同していただける場合、一部に署名していただき、同封の返送用封筒にて送り返していただければ、あなたは反検閲の戦いを測りがたいほどに支援されることになります。文学界と出版界の数百の人びとが声明文に署名されますと、検閲制度の運動家たちに対抗する世論を喚起する際に説得力のある武器になるでしょう。

この声明に署名する意向がありそうな人びとのお名前をお知らせいただければありがたく思います。

あなたの持続的な支援に感謝いたします。

敬具

健康を害していたカミングズが手紙と声明文に反応を示した形跡は出てこない。声明文の題名は「読む自由を支持する声明」であり、エプスタイン判事の裁決を支持する内容であって、署名集めは一九六二年二月から五月ころにかけてグローブ・プレスのプロジェクトとして遂行された。三月二十三日までに三八二名の作家、批評家、ジャーナリスト、編集者、大学教授などに手紙と声明文が発送され、著名人の署名が寄せられ始めていた。

フォークナーからの反応は得られなかった。ジョン・スタインベック（一九〇二―六八）の場合は、エリザベス・R・オーティスという代理人から三月二十二日付けの返信が送られてきた。「拝啓　ロセット様、スタインベック氏宛てのお手紙が代理人のわたしのデスクに届きました。スタインベック氏はあなたのお手紙に興味を示すだろうと確信いたします。しかし、彼は数カ月間も海外に出かけていて、実際にはこの種のことを扱うことができかねています。草々」。スタインベックは一九五〇年代末には日本でも次のノーベル文学賞の候補者であると推測する向きもいたが、一九六二年度のノーベル文学賞を受賞し、ひときわ注目されることになった。

コロンビア大学で日本文学を講じていたドナルド・キーン（一九二二―　）にも手紙と声明文が発送されたが、なんらの反応もなかった。『風と共に去りぬ』（一九三六）の作者も『ライ麦畑でつかまえて』（一九五一）の作者も反応しなかった。反応がなかったのは婉曲に断ったからだと推測されるが、『孤独な群衆』（一九五〇）で一世を風靡した社会学者ディヴィッド・リースマン（一九〇九―二〇〇二）は、四月九日に丁寧な断り状を書き送った。リースマンは「過去において市民的自由や言論の自由に相当の努力を傾注していた」ことを自認しつつ、「近年では軍備縮小や外交政策の問題に専念してきた結果、いかなる声明文にも署名せず、この分野以外のいかなる問題にもかかわらないことにしています。わたしは自分の時間、活力、署名の価値を守るためにそうするしかないのです」と述べて、「読む自由を支持する声明文」に署名するのにふさわしい編集者たちやハーヴァード大学の同僚たちの名前を挙げて推薦した。四月十二日、『セールスマンの死』の作者として有名なアーサー・ミラー（一九一五―二〇〇五）はバーニー・ロセットに以下の短い手紙を書き送った。「拝啓　バーニー・ロセット様、検閲の声明文をソール・ベローに送ってはどうですか？　それからウィリアム・フォークナー、ジーン・スタッフォード、ユードラ・ウェルティ、そのほかもっと多くの作家たちに。米国芸術院には大いに役に立つリストがあると思います。実際には、この件ではあなたに合流するようにと彼らにアプローチすべきであるように思われます。草々」。アーサー・ミラーは署名集めの働きかけ先として作家の数が少ないと感じていたようである。事実、グローブ・プレスが声明文を発送する宛先はジャーナリズムや出版社の関係者に偏っているきらいがあった。ユードラ・ウェルティやキャサリン・アン・ポーターには声明文を送付済みであったが、反応がなかった。

ともあれ、三五一名の署名が集まったところで声明文を、グローブ・プレスが発行している隔月刊行の文芸誌『エヴァーグリーン・レヴュー』第二十五号（一九六二年七月、八月号）に掲載した。出版社、雑誌、新聞社、大学出版局と記者や編集者たちの名前が目立つ。署名のなかから作家の名前を以下に拾ってみよう。ソール・ベロー、アースキン・コールドウェル、トルーマン・カポーティ、カースン・マッカラーズ、バーナード・マラマッド、フィリップ・ロス、アーウィン・ショー、ロバート・ペン・ウォレン、ウィリアム・スタイロン、ジャック・ケルアック、ジョセフ・ヘラー、ジェイムズ・ジョーンズ、ノーマン・メイラーなどである。

『エヴァーグリーン・レヴュー』第二十五号が発行されたときに、茶番のような判決が出た。『北回帰線』の著者の出身地であるブルックリンの裁判所は、一九三三年にバーニー・ロセットとヘンリー・ミラーがパリで共謀して猥褻な作品を出版しようと準備していたとして、逮捕状の請求を認めたのであった。当時のバーニー・ロセットは十二歳であった。ミラーはこれを知り、友人宅に逃げ込んだ。秋にヨーロッパに向けて出発するときにニューヨークで逮捕されるのではないかと心配した。

イリノイ州クック郡の上位裁判所の裁決でミラーにとって幸運だったのは、著名で辣腕の、シカゴの弁護士エルマー・ガーツ（一九〇六―二〇〇〇）がグローブ・プレスに加勢したことである。この弁護士は文学作品に理解力を示す人物で、ミラー作品を読み進んでいた。二月二十一日に判決が出ると、エルマー・ガーツはカリフォルニアのパシフィック・パリセーズに居住するミラーに以下の電報を打った。「ドンナモンダ。ワレワレハ勝利シタ。エルマー・ガーツ」。同日のミラーの返電は、「オメデトウ。マッタクオミゴト。キミ以外ノダレニモデキナカッタダロウ。ヘンリー・ミラー」。

堅苦しい裁決が多かったのは行政上の処理の問題として扱われる傾向があったからであるが、エプスタイン判事は『北回帰線』を合衆国憲法修正第一条の適用除外にしないという司法上の裁決を貫いた。しかし、シカゴとその周辺は、アイルランド系カトリック教徒の勢力が強く、保守的であり、エプスタイン判事の裁決に反撃することが予測された。クック郡に強力な地盤をもつシカゴ市長リチャード・デイリー（一九〇二—七六）はアイルランド系カトリックの政治家であったが、『北回帰線』を一読して衝撃を受け、徹底的調査を命じた。『シカゴ・トリビューン』紙は、ベストセラーのリストから『北回帰線』を消去して市長の方針に応じた。シカゴ市内や近郊の警察は書店から『北回帰線』を締め出し、書店経営者をおじけさせ、店員を逮捕する事例も生じた。こうした経緯のあとの裁決であったから、カトリック系の地域社会から突き上げられたデイリー市長は、シカゴ市の検察官に上訴するようにと指示した。いっぽうにおいて、前年十月にカリフォルニアでブラッドリー・R・スミスという書店経営者が『北回帰線』を販売した件で告訴されたが、軽罪にあたるという判決が出た。書店経営者は上訴する意思があり、上訴を扱うためにロサンジェルスの弁護士スタンリー・フレイシュマンとグローブ・プレスのあいだで雇用関係が維持されていた。グローブ・プレスは二つの上訴が合衆国最高裁判所にいたるコースをたどるかもしれないとみていた。ここでいうグローブ・プレスは、社長のバーニー・ロセット、弁護士グループの代表であり、のちに『猥褻の終焉』（一九六八）を執筆したチャールズ・レンバーおよびエルマー・ガーツの三名である。

『エヴァーグリーン・レヴュー』第二十五号が発行されてからおよそ二年後の一九六四年六月十八日に、エルマー・ガーツはミラーに以下の電報を打った。「イリノイ最高裁ハ判事エプスタインヲ棄却。協議後ニワレワレハ直チニ合衆国最高裁ニ事件移送命令（CERTIORATI）ヲ申請スルコトニ決定。ロセット、レンバートワタシハ絶エズ話シアッテイル。月曜ニューヨークニ滞在。意見続ク。エルマー・ガーツ」。翌日にエルマー・ガーツがミラーに宛てた手紙によれば、三人組は意気消沈しておらず、「合衆国最高裁に赴く機会を歓迎」していた。「もしわれわれが勝てなければ、言論の自由は少なくとも三十年は後退するだろう。残念だが、きみは実験台のモルモットにならねばならないが、そうなれば、たぶん、われわれもそうなるのです」と、必ずしも展望が開けていないと述べている。さらにエプスタイン判事は現地では非難の対象になっているが、よく耐えている、彼と頻繁に意見を交換したが、疑いなく自分たちの味方である、という内容が続いている。この手紙の言外の意味は、「事件移送命令」、いわゆる下位裁判所への差し戻しが実現すれば、勝利するだろうという趣旨になる。それから数日後に、オハイオ州では『北回帰線』の販売により逮捕され、有罪になった人物が上訴していたが、憲法修正第一条の適用によって、僅差で裁決が逆転する事件が起きた。つまり、合衆国最高裁による差し戻しが実現すれば、『北回帰線』の猥褻性と販売禁止という難問はほとんど自動的に解決に向かう状況になっていたのである。ほどなく合衆国最高裁による「事件移送命令」がイリノイ最高裁に対して発令された。

『北回帰線』旋風が吹き荒れるさなかにあって、ミラーはサンタモニカのパシフィック・パリセージに所在するプール付きの邸宅を購入し、ビッグサーを離れた。彼は銀行口座を保持し、節税対策を学ぶようになった。一九六七年、ホキ徳田と結婚したミラーはパリに向けて新婚旅行の途についた。ドゴール空港に降り立ったミラー夫妻は、「予言者、予言者」と歓呼の声が上がってくるのを耳にした。二人はホテルに向かって一目散に逃げていった。世界中からポルノ作家のレッテルを貼られていたミラーは、新たな毀誉褒貶《きよほうへん》の渦のなかに投げ込まれていたのではあるまいか。

Ⅶ 1940年以降　日本上陸

日本における『北回帰線』の紹介と翻訳、細入藤太郎、篠田一士、大久保康雄、生田耕作

陸川博の調査によれば、ヘンリー・ミラーを日本に紹介した最初の人物が細入藤太郎（一九一一―一九三）である。立教大学英文学会編『英米文学』（第二十号、一九四〇年五月発行）所収の、細入による長文のエッセイ「最近のアメリカ文學展望」は、当時のアメリカ文学界を俯瞰した最前線の文章であり、ヘンリー・ミラーについて言及している。サブタイトル「私の忘れないように書いた一九三〇年代アメリカ文學」から推察されるように、細入は留学によって吸収したアメリカ文学の動向を、一九三〇年代に限定し、かなり詳細に紹介している。

「最近のアメリカ文學展望」の冒頭は、「一九三〇年代もおしつまった三九年の夏のある日、私はロンドンの劇場街で知られているシャフツベリー・アヴェニューをピカデリー・サーカスから東に向かって劇場の看板を見ながら歩いていた。英国劇団の中心地とも云うべきこの通りを観て、これらの看板の背後に潜んだ成人したアメリカ文学のすがたを認めずにはおれなかった」という文章で始まる。細入藤太郎は、ロンドンに

進出したアメリカ演劇の盛況に着目し、アメリカ人の俳優が出演しているのは，夏季のアメリカ人観光客を呼び込もうとしているからだと観察している。

細入藤太郎によれば、「トマス・ウルフが一九三〇年代の群小作家にぬきんでた」存在であり、彼の作品が自伝的であると指摘したうえで、次のように述べている。

元来、自伝というものは老大家がおのれの若き時代の教育再検討してみようという希望から起るものであるが、三〇年代の自伝は大学生か何年か外国で特派員をしていたものか、詩が書けなくなった詩人やパリのドーム（アメリカ文筆家の巣、アメリカ文人にして英米文壇に知られているものに私の友人ヘンリー・ミラー及びアナイス・ニンがいる）を捨ててアメリカに戻ったものか、スターリン及びその一派過激分子と喧嘩別れをしたもの等々の言いわけに書かれたものである。

細入藤太郎は「私の友人ヘンリー・ミラー及びアナイス・ニン」としるしているが、確認される限りにおいて、これが日本人によるミラーについての最初の言及である。細入はロンドンから大陸に足を伸ばし、パリにおもむいたが、ミラーは六月にはフランスを離れ、ギリシアに向かったのですれ違いに終わった。細入は十一月までにボストンにもどっていた。「最近のアメリカ文學展望」の末尾に「昭和十五年一月　記」とあり、戦雲急を告げる世界情勢を考えれば、帰国を急いでいたはずである。帰国後の細入は、ただちに「最近のアメリカ文學展望」の執筆に向かったようである。

細入藤太郎著『アメリカ文学史』（培風館、一九六〇）等の巻末に記されている著者の略歴はおおむね次のようになる。横浜市生まれの細入は、一九三六年に立教大学英文学科を卒業すると、ミネソタ州のカールトン大学に留学した。一九三八年に同大学を卒業すると、ハーヴァード大学大学院に進み、アメリカ文化、文学の研究に従事した。一九四〇年、立教大学講師に就任し、晩年までアメリカ文学を講じた。この略歴から推測されるように、ヘンリー・ミラーやアナイス・ニンの名前を知ったのは、ハーヴァード大学大学院に在学していた時期においてである。「最近のアメリカ文學展望」以後の細入はミラーを紹介する短文を書くことがあっても、「私の友人ヘンリー・ミラー」というような書き方をしていない。これは細入のちょっとした勇み足であったが、ミラーに対して親近感を抱いていたのであろうか。『本の手帖』(ヘンリー・ミラー特集、一九六六年八月号)に寄稿した「ハムレットとクールの世界」と題するエッセイのなかで、細入はミラーについての情報を得た経緯を織り込んでいる。一九三九年六月、細入がヨーロッパに出かけようとしたら、ハーヴァードのジョン・メストン(一九一四―七九)という学友から、「きみがパリに行ったら、ドームを訪ねてほしい。その辺に出入りしている男にきけばわかると思うが、おもしろい本を二、三冊書いたヘンリー・ミラーというアメリカ人がいる。生活に困っているから晩飯でもおごってやってくれないか、よろこぶよ。そうそう、もしミラーに会えなかったら、アナイス・ニンを探したらいい。彼女は、あそこには知っているものも多いし、ミラーの友人でもあるからね。彼女もかわった小説を書いているよ」と言われたという。ジョン・メストンは大学生のときに熱烈なファン・レターをミラーに書き送るほどの、当時の熱烈なファンのひとりであったが、一九五〇年代中ごろからテレビ番組で人気を博した西部劇の火付け役として活躍した人物であり、西部劇『ガンスモーク』(一九五五―七五)の作者として名前を残した。細入がドームに出かけたころ、ミラーはギリシアのコルフ島で休暇を楽しんでいた。細入はパリで『北回帰線』、『南回帰線』、『黒い春』を買い求め、読まずにそのまま日本に発送した。

細入のエッセイの冒頭を以下に引く。

戦争が勃発して身の置き場がなく、わたしは、ドイツの都市、ニュールンベルク、ベルリン、ハンブルグなどを急ぎ足で通り過ぎて、北へ向かい、デンマークの首都コペンハーゲンにたどり着いたのは、一九三九年九月のことであった。〔……〕このとき、正確には九月十五日にコペンハーゲンのコンゲンス・ニトロフの百貨店でミラーの著書三冊とヘア・トニックを買った。

細入藤太郎はパリで入手したにもかかわらず、北欧の都市でふたたびミラーの主要作品を買い求めた。「この日はじめて、『北回帰線』を通読した。いつ出るともわからぬ帰国の船便を待つ海外旅行者、いわば戦争避難民でもあるわたしが、このときミラーに共鳴したのも偶然ではない。この日から二日後、九月十七日にわたしは、『黒い春』を読んだ」と綴っている。つまり。九月十五日に細入は、『北回帰線』を読了したことになるだろう。彼は日記に『黒い春』の読後感を書き残した。「前半は、ミラーの伝記的世界が詳しく描かれ、フランスの息のかかかったスラム街が出ている。後半は酒によって書いたように散漫なところと、意識の流れもて遊びと、偶然をねらう天才性の野心が、いたずら気味に、無意味に思われることばを並べてわたしを困らせる」。さらに細入は、短編集『マックスと白血球菌』（一九三八）や難解な書簡集『ハムレット』（一九三九）も入手したが、ヨーロッパのどこの都市であったのか失念したと述べている。

細入藤太郎から『北回帰線』（初版）を借りて耽読したのが篠田一士（一九二七―八九）であった。篠田は旧制松江高校を経て、一九四八年に東京大学英文科に入学し、五一年に卒業したが、そのころまでにヘンリー・ミラーの存在に気づいた。篠田のエッセイ「ヘンリー・ミラーの文学」（『文藝』一九六三年六月号）の書き出しが、「ミラーはいきなり向こうからやってきて、ぼくを叩きのめすようなことをしなかった」となっていて、小林秀雄のランボーとの衝撃的出会いについての一節を読者に思い起こさせる文章になっている。篠田によれば、ミラーによる衝撃の予兆がいろいろあったという。「大学を卒業するころ、ぼくはシリル・コノリーという批評家の存在を知り、彼の『不安な墓場』という、批評とも、小説とも、散文詩ともつかない一種得体の知れないもの」に、「身も魂も奪われて、こういうものを一冊書ければ、わが身はどうなってもいい」と思うほどであったが、「このコノリーがなにかというと。ミラーの名前を持ちだしていたので、これは只者ではないぞと、ぼくなりに覚悟を決めていた」という。

さらに篠田は、「当時イギリスからやってきたG・S・フレイザーがときたま教壇に立ったが、ある日、イギリス小説の現状を語りながら、ヘンリー・ミラーの『冷暖房装置の悪夢』なんかは、その辺にごろごろしている駄小説よりずっと小説的な面白さがあるといったことが妙に記憶にのこっている」と述べている。G・S・フレイザー(一九一五—八〇)が来日した翌年、つまり篠田が東大を卒業した一九五一年(昭和二十六年)に、研究社からフレイザーの *The Modern Writer and His World* が出版されたが、その翌年に訳書『現代の英文學』が同社から出版され、版を重ねた。この本のなかでフレイザーは、ジョイスやロレンスの代表作に言及したあとで、「読む価値のある印刷不可能な書物」というエズラ・パウンドの評言を引きながら『北回帰線』を日本人に紹介している。

篠田一士によれば、ミラーの「予兆はいくらでもあったが、実物はどこにも見当たらなかったし、第一、ミラーのなんたるかを筋道たてて教えてくれるようなひとも、また文章もなかった」が、たまたまアルフレッド・ケイジンの現代アメリカ文学史に関する著作を手に取ったら、フォークナーやトマス・ウルフと並んで論じられているのを知り、ケイジンに敬意を表する気になったという。「こんな状態が一、二年つづいたあとで」、つまり東大を卒業してから、「やっとミラーとの対面をとりもってくださったのが西川正身先生だった。なにかのはずみでミラーの名を口にしたら、先生はきみミラーを読んだかね、意地悪そうな微笑を口元に浮かべてたずねられた」。好奇心に駆られて、「いや、読んでいません。読みたくてしょうがないんです」と、篠田が意気込んで返答すると、東大教授の西川正身(一九〇四—八八)はすぐに名刺を取り出し、

「細入藤太郎さんに紹介状を書いてくださった」という。

「陶酔と惑乱」のうちに篠田は『北回帰線』を読み始めた。「そこにはどこの国の人間とも知れないような人間がつぎつぎと現れるかと思うと、まもなく姿を消してゆき、ぼくの知らないパリの街や河岸の風物が目もあざやかに描きだされ、ときには、ミラーの名前を不必要に全世界の男女に喧伝したエロティックな情景がくりひろがれる」。のちに篠田は、エッセイ「フランス経由」（「ヘンリー・ミラー月報〈九〉」、新潮社、一九六七）において、パリのオリンピア・プレスから『北回帰線』などの主要作品を取り寄せたことに言及し、以下のように書いた。「その前に『北回帰線』だけは細入藤太郎さんに御無理言って、秘蔵の初版本を拝借して読み、さらに、なにか矢も楯もたまらないような気持ちになって百枚ばかり試訳をしてみたことがあったから、書き出しのところは、実によくおぼえていた」。篠田が『北回帰線』の試訳（訳稿は現存しない）を試みたのは、大学を卒業して一、二年後のことであるから、一九五二年か五三年春ころであろうか。後述するように、ちょうど同じころにフランス文学者の生田耕作も『北回帰線』の翻訳に取り組んでいた。「フランス経由」において篠田は、「あの頃フランス語でしか読めなかったミラーの『ランボー論』の英語版がアメリカで出版され、ビート・ブームの乱痴気騒ぎのなかで彼が聖者のように祭りあげられるようになると、もうぼくにはミラーに見向きもしなくなった」と述べているから、彼のミラーへの傾倒は一九五〇年代前半のことであった。ミラーから離れた篠田は東京都立大学で英米文学を講じながら、世界文学へと視野を広げ、世界文学全集の編集に情熱を注ぐようになった。

茨城県出身の大久保康雄（一九〇五―八七）は、慶応大学を卒業後、戦前から英米小説の翻訳に手を染め、『風と共に去りぬ』などを含む驚嘆すべき厖大な訳業を残した。次から次へと翻訳小説が量産されるので「大久保工場」と称されることもあった。昭和二十年代には翻訳家志望の青年たちが弟子入りし、下訳を担当して修行していたという巷説もある。日本ヘンリー・ミラー協会の第二代会長であった飛田茂雄（一九二七—二〇〇二）も大久保邸に出入りしていたとかで、時おり「大久保先生」と敬称つきで話題にすることもあった。一九六〇年代のヘンリー・ミラー全集（新潮社）など、戦後の日本では大久保康雄と飛田茂雄を中心とする翻訳者たちによってミラー作品の紹介が推進された。

多くの作家たちの作品を訳出した大久保にとって、ミラーは特別な存在であったらしく、大久保康雄編『ヘンリー・ミラー』（早川書房、一九八〇）があり、欧米の研究者や批評家の論文を大久保と飛田が中心となって訳出している。この編著の冒頭を飾るのが、大久保の「解説　ヘンリー・ミラー研究について」と題する序文である。この序文の最終パラグラフにおいて、大久保は「ミラー文学の本質を論じた研究者があまりにも少ない」状況に言及し、それは作品の入手が困難であったことが一因であったと指摘している。さらに大久保は、「そろそろ啓蒙や解説の域を越えた、深みのある研究が生まれてよいころ」であって、「十年くらい前からようやくその曙光がゆっくりとではあるが見えはじめている」と述べて、翻訳・紹介の時代から研究の時代への推移を確認しようとしている。

大久保康雄が所有していた『北回帰線』は、「上海版」（一九三九年刊行）という珍しい海賊版（表紙にBOOK LOVERS CLUBと表記されている）であった。ミラーが逝った一九八〇年六月に『週刊新潮』の記者のインタヴューに応じて、「戦前、上海に行ったとき、あそこのフランス租界の本屋で、彼の作品を発見しましてね、ホテルに持ち帰って読んだのが最初なんです。興奮しましてね。すごい作家がいるものだと感心して訳すことに決めたんです。当時の日本は太平洋戦争に突入する寸前の状態でしたから、訳しても本になって日の目を見るなんて考えもしなかった」と大久保は述懐している。彼は戦時中にぽつりぽつりと訳していたようである。

一九四六年秋、月刊誌『赤と黒』（リファイン社）が創刊され、第二号（昭和二十一年十一月発行）に、大久保は『北回帰線』の冒頭の訳文とミラーについての解説を寄稿している。およそ五十ページの雑誌のなかで、大久保の文章が四ページを占めている。解説の書き出しは、「この風変わりな作家がアメリカ生まれであることはわかっているが、いまもアメリカに国籍があるかどうかは知らない」となっている。「意識のながれを追うジェイムズ・ジョイスの系列に属する作家であるといわれ、だから新心理主義などという名称を冠せられているのであるが、むしろダダイズムの作家といったほうが適当なのではないかと考えられる。とまれ、人間の原始本能の仮借なき摘出と性心理への執拗な追及とには、まことに瞠目すべきものがあり、一種の私小説の形式をかりて描出するその奔放大胆な表現にも、文学の約束を無視した不逞なものが感じられる」。これが『北回帰線』についての、大久保の率直な感想であったと思われる。「本年、五十六歳になるわけだが、いまもなおパリにいるかどうか」とあり、大戦直後の混乱期を反映してミラーの情報がろくに入ってこない時代であった。

『赤と黒』第二号から大久保康雄訳『北回帰線』の冒頭を以下に引く。

私はいまヴィラ・ボルゲーゼに滞在している。ここは非常に清潔で、すべてがきちんと整っている。椅子の位置ひとつ間違っていない。私たちは、ここで、外側との交渉を断ち、まったく孤独で死んだような生活を送っている。

ゆうべ、ボリスが虱にたかられたといって、ボリボリ掻きはじめたので、私も手伝って彼の脇の下を掻いてやったが、かゆみは、なかなかとまらず、ながい間さわぎたてていた。しかし、なんだって、こんな掃除の行きとどいたところに、虱なんかいたのだろう。いずれにせよ、この虱騒動が起きなかったならば、彼と私との関係は、これほど親密にならなかっただろう。

彼自身が私に語ったところを綜合すると、ボリスは、何よりも一個の気象学者であるらしい。雨はなお降りつづくであろうと言っている。雨はなお降りつづく。陰惨な、憂鬱な、望みなき雨は、なお降りつづくであろう。

空いちめん灰色の雲がたちこめて、薄日ひとつさしこんで来ない。退屈な時は私たちを喰い散らし、ちくたくちくたくと、無為にすぎていく。私たちは、もはや時の観念を失ってしまった。ただひとすじに、一歩一歩、のがれられぬ死の牢獄に向かって歩みつづけている。

『赤と黒』第三号（昭和二十一年十二月発行）の目次に、「赤い寝室　大久保康雄」とあり、テクストのほうでも題名は「赤い寝室」であるが、サブタイトルがあり、「ヘンリ・ミラア『北回帰線』その二」となっている。章題を「赤い寝室」としたのは、テクストのなかに「赤い寝室」という訳語が散見されるからである。「赤い寝室」の記述が出てくる個所を以下に引く。一九二八年、ミラーが妻ジューンとパリに出かけてときの追憶の場面である。

わずか一年前、僕とモナとが、ボロホフスキイのところからの帰り道、毎晩散歩したのは。ボナパルト街だった。そのころ、サン・シュルピスは、僕にとって、たいして意味をもっていなかったし、パリにいることも、たいして意味がなかった。おしゃべりに疲れていた。人間の顔に飽いていた。寺院にも、広場にも、動物の見世物にも、その他すべてに飽いていた。赤い寝室で本をとりあげても、籐椅子の居心地がよくない。一日中ぼんやりと坐っていることに飽き、赤い壁紙に飽き、たくさんの人々が何でもないことをやかましくしゃべり立てているのを見ることにも飽きた。赤い寝室、いつもトランクは開け放しになっており、彼女の衣装が、あちこちに広がりほうだいにひろげてある。僕の室内靴とステッキと、決して手をふれることのないノオト・ブックと冷たく死んだようにおかれた原稿のある赤い寝室。

パリ。セレクトと、ドームと、蚤の市と、アメリカ特急会社のパリ。

章題を「赤い寝室」としたのは、掲載誌の誌名をみているのであれば、訳者の遊び心によるものであろうか。「赤い寝室」という字句があるというだけの理由で、章題を決めたのであろうか。なにか別のきっかけがあったのか。青年時代の大久保は、英米小説の翻訳を志したのであるから、往時の世界文学全集などを読んでいただろう。大正時代に新潮社が刊行した世界文藝全集にスウェーデンの作家ストリンドベリの長編小説『赤い部屋』（第四巻、阿部次郎、江馬修訳、定価二円五十銭）がある。大久保は、若い芸術家たちが赤い部屋に集まって討論する様子や哀愁に満ちた恋愛模様を描いた作品が気に入っていたのではあるまいか。『赤と黒』という誌名がスタンダール（一七八三―一八四二）の有名な小説の題名と一致するのに呼応させて、ストリンドベリの小説の題名を連想させるような章題を案出したところに大久保の遊び心がみられる。『赤と黒』に掲載された『北回帰線』が第三号の「赤い寝室」で終わっているのは同誌が第三号で廃刊に追い込まれたからである。

会員制月刊誌『奇書』が創刊されたのは、一九五二（昭和二十七）年五月のことであった。編集発行は東京限定クラブであり、奥付には、千代田区代官町二番地、作品社とあるから、東京限定クラブは作品社気付であった。これに先立って、ガリ版刷りの「創刊準備号」が発行されていて、会員募集のページに「本会は古今東西の特殊出版物の紹介研究の目的を以って、月刊『奇書』を発行、実費を以って頒布し、また会員には、各社の優秀図書の紹介、取次ぎに応じます。本会は限られた真摯会員の文化的研究会ですから、低級な要求や希望に応ずることは出来ません」とあり、入会金（五十円）や会費（月額百円）の納入先は作品社である。

創刊号の目次のなかに、「『北回帰線』ヘンリ・ミラア」とあり、テクストの表題では「『北回帰線』（連載第一回）」となっているが、訳者の名前が出てこない。連載は第二号（六月五日発行）、第三号（七月三〇日発行）と続き、そこで止まった。

『奇書』に連載された『北回帰線』の訳者は不詳であるが、訳者を推測できる余地があるであろうか。創刊号から訳文の冒頭を以下に引く。

私はいまヴィラ・ボルゲエゼに住んでいる。どこにも塵屑ひとつなく、椅子ひとつ置き違えていない、われわれはみな孤独で、すっかり死んだも同様の生活をしている。

昨夜、ボリスは虱にたかられたといい出したので私は腋毛を剃ってやったが、それでも痒みは止まらなかった。こんな綺麗な場所で虱にたかられるなんてどういうものだろうか？　いずれにせよ、虱の一件がなければ、私と、ボリスはこれ程親密にならなかっただろう。

ボリスは見解の大略を丁度、語ったところだが、彼は天文学者であるらしい。天候は依然として悪いだろうと彼はいう。もっと災害が、もっと死が、もっと絶望が来るだろう。そしてどこにも好転の見込みがない。時は否応なしにわれわれを食い散らし、われわれは一歩一歩、足枷をはめられたように、死の牢獄に歩みつづけている。どこにも逃げ路がない。天候は変わらないだろう。

昭和二十年代の英米小説の翻訳の多くは、よい辞書がなかったのかもしれないが、誤訳が目立ち、できばえがひどいので、巧拙を論じるのはつまらない。昭和二十一年の『赤と黒』に掲載された大久保訳と『奇書』に掲載された訳者不詳の『北回帰線』の共通点はなにか？　どちらも語り手が「私」となっているが、次の号では「僕」に変更されていることだ。二つの雑誌のいずれでも、語り手を「私」とするのか、それとも「僕」にするのか、訳者の気持ちの揺れがみられる。『奇書』第二号では「僕はこういう断片的なノートを記録する時間がないほどあわただしく、凄まじい生活を強いられている」とあるように、語り手は「僕」である。つまり、『奇書』に掲載された『北回帰線』の訳者が、大久保康雄自身か、あるいは彼の下訳を担当した翻訳家の卵であった可能性を指摘できる。もうひとつの共通点は、原作者の片仮名表記がどちらの雑誌でも「ヘンリ・ミラア」になっていることだ。

前述したように、『奇書』第三号（昭和二十七年七月発行）まで『北回帰線』の翻訳が連載されたのちに、掲載が中断された。掲載中断の事由は、当時の大久保が新潮社から『北回帰線』を上梓するために訳稿を推敲していたからであって、もはや雑誌に連載する必要がないと判断したのではあるまいか。新潮社版の『北回帰線』（初版）の奥付によると、刊行年月は「昭和二十八年九月十五日」であり、「あとがき」が「一九五三年六月」になっている。この初版では語り手は「わたし」であるが、新潮社のヘンリー・ミラー全集の第一巻『北回帰線』（一九六五年三月三〇日刊行）では、語り手は「ぼく」である。一九四六年から大久保のこころは、語り手である主人公をどう表現すべきか、「私、わたし」と「僕、ぼく」のあいだで揺れ動き、一九六五年にようやく「ぼく」で落着したのである。

大久保康雄訳と推断される『北回帰線』の一部が『奇書』第三号まで連載されたことにより、この会員制雑誌は、しばらくのあいだ日本におけるヘンリー・ミラー紹介の役割を担うことになった。同誌に「ら・ぼあ」という投稿欄があり、第五号（昭和二十七年十一月発行。ただし、発行が遅れ第六号の昭和二十八年二月発行のと同時に発行）に、堺の大西昭男（一九二五―二〇〇五）という人物が以下の文章を投稿した。

ひとわたりバック・ナンバーに目を通しおえたところですが、編集には大体賛成です。『北回帰線』、

『セックサス』は圧巻です。ミラアと云えば、すでに御承知のことと思いますが、フレイザー氏著『現代の英文學』（邦訳、研究社刊）にすぐれた天分の作家として紹介してあります。また、ミラアの新著がイギリスで、昨年の夏頃かに出て居ります。Henry Miller: *The Books in My Life* (Peter Owen) がそれで、今後数巻に及ぶ自叙伝のうち、彼の読書遍歴を語っているものだそうです。タイムズ文芸付録二六三一号に書評が出て居ります。尚編集部で、ミラアの原著何れでも入手方御斡旋願えないでしょうか。多分御無理かと思いますが。

投稿者は、のちに関西大学の教授になり、学長、理事長を歴任した大西昭男であって、ハンリー・ジェイムズの研究者として知られるようになった。この投稿に対して、編集部は以下のコメントを付した。「ミラアの作品については、現代文学の中でも、独自の作風を持つものとして、注視の的となっているものです。六号には、ミラア事件についてシェーヌ出版社の声明の翻訳を掲載致しましたことも、ミラアの作品についての理解を深めて頂きたいためです。ミラアの著書も若干は入りますが、相当高価です。（現在 *Tropic of Cancer* が少部数獲得してあります）」。大西のいう『セックサス』は、『奇書』の別冊として頒布された小冊子であり、訳者は木屋太郎となっている。

『奇書』第六号は、新潮社から大久保康雄訳『北回帰線』が刊行される七カ月前に発行された。第六号の冒頭を飾るのが「ミラア事件の顛末」と題する無署名のエッセイであるが、フランス文学かフランス哲学の専門家でなければ書けない内容である。

このエッセイの要旨は以下のようになる。一九四六年、『夜の果てへの旅』を世に送り出したことで知られるドゥノエル社から『北回帰線』のフランス語版が、シェーヌ社から『南回帰線』のフランス語版が刊行された。二つのフランス語版は、出版と同時に猥褻を理由に起訴された。フランスではこれを「第一次ミラア事件」または「回帰線事件」と称したという。一九五〇年に刊行された『セクサス』（フランス語版）の起訴を「第二次ミラア事件」と称した。シェーヌ社は『南回帰線』の巻頭に「第一次ミラア事件」についての反駁文を掲載した。エッセイ「ミラア事件の顛末」では反駁文の内容が紹介されて、「この事件は、戦後の文学史ならびに知識史の上で最も意義ある挿話の一つとして残る」という視点から、文学の表現と猥褻の関連が論じられている。シェーヌ社から刊行された『南回帰線』を読んで「ミラア事件の顛末」をまとめた人物はだれか？

『奇書』第十号（昭和二十八年十月二〇日発行）に松浪信三郎（一九一三―八九）のエッセイ「『南回帰線』の性欲描写」が掲載された。書き出しは、「『北回帰線』の翻訳が最近、大久保康雄氏の訳で出版された。たぶん『南回帰線』もつづいて出版されるだろう」となっている。同誌に夏川文章訳「文学と猥褻（一）」も掲載されている。これはミラーのエッセイの翻訳である。陸川博の調査と考察によると、夏川文章と松浪信三郎は同一人物であり、「ミラア事件の顛末」も松浪が匿名で書いたものであるという。

昭和二十八年（一九五三年）は、日本におけるミラー紹介において画期的であった、同年に吉田健一訳『性の世界』（新潮社）、『暗い春』（人文書院）が出版された。また同年に木屋太郎訳『薔薇色の十字架　第一部上』がロゴス社から刊行された。陸川博によれば、木屋太郎の正体は松浪信三郎である。早稲田大学文学部哲学科出身の松浪が早稲田の教壇に立ったのが一九五七年であり、それ以前の松浪は、木屋太郎とか谷口徹というペンネームでミラーの悪名高い小説を訳出していた。早稲田の教員になってからの松浪は、一度だけミラーを論じた。雑誌『実存主義』第十三号（理想社、一九五八年三月発行）に掲載された「反秩序への情熱　ヘンリー・ミラーの文学」がそれである。ミラーが『南回帰線』のなかでベルグソンの『創造的進化』について言及しているのに着目している論考であり、のちに松浪はベルグソンやサルトルの翻訳に転じた。

『奇書』は昭和二十九年夏ころまで発行され、第十六号が最終号となった。警察の手入れがあり、東京限定クラブは解散に追い込まれたのである。

日本ヘンリー・ミラー協会の『ニューズレター』（第二号、一九九五年十月発行）に、生田文夫という当時の会員が「The Old Neighbourhood」と題する日本語のエッセイを寄せている。自己紹介として「糊口を凌ぐために英米文学の研究をもってしている輩ではなく、翻訳をもって世に立ちたいと目論んでいる徒でもない。それなのに何故かくもミラーに惹かれ。いまも折にふれては拙い語学力を顧みず原書を開き、そしてなによりもミラーの作品を収集してしまっているのか、われながら不思議に思う」とあるので、生田文夫は熱烈なミラーのファンのひとりである。

生田文夫は彼の父親について語る。「わたしの父親は仏文学者であったが、英文学の蔵書も多かった。いたずらに時間だけが豊富であったこの時代、もっぱらこの父の書庫の英文学書がわたしの友となった」。このあと原語で英米の作家や詩人の名前の羅列がつづき、最後にミラーの名前が出てくる。父親はオベリスク・プレス刊『黒い春』を所持し、「一九五七年六月五日」の読了日が英語で記入されているという。ある折りに別居中の父親がぽつりと「終戦直後に『北回帰線』を翻訳しようとしたが、冒頭の数頁で中断してしまった」と息子に漏らしたことがあり、「自分は仏文学が専門になってしまったから、続きはお前がやってくれ」と述べたという。生田文夫は父親の書斎で未完の訳稿を発見した。

生田文夫が京都の住人であることから推察すれば、彼の父親は京都大学教授であったフランス文学者、生田耕作（一九二四—一九四）である。生田文夫は、前年秋に逝った父親を追想していたことになる。とりあえず、確認の手紙を書き送ると、「推察のとおり」であるという回答とともに追加的な情報がもらえた。生田耕作は、日ごろの酒席では『北回帰線』の翻訳について、「冒頭の数頁で中断した」と述べていたが、息子が見つけた訳稿は「半ペラで九十三枚」、新潮社のヘンリー・ミラー全集の『北回帰線』では「四十七頁上段十行目までに相当する」という。生田耕作は家族との別居生活を余儀なくされていたので、訳稿を紛失したと思うようになったのか、「数頁しか訳していない印象だけが残っていたらしい」という。興味深いのは、生田耕作が「終戦直後に」翻訳に着手したと回想していたことにある。大久保康雄と並行して『北回帰線』の翻訳を進めていたのかどうか。

大正十三年生まれの生田耕作は、徴兵によって中国で終戦を迎え、戦後、京都大学仏文科に入学した。戦前は英米の文学作品を読み漁り、研究社の『英語研究』誌の投稿マニアであったという。彼が読了したミラーの主要作品はオベリスク版であり、蔵書の観点からはフランス語訳を読んだ形跡はみられない。生田文夫によれば、アンドレ・ブルトンがミラーを「偉大《グラン》なるミラー」と評していたというエピソードを父親からよく聞かされていたという。シュルレアリスムに共感していたミラーに、生田耕作が興味を覚えたのであろうか？

生田文夫は、父親の未完の訳稿のコピーを送ってくれた。訳稿を父親の書斎の片隅で見つけたとき、ニュー・ダイレクションズの社長ジェイムズ・ロクリンに宛てた一通の手紙の下書きもあったので、下書きのコピーも添付されていた。生田耕作がミラー作品のアメリカにおける版権を保有しているとみなされていたジェイムズ・ロクリンに連絡をとろうとしていたのは興味深い事実である。ペン書きの下書きには削除を示す斜線が施されたりして、読みにくい箇所もあるが内容を確認してみよう。

下書きには「一九五三年三月」と年月が記入されている。これは半年後に大久保康雄訳の『北回帰線』が出版される時期にあたり、日本におけるミラー紹介が勢いづいた時期に一致する。書き出しの一文は、「詩人としてのあなたの卓越した業績と、『ニュー・ダイレクションズ』のリーダーとしてアメリカの、いや世界の新しい、真摯な創造的文学へのあなたの貢献に対して、こころからの賞賛と共感を表明します」となっている。文中の「ニュー・ダイレクションズ」がイタリックであると判読できるので、ロクリンの出版社が続々と刊行していた『ニュー・ダイレクションズ』というアンソロジーを指していると思われる。このアンソロジーは、戦後のアメリカの新進作家や詩人のみならず、ヨーロッパの作家たちの作品も積極的に掲載していたので、生田の目には世界文学への貢献と映ったようである。

二番目の文章は、「数年前に一冊の『スペアヘッド』を入手したときに、あなたと『ニュー・ダイレクションズ』の他のメンバーたちのなかに、わたしが年来、手探りで捜していた勇敢にして励みになる友人たちを見出したのです」となっている。『スペアヘッド』もロクリンによって刊行されたアンソロジーであって、生田は一群のアンソロジーを通じて欧米の新しい文学の動向を察知し、かつ共感していたようである。ここで生田は、「自分の目標のひとつ」として、「自身の作品を追及するとともに、散文の分野における、あなたのメンバーたちの傑作を日本に紹介すること」を挙げている。このあと括弧書きで、「ご承知のように、あなたにはあなたの詩の紹介者として北園克衛がいます」と書き足されている。

モダニズムの詩人、北園克衛（一九〇二―七八）がロクリンの詩を日本に紹介したことまで生田は知っていた。北園は、彼の主宰した芸術誌『VOU』（昭和十年創刊、昭和五〇年代まで続き、第一六〇号が最終号）にロクリンの詩作品を掲載したはずであり、生田の目に留まっていたことになる。戦前、北園は『VOU』創刊号をイマジズムなどの詩運動を推進していたエズラ・パウンドに献呈し、詩人どうしの交流を積年にわたって継続していた。パウンドに心酔していたロクリンは、出版社を設立する前にイタリアのラパルロに住んでいたパウンド夫妻の近所で一年近くも暮らしてパウンドの文学談義を傾聴していたほどであるから、ロクリンの詩作品はパウンド経由で北園に紹介されたことになる。世界大戦が勃発する以前に、パウンドは東京帝大か京都帝大の客員教授になりたいと北園に相談したことがあるが、そうした難題に比較すれば、ロクリンの詩を芸術誌に掲載するのは、北園にとっては容易なことであったはずである。

さらに生田耕作は、下書きのなかで「アメリカにおける実験文学」と題する評論を脱稿し、発表する予定であると述べているが、この題名に斜線を引いて、日本語で「アメリカにおけるニュー・ダイレクションズの使命」に変更している。掲載予定の誌名は、勤務先の大学が発行する季刊誌『海潮音』の「本年度の春季号」となっているが、昭和二十八年にそのような季刊誌が京都大学で発行されたどうかは確認できない。京都の山口書店から刊行されていた同名の季刊誌にも生田耕作の名前は出てこない。つまり、「アメリカにおけるニュー・ダイレクションズの使命」と題する評論の内容を確認できない。「同時に、ヘンリー・ミラー氏の作品（二つの「回帰線」と「ランボー論」）とミセス・デュアナ・バーンズの『夜の樹』の翻訳は完成の日を迎えて、出版社との交渉に入ることでしょう」と生田は書き綴っている。

その後に続く一節には削除を示すバツ印が大きく付けられているが、趣旨はこうである。「日本における出版の現状」では、現役の外国人作家の作品の翻訳については、著者もしくは出版代理人から翻訳家に直接に翻訳権が与えられないと、出版社は出版の引き受けを渋るし、人気の出ている作品や古典としての評価が確立している作品でなければ出版社との交渉は難航する。生田の同僚がハーバート・リードから『芸術の草の根』の翻訳権を直接もらい受けたために、出版社との交渉が順調に進んだ事例を引き合いに出して、生田はロクリンに、「こういう状況なので、あなたの協力によって二人の作家からインフォーマルな承認をとることができればと願っています」と述べてから、ミラーの住所が判明したが、彼がヨーロッパに出かけたという情報がもたらされ、「連絡の手立て」を失ってしまい、デュアナ・バーンズの居所も不明なので、「ご迷惑なことは承知しておりますが、思い切って手紙を差し上げる次第です。お返事をいただけるならば、まことに幸いであります」と書き綴っている。

最終パラグラフで、生田耕作は自分が京都大学でフランス語を教えている三十歳の教員であり、シュルレアリスムに関する著書を執筆していると簡略に自己紹介をしてから、『『ニュー・ダイレクションズ』のメンバーたちに小生の尊敬と共感のことばをお伝えください」と手紙の案文を結んでいる。生田がミラーと連絡をとりたいと願っていたころ、ミラーはフランスやドイツなどに滞在し、七月に帰国した。

一九五三年三月、『北回帰線』の翻訳を進めていた生田耕作は、ミラーから翻訳者としての認知を得てから出版社との交渉に臨みたいと思って、ジェイムズ・ロクリンから情報なり助言を求めようとして、手紙の下書きをまとめた。大久保康雄のほうが早く着手していたこともあって、彼の翻訳の進捗状況は、先行する大久保に追いつくことはなかった。はたして彼は手紙の案文を清書し、投函したであろうか。ロクリンが落掌した手紙の多くがハーヴァード大学のホートン図書館に保管されているが、生田の手紙は同館に存在しない。手紙を受け取れば、ロクリンはミラーに通知したはずであるが、その形跡もない。おそらく、ロクリン宛ての手紙は下書きのままにとどまり、投函されなかった。なぜか？　そうこうするうちに、『北回帰線』が新潮社の刊行予定であるという情報を得たからであろうか。むしろ京都大学という職場にあって、フランス語担当の教員としてスタートを切ってまもない生田は、おのれがフランス文学を専門とするのか、それともアメリカ文学の専門家であろうとするのか、大学の内外に旗幟《きし》を鮮明にしなければならない状況に遭遇したのではあるまいか。二足の草鞋《わらじ》をはかなかった生田は、バタイユやセリーヌのフランス小説の翻訳者としてゆるぎない地歩を固めていった。

『北回帰線』の翻訳を手がけたのは、息子が生まれる以前のことであり、息子と酒を酌み交わすようになったとき、生田耕作は思い出として、『北回帰線』の翻訳に取り組んだことを語らずにはおれなかった。未完に終わった翻訳が、生田耕作の翻訳家としてのひそかな出発点であったからである。

啓明社版『北回帰線』と「銀座の書店」、久保貞次郎のこと

美術評論家の久保貞次郎《さだじろう》（一九〇九―一九六）はミラーと親交があった。一九六一（昭和三十六）年十一月三日発行の『毎日新聞』（夕刊）の「茶の間」という投稿欄に「禁断の書」と題する久保貞次郎のエッセイが掲載された。内容は、一九三四年にパリで出版された『北回帰線』が二十七年後の一九六一年六月にようやくアメリカのグローブ・プレスから刊行されたことに関連している。

「ぼくはずっとまえ『北回帰線』がまだアメリカでは入手できないころ、著者ミラーからすでに日本で発行されていた英語版を東京で買って、アメリカ在住の彼の友人に目立たないように送ってほしいと頼まれたことがある。さっそく銀座の書店で定価千円の『北回帰線』を購入し、ミラーの友だちに船便で発送した。書物は無事あて先に届き、当人やミラーから礼状がきたとき不思議な気がした」と綴ったあとで、久保貞次郎はロレンスの有名な小説を思い起こしている。かつて日本の最高裁で悪名高い小説が公衆に有害と判決が出たとき、「ある識見家がチャタレーを弁護して、この書物が性的情景を描写しているからといって、別に本が立ち上がって性行為を行なうわけではないではないか」と、どこかの新聞で述べていたのを想起するや、「もしミラーの本の小包がアメリカの税関のテーブルの上で税官吏の手にふれられたとたん、書物が急に起き上がって性的シーンを展開したとしたら、事態はいったいどうなっただろう」と久保は想像している。「禁断の書」の末尾は、「じっさいにはミラーの危険な書物もあわれにもそういう行動力には欠けていたので、淑女が道をいくように音もたてずに先方に到着したにちがいない」と締め括られている。

さて久保貞次郎のユーモアに満ちたエッセイについて、補足説明すべきことは、「日本で発行されていた英語版」の出版社の社名や『北回帰線』の英語版を店頭に置いていた「銀座の書店」の店名などについてで

ある。

一九五三（昭和二十八）年十月に鎌倉市乱橋材木座に所在する啓明社から『北回帰線』の英語版が出版された。昭和二十八年前後から日本でミラー作品の翻訳紹介が勢いづいていたが、そうした動きと啓明社の出版活動は連動している。社長はかつて帝国海軍中尉（軍医）であった田中啓真《ひろまさ》であるが、彼の狙いはあくどい金儲けにあった。彼は一九五五年六月七日にブリヂストン美術館でヘンリー・ミラー水彩画展を開催したが、売り上げをミラーに送金しなかったし、『北回帰線』などの印税も払わなかった。久保貞次郎に宛てた一九五七年二月十九日付けの手紙のなかで、ミラーは「日本の田中氏は、まだわたしの絵を留保しています。わたしはかれに何かわるいことが起きたのかどうか知りません。それともかれは現在、牢獄につながれているのでしょうか」と綴り、さらに別便では田中啓真について、「いまやかってないほどの疑い」を抱き始めたと述べている。日本におけるミラー・ファンの長老である古賀孜によると、七十五点の水彩画は完売であった。後述するように、啓明社の海賊版が一九六六年に日本国内で問題視されたが、啓明社版『北回帰線』を保持していた古賀孜が水彩画展の事後処理について埒が明かないでいたミラーを気遣うと、一九六六年七月十二日にミラーは古賀孜に返信を書き、「親切なお手紙をいただきありがたく思っています。失われた水彩画についてご心配無用です！　わたしはいつでも新しいのを描くことができます」と反応した。啓明社版のミラー作品について言えば、ミラーの利益を保護するはずの、パリ在住の出版代理人ミシェル・ホフマンによって署名された契約書が存するので、海賊版ではないとみる海外の研究者もいるが、水彩画の代金や印税を払わずに鎌倉に豪邸を構えたのは実質的な海賊行為であったと判断すべきだろう。この契約書によれば、啓明社版の発行部数は一回の印刷で千部に限定され、海外では販売禁止になっていた。久保が啓明社版『北回帰線』をミラーの友人に送ったのは、彼が初めてミラーの絵画に接してミラーとの交流が開始された一九五五年六月から一九六〇年の間であったはずである。当時のミラーは、『セクサス』に登場する日本人トリ・

タケクチのモデルであった結城酉三との再会を熱望し、来日しようとしていた。ミラーはかなりの期間にわたって滞日するつもりでいて、新潮社に宿舎の確保について連絡したり、月に二百ドルで暮らせるかどうかを結城酉三に問い合わせたりしている。田中啓真が水彩画展の売り上げや印税を送金したならば、ミラーの来日が実現していたはずである。

田中啓真は英語の知識があり、一九五三年にモーリス・ジロディアスによって設立されたパリのオリンピア・プレスの英文の刊行物などを出版した。昭和三十年代の東京都内で啓明社版のミラー作品を入手できたのは高田馬場のいくつかの古本屋と「銀座の書店」であり、当時、啓明社版は新宿の紀伊國屋書店にも神保町の三省堂やその周辺の古書店にも置かれていなかった。最近になって、啓明社版が昭和二十年代の終わりに島根県松江市の奥村書店（現在も営業中）の店頭で見られたという情報が寄せられた。

久保貞次郎が足を向けたのは中央区銀座五丁目（昭和通り）に所在する改造社書店であり、いまも改造社ビルが残っていて営業を継続している。この書店はかつて出版社として活躍した。一九一九（大正八）年に創刊された雑誌『改造』は大正、戦前の昭和の代表的総合雑誌であり、同誌の編集主幹であった山本実彦（創業者）の逝去（一九五二年）から三年が経過した一九五五（昭和三十）年に廃刊になった。山本実彦はアインシュタインの訪日に一役を買った人物である。

創業者の長女と結婚したのが内川順雅《よりまさ》という人物であり、専務として二代目社長（創業者の妻）を補佐したが、彼の方針は出版を打ち切り、書籍の販売に特化してチェーン店を増やすことであった。彼の営業政策のひとつが啓明社の刊行するミラー作品や英字新聞などを外国人が宿泊する有名ホテル内の改造社書店に置くことであった。彼はホテル・オークラ、ホテル・ニュー・オータニ、東京プリンスホテル、東急ホテルに出店し、啓明社版のミラー作品を置いた。

『図書新聞』（一九六六年六月十八日発行）の一面の大見出しが「ヘンリー・ミラー氏の驚き　文芸書を荒

らす海賊版」となっていて、ミラー作品の海賊版の流通が大きく採り上げられている。冒頭の一節は「ヘンリー・ミラー氏から、日本の弁護士をつうじて告訴をうけた警視庁捜査二課では、慎重な捜査を進めているが、数年前から出回っているものらしく、文学作品の海賊版としては戦後最大の規模になりそうだという」となっている。記事には「都内の一流ホテルで公然と」という小見出しがあり、この一件のいきさつが載っている。「四月中旬、ミラー氏の原作の出版権をもっているアメリカの有力出版社、グローブ・プレス社社長が社用で来日、東京・赤坂葵町のホテル・オークラに宿泊した。たまたま家族や友人に贈るプレゼントをホテルの売店でさがしていたところ、ミラー氏の『北回帰線』など一連の著作がTOKYO, KEIMEISHAという見知らぬ出版社名で売られているのをみつけ、帰国後ただちにミラー氏に連絡した」となっている。グローブ・プレスに関する資料はニューヨーク州のシラキュース大学の図書館に所蔵されているが、同社の社員らしい人物が残した一枚の短いメモによると、社長バーニー・ロセットは「四月中旬」ではなく、三月下旬に東京に滞在していた。メモには四つのホテルの名称の他にManager, Uchikawaとだけしるされている。グローブ・プレス側は書店の支配人とみられる内川順雅という人物に接触し、啓明社版のミラー作品についての情報を聴取したのではあるまいか。当時、日本では新潮社がヘンリー・ミラー全集（十三巻）を刊行しているさなかであったから、バーニー・ロセットの「社用」による来日は、新潮社に関係していた可能性もあるが、啓明社版のミラー作品に対応するためであったと推断したい。記事では、バーニー・ロセットは「帰国後ただちにミラー氏に連絡した」とあるが、一九五四年から五十九年にかけてミラーが啓明社の田中啓真と連絡がとれていたことは、結城西三（戦前は三井物産の社員として、ボストン、ニューヨークに駐在。ミラー宅の下宿人）に宛てた手紙によって明らかであり、田中啓真が水彩画の売り上げや印税を支払えば来日できる旨を言外に伝えている。しかし、田中啓真はのらりくらりとミラーに対応していた。

二〇一五年四月十五日、田中啓真に宛てたミラーの手紙三通がネットオークションで出品され、二十一日にオークションは終了した。インターネットを覗くと航空便の封筒にペンで書かれたミラーの筆跡や消印がはっきりと読める。一通の日付が一九五四年十月二十五日になっているから、水彩画展開催の申し出を受けるという内容であったのではなかろうか。ともあれ、ミラーは創業二年目の啓明社の社長に手紙を書いていた。ミラーは啓明社版『北回帰線』や田中啓真についての情報をあらかじめ保持していたのであって、グローブ・プレスが出版社として放置できず、ようやく動き出したのである。

バーニー・ロセットは、『北回帰線』の版権を取得するためにパリのオリンピア・プレスの社長モーリス・ジロディアスからさまざまな情報を得ていた。一九六〇年一月、ロセットは粗末な半紙に刷られた啓明社の英文の出版目録を、ジロディアスのミリアムという秘書から受け取った。出版目録に添付されている短い手紙（一九六〇年一月二十日）には、「拝啓　バーニー様、ここに『北回帰線』と『南回帰線』の騒動をしめすもう一枚のリーフレットを同封しますが、このリーフレットが二年前（当社は一九五八年に受け取りました）のものであることをお含みください。当時、小社が説明や補償金等を求める内容の手紙を送付しますと、啓明社は破産して支払い能力がないと主張しました」とあり、オリンピア・プレスがそれとなく啓明社を注視しているという内容になっている。ジロディアスも同じ日（一月二十日）にビッグサー在住のヘンリー・ミラーに以下の手紙を書いた。「親愛なるヘンリー、ブレンターノ店である人からリーフレット（コピーを同封します）をもらったのですが、書店はアメリカの顧客のひとりから受け取ったばかりでした。彼が啓明社とビジネスをしているのは明らかです。以前あなたの作品が日本において無断で販売されているとなんとなく聞いたことがありますが、関連しているのは『セクサス』だけだと思っておりました。オリンピア・プレスの刊行物も啓明社によって無断で販売されているようです。どういう処置を取れるのか検討中です」とあり、ミラーの作品を刊行しているパリの出版社アシェットに勤務している知人にもリーフレットのコピーを送るつもりだと述べてから、「この一件について、あなたはどうするつもりなのかお知らせいただけませんか」と結んでいる。この問い合わせにミラーが返答したかどうかは不明である。当時のミラーは日本訪問を計画し、航空券の手配までしていた。ミラーが来日の意欲を啓明社の田中啓真に知らせると、鎌倉の田中邸に宿泊するようにという返信まで受け取っていたが、三月早々に来日が中止になった。

ところで、リーフレット（出版目録）にはミラー作品の他にD・H・ロレンスの『チャタレー夫人の恋人』（定価九九五円）やマルキ・ド・サドの『ソドムの百二十日』（二巻本、各巻七百円）などがあり、刊行予定の作品の書名や予価も載っている。さらに英文の趣意書らしきものも印刷されていて、「当社は検閲による取り締まりによって英語圏において発禁になっている作品を教養豊かな読者に提供いたします」という書き出しになっている。「啓明社はヘンリー・ミラーの五冊の傑作を出版しました。ロレンスやジョイスが逝った今日、ミラーは疑いなく英語圏でもっとも議論を招く作家であります」という一文があり、ハーバート・リードの評言を織り込んでいる。趣意書の英文は洗練されていないが、趣意は汲みとれる。ともあれ、英文のリーフレットは欧米人を対象として作成されたはずであって、バーニー・ロセットは啓明社の海賊行為をかなり以前から把握していたことになるだろう。

『図書新聞』の記事によれば、一九六六年五月になってミラーは、東京都内の「アンダーソン・毛利・ラビノヴィッツ法律事務所をつうじ、警視庁捜査二課に啓明社を相手どり、著作権違反の疑いで告訴した」という。法律事務所と警視庁の調査によれば、啓明社版のミラー作品は、『北回帰線』の他に『南回帰線』、『セクサス（一、二部）』、『ネクサス』、『暗い春』の六冊であり、「都内の一流ホテルのほか一流洋書専門店で公然と売られている」とあるので、丸善あたりでも店頭に置かれていたのであろうか。記事のなかでとりわけ注目すべき箇所は、「ふつうの洋書には表紙のうらや巻末のページに出版社、発行者、著者名、版権の所在などを明記した奥付があるが、この海賊版には表紙やカバーの下に小さくTOKYO, KEIMEISHAとあるだけ。

警視庁の調べでは KEIMEISHA に該当する出版社は存在せず、もちろん会社登記もない幽霊出版社だという」。この記事が胡散臭いのは、啓明社という社名が記事のどこにも漢字で表記されていないことだ。つまり、法律事務所も警視庁捜査二課も漢字で表記された啓明社とその所在地を把握していなかったことになる。

ところで、啓明社版のミラー作品には奥付があった。印刷日、発行日、定価（昭和三十六年度に刊行された『北回帰線』は七百円）、著者の氏名、発行者の氏名、印刷者（新宿区山吹町に所在した有朋印刷株式会社）、発行所（株式会社　啓明社）、その所在地、電話番号，振替番号が奥付に記載されている。問題なのは、横九センチ、縦十二センチの紙片に印刷して、巻末にすぐに剝がせる程度に糊で貼り付けられていたことだ。警視庁の捜査の情報が事前に伝われば、紙片を剝がして逃げの一手を打てたということだろう。『図書新聞』の記事から推断すれば、啓明社は逃げの一手で「幽霊会社」になったのである。

久保貞次郎は一九八六年三月末に跡見学園短期大学学長の職を辞し、四月に町田市立国際版画美術館に館長として転出した。転出に際して、久保はヘンリー・ミラー研究会（幹事、陸川博。のちの日本ヘンリー・ミラー協会の前身）を立ち上げ、事務局を跡見学園短期大学の図書館内に置き、会長としていっそう啓蒙的な活動を推進した。やがて久保は『北回帰線』にボロフスキという名前で登場している人物のモデルが世界的に著名な彫刻家オシップ・ザッキンであることを知り、唖然となった。

国際情勢が緊迫していたにもかかわらず、外貨をなんとか入手できた久保は、一九三八年八月に児童画の研究という名目でパスポートを取得して欧米旅行の途についた。数千枚の児童画から厳選された八十点を持参した久保は、海外で児童画の交換を実践した。三九年一月、パリでエコール・ド・パリのオシップ・ザッキンを訪問し、帰国後に久保はザッキンのガッシュ画を購入した。一九五九年六月、国立西洋美術館の開館式を記念して、日本政府の招待によりザッキンがフランスの文化使節として来日したときは帝国ホテルで再会するなど、浅からぬ交流があったからである。

久保貞次郎は、パリに滞在した一九三九年にヘンリー・ミラーという作家を知っていたならば、『北回帰線』の初版を入手してサインしてもらっただろうとか、ミラーがザッキンのガッシュ画を高く評価していたのを知ると、ミラーに会ったときにザッキンを話題にすることもできたのに、と残念そうに語ることもあった。久保に「彫刻家ザッキンとの親交」(『みずゑ』一九三九年十一月号)と題するエッセイがあり、ザッキンの風貌にはロダンの風貌を想起させるものがあったと述べているが、ザッキンの服装について、「かれのコールテンの洋服、えり巻、大きなパイプ、むぞうさにしかし乱雑でなくわけられた頭髪、芸術家としてのオリジナルな生活がこの服装にまで現れている」と綴っている。『北回帰線』では「ボロフスキは揃いのコールテンの服を着て、アコーディオンを弾く。この組み合わせには文句のつけようがない、とりわけやつをいっぱしの芸術家とみなす場合には」と描写されているのを確認した久保は、初対面のザッキンの服装がくたびれている感じだったから、『北回帰線』のコールテンの服をずっと着用していたに相違ない、と想像の翼を広げるのであった。

参考文献・資料

ヘンリー・ミラーの著作、インタヴュー、書簡集

Miller, Henry. *A Tribute to Friends of Long Ago*. Santa Barbara: Capra Press, 1976.

———. *Big Sur and the Oranges of Hieronymus Bosch*. London: Heinemann, 1958.

———. *Black Spring*.1936; rpt. New York: Grove Press, 1965.

———. *Flash Back. A Entretiens à Paciffic Palisades avec Christian de Bartillat*. Paris: Stock/ Chêne, 1976.

———. *Les Livre de ma vie*. Paris: Gallimard, 1957.

———. *Letters to Anaïs Nin*. London: Peter Owen, 1965.

———. *Letters to Emil*. New York: New Directions, 1989.

———. Letter to Stanley Fleishman dated December 26, 1962. *The Transatlantic Review* No.31, London & New York: The Lavenham Press Limited, Winter1968-69.

———. Letter to Tutomu Koga dated July 12, 1966. *Stroker*. No.73. Saitama: Irving Stettner, 2002.

———. *Nexus*. Paris: Obelisk Press, 1960.

———. *Quiet Days in Clichy*. 1956. New York: Grove Press, 1975.

———. Thieboard, Twinka. ed. *Reflections*. Santa Barbara: Capra Press, 1981.

———. *Remember to Remember*. New York: New Directions, 1947.

———.*Semblance of A Devoted Past*. Berkley: Bern Porter, 1945.

———.*Stand Still Like the Hummingbird*. New York: New Directions, 1962.

———. *The Air-Conditioned Nightmare*. New York: New Directions, 1945.

———. *The Books in My Life*. London: Peter Owen, 1952.

———. *The Colossus of Maroussi*. Norfork: New Diretions, 1941.

———. *The Cosmological Eye*. Norfork: New Directions, 1939.

———. *The Nightmare Notebook*. New York: New Directions, 1975.

———. *The Red Notebook*. North Calolina: Jargon Books, 1954.

———. *The Wisdom of the Heart*. 1941; rpt. New Directions, 1960.

———. *The World of Sex*. 1941; rpt. Grove Press, 1965.

———. *Tropic of Cancer*. 1934; rpt. New York: Grove Press, 1961.

———. *Tropic of Cancer*. New York: Medvsa, 1940.

———. *Tropic of Cancer*.　啓明社′　1953.

———. *Tropic of Capricorn*.1939; rpt. New York: Grove Press, 1961.

———. *Years of Trial and Triumph 1962-1964*. *The Correspondence of Henry Miller and Elmer Gertz*. Carbondale: Southern Illnois University Press, 1978.

Nin, Anaïs & Miller, Henry. *A Literate Passion: Letters of Anaïs Nin and Henry Miller*. New York: Harcourt Brace Jovanovich, 1987.

Durrell, Lawrence & Miller, Henry. *The Durrell-Miller Letters 1935-1980*. New York: New Directions, 1988.

Miller, Henry & Fowlie, Wallace. *Letters of Henry Miller and Wallace Fowlie 1943-1972*. New York: Grove Press, 1975.

Gifford, James. ed. *The Henry Miller-Herbert Read Letters 1935-1958*. Ann Arbor: Roger Jackson, Publisher, 2007.

Wickes, George. ed. *Henry Miller and James Laughlin : Selected Letters*. New York and London: W.W. Norton & company, 1996.

ヘンリー・ミラーの手稿、手紙、その他

Miller, Henry. Berthe. Alderman Library, University of Virginia.

———. Capricorn Notes. Typescript. Humanities Research Center, University of Texas.

———. Cinema Vanves. Typescript. Humanities Research Center, University of Texas.

———. Content of Plasma and Magma. Humanities Research Center, University of Texas.

———. List of Additional Collectors of Water Color Paintings Before 1960. Research Library, UCLA.

———. Paris Notebook. Research Library, UCLA.

———. Paris Notebooks. 1933-1935. Research Library, UCLA.

———. The Last Book, Fragmentary Typescript. Morris Library, Southern Illinois University.

———. Tropic of Cancer. The Original and Fragmentary. Library of Congress.

———. Tropic of Cancer. The Original Typescript bound in 4 volumes. Rare Book and Manuscript Library, Yale University.

———. Tropic of Capricorn. The Original Typescript. New York Public Library.

———. Letter to Abramson dated August 28, 1945. Research Library, UCLA.

———. Letter to Alfred Perlés dated April 24, 1964. Humanities Research Center, University of Texas.

———. Letters to Alfred Perlés. Research Library, UCLA.

———. Letters to Alfred Perlés. McPherson Library, University of Victoria.

———. Letters to Anaïs Nin. Morris Library, Southern Illinois University.

———. Letters to Barney Rosset. Bird Library, Syracuse University.

———. Letters to Bertha Schrank. New York Public Library.

———. Letter to Cyril Connolly. McFarlin Library, University of Tulsa.

———. Letters to Emil. Research Library, UCLA.

————. Letters to Ezra Pound. Beinecke Rare Book and Manuscript Library, Yale University.
————. Letters to Frank Dobo. New York Public Library.
————. Letters to Frances Stelloff. New York Public Library.
————. Letters to George Leite. Humanities Research Center, University of Texas.
————. Letters to George Orwell. University College, London.
————. Letter to Gertrude Stein dated July 24, 1935. Research Library, UCLA.
————. Letters to Graham Achroyd. McPherson Library, University of Victoria.
————. Letters to Hilare Hiler. Research Library, UCLA.
————. Letters to John Cowper Powys. University Library, Wales University.
————. Letter to John Dos Passos dated December 17, 1934. Morris Library, Southern Illinois University.
————. Letter to Katherine Ann Porter dated November 22, 1934. Humanities Research Center, University of Texas.
————. Letters to Michael Fraenkel. Research Library, UCLA.
————. Letter to Michael Fraenkel dated April 4, 1940. Collection of Karl Orend.
————. Letters to Samuel Putnam. Firestone Library, Princeton University.
————. Letter to William Bradley dated October 4, 1933. Humanities Research Library, University of Texas.

ヘンリー・ミラーについての外国語文献・資料

Aldridge, Adel. Mails to Yasunori Honda, 2007.
Barber, Stephen. *Antonin Artaud Blows and Bombs*. London : Faber &Faber, 1993.
Barile, Susan Paula. *The Bookworm's Big Apple : A Guide to Manhattan's Booksellers*. New York: Columbia University Press.
Beach, Sylvia. *Shakespeare & Company*. 1959. Nebraska: Nebraska University Press, 1991.
Beauvoir de Simone. *America Day by Day*. 1948, trans. Carol Cosman, London: Orion Books Ltd., 1999.
————. *La Force de Choses*. Gallimard, 1963.

———. *La Force de L'Age*. Gallimard, 1960.

———. *The Mandarins*. 1954. trans. Leonard M. Friedman. New York & London: Norton Company & Co. Ltd., 1991.

———. *La Vieillesse*. Gallimard, 1970.

Bess, Donovan. Miller's Cancer on Trial. *Evergreen Review*, No.23. New York: Grove Press, March- April, 1962.

Bradley, William A. *Letters to Jack Kahane*. Humanities Research Center, University of Texas.

———. Letter to Henry Miller dated August 8, 1932. Humanities Research Center, University of Texas.

Brassaï. *Henry Miller grandeur nature*. Paris: Gallimard, 1975.

———. *Henry Miller The Paris Years,* trans. Timothy Bent. New York: Arcade Publishing, 1995.

———. *Paris de nuit*. 1933 ; rpt. Paris: Flammarion, 1987.

———. *Henry Miller Happy Rock*. trans. Jane Marie Todd. The University of Chicago Press, 2002.

Bũnuel, Luis. *My Last Sigh*. trans. Abigail Israel. New York: Knopf, 1983.

Carpenter, Humphrey. *A Serious Character- The Life of Ezra Pound*. Boston : Houghton Miffin Harcourt, 1988.

Céline, Louis-Ferdinand. *Journey to the End of the Night*. trans. Ralph Manhim. New York: New Directions, 1983.

Constarski, S.E. ed. *The Grove Press Reader 1951-2001*. New Yok: Grove Press, 2001.

Cummings, Paul. cond. *Interview with Ludwig Sander.* Smithonian Archives of American Art, 1969.

Dearborn, Mary V. *The Happiest Man Alive : A Biography of Henry Miller.* New York : Simon & Schuster, 1991.

Duhamel,Geoges. *America The Menace: Scenes from the Life of the Future*. trans. Charles M. Thompson,1931; rpt. New York : Arno Press, 1974.

———. *Le Journal de Salavain*. 1927; rpt. Mercrve de Paris, 1947.

Eliade, Mircea. *Le mythe de l'éternal retour,* 1947; rpt. Gallimard, 1968.

Elmann, Richard. ed. *Letters of James Joyce,* Vol. III. New York: Viking Press, 1966.

Flandrau, Grace. *Then I saw the Congo*. New York: Harcourt Brace, 1929.

Ford. Hugh. *The Left Bank Revisited: Selections from the Paris Tribune 1917-1934*. The Pennsylvania State University Press, 1972.

Fraenkel, Michael. *The Day Face and the Night Face*. New York: Irving Stettner, 1947.

————. *The Genesis of Tropic of Cancer.* 1945; rpt. Paris: Alyscamps Press, 1998.

Fraenkel, Michael & Lowenfells,Walter. *Anonymous :The Need for Anonymity*. Paris: Carrefour, 1930.

Gerle, Henk. ed. *The International Henry Miller Letter.* No.4. Netherlands: Nijmegen. December 1962.

————. *The International Henry Miller Letter.* No.6. Netherlands: Nijmegen. April 1964.

Gertzman, Jay A. *Bookleggers and Smuthounds : The Trade in Erotica 1920-1940*. University of Pennsylvania Press, 1999.

Gleadow, Rupert. *The Origin of the Zodiac*. London: Jonathan Cape, 1968.

Girodias, Maurice. Letters to Barney Rosset. Bird Library, Syracuse University.

————. *The Frog Prince*. New York: Crown Publishers Inc., 1980.

Gourmont, Remy de. *Natural Philosophy of Love,* trans. Ezra Pound. New York: Boni and Liveright, 1922.

Hansen, Arlen. *Expatiate Paris: A Cultural and Literary Guide to Paris of the 1920s*. New York: Arcade Publishing Inc., 1990.

Hayden, C. Gervin. Samuel Roth: A Life Lived in Erotica. *Jagliar.* Vol. I No.6, November 1965.

Hershchkowitz, Harry. ed. *Death: A Literary Quarterly,* Vol.1, No.1, New York : Harry Hershchkowitz, 1946.

Hoyle, Arthur. *The Unknown Henry Miller : a Seeker in Big Sur.* New York: Arcade Publishing, 2014.

Hutchinson, E.R. *Tropic of Cancer on Trial : A Case History of Censorship*. New York: Grove Press, 1968.

Huxley, Aldous. Statement for the Los Angeles Trial. *Henry Miller and the Critics*. ed. George Wickes. Carbondale: Southern Illinois University Press, 1963.

Jackson, Roger. comp. *Henry Miller His Life in Ephemera 1914-1980*. Ann Arbor : Roger Jackson, Publisher, 2012.

Jordan, Ken. int. Barney Rosset, Art of Publishing. *The Paris Review,* No.145. New York: the Paris Review Foundation, 1997.

Kahane, Jack. *Memoirs of a Booklegger.* London: Michael Joseph, 1939.

Legman, Gershon. Letters to Roger Jackson. Collection of Roger Jackson.

————. Peregrinne Penis: An Autobiography of Innocence. Unpublished Typescript, 1990.

Lowenfells, Walter. Letters to Samuel Putnam. Firestone Library, Princeton University.

Martin, Jay. *Always Merry and Bright The Life of Henry Miller*. Santa Barbara: Capra Press, 1978.

Miriam. Dougald. *Transition 1927-1928 : The History of Literary Era*. London: Colder & Boyards, 1975.

Miriam. Letter to Barney Rosset dated July 12, 1960. Bird Library, Syracuse University.

Morgan, Ted. *Literary Outlaw: The Life and Times of William S. Burroughs*. New York : Avon Books, 1988.

Morton, Brian. *Americans in Paris*. Michigan: The Olivia & Hill, 1987.

Nerval, Gérald de. *Aurélia*. 1855; rpt. Le Libre Poche, 1972.

Nin, Anaïs. *Henry and June*. New York: Harcourt Brace Jovanovich Inc., 1986.

———. *Incest*. Penguin Books, 1992.

———. *The Diary of Anaïs Nin 1934-1939*. Vol. II. New York: The Swallow Press and Harcourt, Brace & World, Inc., 1967.

———. *The Diary of Anaïs Nin 1947-1955*. Vol. V. New York: Harcourt Brace Jovanovich, Inc.,1974.

Orend, Karl. A MAN CUT IN SLICES; New Perspective on Henry Miller's Paris Years. The paper presented at the International Lawrence Durrell Socirty conference in Ottawa, Canada, on June 22, 2002.

———. *On the 70th Anniversary of Tropic of Cancer*. Austin & Paris: Alyscamps Press, 2004.

Orend, Karl. & Morrill, Constance. *A Short History of Carrefour Press and Archives*. Paris. Alyscamps Press, 1994.

Osborn, Richard. Letters to Henry Miller. Research Library, UCLA.

Paige, D.D. ed. *The Letters of Ezra Pound 1907-1941*. London : Faber & Faber, 1950.

Papini, Giovanni. *The Failure,* 1912. trans. Virginia Pope, New York: Harcourt, Brace,& Company, 1924.

Perlés, Alfred. Letter to Grace Flandrau with no date. Tucson: Arizona Historical Society.

———. Letter to Grace Flandrau dated May 2, 1936. Research Library, UCLA.

———. Letters to Samuel Putnam. Firestone Library, Princeton University.

———. *My Friend Henry Miller*. London: Neville Spearman, 1955.

Pearson, Neil. *A History of Jack Kahane and the Obelisk Press*. Liverpool University Press, 2007.

Porter, Bern. comp. *The Happy Rock*. Philadelphia: The Walton Press, 1945.

Powys, John Cowper. *Autobiography*. London: Macdonald. 1934.

———. *A Philosophy of Solitude*. 1933. London: Village Press, 1974.

———. Letters to Graham Achroyd. Bird Library, Syracuse University.

———. *Letters to Henry Miller*. London: Village Press, 1974.

———. Letters to Henry Miller. Research Library, UCLA.

Putnam, Samuel. *Francois Rabelais Man of the Renaissance A Spiritual Biography*. New York: Cape & Smith, 1929.

———. Letters to Ford Madox Ford. Firestone Library, Princeton University.

———. Letters to Henry Miller. Firestone Library, Princeton University.

———. Letter to Perlés and Miller dated August 21 ,1931. Humanities Research Center, University of Texas.

———. Letters to Ossip Zadkine. Firestone Library, Princeton University.

———. Letters to Wambly Bald. Firestone Library, Princeton University.

———. ed. *The New Review*. No.3. August, September, October, 1931.

Rank, Otto. *Art and Artist*. 1932; rpt. New York: Agathon Press, 1974.

Ray, Georgia. *Grace Flandrau* : *Voice Interrupted*. Minnesota: Edinborough Press.2007.

Rembar, Charles. *The End of Obscenity*. London : Andre Deutsch Ltd., 1968.

Rogers, W.C. *Wise Men Fish Here: The Story of Frances Steloff and the Gotham Book Mart*, 1965; rpt. New York: Booksellers House, 1994.

Rood, Karen. comp. *American Writers in Paris 1920-1939*. Dictionary of Literary Biography, Vol.4 Detroit: Gale ResearchCompany, 1980.

Rosset, Barney. Henry Miller versus "Our Way of Life". *Nexus: International Henry Miller Journal*. Vol. 2. No.1 Illinois: James Decker, 2005.

———. Letters to Maurice Girodias. Bird Library, Syracuse University.

———. Letters to Leonard Lyons dated September 10 &14,1960. Bird Library, Syracuse University.

Roth, Samuel. An Open Letter to Henry Miller. *American Aphrodite*. IV, 1954.

Sagar, Keith & Boulton James. ed. *The Letters of D.H.Lawrence* 1927- 1928. Vol. VI. Cambridge Unibersity Press, 1991.

———. ed. *The Letters of D. H. Lawrence 1928- 1930*. Vol. XII. Cambridge: Cambridge University Press, 1993.
Shifreen, Lawrence J. *Henry Miller : A Bibliography of Secondary Sources*. Metuchen, N.J. & London : The Scarecrow Press Inc., 1979.
Shifreen, Lawrence J. & Jackson. Roger. comp. *Henry Miller:A Bibliography of Primary Sources*. Ann Arbor & Glen Arm 1993.
Snyder, Robert. *This is Henry, Henry Miller from Brooklyn*. Los Angeles: Nash Publishing Corporation, 1980.
Steel, Key. Letter to Miss Cotter. Firestone Library, Princeton University.
———. Letter to Hermann. New York Public Library.
Steloff, Frances. Letters to and from Samuel Putnam. Firestone Library, Princeton University.
———. Letters to and from Various Persons. New York Public Library.
Stettner, Irving. *Beggers in Paradise*. Paris : Stroker, Carrefour & Alyscamps, 1995.
———. Letters to Henry Miller: 1947-1957. Research Library, UCLA.
Stettner, Louis, Letters to Henry Miller: 1947-1949. Research Library, UCLA.
———. Mails to Mihoko Stettner, March 9 & 10, 2010.
St. Jorre, John de. *The Good Ship Venus: The Erotic Voyage of the Olympia Press*. London: Hutchinson, 1994.
Unamuno, Miguel de. *Tragic Sense of Life*. 1913; rpt. trans. Flitch Crawford, New York: Dover, 1954.
Wicks, George. *Americans in Paris*. Garden City: Doubleday, 1969.
Williams. Tennessee. ed. Devin, Albert & Tischler Nancy, *The Selected Letters of Tennessee Williams*. New York: New Directions, 2000.
Wilson, Edmund. *Shores of Light : A Literary Chronicle of the Twenties and Thirties*. New York: Farrar, Straus & Young, 1952.
Winslow, Kathlyn. *Henry Miller : Full of Light*. New York : St. Martin Press, 1993.
Wood, Tom. ed. *Lost Generation Journal*. Vol. I, No.1, May 1973. School of Journalism, Southern Illinois University.
———. *Lost Generation Journal*. Vol. II. No.3, Fall 1974. School of Journalism, Southern Illinois University.
———. *Lost Generation Journal*. Vol. VI. No.2, Winter 1980. School of Journalism, Southern Illinois University.
———. *Lost Generation Journal*. Vol. VII. No.3, Winter 1983. School of Journalism, Southern Illinois University.
Yasunori Honda, *In Quest of Draco and the Ecliptic — Henry Miller's Interspatial Literature*. Pa. Stroker Press, 2003.

Zaturenska, Marya. *The Diary of Marya Zaturenska 1938-1944*. New York: Syracuse University Press, 2002.

新聞（死亡記事、他）

The New York Times. Obituaries, July 4, 1974.
The New York Times. Obituaries, December 13. 1984.
The St. Paul Dispatch, March 23,1930.

雑誌・会報

L'Herne. Louis-Ferdinand Céline. No.3, 1963.
The W.H. Auden Society Newsletter. No.17. London: The W.H. Auden Society, 1988.

ヘンリー・ミラーの著作、インタヴュー、書簡集の日本語訳

ヘンリー・ミラー『回想するヘンリー・ミラー』トゥインカ・スィボード編、本田康典、小林美智代、泉澤みゆき訳、水声社、二〇〇五年。

――『北回帰線』大久保康雄訳、『赤と黒』第一巻第二号、一九四六年十一月、第一巻第三号、一九四六年十二月、リファイン社。

――『北回帰線』大久保康雄訳、新潮社、一九五三年九月。

――『北回帰線』大久保康雄訳、ヘンリー・ミラー全集第一巻、新潮社、一九六五年三月。

――『北回帰線』本田康典訳、水声社、二〇〇四年。

――『クリシーの静かな日々』小林美智代、田澤晴海、飛田茂雄訳、水声社、二〇〇五年。

――『黒い春』山崎勉訳、水声社、二〇〇四年。

――『殺人者を殺せ』金澤智、飛田茂雄、菅原聖喜訳、水声社、二〇〇八年。

――『セクサス』井上健訳、水声社、二〇一〇年。

──『対話／インタヴュー集成』松田憲次郎、泉澤みゆき、中村亨、鈴木章能訳、水声社、二〇一六年。

──『友だちの本』中村亨、本田康典、鈴木章能訳、水声社、二〇一四年。

──『ネクサス』田澤晴海訳、水声社、二〇一〇年。

──『プレクサス』武舎るみ訳、水声社、二〇一〇年。

──『ヘンリーからアナイスへ』小林美智代訳、鳥影社、一九八九年。

──「マリナンのマーラ」大久保康雄訳、ヘンリー・ミラー全集第六巻『梯子の下の微笑』所収、新潮社、一九七一年。

──『マルーシの巨像』金澤智訳、水声社、二〇〇四年。

──『三島由紀夫の死』松田憲次郎、小林美智代、萩埜亮、野平宗弘訳、水声社、二〇一七年。

──『南回帰線』松田憲次郎訳、水声社、二〇〇四年。

──『迷宮の作家たち』木村公一訳、二〇〇六年。

──『わが愛、わが彷徨』村上香住子訳、創林社、一九七九年。

──『わが生涯の書物』本田康典ほか訳、水声社、二〇一四年。

ヘンリー・ミラー、ロレンス・ダレル『ミラー・ダレル往復書簡集』中川敏、田崎研三訳、筑摩書房、一九七三年。

日本語の参考文献・資料

フレデリック・ヴィトゥー『セリーヌ伝』権寧訳、水声社、一九九七年。

エドマンド・ウイルソン「国外離脱者の黄昏」大久保康雄編訳『現代作家論　ヘンリー・ミラー論』所収、早川書房、一九八〇年。

ミゲル・デ・ウナムーノ『生の悲劇的感情』神吉敬三、佐々木孝訳、法政大学出版局、一九七五年。

ミルチャ・エリアーデ『永遠回帰の神話　祖型と反復』堀一朗訳、未来社、一九六三年。

レミ・ド・グールモン『愛の博物誌』小島敏明訳、出帆社、一九七六年。

アンドレ・ジッド『コンゴ紀行』ジッド全集第十一巻　河盛好蔵訳、新潮社、一九五六年。

ジョン・ディ・セイント・ジョア『オリンピア・プレス物語　ある出版社のエロティックな旅』青木日出夫訳、河出書房新社、二〇〇一年。

アーヴィング・ステットナー『パラダイスの乞食たち』本田康典、美保子ステットナー訳、水声社、二〇〇九年。

ルイ＝フェルディナン・セリーヌ『夜の果てへの旅』高坂和彦訳、国書刊行会、一九八五年。

メアリー・V・ディアボーン『この世で一番幸せな男――ヘンリー・ミラーの生涯と作品』室岡博訳、水声社、二〇〇四年。

アナイス・ニン『アナイス・ニンの日記』矢口裕子編訳、水声社、二〇一七年。

――『アナイス・ニンの日記　一九三一―一九三四――ヘンリー・ミラーとパリで』原麗衣訳、ちくま文庫、一九九一年。

――『インセスト』杉崎和子訳、彩流社、二〇〇九年。

――『ヘンリー&ジューン』杉崎和子訳、角川書店、二〇〇〇年。

ジェラール・ド・ネルヴァル『新集　世界の文学8　ネルヴァル』稲生永訳、中央公論社、一九七〇年。

ジョバンニ・パピーニ『パピーニ自叙伝　終りし人』新居格訳、アテネ書院、一九二四年。

ルイス・ブニュエル『映画、わが自由の幻想』矢島翠訳、早川書房、一九八四年。

スティーヴン・ブーバー『アントナン・アルトー伝　打撃と破砕』内野儀訳、白水社、一九九六年。

ブラッサイ『作家の誕生　ヘンリー・ミラー』飯島耕一訳、みすず書房、一九七九年。

――『夜のパリ』飯島耕一訳、みすず書房、一九八八年。

G・S・フレイザー『現代の英文學』上田勤、木下順次、平井正穂訳、研究社、一九五二年。

アルフレッド・ペルレス『我が友ヘンリー・ミラー』筒井正明訳、立風書房、一九七四年。

シモーヌ・ド・ボーヴォワール『或る戦後』朝吹登水子、二宮フサ訳、紀伊國屋書店、一九六五年。

――『老い』朝吹三吉訳、人文書院、一九七二年。

――『女ざかり　ある女の回想』朝吹登水子、二宮フサ訳、紀伊國屋書店、一九六一年。

――『ボーヴォワール戦中日記』西陽子訳、人文書院、一九九三年。

――『レ・マンダラン』朝吹三吉訳、人文書院、一九六七年。

生田耕作『北回帰線』未完成翻訳草稿。

——Letter to James Laughlin, March, 1953 の下書き。

生田文夫「The Old Neighborhood」、『ニューズレター』第二号、日本ヘンリー・ミラー協会、一九九五年二月発行。

今橋映子『パリ・貧困と街路の詩学——一九三〇年代の外国人芸術家たち』都市出版、一九九八年。

海野弘『パリの手帖』マガジンハウス、一九九六年。

大久保康雄編『ヘンリー・ミラー』現代作家論シリーズ、早川書房、一九八〇年。

久保貞次郎「禁断の書」『毎日新聞』一九六一年十一月三日付。

——「彫刻家ザッキンとの親交」『みずゑ』美術出版社、一九三九年十一月号。

——『ヘンリー・ミラー』美術の世界　第八巻、叢文社、一九八四年。

——『私の出会った芸術家たち』美術の世界　第三巻、叢文社、一九八四年。

米谷ふみ子「ミラー、メイラー会談傍聴記」『文学界』第三九巻一〇号、文藝春秋、一九八五年／『対話／インタヴュー集成』水声社、二〇一六年。

篠田一士「フランス経由」ヘンリー・ミラー全集月報九号、新潮社、一九六七年七月。

——「ヘンリー・ミラーの文学」『文藝』第二巻四号、河出書房新社、一九六三年四月号。

高橋邦太郎『巴里のうわさ』岡倉書房、一九三七年。

竹内　逸『浮世散見』岡倉書房、一九三九年。

蜷川　譲『パリの宿——日仏文化交流史試論』麗澤大学出版会、二〇〇二年。

ホキ徳田『ヘンリー・ミラーの八人目の妻』水声社、二〇一三年。

細入藤太郎「藝術とヘンリー・ミラー」『アメリカ研究』第五巻第二・第三合併号、アメリカ学会、一九五〇年二月。

——「最近アメリカ文學展望」『英米文学』第十二号、立教大学英文学会、一九五〇年二月。

——「ハムレットとクールの世界」『本の手帖』特集ヘンリー・ミラー、昭森社、第六巻第六号、一九六六年八月号。

本田康典『D・H・ロレンスとヘンリー・ミラー　聖霊と竜』北星堂書店、一九九五年。

——「ヘンリー・ミラーと結城西蔵——『セクサス』に登場する日本人トリ・タケクチ」『水声通信』三十三号、水声社、二〇一〇年七月。

本田康典、松田憲次郎編、『ヘンリー・ミラーを読む』水声社、二〇〇八年。

松浪信三郎「反秩序への情熱　ヘンリー・ミラーの文学」『実存主義』第十三号、理想社、一九五八年三月。

村山康雄「北園克衛とエズラ・パウンド――往復書簡をめぐって」『現代詩手帖』第四十五巻第十一号、思潮社、二〇〇二年十一月号。

陸川　博「会員制雑誌『奇書』とヘンリー・ミラー文献（その一）」『ヘンリー・ミラー研究会会報』第一号、一九八六年四月。

――「会員制雑誌『奇書』とヘンリー・ミラー文献（その二）」『ヘンリー・ミラー研究会会報』第二号、一九八七年四月。

――「ヘンリー・ミラー文学の紹介者　大久保康雄と細入藤太郎」『日本ヘンリー・ミラー協会会報』第三号、一九八八年四月。

『赤と黒』第一巻第二号、リファイン社、一九四六年十一月。

『赤と黒』第一巻第三号、リファイン社、一九四六年十二月。

『奇書』上巻・下巻（復刻版）、銀座書館、一九九一年。

『週刊新潮』第二十五巻第二十四号、新潮社、一九八〇年六月十九日号。

『図書新聞』第八六三号、一九六六年六月十八日。

『ユリイカ』一四巻六号、ブニュエル特集、青土社、一九八二年六月号。

『ユリイカ』三二巻一二号、ブニュエル生誕一〇〇年記念特集、青土社、二〇〇〇年九月号。

あとがき

　本書を執筆するにいたったきっかけや動機について記しておきたいと思う。翻訳の経験が皆無であった筆者に『北回帰線』（水声社、二〇〇四）の翻訳を手がけたらどうかと強く勧めてくださったのが故・飛田茂雄先生（日本ヘンリー・ミラー協会第二代会長）である。むしろ他の作品を訳出してみたいという気持ちがあったので、なぜ『北回帰線』の翻訳を薦めてくださるのかと質問したところ、「解説」のほうに期待しているからだと応答された。その短いお返事で飛田先生の意向や考えを多少なりとも推察できた。飛田先生はずっと以前から、『セクサス』に登場するトリ・タケクチという日本人などの、ヘンリー・ミラーの小説群のモデルが明らかにされることを望んでおられた。跡見学園女子短期大学で開催された日本ヘンリー協会の研究発表会で、トリ・タケクチのモデルが三井物産の社員であったことを指摘しながら、『北回帰線』と『南回帰線』の登場人物の実名などを整理したところ、興味を示された飛田先生から、口頭発表の内容を雑誌『英語青年』に寄稿するようにと促されたので、「ヘンリー・ミラーの小説のモデルたち――日本人トリ・

タケカワのことなど」と題するエッセイを同誌に投稿したら、『英語青年』（一九九二年月十月号）に掲載された。当時、登場人物が実名で出てくる『北回帰線』の初稿は、あるコレクターが保持していて閲覧できなかったので、アメリカ議会図書館が所蔵する『北回帰線』のオリジナル草稿の断片に出てくる登場人物（実名）を参照した。『北回帰線』の初稿がイェール大学図書館において閲覧できるようになったのは二〇〇一年からである。

こうした経緯があったので訳書『北回帰線』の「解説」において、登場人物のモデルたち、『北回帰線』の海賊版、マンハッタンに所在したゴータム書店による『北回帰線』の密輸入作戦などに言及してみたら、四百字原稿用紙で百枚をあっさりと越えてしまい、編集者から三十枚程度に圧縮するようにと要請される結果となった。「解説」を全面的に書き改める際に『北回帰線』の巻末に「付録」として「主要登場人物とモデル（主人公を除く）」を短く纏めて、当初の方針をかろうじて維持したつもりである。

これを契機として、二十世紀の英米小説のなかでもなにかと話題にのぼり、伝説的な作品でもあった『北回帰線』に的をしぼり、この作品に関連する事項を纏めて、ヘンリー・ミラーと登場人物などを含む周辺の人びとについて、いわばミラーの伝記のごときものを、あるいは作品の伝記のようなものを書いてみようという思いが芽生えてきた。このアイディアは、拙訳『北回帰線』の当初の「解説」を拡大してみようというものでもあった。

雑誌『水声通信』（二〇〇七年十一月、十二月合併号）が「ヘンリー・ミラー特集」を編むこととなったのを好機とみなし、『『北回帰線』物語」の第一章を掲載してもらい、断続的に同誌に第十三章まで書き進んだが、やがて『水声通信』が休刊になってしまった。その後、資料を漁りながら、『デルタ』（日本ヘンリー・ミラー協会機関誌）、『人文社会科学論叢』（宮城学院女子大学人文社会研究所機関誌）、『英文学会誌』（宮城学院女子大学英文学会機関誌）に第十四章以降を順不同で掲載してもらった。そうこうするうちに、予定していなかったことどもを書き残したいという思いが募ってくることもあり、数章は書下ろしとして追加した。

なお、本書を執筆する過程において資料収集や情報提供において協力してくださった人びとのお名前を以下に記して謝意を表したいと思う。陸川博氏（元・ヘンリー・ミラー研究会幹事）、佐藤由紀恵氏（元・宮城学院女子大学図書館司書）、古賀孜氏（かつてヘンリー・ミラーと文通をしていた、日本におけるヘンリー・ミラーのファンの最長老）、故・アーヴィング・ステットナー氏（ヘンリー・ミラーと親交を結んだアメリカの詩人、作家、画家）と奥様の三保子ステットナーさん、ルイス・ステットナー氏（一九四〇年代後半にヘンリー・ミラーと交流があった写真家）、生田文夫氏（翻訳家）。ヘンリー・ミラーの伝記的事実を掘り起こし、執筆と出版活動を継続しておられたカール・オレンド（Karl Orend）氏からはマイケル・フランケル宛てのミラーの手紙一通（一九四〇年四月）のコピーを提供していただいた。ヘンリー・ミラーに関する詳細な書誌を纏められ、精力的にヘンリー・ミラー関連の出版活動を展開されてきたロジャー・ジャクソン（Roger Jackson）氏からは情報と資料を惜しみなく提供していただいた。モリネ・クリスドティール（Morine Krissdottir）女史（元・国際ジョン・クーパー・ポウイス協会会長）は、ウエールズ大学図書館に所蔵されているポウイス宛てのミラーの書簡のすべてをコピーして送ってくださった。これらの方々の惜しみない協力がなかったなら本書を書き上げるのは不可能であったと思っている。

また資料を収集し、発掘するために訪れたアメリカ国内およびカナダ国内の図書館の名称を以下に列記し、親切に対応してくださった図書館職員の方々にも謝意を表したいと思う。カリフォルニア大学ロサンジェルス校図書館（Research Library, UCLA）、ヴァージニア大学図書館（Alderman Library, University of Virginia）、テキサス大学図書館（Humanities Research Center, University of Texas）、南イリノイ大学図書館（Morris

Library, University of Southern Illinois）、アメリカ議会図書館（Library of Congress）、ニューヨーク公立図書館（New York Public Library）、アリゾナ歴史協会（Arizona Historical Society）、イェール大学図書館（Rare Book and Manuscript Library, Yale University）、シラキュース大学図書館（Bird Library, Syracuse University）、プリンストン大学図書館（Firestone Library, Princeton University）、ヴィクトリア大学図書館（McPherson Library, University of Victoria）。

なお、引用の訳文は、参考文献にあげた翻訳書の訳者の方々のものを一部使わせていただいた。

およそ二年間にわたって、身心が低迷していたために執筆を中断していた筆者に寛大な態度を示された水声社の社主、鈴木宏氏に、またパソコンが半年以上も故障していたにもかかわらず、筆者を再起動させてくれた水声社の編集者、飛田陽子さんにこころから感謝の意を表したいと思う。

平成二十九年十一月十日

本田康典

著者について――

本田康典（ほんだやすのり）　一九三八年、熊本市に生まれる。早稲田大学大学院修士課程修了。宮城学院女子大学名誉教授。専攻、二十世紀英米小説。主な著書に、『D・H・ロレンスとヘンリー・ミラー』（北星堂、一九九四年）、『ヘンリー・ミラーを読む』（共編著、水声社、二〇〇八年）、主な訳書に、ヘンリー・ミラー『北回帰線』（二〇〇四年）、トゥインカ・スィーボード『回想するヘンリー・ミラー』（共訳、二〇〇五年、ともに水声社）などがある。

装幀——齋藤久美子

『北回帰線』物語――パリのヘンリー・ミラーとその仲間たち

二〇一八年二月一日第一版第一刷印刷　二〇一八年二月一〇日第一版第一刷発行

著者――本田康典

発行者――鈴木宏

発行所――株式会社水声社

東京都文京区小石川二―七―五　郵便番号一一二―〇〇〇二
電話〇三―三八一八―六〇四〇　FAX〇三―三八一八―二四三七
［編集部］横浜市港北区新吉田東一―七七―一七　郵便番号二二三―〇〇五八
電話〇四五―七一七―五三五六　FAX〇四五―七一七―五三五七
郵便振替〇〇一八〇―四―六五四一〇〇
URL：http://www.suiseisha.net

印刷・製本――ディグ

ISBN978-4-8010-0316-3

ヘンリー・ミラー・コレクション　編集＝飛田茂雄＋本田康典＋松田憲次郎

①北回帰線　本田康典訳　三〇〇〇円
②南回帰線　松田憲次郎訳　三八〇〇円
③黒い春　山崎勉訳　二五〇〇円
④クリシーの静かな日々　小林美智代＋田澤晴海＋飛田茂雄訳　二五〇〇円
⑤マルーシの巨像　金澤智訳　二五〇〇円
⑥セクサス　井上健訳　五〇〇〇円
⑦プレクサス　武舎るみ訳　五〇〇〇円
⑧ネクサス　田澤晴海訳　四五〇〇円
⑨迷宮の作家たち　木村公一訳　二八〇〇円
⑩殺人者を殺せ　金澤智＋飛田茂雄＋菅原聖喜訳　二五〇〇円
⑪母　小林美智代訳　三〇〇〇円
⑫冷暖房完備の悪夢　金澤智訳　（近刊）
⑬わが生涯の書物　野平宗弘＋佐藤亨＋河野賢司ほか訳　五〇〇〇円
⑭友だちの本　中村亨＋本田康典＋鈴木章能訳　四〇〇〇円
⑮三島由紀夫の死　松田憲次郎＋小林美智代＋萩埜亮＋野平宗弘訳　二八〇〇円
⑯対話／インタヴュー集成　松田憲次郎＋中村亨＋鈴木章能＋泉澤みゆき訳　三〇〇〇円

＊

ヘンリー・ミラーの八人目の妻　ホキ徳田　三二〇〇円
この世で一番幸せな男　メアリー・V・ディアボーン　室岡博訳　四五〇〇円
回想するヘンリー・ミラー　トゥインカ・スィーボード編　本田康典＋小林美智代＋泉澤みゆき訳　二〇〇〇円
ヘンリー・ミラーを読む　本田康典＋松田憲次郎編　三五〇〇円
ヘンリー・ミラーの文学　小林美智代　三五〇〇円
ミラーさんとピンチョンさん　レオポルト・マウラー　波戸岡景太訳　一五〇〇円

［価格はすべて税別］